Trahison mortelle

*

La vérité à tout prix

*

Au mépris des menaces

LENA DIAZ

Trahison mortelle

Traduction française de
CATHERINE VALLEROY

BLACK ROSE

HARLEQUIN

Collection : BLACK ROSE

Titre original :
SMOKY MOUNTAINS MYSTERY

HARPERCOLLINS FRANCE
83-85, boulevard Vincent-Auriol, 75646 PARIS CEDEX 13
Service Clients — https://www.harlequin.fr/contenu/contactez-nous
ISBN 978-2-2805-1865-9 — ISSN 1950-2753

Édité par HarperCollins France.
Composition et mise en pages Nord Compo.
Imprimé en mai 2025 par CPI Black Print (Barcelone)
en utilisant 100% d'électricité renouvelable.
Dépôt légal : juin 2025.

FSC
www.fsc.org
MIXTE
Papier issu de
sources responsables
FSC® C159065

Pour limiter l'empreinte environnementale de ses livres, HarperCollins France s'engage à n'utiliser que du papier fabriqué à partir de bois provenant de forêts gérées durablement et de manière responsable.

1

Le dos plaqué contre le mur du motel, Keira Sloane tenait son arme de service à deux mains, coudes repliés, canon vers le ciel. Le faible éclairage du parking, un étage en dessous, se reflétait sur la rampe rouillée devant elle. Chuck Breamer était dans la même position, de l'autre côté de la porte. Devant eux, Gabe Wilson pointait son arme vers le sol. Il jeta un œil à Chuck, puis à Keira. Après qu'ils eurent hoché la tête, il frappa bruyamment à la porte avant de faire un saut en arrière, pour éviter d'éventuels coups de feu.

— Police de Maple Falls ! Dernière sommation ! Ouvrez !

Comme la première fois, il n'y eut pas de réponse.

Gabe leva trois doigts, comptant silencieusement. *Trois, deux, un.* Prenant son élan, il donna un coup de pied sur la poignée. Le chambranle se fendit et la porte s'ouvrit toute grande, claquant contre le mur et faisant tinter le miroir suspendu au dos.

Tous trois se ruèrent à l'intérieur, balayant l'espace de leurs armes.

L'odeur métallique du sang frappa tout de suite Keira. Un homme, mort ou blessé, gisait sur le lit le plus proche de la fenêtre. Elle jeta un coup d'œil derrière le fauteuil placé dans le coin, tandis que ses collègues regardaient sous les lits.

— Chambre RAS, annonça-t-elle.

Chuck franchit la porte à gauche. Gabe ouvrit celle de droite.

— Salle de bains RAS, dit Chuck.

— Placard RAS, fit Gabe en écho. Il n'y a personne ici.

Il désigna un creux sur le couvre-lit bon marché du lit voisin, indiquant que quelqu'un s'y était assis à un moment donné.

— Du moins, il n'y a *plus* personne.

Keira rengaina son pistolet et courut auprès de la victime avec une grimace de compassion, vu son état. Vêtu uniquement d'un caleçon bleu marine, l'homme était noir et avait une trentaine d'années. Son corps était marbré d'ecchymoses et de coupures, les pires dégâts ayant été faits à la poitrine.

Sous lui, le drap blanc devenait rouge de sang. Un sang qui dégoulinait, ajoutant à la tache humide sur la moquette. Lorsqu'elle posa les doigts sur son cou, elle fut surprise de sentir qu'il était chaud. Il y avait un pouls faible et filant.

— Il est vivant. Il faut l'emmener.

Chuck appela une ambulance par radio.

Keira prit le bord du couvre-lit et s'en servit pour faire pression sur ce qui ressemblait à l'orifice d'une balle. Quelqu'un avait battu et torturé cet homme avant de lui tirer dans la poitrine. Il avait perdu tant de sang que c'était un miracle qu'il soit encore vivant. Et ce serait encore plus miraculeux s'il arrivait en vie à l'hôpital.

Une main agrippa son poignet, la faisant sursauter. C'était l'homme. Sans la lâcher, il la dévisagea avec des yeux rendus vitreux par la douleur. Mais ce qui lui restait de force l'abandonna très vite. Sa main retomba sur le matelas.

— Tenez bon, mon vieux, lui dit-elle. Restez avec nous. Les secours ne vont pas tarder.

Le visage de l'homme prit une teinte cendrée et ses lèvres remuèrent. Keira ne put distinguer ce qu'il disait.

Elle se pencha plus près.

— Dites-le encore, l'encouragea-t-elle.

— L… Lance, murmura-t-il dans un souffle.

— Lance, répéta-t-elle. Accrochez-vous, Lance. Je m'appelle Keira, je suis de la police. Nous sommes ici pour vous aider et…

— Pousse-toi, lui dit rudement Chuck.

— Il saigne, dit-elle. Sa poitrine...

— Je m'en occupe.

Son expérience d'ambulancier était visible à la manière dont il fit pression sur la poitrine de la victime d'une main tout en vérifiant ses voies respiratoires de l'autre.

Avec un sentiment croissant d'impuissance, Keira regarda Chuck examiner l'homme. Elle aurait voulu se rendre utile. Mais d'eux trois, c'était Chuck qui avait le plus de chances de maintenir l'homme en vie jusqu'à l'arrivée de l'ambulance.

Elle se retourna pour voir ce que faisait Gabe et constata qu'il passait la main sur la commode en aggloméré face aux lits.

— Il nous faut un mandat, lui rappela-t-elle. L'urgence ne se justifie plus.

Bien que le gérant du motel ait appelé le 911, il ne leur avait pas donné l'autorisation de fouiller après avoir répondu au signalement « coups de feu ».

Gabe haussa les épaules et laissa retomber sa main.

— Le lieutenant est en route. Le connaissant, il a déjà un mandat en main, de toute façon.

Keira sourit à cette affirmation. Ils savaient tous deux que personne, pas même leur chef à l'efficacité redoutable, ne pouvait obtenir un mandat de perquisition aussi vite.

Chuck se redressa et recula d'un pas.

— C'est fini, il est parti. Non seulement il a été traité comme un punching-ball et entaillé de partout, mais il a reçu au moins trois balles. On ne pouvait rien faire pour sauver ce type.

Keira poussa un soupir entrecoupé. Son poignet picotait, comme si l'homme le tenait toujours. Il lui avait demandé de l'aide. Mais elle n'avait rien pu faire pour changer son sort.

— Lance. Il s'appelle Lance.

— Tu le connais ? demanda Chuck, les sourcils froncés.

— Non. Il me l'a murmuré. Lance. Ça pourrait être Vance ou Vince, mais je crois que c'était Lance.

— Il t'a dit que c'était son nom ? Ça pourrait être celui de son meurtrier.

Elle tressaillit.

— J'espère bien que non. Je l'ai appelé Lance.

— On le saura très vite, dès qu'on aura un mandat pour ouvrir son portefeuille. À supposer qu'il n'ait pas été volé.

Il se mit à taper un texto, sans doute pour informer leur chef du décès de la victime.

Keira survola la petite pièce du regard. Même les éclaboussures de sang sur le mur ne parvenaient pas à masquer les années de crasse. Mais, en dehors des couvertures dérangées, tout était en ordre. Les tiroirs de la commode et des tables de chevet étaient fermés. Rien n'avait été renversé ou jeté à terre. Le second lit était fait, et les oreillers et le couvre-lit en place.

— Rien n'a été touché, dit-elle. Son costume est disposé sur la chaise, comme s'il avait eu l'intention de le porter demain. S'il s'agissait d'un cambriolage, le coupable aurait sans doute emporté le costume. Il n'est pas bon marché. Il pourrait rapporter quelques centaines de dollars chez un prêteur sur gages.

Gabe les rejoignit.

— Je doute qu'un voleur ordinaire connaisse la valeur d'un costume ou veuille s'en encombrer. Mais il aurait certainement pris la jolie Mercedes garée devant, dont le gérant nous a dit qu'elle appartenait à ce type. Pourquoi quelqu'un qui possédait une voiture pareille logeait-il dans un motel aussi miteux ?

Keira jeta un coup d'œil à l'homme sur le lit, souhaitant qu'il puisse répondre à ces questions. Qu'il puisse se réveiller au matin, appeler sa famille ou ses amis et leur raconter ce qui lui était arrivé et pourquoi.

— Peut-être se cachait-il de quelqu'un qui ne s'attendait pas à ce qu'il prenne une chambre dans un endroit pareil.

Elle haussa les épaules.

— C'est une des nombreuses questions auxquelles nous devrons répondre.

Gabe lui glissa un regard dubitatif.

— Qu'est-ce qui te fait penser qu'Owen va te laisser jouer les inspectrices ?

Elle se raidit.

— Je peux enquêter aussi bien que quiconque. Je suis prête.

Il leva les mains dans un geste d'apaisement.

— Je n'ai rien à redire à ça, pour ma part. C'est le lieutenant que tu dois convaincre.

Chuck glissa son téléphone dans sa poche.

— Il faut identifier les témoins potentiels avant qu'ils s'éparpillent dans la nature. Gabe, tu prends les chambres de droite, je prends celles de gauche. Noms, adresses, pièces d'identité. On ne peut pas les forcer à rester. Mais quand on aura des renforts en hommes, on pourra les recontacter.

— En hommes ou en femmes, dit Keira. Moi aussi, je peux le faire.

Chuck se rembrunit.

— Tu es de garde. Si les ambulanciers arrivent avant notre retour, essaie de les empêcher de détruire les indices. Dès qu'ils auront constaté le décès de la victime, fais-les sortir de la scène.

Gabe lui adressa un regard d'excuse en refermant la porte derrière Chuck et lui.

2

Keira poussa un juron. Comment allait-elle faire son chemin à Maple Falls, minuscule ville du Tennessee, si ses collègues ne lui donnaient jamais sa chance ? Elle savait pourquoi ils lui avaient ordonné d'attendre les ambulanciers. Bien qu'ils aient tous prêté serment, ils n'arrivaient pas à mettre de côté leurs manières de machos sudistes pour traiter une femme comme l'un des leurs.

Même si elle portait l'uniforme, ils voyaient d'abord la femme avant de voir le flic. Ils ne voulaient pas qu'elle fasse du porte-à-porte, au risque de se mettre en danger. Trois ans. Cela faisait trois ans qu'elle travaillait avec eux, et elle était encore tout en bas de l'échelle, la dernière à qui l'on donnait l'occasion de faire la différence.

Mais en jetant un coup d'œil à la victime, elle eut honte d'elle. Elle s'inquiétait de son avenir mais, au moins, elle *avait* un avenir. Cet homme, qui était encore dans la force de l'âge, n'en avait plus. Sa vie s'était achevée dans la violence et la douleur. Ce qui comptait maintenant, c'était d'obtenir justice pour lui.

Elle se rapprocha du lit, prenant garde à ne pas marcher dans le sang. C'était un bel homme, rasé de près, à la peau d'un brun moyen. L'absence d'alliance à son doigt signifiait qu'il n'était pas marié. Mais il pouvait tout de même avoir un ou des enfants, peut-être une ex-femme ou une petite amie. S'il avait des frères et sœurs ou des parents en vie, ceux-ci seraient dévastés par sa mort.

C'était pour cette raison même qu'elle voulait passer inspectrice.

C'était trop déprimant d'être témoin des choses affreuses que s'infligeaient les êtres humains. Elle voulait les bons côtés du boulot. Être celle qui donnait des réponses aux familles, qui expliquait le pourquoi et le comment de ce qui était arrivé. C'était l'ultime récompense. Et mettre un nom sur la victime de ce soir était le premier pas vers la justice, pour lui et pour sa famille.

Elle jeta un coup d'œil à la porte fermée. Serait-ce vraiment mal de fouiller son portefeuille ? En faisant attention, en portant des gants, elle ne souillerait aucun indice potentiel avec son ADN ou ses empreintes. Elle entendait déjà des sirènes au loin. L'ambulance serait là d'une minute à l'autre. Si elle devait franchir la ligne rouge, il fallait le faire maintenant.

Toujours prête, elle avait une paire de gants en latex dans sa poche. Elle les enfila rapidement et se mit en devoir de chercher un portefeuille. Il n'était pas dans les poches du costume ni dans les tiroirs de la commode. Mais elle le trouva dans le tiroir de la coiffeuse, dans la salle de bains, avec un trousseau de clés et la télécommande de la voiture.

Son cœur se serra quand elle l'ouvrit et vit une photographie plastifiée. Une fillette d'environ deux ans était dans les bras de l'homme, posant un baiser sur sa joue. C'était un papa, finalement. Ou peut-être un oncle ou un ami de la famille. Il était visiblement aimé et serait pleuré. Elle déglutit pour dissiper le nœud dans sa gorge et sortit le permis de conduire. Son estomac se noua. Rick. Il s'appelait Rick Cameron. Le nom qu'il lui avait donné n'était pas le sien.

Pardon, Rick. Désolée de t'avoir appelé Lance, surtout si c'était le nom de ton meurtrier.

L'adresse indiquait Bâton-Rouge, en Louisiane. Elle prit une photo avec son téléphone. Puis elle perdit plusieurs secondes à vérifier le reste du portefeuille.

Il y avait d'autres photos, quelques cartes de crédit, et deux billets de cent dollars. Il ne s'agissait donc pas d'un cambriolage. Elle allait reposer le portefeuille dans le tiroir quand un éclat blanc attira son attention. Fourré sous l'un des étuis plastifiés, il y avait un petit morceau de papier. Elle le prit et le déplia soigneusement. Deux mots y étaient inscrits d'une écriture nette.

unfinished business

Des voix résonnèrent dans le couloir. Keira prit rapidement une photo, puis replia la note et la remit là où elle l'avait trouvée.

Le grincement de la porte lui apprit que quelqu'un venait d'entrer.

— Keira ? Tu es là ?

Chuck. Zut.

— Dans la salle de bains. Une seconde.

Elle tira la chasse et ouvrit le robinet comme si elle se lavait les mains avant de retirer hâtivement ses gants et de les fourrer dans sa poche. Lorsqu'elle sortit, Chuck était debout, les mains sur les hanches, tandis que Gabe indiquait le lit aux ambulanciers.

— Tu ne pouvais pas attendre pour aller aux toilettes à la réception ?

La voix de Chuck était glaciale.

Elle se sentit rougir tandis que les ambulanciers la considéraient avec curiosité. Elle connaissait les règles, elle savait qu'elle ne devait pas toucher à la scène. Elle avait même demandé à Gabe de ne pas ouvrir les tiroirs un peu plus tôt. Mais elle préférait que Chuck pense qu'elle les avait oubliées ou s'était montrée négligente plutôt que de lui dire la vérité – c'est-à-dire qu'elle avait fouillé dans les affaires du mort en toute connaissance de cause.

— Désolée. Une envie soudaine.

Elle lui adressa un sourire penaud en avançant vers lui.

— Comment avez-vous pu finir si vite le porte-à-porte ?

Gabe les rejoignit près de la commode, pour laisser aux ambulanciers la place d'examiner la victime.

— La plupart des chambres étaient vides, les rideaux ouverts, les lits faits. On voyait bien qu'il n'y avait personne. Beaucoup de chambres libres dans ce trou.

Il plissa le nez en regardant autour de lui.

— Qui l'eût cru, hein ?

— Pas exactement le Ritz.

Gabe sourit. Mais pas Chuck. Il la fixa avec une nette désapprobation avant de se retourner pour répondre à une question des ambulanciers.

Gabe lui adressa un regard de sympathie avant de rejoindre leur collègue.

Keira poussa un soupir agacé. *Stupide.* Elle aurait dû attendre l'enquête officielle pour découvrir le nom de la victime. Elle avait nui à ses chances de participer à l'enquête. Si c'était Gabe qui l'avait surprise, il se serait tu. Mais Chuck Breamer, M. « En bonne et due forme », allait sans aucun doute la dénoncer à la première occasion.

De fait, quand le lieutenant arriva, le résumé que lui fit Chuck comprenait son expédition aux toilettes. Les paroles du chef sonnèrent comme une sentence de mort lorsqu'il aboya ses ordres.

— Wilson, sécurise la scène jusqu'à ce qu'on puisse réquisitionner un technicien du bureau du shérif du comté de DeKalb. Breamer, va interroger le gérant du motel. Sloane...

Son regard dur comme le silex s'arrêta sur elle.

— ... voyons voir si vous pouvez rentrer au commissariat pour écrire votre rapport sans rien toucher avant de sortir.

Gabe tressaillit. Chuck ne la regarda même pas en sortant.

Keira carra les épaules et contourna le chef sans faire de commentaire.

Lorsqu'elle eut fini d'écrire son rapport, Keira eut envie de se donner des coups de pied.

À son retour au commissariat, Gabe avait admis à contrecœur qu'Owen avait eu l'intention de la laisser collaborer à l'enquête – jusqu'à ce qu'il entende parler de ce qu'elle avait fait. Maintenant, elle allait devoir passer plusieurs mois à faire amende honorable.

Les meurtres étaient rares à Maple Falls. Même si on lui redonnait sa chance, ce ne serait probablement pas sur une affaire aussi importante. Plutôt un vol ou des violences conjugales, quelque chose dont elle s'acquitterait en moins d'une journée. Son plan originel, quitter la police de Nashville pour un petit commissariat parce qu'il y aurait moins de compétition, ne marchait pas comme prévu. Elle commençait à se dire que c'était la pire erreur qu'elle ait jamais commise.

Gabe, son seul véritable ami dans ces parages, ne cessait de lui adresser des regards de pitié de l'autre côté de la salle de la brigade. Incapable d'en supporter plus, elle verrouilla son bureau et quitta le commissariat dix minutes plus tôt. Si cela suffisait à Owen pour faire un autre rapport sur elle, qu'il en soit ainsi. À ce stade, elle était trop déprimée pour s'en soucier.

Plus tard, chez elle, dans un état d'esprit plus calme, elle s'avoua avec réticence qu'Owen n'était pas assez mesquin pour sanctionner un départ avant l'heure, à moins que ce ne soit habituel. Elle n'était presque jamais en retard et s'en allait rarement de bonne heure. Mais elle ne doutait pas qu'il lui collerait un blâme pour ne pas avoir suivi les règles sur la scène de crime. En fait, elle les avait transgressées bien plus que quiconque ne le savait.

Elle fit défiler sur son portable les photos qu'elle avait prises. Techniquement, elle aurait dû les télécharger en tant qu'indices puis les supprimer sur son appareil. Le fait qu'elle n'ait nulle intention de faire ni l'un ni l'autre justifiait en quelque sorte qu'Owen pense qu'elle n'était pas taillée pour être inspectrice.

Mais si. Elle ferait une super inspectrice. La seule raison pour laquelle elle outrepassait parfois les règles, c'était parce que c'était la seule façon de pouvoir agir.

Elle étudia la photo du permis de conduire de Rick Cameron, ainsi que la photo de la note manuscrite. *Unfinished business*, c'était un terme d'argot policier pour une affaire non résolue. Mais cela n'avait pas de sens dans ce contexte, d'autant plus qu'il n'y avait rien dans le portefeuille suggérant que Rick Cameron ait été policier. Mais s'il était en mission d'infiltration, il n'aurait pas gardé sa carte sur lui.

C'était toutefois une piètre théorie. Quel genre d'affaire non résolue pouvait conduire un inspecteur de Louisiane dans le comté de DeKalb et à Maple Falls ? Avec une population n'excédant pas deux mille habitants, ce n'était pas une métropole où se réfugiaient des criminels pour échapper à la justice. Rick devait seulement être de passage. Mais vers où ? Il n'y avait qu'une seule manière de le découvrir. Elle allait mener sa propre enquête. Et elle se démènerait pour obtenir justice pour Rick et faire ses preuves.

Elle présenterait ses découvertes au lieutenant, et il serait forcé de reconnaître qu'elle était assez compétente pour travailler comme inspectrice, lorsque la nécessité s'en ferait sentir. Leur brigade de dix personnes n'avait pas d'inspecteur à temps plein. Maple Falls était trop petit pour que cela se justifie. Et seuls quelques élus étaient autorisés à agir en tant qu'inspecteurs au besoin – comme Chuck.

Elle prit son ordinateur sur la table du salon et l'ouvrit pour effectuer une recherche sur Internet.

Trois semaines plus tard, Keira n'avait pas beaucoup avancé dans son enquête secrète sur le meurtre du motel. Mais les autres non plus. Assise à son bureau dans la salle de la brigade, fouinant dans les copies qu'elle avait faites des dossiers de l'affaire, elle sentit son cœur se serrer.

Le nom ne menait nulle part. Aucun malfrat local ne répondait au prénom ou au nom de Lance. Une brève biographie indiquait que la victime travaillait dans l'industrie numérique, à partir de chez lui. C'était un programmeur free-lance, entre deux contrats. Cela expliquait pourquoi aucun employeur n'avait signalé sa disparition.

Il vivait seul. Personne dans le voisinage n'avait remarqué de parents ou d'amis en visite, malgré les photos dans son porte-feuille. Keira n'avait aucune idée de qui était la fillette. C'était peut-être l'enfant d'une amie. Mais dans ce cas, cette personne n'aurait-elle pas contacté la police ? Le commissariat de Bâton-Rouge était censé faire suivre ce genre de signalement à Maple Falls. Jusque-là, il n'y en avait pas eu. Faute d'amis, de famille et de proches, rien n'obligeait la police de Maple Falls à continuer de creuser pour découvrir qui avait tué Rick Cameron.

Aucun des témoins potentiels au motel n'avait rien rapporté d'intéressant non plus. La dernière personne à avoir écrit dans le dossier était Chuck. Et c'était quatre jours auparavant. L'affaire avait déjà refroidi. Bientôt, elle serait congelée.

Gabe s'arrêta à son bureau et y appuya la hanche.

— Deux semaines à partir de demain, hein ? Je parie que tu as hâte. Où vas-tu ?

Elle éparpilla les papiers sur son bureau, essentiellement pour cacher ses copies de l'affaire Cameron.

— Là où je vais chaque année. À la maison, pour regarder des séries et faire la sieste. Beaucoup de siestes.

Il fit claquer sa langue.

— Quelle perte de temps pour une jolie brunette comme toi ! Fais quelque chose de marrant. Drague un type. Fais-moi confiance, avec ton allure, ce serait facile.

En la voyant lever les yeux au ciel, il se mit à rire.

— D'accord, d'accord. Peut-être que tu devrais retourner chez toi. À Nashville, c'est ça ? Tu dois avoir des parents et des amis qui se languissent de toi, là-bas.

Pour toute réponse, elle le dévisagea. Bien qu'ils soient amis, elle refusait de discuter de sa famille avec lui, ou d'ailleurs avec quiconque. La situation était... compliquée. Aller voir les siens durant ses deux semaines de congé n'était vraiment pas au programme.

Lorsqu'il eut achevé son interrogatoire, il alla fureter vers le bureau de quelqu'un d'autre. Keira fourra les papiers dans son sac et se dirigea vers la sortie. Sa valise était déjà dans sa voiture. C'était parti pour les prétendues vacances.

Dix minutes plus tard, elle était au cimetière de la ville, dans le recoin où ceux qui n'avaient ni argent ni parents étaient enterrés. Les tombes des indigents. Cela paraissait tellement injuste pour Rick Cameron...

Son costume était cher. La voiture qu'il conduisait était une Mercedes dernier cri. Il aurait pu se permettre des obsèques plus dignes. Mais il n'avait pas laissé de testament, et sa succession était retenue par les tribunaux. Pour l'instant, il était là.

Keira déposa les roses blanches en soie achetées un peu plus tôt dans un petit vase à côté de la pierre tombale. Normalement, une tombe creusée aux frais de la ville n'arborait qu'une petite plaque métallique numérotée. Mais Keira avait rassemblé assez d'argent pour acheter cette modeste dalle et le vase en marbre. L'homme avait utilisé ses dernières forces pour agripper son bras et lui murmurer un mot. Comment pouvait-elle ne pas lui offrir une pierre tombale, après cela ?

Unfinished business. C'était la note dans son portefeuille qui avait déterminé où elle passerait ses congés. Après avoir effectué des centaines de recherches Internet sur cette expression, et obtenu des millions de résultats inutiles, elle avait eu ce matin-là un peu plus de chance. En tapant une suite ridiculement longue de termes additionnels, elle avait obtenu un lien en haut de page, qu'elle avait longuement fixé.

Unfinished Business, avec des majuscules, était le nom d'une société privée située à Gatlinburg, dans le Tennessee, à environ quatre heures de voiture. Le but de cette société ? Enquêter sur des affaires non résolues par les forces de police de l'est du Tennessee. Maple Falls étant situé au milieu de l'État, ils n'opéraient pas chez eux, elle n'avait donc jamais entendu parler d'eux. Mais la cerise sur le gâteau, c'était que l'un des enquêteurs listés sur le site web avait un prénom qu'elle avait rarement entendu jusqu'à ces dernières semaines.

Lance.

Il était très peu probable que le Lance Cabrera d'Unfinished Business soit le Lance évoqué par la victime en rendant son dernier souffle. Ou même que cette entreprise corresponde aux mots que Rick avait écrits, sans majuscules, sur ce petit bout de papier. Mais, mises ensemble, ces deux choses ressemblaient à un signe, un présage.

Dans le meilleur des cas, UB et ce Lance connaissaient effectivement Rick Cameron et pourraient l'aider à résoudre l'affaire. Dans le pire, ils ignoreraient qui était la victime, mais en tant que spécialistes des affaires non résolues, ils pourraient lui prodiguer des conseils sur la façon de procéder. Quoi qu'il arrive, elle serait gagnante.

Elle posa une main sur le marbre froid.

— Il y a une chance sur un million pour que ce soit une véritable piste, monsieur Cameron. Ou que ce Lance soit *votre* Lance. Mais c'est tout ce que j'ai. Avec un peu de chance, il en sortira quelque chose qui enverra votre ou vos meurtriers en prison. Je pars à Gatlinburg pour m'occuper de votre affaire non résolue.

Un craquement derrière elle la fit sursauter. Elle se retourna, mais il n'y avait personne. Le cimetière était vide. Sa Toyota Camry argentée était garée à une cinquantaine de mètres, seule voiture dans le parking. Elle survola du regard la rangée d'arbres derrière la clôture métallique. Rien. C'était probablement la brise qui, en agitant les arbres, avait fait s'entrechoquer des branches. Ou un animal qui, en farfouillant dans le bois, avait piétiné des feuilles mortes. Il y en avait partout car on était au milieu de l'automne.

Mais cela ne supprima pas le malaise qui l'avait saisie. Après un dernier regard circulaire, elle fonça vers sa voiture, arme dégainée et prête à faire feu.

3

Lance Cabrera avait toujours su que son temps était compté. Que le passé le rattraperait tôt ou tard. Mais il avait espéré que ce serait plus tard que tôt.

Tandis que la jeune et jolie policière leur racontait son histoire, il gardait une expression neutre. Elle était assise face à lui, dans l'une des salles de réunion d'Unfinished Business. Leurs locaux étaient perchés au sommet du mont Prescott, au-dessus de Gatlinburg.

Par le passé, quiconque se présentait avec une affaire et n'appartenait pas au Bureau d'investigation du Tennessee ou à l'une des agences de police de l'est de l'État n'aurait même pas pu franchir la porte. Mais cette règle avait été assouplie après que l'un des leurs avait été enlevé parce qu'ils avaient opposé un refus à la mauvaise personne.

Maintenant, quand ils avaient un peu de temps, ils acceptaient au moins d'écouter les gens qui leur demandaient de l'aide. Quand ils n'étaient pas les mieux indiqués ou les plus compétents, ils donnaient des conseils ou orientaient la personne en question vers d'autres agences. Mais leur but principal était de déterminer si cette personne pouvait représenter un danger.

Keira Sloane, cette petite inspectrice en devenir – yeux bruns et cheveux noirs – n'inquiétait sans doute pas les enquêteurs d'UB présents dans la pièce. Mais durant les vingt minutes qu'elle avait passées à parler et à répondre à des questions, il avait saisi l'énorme menace qu'elle représentait non seulement pour lui mais pour tout le monde dans la salle, y compris elle-même.

Elle tapota la pile de photos posée sur la table – des photos de scène de crime que, de son propre aveu, elle avait copiées à partir du dossier officiel. Elle se montrait honnête, ne cachant pas le fait qu'elle n'était pas censée travailler sur cette affaire.

— Il y a autre chose, dit-elle.

Les yeux noirs de la jeune femme se vrillèrent aux siens. Il sentit presque les clous s'enfoncer dans son cercueil.

— Vous savez déjà que la note dans le portefeuille de la victime portait les mots *unfinished business*, ce qui m'a conduite ici. Mais il m'a aussi dit quelque chose juste avant de mourir.

Grayson Prescott, le génie des affaires et ex-Army Ranger qui avait fondé UB, se pencha en avant, au bout de la longue table de conférence.

— Ne nous laissez pas dans l'expectative, madame Sloane. Que vous a dit M. Cameron ?

— C'était un seul mot, un nom. Il a murmuré « Lance » avec son dernier souffle.

Lance ne put s'empêcher de tressaillir à l'idée que Rick avait prononcé son nom alors qu'il était près de mourir dans une chambre de motel. Au moins, il n'était pas mort seul. Lance serait pour toujours reconnaissant à Keira Sloane parce que son joli visage était le dernier qu'avait vu Rick.

— Sacrée coïncidence, lâcha Ryland Beck, leur chef d'équipe.

— En effet, approuva Lance, en prenant soin de ne pas laisser percer le chagrin dans sa voix.

Il devait jouer ses cartes avec prudence. Il y avait beaucoup en jeu.

— Mais je ne qualifierais pas ça de convaincant. Il n'y a pas de lien évident entre la note et ce qu'il a dit. Les mots *unfinished business* n'ont pas de majuscule, comme ce serait le cas s'il s'agissait de notre agence. C'était plus probablement un pense-bête pour Cameron.

— C'est une théorie, admit Sloane. Une autre possibilité est qu'il se savait menacé, alors il a écrit exprès en minuscules pour brouiller les pistes.

— Pourquoi écrire une note s'il craignait qu'on la trouve ?

— Je me suis posé la question. La seule chose qui me semble plausible, c'est qu'il espérait précisément qu'elle serait découverte si quelque chose lui arrivait. Pour le meurtrier, cela ne voulait rien dire. Mais pour la police… Eh bien, c'est notre métier d'enquêter et de donner du sens aux indices. Cette expression est une miette laissée par un homme assassiné, qui a murmuré votre nom en guise de seconde miette. Il avait anticipé qu'un enquêteur suivrait cette trace. La question est : pourquoi ? Et qu'est-ce que cela a à voir avec vous, monsieur Cabrera ?

Lance gloussa comme s'il était amusé.

— Rick ne pouvait absolument pas savoir qu'il y aurait quelqu'un avec lui quand il mourrait et qu'il serait capable de prononcer un nom.

— Cela m'a traversé l'esprit aussi.

— Et ?

Elle haussa les épaules.

— Si j'avais tout compris, je ne vous demanderais pas votre aide.

— Très juste. Vous êtes certaine qu'il a dit « Lance » ? Cela aurait pu être Vance. Ou Vince. Ou autre chose. Vous disiez qu'il avait une hémorragie. Je doute que son cerveau fonctionnait à plein régime. Il n'était probablement même pas conscient de ce qu'il disait.

Elle rougit légèrement, de colère ou de gêne, il n'aurait su le dire.

— Il était lucide et il avait le regard clair. Est-ce que j'aurais pu mal comprendre ? C'est possible. Mais je crois vraiment qu'il a dit Lance.

— Vous croyez vraiment ? s'esclaffa-t-il pour souligner qu'il méprisait ses conclusions. Admettons que vous ne vous trompiez pas. Quel serait le lien entre ce nom et son meurtre ? Il s'agit peut-être d'un membre de sa famille ou d'un de ses amis. Il voulait que cette personne sache qu'il pensait à elle à la fin.

— Mes collègues ont exploré ces possibilités. Il n'avait pas de famille à notre connaissance. Pas d'ami non plus. Ce nom devait avoir un sens pour lui, sinon il n'aurait pas utilisé son dernier souffle pour me donner cette information.

Lance serra les poings si fort sous la table que ses mains s'engourdirent. Il se força à les détendre.

— S'il a vraiment dit « Lance » et qu'il était lucide, en quoi cela vous aide-t-il ? Ce n'est pas un nom courant, mais il n'est pas exactement rare non plus. Ce pourrait être un prénom ou un nom de famille. Je suis sûr que si vous effectuez une recherche Internet, vous obtiendrez des milliers de résultats rien que dans le Tennessee. Vous l'avez fait ? Chercher sur Internet ?

Sloane plissa les yeux. Elle n'appréciait pas qu'il remette ses compétences en cause et elle cachait mal son ressentiment. Tant mieux. Cette attitude défensive allait aider Lance à semer le doute sur ses conclusions.

Elle croisa les bras sur sa poitrine, ce qui lui donna l'air encore plus sur la défensive.

— J'ai cherché dans les bases de données locales et nationales. Je n'ai rien obtenu de significatif. Et vous avez raison de dire que mes recherches ont donné un grand nombre de résultats. Mais le nom de Lance associé à une société appelée Unfinished Business ? Cette combinaison n'est apparue qu'une seule fois, et elle m'a menée à vous.

Une onde de gêne parcourut la pièce. Lance poussa un soupir et s'adossa à sa chaise.

— Je n'y crois pas une seconde. Il doit y avoir des milliers de résultats pour cette expression, peut-être des dizaines de milliers. Il est impossible que vous les ayez tous vérifiés puis déterminé qu'un seul était associé à Lance d'une manière ou d'une autre. Que vous preniez contact avec nous, je le comprends. Mais sauter d'un point A à un point Z sans rien entre les deux n'est pas la bonne manière de trouver des réponses. Dites-moi que vous avez autre chose, des faits, des indices concrets qui justifient que vous ayez parcouru tout ce chemin et nous fassiez perdre un temps précieux avec vos théories.

Un coude heurta ses côtes. Fronçant les sourcils, il regarda Faith, assise à sa gauche, et se frotta le flanc.

— C'était quoi ça ?

— Les bonnes manières, répondit-elle. Tu t'en souviens ? Nous ne rabaissons pas les gens qui nous demandent de l'aide.

Il jeta un regard circulaire à l'assistance. Presque tout le monde le considérait avec désapprobation. Il sentit une rougeur gagner sa nuque. Rabaisser quelqu'un, comme l'avait formulé Faith, n'était pas sa manière de traiter les gens, surtout les femmes. Apparemment, il passait pour une brute et Sloane pour une victime sympathique.

Si les enjeux n'avaient pas été aussi élevés, il se serait confondu en excuses avant de se taire. Et il aurait fait tout ce qu'il pouvait pour faire oublier son comportement à Sloane. Mais il ne s'agissait pas seulement de lui. S'il ne réussissait pas à discréditer ses théories, elle et tous ceux qui, dans cette pièce, pourraient décider de l'aider étaient en péril.

— D'accord, d'accord.

Il leva les mains en signe d'apaisement.

— J'ai fait un peu trop de zèle en jouant l'avocat du diable. Je cherchais des failles dans vos conclusions. Je n'avais pas l'intention d'être blessant ni de passer pour un...

— Abruti ? proposa Faith.

Plusieurs enquêteurs rirent autour de la table. Keira haussa les sourcils, ignorant apparemment s'ils plaisantaient ou non.

Lance attendit que les rires s'éteignent. Il était temps d'adopter une approche plus directe.

— Je ne discuterai pas de cette conclusion, dit-il. Je me suis mal comporté. Et bien que je n'aie pas d'excuse, j'espère que tout le monde comprend au moins pourquoi. Après tout, ce n'est pas tous les jours que quelqu'un vient sur votre lieu de travail pour vous accuser d'être impliqué dans un meurtre. C'est pour cela que vous êtes ici, n'est-ce pas, madame Sloane ? Parce que vous pensez que j'ai tué M. Cameron ?

Elle arqua un sourcil par défi.

— Vous l'avez fait ?

Grayson tapota la table avec les jointures de ses doigts.

— Ça suffit.

Sa voix tonna dans la pièce.

— Je ne tolérerai pas qu'on accuse un de mes enquêteurs de meurtre.

Keira écarquilla les yeux.

— Je... euh... Je ne voulais pas... Je veux dire, je l'ai fait, mais je ne...

— Attendez, intervint Lance, prêt à jouer sa carte maîtresse. Maintenant que je comprends les... intentions de Mme Sloane, je peux facilement apaiser ses craintes en opposant un fait important à ses théories mal placées.

Elle se raidit et prit un air méfiant.

— Quel fait ?

— Mon alibi, bien sûr.

Elle cilla, surprise.

Lance fit signe à Faith et à son mari, Asher.

— Où étais-je le jour où M. Cameron a été tué ?

Faith fronça les sourcils.

— Je ne...

— Au début de cette réunion, Mme Sloane a dit que la victime a été tuée le 22 septembre. En début de soirée. N'est-ce pas, madame ?

— Vers 20 h 30, oui.

— Oh ! fit Faith. Bien sûr.

Elle adressa un sourire peiné à Sloane.

— Lance ne peut pas être impliqué.

Elle désigna Asher.

— Mon mari et moi pendions notre crémaillère avec tous les membres d'UB ce soir-là. Nous venons d'acheter notre première maison. Et avant que vous posiez la question, non, il n'était pas possible que Lance nous quitte sans que nous nous en apercevions. Bien qu'UB ait du personnel administratif, un service informatique et un labo, l'équipe d'enquêteurs en elle-même est réduite, moins d'une douzaine de personnes. Nous sommes très proches, plus comme une famille que comme des amis. Son absence aurait tout de suite été remarquée.

Grayson adressa un subtil hochement de tête à Lance et se détendit sur sa chaise. Il était également à cette fête, et il était sans nul doute soulagé que cela ait été résolu aussi facilement.

— Faith a pris une quantité de photos absolument obscène, plaisanta Lance.

Il gloussa quand elle tenta de lui donner un nouveau coup de coude.

— Je suis certain de figurer sur plusieurs dizaines d'entre elles. Les métadonnées de la carte du téléphone vous indiqueront la date et le lieu. Vous avez dit que Maple Falls est situé dans le comté de DeKalb. Je n'y suis jamais passé, mais je connais la géographie. Ce comté est à trois bonnes heures d'ici.

— Quatre, en fait.

Sloane semblait abattue, comme si elle avait enfin accepté qu'elle avait tort.

— Plus s'il y a de la circulation.

Lance sourit d'un air d'excuse.

— Je suis vraiment désolé que vous soyez venue de si loin. Mais j'espère que vous voyez maintenant que ces indices sur lesquels vous comptiez tant n'ont rien à voir avec moi ou avec l'agence. Ils n'ont probablement rien à voir du tout avec l'affaire.

Elle hocha la tête, l'air découragé. Lance regrettait d'être celui qui lui infligeait cette déception. Mais il était immensément soulagé qu'ils aient réussi à éviter la balle.

Elle lança un sourire penaud à Lance et Grayson.

— Je suis désolée que les choses aient déraillé. Le tact et la diplomatie n'ont jamais été mon fort. Et maintenant, je suis revenue à la case départ. Il va falloir que je réexamine toute l'affaire et que je trouve un autre point de départ, la véritable raison pour laquelle Rick Cameron a murmuré ce prénom et a écrit ces mots. Honnêtement, je suis perdue.

Lance la dévisagea avec atterrement.

— Vous ne laissez pas tomber l'enquête ? Vous ne laissez pas les inspecteurs de Maple Falls gérer l'affaire ?

— Les inspecteurs ?

Elle secoua la tête.

— Nous n'avons pas d'inspecteurs. Nous n'avons pas non plus de labo ni de service informatique. Quelques policiers de chez nous, qui font office d'inspecteurs à l'occasion, ont étudié le meurtre de M. Cameron. Dans les situations d'urgence, notre chef requiert l'assistance du bureau du shérif du comté. Mais il déteste ça et il ne l'a pas fait pour cette affaire, hormis solliciter quelques techniciens pour collecter les indices. C'est pourquoi j'y travaille sur mon temps libre. Mes vacances se terminent dans moins de deux semaines. Si je n'ai pas résolu l'affaire à ce moment-là, je crains qu'elle ne le soit jamais. À cet effet, si vous avez des conseils à me donner ou des suggestions à faire, je vous en serai très reconnaissante.

Grayson fit un geste englobant la table.

— Tout le monde ici, sauf moi, était inspecteur dans la police. J'ai recruté Ryland pour m'aider à convaincre les autres de venir travailler dans le privé. Ces enquêteurs ont des décennies d'expérience dans la résolution de crimes. Et vous savez déjà que nous sommes spécialisés dans les affaires non résolues. Je suis sûr qu'ils peuvent vous offrir quelques pistes.

L'expression d'avidité sur le visage de Sloane lorsque les membres de l'équipe commencèrent à lui prodiguer des conseils fit l'effet d'une douche froide à Lance. Tous ses arguments étaient tombés à plat. Cette policière déterminée n'allait pas cesser de creuser. Mais, au moins, Grayson et Ryland n'avaient pas proposé de mobiliser un ou plusieurs enquêteurs pour collaborer avec elle. C'était peut-être le seul point positif de cette réunion. En jouant la carte de l'alibi, il les avait détournés du besoin d'examiner l'affaire pour prouver son innocence. Tant que cela restait ainsi, ses amis étaient en sécurité. Mais Sloane pouvait ne pas l'être, si elle avait fait quelque chose qui avait attiré l'attention du meurtrier.

C'était ce que Lance avait besoin de savoir, et en détail : qu'avait-elle fait jusque-là ? Peut-être n'était-il pas trop tard pour elle. Du moment que le tueur ne la considérait pas comme une menace, elle n'était pas en danger. Mais pour lui, tout avait changé. Le passé avait redressé sa vilaine tête. S'il l'ignorait, il prendrait le risque que tous ceux qui étaient associés à lui deviennent des victimes collatérales. Trouver le meurtrier de Rick et garder le couvercle sur leur passé commun était primordial.

Tandis que Sloane tapait furieusement des notes sur sa tablette, Lance profita de l'occasion pour passer en revue chacun de ses amis.

Grayson Prescott – leur chef –, un héros de l'armée dont la femme avait été assassinée et la fille avait disparu. Révolté par le fait que l'enquête n'ait rien donné pendant des années, il avait fondé Unfinished Business. Lorsque UB avait résolu l'affaire, il avait consacré sa société à aider d'autres familles qui affrontaient des situations similaires.

À côté de Grayson se trouvait Willow, son épouse, une ancienne inspectrice de la police de Gatlinburg, qui l'avait aidé à résoudre le meurtre de sa première épouse et à retrouver sa fille.

Ryland Beck, leur chef d'équipe.

Trent. Son nom était Adam Trent, mais personne ne l'appelait jamais Adam. Il était descendu aux enfers pour sauver une femme qui fuyait depuis des années des ennemis déterminés à la tuer.

Il sourit à Callum Wright, qui détestait son nom de famille à cause de toutes les plaisanteries sur M. Right que cela lui occasionnait. Autrefois, Callum méprisait les avocats. Mais il en avait épousé une.

Asher et Faith Whitfield. C'était sans surprise, sauf pour eux-mêmes, que ces deux-là avaient fini ensemble.

Quelques membres de l'équipe n'étaient pas là : Rowan Knight, leur intermédiaire avec le TBI, et les enquêteurs Brice Galloway et Ivy Shaw.

Lance avait une profonde affection pour chacun et chacune.

En reposant les yeux au bout de la table, il constata que Grayson l'observait avec intensité. Il y avait des questions dans ses yeux. Sans aucun doute, il avait remarqué que Lance contemplait ses collègues tour à tour, et il se demandait pourquoi. Espérant détourner son attention, Lance feignit de s'intéresser à ce que Ryland disait à Sloane.

À son grand soulagement, quelques instants plus tard, Grayson se leva, signalant la fin de la réunion.

— Je vous souhaite toute la chance du monde dans votre enquête, madame Sloane. J'aurais aimé pouvoir faire plus pour vous.

Elle entreprit de ranger ses photos et sa tablette dans sa sacoche en cuir.

— Vous avez tous été extrêmement généreux de votre temps et vos conseils. Je vous en suis très reconnaissante.

L'équipe sortit lentement de la salle de conférences et descendit à la salle de guerre, en contrebas. Dans ce grand espace ouvert à deux niveaux, n'importe qui dans la salle de conférences pouvait voir en bas. De même, n'importe qui en bas pouvait voir à l'étage, y compris dans le bureau de Grayson, placé à côté de la plus grande salle de conférences.

Lance ferma la marche et tint la porte ouverte pour leur hôte.

— Madame Sloane...

Elle fit halte dans l'embrasure.

— Keira. Je pense qu'après en être pratiquement venus aux mains, nous devrions nous appeler par nos prénoms, vous ne croyez pas ?

Il rit, sincèrement amusé.

— Keira. Si l'un de nous a d'autres idées pour votre enquête, comment pouvons-nous vous joindre ? Vous allez séjourner à Gatlinburg quelques jours ?

Elle écarquilla les yeux.

— Eh bien, je vous suis reconnaissante de poser la question. Bien que je sois…

— Surprise ?

Elle acquiesça.

— Mes excuses, à nouveau. Je ne voulais pas me montrer aussi grossier avec vous. Votre visite et ce que vous nous avez dit m'ont un peu déstabilisé.

C'était l'euphémisme du siècle.

— Mais ce n'est pas une excuse pour la manière dont je vous ai traitée. Vous me pardonnez ?

Le sourire qu'elle lui offrit la transforma complètement. De jolie, elle devint… renversante. Dans une autre vie, ils auraient pu être amis. Ou davantage. Outre le fait qu'elle était incroyablement séduisante, elle avait des qualités qu'il admirait beaucoup : l'honnêteté, l'intégrité et la vivacité d'esprit. En temps normal, il aurait également apprécié son entêtement et son refus d'abandonner l'enquête. Mais pour l'instant, ces qualités étaient extrêmement contrariantes.

— Vous êtes pardonné.

Elle lui tendit une carte de visite.

— J'ai loué un chalet pour quelques jours, sur la Skyline Road. Il est accroché au flanc de la montagne, avec une allée si raide que je refuse de m'y garer.

Elle feignit de frissonner.

— Je crois que je vois où c'est. Les gens parient qu'un jour un touriste glissera et roulera tout le long de la montagne.

Devant son air horrifié, il sourit.

— Je vous taquine.

— Oui, eh bien, je n'utilise pas ce chemin. Je me gare sur la route, devant.

— Vous avez quatre roues motrices, j'espère. Il ne fait pas encore assez froid pour qu'il neige, mais il faut parfois un surcroît de puissance pour gravir ces pentes.

— Ma Camry a quatre roues motrices. Jusqu'ici, elle tient bien la route. Je pense que ça ira.

— Je suis sûr que oui.

Il glissa la carte de visite dans la poche intérieure de son costume.

Elle fit mine de partir, puis s'arrêta.

— Pour le joindre, il vaut mieux utiliser le numéro personnel qui figure sur la carte. Pas au bureau. Parce que… eh bien…

— Vous n'êtes jamais venue. Et vos collègues ne savent pas que vous jouez au détective.

En la voyant rougir légèrement, il sourit à nouveau.

— Votre secret est en sécurité avec nous. Bonne journée, madame Sloane.

Elle lui retourna un sourire reconnaissant.

— Keira.

— Keira.

Tandis qu'elle descendait l'escalier, Lance fit halte sur le palier pour la regarder. Les grandes baies vitrées de la salle de guerre donnaient sur le parking. Fidèle à sa parole, elle monta dans une Camry argentée dernier modèle. Il ne put voir la plaque d'immatriculation et ne put donc la noter. Mais il n'en avait pas besoin.

Il savait exactement où elle allait.

Quelques instants plus tard, il gagna son bureau et prit son ordinateur portable.

— Hé, Lance !

Asher lui faisait signe depuis son bureau, deux allées plus loin.

— Tu peux jeter un coup d'œil à ça ?

— Désolé, vieux. Je dois m'occuper de quelque chose.

Il se dirigea vers la sortie.

— Tu reviens tout à l'heure ? cria Asher.

— Oui.

Ce mensonge avait un goût amer. Arrivé à la porte, il se retourna pour jeter un dernier regard à son équipe et remarqua Grayson et Ryland qui le regardaient depuis l'étage. Lance leur adressa un signe de tête et reprit son chemin, sachant qu'il ne les reverrait pas. Parce que contrairement à ce qu'il venait de dire à Asher, il ne reviendrait jamais.

4

Keira leva les yeux de sa tablette en entendant un coup frappé à la porte du chalet. Elle était arrivée depuis à peine quelques minutes et s'était assise dans le salon pour revoir ses notes de la réunion avec UB.

Bien qu'elle ne s'attende pas à des ennuis, le fait que quelqu'un se soit déplacé jusqu'à ce chalet haut perché la poussa à s'emparer de son arme de service. Mais en jetant un regard par le judas, elle ne vit personne. Encore plus surprenant, un SUV noir aux vitres teintées tournait dans le chemin d'accès.

Lorsque la portière du SUV s'ouvrit, elle reconnut avec surprise une silhouette aux larges épaules. En le voyant glisser ses lunettes de soleil dans la poche de son costume anthracite, elle secoua la tête. Que faisait donc Lance Cabrera ici, au nom du ciel ? Et était-il aussi grand et séduisant tout à l'heure ? Elle était tellement nerveuse en présentant ses informations aux enquêteurs rassemblés qu'elle n'avait pas prêté attention à sa beauté un peu sauvage.

Elle posa le pistolet sur la console avant d'ouvrir la porte.

— Lance, dit-elle tandis qu'il gravissait les marches du porche. Que se passe-t-il ? J'ai laissé mon stylo préféré chez UB, et vous êtes venu me le rendre ?

Ses yeux d'un bleu profond se plissèrent d'amusement.

— Je n'ai pas remarqué de stylographe indiscipliné lorsque je suis sorti de la pièce.

— Alors je dois avouer que votre apparition me rend perplexe.

Je n'ai pas pu vous faire bonne impression en vous accusant de meurtre. J'imagine donc que vous n'êtes pas ici pour m'inviter à sortir avec vous.

Il sourit jusqu'aux oreilles.

— Si je pensais que vous y consentiriez, ce serait un honneur pour moi de formuler cette invitation.

Son sourire s'évanouit.

— Malheureusement, il ne s'agit pas de mondanités. Il faut que nous parlions.

Il désigna la porte.

— Vous permettez que j'entre ?

— Oh ! bien sûr.

Elle ouvrit plus grand et s'écarta.

— Je bavarde alors que vous avez probablement froid. Je peux vous offrir un chocolat chaud ou...

Elle le regarda avec surprise refermer la porte derrière lui et la verrouiller. Un picotement de malaise parcourut son échine.

— Eh bien, c'est bizarre. D'abord, il y a un coup à la porte et personne dehors. Ensuite, vous apparaissez et vous refermez la porte comme si vous aviez le diable à vos trousses.

Elle rit avec embarras.

— Y a-t-il un tueur armé d'une hache en liberté dans les Smoky Mountains ?

Le regard intense de Lance se posa sur elle.

— Quelqu'un a frappé chez vous et s'est caché ?

— Oui, je suppose... Je veux dire, cela ressemblait à un coup à la porte, mais cela aurait pu être un animal ou un oiseau. Je venais de regarder par le judas quand vous êtes arrivé.

Soudain il dégaina son arme, qu'il tint le long de sa jambe.

— Toutes les portes et les fenêtres sont fermées ?

— Je... Oui, je crois. Je n'en ai ouvert aucune depuis que je suis rentrée. Mais...

— Verrouillez derrière moi. Attendez ici. Ne sortez pas.

Il franchit le seuil en sens inverse et tourna à gauche, courant le long du chalet avant qu'elle puisse l'en empêcher.

Elle referma la porte plus bruyamment que nécessaire et la verrouilla comme il le lui avait dit. Mais, en s'approchant du canapé, elle s'immobilisa soudain.

— Au diable tout ça ! Je n'ai pas conduit quatre heures pour être traitée comme une femme sans défense. C'est déjà assez souvent le cas au boulot.

Elle prit son pistolet et ressortit.

Comme Lance était parti vers la gauche, elle prit à droite, espérant que s'il y avait quelqu'un, ils pourraient le prendre en tenaille. Cela semblait un peu ridicule de se promener avec son arme dégainée, à la poursuite de ce qui devait être un gosse jouant à sonner chez les autres ou voulant faire une farce à la touriste qu'elle était. Elle n'avait pas de voisins à proximité immédiate, mais il y avait d'autres chalets plus bas sur la route, à distance de marche. Pour autant, si Lance était assez inquiet pour sortir son arme, elle allait suivre son exemple, au moins jusqu'à ce qu'il lui explique ses craintes.

En continuant d'avancer le long de la maison, elle ne rencontra ni délinquant juvénile ni qui que ce soit. Elle n'entendait pas grand-chose non plus, en dehors du vent froid qui soufflait dans les branches et lui faisait regretter d'avoir laissé sa veste à l'intérieur. Un silence sinistre régnait dans les bois. Aucun cri d'écureuil, aucun pépiement d'oiseau, aucun froissement de brindilles. Elle hésita. Était-ce aussi silencieux quand elle était rentrée ? Il lui semblait que cet environnement avait été plus sonore auparavant.

En alerte, elle leva son pistolet, balayant les buissons autour des fondations du chalet. À gauche, elle examina les épais fourrés, cherchant quelque chose qui aurait détonné. À l'écoute d'une menace potentielle.

Parvenue à l'angle arrière du chalet, elle s'accroupit à demi. Baissant la tête, elle jeta un coup d'œil derrière le coin. Une forêt de madriers profondément enfoncés dans le sol ancrait le chalet dans la roche. Rien. Aucun adolescent rebelle, aucun méchant sur échasses pointant une arme sur elle. Mais Lance n'était pas là non plus. N'aurait-il pas dû atteindre l'angle opposé quelques secondes avant elle ?

Son estomac se noua. Peut-être avait-il eu des ennuis. Et elle était son seul renfort. Faisant demi-tour, elle courut vers l'avant de la maison.

Il lui fallut prendre sur elle pour s'arrêter à l'angle. Foncer sans regarder où elle allait était une manœuvre de bleue. Avec six ans d'expérience dans la police, elle n'arrivait peut-être pas à la cheville des enquêteurs d'UB, mais elle n'était pas non plus néophyte.

S'accroupissant à nouveau pour ne pas constituer une cible facile, elle glissa un regard vers le porche surélevé. Vide. Où était Lance ?

Des feuilles mortes crissèrent derrière elle. Elle se retourna d'un coup. Un homme entièrement vêtu de noir se jeta sur elle. Avant qu'elle puisse réagir, il la projeta contre la paroi en rondins et l'écrasa contre lui. Son arme lui échappa et fila sur le sol. Elle se tordit entre ses bras, essayant furieusement de se dégager.

Il jura à son oreille et la souleva dans les airs.

Elle lui griffa les bras, mais ne put atteindre la peau à cause de ses manches longues. Même résultat avec ses mains, qui étaient protégées par des gants en cuir. Agrippant l'un de ses doigts, elle le tordit en arrière d'un coup sec. Un fort craquement se fit entendre, suivi d'un hurlement de rage et de douleur.

Il la projeta contre la paroi comme si elle était une poupée de chiffon. Elle heurta durement les rondins et poussa un glapissement avant de tomber à genoux. Ses côtes lui faisaient mal à chaque inspiration. Ses oreilles sifflaient. Mais elle ne pouvait pas se recroqueviller en position fœtale, elle devait surmonter la douleur, se défendre. Où était son arme ?

L'homme se tenait à quelques pas d'elle, haletant sous le coup de l'effort, sa main blessée pressée contre sa poitrine. En noir de la tête aux pieds, avec une cagoule, il ne montrait de lui que ses yeux marron foncé où brillait une lueur de vengeance.

De sa main valide, il tira un long couteau cranté de sous son pull.

— Que voulez-vous ? lança-t-elle, en promenant un regard désespéré alentour.

Là, son pistolet. Il était à cinq mètres, à moitié enfoui sous les feuilles mortes.

Il se rua sur elle, le couteau brandi.

Elle roula sur le côté, évitant de peu la trajectoire de la lame. Puis elle plongea vers son pistolet. Un cri guttural s'éleva derrière elle. Avec un gémissement de panique, elle se saisit de son arme et se retourna.

Lance était subitement apparu, se jetant sur l'homme au couteau. Ils roulaient sur le sol dans une étreinte mortelle.

Keira sauta sur ses pieds. Ses côtes endolories la firent hoqueter de douleur. En trébuchant, elle leva son arme.

Mais elle n'eut pas le temps de viser. Elle n'en eut pas besoin. Le combat finit aussi rapidement qu'il avait commencé. L'homme au couteau poussa un grognement et s'effondra sur le sol. La lame était plantée dans son cou. Du sang satura rapidement son col, et il émit un gargouillement écœurant.

Lance releva la tête, les yeux écarquillés.

— Keira, baissez-vous !

Elle se jeta à terre.

Bam ! Bam ! Bam !

Elle hoqueta lorsqu'un autre homme vêtu de noir tomba à quelques mètres de l'endroit où elle s'était tenue, en lâchant une arme. Lance l'avait sauvée. Mais pourquoi devait-elle être sauvée ?

— Qu'est-ce qui se passe, bon sang, Lance ? Pourquoi ces hommes vous ont-ils suivi ?

— Ils ne m'ont pas suivi. C'est *vous* qu'ils ont suivie.

Il lui prit la main.

— Venez. Il faut filer d'ici.

Il l'entraîna vers son SUV.

— Que voulez-vous dire ? Les seules personnes que j'ai rencontrées ici, ce sont vous et les autres chez UB.

— Nous en parlerons plus tard.

Il désigna la portière du côté passager tout en déverrouillant le véhicule avec sa clé électronique.

— Montez.

Des coups de feu résonnèrent parmi les arbres. Des balles se fichèrent dans le pare-brise arrière, faisant pleuvoir le verre sur le béton avec fracas.

Lance se retourna et tira vers les bois, de l'autre côté de la route. D'autres balles percutèrent l'arrière du SUV.

Keira riposta en visant l'endroit où elle avait vu un canon faire feu.

— Rentrez dans le chalet ! hurla Lance. Je vous couvre !

— On se couvre mutuellement !

Il se rembrunit mais ne discuta pas. Ils firent feu ensemble tout en gravissant les marches au pas de course et en se ruant dans la maison. Cette fois, ce fut elle qui claqua la porte et enclencha le verrou. Lance l'attira à terre, sous les fenêtres de la façade, à quelques mètres de l'entrée. Il la recouvrit de son corps tandis que les balles se fichaient dans la porte d'entrée.

Keira s'efforça de le repousser, écrasée par son poids. Elle avait du mal à respirer et ses côtes endolories protestaient.

— Vous savez que je suis flic, n'est-ce pas ? réussit-elle à articuler en respirant avec difficulté. Je peux me défendre. Poussez-vous.

— Et vous savez que je suis un homme, n'est-ce pas ? Et un ancien flic ? Je ne vais pas jouer les lâches pendant qu'une femme prend une balle à ma place.

Elle le repoussa en jurant. Il se mit à rire.

— Vous auriez dû être marin. Ce sont des mots bien salés pour sortir d'une aussi jolie bouche.

— Vous trouvez ça drôle ?

Elle toussa avant d'inspirer avec difficulté.

— Des gens essaient de nous tuer.

— Ce ne sera pas la première fois. Ni la dernière.

Il pencha la tête pour écouter, tout en continuant de lui écraser les côtes.

— La fusillade a cessé.

Elle s'efforça encore de le repousser.

— Tant mieux. Ils ont peut-être renoncé.

— Ne comptez pas là-dessus. Nous avons de la chance que la porte soit solide et que les murs de rondins stoppent les balles. Ils n'ont manifestement pas d'armes lourdes. Peut-être des armes de poing.

— Et des couteaux.

Il fit la grimace.

— Et des couteaux. Je pense que nous avons quelques minutes avant qu'ils imaginent comment entrer ici.

— Alors, bougez-vous ! Tout de suite, avant que je manque d'oxygène.

— Désolé.

Il roula sur le côté, un sourire ironique aux lèvres, mais resta allongé à côté d'elle.

— Ne vous levez pas avant que nous soyons loin des fenêtres.

— Sans blague.

Elle inspira à fond et le regretta immédiatement, grimaçant de douleur.

— Qu'est-ce qu'il y a ?

Il glissa une main sur son ventre puis sur sa poitrine, comme pour chercher une blessure.

— Il vous a entaillée ? Vous avez été touchée ?

Elle repoussa sa main avant que les choses deviennent embarrassantes.

— Pas d'entaille ni de blessure. Le type m'a projetée contre la paroi du chalet. Je pense que je n'ai rien de cassé, juste des bleus.

Elle inspira par petits coups, soulagée de constater que la douleur était plus supportable ainsi. Roulant légèrement sur le flanc, elle tira son téléphone de la poche de son jeans.

Il fronça les sourcils.

— Que faites-vous ?

— J'appelle le 911.

— Je préférerais ne pas impliquer la police.

Elle lui jeta un regard incrédule.

— Sérieusement ? Je *suis* la police. Nous sommes *déjà* impliqués.

Il sourit jusqu'aux oreilles.

— Oui, effectivement. Je suppose que nous n'avons pas le choix à ce stade. Je ne m'attendais pas à ce qu'ils fondent sur vous aussi vite.

Elle interrompit son geste, le téléphone en main.

— Fondent sur moi ? C'est la deuxième fois que vous sous-entendez que je suis la cible. Mais c'est peut-être après vous qu'ils en ont.

— Oh ! naturellement. Il n'y a pas de doute. Mais ils ne savaient pas où j'étais jusqu'à ce que vous les meniez à Gatlinburg, chez nous.

— Vous me mettez tout ça sur le dos ?

— Bien sûr que non. Je vous explique juste…

Un bruit sourd se fit entendre au-dessus d'eux. Ils levèrent les yeux.

— Ils sont sur le toit, dit-il. Ils préfèrent ne pas essayer les fenêtres de devant. Dites-moi que cette maison n'a pas de Velux, je vous en prie.

— Dans la cuisine, à gauche, au fond.

Elle composa le 911 sur son téléphone, mais elle ne perçut que de la friture. Elle l'examina pour voir s'il avait été abîmé, mais l'appareil était impeccable, pas une seule rayure. Et il y avait quatre barres de réseau. Excellente réception. Alors pourquoi l'appel ne passait-il pas ?

Lance lui prit le téléphone des mains et le tint à son oreille.

— Le réseau est brouillé.

— Brouillé ? Qui sont ces gens ? Que veulent-ils ?

— Pour l'instant ? Nous tuer. Ou, plus probablement, vous tuer et me faire prisonnier assez longtemps pour me torturer et m'arracher des informations. Ensuite ils m'élimineront aussi.

Elle le dévisagea avec horreur.

— Qu'avez-vous fait ? Vous avez couché avec la fille d'un patron de la mafia ?

Il émit un rire franc.

— J'aimerais bien. Au moins, ça en aurait valu la peine.

— Vous plaisantez dans un moment pareil ?

— Je fais plusieurs choses à la fois, j'essaie aussi de trouver un plan qui nous permette de rester en vie, la torture en moins.

— Et c'est quoi, ce plan ?

— Vous avez raté la partie « j'essaie de trouver » ?

Elle leva les yeux au ciel.

— Il faut sortir d'ici et nous cacher quelque part.

— Là-dessus, nous sommes d'accord. C'est le comment que j'ignore encore. Le plan du chalet ?

— La cuisine à gauche, le salon, la chambre et la salle de bains par cette porte tout à fait à droite.

— Et à côté de la chambre ? C'est un placard ?

— C'est l'accès au sous-sol. Une salle de jeu. Mais il n'y a pas de sortie. Aucune fenêtre, aucune porte. Des murs en béton. Nous serions piégés si nous y descendions.

— Des murs en béton, c'est une protection, avec une seule entrée à garder, l'escalier. C'est plus que ce que nous avons à cet étage.

— Je n'aime pas ça, dit-elle.

Il y eut un grand *boum* dans la cuisine, suivi d'un bruit de verre brisé.

Lance resserra les doigts sur son pistolet.

— Il est temps de prendre position, général Custer. Dehors, où les balles volaient tout à l'heure ? Ou le sous-sol sans fenêtre ?

— Je tente ma chance dehors.

Elle bondit pour ouvrir la porte d'entrée.

Lance se jeta sur elle pour la projeter au sol, juste avant qu'un tir de barrage démantèle la fenêtre devant laquelle elle se tenait, faisant pleuvoir du verre sur eux.

Elle poussa un juron, attrapa le bord d'une couverture posée sur une chaise et la jeta sur le plancher, par-dessus le verre. Puis elle rampa dessus vers la porte d'entrée.

Il la suivit rapidement, lui bloquant le passage afin qu'elle n'ouvre pas la porte.

— À propos de ce plan…

— Je sais, je sais. Même si je déteste ça, le sous-sol est notre seule option viable.

— Femme futée que vous êtes. *Allez.*

Il la poussa devant lui. Ils rampèrent aussi vite que possible, se cognant les genoux sur le plancher et s'efforçant de ne pas devenir des cibles visibles à travers les fenêtres.

Ils étaient presque parvenus à la porte du sous-sol quand des cris s'élevèrent derrière eux.

— Dépêchez-vous, cria Lance.

Keira bondit en avant et poussa la porte. L'espace obscur la fit hésiter. Elle souffla lentement pour essayer de réprimer sa peur. Devant le regard interrogateur de Lance, elle redressa les épaules et se força à dévaler les marches. Au pied de l'escalier, elle se retourna anxieusement, s'attendant à trouver Lance juste derrière elle. Mais sa silhouette obscure se tenait dans l'encadrement de la porte.

— Verrouillez la porte ! hurla-t-il, et il la claqua.

Un choc se fit entendre contre le panneau.

Elle resta immobile, stupéfaite. Qu'est-ce que c'était que ça ? Tirant son pistolet, elle remonta l'escalier en courant. Mais lorsqu'elle poussa la porte, celle-ci bougea à peine. Elle s'arc-bouta, en vain. La porte ne s'ouvrit que de quelques millimètres. Ce bruit qu'elle avait entendu, ce devait être Lance qui calait un fauteuil sous la poignée pour l'enfermer dans le sous-sol.

Les terreurs du passé fondirent sur elle, rétrécissant sa vision. Elle devait sortir de là. Elle hurla des mots choisis et heurta la porte de l'épaule. Ses côtes protestèrent, et elle se plia en deux de douleur. Elle inspira à petits coups jusqu'à ce qu'elle puisse se redresser. Puis elle envoya son poing contre le panneau, encore et encore, tremblant de tout son corps.

— Lance ! Laissez-moi sortir !

Des coups de feu résonnèrent dans la grande pièce. Des grognements. Des cris. Encore du verre brisé. Combien de ces dingues y avait-il là-haut ? Elle se jeta sur la porte, combattant la douleur, désespérée de pouvoir aider Lance. Et de s'échapper de cette cache avant de se recroqueviller en position fœtale comme la jeune fille terrifiée qu'elle avait été jadis. Sortir, elle devait sortir !

Quelques atroces minutes plus tard, un silence soudain la secoua plus encore que les cris et les coups de feu. Était-ce le calme avant la tempête, comme quand les oiseaux s'étaient arrêtés de chanter ? Que se passait-il ?

La porte s'ouvrit à la volée.

Elle recula en trébuchant, agrippant la rampe pour éviter de tomber tout en braquant son arme vers l'homme qui se dressait devant elle. Il leva immédiatement les mains. Elle le reconnut et baissa son pistolet.

— Monsieur Prescott ?

— Madame Sloane.

Il laissa retomber ses mains, l'air légèrement essoufflé. Il y avait une coupure récente sur sa mâchoire. Son costume trois-pièces était déchiré en plusieurs endroits et sa chemise, tachée de sang.

— Au risque d'employer un cliché, la voie est libre.

Lance apparut à côté de lui, dans un état encore pire. Ses vêtements, son cou et ses cheveux étaient ensanglantés. Des hématomes bleuissaient déjà sur sa mâchoire.

Elle fit quelques pas vers la porte.

— Lance. Vous êtes blessé ? Que...

— Nous n'avons pas beaucoup de temps, lui dit-il. Il leur a fallu douze ans pour me retrouver. Maintenant que c'est le cas, ils vont faire le maximum pour m'avoir. Tous ceux qui seront ici quand les renforts arriveront seront en danger.

Il lui tendit la main.

— Nous devons partir. Tout de suite.

Elle glissa son pistolet dans la ceinture de son pantalon et le contourna pour entrer dans la pièce principale. Elle écarquilla les yeux devant le spectacle. Plusieurs hommes vêtus de noir étaient à terre, visiblement morts.

Asher, Ryland, Faith et deux autres enquêteurs se tenaient au fond, près de la cheminée, l'air aussi échevelé que leur patron et, pour plusieurs d'entre eux, saignant à divers endroits.

— Que s'est-il passé ? demanda-t-elle. Y en a-t-il qui sont gravement blessés parmi vous ?

Lance fourra un nouveau chargeur dans son pistolet en regardant par les fenêtres obscurcies par la nuit.

Grayson s'arrêta près de Keira.

— Heureusement, tout le monde va bien. Lance a pris le plus gros. Il se battait avec deux hommes quand nous sommes arrivés.

Lance se détourna des fenêtres.

— J'avais les choses en main. Vous n'auriez pas dû venir.

— Il n'y a pas de quoi, dit Grayson en levant les yeux au ciel.

Lance laissa échapper un soupir et considéra ses collègues, leur offrant un bref hochement de tête en guise de remerciement. En s'approchant de Keira et de Grayson, il ouvrit le pan de sa veste et remit son pistolet dans son holster.

— Je ne veux pas avoir l'air ingrat. Mais j'avais espéré ne pas vous impliquer. Comment avez-vous su où je me trouvais ? Ou que Keira avait des ennuis ?

Asher désigna les dégâts autour d'eux.

— Nous nous sommes mis à parler après ton départ. Tu étais tellement dissuasif durant la réunion, tu essayais tellement de discréditer l'enquête de Mme Sloane... C'était évident qu'il se passait quelque chose et que cela vous concernait tous les deux. Il ne nous a fallu que quelques coups de téléphone pour savoir où elle logeait. Nous avions projeté de venir lui parler d'abord, puis nous serions allés chez toi. Nous ne nous attendions pas à nous retrouver à OK Corral.

Keira planta les mains sur ses hanches.

— Que se passe-t-il, Lance ? Vous disiez que ces hommes vous poursuivent depuis des années, mais qu'ils m'ont suivie. Ça vous a traversé l'esprit de m'avertir quand j'étais à UB ?

— Rien de ce que vous avez dit ce matin ne m'a donné à penser que vous aviez attiré l'attention de ces types, lui rétorqua-t-il avec un regard noir. Je suis venu ici pour parler, pour m'assurer que vous n'aviez rien fait qui puisse vous mettre en danger. Ensuite, j'allais essayer de vous convaincre de laisser tomber l'affaire, de vous éloigner du danger. Si j'avais su qu'ils vous avaient suivie, qu'ils étaient à Gatlinburg, je ne vous aurais évidemment pas laissée tomber dans le piège. Je vous aurais emmenée en quittant UB et je vous aurais protégée.

— Attends, dit Faith. J'ai bien compris ? Quelqu'un essaie de te retrouver et de te tuer depuis des années ? Rick Cameron est lié à tout ça ? Et tu craignais que Keira ne mène ces ennemis à toi ? Pourtant, au lieu de nous raconter tout ça et de nous demander de t'aider, tu as risqué ta vie et la sienne en t'efforçant de gérer ça tout seul ?

Lance tressaillit.

— Ça semble pire quand tu le résumes ainsi.

Asher s'approcha de lui.

— Tu avais l'air bizarre dans la salle de guerre quand tu m'as dit que tu me verrais plus tard. Tu mentais, non ? Quand tu es parti d'UB, tu partais pour de bon, tu n'avais pas l'intention de revenir. Dis-moi que je me trompe, Lance. Je t'en prie, dis-moi que je me trompe.

Lance détourna le regard. Asher poussa un juron. Keira sortit son téléphone.

— Ne me dites pas que vous allez encore appeler la police.

Lance avait l'air alarmé.

— À supposer que le signal ne soit plus brouillé, bien sûr que je vais appeler la police.

Il lui prit le téléphone des mains.

— *Non.*

Grayson fit signe aux autres. Soudain, Keira et Lance furent entourés par les enquêteurs d'UB, un mur de corps qui les empêchait de partir.

— La police est déjà en chemin, lui dit Grayson. Et tu n'iras nulle part sans avoir expliqué à tes collègues, tes amis, ce qui se passe exactement.

Lance eut l'air de vouloir argumenter, mais en entendant des sirènes approcher, il se contenta de serrer les poings.

Grayson lui posa une main sur l'épaule.

— Je vois les rouages tourner dans ta tête. Tu cherches à inventer une histoire quelconque pour qu'on te laisse tranquille. Tu essaies de trouver comment nous garder en sécurité, pendant que toi et éventuellement Mme Sloane, vous affrontez seuls quelque chose d'incroyablement dangereux. Ces types ne sont pas des criminels ordinaires. Ils semblent hautement organisés, entraînés et financés. Tu as besoin de notre aide, que tu le veuilles ou non.

Lance serra les dents.

— Je refuse qu'un seul d'entre vous soit blessé.

Il regarda autour de lui et poussa un soupir.

— Pas plus que vous ne l'êtes déjà.

Grayson ôta sa main de son épaule.

— Je ne le veux pas non plus. C'est pourquoi tu dois nous mettre au courant, nous donner les informations nécessaires pour que nous sachions qui nous combattons. Ensuite, nous nous battrons ensemble.

Il regarda les autres.

— Je n'ai pas raison ?

— Fichtrement raison, lança Faith, et les autres approuvèrent.

Keira arqua un sourcil et éleva la voix pour se faire entendre par-dessus les sirènes de plus en plus proches.

— Je suis déjà là-dedans jusqu'au cou. Et je ne vous laisserai pas partir sans moi.

Grayson désigna les fenêtres du devant, ou ce qu'il en restait après qu'elles avaient été pulvérisées par les balles.

— La police va arriver d'une seconde à l'autre. Lance, donne-moi ta parole que tu vas collaborer et que nous déciderons d'un plan ensemble. Ne joue pas ça en solo.

Lance leur adressa un regard peiné, puis hocha la tête.

— D'accord. Je vous dirai tout. Mais pas devant la police.

— Ils peuvent nous aider, objecta Grayson.

— Pas pour ça. Croyez-moi.

Grayson dévisagea Lance quelques instants, puis acquiesça.

— D'accord. J'accepte pour l'instant. Mais il nous faut un scénario pour assurer notre couverture. Vite.

— Rester proche de la vérité est le mieux, dit Keira. Ça réduit le risque que nos versions ne correspondent pas. Ce devrait être facile puisque Lance est le seul à savoir ce qui se passe et qui en a après lui.

Il lui adressa un regard étrange, comme s'il voulait corriger quelque chose qu'elle avait dit. Mais il se contenta de hausser les épaules et resta silencieux.

— Les sirènes se sont tues.

Faith désigna les ouvertures, où se trouvaient auparavant les fenêtres.

— Ils ont dû se garer plus loin sur la route au cas où il y aurait des tireurs actifs. Mais ils sont probablement en train de traverser les bois au pas de course en ce moment même. Keira a raison. Nous devrions rester au plus près de la vérité. Nous pouvons dire que nous sommes venus voir Keira ici, que nous avons été surpris de trouver Lance et que ces ninjas essayaient de les tuer. Mais comment expliquer la présence de Keira à Gatlinburg et la nôtre ici, sans mentionner l'affaire Rick Cameron et tout ce qui a à voir avec ce mystérieux passé ?

— Cette partie-là est facile.

Lance adressa un demi-sourire à Keira et posa un bras sur ses épaules.

— Vous et moi sortons ensemble. Mes amis l'ont découvert ce matin chez UB quand je leur en ai parlé. Après mon départ, ils sont venus vous voir pour vous soutirer des informations sur notre relation. Moi, bien sûr, j'étais déjà là, étant donné que vous êtes ma petite amie.

Elle rougit et ôta son bras de ses épaules.

— Essayez de m'embrasser, et je vous flanque un coup de poing.

Son sourire s'élargit.

— C'est noté.

Un mouvement au-dehors attira leur attention. Des policiers en gilets pare-balles émergèrent du couvert des arbres, courant lourdement vers les marches du porche pour venir braquer de longs fusils par les ouvertures.

Lance poussa un juron.

— Police de Gatlinburg ! hurla l'un d'eux. Déposez vos armes ! Sortez, les mains en l'air !

Grayson tira sur sa veste de costume, en fronçant les sourcils devant les gouttes de sang et les déchirures du luxueux tissu.

— Dites-en le moins possible.

Il parlait bas afin que les policiers ne l'entendent pas.

— Tenez-vous-en à l'histoire que Lance vient d'inventer. Ne donnez aucune information supplémentaire.

Il secoua la tête d'un air dégoûté.

— Que Dieu nous vienne en aide. Nous allons mentir au chef de la police.

5

Du haut de ses vingt-huit ans, en dehors des horreurs qui lui étaient arrivées à l'adolescence, Keira ne se rappelait pas une journée aussi folle, effrayante ou confondante que celle-ci. Et elle n'était même pas terminée. Le soleil commençait juste à se coucher. Mais au lieu de profiter du confort douillet du chalet, comme elle l'avait prévu en se levant ce jour-là, elle était de retour à Unfinished Business.

L'une des différences entre ce matin et ce début de soirée, c'était qu'au lieu de se trouver dans une salle de réunion, elle était assise au beau milieu de ladite salle de guerre. Les autres chaises avaient été disposées en demi-cercle. Mais peu d'entre elles étaient occupées. Les enquêteurs d'UB se tenaient en petits groupes tout autour, buvant et mangeant les sandwichs que leur patron avait commandés pour le dîner.

La plus grosse différence d'avec le matin était la raison de sa présence ici. Elle n'étudiait plus seulement une affaire. Elle essayait de découvrir pourquoi on lui avait tiré dessus, pourquoi on l'avait frappée, presque poignardée, enfermée dans un sous-sol obscur et, pis que tout peut-être, pourquoi elle avait été forcée de mentir à des collègues policiers. Plutôt que de leur dire qu'elle était là pour enquêter sur un meurtre, elle prétendit être la petite amie de Lance.

Comme si une chose pareille pouvait arriver. Elle ne pouvait imaginer que les étoiles s'alignent pour eux, pas après ces débuts fâcheux.

Pire encore, le chef de la police de Gatlinburg, Russo, lui avait fait du chantage pour qu'elle aille à l'hôpital. Elle avait argumenté en disant qu'elle avait seulement un peu mal et que ses côtes n'étaient sûrement pas cassées. Après tout, elle était déjà passée par là, ce que, bien sûr, elle n'avait pas mentionné. Finalement, Russo avait menacé d'appeler son patron pour lui ordonner d'aller à l'hôpital et elle avait cédé.

Et maintenant elle était là – avec des côtes douloureuses mais pas cassées, comme elle l'avait prédit. Et au lieu d'être contente et reconnaissante pour les conseils et les suggestions donnés par un groupe d'enquêteurs expérimentés, elle désespérait de comprendre comment éviter de connaître le même sort que Rick Cameron.

Elle survola la pièce du regard. Tous ceux qui étaient intervenus au chalet arboraient des bandages ou des points de suture. C'était Lance le plus blessé, et de loin, avec des points sur les deux avant-bras, sur le mollet gauche et sur le crâne. Keira se trouvait chanceuse de s'en tirer avec quelques éraflures mineures. Et d'avoir mal seulement quand elle respirait. D'accord, peut-être qu'il n'y avait pas vraiment de quoi se réjouir. Mais elle considérait que cela aurait pu être bien pire et elle ne se plaignait pas. Au moins, elle n'avait pas eu besoin qu'on la recouse.

Elle détestait les aiguilles.

Et les médecins.

Et les hôpitaux.

Tout ce qui lui rappelait de mauvais souvenirs.

Russo ne pouvait pas le savoir, mais elle le rangeait tout de même dans sa liste personnelle de gens à éviter à tout prix à l'avenir. Après tout, c'était à cause de lui que des flash-back de son enfance ne cessaient de défiler dans son esprit. Elle n'avait pas besoin de ce stress supplémentaire, pas ce jour-là.

Impatiente que les autres rejoignent le cercle et qu'ils entament enfin la discussion, elle posa le regard au-dessus de leurs têtes, à travers les grandes baies vitrées donnant sur le parking.

Au-delà de l'asphalte débutait une effrayante route à deux voies montant vers cet à-pic qui comptait parmi les plus hauts des Smokies. D'après ce qu'on lui avait dit, la route se terminait au sommet de cette montagne, qui faisait partie de la propriété de Grayson Prescott. Et comme on l'appelait le mont Prescott, elle supposait qu'il possédait toute la chose. N'était-ce pas incroyable ?

Même si elle avait eu assez d'argent pour se le permettre, elle n'aurait pas voulu de ce genre de propriété. Une multitude de craintes allant de la claustrophobie au vertige en passant par une liste ridiculement longue d'autres phobies l'aurait empêchée de se déplacer tous les jours sur une route en lacets pareille. En revanche, elle ne pouvait pas être insensible à la beauté de cette nature.

Même dans les rayons déclinants du soleil, le paysage était si splendide qu'elle avait envie de continuer à le contempler et d'oublier tout le reste. De grands chênes grêles, dépourvus de feuilles, escaladaient les pentes aux côtés d'épais conifères au feuillage sombre. Des roches déchiquetées de toutes les formes et les tailles pointaient sous divers angles, capturant la lumière et formant une tapisserie de couleurs qui aurait mis au défi n'importe quel artiste peintre. C'était bien plus pittoresque que les plaines de Maple Falls. Mais ce qui la frappait le plus, c'étaient les petits pans de brume blanche qui donnaient leur nom aux montagnes : les Smokies.

Lorsqu'elle avait visité pour la première fois le parc national des Great Smoky Mountains, elle avait été terrifiée par cette brume, convaincue que les bois étaient en feu. Heureusement, sa mère l'avait rassurée. C'était encore une bonne époque, lorsque sa famille était une vraie famille. Avant que son père se tourne vers l'alcool et les médicaments pour engourdir sa culpabilité. Avant que tout tourne aussi mal.

— Vous n'avez jamais vu de montagne ?

Lance se tenait derrière elle. La note taquine dans sa voix était tempérée par les rides d'inquiétude qui plissaient son front.

— Pas depuis très longtemps.

Son regard se fit plus aigu et les rides se creusèrent.

— Quel ton funèbre ! Que se passe-t-il ?

— À part le fait qu'on veut me tuer ?

— Ne faites pas ça.

— Faire quoi ?

— Me mentir. Ne faites pas semblant de penser au pétrin dans lequel nous sommes. Vous aviez autre chose à l'esprit, quelque chose qui hantait votre regard. Qu'est-ce que c'est ? Un souvenir du passé ? Vous sembliez perdue, à un million de kilomètres.

Il prit gentiment une de ses mains et la retourna, révélant d'affreuses cicatrices.

— Est-ce que ça en fait partie ?

Elle retint son souffle et retira sa main, refermant les doigts pour cacher les vilains zigzags rouges. Elle se força à rire.

— Hanter ? Vraiment ? Quand êtes-vous devenu poète ?

Il ne sourit pas. Il attendit simplement, comme si elle allait lui confier ses plus noirs secrets.

Ça ne risquait pas d'arriver.

— Si, par « souvenir du passé », vous voulez dire être attaquée par des ninjas, alors vous avez tout bon, s'esclaffa-t-elle. Oui, mon passé… mon passé récent me perturbe. Et je me demande quand nous pourrons entendre la vérité sur ce qui arrive. La vérité sur *votre* passé.

Il la contempla avec ce qui ressemblait à de la tristesse. Ou était-ce plutôt de la déception ?

Finalement, il haussa les épaules et fit signe aux autres.

— Dès que tout le monde sera installé…

Il avait élevé la voix pour que tous l'entendent.

— … je commencerai.

Les petits groupes se séparèrent et les derniers arrivés, se saisissant de leurs ordinateurs ou leurs tablettes, se dépêchèrent de s'asseoir. Faith et son mari Asher avaient déjà pris place face à Lance et Keira. Ryland, leur chef d'équipe, était à côté de Faith. Les deux autres hommes qui étaient au chalet occupaient des sièges voisins. On les avait présentés de nouveau à Keira comme Trent et Callum, car elle avait oublié leurs prénoms.

Les autres membres de l'équipe d'investigation étaient là aussi, à l'exception de leur patron, Grayson, et de sa femme, Willow. Ils étaient au commissariat, où Grayson s'efforçait d'apaiser le chef de la police. Il avait été impossible de dissimuler ce qui s'était passé aux médias, en raison de la fusillade et des dégâts. Sans parler des sacs mortuaires enfournés dans les camionnettes du médecin légiste. Le chef de la police n'allait pas se contenter d'une simple « intrusion au domicile » en guise d'explication.

Apparemment, cet homme était un ami proche de Grayson, ainsi que l'ancien patron de Willow. C'était uniquement pour cela que la plupart des personnes impliquées avaient pu quitter l'hôpital sans avoir à subir d'interrogatoire prolongé. Mais tous avaient promis de se rendre au commissariat plus tard, si Grayson ne parvenait pas à satisfaire Russo avec ses réponses.

Lorsque tout le monde fut assis et que le silence s'établit dans la pièce, tous les yeux se tournèrent vers Lance. L'homme que Keira voyait depuis le début comme l'incarnation de la confiance en soi et de l'esprit de décision semblait désormais incertain et hésitant. Après avoir jeté un regard circulaire à ses collègues, il prit une profonde inspiration et commença à parler.

— Madame Sloane, je veux dire Keira, et vous tous, mes collègues d'UB, tout ce que vous croyez savoir sur moi est faux.

6

Lance aurait préféré faire face à une pièce pleine d'hommes armés qu'à ces gens assis en cercle. Il avait une profonde affection pour eux, et il se sentait même proche de Keira. Après tout, c'était parce que son passé l'avait suivie à Gatlinburg qu'elle avait enduré cet enfer. Son plus grand regret était de les avoir mis, elle et ses collègues, en danger. À cause de ses actions ou de son inaction, il était sur le point de perdre l'amitié de tous ceux qui se trouvaient dans cette pièce.

Depuis l'autre côté du cercle de chaises, Faith lui adressa un sourire encourageant.

— Allons, Lance. Nous te connaissons. Tu ne peux pas feindre le plus important, le genre de personne que tu es. Cela transparaît dans les actes, pas dans les paroles. Alors quoi que tu nous aies caché, n'aie pas peur de nous le dire. Nous sommes tous tes amis ici, ta famille en fait.

Elle sourit à Keira.

— Ou de futurs amis. Nous ne pouvons pas arranger la situation si nous ignorons ce qui se passe.

Lance fit la grimace.

— Certaines choses ne sont pas réparables.

Keira le surprit en lui pressant brièvement la main.

— Nous pouvons au moins essayer.

Il lui sourit, mais il savait déjà que cette réunion ne servirait à rien. Et, en dépit de sa promesse à Grayson, il n'était pas prêt à tout dévoiler. C'était trop dangereux.

— Comme je l'ai dit, tout ce que vous croyez connaître de moi est un mensonge, à commencer par mon nom. Lance Cabrera est un pseudonyme que j'ai pris il y a douze ans. Mon vrai nom est Lance Mitchell.

Lorsque la réaction d'indignation à laquelle il s'attendait ne vint pas, il hésita, les sourcils froncés.

— Je ne viens pas de l'Ouest, comme je vous l'ai fait croire. Je suis né dans le centre de la Floride, à Gainesville. Le CV que j'ai utilisé pour me joindre à Unfinished Business est aussi un faux.

Ryland secoua la tête, le regard braqué sur Lance.

— Non. Ce n'est pas vrai. C'est moi qui t'ai recruté. Tu travaillais comme inspecteur à Nashville. Je suis allé te voir là-bas. J'ai parlé avec tes collègues, avec ton patron. Il t'a chaudement recommandé, il m'a dit que tu étais le meilleur inspecteur avec lequel il avait collaboré en quarante ans de carrière. Tu es en train de dire qu'il a inventé tout ça ? Qu'il a permis à un civil de feindre qu'il était inspecteur le jour où j'étais là ?

— Non, bien sûr que non. Il t'a dit la vérité. J'ai travaillé pour la police de Nashville pendant plus de huit ans.

— En tant que Lance Cabrera.

— Oui.

— Alors si tu t'attends à ce que nous te reprochions d'avoir changé de nom, tu vas être déçu. Les gens changent de nom pour toutes sortes de raisons. Bon sang, Faith est passée de Lancaster à Whitfield en épousant Asher. Nous la considérons toujours comme une amie. Plus ou moins.

Faith lui adressa un geste grossier. Ryland sourit.

— Ce que je veux dire, Lance, c'est que nous savons déjà, d'après ce qui s'est passé ce matin et le peu que tu nous en as dit, que quelque chose t'a rattrapé. Si je pensais que changer de nom m'aiderait à prendre un nouveau départ, je n'hésiterais pas un instant. Ce que nous avons besoin de savoir, c'est qui sont ces gens et pourquoi ils t'en veulent.

Il désigna Keira.

— Et pourquoi ils s'en sont pris à Mme Sloane. Cesse de t'inquiéter de ce que nous en penserons et donne-nous des faits. Dis-nous à quoi nous nous attaquons. Ensuite, nous gérerons les retombées ensemble. D'accord, frangin ?

Lance fut surpris de les voir tous hocher la tête, y compris Keira. Il ne s'attendait pas à cela. Il leur adressa une dernière mise en garde.

— Je vous suis reconnaissant de votre soutien, plus que vous ne l'imaginez. Mais si nous continuons, si je vous raconte tout, vous serez en danger. Vu la situation, il sera difficile d'influer sur les histoires que les médias racontent pour apaiser ces types. Nous devons expliquer de manière convaincante que la présence d'UB au chalet n'avait rien à voir avec mon passé. Cela devrait suffire à vous garder en sécurité. Keira et moi pouvons partir et nous occuper de cela seuls. Mon principal souci est de comprendre comment elle s'est retrouvée impliquée dans cette situation et de trouver le moyen de l'en sortir. Le reste, c'est à moi de le gérer.

Ryland secoua à nouveau la tête.

— Pas question. Tu n'affronteras pas ça tout seul. Tu m'as sauvé la vie en de nombreuses occasions, sans parler des autres. Tu faisais partie de l'équipe qui a sauvé Asher durant sa dernière affaire. Nous avons une dette envers toi.

— Tu m'as aussi sauvé la vie, rétorqua Lance. Tu ne me dois rien.

— Alors pense à ça, reprit Ryland. En ce qui me concerne, nous formons une famille. Une famille ne prend pas la fuite quand l'un des siens a des ennuis. Pas cette famille-ci, en tout cas. J'ai pas raison, les gars ?

— Et les filles, dirent Faith et Ivy à l'unisson, ce qui les fit rire.

Faith sourit.

— Nous formons une famille, Lance. Et Keira en fait partie, parce que son sort est apparemment lié au tien, du moins maintenant.

Aucun de nous ne va se défiler, peu importe tes efforts pour convaincre de te lâcher.

Tout le monde signifia son accord à haute voix.

Lance laissa échapper un soupir, la gorge serrée. Il n'avait jamais rencontré de meilleures gens. Et même s'il ne voulait pas les impliquer davantage qu'ils ne l'étaient déjà, il était clair qu'ils ne lui laissaient pas le choix. Tout ce qu'il pouvait faire, désormais, était de les préparer à ce qui les attendait.

Il les remercia d'un hochement de tête et, lorsqu'il se fut repris assez pour parler, il entama son récit.

— Pour vous faire comprendre ce qui se passe, il faut que je remonte au début de mon histoire à moi, quand j'étais en dernière année d'université. Ma petite amie, Ileana Sanchez, qui n'arrêtait pas de me quitter puis de revenir, était repartie. Heureusement, elle étudiait la programmation informatique, et je suivais une filière en criminologie. Avec des matières aussi différentes, on ne se croisait que pendant les événements sportifs, ou dans les restaurants du campus, et j'étais près d'obtenir mon diplôme. La plupart de mes camarades cherchaient des postes dans des commissariats, espérant grimper les échelons pour devenir inspecteurs. Quant à moi, j'étais résolu à faire ce que j'aimais, à savoir résoudre des mystères et trouver des coupables. Je ne voulais pas passer des années à gagner mes galons. Mon ego naïf et surdimensionné m'a poussé à postuler chez les gros bonnets – le FBI, la CIA, la Sécurité intérieure, vous voyez. Pour peu qu'une agence ait une réputation qui en imposait, j'essayais d'en forcer la porte.

Trent gloussa.

— L'Ambition avec une majuscule. Ces officines préfèrent en général que leurs candidats aient de l'expérience avant de les engager. J'imagine que tu as essuyé des refus en série.

— Tu as raison, répondit Lance, à une exception près. Un homme que je ne connaissais pas, travaillant pour une agence dont je n'avais jamais entendu parler, m'a contacté. Ce Ian Murphy m'a dit qu'une de ces agences lui avait transmis mon nom. Mais quand j'ai voulu savoir laquelle, il est resté vague. Il ne m'a jamais expliqué comment il avait obtenu mon contact.

— Ça aurait dû te mettre la puce à l'oreille, dit Trent.

— Ah, où étais-tu quand j'étais jeune et naïf, mon vieux ?

Trent se mit à rire.

— Tout aussi jeune et naïf que toi, j'imagine.

Lance sourit.

— Son baratin était incroyablement convaincant. L'agence était toute nouvelle, super secrète et pleine aux as. Ils voulaient des gens jeunes, dynamiques et intelligents, prêts à franchir le fossé existant entre les règles imposées aux forces de l'ordre et la liberté dont jouissent les délinquants et les criminels. Un des exemples qu'il m'a donnés, c'est le cas dans lequel un juge, considérant que le motif est insuffisant, refuse au FBI un mandat pour mener une surveillance. Mais rien n'empêche des civils d'effectuer leur propre surveillance et de transmettre les preuves qu'ils obtiennent. Cela fournit au FBI des éléments concrets pour convaincre le juge, sans franchir la limite légale qui disqualifierait la preuve. Murphy était chargé d'exploiter ce vide pour travailler à la sécurité de notre pays. Je bavais pratiquement d'envie de m'engager.

Keira hocha la tête.

— Ils ont fait appel au patriotisme et à l'idéalisme d'un jeune homme pas encore blasé.

— Ils savaient incontestablement quelles manettes actionner. Mais à vrai dire, j'étais plus enthousiasmé par la perspective de devenir policier au sortir de mes études. Et l'argent qu'il m'offrait n'était pas non plus à dédaigner. Quand mon ex-petite amie a eu vent de cette offre d'emploi, elle s'est remise à flirter avec moi. J'étais trop surpris pour comprendre que c'était l'argent qui l'intéressait, pas moi.

Ryland secoua la tête d'un air de pitié.

— Elle devait être vraiment sexy.

Lance se mit à rire.

— Elle n'était pas désagréable à regarder, c'est sûr. Et j'étais encore assez jeune et superficiel pour apprécier d'avoir une belle femme à mon bras, que nous nous entendions ou pas par ailleurs.

Keira leva les yeux au ciel.

— Elle était blonde ?

— Ouille, se plaignit Faith en désignant ses longs cheveux blonds.

— Désolée, dit Keira en piquant un fard.

— Non, elle n'était pas blonde, répondit Lance en souriant. Elle avait des origines espagnoles et savait les mettre en valeur. Sa chevelure brune faisait sa fierté.

Il secoua la tête.

— En tout cas, ce que je voulais souligner, c'était l'allure du boulot qu'on m'offrait. J'ai sauté dessus. Nous prenions d'énormes risques tous les jours, mettant nos vies en jeu pour attraper les méchants que nous poursuivions. Et il y avait aussi le risque que nous allions trop loin et que nous soyons arrêtés. Si cela arrivait, nous étions tenus au secret. De toute façon, si nous révélions quoi que ce soit, notre employeur nierait tout lien avec nous. Et il s'en tiendrait là. Nous étions complètement seuls. Je ne prévoyais pas de me faire prendre, alors je ne m'inquiétais pas. Et comme je gagnais plus en un mois que la plupart des policiers en un an, je n'avais pas l'intention d'écouter la petite sonnette d'alarme au fond de mon esprit. L'argent était une puissante motivation pour quelqu'un qui sortait de l'université. J'ai pu rembourser mon prêt étudiant en six mois.

Asher poussa un sifflement.

— Moi, il m'a fallu des décennies. Je comprends que ça te plaisait de travailler pour eux. Comment s'appelait cette agence ? Elle existe toujours ?

— Elle avait des bureaux anonymes dans un centre commercial d'Ocala, une toute petite ville de Floride. Officiellement, elle s'appelait Ocala Private Investigations, ou OPI. Si l'agence avait un nom officiel au niveau fédéral, nous ne l'avons jamais su. Tout le système reposait sur le fait que chaque employé ne disposait que des informations qui le concernaient directement. Chacun de nous avait une pièce du puzzle, mais personne ne savait tout, en dehors de notre patron. Quant à ta seconde question, OPI a fermé il y a des années.

Keira attira son attention d'un geste.

— Vous pouvez nous confirmer que ce sont ces personnes, appartenant à OPI, qui sont à l'origine de ce qui s'est passé ce matin ? C'est là que vous voulez en venir ?

— Oui et non. OPI est le catalyseur de tout ce qui a mal tourné. Mais je ne peux pas prouver qu'ils sont bien à l'origine de ce qui s'est passé.

— De quoi s'agit-il ? questionna Keira.

— Après quelques années, j'ai pris la direction d'une équipe de huit personnes – sept hommes et une femme. On nous a attribué une mission compliquée, qui requérait une équipe complète. Chacun de nous était censé écrire un rapport sur des gens dont on nous avait donné les noms. Ce n'étaient pas des personnes ordinaires, dont les vies sont affichées sur les réseaux sociaux. Obtenir des informations sur eux était difficile et demandait une surveillance continue. Mais nous l'avons fait et nous avons transmis les dossiers à notre patron. Il les a remis à son contact dans l'agence appropriée. Nous pensions que, la mission étant accomplie, nous passerions à la suivante. Mais nous avions tort.

Il posa les coudes sur ses cuisses et entrelaça les doigts tandis qu'il réfléchissait.

— Le jour suivant, je surfais sur Internet quand je suis tombé sur un reportage qui relatait une agression, et une mort, ce matin-là. La police demandait aux témoins de se signaler. Le nom de la victime m'a donné des sueurs froides. C'était l'une des personnes sur lesquelles j'avais enquêté. J'avais donné son dossier à mon patron la veille au soir.

Keira écarquilla les yeux.

— Vous êtes sûr que c'était la même ? C'était peut-être un homonyme ?

— C'est ce que j'espérais. Mais il ne m'a pas fallu longtemps pour confirmer ma première impression. J'en ai parlé à mon patron. Il m'a assuré que ce devait être une coïncidence et m'a dit de ne pas m'en faire. Mais ça me tarabustait. Je ne pouvais pas lâcher l'affaire. J'ai créé des alertes automatiques sur Internet pour être au courant de toute autre coïncidence de ce genre. Une semaine plus tard, j'ai eu ce que je cherchais et j'ai informé mes collaborateurs.

— Une autre personne de la liste tuée ? interrogea Keira.

— Pas seulement une.

Il contempla ses collègues.

— Toutes. Nous avions enquêté sur neuf personnes durant notre dernière mission. En l'espace d'une semaine, elles étaient toutes mortes. Pris séparément, ces décès ne semblaient pas suspects : accident, crise cardiaque, rien de particulièrement alarmant. Mais si on avait une vue d'ensemble, un schéma se dessinait. Un schéma incroyablement perturbant. Que j'ai signalé à Murphy. Il a balayé ça d'un geste, ça ne l'intéressait pas. Mais je ne pouvais pas l'ignorer.

Asher se pencha en avant.

— Tu as réexaminé tes autres missions, n'est-ce pas ? Pour voir si quelque chose de ce genre était déjà arrivé ?

Lance acquiesça sombrement.

— Comme tu peux l'imaginer, c'était le cas, mais pas récemment. En fait, la plupart de nos missions se sont révélées réglos. Dans certaines affaires, nos enquêtes avaient abouti à des procès et à la condamnation des coupables. Les preuves que nous avions recueillies avaient été utilisées à bon escient. Du moins, c'est ce que nous nous sommes dit. Nous faisions rarement des choses assez déraisonnables pour franchir vraiment la ligne rouge.

Il secoua la tête et étendit ses longues jambes devant lui en s'adossant à sa chaise.

— Mais à mesure que nous remontions dans le passé, nous avons découvert qu'un nombre perturbant de personnes sur lesquelles nous avions enquêté étaient mortes quelques jours après la remise de nos rapports. Inutile de dire que nous étions stupéfaits. Nous avions tous passé des années à penser que nous aidions les gens tout en nous enrichissant. Mais, en réalité, on se servait de nous pour nuire à ces personnes. Il n'était pas difficile d'imaginer que d'autres informations que nous avions transmises avaient probablement été utilisées dans des buts illicites. Nous étions dévastés.

Trent secoua la tête.

— Mon vieux, ça craint.

— C'est rien de le dire, répliqua Lance.

— Qu'avez-vous fait ? questionna Keira, captivée par l'histoire. Vous êtes allés revoir votre patron ?

— Oui. Toute l'équipe, cette fois, pour qu'il ne puisse pas feindre l'incompréhension. Nous avions rassemblé des données sur les cas suspects et nous les lui avons présentées durant une réunion. Il ne pouvait pas nier ce qu'il avait sous les yeux, écrit noir sur blanc. Et, honnêtement, il n'a pas essayé. Il semblait aussi choqué et écœuré que nous. Il nous a demandé de lui laisser vingt-quatre heures pour contacter les bonnes personnes et déterminer qui se cachait derrière cet abus de pouvoir. L'hypothèse était que l'un de ses intermédiaires était une taupe, un agent double. Trois heures plus tard, Ian Murphy était mort. Il a été tué sur le parking d'un restaurant. La police a pensé qu'un gang l'avait pris pour quelqu'un d'autre. Et le tireur n'a jamais été arrêté.

Asher s'esclaffa.

— C'est louche, c'est le moins qu'on puisse dire.

Keira hocha la tête.

— J'en viens au fait, reprit Lance. Quelques semaines plus tard, l'un de nos collègues, Allen Stanford, a aussi été tué. Un accident de voiture. Sa voiture a heurté un arbre. Aucun témoin. Il avait dans le sang le double du taux d'alcool autorisé. Mais il y a un hic : Allen ne buvait pas. Jamais. Quelqu'un qui ignorait cette donnée a maquillé son meurtre en accident. Après cela, un autre membre de l'équipe, Brett Foster, a été accusé d'un crime qu'il n'avait pas commis. On l'a incarcéré en attendant que le juge fixe le montant de sa caution, et un prisonnier l'a poignardé. Il n'est pas mort, mais c'était moins une.

— Laisse-moi deviner, dit Ryland. Le prisonnier qui l'a planté y est lui-même passé.

— C'est presque ça. On l'a retrouvé pendu dans sa cellule. Apparemment, c'était un suicide, mais sa libération était prévue pour la semaine suivante.

Ryland poussa un juron.

— C'est dingue. Les membres de ton équipe tombaient comme des mouches.

— Ça ne s'arrête pas là. Maintenant, nous avons Rick Cameron.

— Nous savons déjà ce qui lui est arrivé, intervint Keira. Il a été frappé et abattu dans sa chambre de motel.

Lance acquiesça.

— Ce n'est pas tout. Avant cela, au moment où OPI s'effondrait, lui aussi a été accusé d'un crime qu'il n'avait pas commis. C'est à ce moment-là que nous avons compris que nous étions tous des cibles et que nous devions prendre des mesures drastiques si nous voulions survivre. Nous avons payé la caution de Rick, nous avons fait sortir notre autre ami de l'hôpital et nous avons disparu. Nous avons adopté de nouvelles identités, ce qui, dans le monde post-11 Septembre, n'était pas facile. Et nous nous sommes dispersés. Le nom de famille de Rick était Parker. Cameron était sa nouvelle identité.

— Et votre famille ? demanda Keira. Votre petite amie ? Vous les avez laissés derrière vous ?

— Oui. Rompre avec Ileana était la meilleure solution pour moi – pour nous deux, en fait. Nous nous disputions plus souvent que de raison. J'avais rompu à plusieurs reprises, mais après quelques semaines, parfois plus longtemps, elle revenait et s'arrangeait pour me convaincre d'essayer encore. Cette fois-là, quand je lui ai expliqué que j'avais laissé tomber mon job et le salaire mirobolant qui allait avec, elle n'a pas protesté. Elle est partie. Et depuis ma disparition, je ne l'ai plus revue. Même sans cela, je doute qu'elle aurait essayé de ranimer la relation. Elle aimait l'argent beaucoup plus qu'elle ne m'a jamais aimé.

Il haussa les épaules.

— Et je ne l'aimais évidemment pas comme j'aurais dû, si on pense au temps que nous sommes restés ensemble. Plutôt que de la nostalgie, j'ai surtout éprouvé du soulagement à l'idée que ce drame permanent était enfin terminé.

— Bon débarras, murmura Keira.

— À 100 %, répliqua Lance. Ce qui a été vraiment difficile, c'était de quitter nos familles. Nous avons considéré que c'était notre devoir, comme dans les programmes de protection de témoins. Nous étions forcés d'abandonner le passé pour protéger ceux que nous aimions.

Il lui adressa un regard sombre.

— Je n'ai pas vu ou reparlé à mes parents ni à mon frère et ma sœur, depuis.

— À votre expression, vous deviez vraiment les aimer, observa Keira.

Cette remarque le prit par surprise. Elle semblait étonnée. N'avait-elle donc pas une famille qui l'aimait ?

— Et votre équipe ? continua-t-elle. Vous êtes resté en contact avec eux ? Est-ce que ça peut expliquer ce qui est arrivé à Rick ? Quelqu'un aurait intercepté un mail ou un appel téléphonique d'un de ses anciens coéquipiers ?

Lance enferma les questions qu'il se posait sur elle dans un coin de son esprit et se concentra sur leur situation, bien présente et périlleuse.

— Je ne peux pas imaginer que Rick se soit montré aussi négligent. L'histoire que je vous ai racontée est une version abrégée. Il y a eu d'autres alertes sérieuses. Nous ne savions pas à qui nous fier. Chaque fois que nous essayions de démasquer la prétendue taupe, de découvrir qui était derrière tout ça, on essayait de tuer l'un d'entre nous. La seule raison pour laquelle nous ne sommes pas tous morts, c'est que nous avons été super vigilants, pleinement conscients que celui qui s'en prenait à nous était très puissant et avait beaucoup à perdre. Croyez-moi, si nous avions pu le débusquer et mettre un terme à ses agissements, nous l'aurions fait. Mais nous n'avions ni les ressources ni les capacités pour ça. Disparaître était notre seule option. Nous nous sommes mis d'accord pour ne pas nous appeler, nous écrire ou nous contacter d'une quelconque manière. C'est ainsi que c'est resté depuis lors.

Faith fronça les sourcils.

— Quand il a été tué, Rick était beaucoup plus proche de Gatlinburg que de Bâton-Rouge. Il serait logique qu'il ait découvert que tu étais en danger et qu'il ait tenté de t'avertir. Il doit leur avoir donné ton nom et ton métier. C'est pourquoi ils s'en sont pris à toi, après Keira.

Lance secoua la tête lorsqu'elle eut fini de parler.

— Aucun de nous ne connaît le nouveau patronyme ni le lieu de résidence des autres. Nous avons tous quitté la Floride sans nous dire où nous allions. Même si on a torturé Rick pour qu'il communique des informations sur l'équipe d'OPI, il ne pouvait pas révéler ce qu'il ne savait pas.

Keira le dévisagea, les yeux plissés.

— Il doit y avoir autre chose. Forcément. D'après vous, ils m'ont suivie jusqu'à Gatlinburg, puis jusqu'à vous. Mais je ne serais pas venue sans la note laissée par Rick et le fait qu'il mentionne votre nom. Il devait se trouver à Maple Falls parce qu'il avait compris où vous étiez. Il était en route pour vous voir, pour vous avertir que vous étiez en danger.

Lance haussa les épaules.

— Je pense que vous avez en partie raison. Rick a dû comprendre où j'étais et il a éprouvé le besoin de venir me prévenir. Mais il ne voulait pas me mettre encore plus en danger en essayant d'entrer en contact avec moi d'une manière qui puisse être tracée.

— Il a pourtant dû faire quelque chose qui leur a indiqué où vous trouver.

— Ils ne le savaient pas avant de vous suivre à Gatlinburg, puis chez UB. Sinon ils auraient débarqué juste après la mort de Rick, il y a des semaines. Quelque chose d'autre s'est passé à Maple Falls, quelque chose que vous avez fait sans vous douter que c'était important et qui explique qu'ils vous aient suivie ici. Vous est-il arrivé de mentionner les mots « unfinished business » et mon prénom ? Peut-être étiez-vous surveillée, de même que vos collègues, et que quelqu'un a vu, lu ou entendu quelque chose d'important.

— Impossible. Je ne pouvais pas en parler. Et personne d'autre que moi n'a pu faire de lien entre vous et la note manuscrite. Le seul à qui je l'ai dit, c'était Rick.

Elle lui adressa un demi-sourire.

— Je suis allée sur sa tombe, je lui ai dit que j'essayais de…

Elle écarquilla les yeux.

— Oh non…

— Allez-y, la pressa Lance, de quoi vous souvenez-vous ?

Elle se recroquevilla de honte.

— J'ai parlé tout haut, j'ai dit que j'allais trouver son meurtrier et le livrer à la justice. J'ai dit que je m'occuperais de son « affaire non résolue » et que je découvrirais si le Lance sur lequel j'étais tombée était bien *son* Lance.

— Vous étiez seule ?

— Je le croyais. Sauf que juste après, j'ai entendu un bruit dans les bois. J'ai cru que c'était un animal, mais j'ai eu assez peur pour sortir mon pistolet et ne le ranger qu'une fois dans ma voiture.

— C'est ça, dit-il. Ce doit être ça. Quelqu'un vous observait et en a entendu assez pour comprendre que vous saviez où me trouver.

Elle posa une main sur le bras de Lance.

— Je suis vraiment navrée. Je n'avais pas idée de ce qui allait se passer.

Il lui pressa gentiment la main.

— Vous m'avez rendu service. Maintenant que je sais qu'ils sont ici, je peux mettre en place des moyens de protection. Pour moi et pour vous. Nous devons trouver comment vous extirper de tout ceci afin que vous puissiez retourner à Maple Falls sans craindre qu'ils s'en prennent à vous un jour.

Cette fois, ce fut Keira qui retira sa main et la noua étroitement à l'autre, le visage pâle. Lance était sur le point de la rassurer quand Ryland prit la parole.

— La clé de tout ceci semble être de comprendre comment Rick savait où tu te trouvais. Tu as des idées là-dessus ?

— J'en ai quelques-unes, une en particulier. Cela remonte à trois mois, quand un autre de mes coéquipiers d'OPI a été assassiné.

— Oh non ! dit Keira. Je suis désolée.

Il la remercia d'un hochement de tête.

— Comment as-tu découvert ça ? demanda Ryland.

— Comme tu peux l'imaginer, étant toi-même chef d'équipe, je me sentais responsable de mes anciens collègues. J'étais incapable de découvrir l'identité de celui qui avait tué notre patron et qui essayait de nous abattre un par un. Alors le moins que je pouvais faire, c'était de veiller sur eux, d'une manière ou d'une autre, sans les mettre en danger.

L'air malheureux de Ryland confirmait qu'il comprenait ce sentiment de responsabilité et de culpabilité.

— J'ai programmé des alertes automatiques de sorte à être informé de toutes les dépêches émises par les principales agences de presse. Les anciens noms de mes coéquipiers sont aussi repérés par un algorithme que j'ai élaboré – une technologie que nous utilisions déjà chez OPI. Ce programme compare les détails connus sur les membres de mon équipe avec les dépêches, puis il détermine en fonction de plusieurs critères s'il m'alerte ou non par mail. L'un de ces critères, c'est quand il y a des photos. L'algorithme utilise un logiciel de reconnaissance faciale. Il y a trois mois, une photo est sortie. Celle de Levi, avec le nom de famille d'Alexander. Ce n'est pas son vrai nom, bien sûr, mais il s'agissait incontestablement de lui. Il a été tué dans une agression à New York. Je n'ai pas repéré de lien avec d'autres meurtres de collègues, ni avec l'époque où on travaillait ensemble. Mais depuis, je suis plus prudent et je cherche constamment des signes que je suis surveillé ou suivi.

— Mon vieux, quel tas de casseroles et de stress à supporter pendant si longtemps..., remarqua Asher.

Lance haussa les épaules, ne se sentant pas particulièrement digne de compassion. Pas alors que deux de ses coéquipiers avaient été assassinés durant les derniers mois, et qu'il avait été incapable d'empêcher ça.

— C'est intelligent de garder la trace de ton équipe, dit Ryland. Mais si tu peux te servir de ce genre de technologie, surtout les recherches en reconnaissance faciale, tes ennemis le peuvent aussi.

— C'est justement l'une des raisons qui nous poussent à rester à l'écart des médias, afin que nos photos ne soient pas affichées sur Internet. Je reste généralement en retrait, si vous ne l'avez pas remarqué.

Faith hocha la tête.

— Nous l'avons remarqué. Nous pensions que tu étais une de ces personnes qui se tiennent à l'écart des projecteurs par timidité.

Il arqua un sourcil.

— La *timidité* ne fait pas partie de mon vocabulaire.

Elle se mit à rire.

— D'accord, d'accord. Nous avons supposé que tu avais tes raisons. Maintenant que tu nous l'as expliqué, c'est logique. Cependant, tu ne peux pas toujours éviter les caméras. Quand tu entres en voiture dans la zone d'un aéroport, par exemple, tu es enregistré par leur système vidéo.

— C'est un risque, bien sûr. Heureusement, les mesures de sécurité post-11 Septembre dont je parlais sont super pointues, et plus performantes encore dans la surveillance vidéo. J'ai souvent pris l'avion et je n'ai jamais trouvé de photos de moi qui aient fuité sur Internet. Mes algorithmes me recherchent aussi, afin que je puisse essayer de faire disparaître tout ce qui pourrait se présenter. Mais je n'ai rien fait non plus pour provoquer des troubles. Aucun d'entre nous ne l'a fait. C'est peut-être principalement pour cela qu'on ne nous a pas retrouvés.

— Jusqu'à il y a trois mois, dit Keira.

Il tressaillit.

— Jusqu'à il y a trois mois. Je me suis demandé si Rick avait fait la même chose que moi, suivre ses anciens collègues. Il a pu effectuer ses propres recherches et tomber sur l'histoire de Levi. S'il a décidé d'aller à New York pour enquêter, il a pu être repéré, à supposer que la taupe ait également été au courant et soit allée voir si d'anciens membres d'OPI se montraient. Rick pouvait être en fuite depuis lors, peut-être après une première alerte. Et il a commencé à creuser, à essayer de me retrouver afin que nous décidions quoi faire. Et que nous avertissions les autres. Mais on l'a trouvé avant qu'il me trouve.

Lance regarda autour de lui, pour s'assurer que tout le monde écoutait.

— Tous ceux qui étaient au chalet aujourd'hui ont vu l'ampleur des forces envoyées contre Keira et moi. Il y avait plusieurs types dehors, d'autres qui se sont introduits dans le chalet...

— Huit au total, dit Asher.

Lance se troubla.

— Tous lourdement armés, entraînés et portant une tenue et une cagoule identiques. D'après les policiers, on n'a retrouvé aucun papier d'identité sur les corps. Ryland, je suppose que tu as été en contact avec Grayson aujourd'hui. Tu as entendu dire que l'un de ces malfrats avait été identifié ?

L'interpellé secoua la tête.

— Rien du tout. Aucune de leurs empreintes ne correspond à celles de nos bases de données. La comparaison à l'échelle nationale demandera un peu plus de temps. La police de Gatlinburg va aussi vérifier leurs ADN. Mais cela prendra des semaines, à moins que Grayson ne les convainque d'utiliser notre labo, qui n'est pas submergé par les requêtes. Mais pour toutes les raisons que tu as évoquées, je ne m'attends pas à ce qu'on trouve des correspondances dans les bases de données criminelles. Il est impossible que cette taupe ait engagé quelqu'un qui avait déjà été arrêté ou condamné, car son ADN aurait été enregistré. Il y avait trop en jeu pour ça.

— Je suis d'accord, répondit Lance. Ce type ou cette fille a accès à des ressources significatives. Et je n'ai pas la moindre idée de son identité. C'était le problème il y a douze ans, et ça continue d'être le problème aujourd'hui.

L'atmosphère dans la pièce s'était assombrie. Tout le monde s'efforçait d'assimiler ce que Lance avait dit. Ses collègues comprenaient enfin que tout ceci était beaucoup plus grave, plus dangereux que ce qu'ils avaient affronté jusque-là.

Lance reposa les coudes sur ses genoux.

— Mon patron et trois membres de mon ancienne équipe ont été tués. Il est possible que d'autres l'aient été sans que je le sache. En supposant que ce ne soit pas le cas, il en reste cinq. Et je dois les retrouver pour les avertir. Nous devons tous changer à nouveau de pseudonyme et recommencer de zéro. Et par-dessus tout, je dois trouver le moyen de faire passer Keira sous le radar de la taupe, afin qu'elle ne détruise pas sa vie et ne la force pas à la clandestinité elle aussi.

Lance lui adressa un faible sourire.

— Je suis vraiment navré pour tout ça. Mais je jure que je ferai tout ce qui est en mon pouvoir pour vous garder en sécurité et vous rendre votre vie.

Elle lui retourna son sourire, mais elle était visiblement bouleversée.

— Quel est ton plan ? interrogea Ryland. On dirait que tu as pris des décisions.

— Ma priorité est de cacher Keira. Après cela, je travaillerai à retrouver mon équipe. Puis je vais déterminer une fois pour toutes qui est cette taupe. Je vais en finir avec ça.

— Non.

Keira fronçait les sourcils.

— D'abord, vous ne pouvez pas faire cela tout seul. C'est impossible. Et je ne me cacherai pas pendant que vous affronterez ça de votre côté.

— Keira, avec tout le respect dû à votre expérience et vos capacités de policière, vous n'êtes pas prête pour ce genre de choses. Et, plus important, ce n'est pas votre combat.

— Ça l'est devenu à partir du moment où ces dingues ont essayé de me tuer. Je veux les arrêter autant que vous. J'ai fait une promesse à un mort. C'est sacré. Je ne fuirai pas. Je reste avec vous. Et je ne vous encombrerai pas. Je serai votre bras droit. En outre...

Elle lui adressa un regard insolent.

— ... vous n'allez pas laisser tomber votre petite amie aussi facilement.

Faith éclata de rire. Lance lui adressa un froncement de sourcils, avant de se retourner vers Keira.

— Il n'y a pas matière à rire.

— Ce n'est pas moi qui ris.

— Désolée, intervint Faith. Je m'arrête.

Elle gloussa encore une fois, puis sourit largement. Asher sourit à sa femme et fit un clin d'œil à Keira.

— Je suis d'accord : Lance ne devrait pas se débarrasser de vous aussi vite.

Il arqua un sourcil en regardant Lance.

— Et tu ne te débarrasseras pas non plus de ta famille professionnelle. Nous sommes dans le même bateau.

— Tout à fait, ajouta Faith.

— Quand l'un de nous a des problèmes, nous en avons tous, dit Ryland.

Les autres approuvèrent vigoureusement.

— L'heure n'est plus aux débats, lança Ryland. À partir de maintenant, cette affaire, ton affaire, est la seule sur laquelle Unfinished Business travaille. Et nous allons la résoudre, bon sang.

Lance n'avait pas été aussi ému depuis longtemps. Une part de lui avait envie de leur crier d'arrêter d'être aussi altruistes et de le laisser partir. Mais l'autre part était si touchée par leur détermination à l'aider qu'il avait du mal à trouver ses mots.

Keira parut sentir son malaise car elle prit à nouveau sa main entre les siennes.

— Tous pour un, un pour tous. N'est-ce pas la devise d'Unfinished Business ?

Il s'éclaircit la gorge et noua les doigts aux siens.

— Apparemment. Bien que j'imagine que les Trois Mousquetaires ne seraient pas d'accord.

Ryland se leva.

— Il faut nous organiser, planifier et distribuer les tâches. Lance, tu dois nous donner beaucoup plus de détails sur OPI. Nous aurons besoin d'informations sur les missions que tu as effectuées, les dates, les noms de tous ceux avec lesquels tu as été en contact quand tu y travaillais, même en passant. Faisons du café et mettons-nous au travail. Nous en aurons probablement pour toute la nuit. Et beaucoup d'autres nuits après cela.

Lance leva une main pour interrompre tout le monde.

— Encore une chose... même si nous n'avons pas besoin d'un supplément de stress à ce stade. Nous pensons que tous les malfrats sont morts ce matin, mais il faut envisager que quelqu'un ait pu rester dans les bois pour observer. Ils pourraient nous épier à cet instant, depuis l'extérieur de ce bâtiment. Tout le monde doit être hyper vigilant quant à sa sécurité et celle de ses proches jusqu'à nouvel ordre.

7

Assise à l'arrière du pick-up de Trent, Keira bâilla en prenant garde de ne pas regarder l'à-pic bordant la route sur laquelle ils fonçaient. Lance était sur le siège passager, devant elle, parlant avec Trent. La nuit avait été beaucoup plus longue qu'aucun d'eux ne s'y attendait. Le soleil allait se lever d'une minute à l'autre. Et personne n'avait dormi.

Il s'était avéré que l'influence de Grayson et Willow sur Russo, le chef de la police, n'avait pas été aussi considérable qu'ils l'avaient espéré. Huit cadavres, c'était trop pour ne pas mener une enquête dans les formes. Russo avait insisté pour interroger à nouveau tous ceux qui s'étaient trouvés au chalet. Pour seule concession, il avait été d'accord pour le faire chez Unfinished Business, Grayson ayant insisté pour que son équipe ne se retrouve pas sous les projecteurs de la presse.

Les interrogatoires s'étaient néanmoins bien déroulés. La partie la plus difficile pour Keira avait été de feindre que Lance et elle formaient un couple. Ne sachant pas ce qu'il disait d'elle, elle était passée sur les détails de leur relation et avait répondu brièvement aux questions. Tous deux devaient avoir satisfait les inspecteurs, car on les avait laissés partir.

Après un trajet interminable le long de routes sinueuses, ils avaient enfin tourné sur un chemin relativement plat. Les premiers rayons du soleil révélaient qu'ils étaient dans une vallée. Les Smokies formaient un arrière-plan brumeux à un étang étincelant. Des clôtures blanches bordaient le chemin, jusqu'au virage suivant qui laissa apparaître une version ultramoderne de la ferme traditionnelle.

Les deux niveaux, en pierre noire, étaient soulignés par des lignes d'un blanc éclatant. Le soubassement était en pierre anthracite. Et une cheminée d'ardoise s'élevait à gauche. Au lieu d'un porche autour de la maison, il y avait un portique soutenu par de gros piliers en cèdre. Un garage à trois places flanquait la maison sur la droite.

C'était la demeure de Lance, le ranch équestre où il avait demandé à Trent de les conduire. Ils ne pouvaient certainement pas rentrer au chalet. Et leurs deux voitures, criblées de balles, étaient toujours retenues comme éléments de l'enquête en cours.

Lance leur avait assuré, à Trent et à elle, que passer chez lui serait sans danger. Le titre de propriété n'était pas à son nom. Il était enregistré au nom d'une société-écran, cachée par un réseau d'autres entreprises fictives très long à débrouiller. De toute façon, ils n'avaient pas l'intention de s'attarder. Lance allait remettre ses dossiers OPI à Trent pour qu'il les emporte chez UB. Et il disposait d'une autre voiture au garage, pour Keira et lui.

Faire sa valise était également sur sa liste, ainsi que s'arranger pour qu'on prenne soin de ses chevaux pendant son absence. Pour sa part, Keira avait son bagage avec elle, puisque Russo avait demandé à une policière d'emballer ses affaires au chalet et de les apporter à Unfinished Business.

— Vous préférez attendre dans la voiture ?

En cillant, elle se rendit compte que Lance était devant elle, tenant la portière ouverte.

— Oh ! désolée ! J'admirais votre maison. Elle est magnifique.

Il sourit.

— C'est ma tanière. J'aimerais que nous ayons plus de temps pour vous faire faire le tour du propriétaire. N'hésitez pas à visiter pendant que je rassemble ce dont j'ai besoin.

— Je vais vous prendre au mot.

Elle sauta du pick-up, et tous trois entrèrent dans la maison.

Comme l'extérieur, l'intérieur était un dégradé de noir et de brun, avec beaucoup de pierre sombre. Les plafonds étaient inhabituellement hauts. Elle ne se serait même pas rendu compte qu'il y avait un étage si elle ne l'avait pas vu du dehors. Cette large maison ouverte lui donnait l'impression de pouvoir respirer. Le malaise qu'elle éprouvait dans les espaces encaissés n'aurait pas été un problème ici.

Lance lui désigna un îlot de cuisine en cèdre et en granit, à gauche de la pièce.

— Servez-vous à manger si vous avez faim. Autrement, nous prendrons un petit déjeuner en route.

Elle aurait voulu le remercier, mais Trent et lui s'étaient déjà éloignés vers une porte au fond de la pièce, sans doute le bureau de Lance. Elle entendit résonner leurs voix graves tandis qu'ils disparaissaient à l'intérieur. Avec tout le stress de cette journée et cette nuit de veille derrière elle, elle était plus encline à dormir qu'à manger. Mais si elle s'allongeait sur l'un des canapés en cuir noir, elle ne pourrait sans doute jamais se relever. Au lieu de cela, elle erra dans la pièce, en apprenant davantage sur Lance grâce à l'ameublement et la décoration de sa maison.

Les couleurs sombres avaient manifestement sa préférence. Il n'y avait rien de rose ou de pastel, aucune touche féminine nulle part, excepté quelques coussins et un plaid jeté sur le canapé. Mais elle imaginait qu'ils étaient là plus pour le confort et la chaleur que pour adoucir la pièce.

Lance était un lecteur, une chose qu'ils avaient en commun. Elle se mit pratiquement à baver quand elle découvrit, par l'ouverture en arc ménagée dans la cuisine, les étagères de livres qui couvraient le mur du sol au plafond. La bibliothèque était même équipée d'une échelle montée sur un rail en cuivre. En s'approchant, elle vit qu'aucun appareil électronique ne cassait l'ambiance. Il n'y avait là que des livres, de confortables fauteuils et une cheminée à gaz. Elle aurait préféré une vraie cheminée, mais le choix du gaz était plus logique, pour que la fumée ou la suie n'endommage pas les livres.

Une part d'elle avait envie de visiter le reste de cette splendide maison et de faire le tour du propriétaire, comme Lance l'avait dit. Mais l'amoureuse des livres qu'elle était ne put se résoudre à quitter cette pièce. Elle survola les étagères du regard, ravie et émerveillée par sa collection. Il y avait toute une section de classiques, dont beaucoup étaient reliés en cuir. Plusieurs semblaient même être des éditions originales. Mais elle ne voulait pas risquer de les abîmer en les touchant, aussi n'en était-elle pas sûre.

D'autres étagères supportaient toutes sortes de livres de non-fiction, avec une majorité de biographies et d'autobiographies. Ceux-là étaient plus usés, montrant la prédilection de Lance pour le savoir, plutôt que le désir de s'absorber dans une bonne histoire. Ses propres préférences allaient à la fiction, des policiers aux romans de fantasy et, entre tous, aux romances historiques. Malheureusement, elle ne trouva aucune romance sur ses étagères. Mais il y avait un épais roman de fantasy dans lequel elle avait bien envie de planter ses dents. Peut-être pouvait-elle lui demander de le lui prêter.

Le timbre plaisant des voix masculines la poussa à se retourner, serrant le roman contre elle. Trent et Lance se tenaient au fond du couloir. Deux grands cartons étaient posés sur le sol entre eux, sans doute les dossiers promis.

Elle s'avança vers eux, soulagée de voir Lance lui sourire et hocher la tête comme s'il approuvait son choix. Elle attendit à côté de lui, tandis que Trent résumait les plans élaborés plus tôt, pour vérifier qu'ils étaient bien sur la même longueur d'onde.

— Asher et Faith sont chargés de retrouver Melissa Temple. Ivy et moi allons rechercher Sam McIntosh. Callum et Brice doivent localiser Jack Scanlon. Keira et toi chercherez Brett Foster. Ça nous laisse...

Il fit défiler des textos sur son téléphone.

— Mick Thompson, fit Lance.

— Oui. Thompson. Dès qu'une des équipes sera libre, elle s'en occupera. Grayson, Willow, Ryland et notre intermédiaire avec le FBI, Rowan, nous fourniront un soutien. Ils s'occuperont aussi des possibles ingérences de Russo. Et ils vont se mettre tout de suite sur ces dossiers pour nous aider à localiser tes anciens coéquipiers. Avec un peu de chance, ils trouveront une piste, quelque chose qui nous conduira tôt ou tard à la taupe. Ça te va ?

— Très bien. Merci, Trent.

Trent réagit en lui assenant une tape sur l'épaule et en hochant la tête à l'intention de Keira.

— Restez en contact avec nous, s'il vous plaît. Si quelque chose de préoccupant se présente, prévenez-nous. Nous ferons de même.

Keira lui indiqua d'un sourire qu'elle était d'accord. Lance désigna les cartons.

— Laisse-moi t'aider à les porter.

Ils emportèrent chacun un carton jusqu'au pick-up de Trent. Lorsque ce dernier s'en alla, Lance rejoignit Keira au salon.

— L'un de mes romans préférés, dit-il en désignant le livre qu'elle tenait toujours. Vous avez déjà lu Rebecca Yarros ?

— Pas encore. J'ai entendu dire beaucoup de bien de ce livre, et je voulais le lire. Ça vous ennuie ?

— Pas du tout. Mais je ne sais pas si nous aurons beaucoup le temps de lire ces prochains jours. Dans tous les cas, vous pourrez l'emporter à Maple Falls quand nous aurons rétabli votre sécurité.

Il lui adressa un regard d'excuse.

— Je suis vraiment désolé que vous ayez été mêlée à tout ça.

Sur une impulsion, elle posa le livre sur une petite table et lui prit la main. La chaleur de sa peau lui occasionna un petit frisson de plaisir et la fit rougir, surtout quand il écarquilla les yeux de surprise. Mais il ne recula pas, et elle ne le lâcha pas.

— Je ne pense pas avoir entendu un homme s'excuser autant que vous durant les dernières vingt-quatre heures. J'aimerais que vous cessiez. Rien de tout cela n'est votre faute. Il me semble que vous avez passé la dernière décennie, et même plus, à vous battre pour rester en vie, tout en ne perdant pas de vue votre équipe. Vous n'avez pas choisi cette voie. Mais vous avez assez d'intégrité pour aller jusqu'au bout et veiller sur les autres, moi comprise. Ce n'est pas quelque chose dont il faut s'excuser ou culpabiliser. C'est admirable, honorable. Pouvons-nous arrêter avec les excuses ?

Il leva l'autre main très lentement vers son visage, comme pour lui donner le temps de l'arrêter.

Ce qu'elle ne fit pas.

Il effleura sa joue, puis ses cheveux, les repoussant en arrière avant de laisser retomber sa main.

— Vous êtes un sacré numéro, vous savez ?

Elle inspira brusquement, plus affectée par ce contact qu'elle n'aurait pu l'imaginer.

— Est-ce que « sacré numéro » est bon ou mauvais ?

Les lèvres de Lance s'incurvèrent en un sourire sexy qui lui donna chaud puis froid. Surtout chaud.

— Incontestablement bon, dit-il. Peut-être que, quand tout sera... résolu, je devrais me risquer à vous demander de sortir avec moi.

— Peut-être que vous devriez.

Il sourit largement.

— Ne croyez pas une seconde que je vais oublier cette réponse.

Elle aurait bien voulu répliquer avec esprit, mais ses cellules cérébrales semblaient noyées dans un flot d'hormones.

— Keira ?

Sa voix grave était chargée d'humour.

— Mmm, oui ?

— Je dois aller voir les chevaux avant que nous partions.

— D'accord. Bien sûr.

Il baissa les yeux sur sa main, qu'elle tenait étroitement serrée.

— Oh !

Elle le lâcha immédiatement, le visage écarlate.

— Désolée.

Il se pencha pour déposer le plus léger des baisers sur sa joue, puis lui fit un clin d'œil.

— Moi non. Attendez ici, je reviens dans...

— Non, je vais avec vous.

Devant ses sourcils haussés, elle rougit encore.

— Je préfère vous accompagner pour vous seconder s'il se passe quelque chose.

Elle tapota son holster, dissimulé sous sa veste.

— Flic. Vous vous rappelez ?

— Je me rappelle. J'en étais un aussi, vous savez.

— Pendant huit ans. À Nashville. Sacrée coïncidence.

— Une coïncidence ?

— Nashville est ma ville natale.

— Ah oui ! Là où vit votre famille... compliquée, je suppose ?

Elle se raidit.

— Les chevaux, vous disiez ? Nous passons par cette porte dans la cuisine ?

Son sourire s'élargit.

— Vos excellentes capacités de déduction se révèlent à nouveau.

Il lui tendit la main

— Venez, je vais vous montrer mon écurie.

— Cette approche aurait besoin d'être travaillée, plaisanta-t-elle en ignorant sa main.

Il la suivit en gloussant. Une fois dehors toutefois, tout amusement s'évapora. Pleinement en alerte, il survola les bâtiments du regard.

Se sentant idiote de flirter avec lui alors que leurs vies étaient en danger, Keira se mit aussi en mode policier. Sans ôter la main de son holster, elle chercha du regard un signe de problème.

Lorsqu'ils atteignirent le bâtiment, elle s'attendit à ce que Lance tire une clé de sa poche pour déverrouiller les portes. Au lieu de cela, il s'approcha d'un clavier électronique et, plutôt que de presser les touches, il posa la main sur un carré en dessous. Il y eut un déclic et un moteur à peine audible se mit en route, faisant glisser les portes.

L'intérieur n'était pas moins moderne et masculin que la

maison. Des chevrons métalliques noirs supportaient le toit. Des sols en pierre immaculés s'inclinaient doucement vers des rigoles rectangulaires bordant l'allée centrale, rendant sans doute le nettoyage beaucoup plus facile. Les stalles, de chaque côté, étaient séparées par d'épaisses planches de cèdre.

— Il n'y a que quatre chevaux pour le moment, dit-il tandis qu'elle le suivait dans l'allée centrale. Mais l'écurie peut en contenir huit. Je me dis qu'un jour, si j'ai la chance de devenir vieux et que j'ai encore cet endroit, je remplirai les stalles de pouliches et de poulains pour mes enfants et mes petits-enfants.

— C'est une merveilleuse idée, souffla-t-elle en se la représentant mentalement.

Il s'arrêta et la regarda par-dessus son épaule.

— Vous aimez les chevaux ?

Elle se mit à rire.

— Honnêtement, je n'en sais rien. Je n'en ai jamais vu d'assez près. Ma famille ne pouvait pas se permettre des choses comme ça.

Il hocha lentement la tête.

— J'oublie parfois ma chance. Nous avons toujours eu des chevaux. Je suppose que je poursuis la tradition familiale. J'aimerais tant que mon père puisse voir cet endroit...

Elle sentit sa gorge se nouer en percevant la tristesse dans sa voix.

— Quand tout ceci sera fini, quand nous arrêterons la personne qui est à l'origine de tout ça, vous pourrez le revoir.

Il serra les dents sans répondre.

Keira s'arrêta devant la stalle suivante, émerveillée par le magnifique animal qui pointait sa tête gracieuse par-dessus la porte.

— Je ne peux pas imaginer qu'un père n'approuve pas cet endroit. La maison, les terres, les écuries et, oh mon Dieu, ces splendides animaux ! Ils sont stupéfiants.

Elle rit quand la jument la plus proche renifla sa chemise.

En voyant qu'elle tendait la main pour lui caresser le museau, Lance la lui prit.

— Attention, dit-il. Elle veut quelque chose à manger. Je préfère que vous gardiez vos doigts.

Keira cilla et fit un pas en arrière.

— Je ne voulais pas vous effrayer. Elle n'est pas méchante. Mais elle peut vous mordre par accident si vous tendez les doigts comme ça. Voilà.

Il ouvrit une boîte en métal fixée au mur et en tira une carotte.

— Faites comme ça. La paume à plat.

Il brisa la carotte en deux et en mit un morceau sur sa paume, qu'il présenta au cheval. La jument renifla sa main, saisit la carotte et l'engloutit d'un coup de dents.

— Vous voulez essayer ?

Il tendit à Keira l'autre moitié de carotte.

— Volontiers.

Elle fit comme il le lui avait montré et rit quand les lèvres veloutées de la jument lui chatouillèrent la main.

— Elle est si douce ! Et si belle !

Les yeux sombres de Lance s'arrêtèrent sur les siens quand il répondit :

— C'est vrai.

Le clin d'œil qui suivit lui fit comprendre qu'il ne parlait pas du cheval. Elle s'efforça d'imaginer une réponse intelligente mais ne parvint pas à retrouver sa voix.

Il la prit en pitié et lui tendit la main.

— Venez. Il faut nous dépêcher. Je ne pense pas que quiconque puisse découvrir cet endroit, mais je préfère ne pas prendre de risques. J'ai besoin d'une chose dans la dernière stalle, là-bas.

Lorsqu'ils l'atteignirent, il lâcha sa main et s'approcha de la paroi du fond.

— Vous avez dit que les chevaux avaient faim. Devrais-je les nourrir ? demanda-t-elle.

— Si nous en avions le temps, j'adorerais vous montrer comment faire. Ils aiment l'avoine, le foin frais, l'eau. Les carottes sont des friandises, pas de la nourriture. J'ai appelé un ami tout à l'heure, pour qu'il s'occupe de cela. Il sera bientôt là pour les emmener.

Il leva la main pour tâtonner le long d'une bordure en cèdre.

— Les emmener ? Il va emmener les chevaux ?

Lance se retourna à demi, l'air tout à fait sérieux, sans une once de sa légèreté précédente.

— Si les mauvaises personnes comprennent que c'est ma maison, je ne m'attends pas à ce qu'elle soit encore debout quand je reviendrai. Les chevaux seront logés dans l'écurie de mon voisin, quelqu'un en qui j'ai confiance.

Il se retourna vers la paroi.

L'idée que quelqu'un puisse détruire cette maison et ces écuries lui fit monter les larmes aux yeux. Mais elle oublia ce qu'elle avait été sur le point de dire quand la paroi arrière de l'écurie s'ouvrit en glissant, révélant une petite pièce étroite.

Lance y entra, les lumières s'allumèrent, et il pressa un autre bouton. Un second panneau s'ouvrit, révélant non une pièce mais un coffre-fort scellé dans le mur. Il y avait un petit bureau et une chaise placés à côté, mais rien d'autre. Lance s'accroupit devant le coffre-fort.

— Lance ? Qu'est-ce que c'est que cet endroit ? Que faisons-nous ici ?

— Nous sauvons mon équipe. Avec un peu de chance.

— Sauver votre équipe... Laquelle ? Celle d'OPI ou celle d'UB ?

Il lui jeta un coup d'œil.

— Les deux.

Il composa rapidement une série de chiffres et la porte du coffre-fort s'ouvrit. Un petit sac en cuir était posé sur l'étagère du bas. Au-dessus, il y avait un dossier marron foncé, d'environ trois centimètres d'épaisseur.

— Lance, s'il vous plaît. Que faites...

Elle s'interrompit à nouveau, cette fois sous le coup de la surprise. Il avait pris le sac et l'avait ouvert sur le bureau. Même à quelques pas de distance, elle voyait ce qu'il contenait.

De l'argent. *Beaucoup d'argent.* Des coupures de toutes sortes attachées par des bandes élastiques.

— Bonté divine ! Il doit y avoir des milliers de dollars.

— Nous en aurons besoin

— Pour quoi ?

— Pour assurer notre sécurité.

Après avoir vérifié le contenu, il referma le sac et le posa sur le sol.

— Nous ne pouvons pas utiliser de cartes de crédit ni de distributeurs de billets, rien de traçable. Nous paierons tout en liquide. J'ai aussi des pièces d'identité à différents noms, des armes et des chargeurs.

— J'ai entendu parler de gens qui gardaient des sacs prêts pour les urgences, mais normalement, ils ne contiennent que des vêtements et des affaires de toilette.

— Je me suis toujours dit que je pourrais acheter ces choses plus tard si je n'avais pas le temps de faire une valise. Les pièces d'identité, l'argent, les armes sont plus difficiles à trouver en voyage.

— C'est logique, je suppose. Je n'ai jamais éprouvé le besoin d'avoir un sac tout fait. Jusqu'à maintenant. J'aimerais avoir emporté plus de munitions.

— Vous avez un 9 mm, n'est-ce pas ?

Elle acquiesça en tapotant sa veste, qui dissimulait son holster.

— Un Glock 17.

— Pour moi, c'est un Sig Sauer P320, 9 mm. Nous pouvons partager les munitions. Je vais en prendre d'autres.

— Merci. Je vous rembourserai si nous finissons par les utiliser.

— Espérons que ce ne sera pas le cas.

Il s'assit au bureau. Cette fois, elle fut à peine surprise lorsqu'il fit glisser plusieurs panneaux et qu'apparurent devant lui un écran d'ordinateur et un clavier.

Elle s'approcha d'un pas, contemplant le sac de billets, les pièces d'identité et les armes.

— Lance, c'est parfait que vous dépensiez votre argent pour vous protéger, mais je ne veux pas que vous l'utilisiez pour moi.

Il doit vous avoir fallu des années pour économiser tout ça. Nous pouvons nous arrêter dans une agence bancaire et je retirerai mes économies.

Il était en train de taper sur le clavier et s'arrêta en l'entendant.

— Cela ne m'a pas pris de temps du tout. J'avais très peu de discernement quand j'ai rejoint OPI. Mais l'une des choses que j'en ai retirées, c'est plus d'argent que je ne pourrai jamais en dépenser. Et Grayson Prescott, mon patron actuel, est milliardaire, Keira. Il nous paie suffisamment pour que nous n'ayons jamais à nous inquiéter de notre sécurité financière. Alors ne vous inquiétez pas de l'emploi de ce liquide. J'en ai beaucoup plus encore.

Elle déglutit et acquiesça.

— Merci. De m'aider à me protéger. Vous êtes extrêmement généreux de votre argent et de votre temps. J'espère seulement que ça ne finira pas par vous coûter la vie.

Elle désigna la pièce autour d'eux, le coffre-fort, l'ordinateur.

— Pour que vous vous soyez donné autant de mal, les gens contre qui nous luttons doivent être bien plus dangereux que je ne le soupçonnais.

— Ils sont dangereux, oui. Mais seulement parce qu'ils se cachent. Même avec toutes les ressources dont elle dispose, la taupe n'en reste pas moins un être humain, Keira. Ce n'est pas un surhomme, il n'est pas plus puissant que n'importe qui. Tout ce que nous avons à faire, c'est de le faire sortir de l'ombre. Nous allons survivre à cela. Ensemble. Croyez-moi. Et ayez confiance en vous. J'ai été témoin de votre courage. Vous êtes sortie en courant du chalet alors que vous auriez pu rester à l'abri. Vous l'avez fait parce que vous pensiez que j'avais besoin d'aide.

Elle leva les yeux au ciel.

— Et quelle aide ! Vous n'en aviez pas besoin, au contraire de moi. J'ai failli être tuée.

Il tendit de nouveau sa grande main musclée vers elle et entrelaça leurs doigts avec gentillesse. Une telle gentillesse qu'elle eut l'impression que son cœur s'épanouissait dans sa poitrine.

— Vous êtes allée à la rencontre du danger, Keira. Pour moi. Vous ignoriez qui pouvait être au-dehors. Vous êtes sortie quand même. Vous êtes une bonne policière et une bonne personne. Et vous êtes plus forte que vous ne le croyez. Fiez-vous à votre entraînement.

Elle lui offrit un sourire un peu tremblant.

— Quoi qu'il arrive, n'oubliez pas de m'inviter à sortir, d'accord ?

Il éleva sa main jusqu'à sa bouche et en embrassa le dos, comme le héros dans ces romances qu'elle aimait lire.

— Je n'oublierai pas, murmura-t-il contre sa peau.

Son souffle chaud la fit frissonner. Il pressa gentiment sa main, puis la lâcha.

— Encore une chose, avant que nous partions.

Keira serra étroitement ses mains, recouvrant l'endroit où la bouche de Lance s'était posée. Mais la sensation de chaleur qui l'avait parcourue tourna au froid glacial quand elle vit ce qu'il faisait. Et qu'elle commença à comprendre.

Le premier appel qu'il avait passé par ordinateur était adressé à quelqu'un qui figurait dans sa liste sous le nom de Melissa. Dès qu'une voix répondit, la voix de l'ordinateur dit :

— C'était la meilleure des époques, c'était la pire des époques.

L'appel prit fin. Lance pressa quelques touches et un second appel se mit en route.

— À Sam.

L'ordinateur annonça la même phrase :

— C'était la meilleure des époques, c'était la pire des époques.

Un autre appel. Celui-là pour Mick. Le suivant était pour Jack. Enfin, pour Brett.

Lorsque Lance eut fait disparaître l'ordinateur et refermé le mur sur le coffre-fort, il se redressa et se rapprocha d'elle.

Elle ne voulait pas croiser son regard.

Il lui releva gentiment le menton, jusqu'à ce qu'elle le regarde droit dans les yeux.

— Posez-moi votre question, dit-il. Dites-le.

Elle le dévisagea un long moment. Enfin, elle dit :

— Je suis surprise que vous ayez choisi une citation de Charles Dickens comme code de danger.

Il la fixa tout aussi longtemps.

— Qu'auriez-vous choisi ?

Elle serra les poings à ses côtés.

— Rien du tout. Parce que je n'aurais pas menti à mon équipe. Je n'aurais pas envoyé les enquêteurs d'UB dans une quête futile. Vous savez depuis le début où sont vos anciens coéquipiers. Vous saviez aussi que Rick était à Maple Falls, n'est-ce pas ? Avant de répondre, réfléchissez soigneusement. Parce que je suis folle de rage. Ne me mentez pas. Saviez-vous ou ne saviez-vous pas que Rick Cameron était à Maple Falls, en route pour venir vous voir ?

Le visage de Lance pâlit.

— Vous croyez vraiment que si j'avais su que mon ami avait des ennuis, je ne serais pas allé l'aider ? Que je l'aurais simplement laissé mourir ?

Elle se pencha vers lui.

— N'est-ce pas ce que vous faites maintenant ? Ne risquez-vous pas les vies de vos amis actuels alors qu'il n'y a aucune raison de le faire ? Vous pourriez prendre votre téléphone et appeler Trent, appeler les autres, et leur dire qu'il est inutile de chercher quiconque. À quel genre de jeu jouez-vous ?

Il poussa un juron et se frotta le visage à deux mains.

— Ce n'est pas un jeu. Vous pensez que je risque les vies de mes amis d'UB ? C'est tout le contraire. Les informations contenues dans les dossiers que j'ai remis à Trent sont de l'histoire ancienne. Elles ne les mettront pas en danger. Au contraire, elles les tiendront à l'écart pendant que je m'occupe de cette fichue taupe une bonne fois.

Surprise, elle battit des paupières.

— Quoi ? Mais que... Tout ce que vous leur avez dit était faux ?

Il arqua un sourcil.

— En fait, ma première affirmation était vraie, à savoir que ce qu'ils croyaient savoir sur moi était un mensonge. Je n'ai fait que poursuivre la mascarade. Non parce que je suis un sale type, mais parce que je me soucie d'eux. Ils sont mariés, ils ont des petites amies, des familles. Grayson a une fille de sa première femme, qui a été assassinée. Ce n'est que récemment qu'il l'a retrouvée. Je ne veux pas être celui qui lui fera perdre son père après ça.

« Aujourd'hui, j'ai été piégé par cette confrontation. Piégé par ma propre équipe qui m'a forcé à l'impliquer dans mes erreurs. Eh bien, ça n'arrivera pas. Quand j'ai quitté UB ce matin – bon sang, c'était hier matin – pour venir vous voir, je n'avais pas l'intention de revenir. Jamais. Et si les choses ne tournent pas comme je l'espère, c'est toujours mon plan. »

— Waouh ! Je n'arrive pas à y croire. Vous n'avez donc rien entendu de ce qu'ils ont dit ? C'est logique pour eux de vous aider. De nous aider. Qu'est-ce qui vous fait penser que vous pouvez combattre seul cette taupe alors que vous n'avez pas découvert qui c'était en plus d'une décennie ?

Il serra à nouveau les dents.

— Vous croyez que je n'ai pas fait de recherches sur la taupe depuis que j'ai quitté OPI ? Il m'a forcé à renoncer à ma propre famille, il nous a forcés à faire ça, pour ne pas les mettre en danger. J'approche du but, Keira. J'ai toutes sortes d'informations, d'indices qui montrent les mouvements de la taupe au fil des ans. Ses traces électroniques. Et j'ai éliminé des dizaines de personnes au cours de mon enquête.

Il poussa un profond soupir.

— Il n'en reste qu'une poignée, des gens qui étaient en position de pouvoir à l'époque. Des gens qui se cachent dans les coulisses, que j'ai découverts et étudiés. Je suis prêt à mettre fin à tout cela. J'ai seulement besoin de la dernière pièce qui complétera le tableau. Alors je pourrai l'amener devant la justice. Je veux en finir avec ça.

Elle le dévisagea, stupéfaite.

— Vous pensez que vous êtes près de résoudre l'affaire ?

— Je sais que je le suis. La mort de Levi était un énorme indice.

Quelque chose qu'il a fait a mis la taupe sur sa piste. Mais je ne l'ai pas vu comme un indice, ni réalisé son importance avant que vous veniez ici et me disiez que Rick avait aussi été assassiné. Ces deux morts si rapprochées ne peuvent pas être une coïncidence. Tout ce que j'ai à faire, c'est trouver le lien entre elles. Ce sera la clé qui me permettra de réduire ma liste de suspects à une seule personne.

— C'est beaucoup de spéculations. Vous pariez nos vies sur votre capacité à arrêter la taupe sans l'aide d'Unfinished Business. Vous oubliez ce qui s'est passé au chalet ? Nous avons failli être tués.

— Vous croyez que je ne le sais pas ? Je ne peux pas penser à autre chose, au fait que vous avez frôlé la mort.

Elle le fixa avec surprise, puis s'éclaircit la gorge.

— D'accord. Alors il est clair que je devrais avoir aussi mon mot à dire. Mon sort est lié au résultat de ces recherches, au fait de trouver ce type et de l'arrêter. J'ai donc le droit de donner mon avis sur ce que nous faisons. Et je veux qu'UB travaille avec nous. Je ne pense pas que nous pourrons gagner sans eux.

Lance la regarda un long moment, puis jura dans sa barbe.

— Je ne vous ferai pas changer d'avis, n'est-ce pas ?

— Non.

— C'est bon à savoir. Si vous avez peur et que vous êtes convaincue que nous ne pouvons pas gérer cela tout seuls, alors vous ne devriez pas venir avec moi.

— Je ne vais pas… vous attendre. Non. Ce n'est pas ce que je voulais dire.

Un bruit sourd se fit entendre quelque part dans les écuries.

— Lance ? Je suis là. Où es-tu ?

Keira fronça les sourcils et regarda par-dessus son épaule.

— Ici, cria Lance. Dans la dernière stalle à gauche.

Soudain, Keira sentit un mouvement au niveau de sa taille, et quelque chose de froid claqua autour de son poignet. Faisant volte-face, elle fut choquée de voir Lance jeter son pistolet sur le bureau. Il avait dû le prendre dans son holster. Et un anneau de métal argenté brillait autour de son poignet.

— Qu'est-ce que...

Lance la tira en avant et accrocha l'autre menotte à un anneau métallique sur le mur.

— Que faites-vous ? Enlevez-moi ça !

Un homme grand et imposant, la quarantaine bien tassée, jeta un coup d'œil par l'ouverture, sans s'étonner de la cache. Mais ses sourcils se haussèrent quand il vit Keira attachée au mur.

— Hé, Lance, si vous êtes au milieu d'un truc coquin, je peux revenir plus tard.

— Tais-toi, Duncan.

Le dénommé Duncan se mit à rire. Keira agita la chaîne des menottes.

— Ce n'est pas drôle, Lance. Libérez-moi.

— Duncan, tu peux nous donner une minute ?

— Je peux te donner plein de minutes pendant que je charge les chevaux. Je repasserai tout à l'heure.

Il disparut dans l'écurie.

Keira tira à nouveau sur les menottes. Poussant un juron, Lance lui prit le bras.

— Arrêtez. Vous allez vous faire mal.

— C'est vous qui me faites mal. C'est vous qui avez fait ça. Enlevez-les-moi tout de suite, et je ne porterai pas plainte.

Il soupira lourdement et la lâcha.

— Je suis désolé. Je le suis vraiment. Je demanderai à Duncan de vous les enlever une fois que je serai parti. Il vous ramènera à Unfinished Business. Vous pouvez leur dire la vérité. Cela n'aura plus d'importance après mon départ. Ils ne sauront pas où je vais.

Il se détourna d'elle.

— Attendez ! cria-t-elle d'une voix où perçait la panique.

— Quoi encore ?

— Je vous en prie. Laissez-moi vous accompagner. Je peux vous aider. Je surveillerai vos arrières.

— Non.

Il se détourna à nouveau.

— Lance !

Son soupir aurait pu renverser l'une des poutres.

— Juste une question et je m'en vais, dit-il.

Elle se lécha les lèvres.

— Pourquoi faites-vous ça ? Pourquoi m'excluez-vous de l'enquête ? Il ne s'agit pas seulement d'écarter UB. Il doit y avoir autre chose. Vous ne pensiez pas ce que vous avez dit tout à l'heure, que vous me trouviez intelligente et courageuse et que je pouvais être un atout dans votre enquête ? Vous pensez que j'entraverais vos faits et gestes, n'est-ce pas ?

Il fut soudain juste devant elle, la regardant au fond des yeux.

— Je n'ai pas menti, je suis convaincu de vos capacités, Keira.

Il secoua lentement la tête en la regardant.

— Vous êtes tout aussi intelligente et courageuse que je l'ai dit, sans doute plus. Et vous seriez incontestablement un atout dans n'importe quelle enquête.

— Alors pourquoi ? Pourquoi ne voulez-vous pas que je vienne avec vous ?

Lance posa les paumes sur le mur de chaque côté d'elle et s'avança, si près qu'ils se touchaient presque.

— Je le voulais. Mais puisque vous tenez à avoir recours à mes collègues... j'ai dû reconsidérer l'idée de vous impliquer, alors que ma principale raison de les tenir à l'écart est de les protéger. Dieu sait que je ne veux pas qu'il vous arrive du mal à vous non plus. Alors pourquoi prendre ce risque ? Aussi impossible que cela paraisse, vous êtes la meilleure chose qui me soit arrivée depuis longtemps. Nous nous connaissons à peine, mais je le sais. Je veux vous connaître, tout apprendre de vous. Je veux vous inviter à sortir, une fois, deux fois, une dizaine de fois. Mais par-dessus tout, je veux... j'ai besoin que vous soyez en sécurité.

Keira eut l'impression que son corps prenait feu tandis qu'elle l'écoutait.

— Lance, vous... vous êtes en train de dire que vous voulez être mon petit ami ?

Il faillit s'étrangler de rire, toussa puis sourit largement.

— Oui. Je crois que c'est ce que je suis en train de dire.

— Prouvez-le. Embrassez-moi.

Le bruit des sabots des chevaux qui clopinaient dans l'écurie le fit reculer.

— Je dois...

— Lance. *Embrassez-moi.*

Ses yeux bleus s'assombrirent comme sous l'effet d'une tempête. Son regard tomba sur sa bouche.

Elle se rapprocha de lui au point d'écraser ses seins sur son torse et lui tendit ses lèvres.

— Lance ?

— Je vais aller en enfer pour ça.

— Ça en vaut la peine.

Il poussa une sorte de grognement. Puis il la prit dans ses bras, et sa bouche fit des choses incroyables. Bonté divine, cet homme savait embrasser ! Elle avait envie de s'agripper à lui et de ne plus jamais le lâcher, de lui faire autant de bien qu'il lui en faisait. Et au début, elle s'autorisa à réagir, à en profiter. Après tout, c'était un morceau de paradis qu'il lui offrait. Et elle était trop faible pour ne pas le prendre. Mais aussi merveilleux que cela soit d'être dans ses bras, la gêne occasionnée par sa main gauche toujours menottée fut suffisante pour l'empêcher de perdre la tête et de se souvenir de la raison pour laquelle elle avait exigé cette étreinte.

Elle se contorsionna brusquement contre lui et tira son pistolet de son holster. Lance rouvrit les yeux quand elle colla le canon de l'arme sur son ventre plat.

Il recula très lentement et posa les yeux entre eux, sur son pistolet et le doigt de Keira sur la détente.

— Vous avez le choix entre deux options, Lance.

Il releva la tête et attendit.

— Vous pouvez détacher ces menottes et me promettre que vous allez m'emmener.

Il serra les mâchoires, les yeux noircis par la colère.

— Ou bien ?

Elle recolla le pistolet sur lui.

— Ou bien vous pouvez parier votre vie sur le fait que vous me connaissez assez bien, après un seul jour, pour être sûr qu'une policière entraînée ne va pas tirer sur l'homme qui l'a enchaînée.

Leur confrontation silencieuse dura presque une minute. Finalement, Lance tira la clé des menottes de sa poche.

8

— Vous n'auriez pas réellement tiré sur moi, n'est-ce pas ?

Keira était assise à côté de Lance dans son SUV bleu marine, filant une fois encore sur les routes de montagne. Mais cette fois, ils sortaient de Gatlinburg. Bientôt, ils seraient sur des routes plus larges et plus sûres, sans à-pics.

— J'imagine que nous ne le saurons jamais vraiment, répondit-elle.

Se rembrunissant, il lui jeta un coup d'œil, puis reporta les yeux sur la route devant eux.

— Quoi qu'il en soit, vous avez gagné le droit de faire partie de cette chasse à la taupe. Mais après cela, ce sera fini entre nous. Avant même que nous ayons eu le temps de commencer.

Ces mots lui causèrent une peine difficile à dissimuler. Mais elle fit de son mieux pour feindre qu'ils ne l'atteignaient pas.

— Vous vous y connaissez en rancune.

— Rancune ? Vous aviez le doigt sur la détente, pas sur la culasse. Sur la détente !

— Il le fallait. Sinon, vous vous seriez débrouillé pour m'arracher l'arme.

Il la regarda à nouveau.

— C'est juste. Mais votre doigt aurait pu glisser, vous auriez pu me tuer sans en avoir l'intention. C'est quelque chose que je ne peux pas oublier.

— J'imagine que notre premier rendez-vous n'est plus d'actualité, alors.

— Nous connaissons tous deux la réponse.

Elle sourit, mais intérieurement, elle était à vif, blessée, fatiguée et si en colère qu'elle avait envie de frapper quelque chose. De briser du verre, par exemple. De réduire une chaise en petits morceaux comme dans les films d'action. Tout ce qu'elle voulait en venant à Gatlinburg, c'était obtenir justice pour un homme assassiné. Cette... chose, cette attirance qu'ils éprouvaient l'un envers l'autre, n'aurait pas dû avoir d'importance compte tenu de ce qui se passait par ailleurs. Mais bon sang, cela comptait. Et chaque fois qu'il la regardait avec dérision ou colère, qu'il lui disait quelque chose de méchant, elle sentait une lame s'enfoncer dans son cœur.

Cela aurait été comique si ce n'était aussi douloureux. Malgré son goût pour les romances, elle ne croyait pas à l'amour au premier regard. Mais elle croyait effectivement aux attractions immédiates, au fait d'être puissamment attirée par quelqu'un avant même de le connaître. Après tout, c'était ce qu'elle avait éprouvé avec Lance. Et pour l'incurable romantique qu'elle était, il y aurait toujours des *Et si ?* à propos de Lance Cabrera.

Lance desserra les doigts sur le volant en entendant Keira pousser un soupir régulier. Elle s'était endormie contre la portière, l'air aussi malheureuse que lui.

Comment les choses avaient-elles pu si mal tourner ?

Tout ce qu'il voulait, c'était protéger les gens qui n'avaient aucune responsabilité dans ses mauvaises décisions. Ils étaient innocents, aussi bien ses amis d'UB que Keira. Il avait conduit le danger à leur porte et il n'était pas juste de les entraîner plus loin. Pourtant, il s'était probablement mis à dos sa famille UB. Et il avait sans aucun doute détruit ses chances auprès de Keira.

Était-il en colère contre elle ? Fichtre oui. Mais cette colère commençait déjà à décliner, et les regrets plantaient leurs griffes dans son cœur. Aurait-il pu lui reprendre son pistolet sans recevoir une balle ? Peut-être. Probablement. Mais il n'avait pas essayé en raison d'un élément auquel elle n'avait pas réfléchi.

Duncan.

C'était l'une des rares personnes en qui Lance avait entièrement confiance, en dehors d'UB. Ce n'était pas seulement quelqu'un qu'il engageait quand il avait besoin qu'on s'occupe de ses chevaux, mais aussi un ami proche. Si Keira avait tiré sur Lance, Duncan l'aurait abattue. Et il ne pouvait pas risquer ça. Alors il avait cédé à la menace, la laissant croire que c'était par crainte pour lui-même, alors que c'était d'elle qu'il se préoccupait. Et plutôt que de revenir sur sa promesse de la laisser l'accompagner dans sa recherche de la taupe, il allait tenir sa parole.

Il ne supportait pas l'idée de lui mentir à nouveau. Mais il l'aurait tout de même fait, sans hésiter une fraction de seconde, s'il avait pensé qu'elle serait plus en sécurité ainsi. Toutefois, après l'avoir vue si déterminée, il avait compris que rien ne l'empêcherait de poursuivre. Il valait mieux la garder avec lui pour la surveiller plutôt que de se demander sans cesse quand et où elle se montrerait. L'hypothèse qu'elle puisse être blessée ou pire le rendait malade. Aussi, le moindre des deux maux semblait être de tenir sa parole et de la traiter en associée dans cette chasse à l'homme.

Quant à son obsession pour elle, eh bien, il devrait la surmonter. Elle ne lui pardonnerait pas ce qu'il avait fait. Et c'était réciproque. Elle aurait pu facilement le tuer. Tout cela parce qu'il se préoccupait de la protéger. Cet incident stupide avait anéanti la confiance qu'ils avaient l'un dans l'autre. Et sans confiance, une relation était impossible.

Il jura en silence. Il n'avait pas éprouvé autant de confusion depuis Ileana. Elle l'avait entortillé, l'avait quitté, était revenue, encore et encore jusqu'à ce qu'il ne sache plus où il en était. Lorsqu'elle était sortie de sa vie pour de bon, il avait enfin été en position de reprendre son équilibre. Et maintenant, il laissait une autre femme tournebouler son monde.

Le désastre aux écuries était peut-être un moyen pour le sort de le réveiller, de l'empêcher de commettre une autre erreur. Mais c'était un crève-cœur de penser qu'il lui avait fallu plus d'une décennie pour rencontrer quelqu'un avec qui il s'était tout de suite vu entretenir une relation à long terme. Et que cette perspective s'effondre en un instant.

Le manque de sommeil. Ce devait être ça. Il n'était normalement pas si prompt à la colère, pas si embrouillé. Il approchait la vie avec logique, pas à coups d'impulsions dues aux hormones. Tout ce dont il avait besoin, c'était d'une bonne nuit de sommeil. Il était éveillé depuis plus de vingt-quatre heures. Bon sang, presque trente heures.

Par chance, ils trouvèrent un hôtel correct à la sortie d'autoroute suivante, avec une suite libre, composée de deux chambres avec de grands lits doubles. Le pourboire que Lance donna à la réceptionniste suffit pour qu'elle passe sur le fait qu'il n'avait pas de carte de crédit. Ses faux papiers et une bonne dose de liquide la convainquirent de lui remettre la clé de la chambre.

Ce fut une Keira épuisée et aux yeux injectés de sang qui marmonna « bonne nuit » sans le regarder, puis lui ferma la porte au nez.

Un sentiment de défaite s'abattit sur lui. Il aurait tellement aimé recommencer cette dernière journée… Mais il n'y avait pas de bouton « retour en arrière » dans la vie. Et comme il l'avait dit à son équipe, certaines choses ne pouvaient être réparées.

9

Quand Keira sortit de sa chambre, douchée et vêtue de propre, avec assez de maquillage pour dissimuler ses cernes, elle s'immobilisa, surprise. Dans la kitchenette se trouvait une cafetière pleine, avec un mug et des sachets de sucre. Il y avait également une boîte de pâtisseries aux pommes et à la cannelle, au fromage et d'autres encore. Et au cas où cela ne suffirait pas, une grande salade de fruits et une miche de pain frais voisinaient avec le grille-pain. Mais Lance n'était nulle part en vue.

La porte de sa chambre était ouverte et le lit, fait au carré. Le dossier qu'il avait pris la veille dans son coffre-fort était ouvert sur la petite table, face au canapé. Des papiers et des photos étaient étalés partout, comme s'il les avait étudiés de bonne heure. Mais la suite elle-même était tristement vide.

Un léger mouvement sur sa gauche l'incita à se retourner. À travers la fente des rideaux, elle vit un homme en blouson de cuir noir accoudé à la balustrade, une tasse de café entre les mains, contemplant les Smoky Mountains. *Lance.*

Le sentiment de culpabilité qui l'avait tourmentée toute la nuit se réveilla. C'était un sentiment désagréable, auquel elle n'était pas habituée.

Elle se versa une tasse de café et y mit un paquet de vrai sucre. Pas d'édulcorants pour elle. Et de la crème, trouvée dans le petit réfrigérateur. Il avait pensé à tout ce qu'elle pouvait désirer.

Après être retournée chercher sa longue veste, car l'air était frais, elle s'empara de son mug et sortit. Lorsqu'elle prit pied sur le balcon, Lance sourit. Mais ce sourire n'était que l'ombre de ceux dont il avait l'habitude.

— Bonjour, dit-il.

— Bonjour. Je ne suis pas armée.

Il souleva le pan de son blouson pour dévoiler son pistolet, passé dans sa ceinture.

— Je ne peux pas en dire autant.

Elle aurait voulu plaisanter, dire quelque chose qui dissipe la tension. Mais rien ne lui vint à l'esprit, si bien qu'elle se tut.

Ils restèrent silencieux quelques minutes, côte à côte, sirotant leurs cafés respectifs et admirant la vue. À cette époque de l'année, les Smokies étaient revêtues d'or et d'orange. Ce n'étaient plus les couleurs éclatantes qui attiraient les amateurs de feuillage à l'automne, mais le paysage restait assez coloré pour couper le souffle.

Malgré ces terrifiantes routes de montagne en lacets, Keira ne pouvait nier combien ce serait merveilleux de contempler ce genre de panorama tous les jours depuis ses fenêtres. Elle aurait quand même préféré le regarder depuis la vallée que le traverser en voiture.

De fins nuages blancs s'élevèrent le long des montagnes, habillant les sommets de brume. Quelques minutes plus tard, la brume se leva, dévoilant à nouveau les pics. Mais les ombres d'autres nuages passèrent devant le soleil, soulignant les variations de couleurs sur les pentes.

— C'est vraiment magnifique ici, murmura-t-elle, surtout pour elle-même.

Lance posa sa tasse sur la balustrade.

— J'ai vécu dans cette région plus de trois ans et je ne me lasse jamais du paysage. Il change constamment. Une minute, vous pouvez voir sur des kilomètres. La suivante, la brume s'installe comme un rideau opaque. Durant l'été, il y a toutes les nuances de vert auxquelles on peut penser. Lorsque la dernière feuille sera tombée, cet automne, tout semblera gris et stérile. Mais si vous prêtez attention, vous verrez des choses que vous ne voyiez pas avant. Des endroits dénudés, des clairières entre les arbres. Des conifères au milieu des bouleaux et des chênes dénudés.

Lorsqu'il se tut, elle le pressa :

— Et au printemps ? Comment c'est ?

Il sourit, comme à quelque chose que lui seul pouvait voir.

— Tout reprend vie. Les fleurs sauvages parsèment les prairies. Les feuilles des arbres sortent, grandissent, de nouvelles branches montent vers le ciel. Les bébés lapins, écureuils et tamias se cachent dans les fourrés, montent aux arbres, piaillent quand vous empiétez sur leur domaine. Au coucher du soleil, les cerfs font leur apparition, avec les biches qui surveillent leurs faons tachetés. Les chevreuils frottent leurs bois sur les troncs. Les ours bruns sont partout. La plupart du temps, ils restent cachés, mais à cette époque de l'année, ils se réveillent affamés de leur hibernation, et ils mangent tout ce qu'ils peuvent. Vous en verrez dans la montagne ou en ville, essayer de s'approprier un repas facile auprès des touristes qui jettent leur nourriture sans comprendre que cela attire les animaux sauvages.

Elle était hypnotisée par l'émotion dans sa voix, l'émerveillement qui se lisait sur ses traits.

— Vous aimez vraiment cette région, n'est-ce pas ?

Son sourire s'évanouit quand il se tourna vers elle, une hanche appuyée contre les barreaux.

— Comment pourrais-je ne pas l'aimer ?

— Eh bien, pour commencer, il y a ces effrayantes routes qui montent et descendent. Je ne vois pas comment on peut aimer ça.

Le coin de sa bouche se releva.

— Croyez-le ou non, on s'y habitue, et on y pense à peine une fois qu'elles font partie de la vie quotidienne.

— Oui, sans doute. Mais c'est difficile à imaginer. Si je vivais ici, je préférerais habiter dans une zone de basse altitude, avec de petites collines. Les montagnes formeraient un arrière-plan splendide, au loin.

— On dirait mon ranch.

Elle cilla.

— Exactement comme votre ranch. Il est magnifique.

Ils se turent un instant, puis...

— Je suis désolé..., dit-il.

— Je suis désolée..., dit-elle en même temps.

Ils se mirent à rire de concert.

Elle s'approcha et posa une main sur la sienne.

— Je suis sincère, Lance. Je suis navrée pour hier. J'étais sous le choc, en colère, quand vous m'avez passé ces menottes. Encore plus en colère du fait que vous alliez poursuivre cette enquête sans moi, alors que mon sort est lié au vôtre. Mais ce n'est pas une excuse pour ce que j'ai fait. Je n'aurais jamais dû mettre le doigt sur la détente. Vous aviez raison, un faux mouvement et j'aurais pu vous tirer dessus.

Elle déglutit pour dissiper le nœud dans sa gorge.

— J'aurais pu vous tuer. Je suis vraiment, vraiment désolée.

Il baissa le regard sur sa main, puis la retourna lentement dans la sienne.

— Je vous en suis reconnaissant. Moi aussi, je suis désolé, plus que vous ne l'imaginez. Nous avons tous les deux commis des erreurs. Mais c'est une piètre décision de ma part qui a tout déclenché. On fait la paix ?

Elle resserra les doigts sur les siens.

— On fait la paix.

Il l'observa d'un air incertain. Mais ensuite, comme s'il ne pouvait s'en empêcher, il l'attira doucement à lui. Keira se blottit contre sa poitrine, au creux de ses bras. Lorsque le vent frais la fit frissonner, il ouvrit son blouson et l'enroula autour d'eux deux pour former un cocon.

Comme un voyageur las qui rentre enfin chez lui, elle se détendit. C'était incroyablement réconfortant d'être dans ses bras. Et qu'il sentait bon ! Un mélange de café, de savon, de cuir et de parfum d'air frais. Les angles de son corps musclé collaient parfaitement à ses courbes, comme s'il avait été fait pour elle. Cela semblait bête de penser ainsi, comme si elle écrivait un de ces romans à l'eau de rose. Mais c'était vrai. Elle aurait pu rester là pour toujours. Et elle le désirait ! Mais le monde fit irruption : le portable de Lance bourdonna dans sa poche.

Il murmura une excuse en se dégageant et recula pour consulter son téléphone. Lorsqu'il vit le numéro, il fit la grimace mais prit tout de même l'appel.

— Salut, Trent.

Elle le regarda avec surprise tandis qu'il écartait légèrement l'appareil de son oreille. Même à quelques pas, elle pouvait entendre la voix forte de Trent. Il semblait en colère.

Lance pressa le téléphone contre son oreille.

— Je sais, je sais. Je n'aurais pas dû...

Il cligna de l'œil puis secoua la tête à l'intention de Keira, avec ce demi-sourire sarcastique qui lui était habituel.

— Ça n'arrivera pas.

Il soupira fortement en écoutant la réponse de Trent. Il s'approcha de la balustrade du balcon et s'y accouda, acquiesçant de temps en temps mais sans dire grand-chose.

Lorsque l'appel prit fin, il garda l'appareil dans sa main plutôt que de le ranger dans la poche de sa veste.

— Ça, c'était marrant.

— Que s'est-il passé ? demanda-t-elle.

— Il n'était pas très content quand Duncan lui a appris que j'avais déjà contacté mon ancienne équipe, et que lui et les autres n'avaient pas besoin d'essayer de les retrouver.

Elle eut un hoquet de surprise.

— Duncan leur a dit la vérité ?

— Quelqu'un que je connais m'a fait me sentir coupable.

Il lui fit un clin d'œil.

— Au moins, maintenant, tout est sur la table. Il veut que nous revenions pour travailler là-dessus ensemble, étant donné qu'il n'y a plus de raison de rechercher mes anciens équipiers.

— Est-ce ce que nous allons faire ? Revenir ?

— Nous ? Non. Mais si vous avez changé d'avis et ne voulez plus m'accompagner, je peux demander à Duncan de venir vous chercher et vous emmener chez UB.

— Nous n'avons pas parlé de votre plan. Je suppose que vous voulez vous rendre à New York pour enquêter sur la mort de Levi. C'est un long trajet, mais je suppose qu'il n'y a pas d'autre solution qui vous permette de prendre votre sac plein d'armes avec vous. À partir de là, vous essaierez de déterminer si Rick y était aussi, et si cela lui a coûté la vie. À un moment donné, vous vous dirigerez vers Maple Falls pour voir la scène de crime de vos propres yeux, le motel où Rick a été assassiné. Je me trompe ?

— Je suppose que la réponse dépend du fait que vous avez changé d'avis ou non s'agissant de m'accompagner. Et oui, nous irions en voiture. Cela ne devrait pas être trop difficile en nous relayant au volant.

— Nous sommes dans le même bateau. Rien n'a changé dans mon esprit. Et je suis tout à fait prête à conduire.

Il sourit.

— Alors tout va bien. Nous rendre à Maple Falls est hors de question. C'est trop dangereux.

— Vous pensez que les hommes de la taupe sont encore là, attendant que l'un de nous se montre ?

— C'est ce que je ferais à leur place. En outre, vous êtes une mine d'informations ambulante. Votre copie du dossier de meurtre inclut les photos de la scène de crime. Nous pouvons les revoir ensemble. Mais la priorité est de nous pencher sur la mort de Levi, comme vous l'avez dit. Logiquement, son meurtre a été le catalyseur qui a tout déclenché. Je veux comprendre pourquoi il a été tué et ce qui a mis une cible dans son dos. Mais il n'a pas été tué à New York même. C'était dans une petite ville du nord de l'État, appelée Newtown. Lorsque j'ai parlé de New York à la réunion chez UB, c'était pour brouiller les pistes.

Elle lui jeta un regard dubitatif.

— Si vous avez trouvé l'histoire de son agression sur Internet, vos collègues le pourront aussi.

— J'en suis sûr. Mais cela prendra du temps. C'était un petit entrefilet dans un journal obscur. Cela n'apparaîtra pas dans les résultats des principaux moteurs de recherche. Le temps qu'ils trouvent où c'est arrivé, j'aurais terminé mon enquête ici et je serai passé à la prochaine étape.

— La prochaine étape ?

Il serra les dents.

— Mettre un terme à tout cela.

Un sentiment d'effroi la saisit.

— Qu'est-ce que ça signifie exactement ?

Plutôt que de répondre, il consulta sa montre.

— Trent a eu trois minutes pleines pour tracer mon appel. Même si l'opérateur rechigne, j'imagine qu'il peut soudoyer quelqu'un pour qu'on l'aide. Nous avons sans doute cinq minutes, au mieux, avant qu'il nous localise. Il faudra au moins trois quarts d'heure à l'équipe pour arriver à l'hôtel. Mais ils pourraient faire appel à Russo et envoyer une voiture de police pour réduire ce temps. Il va falloir emballer notre petit déjeuner.

Il lui décocha un clin d'œil, puis se saisit de son téléphone et le lança loin dans les bois.

Keira fixa les arbres entre lesquels l'appareil avait disparu.

— J'espère que c'était un portable prépayé.

— Malheureusement, non. C'était mon téléphone personnel. Dorénavant, nous nous servirons uniquement de portables prépayés afin que mes amis bien intentionnés ne puissent pas nous localiser. J'ai un autre appareil, enregistré sous un faux nom. Il n'a jamais été utilisé. Personne ne pourra l'intercepter, alors on peut l'utiliser sans danger pour des recherches Internet ou tout ce dont nous aurons besoin. Il y a des téléphones prépayés bon marché dans mon sac aussi. Intraçables, uniquement pour les appels. Je serai heureux de vous en fournir un.

Il tendit la main.

— Bien sûr, je vous rembourserai celui-ci.

Elle le dévisagea.

— Dites-moi que vous plaisantez...

— Je crains que non.

Elle jura et lui tendit le téléphone, se détournant quand il l'envoya voler dans les arbres.

10

Keira était assise au pied de l'un des grands lits doubles dans leur chambre au second étage de l'unique bed & breakfast de Newtown. À quelques pas, Lance contemplait la rue par la fenêtre,

— Que voyez-vous dehors ?

Il laissa retomber le fin voilage.

— Des questions sans réponse. Nous avons parcouru la totalité de cette rue et retour en quoi, dix minutes ? Quinze ? Newtown est encore plus petite que je ne m'y attendais. Il n'y a absolument rien ici pour attirer quelqu'un comme Levi.

— C'était un amoureux de la nature ? De la randonnée ? Un amateur d'antiquités ?

Il s'esclaffa.

— Pas du tout. Il détestait vivre à Ocala, à l'époque d'OPI. Il se plaignait du fait qu'il y avait plus de chevaux que de gens dans la région.

Il sourit.

— Il avait peut-être raison. Il n'était en Floride que parce que son père, qui travaillait pour une société d'investissement, avait été muté quand Levi était encore au lycée. Il avait la nostalgie de la vie urbaine trépidante, des néons, des pièces de théâtre, de l'opéra – ce qu'il aimait le plus. Il faisait passer le temps avant d'avoir assez d'argent pour s'en aller et s'installer autre part, comme à New York.

— Qui est à plusieurs heures d'ici, dit-elle. Si c'était un citadin dans l'âme, pourquoi s'installer à Newtown ?

— C'est ce que nous devons découvrir.

— Nous devrions dresser une liste des tâches à effectuer et nous séparer. Nous pourrons nous rejoindre au petit café au coin de la rue dans quelques heures et nous faire part de ce que nous aurons découvert.

Il refusa en secouant la tête.

— Dans une ville aussi petite, je ne vois pas l'intérêt de nous séparer. Faute de savoir si la taupe a des hommes ici, qui surveillent tous ceux qui posent des questions sur Levi, je préfère ne pas prendre le risque que nous soyons seuls.

Elle secoua la tête d'agacement.

— Vous ne me faites toujours pas confiance pour prendre soin de moi.

— Bien sûr que si. Je n'en vois juste pas le besoin.

— Plus vite nous ferons le tour de la ville, plus vite nous pourrons passer à autre chose. Nous séparer est le meilleur moyen de le faire.

Il pencha la tête.

— C'est seulement moi ?

— Seulement vous, quoi ?

— Qui vous met sur la défensive chaque fois que je suggère de faire les choses d'une certaine manière ?

— Je ne suis pas sur la défensive. Je suis juste... Je ne veux pas être surprotégée, c'est tout.

— C'est vous surprotéger que de vouloir que nous agissions de concert, nous couvrant l'un l'autre, au lieu de le faire séparément ?

— Nous séparer est plus logique, insista-t-elle.

— Non, ça ne l'est pas. C'est beaucoup plus dangereux, et vous le savez. Pourquoi vous hérissez-vous comme ça ?

Elle se raidit.

— Je me hérisse ?

— Je me suis mal exprimé. Allons, Keira. Que se passe-t-il ? Qu'ai-je fait de mal ?

Elle souffla longuement, puis rejeta ses cheveux en arrière.

— Rien.

Il attendit un moment. Comme elle ne répondait pas, il demanda :

— Ce qui veut dire exactement ?

— Ce n'est pas vous, d'accord ? Ce sont… les hommes en général. Les types avec qui je travaille à Maple Falls. Ceux qui me donnaient sans cesse des ordres à Nashville. Mon père qui… qui m'étouffait. Qui ne me perdait pas un instant de vue. L'homme qui… qui…

Elle secoua la tête et ferma étroitement les yeux.

— Ce n'est pas vous. Je suis désolée. C'est juste… que je n'aime pas qu'on me dise quoi faire. Ni être protégée. Je ne… je ne…

Il s'assit à côté d'elle et l'attira sur ses genoux, dans ses bras. Elle se raidit, prête à le repousser.

— Keira, murmura-t-il contre ses cheveux. S'il vous plaît, laissez-moi vous tenir. Je vous le demande, je ne vous l'impose pas. Je ne vous surprotège pas, je ne vous dis pas quoi faire. Je suis là pour vous. C'est vous qui êtes aux commandes. S'il vous plaît, laissez-moi être là pour vous. C'est vous qui décidez. Tout va bien.

C'est vous qui êtes aux commandes.

Soudain, les vannes s'ouvrirent. Au lieu de repousser ses bras, elle s'y accrocha, sanglotant contre sa poitrine.

— Ça va aller, murmura-t-il en resserrant les bras autour d'elle. Ça va aller. Laissez tout sortir. C'est vous qui décidez.

Ses paroles intuitives la firent sangloter plus fort, et elle s'agrippa si fort à lui que cela devait lui faire mal. Mais elle ne semblait pas pouvoir arrêter de pleurer.

Il la berça d'avant en arrière, sans cesser de murmurer contre ses cheveux :

— Ça va aller, ça va aller. Vous n'allez pas vous noyer.

Lorsqu'elle cessa enfin de pleurer et se redressa, elle hoqueta.

— Je suis désolée. Votre chemise est trempée.

Il sourit.

— Vous pouvez la mouiller autant que vous voulez. J'en ai d'autres.

Elle aurait dû immédiatement descendre de ses genoux. Mais pour une raison ou une autre, elle ne parvenait pas à s'y contraindre. Au lieu de cela, elle le regarda dans les yeux, à quelques centimètres de distance.

— Comment saviez-vous que j'avais besoin d'entendre ça ? Je ne le savais pas moi-même.

Avec une gentillesse infinie, il repoussa les cheveux qui lui tombaient devant les yeux.

— Chaque fois que je prends une décision pour nous deux, vous protestez. J'ai cru que c'était à cause de moi, que vous ne vouliez pas que j'essaie de vous forcer à faire quoi que ce soit. Mais ensuite, ce que vous avez dit m'a fait comprendre qu'il y avait plus. C'est quelque chose qui vous est arrivé, n'est-ce pas ?

Elle ferma les yeux un instant, puis poussa un soupir.

— Oui.

Il attendit. Voyant qu'elle ne disait rien de plus, il questionna :

— Vous voulez m'en parler ?

Pour la première fois depuis très longtemps... Non, pour la première fois tout court, l'idée de raconter de son plein gré ce qui lui était arrivé au lieu d'y être forcée lui parut... juste. Comme si elle pouvait alléger le fardeau qui pesait sur son âme en le partageant avec lui. Mais lorsqu'elle ouvrit la bouche, les mots ne vinrent pas. Elle secoua la tête.

— Je ne peux pas.

Il l'embrassa doucement sur le front.

— Si jamais vous voulez m'en parler, je suis là.

— Merci, murmura-t-elle. Et... je suis vraiment désolée. Pour tout. Vous aviez raison, je me hérisse quand on me dit ce que je dois faire. Mais j'ai fait la même chose avec vous. Je vous ai forcé à me laisser venir avec vous. Ce n'était pas juste non plus. Je suis navrée, Lance. Vraiment.

Il pencha la tête.

— Vous pensez que vous m'avez obligé ?

— Eh bien, oui. Aux écuries, quand je...

Elle pressa les paupières un instant.

— Quand je vous ai fait promettre, sous la menace de mon arme, de m'emmener. C'était mal, à tous points de vue.

— Comme quand je vous ai menottée ?

Elle se mit à rire.

— Eh bien, c'était assez démesuré. Je suppose que nous avons tous les deux fait n'importe quoi.

— Jusqu'à un certain point.

Elle fronça les sourcils.

— Que voulez-vous dire ?

Il la remit gentiment sur ses pieds près du lit et tira son pistolet.

— Lance ? Que faites-vous ?

— Je vous fais comprendre que vous n'avez pas à vous excuser.

Il laissa tomber le chargeur sur le lit, puis fit descendre la balle engagée dans la chambre. Enfin, il se plaça devant elle et lui tendit l'arme, en la pointant vers son propre ventre, comme elle l'avait fait dans les écuries.

Elle déglutit et baissa le pistolet.

— Pourquoi faites-vous ça ?

— Faites-moi confiance. Il n'est pas chargé, alors il n'y a pas de danger. Tenez le pistolet exactement comme vous l'avez fait chez moi.

La voyant hésiter, il dit :

— S'il vous plaît.

À contrecœur, encore plus ébranlée que la première fois, elle prit l'arme dans sa main droite et, reproduisant la scène, elle leva le bras gauche comme s'il était menotté au mur.

— Et maintenant ?

— Mettez votre doigt sur la détente.

— Lance, je ne…

— S'il vous plaît.

Elle poussa un gros soupir et fit ce qu'il demandait.

— D'accord, maintenant…

Il bougea à une vitesse aveuglante. Un instant, l'arme était dans la main de Keira. Le suivant, elle était dans la sienne, pointée vers le sol.

Elle cilla, sous le choc, puis le regarda.

— Bon sang, je n'avais pas la moindre chance, n'est-ce pas ?

Il rechargea le pistolet et le remit dans son étui.

— J'aimerais penser que non, que j'aurais pu vous l'ôter aussi facilement que maintenant. Mais le contraire est possible. De toute façon, je pense qu'on peut dire sans risque que vous n'avez pas besoin de vous sentir coupable de m'avoir forcé à faire quelque chose que je ne voulais pas faire.

Elle hocha la tête, touchée par son habileté et se rappelant à nouveau que ses quelques années dans la police n'étaient pas à la hauteur de son expérience à lui.

— Il faudra que vous m'appreniez ce tour un jour.

— Après que nous aurons arrêté la taupe, certainement. Je pourrai aussi vous enseigner à monter à cheval, si vous êtes partante.

Elle sourit.

— C'est d'accord.

Il lui rendit son sourire.

— Je savais que vous diriez oui à un moment donné.

— Vous êtes trop sûr de vous, dit-elle.

— Je suis très motivé.

Il la regarda de haut en bas et laissa échapper un lent sifflement sexy.

Elle éclata de rire.

Il se joignit à elle, puis s'approcha du placard et en sortit une chemise propre. Elle était sur le point de le taquiner, mais son esprit se vida quand Lance se débarrassa de sa chemise humide. Sa peau dorée miroita sur les muscles de son dos quand il se pencha dans le placard. Son jeans enserrait ses hanches étroites et moulait son fessier parfait. Lorsqu'il se retourna, elle retint le gémissement de désir qui lui montait aux lèvres. Il n'y avait pas une once de graisse sur son abdomen musclé. Son torse et ses biceps auraient poussé un peintre à le supplier de poser pour lui. Bon sang, elle brûlait de le toucher.

Tandis qu'il boutonnait sa chemise et la rentrait dans son pantalon, elle eut l'impression que rien ne pourrait plus effacer l'image de son corps. Comment était-elle censée travailler avec lui après avoir vu ce que cachaient ses vêtements ? Son regard se posa sur son jeans, et elle sentit son ventre se tendre.

Il prit des photos dans le dossier OPI et les glissa dans la poche de sa chemise. Profitant de son inattention, elle se rua dans la salle de bains pour se reprendre.

— Laissez-moi me remaquiller et je vous rejoins, dit-elle en fermant la porte.

— Prenez votre temps. Vous voulez que j'attende en bas ?

Elle découvrit, consternée, les traces de mascara qu'avaient laissées ses larmes.

— Si ça ne vous ennuie pas, ce serait formidable.

— La clé est sur la commode. Je vais bavarder avec l'hôtelier pour voir si je peux apprendre quelque chose sur Levi et Rick.

— Bonne idée.

Au bruit de la porte qui se refermait, elle poussa un soupir de soulagement. Elle se serait frappée. Elle était passée par des montagnes russes émotionnelles en repensant à son passé. C'était sans doute pour cela qu'elle avait eu cette réaction devant le corps à se damner de Lance. Elle secoua la tête. Oui, il était splendide. Mais ce n'était pas l'important pour l'instant. Elle devait se concentrer sur ce qui comptait vraiment.

Rester en vie.

11

Lance se tenait sur le trottoir, en face du commissariat, et réfléchissait au moyen d'obtenir une copie du dossier et du rapport du légiste.

Keira mit les mains sur les hanches.

— Je ne peux pas croire qu'ils me les refuseraient si j'explique que je suis de la police. J'ai mon badge. Je n'ai pas besoin de parler de Rick. On peut se contenter d'une partie de la vérité – Levi était un de vos amis, et nous aimerions savoir ce qui lui est arrivé.

— Le chef de la police nous laissera probablement consulter le dossier. Mais il faut peser les avantages et les désavantages. L'hôtelier a reconnu Rick sur la photo que je lui ai montrée, mais pas Levi. Nous avons donc validé notre théorie selon laquelle Rick est venu ici peu après que la mort de Levi a été annoncée dans le journal. Nous avons déjà questionné tous les commerçants de Main Street et si nous continuons, nous risquons d'attirer l'attention.

— Vous ne craignez pas qu'on nous localise, n'est-ce pas ? Nous nous sommes enregistrés au bed & breakfast sous un faux nom. Nous avons payé en liquide partout. Vous pensez que la police locale est en cheville avec la taupe et qu'elle va lui dire que nous sommes à Newtown ? Ça me semble improbable.

— En effet. Mais que cet espion ait découvert et assassiné deux de mes anciens collègues à quelques mois d'intervalle, une décennie après que nous avons pris la tangente, l'est tout autant. Quelque chose l'a réveillé. Faute de savoir ce que c'est, nous devons tout faire pour ne pas révéler notre position. Je préférerais le trouver avant qu'il nous trouve. Mais pour répondre à votre question, poursuivit-il, je n'ai aucune raison de soupçonner que la police locale soit impliquée d'une manière ou d'une autre. Toutefois, si vous montrez votre badge au chef de la police, il voudra probablement appeler votre patron avant de nous laisser voir les dossiers. Nous savons déjà que les malfrats étaient à Maple Falls, qu'ils vous ont suivie à Gatlinburg. Ils pourraient toujours surveiller le commissariat de Maple Falls. Ils l'ont peut-être même mis sur écoute pour savoir si vous contactez votre patron. Un appel venant d'ici serait exactement ce dont la taupe a besoin pour nous trouver.

Elle secoua la tête.

— Soit vous êtes ridiculement paranoïaque à propos des capacités de la taupe, soit vous avez raison et c'est moi qui dois devenir paranoïaque.

Il sourit.

— Peut-être un peu des deux. Nous avons toutefois une autre option pour obtenir ces dossiers. Ce serait illégal. Et risqué.

Elle leva les mains.

— Nous n'allons pas cambrioler le commissariat ou pirater leur système informatique. Pour moi, c'est une ligne infranchissable.

— Vous n'auriez pas à vous impliquer. Je peux m'en occuper tard ce soir, quand le personnel est réduit au minimum. J'entre et je ressors.

— Vous êtes sérieux ?

Il soupira et se gratta la joue.

— Je suis sérieux quant au fait que c'est une option. Je n'ai pas encore pris de décision.

— Vous ne pouvez pas honnêtement croire que le risque de vous faire prendre et d'aller en prison vaut mieux que d'emprunter la voie légale et demander tout simplement la copie du dossier.

Il arqua un sourcil.

— Je ne me ferai pas prendre.

Elle leva les yeux au ciel.

— Il faut que vous vous fassiez aider pour ce problème de confiance en vous.

Il se mit à rire et consulta l'heure sur son téléphone.

— Je vote pour que nous dînions tôt au café et que nous réfléchissions à tout ça.

— Là-dessus, on est d'accord. C'est peut-être pour ça que vous avez des idées délirantes. Nous avons sauté le déjeuner, et votre cerveau est à court de carburant.

Il lui sourit.

— Peut-être, en effet.

Quelques minutes plus tard, ils étaient assis l'un en face de l'autre dans un grand box au fond du Corner Café. Comme c'était l'heure creuse, il y avait peu de clients. Et Lance avait demandé exprès ce box afin d'avoir le dos au mur et de garder l'œil sur tous ceux qui passaient assez près pour entendre ce que Keira et lui se disaient.

Leurs plats venaient à peine de leur être servis quand la clochette au-dessus de l'entrée tinta, annonçant l'arrivée de quelqu'un. Lance leva les yeux et jura.

Keira le considéra d'un air interrogateur, mais avant qu'elle puisse se retourner, Trent et Asher se glissèrent dans le box à leurs côtés.

— Que diable fais-tu ici, Trent ? dit Lance tandis que son ami lui volait une frite. Et pousse-toi, Asher. Tu es collé à Keira.

Asher sourit à celle-ci et obéit.

— Sympa de vous revoir.

Elle se déplaça contre le mur, lui donnant plus d'espace.

— Hum, c'est sympa, oui.

— Non, dit Lance, il n'y a rien de sympa. Que faites-vous ici tous les deux ?

Trent lui donna un coup d'épaule. Lance se déplaça à contrecœur et poussa son assiette devant lui.

— Tu ne nous demandes pas comment nous vous avons trouvés ? lança Trent.

— Je suis sûr que ce n'était pas difficile. Tout ce que vous aviez à faire, c'était retrouver la trace de Levi dans cette ville, appeler le seul bed & breakfast, donner notre description, et l'hôtelier nous a mouchardés.

Asher se mit à rire.

— Ah ça, oui !

Lance secoua la tête.

— Je croyais que vous vous concentreriez sur les informations que j'ai transmises à Duncan. Pourquoi interférer avec l'enquête que Keira et moi menons sur les morts des membres de mon équipe ?

Trent désigna Keira.

— Sachant que la taupe l'a suivie de Maple Falls à Gatlinburg, il est possible qu'elle vous surveille encore. Ce qui veut dire que tu ne pouvais pas interroger officiellement le chef de la police de Newtown sur la mort de Levi sans risquer de voir vos noms affichés, ce qui aurait alerté la taupe.

Il tapota le dossier.

— Alors, Asher et moi avons obtenu le dossier pour toi.

Lance le fixa, craignant d'espérer. Il ouvrit le dossier.

En effet, les premières pages étaient celles des rapports de police sur l'agression. Il y avait ensuite les comptes rendus des urgences. Et dessous, encore plus de notes.

Trent désigna le dossier.

— Cette dernière liasse vient du médecin légiste.

Lance fit mine de la sortir, puis s'interrompit. Levi était son ami. Il n'était pas mentalement préparé à regarder les photos de son autopsie. Il attendrait et les examinerait plus tard, au bed & breakfast. Il referma le dossier.

— Je ne sais pas quoi dire.

— Tu n'as pas besoin de dire quoi que ce soit.

Trent lui posa une main sur l'épaule.

— Keira et toi n'êtes pas seuls là-dedans. Si tu as besoin d'une aide quelconque, il suffit de nous la demander. Nous respectons ta décision d'enquêter seul. Nous continuerons d'effectuer des recherches sur les huiles dans les agences que tu as repérées. Quand tu seras prêt à nous communiquer des informations, fais-le-nous savoir.

Trent se glissa hors du box et se leva. Asher l'imita, mais fit halte pour poser un autre dossier au-dessus du premier.

— Nous nous relayons chez UB, afin que quelqu'un fasse avancer les choses à toute heure. C'est le résumé de ce que nous avons déjà collecté. Parmi les cinq hommes que tu soupçonnes d'être le méchant, nous en avons éliminé deux.

Lance le dévisagea avec surprise.

— Vous en êtes sûrs ?

— Positif. À l'époque où les événements dont tu parlais se sont déroulés, ces deux-là n'auraient pas eu l'occasion ni le pouvoir d'y être mêlés. Les autres, oui. Nous nous concentrons sur les trois qui restent.

Asher salua Keira, qui lui sourit. Puis elle tourna ce sourire éclatant vers Lance, qui essayait encore de se remettre. Quand il put enfin détacher les yeux de ses lèvres, ses amis étaient déjà à la porte du café. Il sortit du box et les rejoignit à grandes enjambées.

— Trent, Asher !

Ils s'immobilisèrent. Lance leur tendit la main.

— Merci. Je suis sincère. Je me suis comporté comme un salaud. Et il m'a fallu trop de temps pour m'en rendre compte. Je vous tiendrai au courant de nos progrès. Remerciez l'équipe pour moi, s'il vous plaît.

Trent lui posa à nouveau la main sur l'épaule.

— Il te suffit de nous appeler, mon vieux.

Il sortit. Asher serra la main de Lance, et il la retint dans la sienne, avec une expression dénuée de toute trace d'amusement.

— Toi et moi avons traversé l'enfer quand Faith a failli être tuée. Tu as toujours été là pour nous. Et maintenant, nous sommes là pour toi. Ne l'oublie pas. Quoi que tu fasses, ne laisse pas ta soif de vengeance te faire tuer ou faire tuer Keira.

Sur ce, il franchit la porte.

Lance les regarda traverser la rue pour rejoindre la voiture de Trent, plus affecté par les paroles d'Asher qu'il ne s'y serait attendu.

Ne laisse pas ta soif de vengeance te faire tuer ou faire tuer Keira.

— Lance ? Tout va bien ?

Il se retourna au son de la voix de Keira.

Non, rien ne va.

Il se força à sourire et la rejoignit à la table.

— On peut discuter de l'enquête plus tard. Mangeons avant que notre dîner refroidisse.

— Déjeuner tardif, plutôt. Si nous travaillons tard ce soir, il faudra me sustenter encore.

— Je me considère comme averti : je devrai peut-être faire une expédition dans la cuisine du bed & breakfast à minuit.

— Comptez là-dessus, oui.

Elle se mit à rire, et ils s'assirent devant leurs hamburgers-frites respectifs.

À la fin du repas, Lance reprit les dossiers pour partir.

— Attendez, dit Keira. Partout où nous sommes allés, nous avons montré les photos de Levi et Rick. On peut le faire ici aussi.

Elle tendit la main.

— Je vais interroger le personnel. Donnez-moi les photos.

Il les lui tendit en hochant la tête. Quelques minutes plus tard, elle revint et lui rendit les clichés.

— Aucun souvenir de Rick. Mais Levi mangeait souvent ici. Il était plus ou moins un client régulier. Une des serveuses se rappelle qu'il était rejoint par une femme environ une fois par semaine.

— Une amie ?

— Plus qu'une amie, selon la serveuse. Avant que vous demandiez, non, elle n'a jamais entendu leurs noms. Et comme ils payaient en liquide, il n'y a pas de reçu de carte de crédit. Je lui ai demandé une description : très jolie, avec de longs cheveux noirs et une peau mate. Elle était grande aussi, à peu près de la même taille que Levi.

Lance sentit son estomac sombrer dans ses talons, comme s'il venait de sauter d'une falaise.

— Alors elle mesure presque un mètre quatre-vingt-cinq. Quelques centimètres de moins que moi.

Keira plissa le front, l'air préoccupée.

— Lance ? Ça n'a pas l'air d'aller. Qu'est-ce qui se passe ?

— Il faut que j'interroge la serveuse. Laquelle est-ce ?

— Alice, la même qui a pris notre commande. La jeune femme blonde, à droite du distributeur de boissons.

Lance sortit le téléphone prépayé dont ils se servaient pour les recherches Internet et afficha une photo. Lorsqu'il rejoignit la serveuse et voulut lui montrer la photo, elle se mit à sourire en battant de ses faux cils. Il lui fallut plusieurs tentatives pour obtenir l'information dont il avait besoin. Et plusieurs minutes pour s'arracher à ses mains baladeuses, sans lui fournir le numéro de téléphone qu'elle demandait.

Keira n'était plus à leur table. Elle se tenait près de la porte, regardant à travers la vitre, les dossiers serrés contre sa poitrine.

— Merci d'avoir pris les dossiers.

Lance s'arrêta près d'elle.

— Vous êtes prête ?

— Ça dépend. Avez-vous eu ce que vous vouliez de cette future Dolly Parton ?

Il tiqua.

— Notre serveuse ? Alice ?

— Oh ! c'est son prénom ? J'avais oublié.

Elle poussa la porte et sortit. Il la rattrapa et l'arrêta d'une main sur l'épaule.

— Keira ? J'ai fait quelque chose qui vous a déplu ?

Elle poussa un gros soupir, en rougissant légèrement.

— Non. Ce n'est pas vous. Je suis… Peu importe. Désolée. Je ne suis pas moi-même.

Elle inspira profondément, et il se demanda s'il était possible qu'elle soit jalouse. De cette Alice peloteuse. Cette seule idée était absurde. Et intéressante aussi. Très intéressante.

— Est-ce qu'Alice vous a fourni d'autres informations sur Levi ? Ou sur sa prétendue petite amie ?

— Je lui ai montré une photo qui date de nombreuses années, et que mon ancien camarade de chambre avait publiée sur le site web de la fraternité. C'était à une fête de la fraternité et on m'y voit avec quelques amis, et les femmes avec qui nous sortions à l'époque. Malgré les années, Alice a reconnu l'une d'elles comme étant celle qu'elle a vue au café. C'était Ileana Sanchez.

Elle écarquilla les yeux.

— Votre ex ?

Il hocha la tête, la gorge serrée. Il avait du mal à croire à sa réapparition au milieu de cette enquête.

— Berk. C'est affreusement gênant qu'elle soit sortie avec votre ami après toutes ces années.

Il hocha lentement la tête.

— Ileana et Levi ne seraient jamais sortis ensemble. Levi Alexander était gay.

12

Keira était assise sur le lit, feuilletant une des liasses de papiers que Trent et Asher leur avaient remises. Sur l'autre lit, Lance faisait de même.

Elle désigna les notes qu'elle avait prises sur un bloc-notes.

— J'ai réfléchi à cette histoire selon laquelle Ileana et Levi jouaient les amoureux au café. S'il était gay, je ne comprends pas pour quelle raison ils auraient fait ça.

— La seule qui peut l'expliquer, c'est Ileana.

— Je suppose que vous ignorez où elle vit aujourd'hui, en dehors du fait que ce doit être proche d'ici, si elle venait toutes les semaines.

— Elle ne faisait partie de l'OPI à aucun titre. Je n'avais aucune raison de rester en contact avec elle une fois que nous sommes passés dans la clandestinité. C'est quelque chose que Trent et Asher pourront peut-être étudier pour nous.

— Vous allez prendre au mot leur proposition d'aide ?

Il leva les yeux de la page qu'il lisait.

— Je hisse le drapeau blanc. Je me rends aux bonnes intentions de mes collègues.

Elle lui jeta un regard soupçonneux.

— Et ce soudain empressement vis-à-vis d'eux n'a rien à voir avec le fait que vous voulez éviter votre ex ?

Il sourit jusqu'aux oreilles.

— C'est un bénéfice secondaire évident.

Elle se mit à rire.

— Vous voulez que j'annonce la nouvelle à Trent ?

— Si ça ne vous ennuie pas. Prenez un portable prépayé. Nous ne nous en servirons que pour contacter Trent. Assurez-vous qu'il le sache, qu'il ne donne le numéro à personne et n'appelle que quand c'est absolument nécessaire. Nous jetterons ce téléphone dans quelques jours.

En sortant l'appareil du sac de Lance, elle demanda :

— Vous ne pensez pas vraiment que ceux qui nous cherchent auraient mis tous les téléphones des enquêteurs d'UB sur écoute, n'est-ce pas ?

— Non, je ne le pense pas. Mais je ne veux toujours pas prendre de risque.

Il lui donna le numéro de Trent, et elle le composa.

Après avoir passé l'appel, elle revint aux rapports éparpillés sur le couvre-lit. La pièce devint silencieuse tandis qu'ils lisaient tous deux les informations qu'ils s'étaient partagées. Une heure plus tard environ, elle se leva avec raideur et s'étira.

— Je suis trop jeune pour être aussi raide.

— Ça fait des heures qu'on lit. Prenez une pause. Descendez vous chercher quelque chose à manger.

— Il me semble que c'était vous qui parliez de piller la cuisine quand j'aurais faim. Mais vous pouvez vous détendre. Je ne suis pas prête pour une pause, pas une longue, en tout cas. J'ai juste besoin de m'étirer et de marcher avant de me repencher sur ces rapports.

Elle désigna son lit à lui.

— Vous avez trouvé quelque chose d'intéressant ? Des pistes à suivre ?

— Pas vraiment. Je suis en train de revoir les données qui ont permis à UB de conclure qu'ils pouvaient exclure deux personnes de ma liste de suspects.

Keira s'étira en hauteur, puis se pencha en avant et toucha

ses orteils, ses longs cheveux cachant sa figure et balayant le sol. Lorsqu'elle se redressa et s'étira à nouveau, elle demanda :

— Vous êtes d'accord avec leurs conclusions ?

Voyant qu'il ne répondait pas, elle baissa les bras et le regarda. Il la fixait, le regard assombri, le corps visiblement tendu.

— Lance ? Il y a quelque chose qui ne va pas ?

Il détourna les yeux en serrant les dents. Un instant plus tard, il laissa échapper un long soupir.

— Nous n'aurions pas dû accepter de dormir dans la même chambre.

Elle attendit, mais comme il ne disait rien de plus, elle questionna :

— Pourquoi ? Il n'y avait qu'une chambre de disponible et il aurait fallu conduire une heure de plus pour trouver un hôtel hors de la ville.

Elle s'étira encore, essayant de soulager la tension de ses épaules.

— Keira ?

— Hum ?

Elle toucha à nouveau ses orteils, se délectant du soulagement de son dos.

— Cet hôtel pourrait être plus sûr.

Elle se tourna vers lui, les mains sur les hanches.

— Plus sûr ? Vous pensez que notre sécurité est compromise ?

— Ce ne sont pas nos ennemis qui constituent le problème. C'est moi. Si je vois encore une fois votre T-shirt tiré sur vos seins et votre pantalon sur votre petit derrière rebondi, il va falloir que je me menotte pour ne pas mettre les mains sur vous.

Elle déglutit, comprenant tout à coup pourquoi il était si tendu. Son désir pour elle était palpable. Il serrait les poings en laissant errer son regard sur son visage, ses seins, plus bas, encore plus bas… Elle vit sa pomme d'Adam tressauter et, quand une petite goutte de sueur roula sur son visage, elle se lécha les lèvres, soudain devenues sèches.

Lance grogna et se mit en devoir de rassembler les papiers éparpillés sur son lit.

— Vous pouvez rester ici ce soir. Inutile que nous partions tous les deux. Je vais prendre des vêtements de rechange et réserver une chambre plus loin. Demain matin, nous nous rejoindrons au rez-de-chaussée pour...

Elle monta sur le lit et lui ôta les papiers de la main. Lance la fixa.

— Keira, que faites...

Elle jeta la liasse sur le sol et se mit à cheval sur lui.

Il écarquilla les yeux.

— Je ne plaisantais pas, Keira.

Sa voix était si rauque qu'elle en eut des frissons de désir.

— Vous jouez avec le feu.

Il l'attrapa par la taille comme pour la faire descendre. Elle lui prit les poignets.

— Je suis une grande fille, Lance. Je sais ce que je veux. La question est : que voulez-vous, vous ?

Ses narines palpitèrent.

— Ce que je ne veux pas, c'est que vous ayez des regrets. Nous sommes tous deux fatigués et sous pression. Nous avons dû traverser beaucoup de choses, en un temps très court.

Les mains tremblantes, il la posa à côté de lui et s'écarta un peu.

Gênée, Keira sentit son visage s'enflammer.

— D'accord, j'ai dû mal comprendre la situation. Pas de problème. Sans rancune.

Elle se mit en devoir de glisser hors du lit.

Il l'arrêta et la reprit sur ses genoux, l'évidence de son désir contre ses fesses. Il la contempla et lentement, très lentement, fit courir son pouce sur sa lèvre inférieure. Elle frémit et ferma les yeux. Il posa le front contre le sien, son haleine chaude venant effleurer son visage, ce qui la fit frissonner de désir.

— Keira, mon désir pour toi n'est pas quelque chose que je peux cacher.

— Pas possible, plaisanta-t-elle en bougeant légèrement.

Il inspira brusquement de l'air, puis rit.

— Tu me tues, vraiment.

— Ce n'est pas un peu contradictoire, tout ça ?

Il grogna, puis glissa les mains sur ses hanches pour l'installer sur le lit, entre ses jambes étendues. Il l'attira doucement contre sa poitrine et l'encercla de ses bras.

— Quand ce sera fini, murmura-t-il à son oreille, quand je saurai que tu es en sécurité, tu vas reprendre ta vie à Maple Falls.

Elle se raidit et voulut le repousser.

— Laisse-moi finir.

Il resserra les bras autour d'elle.

— S'il te plaît.

Elle réprima un soupir, puis cessa de lutter.

— Quoi ? Dis-le, c'est tout.

— Ne te mets pas en colère.

Il fit glisser ses mains sur ses bras nus, massant ses muscles tendus.

— Pour moi, tu es un souffle d'air frais, Keira. Tu es intelligente, courageuse, magnifique, drôle et honnête. Mais ça, nous, c'est arrivé si vite, et dans des circonstances si extraordinaires… Nos émotions sont exacerbées. À tout autre moment, j'accepterais avec joie ce que tu viens de m'offrir. J'en serais honoré. Mais tu es spéciale. Cette… chose entre nous est spéciale. Cela doit être apprécié, sans précipitation. Nous devons être sûrs que c'est aussi réel que nous en avons l'impression maintenant. Faire l'amour est une ligne qui, une fois franchie, change tout. Si nous agissons sans prendre le temps de nous connaître, nous pourrions découvrir plus tard que ce qui nous semblait réel nous cause des regrets. Tu comprends ? Ça a du sens ?

Elle se dégagea de ses bras et pivota sur ses genoux pour lui faire face.

— Tu m'expliques que tu ne veux pas, si on fait l'amour, que je m'en morde les doigts dans quelques semaines.

— Oui.

— Il n'existe aucune planète sur laquelle ça pourrait arriver.

Il se mit à rire.

— Eh bien, ça me fait plaisir. Et j'aimerais être aussi sûr que toi que tu ne changeras pas d'avis. Mais je préfère risquer de te mettre en colère plutôt que faire quelque chose qui ne pourra pas être défait plus tard. Je veux que nous réfléchissions bien et que nous soyons sûrs avant de passer à une étape comme celle-là.

Elle secoua la tête.

— Waouh ! Je ne pensais pas qu'il y avait des hommes comme toi dans le monde réel.

Il fronça les sourcils.

— Que veux-tu dire ?

— Juste que... J'ignorais qu'il y avait encore des... gentlemen. Des hommes qui apprécient une femme pour son esprit et sa personnalité davantage qu'ils ne veulent lui sauter dessus.

Il faillit s'étrangler de rire.

— Je ne suis pas le saint que tu décris. La ligne que je viens de tracer est tremblante, au mieux. Et la seule raison pour laquelle je la trace, c'est parce que j'ai des sentiments pour toi. Je ne te veux pas pour une seule nuit. Je veux tout.

Elle le dévisagea, trop effrayée pour lui demander ce que « tout » signifiait. Pour elle, cela représentait une église, une jolie maison et des bébés. L'idée d'être pour toujours avec lui, avec n'importe qui, était le seau d'eau glacée dont elle avait besoin. Cela lui éclaircit l'esprit comme rien d'autre n'aurait pu le faire. Parce que cela la terrifiait. Il avait raison. Ils devaient prendre de la distance, beaucoup de distance. Et explorer leur relation à une vitesse normale, pas foncer.

Aussi impossible que cela semble, il pouvait avoir raison en disant que dans une ou deux semaines, ou plus, quand les choses reviendraient à la normale – quoi que cela signifie –, ils n'éprouveraient pas les mêmes sentiments qu'actuellement. Et, bon sang de bonsoir, aucun d'eux n'avait de préservatif. Qu'est-ce qui lui avait pris ? Les conséquences de cela pouvaient les lier pour toujours, même s'ils décidaient que « toujours » n'était pas leur choix.

Elle se glissa hors du lit et tira sur sa chemise.

— Eh bien, je suis contente que l'un de nous ait eu la force d'arrêter avant que ça dégénère.

Il lui jeta un regard dubitatif.

— Ça va ? On peut toujours travailler en équipe sans que ça pose problème ?

— Naturellement. Nous sommes tous les deux professionnels.

Elle s'éclaircit la gorge.

— J'ai décidé de manger un morceau, finalement. Je vais piller la cuisine. Tu veux quelque chose ?

Il arqua un sourcil.

— Je pensais que c'était à moi de piller la cuisine.

— Je ne suis pas sûre de ce que je veux, il faut que je jette un coup d'œil. Si je tombe sur quelque chose de vraiment bon, je t'en rapporterai. D'accord ?

— D'accord.

Elle glissa les pieds dans ses mules et courut pratiquement à la porte.

Lance fixa la porte fermée un long moment. Son cœur battait si vite qu'il était surpris de ne pas faire une crise cardiaque. Et son érection était si dure que c'en était douloureux. Keira n'avait pas la moindre idée du mal qu'il avait eu à refuser son invitation. Et bien que les raisons qu'il lui avait données soient vraies, il ne lui avait pas tout dit.

Comme le fait qu'il ne voulait pas risquer d'entamer une relation aussi rapidement, parce qu'il s'était brûlé les ailes avec Ileana.

Il savait que Keira n'aurait pas apprécié d'être comparée à son ex. Et il n'aurait pas pu le lui reprocher. Mais il était déjà tombé fou amoureux, et cela avait tourné au désastre. Il avait attendu trop longtemps quelqu'un comme Keira pour précipiter les choses et commettre encore une erreur. Il était différent désormais, un homme mûr au lieu d'un jeune homme poussé par ses hormones.

Du moins l'avait-il pensé jusqu'à ce qu'il manque de se jeter sur Keira.

Prendre conscience qu'il avait été si près de perdre le contrôle de lui-même l'effrayait. Cela l'avait fait penser à Ileana et aux erreurs qu'il avait commises. Keira méritait mieux que cela. Elle méritait un homme qui la respecte et l'aime, pas un homme gouverné par ses désirs. Tous deux avaient besoin de temps. Or ils n'avaient pas ce luxe pour le moment. Ils avaient un tueur à arrêter avant qu'il blesse ou tue quelqu'un d'autre, en particulier Keira.

Très lentement, il sortit du lit et se leva. Il se rajusta en tressaillant, puis se dirigea vers la salle de bains pour prendre une longue douche froide.

Plus d'une heure s'écoula avant que Keira rassemble le courage de retourner à leur chambre. Elle hésita dans le couloir, la main sur la poignée. Elle n'avait finalement rien mangé. Au lieu de cela, elle s'était assise dans la pièce du devant, que l'hôtelier appelait une bibliothèque, bien qu'il n'y ait aucun livre. Elle n'avait pas besoin de lire, de toute façon. Ses pensées embrouillées suffisaient à l'occuper.

Ce qui s'était passé, ou *presque* passé entre Lance et elle la rendait confuse et agitée. Mais plus que tout, elle s'en voulait d'avoir laissé son désir interférer avec leur mission, à savoir retrouver et arrêter un meurtrier. Chaque fois que le lieutenant, à Maple Falls, l'avait rabrouée pour son impulsivité, elle avait cru qu'il ne la prenait pas au sérieux parce qu'elle était une femme. Mais au bout de quelques jours d'enquête sur une prétendue taupe, elle avait laissé des questions personnelles la distraire de l'affaire.

Le lieutenant avait peut-être raison en disant qu'elle n'était pas prête à devenir inspectrice. Étonnamment, cette pensée ne la mit pas en colère, mais la fit réfléchir. Elle avait voulu brûler les étapes pour atteindre ce poste convoité, mais peut-être avait-elle besoin d'acquérir plus d'expérience d'abord. Elle devait développer ses compétences et être vraiment prête avant de faire le pas suivant.

Dès qu'elle fut parvenue à cette conclusion, son esprit s'éclaircit. Un sentiment de soulagement l'envahit, et une grande partie de la tension qu'elle avait endurée si longtemps se dissipa. Elle n'était pas certaine de ce que représentait pour elle un avenir dans la police. Voulait-elle continuer comme elle l'avait fait jusque-là ? Ou était-ce pour autre chose qu'elle était taillée ?

Quelles que soient les éventuelles réponses à ces questions, pour l'instant, elle était impatiente de revenir à l'affaire en cours et d'aider Lance de toutes les manières possibles. Ensuite, eh bien, elle verrait comment les choses évolueraient, aussi bien sur le plan professionnel que personnel. Elle espérait juste pouvoir supporter la gêne de le revoir après s'être jetée à son cou.

Carrant les épaules, elle inspira à fond et ouvrit la porte de la chambre. En voyant Lance debout près du lit, examinant des photos, elle hésita à nouveau. Il n'avait même pas levé les yeux quand elle avait ouvert la porte. Il portait un pantalon de pyjama et un T-shirt sombre. Ses courts cheveux noirs étaient humides et frisottés, indiquant qu'il venait de prendre une douche. L'expression de colère sur son visage la rendit nerveuse.

Elle referma la porte. Le déclic sonore lui fit lever les yeux. Il lui adressa un bref hochement de tête, puis baissa à nouveau les yeux, comme perdu dans ses pensées.

Lorsqu'elle s'approcha du lit et vit ce qu'il regardait, elle tressaillit. Bien qu'elle ait assisté à plusieurs autopsies, elle avait toujours eu du mal à les supporter. Pas étonnant que Lance soit bouleversé. Voir son collègue et ami allongé sur une table d'autopsie devait raviver sa peine. Cela rendait cette mort douloureusement réelle.

Heureusement, la silhouette en noir et blanc sur la page opposée ne montrait pas beaucoup de blessures. Il avait été poignardé à deux reprises. Dans l'abdomen. Les autres blessures, ecchymoses et hématomes, étaient relativement mineures. Et la cause de la mort était l'hémorragie. Il s'était vidé de son sang.

Elle désigna le rapport.

— Avec un peu de chance, la vitesse et le choc de l'agression signifient qu'il n'a pas souffert longtemps.

Il fronçait les sourcils, contemplant le rapport.

— Ça dit qu'il avait un cancer de la prostate de stade 4, qui avait métastasé dans le foie et le cerveau.

— C'est affreux. Je suis vraiment désolée pour ton ami. Cela a dû être un tel choc ! Je ne peux pas imaginer ton chagrin, à voir Levi ainsi. C'est une pâle réplique de l'homme énergique sur l'autre photo. C'est sans doute le cancer qui explique qu'il ait l'air si différent.

Lance lui jeta un regard étrange, puis sélectionna l'image dont elle parlait et la posa à côté de celle de l'autopsie.

— Tu veux dire celle-là ?

— Eh bien, oui. C'est la photo dont nous nous sommes servis toute la journée pour demander si quelqu'un l'avait vu.

Il en prit une autre dans la pile et la posa à côté de la première.

— Qu'est-ce que tu vois quand tu regardes celle-ci ?

— Des temps plus heureux, j'imagine. Sur celle-ci, Levi sourit. Son visage est plus rond, et son teint beaucoup plus sain.

Il serra les dents.

— Sur la deuxième photo, ce n'est pas Levi mais un autre collègue, Sam McIntosh. Et celui-ci… (il désigna celle de l'autopsie)… n'est pas Levi non plus. C'est Sam.

Il leva les yeux, le regard assombri par la colère.

— Maintenant je m'explique cette histoire de flirt avec Ileana. Ce n'était pas Levi, au café. C'était Sam.

Abasourdie, Keira regarda à nouveau les images. Maintenant qu'elle savait qu'il s'agissait de deux hommes, elle voyait de petites différences. Mais quelqu'un qui ne connaissait ni l'un ni l'autre aurait confondu les deux hommes et pensé qu'ils ne faisaient qu'une seule et même personne.

— Si on a trouvé les papiers de Levi sur le corps de Sam, c'est que Levi est impliqué et a échangé leurs papiers, continua Lance. Je crois qu'il a profité de sa ressemblance avec Sam pour simuler sa mort. Quand Rick a appris la nouvelle, il est venu ici et a parlé à la police. C'est là qu'il a dû voir ce rapport d'autopsie et comprendre que c'était Sam. Levi était soit en train de surveiller l'apparition d'autres membres de l'équipe, soit de traîner en ville pour une autre raison. Quoi qu'il en soit, il s'est rendu compte que Rick savait la vérité. Alors il l'a surveillé, a élaboré un plan, l'a attiré au motel de Maple Falls et l'a torturé pour obtenir des informations sur le reste de l'équipe. Puis il l'a tué.

Il serra à nouveau les dents.

— Mon vieux camarade Levi Alexander est la taupe.

13

Comme Trent et Asher avaient dit à Lance que l'équipe travaillait sur l'affaire vingt-quatre heures sur vingt-quatre et sept jours sur sept, Lance décida d'appeler la ligne principale d'Unfinished Business plutôt que de réveiller quelqu'un. Lorsqu'on décrocha enfin, une voix de femme se fit entendre.

— Unfinished Business, Ivy Shaw à l'appareil.

— Bonsoir, Ivy. Comment t'es-tu retrouvée à faire la garde de nuit ?

— Lance ! C'est formidable de t'entendre. Comment ça va ? Il y a une urgence ? Je peux t'envoyer quelqu'un et...

— Non, non. Désolé. Je ne voulais pas t'inquiéter. Aucune urgence, heureusement. Trent m'a dit que vous vous relayiez pour faire avancer l'enquête. Il y a quelqu'un avec toi ?

— Callum sera de retour dans quelques minutes. Il est descendu nous chercher quelque chose à manger.

— Laisse-moi deviner. Une pizza aux poivrons et de la bière.

Elle se mit à rire.

— Tu connais bien Callum. Pour moi, ce sera une salade. Et des gressins bien sûr, avec de la sauce marinara. Une femme ne peut pas vivre seulement de salade.

— Vous êtes en train de traquer la taupe d'OPI, n'est-ce pas ? demanda-t-il.

— Oui. On progresse. Nous étudions deux hommes de ta liste, Eli Pratt et Chris Landrew. Tous deux sont des huiles de la

Sécurité intérieure, et ils étaient déjà en position de pouvoir à l'époque où tu travaillais pour OPI. Nous pensons que l'un d'eux au moins avait l'autorité et la possibilité d'ordonner ou de faire ce qu'ont révélé tes recherches.

— La Sécurité intérieure...

Lance regarda Keira qui, près du lit, le contemplait avec intensité.

— Ça pourrait coller. Ils ont ce pouvoir, comme tu disais, mais plus encore, dans les débuts de l'agence, ils avaient le bras suffisamment long et des règles suffisamment vagues pour faire ce qu'ils voulaient. Je les vois bien s'intéresser aux affaires sur lesquelles nous avons travaillé. Vous avez une idée de la motivation à l'origine de tout ça ? L'argent, la vengeance ou le pouvoir fonctionnent tous, j'imagine.

— Je vote pour l'argent, répondit Ivy. Ça aurait été incroyablement facile, à la création du département, de dissimuler des dépenses ou de canaliser de l'argent vers d'autres choses ou d'autres gens. Mais ce sont des spéculations à ce stade. Quant à décider qui est la taupe, de Pratt ou Landrew, c'est à pile ou face pour l'instant. Ils travaillaient peut-être ensemble. Nous le découvrirons sous peu. Les informations que tu as rassemblées au fil des ans sont incroyablement détaillées. Tu aurais fini par comprendre tout seul. Mais je suis ravie que tu nous fasses confiance pour t'aider à achever plus rapidement. Est-ce pour cela que tu as appelé ? Pour une mise à jour ?

— En fait, j'ai appelé pour vous mettre au courant, toi et les autres. Keira et moi avons réfléchi aux morts de Levi Alexander et Rick Cameron. Nous avons découvert une confusion d'identité, confusion qui semble intentionnelle. Levi Alexander n'est pas l'homme qui a été tué à New York. C'est Sam McIntosh. Lui et Levi se ressemblaient beaucoup. Nous avions l'habitude de les taquiner à cause de ça. Je crois que Levi s'est servi de cette ressemblance pour prendre l'identité de Sam après l'avoir tué. Pourquoi il a fait ça, je ne le sais pas encore.

— Oh non ! Je suis désolée, Lance. C'est affreux de souffrir de la perte d'un ami et de découvrir soudain qu'il a doublé ton équipe et que c'est un autre qui est mort. Waouh !

— C'est un choc, c'est sûr. Même si je ne l'avais pas envisagé avant, l'existence de deux taupes, une à l'intérieur et une à l'extérieur d'OPI, permet d'expliquer beaucoup d'éléments. Nos missions venaient de plusieurs commanditaires et étaient approuvées par notre patron, Ian Murphy. Ce qui ne m'a jamais paru logique, c'est que les enquêtes ayant précédé les meurtres nous avaient été commandées aussi bien par la CIA, le FBI ou la Sécurité intérieure que par d'autres. J'essayais de trouver quelqu'un qui soit en position d'utiliser toutes ces entités. Si Levi était un espion, il avait des informations sur toutes les affaires, peu importe d'où elles émanaient. Il pouvait alors donner ces informations à une taupe d'une agence comme la Sécurité intérieure.

Il secoua la tête, dégoûté.

— J'aurais dû voir ça il y a des années. Mais je faisais confiance à mon équipe. J'étais aveugle au fait que l'un d'eux pouvait être impliqué.

— Ne te mets pas martel en tête, dit Ivy. C'est difficile d'être objectif avec ses amis, surtout quand ils font partie de ton équipe et que tu comptes sur eux pour couvrir tes arrières. C'est ce problème d'objectivité qui nous a poussés à creuser le parcours de tous tes collègues. Nous allons passer à la vitesse supérieure, maintenant que nous savons que Sam est mort et que Levi est vivant. En volant l'identité de Sam, il s'est placé tout seul au sommet de notre liste. Je te ferai passer ce que nous découvrons.

— Merci, Ivy. Remercie tout le monde pour moi. Keira avait raison depuis le début en me poussant à faire confiance à ma famille d'UB. Ouvrez l'œil. Et sois prudente, d'accord ?

— T'inquiète. Callum vient d'entrer sur le parking. Tu veux lui parler ?

— Je te laisse lui transmettre les infos.

— OK, pas de souci. Keira et toi, vous allez rester où vous

êtes ou vous cacher ailleurs jusqu'à ce que ce soit sans danger de revenir à Gatlinburg ?

Il soutint le regard de Keira en répondant.

— Je vais en discuter avec elle, et nous en déciderons ensemble. Je vous tiendrai au courant.

Keira sourit, appréciant sans nul doute qu'il la consulte au lieu de l'informer de ce qu'ils allaient faire.

— Lance, ajouta Ivy, faites très attention. Je ne veux pas avoir à former un nouveau ici.

— Eh bien, merci de t'inquiéter de ça.

Ivy se mit à rire.

— Tu sais que nous t'aimons. À plus.

Lance raccrocha et jeta le portable sur le lit. Quand il eut mis Keira au courant de ce qu'avait dit Ivy, elle secoua la tête.

— C'est terrible de penser que quelqu'un de haut placé à la Sécurité intérieure se sert de son pouvoir pour faire tuer des gens, dit-elle. Et il peut sans aucun doute inventer une histoire pour couvrir ses traces, encore aujourd'hui. Les types qui nous ont attaqués étaient certainement des mercenaires, sans aucun lien traçable avec lui. S'il découvre que tu as compris que Levi est son contact, il fera tout pour nous faire disparaître. Nous sommes dans une situation encore plus périlleuse qu'avant. Je ne pense pas que nous devrions rester plus longtemps à Newtown. Nous avons posé beaucoup de questions. Trent et Asher aussi, même si les rapports de la police et du légiste qu'ils nous ont fournis sont très utiles. Mais cela a pu nous mettre dans le collimateur de quelqu'un.

Il sourit.

— Là-dessus, nous sommes d'accord.

Elle arqua un sourcil.

— Avec quelle partie ?

— Avec tout.

— Bon, tant mieux. Alors, nous partons ?

— Dès que possible.

Il tira les valises du placard et les posa sur leurs lits respectifs. Keira prit ses vêtements dans le tiroir de la commode.

— On dirait qu'UB a bien avancé dans l'enquête sur la Sécurité intérieure. Ont-ils aussi essayé de localiser Levi ?

Lance mit son sac d'argent, ses papiers et ses armes dans sa valise. Puis il fourra des chaussettes et des sous-vêtements par-dessus.

— D'après Ivy, il est maintenant au sommet de leur liste.

Lorsqu'il se retourna, elle le regardait avec une inquiétude évidente.

— Tu n'as pas l'air très confiant. Tu ne penses pas qu'ils vont le retrouver ?

Il haussa les épaules.

— Je sais qu'ils le peuvent et qu'ils le feront. Tôt ou tard. Je pense seulement que j'ai une meilleure chance, maintenant que je sais qui chercher en particulier. UB peut traquer la taupe de la Sécurité intérieure. Notre patron a les contacts nécessaires pour ce type d'enquête, ce qui n'était pas mon cas quand je travaillais seul. Je veux me concentrer sur Levi. Il y a quelque chose qui ne colle pas : s'il est l'espion chez OPI, pourquoi a-t-il échangé son identité avec Sam et simulé sa mort ? La seule réponse logique pour moi, c'est qu'il est en fuite, qu'il se cache.

Elle vérifia les tiroirs pour s'assurer qu'elle n'avait rien oublié.

— Tu penses qu'il se serait querellé avec la taupe de la Sécurité intérieure ?

— Ça expliquerait qu'il ait pris la fuite.

Lance saisit les chemises et les jeans qu'il avait apportés et les plia rapidement. Keira et lui avaient supposé qu'ils resteraient plusieurs jours à Newtown, sinon il n'aurait pas défait sa valise.

— La taupe sait probablement tout de Levi, y compris l'endroit où il vit. Mais étant donné qu'il a pris l'identité de Sam, et du moment qu'il ne retourne pas dans sa ville natale ou aux endroits qu'il fréquentait normalement, il a une chance de s'en tirer.

— D'accord, dit-elle. C'est un homme nouveau. Et le chemin de Sam s'arrête ici, à Newtown.

Elle referma les tiroirs de la commode et se retourna vers lui.

— Mais si la Sécurité intérieure ignore où le chercher, comment le saurons-nous ? Et il y a autre chose qui me turlupine. Pourquoi ton ex, Ileana, s'est-elle montrée ici avec Sam ? Tu penses qu'elle pourrait être impliquée dans ce qui s'est passé à OPI ?

— Ce sont de bonnes questions, inspectrice Sloane. Des questions auxquelles nous devons donner des réponses.

Elle sourit à ce compliment détourné.

— Alors il vaudrait mieux nous activer.

Lorsqu'ils furent dans le SUV, Keira attacha sa ceinture et jeta un regard prudent alentour, comme si elle craignait qu'une foule de mercenaires n'arrive en courant pour les trucider. Sa main était posée sur son holster, sous sa veste.

Cela rendait Lance malade qu'elle doive tant se soucier de sa sécurité. Elle se sentait toujours coupable d'être venue à Gatlinburg et d'y avoir conduit son ennemi. Mais rien de tout cela n'était sa faute. C'était lui, le responsable, parce qu'il avait pris la décision de fuir et de se cacher toutes ces années. S'il avait pu tout recommencer, il se serait consacré à la recherche de la taupe dès le début. Sam et Rick n'auraient pas été assassinés. Et Keira n'aurait pas été impliquée, elle n'aurait pas vu sa vie mise en danger. Cependant, une part égoïste de lui-même était ravie que les choses aient tourné ainsi. Parce que sinon, il aurait pu ne jamais la rencontrer.

— Comme nous ignorons toujours où chercher Levi, reprit-elle, je pense que nous devrions nous diriger vers le Tennessee, afin d'être assez proches d'UB pour qu'ils nous aident si nous en avons besoin, mais assez loin de Maple Falls et de Gatlinburg pour que nos ennemis ne nous tombent pas dessus.

Il démarra le SUV.

— Tu es déjà allé dans le Kentucky ?

Elle cilla.

— Le Kentucky ? Non. Qu'est-ce qu'il y a dans le Kentucky ?

— Dans le sud-ouest, il y a un village appelé Wingo, avec une population qui ne dépasse pas les cinq cents habitants.

— C'est vraiment petit. Je suppose qu'ils n'ont même pas de motel. Pourquoi irions-nous nous cacher là-bas ?

Elle écarquilla les yeux.

— Attends, je parie que c'est là qu'a grandi Levi. Tu penses qu'il pourrait être retourné à ses racines ? Ce ne serait pas dangereux si la taupe de la Sécurité intérieure sait tout de lui ?

— Oui, ça le serait, je suis d'accord. Mais Levi a grandi dans les lumières de Los Angeles. Il ne s'imaginerait pas vivre dans une zone rurale comme Wingo. Il craindrait de salir ses bottes dans le crottin de cheval ou la bouse de vache.

— Oh...

Elle semblait déçue.

— Sam, en revanche, c'est une autre histoire, poursuivit Lance. Il est né et a grandi à Wingo, dans une grande ferme. Ses parents cultivaient le maïs, le tabac et le soja. Mais c'était leur petite écurie de pur-sang qui le rendait le plus fier. Il m'y a emmené plusieurs fois et m'a fait visiter leur propriété.

— Tu crois que Levi – sous l'identité de Sam – se serait réfugié dans cette ferme ?

— S'il est désespéré, ça pourrait être une étape pour lui, le temps de faire le point et décider de sa prochaine destination.

— Eh bien, ce serait idiot, insista-t-elle. N'importe qui pourrait consulter l'acte de naissance de Sam et le retrouver à Wingo. La taupe de la Sécurité intérieure y a sûrement pensé.

— Je ne suis pas d'accord. Cela va contre tout bon sens de se cacher à Wingo, et c'est pour ça que la taupe ne se donnera pas la peine de vérifier. Il doit penser que Levi n'est pas aussi bête et il essaie de le retrouver par d'autres moyens. Plus j'y réfléchis, plus je suis convaincu que Levi a pu se cacher là-bas.

— Je n'en suis pas aussi sûre que toi, dit-elle. À supposer que nous décidions d'aller y jeter un coup d'œil, qu'en est-il des parents de Sam ? Vivent-ils encore à la ferme ?

— Ils sont morts il y a des années. Sam a gardé la propriété. Je l'ai appris quand je cherchais la taupe et que je faisais ce que je pouvais pour m'assurer que les membres de l'équipe soient en sécurité. Sam n'y vivait pas, bien sûr. Il avait pris une nouvelle identité et était entré en clandestinité, comme le reste d'entre nous. Mais il avait monté un labyrinthe de sociétés-écrans pour pouvoir garder la ferme. Il était trop sentimental pour la vendre. C'est une propriété à louer maintenant, gérée par une agence immobilière. Si Levi a décidé de s'y rendre, il a dû demander à cette agence de la lui réserver. Avec suffisamment d'argent, j'imagine que ce n'était pas un problème.

Il lui jeta un coup d'œil, sans lâcher le volant.

— Ce ne sont que des conjectures. Mais puisque nous devons quitter Newtown…

— Pourquoi ne pas aller à Wingo ?

Elle sourit.

— En route. Allons chercher Levi.

14

Le trajet de Newtown à Wingo leur prit presque douze heures. Keira était reconnaissante à Lance d'avoir admis que conduire d'une traite n'était pas prudent. Ils s'étaient arrêtés dans un hôtel juste avant l'aube, en prenant cette fois des chambres séparées. Keira s'était endormie dès que sa tête avait touché l'oreiller. Lance lui avait dit qu'il avait fait presque la même chose, après un appel à Trent pour le tenir au courant de leurs projets.

Lorsqu'ils arrivèrent enfin à destination, le soleil sombrait derrière l'horizon. D'après Lance, Wingo était minuscule, aussi s'était-elle représenté une pittoresque bourgade du Sud, avec sa place centrale, sa mairie d'allure historique, sa tour et son horloge, de petits restaurants et des boutiques d'antiquaires autour de la place.

Mais la « ville » de Wingo consistait en une rue unique, à peine plus longue qu'un pâté d'immeubles dans un grand centre urbain.

Au sommet de la colline était installée une entreprise de pompes funèbres. Au pied, il y avait quelques boutiques abandonnées et murées par des planches, des rails rouillés et ce qui ressemblait à une usine de vêtements datant de la dernière guerre. Sur l'autre flanc de la colline se dressait une église.

C'était tout.

Wingo était apparemment une ville morte depuis longtemps. Les faubourgs n'étaient pas beaucoup plus reluisants. Du moins, au premier regard. Comme Lance roulait au pas dans les rues semées d'ornières, Keira fut stupéfaite de constater combien les gens qu'ils dépassaient semblaient amicaux et détendus.

Sans aucun doute, ils connaissaient les mêmes difficultés que quiconque pour travailler, cultiver leurs champs et payer leurs factures. Mais ici, les voisins assis sous les porches s'interpellaient d'une maison à l'autre. Les enfants jouaient au ballon sous des chênes centenaires, dans d'immenses jardins non clôturés. Tous souriaient et leur faisaient signe de la main, comme s'ils étaient des amis de longue date. Et les fermes ne ressemblaient à rien de ce qu'elle s'était représenté.

Ce n'étaient pas ces monstruosités qu'on voyait ailleurs, avec des kilomètres de maïs ondulant au gré du vent. C'étaient au contraire de petites fermes à dimension humaine, avec des jardins potagers fournissant fruits, légumes et aromates, et des poules courant en liberté. Et les clôtures servaient à protéger les poules des prédateurs, pas à isoler les voisins les uns des autres.

Elle inspira une longue bouffée d'air frais par la fenêtre ouverte, contemplant ces jolies petites maisons à mesure qu'ils les dépassaient. Des successions bien nettes de cultures de soja couvraient les collines de vert.

— C'est si beau ici, dit-elle. Si paisible. Personne ne klaxonne, personne ne se bouscule. Je pourrais m'habituer à y vivre.

Il gloussa.

— Tu dis ça maintenant. Mais tu changeras d'avis quand tu t'apercevras que le seul magasin est la supérette où nous nous sommes arrêtés. Pour du vrai shopping, il faut faire quarante-cinq minutes de route. Et s'il y a une urgence médicale, c'est à la grâce de Dieu. L'hôpital est encore plus loin. Je suis sûr que tu as aussi remarqué l'absence de cinéma et de café. Ils n'ont même pas de bowling.

— De bowling ? Tu n'as pas assez de bedaine pour me faire croire que tu aimes jouer au bowling.

— Ouille. J'ai beaucoup d'amis qui se vexeraient à cette

remarque. La bedaine n'est pas obligatoire. C'est une activité amusante, surtout quand il y a un billard à côté.

— Ah, c'est donc ça. Si tu aimes aller au bowling, c'est pour jouer au billard et descendre des bières.

Il sourit, ce qui la convainquit qu'elle avait vu juste.

— Ça suffit, ne ruine pas mon impression de cette charmante ville, lui dit-elle. D'ailleurs, tu as peut-être raison, je ne pourrais pas vivre ici pour toujours. Mais m'y détendre quelques semaines, ça, oui. Il n'y a pas beaucoup de différences avec la vie dans ton ranch, n'est-ce pas ? C'est plutôt isolé, loin de la ville.

— Le Walmart le plus proche n'est qu'à un quart d'heure de chez moi.

— Ah, Walmart. Le summum de la civilisation. Vingt caisses automatiques et pas une caissière en vue.

— Exactement.

Elle secoua la tête en souriant.

— Sommes-nous encore loin de la location que tu as réservée ?

— Encore un kilomètre et demi. Mais la maison de Sam est située après le prochain tournant, sur la gauche. Nous pourrions y passer pour voir s'il y a quelqu'un. La nuit commence à tomber. Ce sera notre seule chance de la voir avant demain matin.

Elle se redressa sur son siège.

— Allons-y, alors.

— Ferme ta fenêtre. Les vitres teintées devraient nous dissimuler si Levi est là.

Lorsque Lance tourna dans le chemin d'accès, Keira fut surprise de découvrir qu'il était plus large et mieux asphalté que la route de campagne qu'ils venaient de quitter. Peut-être était-ce pour rendre les choses plus faciles quand il fallait transporter des chevaux. Elle ne savait presque rien de l'élevage de chevaux, mais elle imaginait qu'ils devaient avoir du mal à garder l'équilibre dans leurs vans sur une route bosselée.

Comme le soleil se couchait, Lance éteignit les phares, afin d'éviter qu'on les voie depuis la maison. Il s'arrêta et ils contemplèrent tous deux l'étendue des terres. Comme tout le reste dans cet État, Keira trouva que c'était magnifique. La route continuait sur des centaines de mètres à travers des champs d'un vert luxuriant, jusqu'à une ferme de plain-pied, peinte en blanc, avec un toit de bardeaux noirs.

Un porche à la balustrade blanche courait tout le long de la façade, meublé de quatre rocking-chairs. Des clôtures à claire-voie blanches, comme chez Lance, bordaient la route et divisaient les champs en petits prés.

— Ce sont les écuries, là-bas, à côté de la maison. Je me souviens qu'il y avait de grosses granges juste derrière, pour abriter les tracteurs et d'autres équipements. J'imagine qu'elles sont toujours là.

— Pourquoi ont-ils besoin de tracteurs ? Ces champs ne sont pas cultivés, il me semble.

— Avec une tondeuse, il faudrait des semaines pour couper l'herbe. On peut le faire en quelques heures avec un tracteur.

Elle rougit.

— Tondre l'herbe. Bien sûr. La citadine que je suis plaide coupable.

Il lui pressa la main.

— Mais tu es en train de t'habituer. Avant longtemps, tu voudras tes propres poules et un potager pour faire pousser des tomates.

Elle plissa le nez.

— Pas de poules. Et je préfère les épinards aux tomates, merci beaucoup.

Lance secoua la tête.

— Il va falloir travailler là-dessus. Aucun rancher qui se respecte ne préfère les épinards aux tomates.

— Tu peux peut-être me former aux manières des ranchers.

Il afficha un lent sourire sexy.

— Je peux t'apprendre un tas de choses.

— Promesses, promesses.

Elle lui fit un clin d'œil, le visage rosi par tant d'audace.

Il se mit à rire, et elle fixa la maison à travers le pare-brise, les joues enflammées. Elle n'était pas du genre à flirter. Pourtant, quelque chose chez Lance l'incitait à sortir de sa coquille. Alors qu'ils risquaient leur vie, il lui faisait oublier le danger et la faisait rire. C'était un don rare. Mais aussi dangereux. Ils devaient se concentrer sur l'instant. Ils joueraient plus tard. Si elle avait de la chance.

Elle planta les ongles dans ses paumes. Elle espérait vraiment qu'ils pourraient s'amuser plus tard. Elle avait besoin de Lance comme un alcoolique de son prochain verre. Et elle voulait découvrir ce que ce serait d'aller plus loin que ce baiser incroyable. Elle avait le sentiment qu'être avec lui serait spectaculaire.

— Je ne vois aucune lumière dans la maison, dit-il. Pas de voiture ou de pick-up non plus, bien qu'il ait pu se garer derrière.

Ils observèrent tous deux l'endroit plusieurs minutes, mais malgré l'obscurité qui tombait, aucune lumière n'apparut.

— Nous reprendrons la surveillance demain, dit Lance. Partons avant que je ne puisse plus rouler sans phares.

Il fit reculer le pick-up jusqu'à un dégagement assez large pour faire demi-tour. Alors seulement, il alluma les phares et accéléra pour rejoindre la route.

Quelques minutes plus tard, il s'arrêta dans un autre chemin d'accès, celui-là plus court et gravillonné. Il s'achevait devant une petite maison blanche, avec un porche juste assez large pour abriter deux petits fauteuils cannés, de chaque côté de la porte. L'endroit n'était guère différent des petits cottages qu'ils avaient dépassés. Mais il ressemblait assez à un certain cottage qui hantait ses souvenirs pour la faire frissonner.

Ils entrèrent et déposèrent leurs valises dans leurs chambres respectives. Ils devraient partager la salle de bains, mais elle possédait deux lavabos et deux toilettes. Le seul équipement sanitaire en simple exemplaire était la douche.

Tout comme dans l'autre cottage.

Elle attendit dans la cuisine tandis que Lance rentrait les courses. Normalement, elle l'aurait aidé. Mais le malaise qui la tenaillait depuis qu'ils s'étaient arrêtés devant la maison finit par l'emporter. Pressant une main sur sa bouche, elle courut à la salle de bains pour vomir son déjeuner.

La gêne se mêla à la détresse quand Lance vint s'agenouiller à côté d'elle pour retenir ses cheveux. Elle aurait voulu le repousser, mais son estomac ne cessait pas de se soulever.

Un linge humide passa sur son front, ses joues, son cou. C'était si bon qu'elle en oublia sa gêne. Il tint le linge sur son front en murmurant des mots gentils. Lorsque son estomac se calma enfin, Lance entreprit de lui essuyer la bouche. Elle se sentit devenir écarlate et prit le linge pour s'occuper de cela elle-même.

Il se releva et l'aida à se redresser. Sans le regarder, elle tira la chasse d'eau et alla se laver les mains. Voyant qu'il ne faisait pas mine de sortir de la salle de bains, elle inspira fortement et le regarda dans le miroir.

— J'ai besoin d'être seule. S'il te plaît.

— Bien sûr. Crie si tu as besoin de moi.

Lorsqu'il referma la porte derrière lui, elle faillit le rappeler. C'était très embarrassant qu'il l'ait vue dans ce moment de grande vulnérabilité. Mais être enfermée seule dans la salle de bains était encore pire.

Il n'y avait encore ni brosse à dents ni dentifrice, alors elle se gargarisa avec de l'eau chaude. Puis elle sortit et se mit à courir en direction de la porte d'entrée.

— Keira ! Que se passe-t-il ? cria Lance quelque part derrière elle.

— Je ne peux plus respirer. J'ai besoin d'air !

Sans ralentir, elle ouvrit la porte et s'élança sous le porche. Ce faisant, elle trébucha sur la barre marquant le seuil. Projetée en avant, elle tendit les bras pour essayer de se rattraper. Lance réussit à la saisir par la taille et à la tirer en arrière, l'empêchant de tomber la tête la première sur les marches.

Il la tourna vers lui et la serra étroitement.

— Mon Dieu, Keira ! Tu as failli...

Les mains tremblantes, il lui frotta le dos et posa une joue au sommet de son crâne.

Sa gentillesse, sa force, son inquiétude lui firent monter les larmes aux yeux. Encore une fois. Mais elle refusait de pleurer sur son épaule comme elle l'avait fait au bed & breakfast. Mortifiée, elle se dégagea.

— Que se passe-t-il ? demanda-t-il. Tu es malade ? Tu veux que nous...

— Roulions trois quarts d'heure pour aller chez un médecin ? Elle se força à produire un sourire vacillant, tout en luttant contre l'envie de se rouler en boule et de sangloter comme la petite fille qu'elle était autrefois.

— Je ne suis pas malade. Je...

Elle ferma les yeux et inspira profondément, une fois, puis deux. Se sentant plus calme, elle rouvrit les yeux.

— Je t'expliquerai plus tard, mais... pouvons-nous... s'il te plaît, pouvons-nous aller dormir ailleurs ? Je ne peux pas... Je ne peux pas rentrer là-dedans. Je suis désolée. Je sais que cette réservation de dernière minute a dû coûter de l'argent. Tu ne pourras sans doute pas te faire rembourser et...

— Chut... ça ne fait rien.

Son sourire était si doux, si compatissant, que le cœur de Keira se serra.

— J'ai la chance de ne pas avoir à m'inquiéter de l'argent. Et j'aurais dû te consulter avant de réserver, pour m'assurer que cela te convenait.

— Quoi ? Non. Je savais que tu allais réserver quelque chose. Si je voulais donner mon avis, je l'aurais fait. C'est juste... qu'il ne m'est jamais passé par l'esprit que cet endroit me rappellerait...

Elle secoua la tête et s'entoura de ses bras.

— Emmène-nous dans une autre maison, qui ne ressemble pas à celle-ci. D'accord ?

Il déposa le plus doux des baisers sur ses lèvres.

— Si mes ordres sont de trouver une maison tout à fait différente, c'est ce que je vais faire. Pas de souci. Viens.

Il lui prit la main et la conduisit vers le pick-up, l'aida à y monter et attacha sa ceinture comme si elle était un objet précieux et non pas un fardeau, ce qu'elle savait être devenue.

— Donne-moi quelques minutes pour rappeler l'agence de location et prendre nos valises et les courses. Je reviens tout de suite.

Elle lui adressa un sourire tremblant et hocha la tête en guise de remerciement. Après qu'il eut refermé la portière, elle la verrouilla immédiatement, sans se soucier qu'il l'entende et pense qu'elle avait perdu la tête. Il gravit les marches du porche au pas de course et, un instant plus tard, la lumière s'alluma. Mais elle n'était pas assez vive pour aller au-delà du porche lui-même.

En l'attendant, Keira se blottit sur son siège, la main sur son holster. Elle avait oublié combien il faisait sombre au milieu de nulle part, sans réverbères ni ce qu'on appelait la pollution lumineuse. Et combien cette obscurité pouvait être oppressante.

Lorsqu'elle se rendit compte qu'elle glissait sur son siège, recroquevillée comme une enfant, elle jura et se força à se redresser. Elle n'était plus une petite fille misérable. Et il n'y avait aucune raison d'avoir peur d'une maison vide. Il y avait des choses bien plus effrayantes à craindre, notamment Levi Alexander et la personne pour laquelle il travaillait.

C'était drôle que, après tant d'années, le passé ait encore le pouvoir de l'effrayer davantage que le présent. S'il fallait affronter des hommes armés, mettre à profit sa formation policière et ses excellentes capacités de tir pour se protéger et éventuellement protéger Lance, elle était prête. Elle pouvait maîtriser ses réactions et la manière dont elle approchait la situation. C'étaient les cauchemars de son adolescence qu'elle ne savait toujours pas contrôler.

Quelques minutes plus tard, Lance dévala les marches au petit trot avec leurs deux valises. Il les fourra à l'arrière du SUV et repartit chercher les courses. La lumière du porche s'éteignit, et il se dépêcha de déposer les sacs à l'arrière.

— Tout est réglé, lui assura-t-il avec un sourire encourageant. L'autre maison est un peu plus loin, à environ sept kilomètres. Nous y serons en quelques minutes.

Elle vit avec soulagement le sinistre cottage s'évanouir dans l'obscurité. Quand la nouvelle maison apparut, elle sentit la tension quitter ses épaules. Mais la culpabilité se réveilla en elle. Ce n'était plus du tout un cottage. Cette maison devait appartenir à l'une des familles les plus riches de la région. Ou bien c'était la maison de vacances d'un citadin millionnaire. Elle était aussi moderne que l'autre était datée. Deux étages de verre et d'acier, adoucis par une corniche en pierre grise et des piliers en cèdre soutenant l'avant-toit, au-dessus d'une double porte d'entrée. Des lampes de jardin chassaient l'obscurité.

Lance coupa le moteur et lui jeta un regard interrogateur.

— C'est mieux ?

Elle défit sa ceinture et, sur une impulsion, l'embrassa sur la joue.

— Beaucoup mieux.

Il sourit.

— Je peux trouver une maison encore plus grande si ça me vaut un baiser sur les lèvres, dit-il avec un grand sourire.

Aussitôt, elle grimpa sur son siège et pressa les lèvres sur les siennes. Il grogna et la souleva pour l'installer sur ses genoux comme si elle ne pesait rien. Leur premier baiser avait été plein de désir et d'émerveillement. Celui-ci était torride. Elle répondit à chacun de ses gestes avec un abandon égal, leurs corps délicieusement accordés. Il glissa une main dans son dos et l'autre dans ses cheveux pour approfondir le baiser.

Le bruit du klaxon les fit tous deux sursauter. Sans s'en rendre compte, elle l'avait pressé avec son dos. Ils éclatèrent de rire.

— Pour casser l'ambiance..., plaisanta-t-il.

Il ouvrit sa portière et la souleva dans ses bras pour sauter du SUV. Quand elle fut debout devant lui, il se pencha pour lui encore donner un bref baiser.

— Le code de la porte d'entrée est 4371. Va voir et assure-toi que c'est bon pour toi avant que j'apporte les bagages.

— Tu as bien choisi. Ça ne ressemble pas du tout à l'autre maison. Je vais prendre les courses si ça ne t'ennuie pas de te charger des valises.

— D'accord, mais si tu changes d'avis sur la maison, je peux...

— C'est parfait. Dépêchons-nous, il fait froid dehors.

— Pour ma part, je brûle, dit-il avec un clin d'œil.

Elle rougit, comme souvent avec lui, et il rit en guise de réponse.

L'intérieur de la maison était à la hauteur de l'extérieur. Propre, lumineuse, ouverte et moderne. Il n'y avait absolument rien qui puisse la rendre claustrophobe ou lui rappeler le passé. Mais maintenant que ces sombres images avaient été ressuscitées, elles s'efforçaient de l'envahir. Keira doutait de ne pas beaucoup dormir cette nuit.

Tandis que Lance montait leurs valises dans les chambres au premier, elle rangea les courses. Il y avait du beurre de cacahuète et de la confiture, des crackers, du pain, de la soupe, de la bière et de l'eau en bouteille. Et du café, bien sûr, de même que de la crème en poudre et du sucre. Des choses qui n'avaient pas besoin de réfrigération. Aucun d'eux n'avait l'intention de rester longtemps dans cette ville. Quelques jours au plus, moins s'ils trouvaient tout de suite Levi.

Quand elle eut terminé et se retourna, Lance était à quelques mètres d'elle, adossé à l'îlot de cuisine en basalte.

— Tu as faim ? Je peux nous préparer des sandwichs et de la soupe.

— Je suis affamé, en fait. Je vais faire chauffer la soupe et...

— Je prépare les sandwichs arc-en-ciel.

— Arc-en-ciel ? En voilà une jolie expression pour des sandwichs beurre de cacahuète-confiture. Tu as appris ça en cours d'éducation ménagère ?

— Je tiens ça de ma grand-mère paternelle. Tu serais étonné de mes compétences culinaires. Je sais faire bouillir de l'eau, aussi.

Elle rit, et bientôt ils s'attaquèrent à leur repas. Quand la cuisine fut rangée et nettoyée, ils se séchèrent les mains sur un torchon.

— C'est mal élevé de s'en aller juste après le repas, dit-elle, mais je dors pratiquement debout. Laquelle est ma chambre ?

— En haut de l'escalier, la première à droite.

— Merci. Pour tout.

Quand elle passa devant lui, il lui prit la main pour la retenir. Elle leva les yeux d'un air interrogateur.

— Tu veux en parler ?

La voix de Lance était douce, apaisante, mais il avait l'air préoccupé.

Elle avait réussi à éviter toute discussion sur les raisons de sa panique au cottage. Pendant le dîner, ils n'avaient évoqué que des choses sans importance et établi le programme du lendemain. Mais il semblait juste de lui donner une explication. Elle ouvrit la bouche pour le faire, mais les ombres rôdant dans son esprit lui volaient ses mots.

— Sache que je suis là si tu as besoin de parler.

Il l'embrassa sur le dessus du crâne.

— Je ne suis pas encore prêt à me coucher. Je vais me connecter sur le site d'UB pour voir quels progrès ils ont faits, et peut-être regarder une rediffusion de match. Dors bien.

Il se dirigea vers le salon, avec ses canapés en cuir noir disposés en U face à une énorme télévision sur le mur opposé.

Keira éteignit la cuisine, laissant seulement les lampes du salon éclairer le rez-de-chaussée.

— Lance ?

Il venait de prendre l'ordinateur portable qu'il avait posé sur la petite table après avoir emporté leurs bagages à l'étage. Il haussa un sourcil d'un air interrogateur.

— Merci. Pour tout.

Il sourit.

— Quand tu veux Keira. Quand tu veux.

15

Un léger mouvement éveilla Lance. Il ouvrit les yeux et se redressa, surpris de s'apercevoir qu'il s'était endormi dans le salon. Il fut encore plus surpris de voir Keira assise en tailleur à côté de lui. Ses cheveux étaient tout ébouriffés, ce qui lui donnait un air sexy de saut du lit. Mais ce fut le pyjama rose, parsemé de chats de dessin animé, qui le fit sourire.

— Joli pyjama.

Elle ne daigna pas sourire. Ce fut alors qu'il se rendit compte à quel point elle était pâle.

Il jeta un coup d'œil à l'escalier, sa main cherchant automatiquement son holster, toujours fixé sur sa hanche.

— Tu as entendu quelque chose ? Vu quelqu'un ?

— Quoi ? Non, non. Je n'ai rien vu ni entendu. Rien de réel, en tout cas. Ou plus maintenant.

Elle fourragea dans ses cheveux, les ébouriffant encore plus.

— Désolée. Je sais que je ne suis pas très cohérente. Je... eh bien, je n'arrive pas à dormir. Ou plutôt, quand je m'endors, les cauchemars reprennent.

Elle poussa un soupir.

— Je ne me souviens pas de la dernière fois que c'est arrivé. Des années, je crois.

Elle soupira encore, ses mains se nouant et se dénouant nerveusement.

— Je te dois une explication pour tout à l'heure. Au cottage.

Il secoua la tête.

— Non, Keira. Tu ne me dois rien. Tout le monde a ses démons à combattre, suscités parfois par le passé, parfois par une phobie. C'est à toi de décider d'en parler ou non. C'est entièrement ta décision.

— Bon, d'accord. J'ai besoin de t'en parler. Je ne veux pas que tu penses que je perds l'esprit. Je veux que tu comprennes.

Il déglutit, sentant son corps se réchauffer des pieds à la tête quand elle lui prit la main avec hésitation et posa leurs mains nouées sur sa cuisse. Elle ne se doutait manifestement pas de l'intensité de son désir, de l'effet que lui faisait le simple fait qu'elle se blottisse contre lui. Se détestant de penser au sexe alors qu'elle avait visiblement tant de mal à rassembler ses pensées, il se servit de sa main libre pour tirer une couverture légère sur eux.

— Merci, murmura-t-elle, pensant sans doute qu'il craignait qu'elle ait froid.

Il s'efforça de se détendre contre le dossier, mais une goutte de sueur glissa le long de sa tempe. Au moins, elle ne pouvait voir la douloureuse érection qui tendait le devant de son jeans, sous la couverture.

Comme elle ne disait rien, il s'apprêta à lui rappeler qu'elle n'avait pas à se forcer et qu'ils pouvaient rester tranquillement assis jusqu'à ce qu'elle soit prête à se recoucher. Mais sa voix, douce et hésitante, rompit le silence la première.

— J'avais quinze ans, murmura-t-elle.

Et il suffit de ces trois petits mots pour éteindre le désir qui l'avait envahi. Ce fut l'effroi qui prit sa place et il espéra, il pria pour qu'elle ne dise pas ce qu'il craignait qu'elle dise, qu'on lui avait fait du mal alors qu'elle était à peine plus qu'une enfant.

Faites que ce ne soit pas ça, je vous en prie.

Elle posa la tête contre lui. Libérant sa main, il lui passa un bras autour des épaules pour l'attirer plus près. Elle ne s'écarta pas et se nicha au creux de son épaule. Il ne voulait rien d'autre que la protéger, la garder en sécurité. Mais il savait qu'il ne pourrait rien faire contre ce qu'elle allait lui raconter. C'était *déjà* arrivé.

— Je m'étais attardée après les cours, pour que mon professeur d'algèbre m'explique un devoir, et j'ai raté le bus. La maison n'était qu'à quelques kilomètres. À l'époque, je faisais partie de l'équipe de cross-country, alors je n'ai pas pris la peine d'appeler mes parents. J'ai enfilé mes chaussures de course et je suis partie le long de la route. Je ne sais combien de fois mon père m'avait demandé de ne pas courir avec mon casque sur les oreilles. Il disait que c'était dangereux, que je ne pouvais pas entendre les voitures approcher. Bien sûr, j'ignorais son conseil. J'écoutais la musique à fond. Et je n'ai pas entendu la camionnette arriver.

Il sentit son estomac se nouer.

— Elle t'a renversée ?

— J'aurais préféré que ce ne soit que ça. Mais non. Le conducteur s'est garé, il est arrivé derrière moi et m'a saisie. Je me suis débattue et je l'ai griffé, mais il m'a planté une seringue dans le cou, et tout est devenu noir. Quand je me suis réveillée, j'étais ligotée dans une pièce obscure, dans un petit cottage comme celui où nous sommes allés ce soir.

Lance jura doucement et lui frotta le bras de bas en haut.

— Je ne... Je ne vais pas entrer dans les détails. Je l'ai fait au tribunal, et c'était comme d'être violée à nouveau. Je ne veux jamais plus revivre ça.

— Rien ne t'y oblige, murmura-t-il dans ses cheveux.

Elle hocha la tête contre sa poitrine.

— Je sais. Mais je voulais que tu comprennes. Il m'a gardée captive pendant cinquante-six jours. Ligotée la plupart du temps. Enfermée dans une petite pièce noire. Il ne me laissait sortir que quand je puais trop pour qu'il puisse me supporter.

— Bonté divine, souffla Lance. C'était un monstre.

— Oui, en effet. C'est seulement par hasard que j'ai été secourue. Il a été arrêté pour une infraction mineure au code de la route, un jour où il faisait des courses. Un policier observateur s'est souvenu de la description de la camionnette, et de la fille qui courait au bord de la route le jour où j'avais disparu. Des gens étaient passés à côté de moi, et ils ont vu ensuite les affiches sur ma disparition. S'ils ne l'avaient pas signalé, si le policier n'avait pas été soupçonneux et si mon ravisseur n'avait pas été assez bête pour garder mon sac à dos dans sa camionnette, je ne m'en serais pas sortie.

Elle glissa les bras autour de lui, le serrant fort.

— Je n'étais pas la première fille qu'il enlevait. Mais j'ai été la dernière. Et la seule qui ait survécu.

Il l'assit sur ses genoux et posa doucement les mains sur elle, comme si elle était en cristal. Une fureur difficilement contenue rugissait dans ses veines. L'envie de sentir les os du monstre craquer sous ses poings était palpable.

— Que lui est-il arrivé ?

— Il a été déclaré coupable et condamné à perpétuité, sans possibilité de liberté conditionnelle. Mais il n'a pas fait un jour de prison. Il a choisi la lâcheté et il s'est pendu dans la cellule du comté.

— Tant mieux. Je n'aurais pas supporté l'idée que vous soyez encore sur la même planète.

Elle recula pour lui sourire.

— Je suis en train de penser à la période la plus noire de ma vie, et tu arrives à me donner envie de rire. Tu es un homme étonnant, Lance Cabrera.

Il l'embrassa doucement, mais ne put réprimer un sourire aussi.

— Tu es une femme incroyable aussi. Avoir traversé tout ça et être devenue un membre utile de la société, c'est un exploit en soi. Tu es policière, tu affrontes le mal au quotidien, après avoir vécu le pire du pire, il y a de quoi inspirer l'admiration.

Il la serra à nouveau contre lui. Si elle n'avait pas besoin d'un câlin, lui en avait bien besoin. Il aurait voulu pouvoir lui ôter toute cette souffrance. Mais tout ce qu'il pouvait faire, c'était être là pour elle. Pour l'instant, cela devrait suffire.

— C'est pour ça que tu ne voulais pas descendre au sous-sol du chalet, dit-il, la joue posée sur sa tête. J'imagine que tu supportes mal les endroits sombres et étroits.

— Comme d'être enfermée dans un espace sans fenêtre.

Il tressaillit et recula un peu.

— Je croyais savoir mieux que toi ce qu'il te fallait. Je n'aurais jamais dû t'enfermer dans ce sous-sol.

Elle lui sourit à nouveau. Ses joues reprenaient lentement des couleurs, et la lumière brillait à nouveau dans ses yeux bruns.

— Excuses acceptées. Tu es un homme fort, qui a l'habitude de protéger. Je comprends ça. Et je t'en suis reconnaissante. Mais, comme tu l'as dit, je suis flic. J'ai été formée et je suis bonne tireuse, j'étais la première de ma classe dans cette discipline. Il faut que nous nous fassions mutuellement confiance. En tant qu'équipe, nous pouvons accomplir beaucoup plus que chacun de notre côté.

Il secoua la tête, totalement d'accord.

— J'ai fait partie de deux équipes pendant des années, et tu m'en apprends plus sur le travail d'équipe que je n'en ai appris durant tout ce temps.

— Tu apprends lentement, j'imagine.

Il se mit à rire.

— Peut-être, en effet. Je sais que c'est exagéré de te poser encore une question personnelle après ce que tu viens de me raconter, mais je suis curieux d'une chose.

— Je ne peux imaginer quelque chose de plus personnel que ça. Vas-y.

— Ta famille. Tu ne les vois plus, n'est-ce pas ? Est-ce à cause de ce qui t'est arrivé ? Ou d'autre chose ?

Son sourire faiblit, mais ne disparut pas complètement.

— L'épreuve, comme je l'appelle maintenant, s'est passée à Memphis. Tout le monde était au courant. Je ne pouvais pas échapper aux commentaires cruels des gosses à l'école ni aux regards et aux murmures chaque fois que j'allais quelque part. Mes parents ont essayé de me protéger en déracinant la famille et en nous installant à Nashville. Mon frère et ma sœur, qui étaient plus jeunes, m'ont reproché de leur avoir fait perdre leurs amis de Memphis. Mes parents étaient surprotecteurs et m'étouffaient. Mon père a commencé à boire, pour essayer de noyer sa culpabilité de ne pas avoir pu me protéger. J'étais affreusement malheureuse. Nous nous disputions constamment, et je me rebellais, je cherchais les ennuis. Quand j'ai eu dix-huit ans, ma mère m'a fixé un ultimatum. Me corriger ou m'en aller. Je suis partie le même jour, et je ne suis jamais revenue.

— Ça a dû être dur de ne plus avoir le soutien de ta famille.

— Pas plus dur que d'avoir à abandonner la tienne.

— Nous sommes tous deux orphelins, dans un sens. Peut-être qu'un jour nous pourrons avancer, surmonter le passé et revoir nos proches.

— Peut-être, dit-elle d'un ton dubitatif. Ou peut-être que nous passerons à autre chose en fondant une famille. Je veux dire… chacun la sienne.

Son visage prit une délicieuse teinte rose. Lance n'avait pas raté ce lapsus intéressant. L'idée que tous deux fondent une famille ensemble, qu'ils aient un véritable avenir en tant que couple, aurait dû l'effrayer. Sa dernière relation sérieuse, avec Ileana, avait été tellement affreuse qu'elle lui avait ôté toute idée de se marier ou d'avoir un jour des enfants. Et pourtant, ce genre d'avenir avec Keira ne lui apparaissait pas du tout comme une condamnation. Cela ressemblait plutôt au fait de gagner à la loterie.

Elle se releva doucement et ajusta son pyjama, l'air soudain timide, avant de croiser les bras sur sa poitrine.

— J'ai l'impression de passer mon temps à te remercier. Mais j'apprécie vraiment tout ce que tu as fait, et que tu sois aussi protecteur et bienveillant. Ça m'a aidée que tu m'écoutes. Parler à un thérapeute, un inconnu, ça ne marchait jamais. Mais maintenant que je t'en ai dit un peu sur ce qui est arrivé, je me sens plus légère.

— Je serai toujours là pour toi, Keira. Je suis sérieux. Toujours.

Elle écarquilla les yeux. L'avait-il effrayée ? Ou était-elle surprise de façon positive ? Avant qu'il puisse la rassurer, elle lui souhaita hâtivement bonne nuit et se précipita dans l'escalier.

16

Le lendemain matin, Keira se sentait à vif, mal fichue. Ses émotions étaient à fleur de peau, et il lui était difficile de se concentrer. Elle était effrayée par la situation dans laquelle Lance et elle se trouvaient, et inquiète qu'un ennemi non encore identifié veuille les tuer. Ses craintes pour Lance, en particulier, pesaient lourdement. Il était devenu si important pour elle, si vite, qu'elle s'inquiétait plus de sa sécurité que de la sienne. C'était en partie parce qu'elle se sentait bouleversée, à la fois sur le plan personnel et professionnel.

Son expérience policière n'était rien comparée à celle de Lance. Certes, elle savait se servir d'une arme et elle avait toujours eu le don de mettre les témoins à l'aise pendant ses missions sur le terrain. Mais ses compétences d'inspectrice restaient loin de ce qu'elle s'était raconté. Les conseils et les suggestions des enquêteurs d'UB lui avaient semblé évidents… *après-coup*. Pareil pour les suggestions de Lance. Or ce n'était pas elle qui avait eu ces idées. Elles ne lui seraient jamais passées par la tête.

Plus elle travaillait sur cette affaire, plus elle se disait que le métier d'inspectrice, ou même de policière, n'était peut-être pas pour elle. Et elle comprenait enfin pourquoi. Après avoir raconté à Lance la version édulcorée du traumatisme enduré dans son adolescence, elle avait pris conscience, dans un véritable moment d'épiphanie, que l'idée d'être policière n'était qu'une réaction à ce traumatisme. Disposer de pouvoir et prendre ses propres décisions était crucial pour elle, pour écarter la panique qui n'était jamais très loin. Travailler dans la police n'était peut-être que sa manière de garder une impression de contrôle. Cela l'aidait à se sentir plus forte, moins vulnérable. Mais cela la rendait-il heureuse ? Épanouie ? Sa détermination à gagner le titre d'inspectrice n'était peut-être qu'une manière de chercher à combler un vide.

Il fallait qu'elle réfléchisse à cela.

Ainsi qu'au dilemme personnel que lui posaient Lance et les sentiments qu'elle avait pour lui. Il était manifeste qu'ils étaient attirés l'un par l'autre. Mais malgré leurs fréquentes taquineries et leur façon de flirter, l'un d'eux semblait toujours trouver un prétexte pour ne pas franchir un point de non-retour. Était-ce parce qu'ils n'étaient pas vraiment faits l'un pour l'autre ? Ou simplement parce qu'aucun d'eux ne savait à quoi ressemblerait l'avenir, une fois la crise avec Levi et la taupe terminée ?

Tout cela était déroutant. Et avec des pensées tellement embrouillées, elle aurait du mal à se concentrer et à seconder Lance. Mais au moins, en lui ouvrant son cœur la veille au soir, elle avait réussi à dormir comme elle en avait besoin. Pour la première fois depuis l'attaque au chalet, elle se sentait reposée et prête à affronter les obstacles qui se mettraient sur leur chemin. Elle devait juste repousser ses doutes sur sa carrière et sur Lance au fond de son esprit et se concentrer sur leur objectif commun, à savoir arrêter la taupe, ou les taupes, et récupérer leurs vies. Plus tôt ils y parviendraient, plus tôt elle pourrait prendre des décisions pour l'avenir.

Contrairement à ce qu'elle avait craint, quand elle descendit enfin l'escalier, douchée et prête pour la journée, elle ne sentit aucune gêne entre eux. Après un petit déjeuner rapide et une conversation légère, ils se rendirent à la ferme de Sam, pour voir s'il y avait trace de Levi.

Cette fois, ils contournèrent la propriété grâce à une route que Lance avait repérée lors de ses nombreuses visites à Sam. À la manière dont les branches d'arbres et les buissons mordaient sur la route, il était évident que les récents occupants de la ferme ne se servaient pas de cet accès. Il était donc aisé de s'approcher des granges à travers les bois sans s'inquiéter d'être vu. À partir de là, ce fut une longue et ennuyeuse journée, passée à observer et attendre des signes de vie dans la maison, avec seulement quelques pauses pour aller chercher à manger et pourvoir aux besoins naturels. Une fois rentrés à la villa, ils s'étaient penchés sur leurs ordinateurs portables pour chercher des indices dans le fiasco qu'était devenu OPI. Et ils recommencèrent le lendemain.

La seule chose remarquable qui advint durant ces deux jours fut l'arrivée d'un homme, le matin, qui venait nourrir les chevaux et les sortir dans le pré. À l'heure du dîner, il se montra à nouveau et fit rentrer les animaux dans l'écurie pour la nuit. Mais il n'approcha ni la maison ni les granges. Et il n'y avait toujours aucun signe de vie dans la maison. Personne ne s'engagea dans le chemin d'accès et personne n'en sortit.

À la fin de la deuxième journée, Keira et Lance s'assirent à la table de la cuisine pour dîner. Keira avait préparé un ragoût de bœuf aux carottes et aux pommes de terre, grâce à des courses faites le jour précédent sur un petit marché. Ils avaient compris rapidement que les sandwichs arc-en-ciel n'allaient pas leur suffire, même pour un court séjour.

Lance posa sa serviette en papier sur son assiette et s'adossa à sa chaise.

— Ou bien j'étais affamé, ou vous êtes une formidable cuisinière, madame Sloane.

— Sans doute un peu des deux. Je sais faire une ou deux choses en cuisine quand je m'y mets. Et nous étions tous les deux fatigués des cochonneries.

Elle tendit la main pour prendre son assiette vide, mais il l'arrêta.

— C'est moi qui m'occupe de la vaisselle, dit-il. C'est le moins que je puisse faire après ce délicieux repas que tu as préparé. Mais commençons par notre appel quotidien à Trent. J'espère qu'il a découvert quelque chose. De notre côté, c'est zéro sur toute la ligne.

— Ça marche.

Elle poussa leurs assiettes de côté et s'assit à côté de lui.

Trent répondit à leur appel, et Lance activa le haut-parleur pour le mettre au courant de leurs progrès, inexistants.

Lance ajouta :

— J'ai aussi essayé de tracer les téléphones de Sam et Levi, mais celui que j'avais enregistré pour Levi au moment où nous sommes entrés dans la clandestinité n'est plus actif. Ou bien il est éteint ou bien il a été détruit.

— Nous avons fait la même chose, dit Trent. Nous avons demandé les relevés d'appels aux opérateurs, grâce à une injonction obtenue par Russo. Ton équipe a adopté les portables prépayés, c'est tout ce que je peux dire. Nous avons fait chou blanc. Levi est passé complètement sous les radars. Il n'est retourné nulle part où nous aurions pu le repérer. Et d'après ce que tu dis, il n'est pas allé non plus à la propriété de Sam. Ça m'énerve de le reconnaître, mais nous sommes dans l'impasse, à moins que quelque chose ne révèle l'endroit où il se cache. Vous allez poursuivre la surveillance demain ou changer de plan ?

Lance regarda Keira.

— Qu'est-ce que tu en penses ?

Elle haussa les épaules.

— Sans autre piste, je suis encline à tenter une journée de plus.

— C'est entendu, alors, approuva Lance. Après cela, il nous faudra trouver une nouvelle planque. Même si nous utilisons des pseudonymes pour les comptes Internet, les retraits de liquide et les téléphones prépayés, nous laissons tout de même des traces électroniques. Ça me rend nerveux. Je préférerais bouger. Mais je suis d'accord avec Keira, il faut essayer encore demain. Je pensais vraiment que Levi viendrait ici. Et je ne sais pas où le chercher ailleurs pour l'instant. Vous avez autre chose sur le lien avec la Sécurité intérieure ?

— Une bonne et une mauvaise nouvelle de ce côté. La bonne, c'est que nous avons fini notre enquête sur les deux types sur lesquels nous nous focalisions. La mauvaise, c'est qu'aucun des deux n'est la taupe. Nous allons devoir tout réexaminer, pour voir si nous avons raté quelque chose. Mais il s'avère que plusieurs victimes de ces meurtres consécutifs à vos enquêtes avaient des liens présumés avec le crime organisé. Si c'est le point commun, alors une taupe au département de la Justice serait plus logique que quelqu'un de la Sécurité intérieure. Il pourrait appartenir au FBI ou même aux US Marshals, et transmettre les infos à un chef de la mafia pour qu'il les fasse abattre. Ce qui ferait de tout cela une simple affaire d'argent. Il s'enrichit et la mafia protège ses hommes, qui iraient en prison si les témoins étaient encore en vie.

— Le FBI, dit pensivement Lance. J'ai étudié cette hypothèse, mais je n'ai pas trouvé d'élément probant.

— Comme je l'ai dit, il a fallu creuser en profondeur. Nous avons mobilisé les ressources de Russo, notre intermédiaire avec le Bureau fédéral du Tennessee et ses liens avec le département de la police de Floride, de même que l'influence considérable de notre patron auprès de gouverneurs et de politiciens. C'est seulement grâce à leur travail que nous avons obtenu les injonctions de produire les pièces dont nous avions besoin, et en un temps record, dois-je ajouter. Nous avons obtenu des informations que nous n'aurions jamais eues autrement. Tu n'aurais pas trouvé ce lien tout seul, crois-moi.

— Ça me rend quand même malade de ne pas l'avoir fait. Je vais réétudier mes interactions avec le FBI dans les dossiers OPI et voir si je peux en tirer quelque chose.

— Bonne idée.

Lance se tourna vers Keira.

— Tu veux ajouter quelque chose ? Une suggestion sur la manière d'avancer ?

Elle s'éclaircit la gorge, nerveuse à l'idée de soulever la question. Lance sourit.

— N'aie pas peur de nous faire part de ce que tu as découvert. Tu as pu relever un indice qui nous aidera à compléter le puzzle.

— J'en doute, mais d'accord, il y a bien une chose que je voudrais mentionner. Et la seule raison pour laquelle j'en parle, c'est que Trent a fait allusion au département de la Justice. Ça pourrait vouloir dire que n'importe quel lien avec le FBI est important, alors...

Elle inspira fortement.

— Hier soir, je me suis intéressée à... euh... ton ex-petite amie, Ileana Sanchez. Ou plutôt Ileana Vale, de son nom d'épouse.

Devant le regard dubitatif de Lance, elle se hâta d'expliquer :

— Je me suis dit que tu aurais du mal à être objectif sur ce point, et j'ai voulu vérifier que ce n'était pas elle qui espionnait les missions d'OPI. Tu ne l'as pas mentionnée parmi ceux qui ont pu doubler ton équipe et...

Il leva la main pour l'arrêter.

— Tout va bien, Keira. Tu n'as pas besoin d'expliquer pourquoi tu as effectué des recherches sur elle. C'est logique de tout passer en revue. La raison pour laquelle je n'ai pas parlé d'elle, c'est qu'elle n'avait pas accès aux dossiers d'OPI. Je ne lui ai jamais donné mon identifiant ni mon mot de passe. Et je n'ai jamais parlé de nos affaires avec elle.

— Je n'en attendais pas moins de toi, assura-t-elle. Mais tu n'es pas le seul à avoir pu laisser fuiter un accès au système informatique d'OPI, et pas délibérément. Elle est restée avec toi plusieurs années. Elle devait se rendre aux soirées organisées par la boîte pour les enquêteurs et leurs moitiés, n'est-ce pas ? Elle connaissait les autres ? Elle était amie avec certains ou certaines ?

Lance resta silencieux un instant, puis hocha lentement la tête.

— Oui. Elle s'était fait des amis parmi eux. Mais tout le monde connaissait les règles. Pas de discussion sur les affaires avec quelqu'un d'extérieur à l'équipe.

Au téléphone, Trent intervint :

— Les règles sont faites pour être transgressées, Lance. Tu as reconnu avoir gardé le contact avec les autres bien que vous vous soyez mis d'accord pour vous disperser et ne jamais essayer de vous recontacter. Surtout au début, quand tu as compris que quelqu'un se servait de vos informations pour cibler des gens et les exécuter.

Lance se gratta la mâchoire.

— Même si tu as raison, et qu'elle a réussi d'une manière ou d'une autre à pousser quelqu'un de l'équipe à parler, elle n'aurait pas eu le pouvoir ou les contacts pour faire quoi que ce soit de ces informations.

Keira s'éclaircit à nouveau la gorge.

— Elle s'est mariée peu de temps après les événements à OPI. Son mari s'appelle Hudson Vale. Il dirige actuellement le bureau du FBI à New York.

Trent siffla.

— Si Vale est notre homme, c'est peut-être le lien qu'on cherchait.

— Je n'ai jamais entendu parler d'Hudson Vale, dit Lance, l'air peu convaincu. Tu as effectué des recherches sur lui aussi ?

Elle acquiesça.

— Il était assistant dans le même bureau que les directeurs du FBI que tu avais dans le collimateur. S'il n'était pas au sommet, il avait bien accès, au moins géographiquement, aux bureaux des gros poissons. S'il est corrompu, s'il a des contacts avec des membres du crime organisé, ce serait intéressant de l'étudier d'un peu plus près. Peut-être que Trent et l'équipe d'UB peuvent creuser dans cette direction et voir s'ils récoltent quelque chose ?

— Lance, intervint Trent, si tu as un avis tranché sur la question, je m'en tiendrai là.

Il fronça les sourcils.

— Au contraire, tu devrais approfondir. Keira a fait du très bon boulot en découvrant un lien potentiel avec quelqu'un du FBI. Mais je ne suis toujours pas convaincu qu'Ileana ait pu avoir accès à des informations. Ce que mon équipe aurait pu raconter, même après quelques bières, est forcément limité.

Keira noua ses mains sur la table.

Lance haussa les sourcils.

— Quoi ? Il y a encore autre chose ?

— Juste un truc que je voudrais souligner et qui va dans le sens de ce que tu viens de dire. Au siège d'UB, quand tu nous racontais comment tu avais débuté chez OPI, tu as dit que tu avais suivi une filière de criminologie à l'université. Tu as dit aussi qu'Ileana étudiait les technologies de l'information, en particulier la programmation. Je me demandais seulement à quel point elle était bonne, et si elle a pu être tentée d'utiliser ses compétences pour, eh bien, pirater. Si oui, elle aurait pu pirater ton ordinateur OPI. Vous... viviez ensemble à un moment donné ? Dans un appartement où elle aurait pu avoir accès à ton ordinateur quand tu étais absent ou en train de dormir ?

Lance remua la mâchoire comme s'il serrait les dents. Finalement, il hocha la tête.

— Nous avons partagé un appartement quand j'étais en dernière année. Et quand j'ai acheté une maison, elle allait et venait selon l'état de notre relation à l'époque. J'ignore totalement si elle est assez habile pour avoir piraté le système informatique d'OPI. Mais elle en aurait eu effectivement l'occasion, à de nombreuses reprises.

Trent combla le silence embarrassé qui venait de s'installer.

— Nous allons sauter là-dessus et examiner ce qu'a découvert Keira. J'aurai au moins un début de réponse à vous donner demain. Autre chose ?

Lance regarda Keira. Elle secoua la tête.

— Non. C'est tout. Merci, Trent.

Il raccrocha et fourra le téléphone dans sa poche. Mais au lieu de se lever, il resta assis, le regard perdu dans le vide.

Keira ne savait trop que faire. Elle sentait sa colère, la tension dans son corps. Cela l'attristait de l'avoir bouleversé. Sans aucun doute, il se remémorait son ancienne petite amie, dans les bons moments comme dans les mauvais. Le mieux était peut-être de le laisser tranquille.

Se levant, elle emporta silencieusement les assiettes dans l'évier. Après les avoir rapidement rincées, elle les rangea dans le lave-vaisselle. Elle nettoierait le reste plus tard, quand il aurait quitté la cuisine. En se retournant, elle fit un petit bond de surprise. Il se tenait juste derrière elle. Ses traits étaient tirés, et le bleu de ses yeux semblait plus sombre que d'ordinaire sous ses sourcils froncés.

— Je suis désolée de m'en être mêlée, dit-elle après s'être gratté la gorge. J'essayais de travailler systématiquement, de m'assurer que nous n'avions rien manqué. Mais j'aurais probablement dû te demander d'abord…

Il l'attira doucement contre lui et posa la joue sur sa tête. Elle en fut si surprise qu'elle n'eut pas le réflexe de l'enlacer à son tour. Elle resta immobile, pétrifiée, sans savoir que penser.

— Non, Keira, murmura-t-il en lui caressant le dos. Tu n'avais pas besoin de me demander ni de t'excuser. Tu as fait exactement ce que j'aurais dû faire, et je suis ravi que tu l'aies fait.

Il la relâcha et fit un pas en arrière.

— Les sentiments que j'avais autrefois pour Ileana sont morts depuis des années. Je ne suis pas contrarié que tu aies ramené son souvenir. Je suis contrarié que tu aies dû le faire parce que j'ai manqué de zèle. Je n'ai pas fait assez d'efforts. J'aurais dû…

Il secoua la tête.

— Ce que je veux dire, c'est que mon ego n'acceptait pas d'envisager que j'aie commis l'erreur, ou mon équipe, de la laisser accéder à nos dossiers par l'intermédiaire de l'un de nous. J'ai toujours supposé que c'était un des collaborateurs de ces agences qui avait pris connaissance des affaires sur lesquelles nous travaillions. Faire des suppositions, c'est mon point faible. Aucune des personnes que je soupçonnais n'est la taupe. Et maintenant, tu viens d'ouvrir une toute nouvelle piste quant à la manière dont l'information a pu fuiter.

Il finit par sourire.

— Si tu as besoin un jour d'une recommandation pour appuyer ta promotion comme inspectrice, je serai heureux de t'en fournir une. Tu as fait la preuve que tu es meilleure détective que moi.

Elle faillit s'étouffer en entendant cela et eut une quinte de toux.

— Euh, non. Je ne suis pas meilleure. Mais j'apprécie le compliment et l'offre.

Il pencha la tête.

— Tu sembles bien hésitante.

— Je viens juste de... Eh bien, honnêtement, je me demande si la police est bien ce qu'il me faut. Plus j'y pense, moins j'ai envie de reprendre mon poste. C'était une manière de guérir pour moi, de sentir que je contrôlais les choses après qu'on m'a volé ce pouvoir à l'adolescence. Mais je ne tire pas de mon travail les satisfactions auxquelles je m'attendais.

— Tu as les compétences nécessaires, Keira. Ne laisse personne te dire le contraire. Maple Falls n'est peut-être pas le bon endroit pour les exercer. Quoi que tu fasses, j'espère que tu ne prendras pas de décision trop rapide. Réfléchis bien avant de renoncer à une carrière qui pourrait te donner beaucoup plus de satisfactions – au bon endroit et avec le bon patron.

— J'apprécie ton conseil.

— Ou tu penses que ce ne sont pas mes affaires.

Elle rougit, et il se mit à rire.

— Maintenant que c'est réglé, mettons-nous au travail.

— Oui. La vaisselle.

Elle se détourna mais il lui prit la main, l'immobilisant.

— Je t'ai dit que je m'en occupais. Mais ça peut attendre. Le travail dont je parlais est de trouver Levi. Même si Ileana est à l'origine de la fuite chez OPI, je ne suis pas convaincu que Levi ne soit pas impliqué aussi, ou responsable du meurtre de Sam.

— Parce qu'il lui a volé son identité.

— Exactement. Quarante-huit heures de surveillance ne nous ont fourni aucune piste. Plutôt que de passer encore un jour à faire la même chose, je suggère que nous opérions une surveillance nocturne. Peut-être n'est-il présent que le soir ? Nous n'avons pas vu trace d'allées et venues en voiture, en dehors de l'homme qui s'occupe des chevaux. Mais s'il faisait comme nous, à savoir entrer par-derrière ? Et seulement la nuit ? C'est quelque chose qu'il faut vérifier. Nous pouvons nous garer hors de la propriété et traverser le bois, cette fois.

Elle contempla l'obscurité au-delà de la fenêtre de la cuisine. D'une main chaude, Lance la força à se tourner vers lui.

— Si ça te met mal à l'aise d'être dehors la nuit, je peux y aller seul. Je comprends tout à fait pourquoi tu as peur du noir.

Elle frissonna.

— Ce n'est pas le noir qui me fait peur, ce sont les gens qui s'y cachent. En plus, il fait très froid, cette nuit. Tu as vu la météo ? Il pourrait même neiger à l'aube.

— Comme je l'ai dit, je peux y aller seul.

Elle lui donna un petit coup sur le bras.

— Qu'est-ce que c'était que ça ?

Il feignit de se frotter le bras comme si elle lui avait fait mal. Elle leva les yeux au ciel.

— Tu n'iras pas tout seul. Je suis ton bras droit. Nous allons enfiler des tas de vêtements et emporter des couvertures. Mais si mes pieds commencent à geler, nous partirons.

— Marché conclu. Décollage dans dix minutes.

Elle rit, et ils se dirigèrent tous deux vers l'escalier.

La lune brillait assez pour qu'ils y voient clair. Cela compensait l'absence totale de lumière dans la propriété. Mais après deux heures passées assise sur le sol, Keira frissonnait sans interruption. En grognant, Lance allongea ses jambes de chaque côté d'elle. Il l'attira contre sa poitrine et les enveloppa tous deux dans les couvertures qu'ils avaient apportées pour former comme un cocon.

Son haleine chaude effleura sa joue quand il se pencha pour lui demander à l'oreille :

— C'est mieux ?

Oh oui ! La chaleur de son corps la réchauffait tout entière, transformant ses hormones en un flot de lave en fusion. Tout ce qu'elle avait à faire, c'était s'adosser à lui, défaire la fermeture Eclair de son jeans et ils pourraient…

— Keira ? Si tu as encore froid, on peut s'en aller.

— Quoi ? Oh non ! Ça va… beaucoup mieux maintenant. Merci.

Il se pencha à nouveau en avant, lui jetant un regard dubitatif.

— Si tu recommences à frissonner, nous partons.

— Ça n'arrivera plus. J'ai chaud maintenant.

Je brûle.

Il l'observa un instant, comme s'il attendait un autre frisson. Voyant qu'elle ne tremblait plus, il se redressa et noua les bras sur son ventre.

Ils restèrent ainsi si longtemps qu'elle commença à avoir trop chaud. Malgré son plaisir à être ainsi enlacée, elle était sur le point de lui demander de reculer un peu avant qu'elle commence à transpirer. Mais un bruit s'éleva alors dans la nuit. C'était un bruit mécanique, un son familier qu'ils n'avaient pas entendu depuis qu'ils avaient entamé leur surveillance.

Elle se retourna pour le regarder.

— Le condensateur vient de se mettre en route.

Il hocha la tête, repoussant les couvertures à la hâte.

— Quelqu'un a allumé le chauffage. Voyons voir qui est à la maison.

Quelques minutes plus tard, ils se tenaient de chaque côté de la porte de service, pistolets dégainés. Keira ne put s'empêcher de comparer la situation à celle qu'elle avait vécue devant la chambre de motel de Rick. Elle espéra de toutes ses forces qu'ils ne découvrent pas la même scène affreuse.

Lance énonça silencieusement le compte à rebours en levant les doigts de la main. *Trois. Deux. Un.* Prenant son élan, il donna un grand coup de pied dans la poignée. Le chambranle craqua et la porte s'ouvrit toute grande. Ils s'engouffrèrent dans la maison, balayant l'espace de leurs armes. Un homme brun et pâle se tenait sur le canapé, dans le salon. Le clair de lune se déversant par la porte tombait sur son visage à l'air terrifié.

Lance pointa son arme sur sa tête.

— Un seul geste, Levi, et je te tue comme tu as tué Sam.

17

Levi ne bougea pas, ne levant même pas les mains. Keira n'était pas sûre qu'il respire encore.

— L'interrupteur pour la lumière ? demanda-t-elle.

Levi ne dit rien. Il fixait simplement Lance.

— Derrière moi, dit ce dernier. À gauche. À moins qu'on ait rénové la maison depuis ma dernière visite.

L'interrupteur était bien là. Elle l'actionna et des spots encastrés dans le plafond illuminèrent le salon et une petite kitchenette sur la gauche.

— Couvre-moi, dit Lance en rengainant son arme.

— C'est bon.

Elle orienta son pistolet dans la direction de Levi, en prenant garde à ne pas avoir Lance en ligne de mire. Il fit lever l'autre homme et le fouilla.

Lance retira un pistolet de la poche de Levi et un couteau d'un étui fixé autour de sa cheville. Après les avoir empochés, il ordonna :

— Assieds-toi.

Levi obéit lentement, le regard volant de Lance à Keira et retour.

— S'il s'agit de Sam, je jure au nom du ciel que je ne l'ai pas tué.

— C'est ça, dit Lance d'une voix tranchante. C'était juste un hasard si tu étais à Newtown en même temps que lui, que tu l'as vu se faire tuer et que tu as pris ses papiers.

Levi écarquilla les yeux.

— C'est exactement ce qui s'est passé ! Sauf que ma présence n'était pas un hasard. Nous étions amis. Je lui rendais visite. Nous marchions sur le trottoir et une voiture aux vitres teintées s'est arrêtée. La vitre côté passager s'est ouverte et, *bam, bam*, Sam est tombé. J'ai couru m'abriter derrière un bâtiment. Dès que le tireur est parti, je me suis précipité vers Sam. Mais il n'y avait plus rien à faire. Il était… il était mort.

Les yeux de Levi miroitèrent de larmes contenues.

— Je n'avais pas la moindre idée de qui l'avait tué, continua-t-il, alors j'ai échangé nos papiers au cas où ils reviendraient pour moi. Sam réside… résidait à Newtown. On ne l'aurait donc pas cherché ailleurs, mais moi, j'habitais à Rochester et je fréquentais de nombreux endroits. Je ne vivais pas exactement en autarcie. Je me suis dit que, si je me faisais passer pour Sam, et si je ne visitais aucun lieu connu, ils ne sauraient pas où me trouver. Je devais agir comme si j'étais réellement mort.

— *Ils* ? Qui est ce « ils » ?

— Aucune idée. Les mêmes qui s'en prenaient à nous à l'époque d'OPI, j'imagine. J'avais sincèrement cru que tout ça était derrière nous. Je ne connaissais personne d'autre qui aurait voulu tuer Sam, j'ai pensé que le passé nous avait rattrapés. Et comme je ne savais pas non plus comment ils l'avaient retrouvé, j'ai pensé qu'ils pouvaient aussi bien me débusquer, moi. C'est pourquoi j'ai pris la fuite. Je suis venu ici pour me cacher et réfléchir à l'étape suivante.

Lance le dévisagea avec intensité, comme s'il soupesait ses paroles. Keira ne connaissait pas Levi et ne pouvait juger si ces réactions étaient typiques. Mais, pour elle, chacune des paroles qu'il avait prononcées portait le sceau de la vérité. Elle ne pensait pas qu'il soit impliqué dans le meurtre de son ami, ce qui voulait dire qu'il ne l'était pas non plus dans les tentatives de meurtre contre Lance et elle à Gatlinburg.

— Et Rick ? lança Lance. Tu l'as tué aussi ?

Levi bondit sur ses pieds. Lance dégaina si vite qu'on vit à peine son mouvement.

— Assieds-toi.

Des larmes roulèrent sur les joues de Levi lorsqu'il se rassit.

— Rick est mort ? Comment ?

— À toi de me le dire.

— Je n'en sais rien, je te le jure.

Levi transpirait et tenait les yeux au sol, comme s'il avait honte. Il cachait quelque chose. Mais Keira ne pouvait toujours pas se le représenter tuant Rick. Il semblait trop dévasté.

Comme s'il avait lu dans ses pensées, Lance reprit :

— Tu caches quelque chose, Levi. Si tu veux survivre à cette nuit, dis-nous la vérité. Toute la vérité.

Levi poussa un juron, le regard assombri par la colère.

— Ça suffit, Lance, d'accord ? Si tu ne me crois pas, tue-moi, vas-y. Je suis fatigué d'être accusé d'avoir tué mes amis.

— Qu'est-ce que tu caches ?

Lance ne montrait aucune réaction à la colère de Levi et ne témoignait pas non plus d'indulgence.

Levi jura à nouveau.

— Rick se faisait une religion de rester dans la clandestinité, en se servant de pseudonymes et de téléphones prépayés. Il faisait plus attention que Sam et moi. Mais il est venu à Newtown quand on a annoncé ma mort aux nouvelles. Avant que tu poses la question, oui, je suis resté quelques semaines en ville après la fusillade, et c'est pour ça que je savais que Rick était là, posant des questions. Je surveillais la réapparition de cette voiture, celle du tireur. S'il s'était montré, je l'aurais abattu. Mais il ne l'a pas fait. Et Rick est parti peu après. Je ne l'ai jamais revu, et je ne pense pas que lui-même m'ait repéré. Je ne sais pas où il est allé. Et je ne savais certainement pas qu'il était mort. Que s'est-il passé ?

Lance ne répondit pas.

Keira prit l'homme en pitié.

— Il a été abattu. De manière similaire à Sam.

Il ferma les yeux, souffrant visiblement. Lorsqu'il les rouvrit, ils étaient rouges.

— Il a souffert ?

Lance rengaina lentement son arme, indiquant à Keira qu'il acceptait enfin l'histoire de Levi.

— J'étais là quand il est mort, dit-elle. Il est parti... en paix.

Ce mensonge pesait sur sa conscience, mais elle ne voulait pas blesser cet homme davantage.

Lance approuva d'un léger signe de tête, lui faisant comprendre qu'il appréciait sa compassion.

Il s'assit à côté de Levi et lui posa une main sur l'épaule.

— Je suis désolé, vieux. Quand j'ai découvert que c'était Sam qui avait été tué et que tu avais échangé vos papiers, je me suis dit que ce devait être toi, la taupe au sein d'OPI.

Levi se rembrunit.

— Une taupe chez OPI ? J'ai toujours pensé que le coupable était l'une des huiles des agences avec qui nous travaillions. Tu penses à une trahison en interne ?

— C'est une longue histoire. Mais Mme Sloane et moi...

— Keira, corrigea-t-elle en souriant à Levi.

Celui-ci hocha la tête sans lui rendre son sourire. Il semblait assommé par la nouvelle du meurtre d'un autre de ses amis. Elle ne pouvait certainement pas le lui reprocher.

— Keira et moi, reprit Lance, de même que certaines personnes avec qui je travaille, avons examiné les raisons pour lesquelles le passé est revenu nous hanter.

— Nous ? Quelqu'un s'en est pris à toi ?

Lance acquiesça.

— À moi et à Keira. Elle travaillait sur l'affaire de Rick. Comme je l'ai dit, c'est une longue histoire. Mais nous pensons que quelqu'un, au FBI, et une autre personne, chez OPI ou proche d'OPI, collaboraient pour transmettre des informations aux chefs du crime organisé. Mon équipe est probablement à quelques jours d'obtenir des preuves.

— C'est absurde. Je veux dire, tant mieux si tu es sur le point de résoudre l'énigme après tant d'années. Mais c'est dingue, et totalement terrifiant, d'imaginer que quelqu'un de chez OPI travaille contre nous. Et veut encore nous tuer.

Levi fourragea dans ses cheveux, qui avaient bien besoin d'une coupe.

— D'abord Murphy, puis Allen, Sam, Rick. Mick aussi, bien sûr.

— Mick ? Il est mort ?

Levi hocha la tête.

— Il y a quelques jours à peine, d'après ce que j'ai entendu dire. Un cancer. Sam aussi avait un cancer. Il ne lui restait pas beaucoup de temps, quelques mois tout au plus. Il voulait profiter de la vie, cesser de se cacher. Et c'est pourquoi il a contacté Ileana. Il était fatigué et souhaitait passer le reste de ses jours avec ses amis. Il voulait revenir à Wingo, à ses chevaux.

Il secoua la tête.

— Maintenant, c'est trop tard.

Il releva les yeux pour regarder Lance.

— Tu ne savais pas pour Mick ? Tu as pourtant l'air de tout savoir.

Lance secoua la tête, sans réagir à l'amertume évidente de Levi.

— Je l'ignorais. Notre équipe a été décimée.

Levi sourit pour la première fois.

— J'imagine que ça rend plus facile de déterminer qui nous espionnait chez OPI. Mais que je sois damné si j'arrive à imaginer Brett, Melissa ou Jack faisant fuiter des informations pour qu'on assassine des gens.

Il jeta un regard neutre à Lance.

— Et ce n'est certainement pas moi.

Lance sortit le pistolet et le couteau confisqués de la poche de sa veste et les tendit à Levi.

— Je sais. Et je suis désolé de t'avoir infligé tout ça ce soir. J'avais besoin d'une certitude.

Levi le dévisagea un long moment, puis hocha la tête et prit ses armes. Après avoir remis le couteau dans son étui et glissé le pistolet dans la poche de son pantalon, il questionna :

— Tu disais que tu saurais bientôt qui est à l'origine de tout ça ? Sur qui tu paries chez OPI ? Brett, Melissa ou Jack ?

— En fait, Keira a une théorie qui tient la route. Nous avons joué avec l'idée que ça pourrait être…

Des phares illuminèrent les stores des fenêtres en façade. Lance se pencha par-dessus le canapé et scruta l'extérieur.

— Une voiture arrive, très vite.

— Seulement une ? questionna Keira.

Il acquiesça et continua de regarder tandis que les phares se détournaient des fenêtres.

Quelques instants plus tard, un bruit de moteur indiqua que la voiture s'approchait de la maison. Puis le moteur fut coupé, ne laissant qu'un silence de mauvais augure.

18

Un coup sonore se fit entendre à la porte principale. Lance fit signe aux autres de se taire. Il savait exactement de qui il s'agissait. Mais il ignorait encore si c'était la taupe ou un simple fantôme de son passé.

Il articula silencieusement les mots *Reste ici* à l'intention de Keira. Le pistolet braqué vers le sol, il se dirigea vers la porte de service qu'il avait enfoncée et se glissa dans l'obscurité. Il fit prudemment le tour de la maison par la gauche, restant caché du visiteur le temps d'évaluer la situation.

Le calme de la nuit n'était rompu que par les cliquetis du moteur de la voiture qu'il ne pouvait pas voir. Le clair de lune ne révélait aucune silhouette. De nouveaux coups furent frappés à la porte d'entrée. Et une voix que Lance avait espéré ne plus jamais entendre de sa vie s'éleva.

— Levi, tu es là, n'est-ce pas ? Allez, c'est moi, Ileana. Ouvre. Il faut que je te parle.

Lance profita de l'obscurité pour courir derrière la voiture, une Mercedes de couleur sombre. Il jeta un coup d'œil par la vitre arrière, puis la vitre avant, bien qu'il soit difficile de voir à cause du verre teinté. Aucun mouvement n'attira son attention. Et personne ne lui tira dessus. La voiture était donc vide. À moins que quelqu'un soit caché dans le coffre, elle était venue seule. Ou bien il y avait d'autres gens dans les bois, invisibles et inaudibles.

— Levi, s'il te plaît ! Ouvre la porte !

Ileana frappa à nouveau.

Espérant qu'il ne se trompait pas et qu'elle était effectivement seule, Lance se glissa derrière elle et pressa le canon de son arme à l'arrière de sa tête.

Elle se figea, la main encore en l'air.

— Qu'est-ce que tu veux, Ileana ? demanda-t-il d'une voix tranchante.

Elle se raidit et se retourna lentement, les yeux écarquillés.

— Lance ?

Elle regarda derrière lui, puis à gauche et à droite, comme si elle s'attendait à la présence d'autres personnes.

— Que fais-tu ici ?

Elle fronça les sourcils.

— Et pour l'amour du ciel, baisse ce pistolet. Je ne suis pas un cambrioleur ou ce que tu penses.

— Tu n'as pas la moindre idée de ce que je pense. Que veux-tu ?

Il braqua l'arme sur sa taille et elle y jeta un œil courroucé.

— Je peux au moins baisser les mains ?

— Non.

Elle jura et le traita de noms d'oiseaux. Ce n'était certainement pas la première fois qu'il les entendait dans sa bouche.

— Je ne te le redemanderai pas, l'avertit-il.

— Je suis venue voir Levi. Il est là ou non ?

La porte s'ouvrit derrière elle, et Levi apparut dans l'encadrement.

— Je suis là, dit-il.

Elle fit volte-face.

— Oh mon Dieu ! Est-ce que tu vas bien ? Je m'inquiétais tellement ! J'ai cru qu'il t'avait tué aussi.

Elle sourit et tendit les bras comme pour l'étreindre. Levi leva la main pour l'arrêter.

— Attends.

Elle laissa lentement retomber ses bras.

— Que se passe-t-il ? Et pourquoi me traitez-vous tous les deux comme si j'étais une inconnue ?

— Keira, appela Lance.

— Juste derrière toi.

Il regarda par-dessus son épaule, surpris de la voir se relever derrière la voiture, son pistolet dégainé.

— Tu m'as suivi ?

— Je suis ton bras droit. Un jour, tu apprendras à cesser de me dire d'attendre pendant que tu vas au-devant du danger.

— Visiblement, j'apprends lentement.

— Ça, c'est sûr, répliqua-t-elle avec un clin d'œil.

Il gloussa.

— J'allais te demander de bien vouloir fouiller Ileana.

— Me fouiller ? glapit l'intéressée. Qu'est-ce que ça veut dire ? Qui êtes-vous, d'ailleurs ? La future ex de Lancelot ?

Elle ricana.

— Je m'appelle Keira Sloane, officier de police, se présenta-t-elle en contournant Lance. Je dois vérifier si vous êtes armée.

— Quoi ? Pas question ! Ne me touchez pas, espèce de petite…

Keira attrapa les bras d'Ileana, la fit pivoter et la palpa soigneusement tandis qu'Ileana ne cessait de proférer des jurons bien sentis. Keira se redressa et tendit la main.

— Votre sac.

Ileana le serra contre sa poitrine.

— Non. C'est ridicule. Je m'en vais.

Elle se tourna vers sa voiture. Mais au moment où elle dépassait Keira, celle-ci lui arracha son sac.

— Je suppose que vos clés sont dedans, dit-elle. Je vais le mettre à l'intérieur.

Elle gravit les marches deux par deux, effleurant Levi au passage.

— Vous n'avez pas le droit de me traiter comme ça ! bredouilla Ileana, en rage. Il faudra que vous en rendiez compte !

Lance rengaina son arme et lui fit signe d'entrer. Soufflant d'un air méprisant, elle marcha sur Levi.

— Tu vas les laisser me traiter comme ça ?

Levi regarda Lance d'un air indéchiffrable.

— Lance a ses raisons. Je suis sûr qu'il va nous les expliquer.

Il posa une main dans son dos et la poussa vers la porte.

Après un dernier regard alentour, Lance entra lui aussi dans la maison et verrouilla la porte derrière lui.

— Elle a une arme dans son sac, dit Keira en lançant l'objet sur l'îlot de cuisine.

— Je suis une femme et je voyage seule, rétorqua Ileana. Évidemment que j'ai une arme. Vous êtes mal placée pour me le reprocher, qui que vous soyez. Tout le monde ici est armé, sauf Levi.

Levi ne se donna pas la peine de rectifier.

— Tu as un œil au beurre noir, observa-t-il.

— Merci d'énoncer l'évidence, répliqua-t-elle.

Il s'approcha d'elle, visiblement préoccupé.

— Que t'est-il arrivé ?

Elle arqua un sourcil.

— Le poing de mon mari. Ce n'est pas la première fois.

Levi l'attira sur le canapé et s'assit à côté d'elle.

— Tu ne m'as jamais dit, ni à Sam, qu'il te frappait.

— Ce n'est pas quelque chose dont on se vante, en général.

— Tu as besoin de glace ? demanda Lance.

Il s'efforçait de bien se conduire, alors qu'il n'avait qu'une envie, menotter Ileana et l'interroger.

— Tu as enfin retrouvé tes manières, Lancelot ?

Il grinça des dents.

— Ne m'appelle pas comme ça.

— Peu importe. Non, je n'ai pas besoin de glace. Comme je l'ai dit, mes... difficultés avec mon mari ne sont pas nouvelles. Et ce ne sont pas vos affaires. Ce n'est pas pour ça que je suis ici.

— Pourquoi alors ? Et comment savais-tu que Levi serait là aussi ?

Au bruit de l'eau courante, ils tournèrent tous les yeux vers la cuisine. Keira venait de mouiller une feuille d'essuie-tout et l'essorait. Elle ajouta quelques gouttes de savon liquide dessus et revint vers Ileana.

— Qu'est-ce que vous voulez ? lança celle-ci.

— Une preuve.

Keira frotta l'essuie-tout sur l'œil au beurre noir d'Ileana.

Celle-ci poussa un cri et repoussa sa main.

— Qu'est-ce qui vous prend ? Vous êtes sadique ou quoi ? Pourquoi vous avez fait ça ?

Elle se tapota l'œil.

— Ça fait un mal de chien, espèce de sorcière. Et vous m'avez mis du savon partout.

— On m'a déjà traitée de pire, dit Keira.

Elle tendit l'essuie-tout à Lance pour qu'il l'inspecte.

— Pas de maquillage. Ce n'est pas une blessure feinte.

Lance sourit jusqu'aux oreilles.

— Bonne initiative.

Keira lui rendit son sourire et alla jeter la boule de papier.

Levi se plaça devant Ileana, assise sur le canapé, avec une expression d'inquiétude. Elle continuait de frotter son œil.

— Il se passe… des trucs, ici. Je suis désolé que tu y sois mêlée. Ce n'était pas le bon moment pour une visite…

— Il est 3 heures du matin, déclara Lance. Ce n'est pas une simple visite. Pourquoi es-tu venue et comment savais-tu que Levi serait là, Ileana ?

Levi se rembrunit devant le soupçon qu'impliquait le ton de Lance, mais n'intervint pas.

Ileana, quant à elle, semblait déçue qu'il laisse Lance lui parler ainsi. Mais elle semblait aussi comprendre que refuser de s'expliquer ne la mènerait nulle part.

— J'espérais qu'il serait là, mais je n'en étais pas sûre. Je l'ai cherché partout. Et je l'ai appelé un million de fois, en vain. Soit son téléphone est éteint, soit il ne marche pas. Cette ferme appartient à la famille de Sam. J'espérais l'y trouver mais sans trop y croire.

Elle posa une main sur la cuisse de Levi.

— Je suis tellement soulagée qu'il ne te soit rien arrivé… Hudson a fouillé dans mon téléphone et découvert ma liaison avec Sam. Il l'a assassiné. Et il s'en est vanté devant moi.

Cette fois, elle se tamponna les deux yeux, lesquels brillaient comme si elle retenait ses larmes.

— Quand il a appris ta mort dans une agression, il était furieux. Il a dit qu'il avait dû se tromper de type. Depuis, il est sur le sentier de la guerre. Il pense que tu es Sam, à cause de votre ressemblance. S'il te trouve, il t'éliminera aussi.

— Tu es venue m'avertir ?

— Bien sûr. Quelle autre raison aurais-je ? Hudson est enfin parti pour un déplacement professionnel. C'est la première fois que j'ai l'occasion de m'échapper depuis des mois.

Elle désigna son œil au beurre noir.

— Bien sûr, il m'a fait ça en cadeau de départ, une manière de me dire de n'aller nulle part.

Levi lui tapota l'épaule.

— Tu aurais dû me parler de lui. Ou en parler à Sam. Nous t'aurions aidée. C'est peut-être une grosse légume du FBI, mais il aura quand même ce qui lui revient. Nous obtiendrons justice pour Sam, et pour toi. Je sais que tu avais vraiment de l'affection pour Sam.

Elle renifla.

— Bien sûr que oui. Ne pas vous dire ce que Hudson me faisait, c'était pour vous protéger. Je voulais m'occuper de ça seule. Mais il l'a quand même découvert. Et je n'ai pas pu... Je n'ai pas pu protéger Sam.

Elle renifla à nouveau.

— Est-ce vrai, Levi ? questionna Lance. Ileana et Sam avaient une liaison ?

Ileana leva les yeux au ciel.

— Évidemment que c'est vrai. Pourquoi mentirais-je ?

— Levi ? répéta Lance.

Ileana bouillait de rage, mais ne dit rien. Levi acquiesça.

— Comme je le disais, aucun de nous ne faisait vraiment attention. Il a lu quelque chose sur elle dans les pages mondaines du *New York Times* un jour. Il l'avait toujours... bien aimée. Mais bien sûr, tant que vous étiez ensemble, il n'aurait rien fait.

— Je sais. Sam était un type bien.

Levi sourit tristement.

— Oui, c'est vrai. En tout cas, il souffrait de la solitude, tu vois ? Il voulait juste revoir une vieille amie, un visage familier. Elle a accepté de lui rendre visite à Newtown et... de fil en aiguille...

— Ileana, reprit Lance, comment savais-tu que c'était Sam qui avait été tué ? Comme tu l'as dit, les nouvelles ont parlé d'une agression sur Levi.

Elle secoua la tête d'exaspération.

— Mon mari s'est vanté d'avoir supprimé mon amant. Ensuite le journal télévisé a annoncé la mort de Levi et il était furieux. Je devais découvrir la vérité et je voulais avertir celui qui restait de se cacher d'Hudson. Tu crois quoi ? Que je n'allais rien faire ? Me tourner les pouces pendant que mon mari assassinait un autre de mes amis ? Quel genre de personne crois-tu que je suis, Lance ?

Comme celui-ci ne répondait pas, elle devint cramoisie.

— Bonté divine. Nous avons eu de mauvais moments, mais aussi des bons. Je ne comprends pas pourquoi tu m'interroges comme ça. J'ai dû aller au commissariat à Newtown et regarder cette horrible photo d'autopsie pour confirmer l'identité Levi – en sachant, bien sûr, que ce n'était pas lui.

— Tu as dit la vérité à la police ? questionna Levi.

— Non, non, mon cher. Je ne comprends pas pourquoi tu laisses les gens penser que c'est toi qui es mort et non Sam, mais j'ai supposé que tu avais de bonnes raisons de le faire. Je me demandais si tu savais que c'était Hudson qui avait tué Sam et si tu avais pris sa place pour l'empêcher de s'en prendre à toi aussi. Après tout, nous nous étions souvent vus à Newtown, quand Sam et moi étions ensemble. Hudson l'a compris quand il a fouillé mon téléphone.

Elle renifla à nouveau, bien que Lance n'ait remarqué aucune larme réelle.

— Une fois que nous t'aurons mis en sécurité, il faudra changer cette pierre tombale, dit-elle. Ce n'est pas bien que la tombe de Sam porte ton nom. Il mérite mieux que ça.

Levi lui tapota l'épaule.

— Oui, c'est vrai. Je suis d'accord.

Ileana désigna son œil.

— Ce truc me fait un mal de chien. Apporte-moi de la glace. Mais d'abord, il faut que je fasse pipi et que j'enlève ces traces de savon. Vous n'allez pas m'empêcher d'aller à la salle de bains, si ?

Levi leva les mains en signe d'excuse.

— Bien sûr que non. C'est la dernière porte à...

— Je sais. Je suis déjà venue.

Elle lança un regard noir à Lance.

— Il y a des années, avec mon ex.

Elle emprunta le couloir et entra dans la salle de bains, claquant la porte derrière elle.

Keira poussa un long soupir.

— C'est un sacré numéro.

Levi leva le menton.

— C'est quelqu'un de bien. Elle a manifestement vécu un traumatisme, entre son mari et la mort de Sam. Et ça n'a pas aidé que vous braquiez vos armes sur elle quand elle est arrivée.

Après avoir échangé un long regard avec Keira, Lance soupira et se gratta le menton.

— Juste avant qu'elle arrive, nous allions t'expliquer que nous pensons qu'elle a pu se servir de ses compétences en informatique pour pirater notre base de données chez OPI. Le fait qu'elle ait épousé le directeur d'un bureau du FBI plus tard ne fait que donner plus de crédit à cette théorie.

Levi secoua la tête.

— Impossible. Celui qui s'est emparé de ces informations est responsable, directement ou directement, de l'assassinat de plusieurs personnes. Ileana ne voudrait jamais faire du mal à un innocent. C'est pour ça qu'elle est venue. Pour me protéger.

— Vous parieriez votre vie là-dessus ? demanda Keira.

Levi la regarda, les sourcils froncés.

— De fait, oui.

— Tu as vu sa Mercedes devant, intervint Lance. Elle est noire et a des vitres teintées. Est-ce que ça pourrait être la voiture utilisée par le tireur qui a abattu Sam ?

Levi rougit.

— Bien sûr que oui. Parce que c'est son mari, Hudson, qui la conduisait.

Lance et Keira se regardèrent à nouveau.

— Quoi ? insista Levi. Qu'est-ce que vous ne me dites pas ?

— Quand le nom d'Hudson Vale a surgi dans notre enquête, expliqua Keira, Lance a fait appel aux contacts de sa société à l'intérieur du FBI. Hudson était à l'étranger quand Sam a été abattu.

— Levi, dit Lance, était-il possible que ce soit une femme qui conduisait la voiture ?

Le visage de Levi pâlit.

— Je ne… peut-être.

Il jeta un coup d'œil dans le couloir.

— Ileana est dans la salle de bains depuis longtemps, observa Lance. Keira, tu as vu un téléphone dans son sac ?

— Ah zut ! Dans sa poche. Je l'ai remarqué en la palpant, mais je n'en ai rien pensé.

Ils dégainèrent et se précipitèrent dans le couloir.

Lance ouvrit la porte de la salle de bains à la volée et jura en voyant la pièce vide, et un fenestron ouvert au-dessus des toilettes.

Keira inspira brusquement.

— Regarde le miroir.

Tracés avec de la pâte dentifrice, il y avait quatre mots :

Vous êtes tous morts

Faisant volte-face, ils sortirent de la salle de bains. Levi écarquilla les yeux, sous le choc.

— Elle est partie ?

— Par la fenêtre, dit Lance. Il faut que…

— Je vais la retenir.

Levi courut à la porte d'entrée.

— Attends, hurla Lance en se précipitant vers lui.

Levi ouvrit la porte toute grande. Des claquements de coups de feu remplirent la maison. Le corps de Levi eut un soubresaut quand les balles l'atteignirent. Il mourut avant même de toucher le plancher.

— Non ! hurla Lance. Bon sang ! Pas toi aussi !

Il voulut se précipiter auprès de son ami. Keira s'interposa et le repoussa, les mains sur sa poitrine.

— Il est mort. Tu ne peux plus rien faire pour lui. Il faut filer d'ici.

Elle le tira par le bras, essayant de l'entraîner vers la porte de service.

Mais il restait immobile, comme pétrifié. Du sang s'accumulait sous le corps de Levi. La porte béait, révélant la cour éclairée par la lune. Et le bruit d'un moteur qui démarrait.

Ileana.

Il fit un pas vers la porte. Keira le heurta de tout son poids, le faisant dévier de plusieurs mètres, sans pour autant le déséquilibrer.

— Arrête. Elle s'en va.

Elle plaqua les mains sur sa poitrine, l'empêchant d'avancer.

— Écoute-moi. Et si ce n'était pas Ileana qui avait tiré sur lui ? Tu as vu ce qu'elle a écrit sur le miroir. Tu crois vraiment qu'elle essaierait de nous abattre tous les trois sans aide ? Elle n'est pas seule. Ses hommes ont dû arriver il y a peu et s'être cachés. Bon sang, elle s'est probablement infligé elle-même cet œil au beurre noir pour s'attirer la pitié de Levi. Plutôt qu'une victime de violences conjugales, je parierais qu'elle est de mèche avec son mari. Ses hommes à lui sont probablement devant la maison maintenant. Nous devons...

Une autre rafale déchira la nuit. Des balles volèrent par la porte ouverte. Lance et Keira plongèrent derrière l'îlot de cuisine et se tapirent sur le sol. Dès qu'il y eut une pause, ils sautèrent sur leurs pieds et coururent vers la porte de derrière.

19

Lorsqu'ils atteignirent les bois, Keira et Lance se retournèrent en entendant le rugissement de plusieurs moteurs. Trois SUV avec des hommes armés assis sur les fenêtres fonçaient sur le chemin de la ferme.

— Bonté divine ! s'exclama Keira. Combien sont-ils ? On a besoin d'aide. Beaucoup d'aide !

Lance fourra son téléphone dans sa poche.

— Impossible d'appeler Trent. Ils brouillent le signal. Il faut que nous nous mettions hors de portée de leur brouilleur.

Ils se remirent à courir, zigzaguant entre les arbres, sautant par-dessus le tas de couvertures qu'ils avaient laissées par terre. Ils avaient presque atteint le SUV de Lance quand un éclat de lune sur du métal les incita à faire halte et à se cacher derrière un arbre. D'autres véhicules arrivaient en grondant par la route de derrière.

— C'était un piège depuis le début !

Lance jura.

— Je parie que tout ce qu'Ileana voulait, c'était savoir combien nous étions dans la maison avant de donner le signal à son mari pour qu'il déploie ses mercenaires. Viens, par ici !

Ils obliquèrent dans une autre direction, laissant la route et la maison derrière eux.

— Qu'est-ce qui t'a attiré exactement, chez cette femme ? demanda Keira en s'efforçant de ne pas se laisser distancer.

Il sourit.

— J'étais jeune et stupide, et elle était bien fichue.

— Les hommes…

Des cris sur leur gauche les firent bondir derrière de gros pins.

Tenant son pistolet à deux mains, Keira respirait à petits coups brefs, les poumons en feu. Derrière un autre arbre, Lance était dans la même position, haletant lui aussi. Très lentement, il se pencha pour regarder, puis se rejeta en arrière. Il leva deux doigts et lui désigna la droite. Puis il en leva deux autres et lui désigna la gauche. Elle hocha la tête pour lui indiquer qu'elle avait compris.

Pouvaient-ils abattre quatre hommes sans se faire tirer dessus ? Possible. Probable. Elle était douée avec une arme. Et Lance… eh bien, il était bon en tout, comme l'avait prouvé son exploit au chalet. Mais éliminer quatre ennemis alors que des dizaines d'autres les cherchaient ne ferait que trahir leur position.

Les bruits de voix s'évanouirent progressivement, remplacés par les cris d'un homme, quelque part, qui ordonnait qu'on aille chercher des torches.

Lance se pencha derrière l'arbre, puis se redressa. Il leva les pouces, puis mima un mouvement de roulement avec la main pour lui indiquer de le suivre. Tous deux trottèrent vers l'extrémité sud de la propriété.

Keira eut très vite envie de le supplier de faire une pause. Lance était manifestement en grande forme, et leur course à travers les bois ne semblait pas l'incommoder le moins du monde. Mais elle avait un point de côté, ses côtes étaient endolories et elle cherchait son souffle. Si elle survivait à cette nuit, son avenir serait rempli de séances de Pilates.

Heureusement, Lance leva la main et fit halte, si bien qu'elle n'eut pas à lui demander un répit. Mais quand elle vit pourquoi il s'était arrêté, elle secoua vigoureusement la tête.

— Non, articula-t-elle, en silence pour ne pas alerter des hommes à proximité.

Lance désigna le bâtiment qui abritait les chevaux et hocha la tête.

— Non, répéta-t-elle en secouant de nouveau la tête, si fort que ses cheveux lui tombèrent sur la figure.

Lance pointa la direction de la maison, imitant un pistolet avec son pouce et son index, lui rappelant qu'à deux, ils n'avaient pas le choix.

Et il avait raison. Ils n'avaient pas le choix. Peu importe qu'ils soient l'un et l'autre bons tireurs, ils ne pouvaient gagner une partie aussi défavorable.

Elle lui lança un regard noir.

— Désolé, articula-t-il silencieusement, avant de lui faire signe de le suivre.

Je peux le faire, je peux le faire. Elle se répéta cette phrase en le suivant dans les écuries.

Prendre les choses une par une était plus facile. Elle fit le guet à la porte tandis qu'il s'activait à l'intérieur. C'était une tâche sur laquelle se concentrer au lieu de se demander comment, au nom du ciel, elle allait réussir à monter à cheval, alors qu'elle n'en avait approché qu'un dans les écuries de Lance. Donner une carotte sans se faire mordre était une chose. S'accrocher au dos d'un cheval sans tomber en était une autre.

Adressant une courte prière au ciel, elle tira son téléphone de sa poche. *Faites qu'il y ait un signal, je vous en prie.* Elle composa le 911 et écouta. Rien, sauf de la friture.

En entendant le bruit de sabots, elle se retourna. Elle recula, heurtant le cadre de la porte, quand quatre chevaux d'une hauteur impossible l'entourèrent.

Lance apparut entre eux et lui prit la main.

— Allez.

— Attends. Lequel est le mien ? Ils n'ont rien pour qu'on tienne dessus.

Il chuchota avec un grand sourire :

— Tu veux parler de selles et d'étriers ?

— Si tu veux, murmura-t-elle sur le même ton. Je vais tenter ma chance avec les hommes armés.

Elle s'éloigna des chevaux qui tournaient autour d'elle et se rapprocha de la porte.

Lance la tira par la main.

— Allons. Nous n'allons pas les monter. Ce sont des leurres.

Un instant plus tard, elle se trouvait devant un énorme cheval noir, sellé et harnaché. Mais il était hors de question qu'elle monte dessus.

— Il est énorme. Bien plus gros que les autres.

— C'est pour ça que je l'ai choisi. On peut s'y tenir à deux. Tu ne t'attendais pas à ce que je te demande de galoper toute seule alors que tu n'es jamais montée à cheval, n'est-ce pas ?

— Eh bien, si. J'imagine que oui. Attends... Galoper ? C'est la vitesse supérieure, non ?

Avec un petit rire, il posa le pied sur l'étrier et enfourcha la monture. Keira le fixa, puis contempla la main qu'il lui tendait.

— Désolée, je ne peux pas. Je ne peux vraiment pas.

Elle se précipita vers les autres chevaux, qui attendaient docilement derrière la porte.

Mais Lance tendit les bras et la souleva du sol. Il la fit asseoir derrière lui sans même ralentir. Keira poussa un glapissement de peur en atterrissant sur la croupe de l'animal.

— Accroche-toi, lui cria Lance.

Elle passa les bras autour de sa taille, nouant les mains sur son ventre.

— Tiens bon, répéta-t-il.

Elle poussa un autre cri quand leur monture s'élança. Les chevaux qu'il avait qualifiés de leurres franchirent les portes et galopèrent vers la maison. Lance raccourcit les rênes et leur cheval accéléra, contournant le bâtiment puis fonçant vers les bois.

Keira se disait qu'elle devrait dégainer son pistolet et regarder s'ils étaient suivis. Mais même si elle réussissait à se tenir d'une seule main et à sortir l'arme de l'autre, elle ne pourrait jamais viser tout en rebondissant sur la croupe de cette bête. Elle se blesserait probablement, ou le cheval ou, pis, Lance. Elle prit soudain conscience que les westerns spaghettis qu'elle avait vus étaient des tissus de mensonges. Aucun héros ne pouvait endurer une folle chevauchée et viser les méchants en même temps. Ce n'était tout simplement pas possible.

Bam, bam, bam.

Elle rouvrit les yeux, sentant ses oreilles siffler. Lance rengainait son arme, avec laquelle il venait de faire feu. Elle regarda sur la gauche et vit deux corps au sol.

Nom d'un chien.

Sous le choc, elle révisa sa vision de ces fameux westerns. Ou plutôt, elle révisa sa vision de Lance. Il s'était déjà montré incroyable. Maintenant, c'était un héros. Ses craintes antérieures s'atténuèrent, et elle se redressa un peu, plus tout à fait convaincue qu'ils allaient mourir.

Peut-être avaient-ils une chance de s'en sortir, après tout.

Bam. Un coup de feu résonna tout près.

Lance se raidit devant elle. Le cheval hennit quand il tira les rênes, mais il était trop tard : ils furent projetés sur le sol. Le souffle coupé, Keira atterrit sur des buissons épineux, la tête la première dans un tas d'aiguilles de pin. Haletant comme un poisson hors de l'eau, elle s'efforça d'aspirer de l'air dans ses poumons. Ses oreilles étaient aussi inutiles que ses poumons. Tout ce qu'elle entendait était un bourdonnement grave.

Le cheval la contourna au triple galop, ses sabots jetant des éclairs dans le clair de lune. N'ayant plus personne à porter, il filait vers la maison.

Où était Lance ? Il devait être à proximité.

Elle parvint finalement à inhaler une goulée d'air froid. Elle toussa et haleta, percluse de douleurs, tout en se mettant à quatre pattes. Que s'était-il passé ? Un coup de feu. Elle n'en avait entendu qu'un seul cette fois. Et ce n'était pas Lance qui avait tiré. Oh mon Dieu, non ! Lance n'avait pas pu être touché, si ?

La réponse arriva quand quelques hommes se mirent à crier, à environ dix mètres, désignant quelque chose sur le sol. Une silhouette large d'épaules, avec un blouson noir et des cheveux courts. *Lance.*

Un sanglot lui monta dans la gorge. Elle pressa une main sur sa bouche pour s'empêcher de crier. Quatre types. Ils étaient quatre à rouer son corps de coups de pied comme s'il était un chevreuil renversé par une voiture. Soudain, il gémit et tenta de repousser les assauts. Keira n'avait jamais vu quelque chose de plus merveilleux de toute sa vie. Il était vivant. Il avait été touché par la balle ou assommé par sa chute. Mais il était en vie. Ce qui signifiait qu'il y avait encore de l'espoir. Cela voulait aussi dire que c'était à elle de le sauver. Elle ignorait si elle pourrait abattre quatre hommes assez vite pour ne pas se faire tuer. Mais il n'y avait aucun doute : elle allait essayer.

Tandis que deux des hommes attrapaient les bras et les jambes de Lance et le soulevaient, Keira voulut saisir son pistolet. Horrifiée, elle se rendit compte qu'il n'était plus là. Il avait dû tomber quand elle avait volé dans les airs.

Trois hommes équipés de fusils rejoignirent les quatre premiers. Ils parurent se disputer à propos de quelque chose. Puis ils se séparèrent, certains retournant vers la maison, d'autres avançant dans la direction que Lance et elle avaient prise. Et un autre… venant directement vers elle.

Elle se mordit la lèvre pour s'empêcher de crier et fouilla les feuilles mortes, à la recherche de son pistolet. Elle avait mal partout. Elle ne pensait pas avoir de fracture, seulement des hématomes. Mais c'était le moindre de ses soucis. Si l'homme ne s'arrêtait pas ou n'obliquait pas, il allait la découvrir. Et il n'y aurait plus personne pour secourir Lance.

Son arme n'était nulle part en vue. Et l'homme se rapprochait bien trop vite, survolant les bois du regard. Il ne semblait pas savoir qu'elle était là. Mais il la verrait bientôt si elle ne faisait pas quelque chose. Elle continua de tâtonner dans les feuilles. Quelque chose de pointu lui entama la main. Elle inspira fortement et le sortit des feuilles mortes. C'était juste une branche, mais elle était épaisse et pointue à une extrémité, là où elle avait dû se casser. Ignorant sa douleur, elle s'en empara et la projeta en avant juste au moment où l'homme jetait un coup d'œil dans le fourré.

La branche s'enfonça profondément dans sa gorge. Il écarquilla les yeux sous le choc et agrippa son cou ensanglanté. Puis il s'effondra lentement sur le sol.

Keira contempla son corps sans vie, choquée par son geste. Elle n'avait jamais tué personne. Et voilà qu'elle venait de poignarder un homme à mort. Avec une branche. Elle sentit monter en elle un rire hystérique et se força à inspirer à fond.

Réfléchis, Keira. Réfléchis.

Comment pouvait-elle sauver Lance de tous ces attaquants armés avec seulement une branche ? La réponse était douloureusement claire. Elle ne le pouvait pas. Elle devait trouver de l'aide. Mais comment ? Il y avait des hommes partout dans le bois. Comment leur échapper et revenir sauver Lance avant qu'il soit trop tard ?

S'il n'était pas déjà trop tard.

Elle chercha son téléphone dans sa poche et fut soulagée quand sa main se referma dessus. Peut-être était-elle assez loin du brouilleur de signal pour pouvoir appeler Trent, ou le 911, ou les deux. Elle composa le numéro de Trent et écouta. Le même bruit de friture qu'auparavant. Elle avait entendu dire que les textos passaient mieux que les appels quand on manquait de réseau. Elle tapa un bref message pour Trent et l'envoya. Puis elle fit de même pour Asher. Mais un point d'exclamation rouge s'afficha.

Échec de l'envoi.

Avec un grognement, elle fourra l'appareil dans sa poche. Un désespoir comme elle n'en avait jamais éprouvé l'envahit. Si elle avait pu échanger la vie de Lance contre la sienne, elle l'aurait fait. Mais elle ne se berçait pas d'illusions quant à la réaction de ces hommes. Ils les tueraient tous les deux.

Seigneur, je vous en prie. Dites-moi quoi faire. Envoyez-moi un signe.

Un hennissement s'éleva derrière elle. Elle se retourna

lentement. Le cheval qu'ils avaient monté se tenait à quelques mètres, mâchonnant calmement de l'herbe sèche.

Keira poussa un juron et regarda le ciel.

— Vous n'auriez pas pu m'envoyer un autre signe ? Un pick-up, par exemple ?

Comme pour lui répondre, un éclair déchira le ciel nocturne. Et il se mit à pleuvoir.

— D'accord, d'accord. À cheval donné, on ne regarde pas les dents. Haha.

Elle se releva et avança lentement vers l'effrayante bête, qui l'observait comme si elle était un insecte à écraser.

20

Lance jeta un regard noir à la dizaine d'hommes qui se pressait dans le salon de la ferme, tournant autour de la pire d'entre eux, debout devant lui. Sans aucun doute, vu le sourire narquois qui accompagnait ses allées et venues, Ileana se pensait en sécurité maintenant qu'il était ligoté à une chaise. Mais elle prenait quand même garde à rester hors de portée de ses jambes.

Un pas dans la mauvaise direction, et il lui ferait un croc-en-jambe. Ensuite il se jetterait sur elle, chaise comprise. Il avait planifié chacun de ses mouvements. Ce serait son dernier recours. Car s'il y avait une chose dont il était certain, c'était que s'il attaquait Ileana, tous les hommes présents dans la pièce le cribleraient de balles.

Comme il ne semblait pas y avoir d'issue à la situation, la seule chose qui le retenait encore était Keira. Quand la balle avait effleuré sa tête, l'étourdissant promptement, tout était devenu flou. Il avait réussi à émerger du brouillard quand on l'avait transporté hors du bois. Mais il n'avait aucune idée de ce qui était arrivé à Keira. C'était pour elle qu'il s'efforçait de se contenir. De temporiser. De rester en vie. Parce que s'il y avait ne serait-ce qu'une chance sur mille qu'il puisse la sauver, il le ferait.

Peu importait quelles tortures on lui infligerait.

Ileana consulta à nouveau l'écran de son téléphone, son beau visage tiré par l'impatience.

— Que se passe-t-il, Ileana ? ironisa-t-il. Tu ne peux pas prendre de décision sans l'aval de ton petit mari ?

Elle s'esclaffa.

— Mon mari ? Tu plaisantes ? Ce pauvre minable ?

— Ah ! Tu éprouves donc la même affection pour lui que pour moi autrefois.

— La ferme !

— S'il est aussi minable, pourquoi obéis-tu à ses ordres ? Pourquoi lui donnais-tu des informations sur OPI ? Pourquoi l'as-tu laissé te frapper ?

Elle poussa un cri de colère et fit signe à l'homme qui se tenait près de Lance. Celui-ci lui écrasa son poing sur la mâchoire, ce qui fit partir la tête de Lance dans l'autre sens.

Lance retint un grognement et sourit. L'homme leva le poing à nouveau.

— Arrête, ordonna Ileana. Je veux qu'il reste conscient, qu'il puisse parler. Si tu lui casses la mâchoire, il ne pourra plus répondre à mes questions.

— Je pensais avoir déjà répondu à tes questions, fit Lance. Il y en a d'autres ?

Elle vint se placer devant lui, les poings serrés.

— Tu n'as répondu à rien ! Où est le reste de l'équipe ? Où sont Brett, Melissa et Jack ? Dis-le-moi, et je te laisserai partir.

— Où est Keira ? Dis-le-moi et je te laisserai vivre.

Le téléphone d'Ileana bourdonna, et elle lança un regard noir à Lance avant de le consulter. Puis elle sourit. Un sourire qui le glaça intérieurement.

— Apportez une autre chaise, cria-t-elle. Nous allons avoir de la compagnie.

Il fallut à Lance toute sa maîtrise pour ne pas hurler de rage quand deux hommes franchirent la porte arrière, traînant Keira avec eux. Une chaise fut placée près de lui et Keira y fut rapidement ligotée, comme lui. Sa tête pendait en avant. Terrifié, il attendit de voir sa poitrine se soulever. Enfin, elle le fit. Dieu merci, elle était vivante.

Ileana apparut avec un verre d'eau à la main. Elle le jeta à la figure de Keira.

Celle-ci se redressa d'un bond, battant des paupières, les joues inondées. Elle cilla encore, puis regarda autour d'elle, comme si elle prenait soudain conscience de l'endroit où elle était. Elle grogna et jura à mi-voix.

— Hé, beauté, murmura Lance.

Elle écarquilla les yeux. Des larmes en jaillirent et elle sourit, attirant l'attention de Lance sur sa lèvre ensanglantée.

— Mon héros, murmura-t-elle. Ravie de voir que tu respires toujours.

— Un héros improbable. Mais tu as raison pour ce qui est de respirer.

— Voyez-vous ça ! lança Ileana. N'est-ce pas écœurant de mièvrerie ? Deux tourtereaux qui s'apprêtent à mourir.

Keira l'ignora, le regard toujours fixé sur Lance.

— J'ai repris le cheval pour aller chercher de l'aide. Malheureusement, quand j'ai atteint la route, je n'ai pas réussi à sauter par-dessus la clôture.

Il la dévisagea avec stupéfaction.

— Tu es montée à cheval ? Toute seule ?

— Je suis presque sûre qu'il a eu pitié de moi. Enfin, jusqu'à ce qu'il voie la clôture. Il a décidé de se débarrasser de moi et de bifurquer. Il est parti sur la gauche, et moi, je suis allée tout droit. Avant que j'aie pu me remettre debout, les brutes d'Ileana se sont jetées sur moi. Autant pour ma tentative de te sauver.

— Ça suffit ! hurla Ileana. Vous me donnez la nausée. Revenons à nos moutons. Feu notre cher Sam a été assez gentil pour attraper un cancer et décider qu'il voulait réunir ses vieux amis avant de mourir. C'est ce qui a relancé les choses chez ce bon vieux OPI et m'a permis de vous retrouver et vous éliminer. J'ai déçu mon oncle quand tout s'est effondré dans la société. Maintenant, j'ai enfin une chance de me racheter. Tout ce que je dois faire, c'est retrouver les trois derniers membres de l'équipe. Si vous me dites gentiment où ils se trouvent, vous aurez une mort rapide et sans douleur. Si vous continuez de me défier, vous mourrez dans d'atroces souffrances. À vous de choisir.

Keira tourna enfin son attention vers Ileana.

— Vous ne devriez pas d'abord appeler votre mari pour lui demander sa permission ?

Ileana la gifla.

Keira lécha sa bouche ensanglantée et sourit. Lance était fier de son courage. Mais il aurait voulu la secouer pour l'empêcher de mettre encore plus Ileana en colère. Il reprit la parole pour distraire l'attention de cette dernière.

— Je ne sais pas où ils sont, dit-il. Qui est cet oncle dont tu parles ? Est-ce ton contact avec la mafia ou celui de ton mari ? Celui à qui tu as vendu tes informations pendant des années, causant la mort de tant d'innocents ?

— Cesse de tout ramener à Hudson. Il est aussi honnête et moral qu'on peut l'être. Et il ne m'a jamais frappée, entre parenthèses. Cet œil au beurre noir était de mon fait, pour m'attirer la sympathie de Levi. Hudson ne frapperait jamais une femme, même si elle le méritait.

Elle leva les yeux au ciel, car ce n'était visiblement pas un compliment pour elle.

— Il n'a jamais su que c'était moi qui obtenais les informations. Et les gens qui sont morts étaient loin d'être innocents. C'étaient des traîtres, des balances, le pire du pire. Ils méritaient exactement ce qu'ils ont eu.

Lance ne fit pas mine de cacher son dégoût.

— Comment j'ai pu penser que tu étais un être humain décent toutes ces années, c'est un mystère que je ne résoudrai jamais.

Elle hurla à nouveau sa rage. Mais, cette fois, elle ne s'arrêta pas pour donner des ordres. Elle se rua sur Lance pour le gifler à son tour.

Lance était prêt. Il la frappa à la jambe pour la faire chuter puis, dans un mouvement de torsion, fit peser sur sa gorge l'un des bras de la chaise. Presque immédiatement, il fut tiré en arrière par les hommes, mais le mal était fait. Le visage d'Ileana devint bleu, et elle agrippa son cou en émettant des bruits d'étranglement.

En proie à la panique, ses hommes l'emportèrent dans la salle à manger, où ils la placèrent sur la table. Ils se mirent à se crier mutuellement des ordres, incapables de savoir ce qu'ils devaient faire pour l'aider.

Depuis sa capture, Lance avait travaillé à défaire les liens dans son dos. Grâce à sa chute sur le plancher, les cordes s'étaient suffisamment desserrées pour qu'il puisse libérer ses mains.

Keira le contempla avec des yeux agrandis par l'appréhension tandis qu'il se débarrassait du reste des cordes et s'agenouillait derrière elle pour défaire les siennes.

— Vas-y, souffla-t-elle. Sors d'ici avant qu'ils se rendent compte que tu es libre.

— Je ne te quitte pas.

Il tirait sur les liens en jurant.

— Je suis sérieuse, Lance. S'il te plaît. Je ne pourrai pas supporter de te voir mourir. Je préfère mourir en sachant que tu t'en es sorti. Vas-y.

Il réussit enfin à desserrer les nœuds.

— Je t'aime aussi, chuchota-t-il en la faisant lever.

— Hé, hé, arrêtez ! hurla l'un des hommes en braquant une arme sur eux.

Lance bondit devant Keira, la protégeant de son corps.

— Attends, cria un autre homme au premier, en écartant son arme.

Le coup partit en direction du plafond.

— On ne peut pas les tuer avant qu'elle en ait fini avec eux.

— Regarde-la, rétorqua le tireur. Elle est violette. Elle ne peut plus nous dire quoi que ce soit.

Lance et Keira couraient déjà vers la porte d'entrée, sans attendre l'issue de la discussion.

Lance ouvrit la porte, et ils s'élancèrent au-dehors. Ils furent aveuglés par des lumières vives. Au bruit de dizaines de fusils qu'on armait, Lance jeta un coup d'œil désolé à Keira.

— Navré.

Elle sourit.

— Moi aussi. J'aurais voulu voir comment ça finissait entre nous. J'aurais aimé savoir ce qui venait après ce baiser.

Elle lui fit un clin d'œil. Il lui adressa un grand sourire, et tous deux levèrent les mains.

Lorsque des pas approchèrent précipitamment, Lance se mit à nouveau devant Keira. Elle tenta de le contourner en jurant. Juste au moment où ils s'attendaient à être abattus, les hommes les contournèrent et s'engouffrèrent dans la maison.

Il y eut des coups de feu, du verre qu'on brisait, des cris et des hurlements.

— Faites-les sortir de là, cria une voix que Lance ne reconnut pas.

— On s'en charge.

Cette voix-là, il la reconnut. S'abritant les yeux de la lumière vive, il sourit en voyant Trent et Asher accourir. Trent prit le bras de Lance, Asher celui de Keira, et ils les entraînèrent sur le côté de la maison, à l'écart de la fusillade qui faiblissait déjà.

Agenouillés derrière le capot de l'une des voitures, tous quatre attendirent que quelqu'un décrète le cessez-le-feu.

— Fin d'alerte ! cria quelqu'un à l'intérieur.

Des gens se mirent à courir dans tous les sens, prenant le contrôle de la scène. Ils se redressèrent, Lance serrant Keira contre lui. Lorsque quelqu'un sortit du rubalise et se mit en devoir de délimiter la zone, Lance et Keira lancèrent un regard interrogateur à Trent et Asher.

— Que se passe-t-il ? questionna Lance. Qui sont ces gens ? Comment nous avez-vous retrouvés ? Que…

— Stop, par pitié, lança Trent en souriant. Demande à Keira. C'est elle qui a fait en sorte que nous arrivions à pic.

— Moi ? Que voulez-vous dire ?

— Les textos. Nous étions déjà dans la région parce que nous nous étions mis en contact avec Hudson Vale pour retrouver Ileana et...

— Attends, le coupa Lance. Le mari d'Ileana ? Ce n'est pas la taupe du FBI ?

Asher secoua la tête et se joignit à la conversation.

— Non. Ileana était la seule taupe. Personne du FBI n'était impliqué. Elle a piraté les ordinateurs d'OPI et transmis directement les infos à un patron de la mafia.

— Laisse-moi deviner, dit Lance. Son oncle...

— Plus tard, il faudra que tu m'expliques comment tu le savais. Ses relations avec lui étaient dissimulées par tout un tas de changements de noms et de faux actes de naissance.

— Ce n'était pas une brillante déduction de ma part. Elle me l'a dit il y a quelques minutes.

— On peut revenir aux textos ? intervint Keira. Ils ont brouillé le réseau. Aucun message ou appel ne pouvait passer...

— C'est vrai, dit Trent. Mais vous avez dû sortir de la zone de brouillage à un moment donné, parce que vos textos nous ont indiqué exactement où vous étiez et ce qui se passait. Le FBI et nous essayions de comprendre où était située exactement cette ferme. Jusqu'à l'arrivée des textos, nous étions dans le brouillard.

Il tapota l'épaule de Keira.

— Vous l'avez fait. Vous nous avez sauvé la mise.

— Non, ce n'est pas moi. C'est vous tous.

Elle sourit à Lance.

— Et toi aussi. Tu nous as donné le temps dont nous avions besoin. Tu es mon héros, vraiment.

Il lui rendit son sourire et déposa un tendre baiser sur son front.

— Il y a matière à débat. Je suis juste heureux que tout ait fonctionné. Est-ce bien le cas, d'ailleurs ? Trent, Asher, vous disiez que vous êtes venus avec Vale. Est-ce que ça signifie ce que j'espère ?

Ils acquiescèrent.

— Nous avons les preuves nécessaires pour enfermer Ileana, dit Trent. Ainsi que son oncle. Hudson Vale et le FBI n'ont rien à voir avec ce qui s'est passé. Vale était livide quand il a découvert ce qu'avait fait sa femme. En raison du conflit d'intérêts, c'est un autre ponte du FBI qui s'occupe de l'affaire, bien sûr. Mais Hudson est ici. Il voulait être présent quand elle serait arrêtée.

— Je ne pense pas que ça va arriver, dit Lance.

— Non ? Pourquoi ?

— Je suis presque sûr qu'elle est morte.

Ils le dévisagèrent avec surprise.

— Je n'en suis pas fier, reprit Lance.

Keira resserra le bras autour de sa taille.

— Il y avait au moins une douzaine d'hommes armés à l'intérieur.

— Dix, corrigea Lance.

— Plus des dizaines d'autres dehors, ajouta Asher.

— Exact, dit Keira. Malgré tout cela, Lance a fait ce qu'il pouvait pour me protéger. Ileana nous aurait tués tous les deux. Et même avec ces brutes autour de nous, il a réussi à l'envoyer au tapis.

Elle sourit.

— Et vous êtes intervenus. Comme vous l'avez dit, vous êtes arrivés à pic.

Ils se mirent à rire, mais reprirent leur sérieux quand un sac mortuaire franchit la porte, escorté par un homme très pâle, l'air abattu. Lance reconnut en lui Hudson Vale, grâce aux recherches qu'il avait faites. À l'exclamation étouffée de Keira, il comprit qu'elle aussi. Comme le lui avait reproché Ileana, son mari avait des valeurs et une éthique. Et malgré ce qu'elle avait fait, qui mettrait sans nul doute fin à la carrière d'Hudson au FBI, il s'était assuré que la justice prévale.

Un ambulancier s'approcha au petit trot de Keira et Lance.

— On m'a dit que vous étiez blessés. Vous avez besoin d'une civière ?

Keira contempla Lance.

— Tu saignes de la tête.

— C'est presque fini. Ta figure est bleue. Et ta lèvre saigne.

— C'est presque fini.

Ils rirent tous les deux.

— Nous allons bien, dirent-ils à l'ambulancier, en riant encore d'avoir parlé à l'unisson.

L'homme leur jeta un regard étrange, puis s'éloigna en quête d'une autre personne à aider.

— Hé, Lance ! Attrape !

Il se retourna, et Trent lui lança quelque chose. Une clé de voiture. Lance le regarda d'un air interrogateur.

— Le seul SUV blanc du coin.

Il lui désigna la direction.

— Vas-y. Vous deux, vous en avez assez vu pour cette nuit. Retournez là où vous logiez. Asher et moi, on se fera raccompagner par quelqu'un d'autre, et on parlera demain.

Keira fronça les sourcils.

— Il n'y a pas d'hôtel par ici. Vous pouvez venir à la villa louée par Lance. Elle est assez grande pour nous tous.

Trent sourit jusqu'aux oreilles.

— Je ne pense pas que Lance serait d'accord. Comme je l'ai dit, on se retrouve demain.

— Très tard, demain, cria Lance dans son dos.

Trent se mit à rire, tandis que Lance prenait la main de Keira et la traînait pratiquement vers le SUV. Quand ils l'atteignirent, il se tourna vers elle pour pouvoir la regarder dans les yeux. Prenant son visage entre ses mains, il la dévisagea avec émerveillement.

— Je sais que ça paraît dingue de dire ça si vite, mais je n'ai jamais été aussi sûr de quelque chose dans ma vie. Keira…

— … je t'aime, dirent-ils en même temps.

— Waouh, souffla-t-elle.

— Waouh, fit-il en écho.

Ils s'embrassèrent et, quand ils se séparèrent, des larmes coulaient sur les joues de Keira.

— Qu'est-ce qu'il y a ?

— Ce sont des larmes de bonheur. Je suppose que ça veut dire que tu vas m'inviter à sortir avec toi, maintenant ?

Il secoua la tête.

— Non. J'ai décidé que non.

Son sourire s'évanouit.

— Quoi ? Je ne...

— Je pensais te demander autre chose à la place. De m'épouser...

Elle le dévisagea, bouche bée. La confiance qui avait porté Lance l'instant d'avant replongea.

— Si c'est trop tôt...

Elle éclata de rire.

— Trop tôt ? Nous ne sommes jamais sortis ensemble.

— Oui. Trop tôt. Je craignais d'aller trop vite, que tu aies des regrets plus tard. Je veux que tu sois sûre, car moi, je le suis. J'attendrai aussi longtemps que tu voudras. Nous pouvons avancer par étapes et...

— Oui !

Elle sourit.

— La réponse est oui !

Il la fixa, la gorge sèche.

— Tu peux répéter ? Je ne suis pas certain de t'avoir bien entendue. Mes oreilles sifflent encore.

— Quelle partie ? Celle où je dis oui, je vais t'épouser ? Ou celle où je dis que je suis follement amoureuse de toi et pour toujours ? Il n'y aura pas de regrets, Lance. Nous pouvons prévoir de longues fiançailles si tu en as besoin. Mais je n'ai jamais été aussi sûre de quelque chose. Je t'aime. De toute mon âme.

Il grogna et l'embrassa encore. Ce baiser-là fut torride. Il la plaqua contre le SUV, emboîtant étroitement leurs deux corps. Il l'embrassa comme il en avait eu envie dès le moment où il l'avait vue affronter les mercenaires au chalet. Keira était une femme étonnante à tous points de vue. Qu'elle veuille retourner à Maple Falls et continuer d'être flic ou emménager à Gatlinburg avec lui et choisir une autre carrière, il s'en arrangerait. Tout ce qui comptait, c'était d'être avec elle et de passer le reste de sa vie à ses côtés.

Des sifflets et des vivats les interrompirent.

— Trouvez-vous une chambre, cria Asher.

Keira se mit à rire. Lance l'escorta en hâte vers le siège passager et attacha sa ceinture. Puis il s'installa au volant, et ils prirent la route de la villa de location.

Lorsqu'ils arrivèrent, il la prit tendrement dans ses bras et gravit avec elle les marches du perron. Faisant halte devant la porte, il baissa les yeux sur la personne la plus précieuse qu'il ait jamais rencontrée.

— Je sais que nous ne sommes pas encore mariés, et que ce n'est pas notre maison. Mais je veux quand même te faire franchir le seuil dans mes bras.

— C'est adorable. Comme nous avons sauté plusieurs étapes, je pense que nous pourrions en sauter une autre. Commençons notre lune de miel tout de suite. Si tu es d'accord...

Il s'éclaircit la gorge, soudain nouée, et contempla la femme magnifique dans ses bras.

— Comment ai-je eu la chance de te trouver ?

— Hmm, je ne sais pas. Mais il est certain que tu *vas* avoir de la chance. Si tu te dépêches.

Ils rirent tous deux à perdre haleine tandis qu'il la portait impatiemment à l'intérieur.

Vous avez aimé ce roman ?
Retrouvez en numérique l'atmosphère
mystérieuse des Smokies :

1. Rejoints par le passé
2. Sombre machination
3. Traque dans les Smokies
4. La justice au cœur
5. Tout risquer pour elle
6. Trahison mortelle

K.D. RICHARDS

La vérité à tout pr

Traduction française de
LUCILE MASSON

BLACK ROSE

HARLEQUIN

Titre
SILE

© 202
© 202

1

Alexis Douglas se réveilla en sursaut. Il lui semblait avoir entendu un bruit, mais seule une calme obscurité régnait sur sa chambre, comme sur reste de la maison. Les yeux clos, elle s'enfonça dans son matelas moelleux.

Elle était sur le point de s'endormir lorsque le bruit retentit à nouveau.

Elle ouvrit les yeux.

Un mince faisceau lumineux se faufila à travers les stores de la fenêtre de sa chambre. Les lumières de sécurité de son voisin. Peut-être Ronnie était-il dehors, sous son porche. Il aimait fumer une cigarette de temps en temps, mais sa femme lui interdisait de s'adonner à ce plaisir à l'intérieur.

Alexis se concentra, à l'affût du son qui l'avait réveillée. Rien ne lui parvint. Pourtant, elle n'arrivait pas à se débarrasser du sentiment que quelque chose clochait.

Une minute s'écoula, puis une autre, chaque instant augmentant l'appréhension qui lui nouait l'estomac.

Crack.

Elle connaissait ce bruit. C'était une lame de parquet mal fixée, comme il y en avait beaucoup dans cette vieille maison qu'elle avait achetée l'année précédente avec la ferme intention de la remettre en état. Trop occupée par son activité de cheffe cuisinière, elle n'avait rénové que la cuisine, qui était devenue sa pièce favorite.

Alexis se leva d'un bond avant de s'accroupir dans l'interstice entre le mur et le cadre du lit. Elle fouilla la pièce des yeux à la recherche d'une arme ou d'une porte de sortie. La chambre se trouvant à l'étage, sauter par la fenêtre ne serait envisageable qu'en dernier recours.

Malheureusement pour elle, Alexis détestait le désordre et ses affaires étaient donc impeccablement rangées. Aucun couvert, vestige d'un petit encas nocturne, ne traînait par terre. Ses vêtements étaient suspendus dans son armoire, par couleur et par saison, ou pliés proprement dans la commode. Seul un roman trônait sur sa table de nuit. Elle avait même laissé son téléphone portable se recharger en bas plutôt que de le brancher à côté du lit, car c'était apparemment plus sain, d'après un article qu'elle avait lu plus tôt dans la semaine.

Tout cela signifiait qu'elle allait devoir faire face à un intrus sans rien d'autre que le dernier thriller de Naomi Hirahara pour se défendre.

Elle ne pouvait pas rester recroquevillée à côté du lit. Elle se retrouverait acculée si l'intrus pénétrait dans la chambre. Idem si elle se cachait dans le placard.

Une autre lame de parquet grinça dans le couloir.

Elle attrapa le livre sur sa table de chevet et, aussi rapidement et silencieusement que possible, se précipita vers la porte. Dos au mur, coincée entre le chambranle et sa commode, elle tendit l'oreille.

Le temps sembla s'écouler au ralenti. Des gouttes de sueur perlaient sur sa peau, la rendant poisseuse alors qu'elle avait baissé le thermostat à 18° avant d'aller se coucher.

Un léger bruissement d'étoffe se fit entendre dans le couloir, suivi d'un bruit de pas.

Tremblante, elle serra le livre contre sa poitrine tandis que la porte de la chambre s'ouvrait lentement.

Son souffle se fit court alors même qu'il lui semblait que chaque respiration grondait dans ses poumons avec la force d'une locomotive.

L'intrus, un homme d'après sa corpulence, vêtu d'un pantalon et d'une chemise de couleur sombre, s'approcha du lit.

Du haut de son mètre soixante-quinze, tout en courbes et en muscles qu'elle entretenait régulièrement, elle était loin de se considérer comme frêle, mais elle pouvait voir que l'homme faisait plusieurs centimètres et au moins trente kilos de plus qu'elle. Et même s'il ne semblait pas porter d'arme sur lui, elle n'avait aucun moyen d'en être sûre. Malgré cela, elle devait tenter quelque chose pour se protéger.

Elle attendit que l'intrus lui tourne le dos avant de se mettre en mouvement. Puis, levant le livre au-dessus de sa tête, elle s'élança en poussant un cri de guerre, espérant prendre l'homme au dépourvu.

Il se retourna, ses yeux écarquillés contrastant avec le masque de ski qu'il portait.

Elle lui asséna un coup de livre sur la mâchoire, avant de lâcher le roman et de s'enfuir dans la direction opposée. Trois cent cinquante pages pouvaient étourdir, mais pas paralyser un homme de sa taille. Elle devait fuir, et vite.

Ses pieds nus claquèrent sur le parquet du couloir. Elle arrivait tout juste en haut de l'escalier quand une main la saisit brutalement par le col. Elle se retrouva projetée au sol, atterrit sur le dos et son agresseur fut sur elle avant qu'elle ait le temps de se relever.

La main de l'homme se referma sur sa bouche, étouffant son cri. Elle se débattit, essayant de le repousser, de dégager un bras ou une jambe pour se battre, mais elle avait eu raison de dire que sa taille ne lui permettrait pas de l'affronter.

Quelques larmes perlèrent au coin de ses yeux lorsqu'il se rapprocha d'elle. Il sentait le whisky, le tabac et quelque chose d'autre. Quelque chose de nauséabond et de menaçant.

Une vague de frayeur se répandit dans son corps.

L'homme sourit d'un air malsain et elle sut qu'il prenait son pied à la terroriser. Était-ce la raison de sa présence ici ? La terroriser ? La frapper ? Pire encore ?

Son cœur battait si fort qu'elle avait l'impression qu'il n'allait pas tarder à jaillir de sa poitrine.

L'homme se pressa contre elle et tout son corps frémit.

Son sourire s'élargit, le rendant encore plus effrayant. Il approcha son visage à quelques centimètres du sien.

— Arrête de poser des questions sur ton frère ou tu finiras comme lui.

Il retira sa main de sa bouche, mais son cri fut interrompu par le poing qui s'écrasa soudain sur le côté de sa tempe.

Elle n'eut que vaguement conscience du poids qui se détachait d'elle avant que sa vision soit plongée dans l'obscurité.

2

La fin d'après-midi tombait sur l'open space de West Security and Investigations. Assis derrière son bureau, Thaddeus Jeremiah Roman – TJ pour tout le monde sauf pour sa mère – terminait son rapport à destination de l'épouse d'un riche gestionnaire de fonds spéculatifs de Manhattan qui soupçonnait son mari de la tromper. Mme Manhattan avait vu juste. Son mari la trompait bien, mais pas avec la femme qu'elle soupçonnait. Il ne s'agissait pas de la jeune associée d'une vingtaine d'années avec laquelle il travaillait, mais de sa secrétaire.

TJ avait le sentiment que M. Manhattan était sur le point de découvrir la véritable signification du proverbe « Dans la maison de l'adultère, rien ne prospère ». Mme Manhattan avait expliqué en termes très clairs, lorsqu'elle avait signé son contrat avec West Investigations, ce qu'elle ferait aux parties génitales de son mari s'ils trouvaient des preuves de son infidélité. Et tout ça avant de le traîner devant les tribunaux pour obtenir réparation.

Et c'était la raison numéro 1 582 392 pour laquelle TJ ne se marierait jamais. Non pas qu'il ait jamais trompé une épouse inexistante ou toute autre femme qu'il avait fréquentée. Il se montrait d'ailleurs toujours franc. Il ne voulait pas d'une relation sérieuse, et il n'avait pas l'intention de changer d'avis à ce stade. La seule femme qu'il avait aimée était morte alors qu'ils étaient sur le point de construire leur vie ensemble. Il avait cru ne jamais pouvoir surmonter cette tragédie. Et il refusait de prendre le risque de ressentir à nouveau une telle douleur. Mieux valait que ses relations restent simples et faciles. Superficielles. Si une femme ne pouvait pas s'en accommoder, il lui souhaitait bonne chance et poursuivait son chemin.

TJ rédigea son rapport et l'envoya à son patron et copropriétaire de l'entreprise, Shawn West.

West Security and Investigations était l'une des meilleures agences d'enquêteurs et de sécurité personnelle de la côte Est et, avec l'ouverture récente d'un bureau à Los Angeles, l'entreprise était prête à étendre son champ d'action à l'ensemble du pays. Ils avaient résolu des cas allant de l'espionnage industriel au crime organisé. Ils assuraient également la sécurité de certaines des personnalités les plus riches et célèbres au monde comme Brianna Baker, l'une des actrices les plus en vue d'Hollywood. La plupart des enquêteurs qui travaillaient pour West Security and Investigations préféraient se charger des missions les plus médiatisées, mais ce n'était pas le cas de TJ. S'il devait choisir entre une affaire où il était susceptible de se prendre une balle et une bonne vieille enquête pour adultère, il prendrait l'adultère, sans aucune hésitation. Une décennie dans l'armée avait étanché sa soif d'action pour toute une vie.

Aujourd'hui, il souhaitait simplement toucher un salaire régulier, encourager l'équipe de basketball des Nets et faire sourire une jolie femme de temps en temps. Une vie simple.

Le bruit de la porte du bureau et celui de talons claquant sur le carrelage attirèrent son attention. Il était 17 heures passées. Serena Wells, leur réceptionniste, était déjà partie, et la plupart des employés de West n'avaient pas d'horaires réguliers, allant et venant selon les besoins. Ce soir-là, il se trouvait seul dans l'open space.

Il jeta un coup d'œil par-dessus la cloison qui entourait son bureau.

Une femme au visage en forme de cœur encadré de micro-tresses se tenait là. Il remarqua tout d'abord ses courbes affolantes et la façon dont elle savait clairement les mettre en valeur. Un jean bleu foncé enserrait ses fesses rondes et un pull à col en V couleur bronze moulait sa poitrine généreuse. Elle se dirigea vers la réception, chaussée de bottes en cuir marron assorties à son pull, un manteau de laine noire sous le bras. Quant à sa peau lisse, caramel foncé, elle semblait n'avoir jamais connu la moindre imperfection.

Même à plusieurs mètres de distance, il pouvait lire la tension dans son corps. Elle s'arrêta devant le bureau d'accueil vide et parcourut l'open space des yeux.

Son regard se posa sur lui avant qu'il puisse se dissimuler de nouveau derrière la cloison. Il n'aimait pas devoir parler avec les clients plus que nécessaires. En général, il interagissait avec eux juste assez pour obtenir les informations dont il avait besoin et pour leur transmettre son rapport une fois le travail terminé. Mais pour une raison inexplicable, il se leva et se dirigea vers la cliente avant d'avoir pleinement compris ce qu'il faisait.

Les yeux bruns de la jeune femme le fixèrent alors qu'il se rapprochait d'elle.

Il y avait quelque chose chez elle. Quelque chose de familier.

— TJ ? TJ Roman ?

Elle l'observa de la tête aux pieds, avant de revenir à son visage, l'air curieux.

Le son de son nom prononcé par cette voix le fit réfléchir. Il la connaissait. Alexis ? Impossible, et pourtant…

— Alexis Douglas ? demanda-t-il, incertain.

Elle lui offrit un petit sourire.

— Je ne savais pas si tu te souviendrais de moi.

— Bien sûr que je me souviens.

Il se dirigea vers elle et la serra dans ses bras, un moment étrange et un peu gênant.

Alexis était la sœur de son meilleur ami. Non, ancien meilleur ami serait plus exact. Il n'avait pas parlé à Mark Douglas depuis plus de deux ans, et la perte de cette amitié qui avait débuté à l'école primaire restait douloureuse. Cela faisait encore plus longtemps qu'il n'avait pas vu Alexis.

Plus de dix ans s'étaient écoulés. À l'époque, elle était à peine majeure, une jeune fille de dix-huit ans au visage frais qui faisait tourner toutes les têtes. Et maintenant… Il recula, laissant son regard se poser sur elle. Elle avait grandi et était devenue tout simplement magnifique.

Alexis avait quatre ans de moins que son frère Mark, ce qui lui donnait cinq ans de moins que TJ. La différence d'âge et son statut de petite sœur l'avaient empêché de la remarquer en grandissant. À présent, il ne pouvait s'empêcher de la dévorer des yeux. L'attirance qu'il ressentait pour la femme qui se tenait devant lui fut instantanée et puissante. Assez forte pour qu'il doive se rappeler qu'elle restait la sœur de son ami et donc hors de portée. Heureusement, car d'après l'anxiété qu'il lisait dans le regard brun foncé de la jeune femme, Alexis n'était pas là en souvenir du bon vieux temps.

— Qu'est-ce que tu fais ici, Alexis ?

Elle lécha nerveusement ses lèvres pulpeuses.

— J'ai besoin de ton aide.

Il lui fallut une seconde supplémentaire pour assimiler ce qu'elle avait dit, compte tenu de la quantité de sang qui était passée de son cerveau à son aine pendant qu'il regardait ses lèvres.

— Allons dans la salle de conférences et tu pourras m'en parler, parvint-il enfin à dire.

Il la guida puis lui proposa du café et de l'eau, qu'elle refusa. Elle s'enfonça dans l'un des fauteuils en cuir noir, déplaçant son sac à main de son épaule à ses genoux.

Il y avait des prises au centre de la table pour les ordinateurs portables et les tablettes, et il savait que beaucoup de ses collègues aimaient prendre des notes numériques, mais il préférait le papier et le crayon. Il s'empara d'un des blocs-notes jaunes empilés sur la table et d'un stylo.

— Bien, dit-il, commence par le début.

Alexis inspira fébrilement avant d'expirer lentement.

— Je suppose que cela a commencé avec la mort de Mark.

3

Alexis laissa à TJ une minute pour comprendre ce qu'elle venait de dire. Savait-il seulement que Mark était décédé ? Son frère et TJ s'étaient brouillés quelques années plus tôt, mais Mark ne lui avait jamais expliqué pourquoi. Mark avait toujours joué au grand frère protecteur avec elle, peu importe son âge. Cette protection s'étendait aux harceleurs en tout genre, aux garçons et à tous les autres sujets sur lesquels il ne jugeait pas nécessaire d'éclairer sa naïve petite sœur. Mais voilà qu'il n'était plus là et ne pouvait pas la protéger de celui qui s'était introduit chez elle deux nuits plus tôt.

— Mark est mort ? répéta TJ, incrédule.

Il pencha la tête sur le côté, prononçant les mots comme pour voir s'ils sonnaient juste.

Elle comprenait. Cela faisait deux mois, et elle essayait encore de se faire à l'idée de vivre dans un monde sans son frère. Elle repoussa les larmes qui lui brûlaient les yeux.

— Je ne savais pas si tu étais au courant. Ou si tu voulais l'être. Je suis désolée de devoir te l'annoncer comme ça.

C'était plus difficile qu'elle ne l'avait imaginé, mais elle ne voyait pas vers qui d'autre se tourner.

— Comment ? demanda TJ, sa voix guère plus haute qu'un murmure.

— Officiellement ? Suicide.

Elle tenait la lanière de son sac à main si fermement que ses jointures blanchirent. Elle ne pensait pas que Mark s'était suicidé, et elle soupçonnait que là était l'origine de ses problèmes actuels.

L'expression de TJ devint dure.

— Impossible. Jamais.

Confortée par son rejet catégorique de la cause officielle du décès de son frère, elle se rapprocha de lui.

— Mark est décédé il y a deux mois. Avant de mourir, il était soupçonné de plusieurs crimes.

— Quel genre de crimes ?

— Je ne sais pas exactement. Tout ce que j'ai pu obtenir de lui, c'est qu'il y avait eu un vol dans l'entreprise où il travaillait et qu'il avait été suspendu en attendant une enquête.

— Je ne crois pas que Mark était du genre à voler, répondit TJ en fronçant les sourcils.

En l'entendant exprimer sa conviction sur l'innocence de son frère, elle eut soudain l'impression qu'un poids énorme se détachait de ses épaules.

Elle se pencha vers TJ, assis sur la chaise à côté d'elle.

— Moi non plus. Mark n'a pas voulu m'en parler. Tu sais à quel point il tenait à me protéger de tout ce qui pouvait être un tant soit peu désagréable.

TJ esquissa un petit sourire.

— Je me souviens qu'il te protégeait un peu trop, oui.

— Plus qu'un peu, grommela-t-elle. Il n'avait pas été arrêté, mais je sais qu'il avait engagé un avocat.

— C'était donc sérieux, conclut TJ en se frottant le menton d'un air concentré.

— Très, acquiesça-t-elle. Et c'est pourquoi les autorités pensent que Mark s'est suicidé. Il a été retrouvé dans l'appartement qu'il louait. Il semble qu'il avait avalé un flacon de Valium.

Elle ravala un sanglot. Pendant les deux semaines qui avaient suivi l'annonce de la mort de son frère, elle n'avait cessé de pleurer. Elle ne savait pas si elle serait capable de s'arrêter si elle se laissait aller à recommencer maintenant. Mark avait besoin qu'elle se montre forte pour lui. Pour prouver qu'il n'avait pas commis les crimes qu'on lui reprochait et qu'il ne s'était pas suicidé.

TJ lui accorda un moment pour se ressaisir avant de demander :

— Où travaillait Mark ?

— TalCon Cybersécurité. L'entreprise est un important prestataire du gouvernement dont le siège se trouve en Virginie. Ils travaillent essentiellement pour l'armée.

— J'en ai entendu parler, dit TJ en fronçant les sourcils.

— Mark était informaticien chez eux, comme quand il était dans l'armée. Je ne comprends pas vraiment en quoi consistait sa mission, mais je connais mon frère. Mark était un homme honorable. Il ne se serait jamais abaissé de la sorte et il ne se serait pas suicidé. Il voulait prouver son innocence.

— Cela ressemble à Mark.

Alexis inspira une nouvelle fois une grande bouffée d'air. La conversation avec TJ se déroulait bien, mais si elle devait dérailler, ce serait à cause de ce qu'elle devait lui annoncer maintenant :

— TJ, je pense que Mark a été assassiné.

Il ne dit rien pendant un long moment.

— Alexis...

— Écoute, je sais ce que tu vas dire. Je l'ai déjà entendu de la part des flics qui s'occupent du supposé suicide de Mark. Et de son avocat. Mais je connais... je connaissais mon frère, reprit-elle après une hésitation. J'espère que, parce que tu le connaissais aussi, tu voudras bien m'aider.

TJ se recula dans son siège, loin d'elle. Mince, songea-t-elle, il ne semblait pas avoir l'intention de lui prêter main-forte.

— Je ne sais pas ce que je pourrais faire pour toi, commença TJ. Je poursuis les maris infidèles et les gens qui essaient d'escroquer leur compagnie d'assurances.

— Tu travailles pour l'un des meilleurs cabinets d'enquêtes privées de la ville, dit-elle avec incrédulité.

— Je poursuis de *riches* maris et femmes infidèles, répéta-t-il avec insistance. Je n'enquête pas sur les vols ni les meurtres potentiels.

— Tu pourrais, dit-elle, détestant entendre le désespoir dans son ton.

Mais elle avait besoin d'aide, et elle était prête à faire tout ce qu'il fallait pour l'obtenir.

— Je me suis renseignée sur cette entreprise, et ça devrait être une promenade de santé pour West Investigations. Ton patron n'a-t-il pas fait tomber une organisation criminelle dans la ville l'année dernière ?

— Je ne suis pas Ryan West, grommela TJ.

C'était une perte de temps. Il n'allait pas l'aider. Alexis rejeta les épaules en arrière et se leva.

— Dans ce cas, je souhaiterais parler à Ryan West.

— Assieds-toi, Alexis, lui intima TJ sans bouger de sa propre chaise.

Elle obtempéra, soudain vidée de ses forces. Elle était si fatiguée… Fatiguée du chagrin. Fatiguée de ne pas savoir. Elle devait aller de l'avant, mais elle avait besoin de connaître la vérité et, pour cela, il lui fallait de l'aide.

— Si je suis folle, si je ne suis qu'une sœur éplorée qui cherche à excuser les mauvaises décisions de son frère, pourquoi quelqu'un m'a attaquée il y a deux nuits ?

En entendant cela, TJ se pencha sur son siège, soudain captivé.

— T'attaquer ? Qu'est-ce que tu racontes ?

— Il y a deux nuits, quelqu'un s'est introduit chez moi et m'a agressée, commença-t-elle avant que sa voix se bloque à nouveau en repensant au poids de l'homme la clouant au sol. Il m'a menacée, puis m'a assommée avant de s'enfuir.

Elle avait fait ce qu'elle pouvait pour couvrir l'ecchymose sur son visage avec du fond de teint et avait coiffé ses cheveux pour qu'ils masquent la marque. Elle repoussa ses tresses sur le côté. Le maquillage aidait, mais ne parvenait pas à dissimuler complètement la blessure.

Quelque chose qui ressemblait à un grognement jaillit de la gorge de TJ alors qu'il inspectait son visage.

Elle laissa retomber ses cheveux.

— Quel genre de menace ? aboya-t-il.

— L'homme a dit que si je n'arrêtais pas de poser des questions, je finirais comme Mark.

L'expression de TJ devint encore plus sombre et, bien qu'elle sache que cela ne lui était pas destiné, mortelle.

— As-tu appelé la police ?

— Oui, acquiesça-t-elle. Ils ont pris ma déposition, mais je ne pense pas qu'il en sortira grand-chose. La serrure de ma porte d'entrée présentait des rayures, comme si elle avait été forcée, mais rien n'a été dérobé et je n'ai pas pu donner aux officiers une description de mon agresseur. Il portait un masque.

— Raconte-moi tout ce qui s'est passé cette nuit-là. Chaque détail dont tu te souviens.

Elle s'exécuta, repoussant la peur qui l'envahit à nouveau au moment de revivre l'instant où l'homme l'avait jetée sur le sol du couloir et l'avait écrasée de son poids.

— A-t-il...

TJ tremblait de rage, incapable de terminer sa phrase, mais elle savait ce qu'il demandait.

Elle secoua à nouveau la tête.

— Non, heureusement.

L'homme n'était pas venu pour lui faire du mal, du moins pas de façon sérieuse. Elle le comprenait à présent. Son objectif était de la terroriser, et il avait réussi.

Elle finit de raconter cette nuit-là à TJ, regardant sa mâchoire se contracter sous l'effet de la colère. Elle savait qu'elle n'aurait pas dû, mais elle trouvait cela sexy. TJ avait toujours été un bel homme. Elle l'estimait à environ un mètre quatre-vingt-dix, plus grand que Mark qui mesurait un mètre quatre-vingts, mais ils avaient tous les deux développé des corps minces et durs de soldats. TJ semblait avoir conservé ce physique. Des biceps puissants se dessinaient sous son pull. Il avait gardé ses cheveux courts, une coupe privilégiée par les militaires, mais la ligne nette de sa mâchoire carrée s'ornait d'une petite barbe de trois jours.

Elle se souvint que Mark l'avait surprise en train d'admirer TJ en cachette, alors qu'ils étaient tous les deux en permission. Il lui avait interdit de sortir avec TJ, ce qui avait conduit à une dispute. Il n'avait pas le droit de lui dicter ses fréquentations. Après tout, elle avait dix-huit ans à l'époque, et elle était une femme adulte tout à fait capable de décider de ses potentiels petits amis.

De toute façon, cela n'avait pas eu d'importance. TJ ne l'avait jamais vraiment regardée. Mark s'était assuré qu'elle sache que TJ était un homme à femmes qui ne restait jamais dans une relation bien longtemps.

Elle avait entrevu son annulaire gauche. Célibataire. Il n'avait pas l'air d'avoir beaucoup changé au fil des ans. Et c'était tant mieux. Sa dernière relation s'était terminée de façon désastreuse, et elle ne savait pas quand, ni même si elle serait prête à s'engager à nouveau.

— Écoute, je ne vais pas abandonner l'idée d'innocenter Mark. Si tu ne m'aides pas, je m'adresserai à Ryan West. Et si West Investigations ne m'aide pas, je continuerai à chercher jusqu'à tomber sur quelqu'un qui voudra bien m'écouter.

— Tu es sûre de toi ? demanda TJ. Je veux dire, quelqu'un s'est déjà introduit chez toi. Je sais que Mark ne voudrait pas que tu mettes en danger. La meilleure chose à faire est peut-être de laisser les flics s'en occuper.

Elle se pencha en avant et le regarda droit dans les yeux.

— Je n'ai jamais été aussi certaine. Mark m'a protégée de son vivant. C'est à mon tour de le protéger de la seule façon possible.

TJ détourna le regard, fixant la fenêtre de la salle de conférences pendant si longtemps qu'elle se persuada qu'il cherchait une façon polie de l'éconduire.

Elle était presque prête à lui dire d'oublier tout ça et aller chercher un autre détective privé quand il se retourna vers elle.

— D'accord, je vais t'aider.

4

TJ leva les yeux en entendant frapper et aperçut Shawn West de l'autre côté de la porte vitrée.

— Je dois m'absenter un moment, dit-il à Alexis avant de se lever, la laissant examiner seule le contrat de West Investigations.

— J'ai entendu dire que tu avais recruté une nouvelle cliente, dit Shawn en se penchant pour voir à l'intérieur de la salle de conférences.

TJ se plaça devant lui, lui bloquant la vue sur Alexis.

— Quelque chose comme ça. C'est la sœur d'un ami.

Shawn recula et lui jeta un regard interrogateur.

— Je vois. Et de quoi cette sœur d'un ami a-t-elle besoin ?

— Son frère s'est peut-être suicidé après avoir été accusé d'avoir volé son employeur. Il semble que ses questions aient attiré une attention non désirée.

Shawn étant copropriétaire de West Security and Investigations avec son frère Ryan, c'était à eux deux qu'il revenait de choisir les affaires que la firme acceptait, même s'ils laissaient une grande marge de manœuvre à leurs enquêteurs.

TJ résuma rapidement à Shawn tout ce qu'Alexis lui avait confié, y compris l'entrée par effraction chez elle et l'attaque dont elle avait fait l'objet.

Shawn siffla vivement.

— Cela semble être une affaire plus complexe que celles dont tu te charges habituellement. Es-tu sûr d'être prêt pour ça ?

Non, il n'était pas sûr du tout. Mais il savait qu'il ne pouvait pas confier Alexis à un autre agent.

— Je peux m'en occuper, grogna TJ.

Shawn lui adressa un sourire complice.

— Pourquoi toutes nos affaires tournent-elles ces derniers temps autour de belles femmes en détresse qui rendent fous nos employés masculins ? Qu'est-ce qui se passe ici ?

TJ pencha la tête sur le côté.

— Ce n'est pas comme ça que tu as rencontré ta femme ?

— Touché, s'esclaffa Shawn. Je sais que tu as l'habitude d'être un loup solitaire, mais fais-moi signe si tu as besoin d'un coup de main.

Un loup solitaire. L'idée lui inspira un moment de tristesse avant qu'il la repousse.

— Promis. Il faudra sans doute que je me rende en Virginie. C'est là que vivait et travaillait Mark, mon ami et le frère d'Alexis.

— Quand penses-tu partir ?

— Demain, si cela convient à Alexis. Mais je ne veux pas la laisser seule, alors je vais tout de suite accepter ton offre d'aide et te demander d'affecter quelqu'un à sa protection jusqu'à ce que je sois sûr qu'elle n'est pas en danger.

— Hors de question.

La voix d'Alexis retentit derrière lui.

Il se retourna, contrarié de ne pas avoir entendu le bruit de la porte de la salle de conférences qui s'ouvrait.

Alexis lui faisait face, les mains sur les hanches.

— Je serai à tes côtés pour toutes les étapes de cette enquête.

— Alexis..., soupira TJ.

— Non, le coupa-t-elle en levant la main. Je ne veux rien entendre. Mark était mon frère. Je suis la cliente, donc nous suivrons mes règles, autrement j'irai voir un autre cabinet.

TJ se tourna vers Shawn pour lui demander son soutien, mais il se rendit vite compte qu'il ne l'obtiendrait pas.

Shawn haussa les épaules.

— Ce ne serait pas la première fois que nous laissons un client nous accompagner.

TJ leva les yeux au ciel, espérant une intervention divine qui se faisait décidément attendre.

— Très bien, grogna-t-il.

Il se souvint d'une chose que Mark lui avait confiée un jour à propos de sa sœur : elle pouvait se montrer incroyablement autoritaire. Et elle arrivait presque toujours à ses fins. TJ se souvenait avoir pensé que c'était parce qu'elle menait Mark à la baguette, mais il se demandait maintenant si Alexis Douglas ne possédait pas une plus grande force de caractère qu'il ne l'aurait cru.

— Je disais justement à Shawn que notre premier arrêt devrait être la Virginie.

— Je n'y vois pas d'inconvénient, acquiesça-t-elle. La police a enfin libéré son appartement et son propriétaire m'a donné jusqu'à la fin du mois pour déménager ses affaires, nous ne devrions donc pas avoir de problème d'accès.

Comme elle semblait être d'humeur plutôt conciliante, TJ poursuivit :

— Et, à la lumière de l'attaque chez toi, je te suggère de trouver un garde du corps pour ce soir et chaque fois que je ne serai pas avec toi.

Elle acquiesça à nouveau.

— Cela me va très bien. Un sale type qui s'introduit chez moi… c'était terrifiant.

Un petit frisson la parcourut. TJ sentit l'envie de la prendre dans ses bras et de lui assurer qu'il ne permettrait à personne de lui faire du mal. Au lieu de suivre son impulsion, il se tourna vers Shawn.

— Est-ce que Tess ou l'une des autres agentes est disponible ?

— Je préférerais que tu sois mon garde du corps, dit Alexis. Enfin, si tu es d'accord.

Il se retourna vers elle.

— Je suis d'accord. Je pensais juste que tu serais plus à l'aise si une femme passait la nuit avec toi.

— Je pense qu'on va s'en sortir tous les deux, répliqua Alexis avec un petit sourire avant d'ajouter plus sérieusement : Mark te faisait confiance et moi aussi.

La tension entre eux devint presque palpable. Il n'était pas sûr qu'elle ait raison de dire que Mark lui faisait confiance, mais il était heureux d'entendre que c'était le cas pour elle.

— Cela simplifie les choses puisque vous serez en Virginie demain, dit Shawn, brisant la tension qui couvait.

Au prix d'un effort herculéen, TJ détacha son regard du visage d'Alexis, mais, incapable de formuler le moindre mot, il se contenta de hocher la tête.

— Parfait. Maintenant que tout est réglé, je vous laisse, dit Shawn en frappant des mains et en saluant avant de s'éloigner vers son bureau.

— Maintenant que tout est réglé…, dit TJ en imitant son patron.

Il n'en était pas certain, mais il crut entendre Shawn glousser avant de disparaître au bout du couloir.

— J'ai un sac de voyage dans ma voiture, je n'ai plus qu'à prendre mon ordinateur portable à mon bureau et je pourrai te suivre jusque chez toi.

— Oui, bien sûr. Ma voiture est dans le garage juste à côté du bâtiment.

— En route alors, dit-il avant de s'écarter pour la laisser passer devant lui. Allons découvrir ce qui est arrivé à Mark.

Alexis s'arrêta dans l'allée de son petit immeuble de deux étages. Elle attendit que TJ se gare derrière elle avant de sortir de sa voiture. Ronnie, son voisin immédiat, était assis sous le porche, portant une veste sans manches orange et un short, bien qu'on soit déjà à la mi-octobre et que la température ait à peine dépassé les 10°. Ronnie était ce que sa mère appelait « un sacré personnage », mais, en dehors de sa passion pour les animés japonais dont il parlait à n'en plus finir, c'était un homme inoffensif.

Elle le salua de la main avant de se diriger rapidement vers la porte d'entrée afin d'éviter une nouvelle conversation interminable.

TJ jeta son sac de voyage sur son épaule et la rejoignit sous le porche.

— Ton voisin semble terriblement intéressé par tes allées et venues, remarqua-t-il avec un regard appuyé en direction de Ronnie. Ou est-ce que tu ramènes si rarement un homme à la maison que nous constituons un spectacle pour le voisinage ?

Alexis ouvrit la porte et pénétra dans sa maison avant de lui répondre.

— Je n'ai jamais ramené d'homme ici.

TJ eut l'air brièvement surpris avant de se ressaisir et de lui décocher un sourire.

— Je suis honoré d'être le premier.

Alexis détourna le regard, tentant d'ignorer la sensation que ce sourire déclenchait en elle. Un sourire qui rendait le beau visage de TJ encore plus sexy.

Il se tint juste derrière elle. L'entrée n'était pas grande, et entre eux deux, il ne restait plus qu'un minuscule espace. Elle désirait ardemment le combler. TJ était grand et fort et il connaissait des techniques de combat qu'elle pouvait à peine concevoir. Depuis le cambriolage, elle ne s'était pas sentie à l'aise dans sa propre maison, mais grâce à la présence de TJ, elle se sentait enfin en sécurité.

Ce n'était pas la seule chose qu'elle éprouvait, mais elle n'était pas sûre de vouloir explorer ces sentiments. Pas si tôt après Lamar. Même si « tôt » semblait un peu exagéré. Cela faisait déjà un an qu'elle avait surpris son ancien fiancé dans leur lit avec une autre femme. Sa relation avec Lamar battait déjà de l'aile, mais aucun d'entre eux n'avait eu le courage de rompre. Rentrer dans l'appartement qu'ils partageaient et le trouver avec une autre femme n'avait pas fait autant de mal que cela aurait dû, mais sa confiance en elle et en sa capacité à juger les gens en avait pris un sacré coup.

Elle se racla la gorge et se détourna du regard pénétrant de TJ.

— Bon, laisse-moi te faire visiter.

Elle fit un pas de côté et s'avança dans la maison.

— Il n'y a pas grand-chose. Voici mon bureau, dit-elle en désignant la pièce de droite. C'est censé être un salon, mais je n'en ai vraiment pas besoin.

Elle sentait qu'elle commençait à radoter, mais ne parvenait pas à se calmer.

— Derrière, il y a la cuisine, le coin repas et le vrai salon. J'imagine qu'on appellerait ça l'espace de vie. Mais bon, ce n'est pas comme s'il y avait beaucoup de vie ici. Juste moi.

Une pointe de chagrin la transperça lorsqu'elle réalisa à quel point c'était vrai. Sa mère était décédée quand elle avait dix-neuf ans, et Mark et elle n'avaient jamais connu leur père, qui avait abandonné sa famille alors qu'Alexis n'était qu'un nourrisson. Maintenant que Mark n'était plus là, il n'y avait vraiment plus qu'elle. Mais ce n'était pas le moment de s'attarder sur cette pensée.

— Les deux chambres sont à l'étage. Nous devrons partager une salle de bains, mais je ne pense pas que ce soit un problème. Ce sera comme si nous étions de retour à l'université. Ou plutôt, pour toi, à l'armée, ajouta-t-elle avec un petit rire gêné.

Tais-toi !

Son cerveau sembla enfin trouver l'interrupteur qui lui ferma la bouche.

— Ton appartement est sympa, dit TJ au bout d'un moment.

Il posa son sac de voyage sur l'une des chaises de la cuisine.

— Je sais qu'il y a des travaux à faire. Je l'ai acheté l'année dernière avec l'intention de tout rénover, mais tu sais ce que c'est. La vie prend le dessus.

Elle haussa les épaules et laissa échapper un nouveau gloussement nerveux. TJ lui décocha un petit sourire en coin.

— Oui, je sais ce que c'est.

— La seule pièce que j'ai dû rénover avant même d'emménager, c'est la cuisine.

Elle désigna la pièce d'un geste de la main, comme un présentateur annonçant la tête d'affiche.

Pour une cheffe, la cuisine représentait une sorte de scène. Et elle voulait s'assurer que la sienne contienne tout ce dont elle pouvait rêver. Ou du moins tout ce dont elle pouvait se permettre de rêver à ce stade de sa carrière.

TJ tourna sur lui-même, prenant connaissance de l'ensemble de l'espace.

— C'est impressionnant. Je me souviens que tu aimais cuisiner quand nous étions jeunes.

— J'en ai fait ma carrière, dit-elle en passant derrière le grand îlot central. Je suis cheffe cuisinière. J'ai plusieurs clients privés à Manhattan et Brooklyn. Quelques-uns dans le Connecticut et à Westchester.

Elle hésita un instant avant d'ajouter :

— Une de mes amies m'a même invitée à m'associer avec elle pour qu'on ouvre notre propre restaurant. Je serai aux fourneaux.

Le sourire de TJ s'agrandit.

— Je suis impressionné, mais pas surpris. Je suis sûr que tu es une cuisinière fantastique et que les gens viendront en masse dans ton restaurant.

Une douce vague de chaleur l'envahit en entendant ces compliments.

— Tu devrais probablement réserver ton jugement jusqu'à ce que tu aies goûté mes plats. Assieds-toi. Je vais commencer à préparer le dîner.

Il déplaça son sac sur le sol et s'assit.

— Tu n'as pas besoin de cuisiner pour moi. On peut commander quelque chose.

Elle pressa une main sur son cœur.

— Tu me blesses, vraiment. Assieds-toi là et tiens-moi compagnie.

Son rire emplit l'espace.

— C'est toi la cheffe. Dans la cuisine, bien sûr.

Elle rit en se mettant au travail pour préparer des penne

all'arrabbiata, des pâtes épicées qui constituaient un plat simple, mais savoureux et qu'elle avait l'habitude de réaliser pour plusieurs de ses clients réguliers. Pendant ce temps, TJ travaillait sur son ordinateur portable.

Après un silence bien trop confortable, elle apporta les deux assiettes sur la table.

— Ça sent super bon ! s'exclama TJ.

Elle se glissa sur la chaise en face de lui. Elle lui avait indiqué le casier à vin et lui avait fait ouvrir une bouteille de rouge. Elle avait bu un verre et demi en préparant le repas et TJ la resservit une fois à table.

— Tu ne bois pas ?

— Pas quand je suis au travail. Juste de l'eau pour moi.

Il tapota le bord du verre d'eau à côté de son assiette.

— C'est dommage, dit-elle en attrapant son verre. C'est un très bon cru.

TJ sourit.

— Une fois ce travail terminé, nous pourrons partager une bouteille.

Un sourire glissa sur ses lèvres et elle réalisa qu'elle aimait l'idée de sortir avec lui.

Le repas commençait à ressembler à un rendez-vous galant. Elle but une gorgée de vin et se rappela que s'engager avec TJ était une horrible idée. Il était déjà un homme à femmes dans sa jeunesse, et les hommes comme ça ne changeaient jamais. Rien que son attirance pour lui était une raison suffisante pour ne pas s'engager. Elle ne pouvait se fier à son propre jugement, d'où le fait qu'elle s'était imposé de ne sortir avec personne en ce moment.

Elle avait besoin de l'aide de TJ pour prouver l'innocence de Mark, voilà tout.

— Ça sent déjà bon, mais le goût est carrément extraordinaire. C'est un vrai régal ! Tu es une cheffe incroyable, dit TJ en prenant une autre bouchée.

Elle se sentit rayonner sous ses louanges. Le plat mettait

parfaitement en valeur son style de cuisine. Elle ne jurait que par la saveur et le goût. Bien sûr, créer de beaux plats avait ses avantages, mais c'étaient toujours les plats à la fois réconfortants et savoureux qui restaient dans la mémoire des gens, et qui faisaient sa renommée auprès de ses clients.

— Je me souviens que tu cuisinais tout le temps avec ta mère. Elle aussi était un cordon-bleu. C'est pour ça que tu as choisi ce métier ? demanda TJ.

Elle caressa le bord de son verre de son index.

— En partie, je suppose. Je pense que j'associe la cuisine au fait de prendre soin des gens. Je sais que c'était pareil pour ma mère. Je ne sais pas si j'ai le même instinct maternel qu'elle, mais j'ai un talent pour la cuisine et la bonne nourriture rend les gens heureux. Si je peux apporter un peu de bonté dans ce monde, je me sens mieux.

TJ avala une autre bouchée et attrapa son verre d'eau.

— Pourquoi penses-tu ne pas avoir l'instinct maternel ?

— Oh ! dit-elle en agitant une main devant son visage. Je ne sais pas.

Pourquoi ce commentaire était sorti ? Trop de vin peut-être.

— Tu ne t'es jamais mariée ? insista TJ.

— Jamais mariée. J'ai failli, en quelque sorte, il y a un an.

Elle savait maintenant qu'elle avait trop bu. Elle n'avait pas eu l'intention d'en parler, mais c'était trop tard et le regard de TJ montrait clairement qu'il n'allait pas abandonner le sujet.

Elle soupira et but une autre gorgée pour se donner du courage.

— C'est un peu un cliché. Je suis rentrée tôt un jour et j'ai trouvé mon fiancé au lit avec une autre femme.

— Tu es mieux sans lui.

— C'est ce que Mark a dit. Mais tu ne connaissais même pas Lamar.

TJ secoua la tête.

— Ce n'est pas la peine. C'est un crétin et tu mérites mieux.

— Merci.

Un frisson d'électricité passa entre eux. Après un long moment, TJ reprit la parole.

— Alors pour l'instant, pas de petit ami sérieux ?

— Pas de petit ami sérieux. Pas de petit ami tout court.

Sa voix se brisa sous l'effet de la tension.

— Pourquoi pas ?

— Je ne sais pas, dit-elle en évitant son regard. Je crois que je ne suis pas encore prête à me remettre dans le bain.

Elle se leva et porta son assiette encore à moitié pleine jusqu'à l'évier. Elle n'avait pas fini ses pâtes, mais elle avait perdu l'appétit. Avec un peu de chance, elle avait mangé suffisamment pour absorber une partie du vin qui avait délié ses lèvres.

— Je suis épuisée. Je vais aller me coucher. Laisse la vaisselle. Je nettoierai demain matin.

TJ l'imita et se dirigea vers l'évier.

— Tu as cuisiné. Je m'occupe de la vaisselle. Et je suis désolé si je t'ai mise mal à l'aise.

Elle essaya de sourire, mais son visage demeura crispé.

— Ne t'inquiète pas. Impossible d'être plus mal à l'aise qu'une femme travaillant dans la cuisine d'un restaurant cinq étoiles.

Elle le contourna et se dirigea vers l'escalier.

— Alexis, appela TJ.

Elle se retourna.

Il la regarda longuement, comme s'il voulait lui dire quelque chose. Puis le moment passa.

— Je nous ai réservé le vol de 7 heures vers Dulles. J'espère que ce n'est pas trop tôt.

— Pas du tout. Je serai prête.

— Bonne nuit, Alexis.

— Bonne nuit, TJ.

5

Alexis se rendit dans sa chambre après le dîner avec la ferme intention de se reposer enfin. Elle n'avait pas eu une seule bonne nuit de sommeil depuis que cet homme était entré par effraction chez elle. Malheureusement, le repos devrait attendre car sa meilleure amie, Karen Hall, surnommée Kitty, choisit ce moment précis pour l'appeler.

— Alors, comment ça s'est passé ? demanda-t-elle sans préambule.

Kitty était au courant de l'effraction chez Alexis et de son projet de demander l'aide de TJ pour enquêter sur la mort de Mark et les accusations de vol qui pesaient sur lui.

— TJ est d'accord pour m'aider, dit Alexis en s'installant confortablement sous la couette, car les appels avec Kitty avaient tendance à durer longtemps. D'ailleurs, il est ici en ce moment. Il dort dans ma chambre d'amis ce soir, et demain nous partons pour la Virginie.

— Waouh, c'était rapide ! J'ai essayé de le chercher en ligne, mais je n'ai rien trouvé sur un Thaddeus Roman. Aucune présence sur les réseaux sociaux, et il n'y a pas d'annuaire du personnel sur le site de West Investigations.

Alexis s'esclaffa.

— En même temps, c'est logique. C'est un détective *privé*. Ce ne serait pas vraiment privé s'il y avait une tonne de photos de lui sur le Net.

— Je suppose, dit Kitty d'un air boudeur. Bon, parle-moi de lui.

Alexis songea que TJ et Kitty étaient peut-être exactement le même genre de personnes. Kitty aussi évitait les relations amoureuses sérieuses, préférant « ratisser large », comme elle le disait.

— Allô ? Alexis, tu es toujours là ?

La voix de Kitty la tira de sa rêverie.

— Oui, je suis là. Désolée, j'ai eu un moment d'égarement. Qu'est-ce que tu veux savoir ?

— À quoi ressemble-t-il ? Décris-le-moi et je veux des détails.

— Je ne sais pas. Je suppose qu'il est beau. Il mesure environ un mètre quatre-vingt-dix, il est large d'épaules. Je crois me souvenir que Mark a dit qu'il avait joué au football américain au lycée et ça se voit. Il peut être un peu bourru, mais il a des yeux marron clair avec des petites paillettes dorées et parfois, quand il me regarde, j'y vois une telle douceur...

— Des paillettes dorées, hein ? On dirait que tu as passé du temps à te perdre dans les yeux de M. Roman, la taquina Kitty.

— Non, pas du tout, répondit Alexis rapidement. C'est juste quelque chose que j'ai remarqué.

Kitty rit.

— D'accord, si tu le dis. Tu sais que c'est normal d'avoir des sentiments pour un homme, ajouta-t-elle sobrement.

Kitty avait été là pour elle lors de sa rupture avec Lamar. Depuis un certain temps, elle encourageait Alexis à se remettre à fréquenter des hommes.

— Je sais.

— As-tu réfléchi à mon offre ?

Alexis avait rencontré Kitty à l'institut culinaire, mais alors que Kitty était une cheffe tout à fait correcte, elle s'épanouissait réellement dans la gestion de restaurant et la finance. Sa perspicacité financière était probablement due au fait qu'elle était la fille d'un éminent banquier d'affaires, mais quelle qu'en soit la cause, les connaissances de Kitty en matière de cuisine, de finance et de marketing avaient fait des restaurants qu'elle possédait actuellement deux des rendez-vous gastronomiques les plus populaires de Jersey City. Kitty était actuellement en train d'ouvrir un troisième restaurant, dans le quartier d'affaires de Manhattan, et faisait pression sur Alexis pour qu'elle s'engage en tant qu'associée et cheffe cuisinière.

— Je réfléchis encore.

Lorsque Kitty soupira, Alexis ajouta :

— C'est une décision importante. Il faudrait que je laisse tomber mes clients actuels, que j'abandonne tout ce que j'ai déjà construit pour m'occuper du restaurant.

— Je sais, je sais. Je t'ai dit de prendre tout le temps dont tu avais besoin, et je le pensais, mais ce serait vraiment génial de gérer un restaurant ensemble.

Kitty et elle discutèrent pendant encore une demi-heure du restaurant et de ce qu'elles accompliraient ensemble si Alexis acceptait de s'impliquer avant de finalement raccrocher.

Bavarder avec Kitty revigorait habituellement Alexis, mais ce soir, songer à son avenir lui fit penser à Mark et au futur qu'il n'aurait jamais. En plus de cet avenir brutalement interrompu, son nom serait à jamais sali si elle ne parvenait pas à prouver qu'il n'avait rien d'un voleur qui se serait suicidé plutôt que d'affronter les conséquences de ses actes. Elle ne pouvait pas laisser passer cela.

Après avoir reçu l'appel lui annonçant la mort de Mark, elle s'était rendue chez lui en Virginie. Mark louait un appartement en duplex, mais elle n'avait pas eu la force de vider ses affaires à ce moment-là. Le propriétaire avait proposé de s'en charger, mais l'idée que tout ce qu'il restait de son frère pouvait être emballé dans quelques cartons et envoyé par la poste l'avait empêchée d'accepter l'offre.

Peut-être serait-elle assez forte pour fouiller dans quelques-unes de ses affaires lors de ce voyage. Elle pourrait prendre les choses qu'elle souhaitait garder pour elle et apporter tout le reste à l'Armée du salut ou le donner à des associations locales. C'est ce que Mark aurait voulu.

Elle tapota son oreiller et tenta de forcer son esprit à se calmer, mais deux heures après s'être couchée, ses yeux restaient ronds comme des soucoupes.

Ce n'était pas seulement le fait qu'elle partait pour la Virginie le lendemain et que, avec un peu de chance, elle obtiendrait des réponses sur la mort de son frère. Non, chaque fois qu'elle sentait le sommeil approcher, ses pensées s'envolaient vers TJ dans la pièce de l'autre côté du couloir et son cerveau se remettait en marche, ainsi que d'autres parties de son corps.

Elle avait beau se répéter qu'elle devait rester professionnelle avec l'ancien meilleur ami de son frère, elle ne pouvait s'empêcher d'avoir d'autres idées. Chaque fois qu'elle regardait ses yeux bruns si perspicaces, elle avait l'impression qu'il pouvait lire dans ses pensées.

Ce n'était pas une bonne chose, étant donné les activités qui se déroulaient dans sa tête lorsqu'elle le regardait.

Elle n'avait pas été attirée par un homme depuis Lamar. Mais d'après ce que Mark lui avait confié à propos de son ami, TJ pourrait être l'homme parfait avec lequel se remettre en selle. Après tout, puisqu'il vivait des relations sans attaches, cela signifiait qu'aucun d'entre eux ne serait blessé lorsque leur idylle toucherait inévitablement à sa fin.

Mais trouver des réponses à la mort de Mark restait sa priorité. Commencer une relation avec TJ maintenant pourrait compromettre ce but. Elle avait besoin de lui. Ce n'était pas un hasard si elle était venue le chercher. Si son amitié avec Mark s'était détériorée, ce n'était pas le cas du bouche-à-oreille dans leur quartier. Elle avait ainsi appris qu'il avait quitté l'armée et obtenu sa licence de détective privé. À partir de là, il avait suffi d'une recherche sur Internet pour le retrouver. Elle avait eu de la chance qu'il travaille dans l'un des meilleurs cabinets de la ville. Et grâce à sa propre riche clientèle, elle pouvait se permettre de payer les frais considérables de West Investigations. Au moins pour un temps. Elle espérait que le statut de vétéran de TJ l'aiderait à ouvrir des portes et à révéler quelques secrets bien gardés qu'elle ne pouvait découvrir seule.

Elle roula sur le dos et fixa le plafond. « Ça ne va pas marcher. » Mais elle avait désespérément besoin de dormir si elle voulait être plus utile qu'un zombie ambulant le lendemain.

Elle se leva et enfila son peignoir. Une tasse de lait chaud l'aidait toujours à se détendre.

Elle ouvrit la porte de sa chambre et tomba nez à nez avec TJ, en jean et chaussettes, mais torse nu.

— Tout va bien ? demanda-t-il.

Elle eut du mal à détacher son regard des boucles de poils sur son torse. Mais lorsqu'elle y parvint enfin, elle se retrouva prise au piège de son beau visage. Sa petite barbe de trois jours s'était faite plus épaisse à présent, le propulsant de simplement beau à terriblement sexy.

L'envie de lui sauter dessus, là, dans son couloir, devint presque irrésistible.

Après une trop longue pause, elle réussit enfin à repousser ses pensées lubriques et à lui répondre.

— Très bien. Je n'arrive pas à dormir.

Elle se détourna de lui et se dirigea vers l'escalier. De l'air. Elle avait besoin d'air. De beaucoup d'air entre elle et TJ Roman.

Malheureusement, il ne semblait pas qu'elle l'obtiendrait. TJ la suivit dans l'escalier puis dans la cuisine.

Elle fit le tour du grand îlot, le plaçant entre elle et TJ, et alla chercher le lait dans le réfrigérateur.

— Je me prépare une tasse de lait chaud. Tu en veux ?

— Pourquoi pas.

— Pourquoi es-tu encore debout ? demanda-t-elle.

— J'effectuais des recherches sur Mark et le vol dont on le soupçonne.

Elle posa le pot de lait sur la gazinière et alluma le brûleur avant de se tourner vers lui.

— Tu as trouvé quelque chose ?

TJ secoua la tête.

— Pas vraiment, mais ce n'est pas surprenant. S'il n'avait pas été inculpé au moment de sa mort, son nom n'est pas susceptible d'apparaître dans les sources publiques.

Alexis remit le lait dans le réfrigérateur et referma la porte avec plus de force que nécessaire.

— Je n'arrive pas à croire que quelqu'un puisse penser que Mark ait commis un tel acte.

Elle attrapa deux mugs dans le meuble du haut. Un silence bienveillant s'installa dans la cuisine pendant que le lait réchauffait. Elle n'avait pas l'habitude d'avoir quelqu'un d'autre dans son espace et fut heureuse de constater que TJ ne ressentait pas le besoin de remplir chaque instant de bavardages.

— Peux-tu m'expliquer tout ce que tu sais de l'affaire contre Mark ? Tout ce qu'il t'a dit et tout ce que tu as découvert ? demanda TJ.

Elle versa le lait dans deux tasses.

— Je t'ai déjà dit tout ce que je savais, ce qui n'est malheureusement pas grand-chose, mais je veux bien le répéter si cela peut t'aider.

Elle fit glisser une des tasses sur le comptoir, puis éteignit le brûleur et s'installa sur le tabouret à côté de TJ.

— Tu as servi avec Mark dans l'armée, déclara-t-elle.

TJ acquiesça.

— Je ne sais pas grand-chose à ce sujet, mais il travaillait dans le domaine de la cybersécurité. Il a quitté l'armée quelques années avant toi et a rejoint TalCon pour faire essentiellement le même travail, d'après ce que j'ai compris.

TJ acquiesça à nouveau.

— TalCon est un des principaux prestataires de l'armée. Ils emploient des centaines d'anciens soldats, c'est logique.

— Mark a gravi les échelons jusqu'à devenir le chef de l'unité de cybersécurité. Il y a quelques semaines, un programme sur lequel il travaillait a été dérobé. Mark n'a pas voulu me dire ce qui s'était passé, mais il a été accusé du vol. TalCon l'a suspendu.

— Il devait s'agir d'un programme assez important, avança TJ. Et il avait contacté un avocat ?

— Oui. Il avait engagé Sanjay Atwal.

— Mais Mark n'a pas été accusé du vol tout de suite ?

— Non, mais je sais que la police mettait beaucoup de pression sur lui. Je voyais bien qu'il était très stressé. Il semblait inquiet.

— On dirait qu'il avait des raisons de l'être.

Alexis fronça les sourcils.

— La police d'Alexandria a pris la tête de l'enquête sur la mort de Mark, mais je sais qu'ils ont parlé aux dirigeants de TalCon. D'après l'inspectrice chargée de l'affaire à qui j'ai parlé, Mark se serait suicidé parce qu'il se sentait coupable d'avoir volé le programme et qu'il ne voulait pas en assumer les conséquences.

Elle repoussa sa tasse de lait tiède.

— Mon frère n'était pas un lâche, TJ.

Il lui tendit la main et la serra.

— Je sais. Je suis bien placé pour savoir à quel point ton frère était courageux. Il m'a sauvé la peau plus d'une fois lorsque nous étions déployés.

Quelque chose changea dans son regard.

— Que s'est-il passé entre Mark et toi ? Vous étiez très proches et puis, du jour au lendemain, vous ne vous êtes plus adressé la parole.

La tristesse marqua les traits de TJ. Pendant un instant, elle crut qu'il allait lui expliquer, mais il se ravisa.

— Ne nous égarons pas. La police d'Alexandria t'a-t-elle donné d'autres informations ?

Elle secoua la tête, résignée à ne jamais savoir ce qui s'était passé entre les deux amis.

— Je sais qu'ils n'ont pas officiellement clos l'affaire parce que le médecin légiste n'a pas encore reçu le rapport toxicologique complet du laboratoire de médecine légale. J'ai appelé l'inspectrice Elaine Chellel – c'est elle qui est chargée de l'affaire de Mark – chaque semaine depuis que j'ai appris sa mort, espérant que le rapport toxicologique prouverait que Mark ne s'est pas suicidé, mais pour l'instant, pas de réponse.

— Même si le rapport toxicologique arrive, cela ne démentira peut-être pas la théorie de l'inspectrice. Elle pourrait quand même classer l'affaire comme un suicide.

TJ ne faisait que dire tout haut ce qu'elle craignait depuis le début.

— Je sais, dit Alexis à voix basse. Et si elle le fait, nous ne saurons peut-être jamais ce qui est arrivé à Mark.

6

Le lendemain matin, ils attrapèrent le vol de 7 heures depuis l'aéroport de LaGuardia en direction de Dulles, à la périphérie de Washington DC. West Investigations disposait de comptes auprès de tous les grands loueurs de voitures, ce qui permit à TJ de leur réserver une berline en quelques clics. Il avait discuté de son plan avec Alexis dans l'avion. Leur première étape serait TalCon. TJ n'avait pas beaucoup d'espoir d'obtenir des réponses claires de la part de la société, mais ils devaient au moins essayer. Alexis avait rencontré Nelson Bacon, le PDG, lorsqu'elle était venue à Washington DC pour réclamer le corps de Mark. Bacon lui avait alors donné son numéro de portable personnel, et elle l'avait appelé le matin même pour organiser un rendez-vous avec lui et le supérieur direct de Mark, Arnold Forrick, dans leurs bureaux.

Ce matin-là, à 9 h 50, TJ s'arrêta devant les portes du siège de TalCon et donna son nom et celui d'Alexis à la grille.

Le garde vérifia leurs papiers d'identité et les compara à sa liste, avant de leur indiquer la direction du parking réservé aux visiteurs.

Le siège de la société se composait de trois bâtiments blancs carrés de trois étages, aux fenêtres sombres. Le complexe formait un U autour d'un grand parking.

Après un nouveau contrôle d'identité à la réception du bâtiment, Alexis et lui furent autorisés à prendre l'ascenseur jusqu'au troisième étage. Après une brève attente, l'assistante de Nelson

Bacon, une jeune femme aux cheveux blonds gorgés de soleil, les conduisit dans un long couloir jusqu'à son patron.

Bacon se leva de derrière un grand bureau noir lorsqu'ils pénétrèrent dans la pièce. La soixantaine, les cheveux poivre et sel, Bacon avait une posture si droite que TJ aurait deviné qu'il avait fait l'armée même sans avoir utilisé les prodigieuses ressources de West Investigations pour enquêter sur ses antécédents.

Général en retraite, décoré de l'armée de terre, Bacon avait quitté l'armée pour occuper un poste des plus lucratifs dans le secteur privé. En vingt ans chez TalCon, il avait gravi les échelons jusqu'au poste de PDG. Son second, Arnold Forrick, avait une formation militaire similaire et avait également reçu plusieurs médailles et décorations.

— Mademoiselle Douglas. C'est un plaisir de vous revoir, dit Bacon en serrant la main d'Alexis avant de se tourner vers TJ. Et vous devez être Thaddeus Roman.

TJ lui serra également la main.

— Merci de nous recevoir si rapidement, monsieur Bacon.

Bacon indiqua les chaises devant son bureau. TJ et Alexis s'assirent.

— Comme je l'ai dit lors de notre rencontre il y a quelques semaines, TalCon est là pour vous, Alexis. J'espère que je peux vous appeler Alexis ?

— Oui, je vous en prie.

— Que pouvons-nous faire pour vous aujourd'hui, mademoiselle Douglas ? demanda Arnold Forrick, qui s'était tenu stoïquement à côté du bureau de son patron pendant qu'ils échangeaient ces platitudes, un air renfrogné gravé sur le visage.

— Pardonnez la brusquerie d'Arnold, répliqua Bacon avec un froncement de sourcils.

Alexis esquissa un faible sourire.

— Ce n'est rien. Je suis sûre que vous êtes tous les deux très occupés, et nous essaierons de ne pas vous prendre trop de temps.

— Nous vous écoutons, dit Bacon en reprenant place derrière son bureau.

— J'ai engagé M. Roman pour m'aider à enquêter sur la mort de Mark. C'est un détective privé, annonça Alexis.

Comme aucun d'eux n'avait demandé la raison de sa présence, TJ supposait qu'ils avaient déjà effectué des recherches sur lui. L'absence de surprise sur leurs visages acheva de le convaincre qu'il avait raison.

Bacon prit cependant un air étonné.

— On m'a dit que Mark s'était suicidé.

Alexis serra les dents.

— Je n'y crois pas. C'est une conclusion fondée en grande partie sur l'idée que mon frère aurait volé votre entreprise, ce qui me semble tout à fait impossible.

— Je ne sais pas à qui vous avez parlé, intervint Forrick sur un ton agressif, mais les détails des projets sur lesquels notre entreprise travaille sont confidentiels. Si vous partagez des informations confidentielles, TalCon prendra toutes les mesures légales nécessaires pour...

— Monsieur Forrick, interrompit TJ, plus qu'irrité lui-même. Pourquoi n'écoutez-vous pas Alexis avant de la menacer de poursuites judiciaires ?

Forrick tenta de reprendre la parole, mais Bacon leva la main pour l'en empêcher.

— Arnold, laissez parler Mlle Douglas, s'il vous plaît.

Alexis lança un regard courroucé à Forrick.

— Mark n'était pas un voleur. Mon frère était un soldat, tout comme vous, monsieur Bacon. Vous savez à quel point l'armée valorise l'honneur et l'intégrité. Ces valeurs signifiaient tout pour Mark, même une fois de retour à la vie civile.

— Je connaissais Mark, déclara M. Bacon. Je ne l'aurais jamais cru capable d'un tel acte. Je ne sais pas ce que vous avez pu trouver ou ce que la police vous a indiqué, et je ne peux moi-même vous communiquer des informations confidentielles, en revanche je peux vous dire que les preuves que nous possédons sont accablantes.

— TalCon a coopéré avec les forces de l'ordre et nous avons bien l'intention de continuer, ajouta Forrick. Si vous avez des informations sur ce que votre frère a pu faire avec le logiciel volé ou à qui il a pu le vendre, je vous suggère fortement d'en faire part aux autorités.

— Je vous assure que j'ai été interrogé par la police, grogna Alexis. Méticuleusement. Mark ne m'a jamais parlé de ce logiciel puisqu'il était confidentiel et qu'il ne l'a pas volé.

TJ s'avança dans son fauteuil.

— Vous ne pouvez pas nous parler du programme qui a disparu, mais pouvez-vous nous dire pourquoi vous êtes si certain de la culpabilité de Mark ?

— Comme je l'ai dit, nous ne pouvons pas révéler...

Bacon leva une seconde fois la main. Forrick se tut, mais son air renfrogné s'accentua.

— Nous avons su grâce à une alerte interne qu'il y avait eu un téléchargement non autorisé du programme. Nous aurions dû être prévenus en temps réel, mais cela n'a été le cas qu'après plusieurs jours, en raison d'une défaillance du système. Arnold a raison de dire que je ne peux pas préciser la nature exacte de la faille, mais nous avons pris le rapport au sérieux et avons immédiatement ouvert un audit.

— Et l'audit a impliqué Mark, conclut TJ.

Bacon hocha lentement la tête.

— Malheureusement, nos caméras de sécurité étaient en maintenance lors de la nuit en question. Mais TalCon utilise des systèmes de sécurité informatique parmi les plus avancés qui soient. L'ordinateur de Mark, son identifiant et sa clé électronique ont été utilisés pour accéder au système et télécharger le programme.

— Sa clé électronique ? demanda Alexis.

Bacon prit un petit carré gris de la taille d'une gomme et le lui montra.

— Il s'agit d'un porte-clés, ou d'une clé comme nous l'appelons simplement ici. Elle génère un code à huit chiffres qui, avec le numéro d'identification de l'employé, doit être entré dans l'ordinateur afin de permettre l'accès à notre système. Le code change toutes les trois minutes et il est unique pour chaque employé.

Le cœur de TJ se serra. Bacon avait raison. Les preuves contre Mark semblaient accablantes, mais cela ne l'empêcherait pas de retourner ciel et terre à la recherche d'une réponse qui n'impliquerait pas que Mark soit un voleur. Il n'avait pas besoin de demander pour savoir qu'Alexis pensait la même chose.

— Pouvez-vous nous donner quelques informations générales sur votre entreprise ? Quel genre de contrat vous avez avec l'armée, ce genre de choses...

— Nous ne pouvons pas..., commença Forrick.

— Vous êtes une société de développement d'armes de premier plan et un important prestataire du gouvernement, déclara Alexis. Nous ne demandons aucune information que nous ne pourrions obtenir par nous-même, mais l'entendre de votre bouche nous serait d'une grande aide.

Forrick jeta un regard à Bacon, qui demeura silencieux pendant un long moment avant d'acquiescer. Il se lança alors dans le récit, en grande partie inutile, de l'histoire de l'entreprise.

— Quand vous êtes-vous rendu compte que le logiciel avait disparu ? interrompit finalement TJ.

L'expression de Bacon se crispa.

— Nous avons été alertés par une source interne.

— Une source interne ? Qu'est-ce que ça veut dire ? insista Alexis.

— Je crains que nous ne soyons pas en mesure de partager cette information, déclara M. Forrick. Et je crains que M. Bacon ne doive partir maintenant pour sa réunion suivante.

Bacon se leva, appuyant les propos de Forrick. Leur entretien était terminé. Il semblait qu'ils aient touché un point sensible, un sujet que TJ avait bien l'intention de continuer de creuser jusqu'à obtenir un résultat satisfaisant. Qui avait porté le vol à l'attention de l'entreprise ?

TJ et Alexis se levèrent et se dirigèrent vers la porte.

— Oh ! dit Alexis en se retournant vers Bacon et Forrick. J'espérais parler à l'assistante de Mark, Lenora Kenda. La carte de condoléances qu'elle a envoyée m'a beaucoup touchée. Je n'ai pas eu l'occasion de la remercier.

La mâchoire de Bacon se crispa de façon si subtile que TJ aurait presque pu se convaincre qu'il ne l'avait pas remarqué. Presque.

— Je suis désolée, mais Mme Kenda n'est pas au bureau. Elle a décidé de prendre quelques semaines de congé. Elle et Mark étaient des collègues proches. Sa mort l'a beaucoup affectée.

L'assistante de Bacon attendait TJ et Alexis à l'extérieur du bureau. Elle resta à leurs côtés jusqu'à la fermeture des portes de l'ascenseur.

Alexis et lui demeurèrent silencieux jusqu'à ce qu'ils soient en sécurité dans la voiture. Alors qu'ils se dirigeaient vers la grille, Alexis prit la parole :

— En voilà, une perte de temps.

TJ lui jeta un coup d'œil.

— Tu penses ?

— Pas toi ?

TJ s'esclaffa.

— J'ai appris que Bacon cache quelque chose. Et que Forrick est un parfait chien de garde, donc peu importe ce que Bacon dissimule, Forrick est certainement impliqué aussi.

— Tu as appris tout cela à partir du peu d'informations qu'ils ont bien voulu nous fournir ?

— Ce n'est pas ce qu'ils ont dit, c'est plutôt ce qu'ils n'ont pas dit et comment ils ont choisi de se taire.

Alexis arqua les sourcils, intriguée.

— D'accord, je vais devoir me fier à ton expertise sur ce point.

— Plus important encore, ils nous ont donné une piste à suivre.

Ils sortirent du site de TalCon et se dirigèrent vers l'autoroute.

Les yeux d'Alexis s'écarquillèrent de surprise.

— Ah bon ?

— Lenora Kenda.

L'expression d'Alexis se teinta d'une nuance de scepticisme.

— Lenora ? Je ne l'ai rencontrée qu'à l'enterrement de Mark, mais il m'a parlé d'elle au fil des ans. Il avait l'air de se fier à elle.

Ce ne serait pas la première fois que Mark ferait confiance à la mauvaise femme, mais TJ garda cette pensée pour lui.

— Je ne dis pas qu'elle a quelque chose à voir avec le vol ou ce qui est arrivé à Mark. Mais je trouve curieux qu'elle ait soudain décidé de prendre des vacances prolongées.

— Il se peut que Bacon ait tout simplement dit la vérité, contra Alexis, toujours un peu sceptique. Elle prend juste le temps de digérer la perte de son patron.

— C'est possible, répondit TJ, en restant concentré sur la route devant lui. Mais j'aimerais l'entendre de la bouche de Mme Kenda.

7

Lenora Kenda devrait attendre. Pour leur deuxième rendez-vous du jour, ils devaient retrouver l'avocat que Mark avait engagé après avoir été suspendu de TalCon. TJ espérait que l'homme comblerait certaines lacunes que Bacon et Forrick ne pouvaient, ou ne voulaient pas combler.

TJ laissa la voix du GPS le guider dans les rues d'Alexandria. Le cabinet de l'avocat se trouvait dans la vieille ville, et TJ comprit immédiatement pourquoi on l'appelait ainsi. Il roula dans des rues étroites et pavées, et passa devant de pittoresques maisons centenaires. Alexis, silencieuse sur le siège passager, semblait remplir l'espace de la voiture de ses pensées.

Sa frustration était palpable, mais malheureusement pour elle, les enquêtes ressemblaient souvent à cela. Un rythme lent et constant de questions, jusqu'à ce que quelqu'un donne enfin les réponses tant attendues. La version sexy d'Hollywood n'avait rien à voir avec la réalité.

TJ arrêta la voiture de location devant une maison en briques rouges située dans une rue calme et bordée d'arbres, non loin de King Street, l'artère principale d'Alexandria. Un panneau vert avec des lettres dorées se dressait dans la cour, annonçant « Cabinet d'avocats de Sanjay Atwal ». Plusieurs autres maisons du quartier affichaient des panneaux similaires sur leurs pelouses. Alexis avait arrangé le rendez-vous au préalable. D'après elle, Atwal paraissait compétent et sincèrement impliqué dans le cas de

Mark. Du moins c'était l'impression qu'elle avait eue lors de sa dernière visite en ville. L'homme avait semblé dévasté lorsqu'ils s'étaient parlé pour la première fois, ce qui, TJ l'espérait, signifiait qu'il se montrerait plus utile que Bacon et Forrick.

La réceptionniste les accueillit et leur offrit un café, qu'ils refusèrent, avant de les laisser patienter dans ce qui avait dû autrefois être un salon. Quinze minutes plus tard, elle les conduisit à l'arrière de la maison, toqua aux portes-fenêtres occultées par des stores opaques et les fit entrer dans le bureau d'Atwal.

— Alexis. C'est bon de vous revoir.

L'homme derrière le bureau se leva, souriant, et prit la main d'Alexis dans la sienne, la gardant plus longtemps que nécessaire. Le regard d'Atwal était sans équivoque. L'avocat espérait offrir plus que de simples services juridiques à Alexis. Cette prise de conscience déclencha une vague de jalousie inattendue chez TJ.

Même pas en rêve, mec. Les mots traversèrent son esprit avant qu'il puisse se rappeler qu'il n'avait aucun droit sur Alexis et aucun mot à dire sur ses fréquentations. Pourtant, jusqu'à ce qu'ils aient découvert la vérité sur la mort de Mark et identifié la personne qui s'était introduite chez Alexis, la jeune femme resterait sous sa protection. Il avait donc le droit de bannir les avocats lubriques, pour le moment.

— Sanjay, merci de nous recevoir si rapidement. Voici TJ Roman. Mark et lui étaient amis, et il m'aide à faire le point sur les événements qui entourent la mort de mon frère.

Atwal tendit la main à TJ avec beaucoup moins d'enthousiasme qu'il n'en avait mis à saluer la jeune femme.

— Monsieur Roman. Enchanté.

Atwal le jaugea attentivement et TJ comprit tout de suite que l'avocat le classait comme un rival potentiel pour l'affection d'Alexis.

Parfait.

Non, pas parfait. Pas parfait du tout, se réprimanda-t-il.

Alexis et lui prirent place devant le bureau d'Atwal. TJ étudia l'avocat pendant que la réceptionniste lui proposait de nouveau un café. La trentaine bien tassée, ses cheveux brun foncé grisonnaient par endroits, tandis que ses yeux marron clair ne cessaient de s'égarer sur le visage d'Alexis. Mark avait eu suffisamment confiance en lui pour l'engager, alors TJ s'efforça de garder l'esprit ouvert malgré ces signes évidents d'intérêt.

— Alexis, que puis-je faire pour vous ? dit Atwal une fois la réceptionniste partie.

— J'ai quelques questions sur la situation de Mark avant sa mort. J'espère que vous pourrez m'aider.

— Je ferai de mon mieux.

— Je ne crois pas que Mark ait volé quoi que ce soit et je ne crois pas qu'il se soit suicidé, déclara-t-elle.

Atwal soupira.

— Je me doutais que vous alliez dire quelque chose comme ça. J'espérais que vous seriez capable de laisser tomber et de passer à autre chose.

— Il n'en est pas question. Je connais mon frère. Il n'aurait jamais fait une chose pareille, et je ne peux pas laisser le monde penser le pire de lui.

— Mark n'a jamais été inculpé. Techniquement, son casier était vierge au moment de sa mort.

— Techniquement, peut-être, mais nous savons tous les deux que TalCon et la police croient qu'il a volé un logiciel de l'entreprise. Et personne ne veut me dire quel type de programme a disparu.

Atwal soupira à nouveau.

— Je peux vous dire que le logiciel que Mark est accusé d'avoir volé n'est pas n'importe quel programme informatique. Il s'agit plutôt d'une arme.

— Une arme cybernétique, avança TJ avec un mauvais pressentiment.

Atwal acquiesça, ce qui ébranla TJ, mais ne le surprit pas outre mesure. TalCon avait un certain nombre de contrats connus avec l'armée américaine, et qui savait combien de contrats secrets. Les formes conventionnelles de la guerre cédaient chaque jour la place à des technologies plus avancées. Et pas seulement en ce qui concernait les fusils et les roquettes. L'armée recrutait des hommes et des femmes douées en informatique et en programmation plus rapidement que les universités ne pouvaient les diplômer.

— Quel genre d'arme cybernétique ? demanda Alexis.

— Je ne connais pas tous les détails, répondit Atwal en secouant la tête. Je soupçonne que certains d'entre eux sont hautement confidentiels, peut-être même classifiés. Mark s'est montré plutôt circonspect, malgré la pression exercée par l'entreprise et la police. TalCon avait baptisé le programme Nimbus, pour NimbusScriptPro. C'était un logiciel que l'entreprise espérait vendre à l'armée lorsqu'il serait opérationnel.

— Le programme n'était donc pas développé dans le cadre d'un contrat déjà établi avec le gouvernement, nota TJ.

— Non, ce qui était une bonne nouvelle pour Mark, répondit Atwal.

Alexis les scruta tour à tour, une expression confuse sur le visage.

— En quoi était-ce une bonne nouvelle ?

Atwal croisa les mains sur son bureau.

— Parce qu'alors le programme aurait été la propriété du gouvernement américain et que les conséquences pour Mark auraient été bien plus graves.

Alexis fronça les sourcils.

— Je dirais que les conséquences ont été extrêmement graves puisque mon frère est mort.

L'expression d'Atwal s'adoucit.

— Je suis désolé si mes propos semblent insensibles. Ce n'était pas mon intention. Bien sûr, ces accusations ont de très graves implications. Je voulais simplement dire que l'affaire était traitée comme un vol de propriété privée plutôt que publique. TalCon est impatient de récupérer le programme, mais l'entreprise est également consciente des dommages potentiels sur sa réputation et sa valeur en Bourse, si l'on apprend qu'elle a égaré un logiciel aussi important. Cela pourrait avoir des conséquences majeures sur ses contrats actuels et futurs avec le gouvernement.

— TalCon aimerait donc récupérer son bien et faire en sorte que cet épisode reste le plus discret possible ?

Cela correspondait à la façon désinvolte dont Bacon et Forrick les avaient traités. Mark étant mort, il était le bouc émissaire idéal s'ils parvenaient à retrouver ce programme.

— Cela résume bien la situation, confirma Atwal. J'avais prévu de faire de mon mieux pour défendre Mark si nous en arrivions là, mais je dois vous dire qu'il y a des preuves significatives qui jouent contre lui.

— Nous savons déjà que la carte d'identité et la clé électronique de Mark ont été utilisées pour télécharger le programme, mais elles auraient pu lui être volées, n'est-ce pas ? demanda Alexis, l'air plein d'espoir.

Atwal secoua la tête.

— Mark ne le pensait pas. Il affirmait que sa carte et sa clé ne le quittaient jamais. Mais ce n'est pas tout.

Atwal ouvrit le classeur sur son bureau.

— TalCon a appris le vol du programme lorsque quelqu'un, au sein de l'équipe de cybersécurité, a découvert une annonce sur un site de marché noir.

— Une vente aux enchères d'armes ? demanda TJ.

— Armes, drogues, à peu près tout ce qui est illégal.

Vu l'expression d'Atwal, TJ n'avait pas besoin d'imaginer quelles autres choses étaient vendues en ligne.

— Je suis désolée, je ne suis pas certaine de bien comprendre, dit Alexis. Quelle vente aux enchères ?

— Il parle du *dark web*, expliqua TJ. C'est une sorte d'Internet alternatif où des criminels de tous bords achètent et vendent leur contrebande et d'autres articles illégaux, souvent en utilisant des cryptomonnaies.

Alexis acquiesça, semblant avoir rattrapé son retard.

— Et le programme de TalCon s'est retrouvé sur ce site web ?

Pourquoi leurs informaticiens ne remontent pas jusqu'à la personne qui a publié le message ? Ils sauraient alors que Mark n'a pas volé le programme.

— J'aimerais que ce soit aussi simple, répondit Atwall. Le *dark web* est anonyme. C'est la raison pour laquelle il fonctionne si bien pour les activités criminelles. TalCon a fait appel aux meilleurs pour tenter de découvrir l'origine du message, mais jusqu'à présent, ils n'ont pas réussi à déterminer qui l'avait posté, ni d'où il provenait.

TalCon avait peut-être choisi la crème de la crème, mais TJ était presque sûr de connaître quelqu'un d'encore plus performant. Tansy Carlson, l'experte en informatique de West Investigations, savait faire parler les ordinateurs comme personne. S'il y avait une chance de retrouver l'origine de ce message, elle la trouverait.

TJ nota mentalement de demander à Shawn l'aide de Tansy.

— Qu'est-ce qui a poussé TalCon à se concentrer sur Mark ? demanda-t-il, recentrant la conversation sur ce que l'avocat savait plutôt que sur ce qu'il ignorait.

Même si Atwal avait dit qu'il ne pouvait pas leur révéler grand-chose, il s'avérait qu'il en savait pas mal sur l'affaire, et TJ souhaitait continuer à le faire parler.

— Le journal de bord de l'ordinateur portable de Mark. Il montre que quelqu'un a téléchargé le logiciel sans autorisation depuis cet appareil une semaine avant que l'annonce soit publiée sur le *dark web*. Il s'agit du seul téléchargement du programme depuis que Mark avait effectué les mises à jour les plus récentes, et cela n'avait pas été autorisé.

— Forrick et Bacon ont mentionné que c'est une source interne qui les a alertés du téléchargement, reprit TJ. Vous avez une idée de qui était cette source ?

L'avocat haussa les épaules.

— Je ne sais pas, et je ne m'attends pas à ce que TalCon ou les flics divulguent cette information sans une ordonnance du tribunal, or nous n'avons pas de raisons d'en obtenir une.

— Donc, une source anonyme. Ce n'est pas une preuve solide, se moqua Alexis.

Était-il possible pour un employé de la société d'accéder au programme en utilisant les informations d'identification de Mark ? Était-il difficile de dissimuler un téléchargement non autorisé ? TJ se doutait que ces questions dépassaient les connaissances de l'avocat, mais West Investigations disposait d'autres ressources. Il soumettrait le problème à Tansy dès que possible. Avec un peu de chance, elle ferait plus de progrès que les techniciens de TalCon.

Atwal referma le dossier.

— C'était suffisant pour forcer Mark à prendre un congé. Et pour que la police l'interroge et obtienne des mandats de perquisition pour son domicile et ses appareils personnels.

— Et ont-ils trouvé quelque chose ? cracha Alexis.

— Non, non, ils n'ont rien trouvé, concéda Atwal.

TJ sentait qu'ils avaient obtenu tout ce qu'ils pouvaient de l'avocat.

— Monsieur Atwal, j'espérais que vous pourriez nous donner les noms de quelques personnes susceptibles de nous éclairer davantage sur cette situation. Vous avez dû discuter avec du monde dans le cadre de votre enquête.

Atwal fronça les sourcils.

— Comme je l'ai dit, Mark n'avait pas encore été inculpé, et je n'avais donc pas vraiment commencé mon enquête. Nous n'avions fait que discuter de l'affaire ensemble. Mais Mark avait mentionné son assistante.

Atwal ouvrit à nouveau le dossier et feuilleta plusieurs pages.

— Voilà. Lenora Kenda.

Décidément, le nom de Mme Kenda semblait dans l'esprit de tout le monde.

— Une dernière question : auriez-vous par hasard une copie du rapport d'autopsie de Mark ?

Alexis remua sur sa chaise, mal à l'aise.

Il savait que certains aspects de cette enquête pouvaient être difficiles à gérer pour elle, mais l'examen du rapport d'autopsie de Mark serait essentiel pour déterminer si le médecin légiste avait pris la bonne décision en qualifiant sa mort de suicide.

Atwal parut surpris.

— Pourquoi… Non. Pour autant que je sache, je n'avais pas de raison de demander une copie.

Alexis s'avança sur sa chaise et épingla Atwal du regard.

— Je pense qu'il y a une raison. Pouvez-vous obtenir le rapport ?

— Je… Eh bien, je suppose que oui. Vous êtes la plus proche parente de Mark, vous y avez donc droit, et je connais la médecin légiste. Professionnellement, bien entendu, ajouta rapidement Atwal. En tant qu'avocat de la défense, j'ai eu affaire à elle à plusieurs reprises.

— Vous pensez pouvoir la convaincre de nous parler ? insista TJ.

— Je ne sais pas, dit Atwal.

— Je vous en prie, Sanjay, plaida Alexis avant de lui saisir la main. Je vous serais extrêmement reconnaissante. J'ai besoin de savoir ce qui est arrivé à Mark.

Atwal gonfla la poitrine de fierté et serra la main d'Alexis.

— Elle est toujours très occupée.

— Nous ne prendrons que quelques minutes de son temps, insista Alexis.

Atwal soupira.

— Je vais voir ce que je peux faire.

8

De retour dans la voiture, Alexis se sentait prudemment optimiste. Ils avaient obtenu plus d'informations de la part de Sanjay que de TalCon, et l'avocat allait essayer de les aider. C'était un début.

— Il est 13 heures passées, dit TJ, la sortant de ses pensées. Et si on s'arrêtait pour déjeuner ?

Son estomac grogna, lui rappelant qu'elle n'avait pas mangé depuis l'aéroport ce matin.

— Bonne idée, répondit-elle en sortant son téléphone portable de son sac à main pour trouver des restaurants à proximité. Il y a un restaurant indien avec de bonnes critiques pas très loin d'ici.

— J'adore le biryani.

Elle le guida en utilisant les indications de son téléphone.

Les haut-parleurs diffusaient de la musique pop-rock et une odeur de curry, safran et poulet flottait dans l'air lorsqu'ils entrèrent. La foule du déjeuner, s'il y en avait eu une, semblait s'être déjà retirée, et l'hôtesse les fit asseoir rapidement. La serveuse, vêtue d'un pantalon noir et d'une chemise blanche, leur apporta une assiette de naans avant de prendre leur commande de boissons. Elle revint une minute plus tard avec leurs verres, leur ayant tout juste accordé le temps de parcourir le menu et de choisir leur plat, biryani pour TJ et korma pour Alexis.

Pendant plusieurs minutes après le départ la serveuse, ils demeurèrent silencieux. Ils semblaient avoir conclu une sorte d'accord tacite pour ne pas parler de Mark ou de l'enquête, ce qui convenait parfaitement à Alexis pour l'instant.

Elle prit un morceau de naan et étudia TJ.

— Qu'est-ce qui s'est passé entre toi et Mark ?

TJ toussa, manquant de s'étouffer avec son Coca Light.

Elle savait bien que ce n'était pas leur préoccupation principale, mais elle s'était toujours posé la question. Elle n'avait demandé des explications à Mark qu'une fois, et il l'avait rabrouée en disant qu'ils s'étaient simplement éloignés l'un de l'autre, mais elle n'avait jamais cru à cette excuse. Ces deux-là étaient comme des frères, plus proches même qu'elle et Mark, un fait qui avait charrié son lot de jalousie enfantine. Ils avaient même fait l'armée ensemble et, bien que Mark ne se soit pas réengagé comme TJ, elle savait qu'ils étaient restés en contact ; ce n'était donc pas l'armée qui les avait séparés.

TJ avait retrouvé son calme, mais il n'avait toujours pas répondu à sa question.

— Pourquoi n'étiez-vous plus aussi proches qu'avant ? insista Alexis. Et ne me dis pas que vous aviez simplement grandi.

— Tu es terriblement autoritaire, répliqua TJ en fronçant les sourcils.

Elle haussa les épaules et attendit.

— Qu'est-ce que Mark t'a dit à ce sujet ? demanda-t-il enfin.

— Pas grand-chose. Il a toujours évité de répondre quand je lui parlais de toi.

Il s'adossa à sa chaise et esquissa un petit sourire.

— Eh bien, cela nous fait un nouveau point commun.

— Je ne vais pas te laisser plaisanter sans répondre à la question, insista-t-elle. Allons, vous étiez comme des frères. Les frères n'arrêtent pas de se parler sans raison.

La porte de la cuisine s'ouvrit et la serveuse passa avec un plateau rempli d'assiettes. TJ afficha une expression pleine d'espoir, probablement parce qu'il voulait échapper à cette conversation, mais aussi parce qu'il avait faim. Mais son échappatoire s'envola lorsque la serveuse se dirigea vers une table de l'autre côté de la salle.

Alexis lui prit la main.

— S'il te plaît. J'ai l'impression que Mark m'a caché beaucoup de choses. Je sais qu'il essayait de me protéger, mais maintenant qu'il est parti, j'ai l'impression de ne pas l'avoir vraiment connu.

Les traits de TJ se crispèrent et un muscle de sa mâchoire se contracta alors qu'il réfléchissait. Finalement, il poussa un soupir résigné.

— Je ne sais pas si tu as déjà rencontré la petite amie de Mark, Jessica Castaldo.

L'estomac d'Alexis se serra, et pas sous les effets de la faim. Elle connaissait Jessica. Mark l'avait emmenée lors d'une de ses rares visites dans le New Jersey. Jessica semblait croire que tout lui était dû, c'était du moins l'impression qu'Alexis avait eue d'elle. D'après ce qu'elle avait vu pendant ce court week-end, elle était plus intéressée par ce que Mark pouvait lui acheter que par Mark lui-même.

Alexis s'était pourtant forcée à garder le silence. Son frère était un monogame invétéré. Il ne sortait qu'avec une seule femme à la fois, mais ces relations ne duraient jamais plus d'un an. Elle avait prié pour que ce soit encore le cas avec Jessica et avait fait bonne figure pendant leur séjour.

— Nous nous sommes rencontrées. Tu n'imagines pas à quel point j'étais soulagée quand Mark a rompu avec elle.

— Il y a deux ans, j'ai eu un emploi qui m'a amené à Washington et, en rentrant, je me suis arrêté en Virginie pour prendre un verre et retrouver Mark. Jessica se trouvait avec lui. Nous avons tous bu quelques verres et… tu connais Mark.

En effet.

— Il ne gérait pas bien l'alcool.

C'était la seule chose sur laquelle son frère et elle étaient en conflit permanent.

— Non, et Jessica… Eh bien, elle m'a dragué de façon plutôt

insistante cette nuit-là. Je ne l'ai pas encouragée, mais je voyais bien que Mark s'énervait.

TJ détourna le regard.

— J'aurais dû mettre fin à la soirée plus tôt et rentrer à mon hôtel, mais j'étais inquiet à l'idée de les laisser tous les deux, étant donné la quantité d'alcool qu'ils avaient bue. Quoi qu'il en soit, une chose en a entraîné une autre et Mark et moi nous sommes disputés. Honnêtement, je pense que Jessica a apprécié le spectacle. Deux hommes qui se battaient pour elle, du moins c'est ainsi qu'elle l'a vu, j'en suis sûr. J'essayais juste d'amener Mark à se calmer et à entendre raison.

— Mais ça n'a pas marché.

Ce n'était pas la première fois que Mark s'attirait des ennuis à cause de sa consommation d'alcool. Quelques années auparavant, elle avait dû lui prêter de l'argent pour payer sa caution après une arrestation pour conduite en état d'ivresse. Elle avait été furieuse. Il aurait pu se tuer ou tuer quelqu'un d'autre. Mark avait juré que cela ne se reproduirait plus jamais et, pour autant qu'elle le sache, il avait tenu parole. Son frère pourtant si gentil, si aimant, si attentionné quand il était sobre, prenait un tout autre visage quand il buvait.

Alexis avait essayé de lui parler plus d'une fois de la possibilité d'obtenir de l'aide, mais Mark ne croyait pas en avoir besoin. Pour ne pas le contrarier, elle avait laissé tomber la question.

— Nous avons été expulsés du bar, mais j'ai pu faire monter Mark et Jessica dans un taxi. Mark m'a appelé quelques jours plus tard pour s'excuser. À ce moment-là, j'étais moi-même très en colère. Je lui ai reproché d'avoir cru que j'étais du genre à flirter avec sa copine, et je lui ai dit que sa consommation d'alcool était incontrôlable.

— Laisse-moi deviner, ça ne s'est pas bien passé.

TJ haussa les sourcils.

— Tu as aussi essayé de lui en parler ?

— À plusieurs reprises, mais tu sais ce qu'on dit. On ne fait pas boire un âne qui n'a pas soif, conclut-elle tristement.

TJ expira lourdement.

— Nous ne sommes plus parlé après cela. J'ai pensé à le rappeler un nombre incalculable de fois, mais, honnêtement, j'étais surtout blessé qu'il ait pu suggérer que j'avais dragué sa petite amie.

Alexis tendit de nouveau la main de l'autre côté de la table, cette fois-ci pour serrer celle de TJ, espérant lui apporter un peu de réconfort.

— Quand il buvait, Mark n'était pas lui-même, mais il savait que tu n'aurais jamais rien fait pour lui porter préjudice.

L'expression du visage de TJ montrait qu'il n'en était pas si sûr. Elle lui serra encore la main.

— Je suis sûre que tu n'aurais jamais blessé Mark. Tu l'aimais autant que moi, c'est pourquoi je n'ai pas hésité à venir te demander de l'aider.

— Tu peux compter sur moi quoi qu'il arrive. J'espère que tu le sais.

Une étincelle crépita entre eux. TJ retourna sa main, traçant une ligne de son annulaire à son poignet. Son visage s'était adouci et Alexis se demanda quelles sensations ses doigts déclencheraient en elle s'ils se pressaient sur sa peau.

— Excusez-moi.

Ils se séparèrent au son de la voix de la serveuse. Elle fit glisser leur nourriture sur la table et s'éloigna rapidement.

Alexis regarda le visage de TJ disparaître derrière un masque de neutralité. Elle maudit mentalement la serveuse. La magie du moment avait clairement disparu, et elle ne pouvait s'empêcher d'être déçue.

Son téléphone sonna dans son sac à main.

Elle le sortit et lut le message sur l'écran.

— Sanjay dit que la médecin légiste peut nous recevoir à 14 h 30 aujourd'hui.

TJ consulta rapidement sa montre.

— Très bien. Peut-être qu'elle aura plus de réponses à nos questions.

9

TJ les conduisit jusqu'au bâtiment moderne de verre et de béton qui abritait le siège du bureau de médecine légale du nord de la Virginie. Il se gara dans le parking partagé avec le laboratoire voisin et accompagna Alexis dans le hall d'entrée. Ils donnèrent leurs noms à l'accueil et signèrent le registre avant de passer les détecteurs de métaux et de suivre les instructions du gardien pour se rendre au troisième étage.

À la sortie de l'ascenseur, ils trouvèrent une nouvelle zone de réception, occupée par un employé masculin portant un badge argenté au nom de Robert.

— Ah oui, la Dr Bullock a dit que vous viendriez cet après-midi. Je vais la prévenir que vous êtes arrivés.

Robert se leva et se dirigea vers un petit couloir. Au bout d'un moment, il réapparut.

— Venez avec moi, je vous prie.

Ils le suivirent dans une pièce encombrée d'étagères et de classeurs, mais possédant deux grandes fenêtres donnant sur la façade du bâtiment. Un large bureau trônait devant la fenêtre et une femme aux longs cheveux noirs tressés était assise derrière.

— Dr Bullock, votre rendez-vous.

Robert les désigna d'un geste emphatique, comme s'il révélait un prix dans un jeu télévisé.

La médecin légiste se leva. Petite et fine, avec des yeux bleu pâle qui brillaient d'intelligence, la docteure Jane Bullock devait avoir une quarantaine ou une cinquantaine d'années.

Alexis et lui se présentèrent et lui serrèrent la main avant de s'installer dans les fauteuils devant son bureau.

La docteure les laissa s'installer avant de prendre la parole.

— Mademoiselle Douglas, permettez-moi de commencer par vous présenter mes condoléances.

— Merci, dit Alexis à voix basse.

— J'ai cru comprendre que votre avocat, M. Atwal, souhaitait consulter le rapport préliminaire d'autopsie de votre frère. Cela comprend les tests sanguins standards que nous effectuons en interne, mais l'inspectrice Chellel a également demandé un rapport toxicologique plus complet à notre laboratoire médico-légal.

Elle feuilleta une pile de dossiers sur son bureau avant d'en dégager un.

— Le voici. J'ai demandé à mon assistant de vous faire une copie que vous pourrez emporter si vous le souhaitez. Je vous préviens cependant que j'attends toujours les résultats toxicologiques complets. Nous avons encore beaucoup de travail en retard depuis le Covid, et les suicides présumés ne sont pas toujours traités en priorité.

Elle tendit le dossier à Alexis. TJ se pencha pour pouvoir également parcourir les pages. Le genre d'enquêtes qu'il menait habituellement ne nécessitait pas de lire des rapports d'autopsie. Difficile de comprendre ce qu'il avait sous les yeux. D'après son expression, Alexis n'était pas plus avancée.

— Dr Bullock, pourriez-vous nous résumer le rapport ?

— Bien sûr.

TJ remit le rapport au médecin. Elle passa en revue la taille et le poids de Mark, les jugeant normaux, avant d'évaluer ses organes vitaux.

Le visage d'Alexis avait pris une teinte grise, presque livide. La médecin légiste ne sembla pas le remarquer.

— Docteure, nous voulons juste savoir si vous avez trouvé quelque chose d'inhabituel lors de l'autopsie.

Elle fronça les sourcils.

— Le foie de M. Douglas commençait à montrer des signes de maladie hépatique. Et bien sûr, j'ai trouvé plusieurs comprimés de Valium non digérés dans son estomac. Cela correspond au flacon vide que la police a trouvé dans l'appartement de M. Douglas.

— Mais il n'y avait aucun signe de consommation chronique de cette drogue, n'est-ce pas ? insista TJ.

La médecin soupira.

— Je sais où vous voulez en venir avec cette question, et je n'aurai pas de réponse définitive à vous donner avant d'avoir obtenu les résultats définitifs de l'analyse toxicologique. Mais je dirais que tout ce que j'ai vu jusqu'à présent indique une overdose de diazépam. Je serai en mesure de déterminer précisément la cause et les circonstances du décès lorsque j'aurai reçu tous les résultats des tests.

Peu de gens connaissaient la distinction entre la cause et les circonstances d'un décès, mais elle était importante. La médecin légiste pouvait s'appuyer sur son examen du corps et sur toute une batterie de tests standards pour déterminer la cause du décès, par exemple une crise cardiaque, un coup de feu ou, comme le prétendait la police dans le cas de Mark, une overdose.

Pour déterminer les circonstances d'un décès, les médecins devaient prendre en compte tous les éléments périphériques. Une blessure par balle, par exemple, pouvait être auto-infligée ou infligée par un tiers. Dans le premier cas, il s'agirait d'un suicide, dans le second, d'un homicide. Il en allait de même pour une overdose.

— Je ne peux pas vous le dire. Ce que je sais, c'est que les seules empreintes trouvées sur le flacon de pilules sont celles de Mark Douglas, reprit la docteure avec insistance.

Alexis fronça les sourcils.

— Si quelqu'un avait les moyens de faire croire que Mark s'est suicidé, je suis sûre qu'il aurait été assez prévoyant pour porter des gants ou effacer ses empreintes digitales de l'arme du crime.

La docteure semblait prête à argumenter sur ce point. Ils avaient besoin qu'elle soit de leur côté et continue de répondre à leurs questions, contester ses conclusions directement ne semblait donc pas être la meilleure idée.

— Dr Bullock, intervint TJ, le test initial de toxicité a-t-il révélé d'autres substances inhabituelles dans l'organisme de Mark ?

L'autopsie de Mark n'était pas la première qu'il lisait, mais il n'était pas un expert. Il y avait des gens qu'il pouvait contacter à West Investigations pour l'aider à comprendre le charabia technique du rapport, et il le ferait, mais la docteure responsable du rapport était disponible maintenant.

— J'ai effectué les tests sanguins habituels et, à l'exception du Valium, rien d'anormal n'est apparu.

— Mais le dépistage sanguin standard est limité, n'est-ce pas ? insista TJ en douceur. Il ne recherche pas les substances potentielles plus exotiques qui pourraient affaiblir une personne.

Un éclair d'irritation traversa le visage du Dr Bullock.

— En effet, le dépistage est beaucoup plus limité que la toxicologie complète, et nous ne pouvons de toute façon pas tester toutes les substances possibles. S'il y a le moindre indice qu'une substance spécifique a été administrée à M. Douglas avant sa mort, le protocole veut que la police m'en informe pour que je puisse ordonner les tests nécessaires destinés à confirmer ou infirmer la présence de tel ou tel produit. Dans le cas présent, la police n'a rien notifié de ce genre.

— Bien entendu, dit TJ. Nous n'avons pas l'intention de suggérer que la procédure n'a pas été suivie à la lettre.

Un léger grognement échappa à Alexis, mais la médecin légiste ne l'entendit pas ou choisit de l'ignorer.

TJ ne put s'empêcher de se demander ce que Sanjay Atwal avait dit au médecin au sujet de l'intérêt que lui et Alexis portaient à la mort de Mark.

— Nous voulons juste nous assurer de bien comprendre la portée de votre rapport.

L'expression d'acier du Dr Bullock s'adoucit légèrement.

— C'est prudent de votre part. Mais je vous assure que tout a été fait dans les règles de l'art, dit-elle avant de tourner son regard vers Alexis. Je suis vraiment navrée du décès de votre frère. Les preuves mènent toutes à la conclusion qu'il s'est suicidé.

10

À 15 heures passées, ils pouvaient enfin se rendre à leur hôtel. D'humeur sombre, Alexis réfléchissait aux conclusions du Dr Bullock pendant que TJ conduisait. Elle avait consulté la biographie du médecin légiste sur le site Internet de l'État et savait donc que son CV était impeccable. Pourtant, quelque chose avait dû lui échapper car, au plus profond de son cœur, Alexis savait que Mark n'aurait jamais renoncé à la vie ni à sa sœur. Il devait exister une explication concordant avec les conclusions médicales et qui prouvait également que son frère ne s'était pas suicidé. La question était de savoir comment la trouver.

Elle jeta un coup d'œil à TJ. Il n'avait pas dit grand-chose depuis qu'ils avaient quitté le bureau du Dr Bullock, et Alexis commençait à se demander s'il regrettait d'avoir accepté de l'aider. Jusqu'à présent, leurs seuls indices semblaient accuser Mark.

TJ avait réservé dans un hôtel de charme à la périphérie d'Alexandria. Il s'agissait d'un bâtiment à deux étages récemment rénové. Dans chaque chambre, une fenêtre à côté de la porte ouvrait sur une cour commune avec une piscine extérieure. TJ avait réservé une suite spacieuse à l'angle du deuxième étage, comprenant une chambre et une salle de bains.

— C'est un convertible, dit TJ en jetant son sac de voyage sur le large canapé du salon. Je dormirai ici et tu pourras prendre la chambre.

Alexis songea que cela paraissait plutôt injuste. Elle n'avait rien d'une délicate petite fleur incapable de supporter une nuit sur un canapé-lit.

— Cela ne me semble pas confortable. On alternera. Une nuit sur le canapé, la suivante dans le lit pour chacun d'entre nous, tant que nous sommes en ville.

TJ secoua la tête.

— La dernière chose que je veux, c'est me sentir trop à l'aise ici. C'est ainsi que l'on commet des erreurs. De plus, je préfère rester dans le salon, où je peux garder un œil sur la porte d'entrée.

Elle frissonna au souvenir de la nuit de son agression. Elle avait repoussé la terreur de cette nuit au fond de son esprit, essayant de se concentrer sur le cas de Mark, mais le souvenir revenait la hanter au pire moment, lui rappelant qu'il ne s'agissait pas seulement de son frère. Elle aussi était en danger.

Elle et TJ s'installèrent dans la suite et passèrent le reste de l'après-midi à travailler sur l'enquête. TJ téléphona au siège de West et, avec l'aide de Tansy Carlson, la spécialiste en informatique, parvint à dénicher un numéro et une adresse pour Lenora Kenda. Celle-ci ne décrocha pas lorsqu'ils tentèrent de la joindre, les obligeant à laisser un message. Alexis voulut appeler l'inspectrice Chellel, sans succès. La policière semblait l'éviter. Après tout, elle pensait clairement qu'Alexis était une sœur en deuil refusant d'accepter la vérité sur son frère.

TJ envoya la copie du rapport d'autopsie de Mark à Shawn West, qui avait plus d'expérience en la matière, en espérant qu'il remarquerait quelque chose qui aurait échappé au Dr Bullock. Alexis et TJ se posèrent sur le canapé pour un appel vidéo avec Shawn. Malheureusement, il ne put que confirmer ce que le Dr Bullock leur avait dit. Ils devraient attendre le rapport toxicologique complet avant de pouvoir tirer des conclusions définitives.

— Nous avons laissé un message à l'inspectrice chargée de l'affaire pour demander un entretien, mais nous n'avons pas encore eu de réponse, dit TJ. Je sais que Mark était un gros buveur, mais le Valium dans son estomac nous a tous les deux surpris.

— Avec tout ce qui s'est passé dans sa vie, ce n'est pourtant pas très étonnant, répondit Shawn. Le Valium est un médicament contre l'anxiété et le stress.

— Suggérez-vous que la police et la médecin légiste pourraient avoir raison ? Que Mark aurait pu se suicider ? demanda Alexis, la voix vibrante de colère.

Shawn fronça les sourcils.

— Je réfléchis juste aux informations que vous avez obtenues jusqu'à présent. Il est trop tôt pour tirer des conclusions.

Toujours la même rengaine. Mais Mark était mort, alors il lui semblait qu'ils arrivaient au contraire beaucoup, beaucoup trop tard.

Elle se leva et se dirigea vers la fenêtre. Elle savait qu'il ne servait à rien de se mettre en colère contre Shawn West. Il ne faisait que rappeler les faits. Mais sa tentative de prouver l'innocence de Mark semblait les mener tout droit vers des preuves contraires.

— Je ne peux pas dire ce que les flics trouveront suspect, mais c'est une question qui mérite d'être posée lorsque vous réussirez à joindre l'inspectrice chargée de l'affaire, dit Shawn d'un air circonspect.

— Merci, Shawn. J'apprécie ton aide, répondit TJ.

Il raccrocha et se tourna vers Alexis.

— Pourquoi n'irais-tu pas faire une sieste ? demanda-t-il en inclinant la tête vers la porte de la chambre de la suite. La journée a déjà été longue.

Elle consulta sa montre. Il était un peu plus de 16 heures, mais son corps lui hurlait qu'elle avait besoin de repos.

— Si je dors maintenant, je ne pourrai pas dormir plus tard ce soir.

— Et si tu t'épuises, tu ne seras d'aucune aide ni pour moi, ni pour Mark, ni pour toi-même. Fais une petite sieste. Je te réveillerai dans une heure.

Un second bâillement incontrôlable effaça ses dernières réticences.

— D'accord. Une heure.

— Parole de scout, promit TJ.

Elle s'endormit rapidement, mais son sommeil fut agité. Elle se réveilla dix minutes avant la fin de l'heure. Elle pouvait entendre TJ s'affairer derrière la porte close de la salle de bains partagée.

Son estomac grogna et elle se dirigea, pieds nus, vers la petite kitchenette où se trouvait une cafetière et, elle l'espérait, quelque chose à grignoter, en attendant que TJ sorte de la salle de bains et qu'ils décident de leur plan pour le dîner.

Elle saisit un sachet de cacahuètes, grimaçant devant le prix de 4,50 dollars, avant de déchirer l'emballage. Elle s'approcha du canapé, enfourna une poignée de cacahuètes dans sa bouche et se figea.

TJ avait entrouvert la porte. Il lui tournait le dos et, de là où elle se trouvait, elle savait qu'il ne pouvait pas la voir. Mais elle avait une vue imprenable. Il était en train de se raser, ne portant rien d'autre qu'une serviette de bain blanche autour de la taille. Les muscles de son dos s'activaient à chaque passage du rasoir le long de sa mâchoire, la lumière jouant sur sa peau sombre.

Elle tenta de détourner le regard, de retourner dans la chambre avant qu'il la surprenne en train de l'observer comme une pièce de musée, mais impossible de bouger ses pieds.

TJ ouvrit le robinet et se pencha pour éliminer le reste de la mousse à raser de son visage.

Elle sentit son pouls s'accélérer.

Toute idée de retraite stratégique s'envola. Elle le matait maintenant ouvertement.

TJ attrapa l'essuie-mains sur le comptoir et ses yeux rencontrèrent ceux d'Alexis dans le miroir, la sortant enfin de la stupeur lascive dans laquelle elle semblait être tombée.

Une vague de chaleur lui monta aux joues, tandis que l'embarras d'avoir été surprise à le reluquer lui comprimait la poitrine.

— Désolée, je me suis réveillée. J'avais faim. Cacahuètes.

Elle brandit le sachet alors que l'embarras continuait à lui chauffer les joues.

TJ lui adressa un petit sourire en coin, ce qui ne fit qu'augmenter son trouble.

— Je vais juste...

Elle se retourna et se précipita dans la chambre, fermant la porte avant de s'y adosser.

Cela faisait longtemps qu'elle n'avait pas ressenti un tel élan de désir envers un homme. En vérité, elle ne se souvenait pas d'avoir déjà ressenti un tel désir, pas même durant ses deux relations sérieuses. Mais TJ Roman n'était pas un homme qu'elle pouvait se permettre de désirer. Il n'était pas du genre à s'engager et, même avec son expertise limitée de la gent masculine, elle le savait.

— Reprends-toi, se morigéna-t-elle tout bas.

Elle ne pouvait pas rester dans la chambre toute la nuit. Son estomac grommelait déjà et les cacahuètes ne suffiraient pas.

— Ce n'est qu'un homme.

Un homme incroyablement beau, intelligent et sexy.

Elle prit une grande inspiration et la laissa s'échapper lentement avant de rouvrir la porte.

Maintenant habillé, TJ se tenait assis à la petite table adjacente à la kitchenette. Son sourire en coin flottait toujours sur ses lèvres, et la lueur dans ses yeux fit monter une nouvelle vague de chaleur sur les joues de la jeune femme.

— Désolée, marmonna-t-elle en se dirigeant vers le canapé du salon.

— Pas de problème. Je n'avais pas réalisé que la porte s'était ouverte. La serrure semble jouer un peu, méfie-toi.

— Je ferai attention. Je meurs de faim. Tu as quelque chose en tête pour le dîner ?

TJ pencha la tête d'un côté.

— J'ai aperçu un restaurant mexicain sur le chemin. Il n'est qu'à quelques rues d'ici. On peut y aller à pied.

Bien que la promenade fût courte, elle se sentait affamée

lorsqu'ils arrivèrent. De la musique mexicaine jouait doucement pendant qu'ils attendaient que l'hôtesse prépare leur table. Alexis remarqua que l'intérieur semblait un peu plus romantique que l'extérieur ne le laissait supposer. De petites bougies et une unique rose rouge étaient disposées au centre de chacune des tables, la plupart d'entre elles étant prévues pour deux personnes.

L'hôtesse les installa au milieu de la salle et la serveuse vint rapidement prendre leur commande.

Alexis grignota les chips laissées par la serveuse en attendant qu'on leur apporte leur repas.

— J'adore manger mexicain.

— Je m'en souviens, dit TJ.

Mark et lui avaient fait tout leur possible pour la dissuader de sortir avec eux lorsqu'ils étaient plus jeunes, et elle était donc surprise que TJ se souvienne de quelque chose d'aussi banal que son type de nourriture préféré.

— Je me souviens de ce Noël où Mark a économisé pour t'acheter une machine à churros. Ta mère craignait que tu mettes le feu à l'immeuble.

Alexis rit.

— J'avais oublié ça.

— Mark a commencé à mettre de l'argent de côté en juin pour pouvoir t'offrir un beau cadeau de Noël.

Son cœur se serra, le chagrin se mêlant au souvenir du bonheur qu'elle avait ressenti en ouvrant ce présent, il y a bien longtemps. Elle ne partagerait plus jamais de Noël avec son frère.

— Hé, dit TJ en prenant sa main dans la sienne. Je suis désolé. Je ne voulais pas te rendre triste. Je n'aurais pas dû en parler.

— Ce n'est pas ta faute. Parfois, je me rends compte que je suis toute seule maintenant. Je n'ai plus personne.

Il lui serra la main.

— Tu m'as, moi. Tu peux toujours compter sur moi.

L'étincelle de désir qu'elle avait ressentie plus tôt en le regardant se raser revint au galop. Elle avait envie de se pencher en avant et de presser les lèvres contre les siennes, de le goûter enfin.

Avant qu'elle puisse faire une bêtise qu'elle regretterait certainement, la serveuse arriva avec leurs plats.

Ils s'installèrent pour manger, bavardant et se racontant ce qui s'était passé dans leurs vies ces dernières années. Lorsque la serveuse débarrassa leurs assiettes, Alexis se sentait complètement détendue, appréciant la compagnie de TJ.

— Ça te dit de partager quelques churros ? J'ai toujours un faible pour eux.

Alexis attrapa la carte des desserts que la serveuse avait laissée sur le coin de la table.

— Non, je pense que nous devrions rentrer à l'hôtel. Maintenant, répondit TJ, l'air grave.

Il fixait quelque chose derrière elle. Alexis suivit son regard.

Deux hommes assis de l'autre côté du restaurant. L'un était mince et chauve, l'autre plus costaud avec une moustache sombre.

Alexis ne repéra rien de particulier à leur sujet, mais l'attitude de TJ dénotait le contraire.

Le plus petit des deux hommes leur jeta un coup d'œil, se détournant rapidement lorsque son regard rencontra celui d'Alexis.

— On s'en va, dit TJ en déposant suffisamment d'argent sur la table pour couvrir l'addition.

Alexis se leva, laissant TJ lui saisir doucement le bras et la conduire jusqu'aux portes du restaurant.

Alors qu'ils se hâtaient sur le trottoir pour retourner à l'hôtel, TJ vérifiant régulièrement derrière eux, Alexis sentit son appréhension grandir.

— Tu crois vraiment que ces types nous observaient ?

— Je ne suis pas sûr.

TJ se retourna une nouvelle fois tout en continuant à avancer. Il n'était pas tard, mais il n'y avait pas beaucoup de monde dehors. Alexis lorgna par-dessus son épaule, mais ne vit aucun des deux hommes.

— Peut-être que tu exagères, dit-elle avec une note d'espoir.

— Peut-être.

Mais elle voyait bien à son ton qu'il n'y croyait pas. Ils rentrèrent à l'hôtel.

TJ l'accompagna à l'intérieur de la suite, puis déclara :

— Je vais faire le tour du périmètre pour m'assurer qu'ils ne nous ont pas suivis ou qu'ils n'attendent pas que nous nous endormions. Reste ici. N'ouvre la porte à personne. Je serai de retour dans moins de dix minutes. Si quelque chose ne va pas, appelle Shawn, compris ?

Elle acquiesça, ne faisant pas confiance à sa voix pour passer outre la peur logée dans sa gorge.

TJ disparut et elle resta plantée là.

Mais pas pour longtemps.

Quelques instants plus tard, il y eut un bruit de pas du côté de l'escalier extérieur. Elle entendit la voix grave de TJ ordonner :

— Arrêtez-vous là.

Elle traversa la suite jusqu'à la fenêtre donnant sur la cour et écarta le lourd rideau.

Deux hommes au visage masqué se tenaient en haut des marches, face à TJ. Ils avaient la même carrure que ceux du restaurant, mais il n'y avait aucun moyen de savoir avec certitude s'il s'agissait d'eux.

Le cœur d'Alexis s'emballa lorsque le plus costaud des deux se jeta sur TJ.

Elle se précipita vers la porte et l'ouvrit malgré l'avertissement qu'il lui avait donné.

TJ saisit le bras de son attaquant et le tira violemment avant d'envoyer son genou dans le menton de l'homme. Son adversaire s'envola, percutant la porte d'une autre chambre d'hôtel avec un grognement. Il se laissa glisser le long de la porte, une main appuyée sur sa poitrine, le souffle court.

L'autre homme, le plus grand, asséna alors un coup de poing

en plein dans la mâchoire de TJ, le faisant trébucher. L'agresseur ne perdit pas une seconde et s'employa à le rouer de coups.

Alexis regarda autour d'elle, à la recherche d'un objet utile pour l'aider, mais avant qu'elle trouve une arme, une porte s'ouvrit plus loin dans le couloir.

Une femme aux grandes boucles blondes sortit de sa chambre et, voyant la mêlée, cria à l'aide.

L'attaquant se figea et se tourna vers elle.

TJ se leva d'un bond, donna un coup de tête à l'homme et l'envoya s'écraser contre la rambarde, qui l'empêcha de tomber sur les pavés en contrebas. Il lui balança ensuite un coup de poing à la mâchoire, suivi d'un coup de pied au ventre qui mit l'homme à genoux.

D'autres portes s'ouvrirent le long du couloir.

Un monsieur âgé passa la tête hors de sa chambre, puis hurla qu'il appelait la police.

Le petit homme costaud parvint enfin à se lever.

— On se casse, souffla-t-il.

Toujours à genoux, son acolyte leva les yeux vers TJ, l'hostilité perçant son regard.

— Dépêche-toi ! s'exclama l'autre alors qu'il dévalait déjà l'escalier.

Son comparse soutint le regard de TJ encore un moment avant de se redresser et de suivre son ami.

Alexis se précipita aux côtés de TJ.

— Tu vas les laisser partir ?

TJ ne lâcha pas les deux hommes des yeux. Ils sautèrent dans une berline sombre et quittèrent le parking de l'hôtel.

— Oui, dit-il. Je ne peux pas te laisser pour les poursuivre. Ils pourraient n'être qu'un leurre.

Une peur glaciale l'envahit. Un leurre. Cela signifiait que quelqu'un d'autre pouvait survenir à tout moment.

TJ l'entoura d'un bras et la ramena dans la chambre.

— Attends une minute, s'écria un autre client de l'hôtel. Il faut que tu dénonces ces types aux flics.

TJ ignora l'homme, la poussa dans leur suite et ferma la porte.

— Nous devons partir d'ici. Fais tes bagages.

Alexis attrapa une serviette à côté de la cafetière et l'appliqua sur la lèvre ensanglantée de TJ.

— Nous n'allons pas les signaler à la police ?

— Il va bien falloir puisque j'avais un public, mais je vais leur dire que je pense que ces types essayaient juste de me voler mon portefeuille.

— Mais tu ne penses pas que ce soit le cas, si ?

Alexis retira la serviette de la lèvre de TJ, provoquant une grimace de douleur.

— Désolée.

— Pas grave.

Il repoussa sa tentative de presser à nouveau la serviette contre sa lèvre fendue.

— Non, je ne pense pas. Je suis presque sûr que ce sont les mêmes types qui nous observaient au restaurant, et comme je sais qu'ils ne nous ont pas suivis, cela signifie qu'ils savent où nous logeons.

— Comment est-ce possible ?

— Aucune idée, mais j'ai bien l'intention de le découvrir.

11

La police demeura à l'hôtel pendant plus d'une heure, prenant sa déposition et celle d'Alexis, ainsi que celles des autres clients de l'hôtel. Il évita de mentir sur les détails de l'agression, mais il ne dit rien de la raison de leur venue en Virginie. Les officiers pensaient qu'ils avaient été victimes d'une tentative de vol ayant mal tourné, et son instinct lui souffla qu'il valait mieux les laisser croire cela pour l'instant. Les déclarations des autres clients de l'hôtel semblant confirmer ses dires, l'officier lui remit sa carte avant de l'informer qu'il pourrait demander une copie du rapport d'incident dans soixante-douze heures. Il avait peu d'espoir que l'enquête de police aboutisse à quoi que ce soit. Personne n'avait été gravement blessé et les prétendus voleurs n'avaient finalement rien dérobé.

Il referma la porte de la suite derrière le dernier policier et se tourna vers Alexis. Elle avait l'air épuisée. Il aurait aimé lui offrir quelques heures de repos. Il n'aurait lui-même pas dit non à un petit somme, mais c'était trop risqué.

— Tu as été incroyable contre ces types, dit Alexis avec un petit sourire, malgré la fatigue qui brillait dans ses yeux.

— Merci. Et je suis désolé de te faire subir tout ça, mais il faut qu'on se bouge. Nous ne pouvons pas rester ici.

— Je sais. Ces hommes n'étaient peut-être qu'une diversion, dit-elle avec un frisson, répétant ce qu'il avait dit plus tôt.

— Allons, dit-il avant de l'attirer contre lui. Ne t'inquiète pas. Je ne laisserai personne t'atteindre.

— Tu penses que les flics ont cru à ton histoire ? demanda-t-elle, le visage appuyé contre son torse.

Il savait qu'elle pouvait entendre les battements de son cœur et se demandait si elle se rendait compte que son rythme avait accéléré depuis qu'elle se trouvait dans ses bras.

— Oui, je pense. Ils veulent y croire. Ils ont des problèmes plus importants à régler qu'une tentative de vol. Surtout quand les agresseurs s'en tirent sans rien emporter.

— Mais ne serait-il pas préférable pour nous d'expliquer notre enquête sur la mort de Mark ? demanda-t-elle avant de s'écarter juste assez pour pouvoir lever les yeux vers lui. Peut-être qu'avec cette agression et l'entrée par effraction chez moi, l'inspectrice chargée de l'affaire verra qu'il y a quelque chose de très anormal et nous prendra enfin au sérieux.

TJ réfléchit à l'idée.

— Peut-être, mais j'aimerais rencontrer cette inspectrice et l'évaluer par moi-même avant de commencer à partager des informations.

— Je suppose que c'est logique.

Alexis se dégagea de ses bras et il lutta contre le désir intense de la ramener contre lui.

À sa place.

La pensée lui traversa l'esprit, mais, étonnamment, il n'eut pas envie de la repousser.

— As-tu fait ton sac ? demanda-t-il pour se concentrer sur la marche à suivre et ignorer sa libido.

— Oui, j'ai terminé pendant que tu finissais avec l'officier de police. Je suis prête à partir.

Alexis se retourna et disparut dans la chambre.

— Parfait. Moi aussi.

De toute façon, il n'avait pas défait ses bagages. Ce ne serait pas la première fois, et probablement pas la dernière, qu'il se contentait de son sac comme garde-robe.

Il mit le sac d'Alexis en bandoulière, avant de glisser son propre paquetage sur l'autre épaule.

— Nous appellerons Shawn depuis la voiture pour lui expliquer la situation. J'ai pu lire une partie de la plaque d'immatriculation de la voiture de ces types, mais je ne sais pas si cela sera d'une grande aide. Il y a des chances que la voiture soit louée ou plus probablement volée, mais si quelqu'un peut la retrouver, c'est Shawn.

TJ ouvrit la porte, balayant les lieux du regard avant de faire signe à Alexis de sortir. En alerte, ils marchèrent d'un pas rapide jusqu'à la voiture. Il doutait que les gars reviennent à l'hôtel si tôt, mais il y avait déjà eu deux tentatives pour atteindre Alexis, ce qui signifiait qu'elle s'était fait un ennemi motivé.

— Ce que je ne comprends pas, c'est comment ces hommes savaient que nous étions dans cet hôtel, dit Alexis alors qu'ils se dépêchaient de rejoindre la voiture de location. Tu avais vérifié que nous n'étions pas suivis en sortant du restaurant et il y a plus d'une demi-douzaine d'autres hôtels dans cette zone.

— C'est une bonne question, dit TJ en réfléchissant à la réponse pendant qu'il ouvrait le coffre du SUV et plaçait leurs sacs à l'intérieur. Monte. Je veux contrôler quelque chose.

Il attendit qu'Alexis soit installée du côté passager et qu'elle ait fermé et verrouillé la porte avant de faire le tour du véhicule. Il passa la main à l'intérieur de chaque passage de roue. Derrière le pneu avant côté conducteur, il trouva ce qu'il cherchait.

Alexis abaissa la vitre lorsqu'il s'approcha.

— Qu'est-ce que c'est ?

— Un traceur GPS. Voilà pourquoi ils n'ont pas eu à nous suivre depuis le restaurant. Ils savaient où nous trouver.

Il prit plusieurs photos du traceur avant de le jeter sur le trottoir et de le piétiner. Dans un monde parfait, il aurait confié aux techniciens de West Investigations le soin de l'examiner afin de remonter la trace de leurs poursuivants, mais il ne pouvait pas prendre le risque d'emporter le mouchard alors qu'il émettait encore un signal. Il allait devoir se contenter de photos.

Ils sortirent du parking puis appelèrent Shawn West pour tout lui expliquer.

— Vous allez bien tous les deux ? demanda Shawn une fois que TJ eut fini son récit.

— Oui. J'ai la lèvre fendue et j'aurai probablement un sacré coquard demain, mais j'ai connu pire, répondit TJ.

Il ne savait pas où ils allaient, mais rouler sans but n'était pas une mauvaise idée. Cela lui permettrait de repérer plus facilement des poursuivants potentiels. Pour l'instant, tout semblait normal.

— De quoi avez-vous besoin ? voulut savoir Shawn.

— D'un lieu sûr.

TJ jeta un coup d'œil à sa droite. Si Alexis paraissait fatiguée auparavant, elle s'étiolait à présent devant ses yeux. Sa tête reposait sur le dossier du siège et ses yeux demeuraient fermés, mais il savait qu'elle ne dormait pas.

— Pas de problème. J'ai un ami qui vit en Virginie, pas très loin de vous. Il est à l'étranger en ce moment, mais il m'a déjà laissé utiliser sa maison comme refuge.

— C'est un bon ami.

— Ouais, eh bien, il est aussi du métier, s'esclaffa Shawn. Donnez-moi une minute pour le contacter.

Ryan West lui avait dit un jour qu'en matière de sécurité privée, les contacts comptaient plus que l'habileté au combat ou les compétences en informatique. Connaître les bonnes personnes et pouvoir faire appel à elles en cas de besoin. Cela semblait se confirmer aujourd'hui.

— Bon, mon contact dit que l'endroit est vide, et que toi et Alexis pouvez y rester aussi longtemps que nécessaire, reprit finalement Shawn.

Il lui communiqua l'adresse et les détails concernant l'accès à la maison. TJ devait appeler un numéro de téléphone à leur arrivée et l'ami de Shawn déverrouillerait la porte à distance pour eux. Les joies de la technologie.

Il leur fallut environ une heure pour y arriver, mais comme Shawn l'avait promis, ils n'eurent eu aucun mal à entrer. TJ fit un tour rapide de la maison, qu'il trouva très belle, avant de conduire Alexis dans la chambre qu'il considérait comme la plus sûre pour elle.

Il installa son sac sur le lit et se dirigeait vers la porte lorsqu'elle posa une main sur son biceps, l'arrêtant net.

— Au cas où je ne l'aurais pas déjà dit, je voulais te remercier. D'être ici avec moi. De m'avoir crue. De me protéger.

Il lui prit la main et lui caressa la joue.

— Je serai toujours là pour toi et je te protégerai toujours.

Elle fit un pas en avant, réduisant la courte distance qui les séparait.

Son parfum fleuri lui chatouilla les narines et le rendit soudain fou de désir.

Elle ferma les yeux et releva la tête. Ses lèvres pulpeuses étaient la chose la plus séduisante qu'il ait jamais vue.

Il dut faire preuve de beaucoup de volonté pour se forcer à s'éloigner d'elle.

— Je serai de l'autre côté du couloir si tu as besoin de moi.

Les yeux d'Alexis s'ouvrirent, reflétant la même confusion mêlée de désir qu'il ressentait au fond de lui.

Coucher avec elle maintenant serait une erreur. Une erreur certes agréable, mais une erreur quand même. Et il ne pouvait pas se le permettre. Pas quand la vie d'Alexis pouvait être en jeu.

12

Le lendemain matin, TJ se réveilla dans une maison silencieuse. Il alla voir dans la chambre d'Alexis et la trouva encore endormie. La maison comprenait trois salles de bains et une salle d'eau, aucun besoin de partager ici.

Il régla l'eau à une température glaciale avant d'entrer dans la douche. Il avait réussi à tenir à distance le désir qu'il éprouvait pour Alexis chaque fois qu'il la regardait pendant la journée, mais il n'avait pas pu repousser les scènes érotiques qui avaient envahi ses rêves pendant la nuit. Il s'était réveillé dur comme du bois et encore plus grognon que d'habitude. D'où la douche froide.

Malheureusement, cela ne fonctionna pas aussi bien qu'il l'avait espéré. Il ne pouvait s'empêcher de penser au désir qu'il avait lu dans les yeux de la jeune femme la veille, lorsqu'ils avaient failli s'embrasser. Il avait fréquenté suffisamment de femmes pour reconnaître ce regard. Elle l'avait désiré autant que lui.

Pourtant, il s'était éloigné. C'était la bonne décision.

Alors pourquoi se sentait-il si mal ?

Il tourna le mitigeur, passant de froid à brûlant, espérant que l'eau chaude finirait d'étouffer ses sentiments grandissants.

Il avait eu raison de mettre le holà à ce qui se révélerait inévitablement être une erreur pour eux deux. Alexis n'était pas une femme avec qui il pouvait coucher juste pour s'amuser, même si elle était d'accord. Il tenait à elle, plus qu'il ne voulait l'admettre, et certainement plus qu'à toutes ses anciennes conquêtes.

Elle méritait le rêve américain : une belle maison, deux enfants et un mari dont le travail ne consistait pas à vivre dans une voiture pendant des jours pour découvrir les tromperies d'autres maris volages. C'était plus que ce qu'il pouvait ou voulait lui offrir. Il devait donc mettre sa libido en veilleuse et se concentrer sur la tâche à accomplir.

Il coupa l'eau et sortit de la douche.

Alexis et lui avaient encore du pain sur la planche s'ils voulaient avoir une chance de prouver l'innocence de Mark auprès de TalCon et encore plus de travail pour démentir la théorie du suicide. Tout cela était d'autant plus difficile qu'il se sentait complètement dépassé.

Il enfila un jean et un pull-over gris tout en se demandant, pour la centième fois sans doute depuis qu'il avait accepté de s'occuper de l'affaire d'Alexis, s'il ne ferait pas mieux de laisser Shawn, ou n'importe qui d'autre chez West, prendre la direction des opérations. Il poursuivait les maris et femmes adultères, les pères qui refusaient de payer les pensions alimentaires et les fraudeurs. Il ne connaissait rien aux logiciels et aux contrats militaires. Comment pourrait-il prouver un assassinat ?

Il s'arrêta avant que ses pensées partent complètement en vrille et se força à respirer lentement et profondément.

Alexis l'avait choisi et il n'allait pas la laisser tomber ou l'adresser à quelqu'un d'autre. Ce n'était peut-être pas son type d'affaire habituel, mais tout bon enquêteur savait que la clé d'une enquête résidait dans l'obtention d'informations.

C'est pourquoi il avait envoyé un mail à Shawn pour lui demander des rapports sur Nelson Bacon et Arnold Forrick. Et après un moment d'hésitation, il avait également réclamé un rapport sur Mark, même s'il avait l'impression de trahir son ami. Pourtant, cela faisait presque deux ans qu'il n'avait pas parlé à Mark. Et s'il en jugeait par leur dernière rencontre, l'alcoolisme de Mark était pire que ce que TJ avait réalisé. Peut-être ne connaissait-il pas son ami aussi bien qu'il le pensait. Il était possible que Mark se soit mis, volontairement ou non, dans une situation difficile. Même s'il se sentait coupable d'y penser, il ne pouvait ignorer la possibilité que TalCon et les flics aient raison. Bien entendu, il n'avait aucune intention d'en parler à Alexis tant qu'il n'aurait pas de preuve concrète que son frère était un voleur ayant mis fin à ses jours plutôt que de faire face aux conséquences de ses actes.

Dans la cuisine, il glissa dans le grille-pain deux des muffins surgelés qu'il venait de trouver dans le congélateur et prépara du café avant d'ouvrir son ordinateur portable.

Il cliqua sur le mail de Shawn juste au moment où la sonnerie de son téléphone portable retentissait.

— Ça tombe bien, dit TJ en décrochant. J'étais justement en train d'ouvrir ton mail. Merci d'avoir été si rapide, d'ailleurs.

— Pas de problème, répondit Shawn. Je t'ai dit que je te soutiendrai dans cette affaire.

TJ parcourut le rapport.

— Tansy a-t-elle progressé dans la recherche de la personne ayant publié l'annonce pour Nimbus sur le *dark web* ?

— Pas encore, soupira Shawn.

TJ repoussa une vague de frustration et se concentra sur le mail de Shawn.

— Je jette juste un coup d'œil à ces rapports. Y a-t-il une chose à propos de Bacon ou de Forrick sur laquelle je devrais me concentrer ?

— Ces deux hommes sont des experts dans leur domaine. Tous deux sont d'anciens militaires. Tous deux très décorés. Bacon était un ranger et Forrick, un marine. Il ne semble pas qu'ils se soient rencontrés à l'armée, mais ils ont tous deux atterri à TalCon à peu près au même moment et ont gravi les échelons en parallèle. Bacon est meilleur diplomate, ce qui l'a propulsé au poste de PDG. Forrick est son bras droit, son chien de garde qui se charge de tout le sale boulot.

— Ce n'est pas une mauvaise configuration.

— Non, et je n'ai rien trouvé qui suggère que ces deux-là soient autre chose que des bureaucrates classiques et parfois impitoyables.

Le grille-pain sonna. TJ mit le téléphone sur haut-parleur et l'emporta pendant qu'il se servait une tasse de café et beurrait son muffin.

— J'ai réfléchi au vol du logiciel. Atwal, l'avocat que Mark a engagé pour le représenter, a déclaré que le personnel de la cybersécurité de TalCon avait trouvé une offre de vente du programme sur le *dark web*. Je ne crois pas que le voleur en soit à son coup d'essai.

— Tu penses qu'il a déjà fait ça ?

— Ou quelque chose du même acabit. Qui que ce soit, il en sait beaucoup trop sur TalCon, sur ce programme et sur la façon de s'en débarrasser pour que ce soit sa première fois.

— Certes, mais on pourrait imaginer que si quelqu'un dérobait régulièrement des programmes informatiques militaires dangereux, cela ferait la une des journaux.

— Pas nécessairement. Selon Atwal, l'une des raisons pour lesquelles Mark n'a pas été inculpé est que la société espère toujours récupérer le programme sans ébruiter l'affaire. Peut-être que ce type de vol s'est produit auparavant et que TalCon, ou toute autre entreprise victime, s'est efforcé de garder les choses tout aussi secrètes.

— C'est logique, concéda Shawn, l'air toujours sceptique. Je vais creuser la question. Voir ce que je peux trouver.

— Merci. Avec un peu de chance, cela générera quelques pistes qui ne pointeront pas vers Mark.

TJ laissa planer son curseur sur le troisième et dernier rapport que Shawn avait joint au mail. Le rapport sur les antécédents de Mark.

— Comment se porte Alexis ? demanda Shawn.

— Elle s'accroche. Elle est forte. Elle va s'en sortir.

— Et toi ? J'ai été surpris de voir que tu avais demandé un rapport sur ton ami. Commences-tu à avoir des doutes ?

Était-ce le cas ? Il ne doutait pas que le Mark qu'il avait connu n'aurait jamais fait ce dont on l'accusait. Mais le Mark qui l'avait cru capable de tenter de séduire sa copine ? Le Mark qui buvait beaucoup trop la dernière fois que TJ l'avait vu ? Il n'était pas sûr de connaître ce Mark.

— Je suis juste minutieux.

Il pensait se montrer suffisamment évasif, mais Shawn était un trop bon enquêteur pour ne pas avoir entendu l'hésitation dans sa voix.

— J'ai envoyé les photos du traceur à notre équipe technologique. Je te ferai savoir ce qu'ils ont trouvé, le cas échéant.

— Merci. Je suis désolé de ne pas avoir pu envoyer l'appareil, mais je ne voulais pas prendre de risques.

— Je comprends. Je ne veux pas marcher sur tes plates-bandes, mais as-tu vérifié s'il y avait d'autres traceurs ? Ce n'est peut-être pas le seul.

— J'ai fait un contrôle approfondi de la voiture hier soir. Je n'ai rien trouvé d'autre, mais tu sais que ce genre d'enquête n'est pas dans mes habitudes.

— Tu t'en sors bien. Comme je l'ai dit, je couvre tes arrières. Et pour te le prouver, après avoir fouiné sur Forrick et Bacon, j'ai creusé un peu plus.

L'icône indiquant un mail entrant clignota sur l'ordinateur portable de TJ.

— TalCon est un géant dans le monde des contrats militaires, mais ils ont quelques concurrents qui les talonnent. Je me suis dit que cela valait la peine d'examiner à qui profiterait un scandale public chez eux.

Le nouveau mail contenait des recherches sur les deux plus proches concurrents de TalCon. TJ s'en voulut de ne pas avoir lui-même pensé à la concurrence.

— Merci, mec.

— Pas de problème. Je t'envoie également un nom.

Le nom de Noel Muscarelli suivi d'une adresse et d'un numéro de téléphone apparut dans sa boîte de réception.

— Noel Muscarelli est un ancien cadre de TalCon qui a brusquement quitté l'entreprise il y a six mois, alors qu'il avait été présenté comme l'un des successeurs possibles de Bacon.

— Bacon est-il sur le point de partir ? s'étonna TJ.

— Hum... C'est une question ouverte. Bacon occupe le poste de PDG depuis douze ans. À un moment donné, probablement dans un avenir pas trop lointain, le conseil d'administration devra commencer à réfléchir à un successeur.

— Et Forrick ?

— Non, dit Shawn et TJ l'imagina secouer la tête à l'autre bout du fil. Forrick s'est brouillé avec trop de monde pour que Bacon reste au sommet. Quand Bacon partira, Forrick sautera aussi.

Des bruits de pas retentirent dans le couloir menant aux chambres. Alexis était réveillée.

— Merci, Shawn. C'est super. Ça me donne quelques pistes à suivre.

TJ mit fin à l'appel alors qu'Alexis entrait dans la cuisine. Elle portait un T-shirt rose et un short de pyjama assorti qui montrait suffisamment sa peau caramel pour qu'il envisage de prendre une nouvelle douche froide.

— Bonjour.

— Bonjour.

— J'ai fait du café et j'ai décongelé un muffin pour toi.

— Merci.

Elle se détourna rapidement de lui, mais pas avant qu'il la voie rougir.

— J'ai cru t'entendre parler à quelqu'un.

— Shawn. Je lui ai demandé d'effectuer quelques recherches.

TJ lui résuma sa conversation.

— Shawn a trouvé un ancien employé de TalCon qui travaillait dans la même section que Mark. Cela pourrait valoir le coup de le rencontrer.

— D'accord. En parlant d'employés, Lenora Kenda nous a-t-elle contactés ?

TJ fronça les sourcils.

— Toujours pas.

Mme Kenda se montrait insaisissable, et il n'aimait pas ça. Il n'y avait aucune raison pour que l'assistante de Mark esquive ses appels, à moins qu'elle ne cache quelque chose.

— Je pense qu'il est temps d'essayer d'être plus direct avec Mme Kenda. Je voudrais faire un tour chez elle aujourd'hui. On verra si on peut forcer la conversation. Mais je pense qu'il serait préférable de contacter d'abord Noel Muscarelli, un ancien employé de TalCon. Il sera plus enclin à nous parler puisqu'il ne travaille plus pour eux, et nous devons encore discuter avec l'inspectrice Chellel. Et retrouver l'ex de Mark, Jessica.

Alexis porta sa tasse de café à la table et s'assit.

— Mark m'a dit qu'ils avaient rompu quelques semaines avant sa mort. Je ne suis pas sûre qu'elle ait une information qui puisse nous aider.

— Nous ne le saurons pas tant que nous n'aurons pas demandé.

Alexis fronça les sourcils.

— Je sais que tu n'approuvais pas les goûts de ton frère en matière de femmes. Mais cela fait partie de l'enquête. Suivre toutes les pistes potentielles, même les moins prometteuses.

Alexis leva les mains en signe de reddition.

— Tu as raison. C'est toi l'expert. Si tu dis qu'il faut parler à Jessica, on parlera à Jessica.

TJ n'avait pas l'impression d'être un expert, mais il savait qu'ils avaient besoin d'interroger cette femme.

— Tansy a obtenu son adresse la plus récente. Je pensais que nous pourrions lui rendre visite ce matin avant de passer au commissariat pour parler à l'inspectrice Chellel. Je vais appeler Noel Muscarelli pour voir si nous pouvons nous rencontrer dans la journée.

— Eh bien, je suis impressionnée. Tu as fait tout ça avant même que je ne sorte du lit.

TJ sentit sa poitrine gonfler sous l'effet du compliment.

— Ce n'était pas grand-chose, mais tu devrais te dépêcher de t'habiller si nous ne voulons pas nous mettre en retard.

Alexis avala le reste de son café, puis s'empressa de remonter l'escalier.

Il appela Noel Muscarelli pendant qu'elle se douchait et se changeait. Celui-ci accepta de les rencontrer à midi dans un petit café non loin de chez lui.

Après avoir mis fin à l'appel, TJ posa les yeux sur le mail de Shawn contenant des informations sur Mark. Il ne l'avait pas ouvert. Une fois de plus, son doigt effleura le clavier, mais le bruit d'Alexis se dirigeant vers la cuisine l'arrêta.

Il ferma l'ordinateur portable et se retourna, forçant un sourire.

— Prête à partir ?

Alexis lui rendit son sourire sans grande conviction.

— Prête.

Ils se dirigèrent vers le complexe d'appartements où vivait Jessica Castaldo. Le bâtiment marron à deux étages d'aspect utilitaire avait l'air bien entretenu.

TJ frappa à la porte de l'appartement 2B sans obtenir de réponse. Il essaya une deuxième fois au moment où la porte de l'appartement 2A s'ouvrit.

— Y a personne, dit une femme mince, aux cheveux gris coiffés en deux tresses s'arrêtant juste au-dessus de ses fesses.

Alexis et TJ se tournèrent pour faire face à la femme, qui passa rapidement en revue Alexis, son regard s'attardant sur TJ. Un sourire, qui se voulait séducteur, se dessina sur ses lèvres.

TJ remarqua, avec satisfaction, la moue agacée d'Alexis. Elle toisa la voisine de Jessica d'un regard noir.

Pensant qu'il valait mieux qu'il prenne les devants, il sourit à la femme et lui dit :

— Bonjour. Nous cherchons votre voisine, Jessica Castaldo.

— Je n'ai jamais su comment elle s'appelait, mais elle ne vit plus ici. Elle a déménagé il y a deux semaines.

— A-t-elle dit où elle allait ? demanda Alexis, un sourire poli remplaçant son air renfrogné.

La femme lui lança un regard désintéressé avant de porter à nouveau son attention sur TJ.

— Aucune idée. Elle ne m'a pas laissé d'adresse. Comme je l'ai dit, je n'ai jamais su son nom. Une vraie pimbêche, celle-là.

— Pouvez-vous nous dire combien de temps elle a vécu ici ?

La femme fit un geste dédaigneux de la main.

— Oh ! environ six mois. Pas longtemps. Je sais qu'elle n'a pas donné son préavis obligatoire de trente jours avant de partir. Le concierge était furax. Il m'a posé un tas de questions sur l'endroit où elle était partie, comme vous. Et je lui ai dit la même chose. Je ne la connaissais pas bien, la petite pimbêche.

TJ sortit son téléphone portable et afficha une photo de Mark.

— L'avez-vous déjà vue avec cet homme ?

La femme loucha un instant sur l'écran.

— Oui, oui. Je l'ai vu dans le coin quelques fois. Pas pendant les quelques semaines avant que la pimbêche déménage. Je pense qu'ils sortaient ensemble, mais il a dû comprendre et rompre avec elle.

— Qu'est-ce qu'il a compris ? insista Alexis.

La femme pointa le menton en direction de la porte de l'appartement de Jessica.

— C'était une croqueuse de diamants. Elle travaillait comme serveuse ou quelque chose comme ça. Je l'ai vue en uniforme. Mais ce n'est pas un boulot de serveuse qui peut payer des chaussures Jimmy Choo, des sacs Fendi et toutes ces fringues hors de prix que je la voyais porter pour se rendre en boîte le samedi soir.

Pour quelqu'un qui ne connaissait même pas le nom de sa voisine, cette femme en savait certainement beaucoup sur ce qui se passait chez Jessica.

— Y a-t-il autre chose que vous pouvez nous dire sur votre voisine ? Quelque chose qui pourrait nous aider à comprendre où elle a déménagé ?

À sa décharge, la femme sembla réfléchir un instant avant de secouer la tête.

— Nan, je viens de vous dire tout ce que je sais à son sujet.

TJ remit son téléphone dans sa poche et adressa un nouveau sourire à la femme.

— Merci pour votre aide.

— Il n'y a pas de quoi. Vous êtes le bienvenu, mon mignon. Si vous voulez entrer... peut-être prendre un verre ou deux ?

TJ entendit un léger grognement émaner de la gorge d'Alexis. Si l'autre femme le perçut, elle n'en laissa rien paraître.

— Désolé, dit TJ en posant une main sur le dos d'Alexis et en la guidant vers l'escalier. Je travaille.

— Dommage.

Il l'entendit fermer sa porte.

— Je peux attendre dans la voiture si tu veux faire plus ample connaissance avec ta nouvelle amie, grommela Alexis.

TJ ne put réprimer un sourire en coin qui, il le savait, n'allait pas améliorer sa situation. Il avait raison. La grimace d'Alexis s'accentua lorsqu'elle le vit.

Il ouvrit la porte de la voiture et s'installa derrière le volant. Alexis se glissa à côté de lui.

— Hé, je n'y peux rien si les femmes me trouvent attirant, plaisanta-t-il, espérant détendre l'atmosphère.

— Je n'en doute pas, répliqua-t-elle avec un fin sourire. Mais ton joli minois ne nous a pas beaucoup aidés. Nous n'avons aucune idée de l'endroit où vit Jessica.

TJ démarra la voiture.

— Non, mais ce n'est pas cela qui va nous arrêter. Je vais appeler Shawn et voir s'il peut dénicher sa nouvelle adresse. En attendant, nous avons rendez-vous avec l'inspectrice.

13

Le visage de l'inspectrice Elaine Chellel se ferma dès qu'elle aperçut Alexis et TJ dans la salle d'attente du commissariat. L'inspectrice était une femme de grande taille, aux larges épaules et aux cheveux blonds tirant sur le gris. Elle portait un tailleur-pantalon marron foncé, n'était pas maquillée et affichait une mine renfrognée. Alexis avait effectué quelques recherches sur elle à la suite de leur précédent entretien. Elle savait qu'Elaine Chellel était mariée et mère de deux enfants et qu'elle avait travaillé dans la police de San Francisco avant de déménager à Alexandria, en Virginie, quelques années auparavant. Lors de leurs conversations, Chellel s'était montrée directe et franche, ce qu'Alexis aurait pu apprécier davantage si l'inspectrice ne lui avait pas raconté que Mark était soupçonné de vol et qu'il s'était suicidé. Elle avait trouvé plusieurs articles qui la mettaient à l'honneur pour avoir résolu des affaires difficiles, y compris des homicides. Elle avait espéré que cela se traduirait par une certaine ouverture d'esprit, mais cela ne semblait pas être le cas.

Leur première conversation avait été plutôt informelle, l'inspectrice présentant ses condoléances et posant des questions générales sur Mark. Mais leur deuxième interaction n'avait laissé aucun doute : il s'agissait plutôt d'un interrogatoire. Chellel voulait savoir tout ce qu'Alexis connaissait de l'activité professionnelle de Mark. Comme son frère et elle ne s'étaient pas parlé depuis plusieurs semaines, et que le travail était rarement un de leurs sujets de conversation, Alexis n'avait pas été d'une grande aide.

Chellel n'avait pas apprécié.

L'inspectrice semblait s'être ralliée à la théorie selon laquelle Mark avait dérobé le logiciel de TalCon et s'était suicidé en se sentant pris au piège. Les appels d'Alexis pour demander des nouvelles du cas de son frère avaient d'abord été accueillis par un superficiel : « L'enquête est en cours. » L'inspectrice Chellel n'avait pas pris la peine de répondre à ses derniers messages.

Alexis présenta TJ comme un ami de la famille et un détective privé.

L'inspectrice sortit un instant, laissant Alexis et TJ s'asseoir autour de la table ronde de la salle de conférences. Elle reparut quelques instants plus tard, un épais dossier sous le bras.

— Madame Douglas, je suis surprise de vous voir ici. Que puis-je faire pour vous ? demanda-t-elle en s'asseyant.

— Vous n'avez pas répondu à mes derniers messages, alors j'ai pensé vous rendre visite. J'aimerais savoir si l'enquête sur la mort de mon frère a progressé.

L'inspectrice fronça les sourcils.

— Comme je vous l'ai expliqué la dernière fois que nous nous sommes parlé, tout porte à croire que votre frère s'est suicidé. Je comprends que ce soit difficile à entendre...

— Ce n'est pas difficile à entendre, inspectrice. C'est tout à fait impossible à croire. Mark avait engagé un avocat. Il niait les accusations de vol portées contre lui et était prêt à se battre pour prouver son innocence.

— Quoi qu'il en soit...

— Je pense qu'il y a autre chose que vous devriez savoir, intervint TJ. Alexis a été attaquée chez elle il y a quelques nuits.

— Je suis désolé de l'apprendre, dit l'inspectrice, l'air sincèrement inquiet. Avez-vous signalé l'agression ?

— Oui, répondit Alexis. Mais je ne crois pas que les flics de Newark aient pris mes affirmations plus au sérieux que vous.

— Je suis sûre qu'ils effectueront un travail d'enquête approfondi.

— L'agresseur a menacé Alexis, dit TJ. Plus précisément, il l'a sommée de ne pas enquêter sur la mort de Mark.

L'inspectrice Chellel attrapa un bloc-notes sous le dossier et sortit un stylo de la poche de sa veste.

— Racontez-moi tout depuis le début.

Alexis s'exécuta. Chellel l'écouta attentivement, lui demandant simplement quelques précisions par-ci par-là. Lorsqu'elle arriva à la partie concernant les menaces de l'agresseur, l'inspectrice la pressa de questions. Avait-elle reconnu la voix ? Avait-elle remarqué quelque chose de particulier ? Était-elle sûre de ce que l'homme avait dit ?

L'inspectrice tapota son stylo sur la table pendant de longues minutes après avoir épuisé toutes ses questions.

— Je ne suis pas sûre que cette entrée par effraction ait sa place dans mon enquête. Je dois envisager la possibilité que votre frère ait eu un complice, d'autant plus que nous n'avons pas encore retrouvé les biens volés.

Alexis sentit une vague de colère la prendre aux tripes.

— Un complice ? L'homme qui m'a agressée est probablement le vrai voleur, pas un complice. Il essaie de piéger mon frère. C'est pour ça qu'il ne veut pas que j'enquête. C'est pour ça qu'il a tué...

Elle s'étouffa sur le reste des mots.

— Madame Douglas, dit l'inspectrice Chellel en se penchant vers elle. Je crains que nous n'ayons découvert un certain nombre de choses que votre frère ne vous a pas dites sur sa vie. Je ne peux pas tout vous révéler, car l'enquête est toujours en cours, mais vous risquez de ne pas aimer ce que je peux vous dire.

Alexis eut un frisson de mauvais augure.

— Je veux l'entendre. Peu importe de quoi il s'agit.

L'inspectrice soupira.

— Il semble que votre frère ait accumulé des dettes.

— Ce n'est pas possible. Je sais que Mark gagnait un bon salaire chez TalCon. Il m'a dit qu'il avait presque fini de rembourser ses prêts étudiants et qu'il économisait pour acheter une maison. Il était très responsable avec son argent.

Chellel prit une feuille de papier dans le dossier et la tendit à Alexis. Le relevé de compte de Mark. Ligne après ligne, on pouvait lire les retraits. Une centaine de dollars au début, puis des sommes plus importantes. Cinq cents. Mille. Mille six cents. Mark perdait de l'argent.

— Qu'est-ce que c'est ? Où allait tout cet argent ? demanda Alexis en levant les yeux.

— J'ai parlé à plusieurs amis et collègues de Mark. Votre frère avait développé un problème de jeu.

Alexis s'agrippa à l'accoudoir de son fauteuil.

— Non. Je... il ne m'a jamais rien dit à propos de jeux d'argent.

Elle se souvenait vaguement que Mark avait mentionné quelque chose à propos d'un enterrement de vie de garçon dans un casino local. Il s'agissait d'un week-end passé avec des amis quelques mois plus tôt. Mais un week-end entre copains ne rendait pas quelqu'un un accro au jeu.

L'inspectrice Chellel lui lança un regard compatissant.

— Il n'est pas rare qu'une telle chose soit cachée aux membres de la famille et aux proches. Soit la personne ne pense pas qu'elle a un problème, soit elle est trop gênée pour demander de l'aide. Ses relevés bancaires font état de nombreux retraits à un distributeur du casino MGM National Harbor.

Les pages que l'inspectrice Chellel avait remises à Alexis contenaient des dizaines de lignes surlignées indiquant ces retraits. S'efforçant de comprendre, Alexis tendit le document à TJ, alors que l'information pénétrait douloureusement son cerveau.

— Le MGM ? Ce n'est pas là que Jessica Castaldo travaille ?

Elle se souvenait que Jessica avait mentionné son travail au MGM lors de sa visite avec Mark.

— En effet, acquiesça l'inspectrice. Quand je lui ai parlé, elle m'a dit que c'était comme ça que Mark et elle s'étaient rencontrés.

Chellel sortit une photo du dossier.

— Nous avons également découvert que le médecin avait prescrit du diazépam à votre frère pour lutter contre le stress et l'anxiété.

Elle fit glisser vers Alexis un gros plan d'un flacon vide, avec le nom de Mark sur l'étiquette.

— Nous avons également des informations qui suggèrent que votre frère avait une addiction à l'alcool, ajouta-t-elle. Un problème que vous n'avez jamais mentionné lors de nos précédentes entrevues, madame Douglas.

Alexis capta le regard de TJ.

— Cela ne semblait pas pertinent sur le moment, déclara-t-elle. Mark buvait trop, oui. Mais il n'a jamais fait de mal, ni à lui-même ni aux autres.

L'amende pour conduite en état d'ivresse et l'état dans lequel Mark se trouvait la nuit où il avait brisé son amitié avec TJ lui vinrent en mémoire, mais elle refusait de laisser l'inspectrice réduire la vie de Mark à ses pires moments.

— Ce compte présente un solde négatif, dit TJ, sa voix grave la ramenant au présent. Comment Mark payait-il ses factures avec autant de débit sur son compte ?

Chellel secoua la tête.

— Il ne payait pas. Son propriétaire dit qu'il était toujours en retard pour le loyer et souvent à court d'argent. La société de crédit qui finançait sa voiture avait déjà entamé une procédure de saisie.

Alexis se massa les tempes, tentant d'enrayer son mal de tête grandissant.

— C'est de la folie.

— Je comprends qu'il soit difficile de tout intégrer, déclara Chellel.

— Vous pensez donc que les pertes de Mark au jeu ont été le catalyseur du vol ? demanda TJ.

— Il semble que ce soit le cas, acquiesça Chellel. Nous savons que Mark a téléchargé le programme quelques jours avant qu'une annonce en ligne soit publiée sur le *dark web* pour en proposer la vente.

— Mark travaillait sur ce programme. Le fait qu'il l'ait téléchargé n'est pas suspect, dit Alexis.

— Ses collègues affirment que le travail qu'il effectuait n'exigeait pas qu'il le télécharge. Et le système montre que ce transfert a été effectué directement sur un disque externe. Selon nos interlocuteurs, cette pratique est expressément interdite par la politique de l'entreprise.

Alexis sentit monter une vague de frustration. Elle serra plus fort les bras de sa chaise. TJ lui prit la main. Un avertissement, lui intimant de garder son sang-froid.

— Avez-vous pu identifier Mark comme l'auteur de cette annonce ? demanda TJ.

L'inspectrice Chellel fronça les sourcils.

— Il est incroyablement difficile de tracer quoi que ce soit sur le *dark web*.

— Vous n'avez donc toujours pas de preuve que Mark a publié ce message, insista TJ.

— Certes, mais nous savons qu'il est la seule personne à avoir téléchargé le programme complet.

Alexis s'efforça de ne pas grimacer. L'empressement de l'inspectrice à ignorer toutes les incohérences de sa théorie l'irritait.

— Et vous ne trouvez pas suspect que les caméras de sécurité de TalCon aient été coupées la nuit du vol ?

— Non, je ne le pense pas, répondit l'inspectrice avec force. Le système était désactivé en raison d'une opération de maintenance programmée. C'est même d'ailleurs un mauvais point pour votre frère, car il était l'un des rares employés au courant du programme de maintenance de la société.

Alexis n'ayant pas de réponse à cela, elle se contenta de ruminer en silence.

— Je sais que ce n'est pas ce que vous voulez entendre, dit l'inspectrice Chellel au bout d'un moment. Mais votre frère avait les moyens, le mobile et l'occasion de voler ce programme.

— Même si vous avez raison – et, pour être claire, je n'y crois pas, mais supposons un instant –, cela ne veut pas dire que Mark s'est suicidé.

— Les chefs d'accusation auxquels il aurait dû faire face, espionnage industriel, vol, violations de la cybersécurité, sont des crimes graves. Certains sont même des infractions fédérales. Il aurait risqué des dizaines d'années de prison. Ce n'est pas rien, et quand les gens ont l'impression qu'ils n'ont aucune porte de sortie…

Chellel laissa le reste de la déclaration en suspens.

— Mais Mark n'avait pas encore été inculpé. Il avait un avocat. Il était prêt à se battre pour laver son nom. Il n'est pas logique qu'il ait abandonné.

L'inspectrice Chellel avait l'air de lutter pour conserver sa patience. Alexis s'en moquait. Chellel avait été bien trop encline à tirer des conclusions hâtives dans cette affaire. Personne ne semblait la pousser à examiner les pistes qui ne menaient pas à Mark.

— Écoutez, madame Douglas, je vois bien que c'est difficile pour vous. Je suis sûre que je ressentirais la même chose si les rôles étaient inversés. Mais je ne peux pas ignorer les preuves et, à l'heure actuelle, toutes mènent à la conclusion que Mark Douglas a volé des biens à TalCon et qu'il s'est suicidé une fois son arrestation devenue imminente.

— Son arrestation était-elle imminente ? intervint TJ. Parce que ce n'est pas ainsi que l'avocat de Mark a compris la situation. Il avait l'impression que la société voulait récupérer le programme Nimbus tout en gardant le vol secret.

Chellel foudroya TJ du regard.

— Je ne peux pas attester ce que M. Atwal a compris, mais ce n'est pas la politique de ce service de police de dépenser des ressources précieuses et des heures de travail à enquêter avec l'intention de fermer les yeux sur les crimes que nous découvrons. Je suis convaincue que nous aurions demandé et obtenu un mandat d'arrêt contre Mark Douglas.

La déclaration de l'inspectrice frappa Alexis comme un coup

de poing dans l'estomac. Son frère avait été sur le point d'être arrêté. Dans quel gouffre de désespoir cela avait-il pu l'entraîner ?

Non. Elle connaissait Mark. Peu importait ce qui se passait dans sa vie, il n'aurait pas été jusqu'au suicide.

Alexis se leva d'un bond.

— Dans ce cas, vous auriez arrêté la mauvaise personne. Et je vous le prouverai.

14

TJ guida Alexis hors du poste de police, un bras autour de sa taille. La détermination dont elle avait fait preuve avec l'inspectrice l'avait impressionné et, pour être tout à fait honnête, l'avait un peu excité. Il n'y avait rien de plus sexy qu'une femme forte qui défendait ses opinions. Le fait de se trouver suffisamment proche d'elle pour que l'odeur fleurie de son parfum lui chatouille les narines ne contribuait pas à refroidir son désir pour elle, mais Alexis ne semblait pas souffrir de ce problème.

Absorbée, elle tapotait sur son téléphone, alors qu'ils sortaient du commissariat. Il la laissa tranquille et se concentra sur leur retour à la voiture.

— Nous devons aller au MGM et parler à Jessica, dit Alexis alors qu'il se glissait dans le siège conducteur de la voiture de location.

— Nous sommes censés rencontrer Noel Muscarelli, l'ancien employé de TalCon avec qui Shawn nous a mis en contact, tu te souviens ?

— Je sais, je sais, mais tu as dit que l'entretien était prévu pour midi. Cela nous laisse plus d'une heure et demie. Le MGM est à quinze minutes d'ici.

TJ quitta la place de parking et se dirigea vers la sortie du garage.

— Nous ne sommes même pas sûrs que Jessica y sera. Tu ne savais vraiment rien des habitudes de jeu de Mark ?

— Non, rien du tout. Jessica m'a dit qu'elle travaillait au MGM quand elle et Mark sont venus me rendre visite l'année dernière, mais ça ne m'a même pas traversé l'esprit que Mark...

— Je comprends. D'accord, dit TJ, en prenant la voie de droite lorsqu'il aperçut le panneau annonçant la bretelle d'entrée de l'autoroute. Allons au MGM pour voir si Jessica travaille aujourd'hui. Au pire, nous pourrons demander à connaître son emploi du temps et revenir plus tard.

Il parcourut les quinze minutes qui le séparaient du casino et paya un prix exorbitant pour stationner dans un garage proche.

Le MGM était situé dans la localité de National Harbor, une zone qui avait connu une importante revitalisation, voire un embourgeoisement, au cours de la dernière décennie. Le décor était élégant et haut de gamme. Outre le casino et l'hôtel, on y trouvait une salle de spectacle luxueusement aménagée, un spa, plusieurs bars et salons, des magasins et pléthore de restaurants de grand standing.

— Cet endroit est magnifique, dit Alexis en se penchant pour admirer la splendeur de l'entrée principale.

— Magnifique et énorme, répondit TJ en l'entraînant plus loin. Il y a généralement un salon à l'extérieur du casino. Notre meilleure chance est probablement de nous asseoir là et de nous familiariser d'abord avec le terrain.

Il avait raison. Un salon à l'étage offrait une vue d'ensemble du casino. Ils s'assirent à une table et une serveuse s'approcha presque instantanément. Elle prit leur commande, un club soda pour lui et de l'eau gazeuse pour Alexis.

Celle-ci parcourut le casino du regard.

— Je ne vois pas Jessica.

— Il n'y a aucune garantie qu'elle soit là, dit TJ. Pour l'instant, nous devons donner l'impression que nous sommes juste un couple en train d'apprécier nos boissons et de penser à perdre un peu d'argent.

Alexis le regarda droit dans les yeux.

— Un couple ? Je croyais que tu refusais toute relation longue ?

— Juste pour cette fois, répliqua-t-il avec un petit sourire en coin.

— J'ai de la chance, répondit Alexis, la voix rauque.

La serveuse reparut, mettant fin à ce moment de tension. C'était aussi bien. Il avait besoin de se concentrer. Il avait vu une photo de Jessica Castaldo dans le rapport, mais cela ne signifiait pas qu'il serait facile de la repérer, si elle était là.

— Peut-être devrions-nous demander à la serveuse si Jessica travaille aujourd'hui ? demanda Alexis.

Elle fit un signe de tête à la serveuse qui se retirait.

— Alexis Douglas ?

Le regard d'Alexis se déplaça jusqu'à se fixer derrière TJ. Il se retourna et vit un grand homme d'origine latino, aux cheveux noirs qui lui frôlaient l'épaule, se diriger vers eux.

L'homme souleva Alexis de son siège et l'embrassa sur les joues avant de reculer et de la tenir à bout de bras.

— *Muñeca*, que fais-tu ici ?

— Antonio ! C'est si bon de te voir ! Je suis juste là pour une visite, dit Alexis, visiblement troublée, mais ravie.

— Eh bien, c'est une surprise incroyable, alors ! s'exclama Antonio avant de la serrer dans ses bras.

TJ se leva, la jalousie lui nouant l'estomac.

Alexis se dégagea et recula.

— Antonio, je te présente mon ami, TJ. TJ, voici Antonio. Lui et moi avons fait l'école culinaire ensemble.

TJ se planta à côté d'Alexis et serra la main qu'Antonio lui tendait.

— Vous séjournez à l'hôtel ? demanda ce dernier.

— Oh ! non ! Nous avons trouvé un endroit ailleurs, répondit Alexis, incertaine.

— Bonne idée, dit Antonio avant de se pencher et de baisser la voix. Cet endroit est bien trop cher. Croyez-moi, je suis le chef pâtissier d'un des restaurants et vous ne voulez pas connaître la marge que nous prenons sur notre dessert emblématique.

Antonio rit de bon cœur.

TJ se surprit à trouver cet homme sympathique, même s'il se

tenait beaucoup trop près d'Alexis à son goût et ressemblait plus à une gravure de mode qu'à un chef pâtissier.

— Vous devez rester pour le déjeuner. Je ne suis de service que plus tard dans la soirée, mais je m'assurerai que la cuisine s'occupe de vous.

Le regard d'Alexis glissa sur le visage de TJ. C'était comme s'il pouvait lire les pensées qui lui traversaient l'esprit. Antonio pourrait être la personne parfaite pour les aider à retrouver Jessica. TJ acquiesça, lui faisant comprendre qu'il était d'accord pour qu'elle lui demande des renseignements.

— Antonio, nous ne sommes pas là par hasard.

Alexis sortit son téléphone de sa poche et fit apparaître la photo de Mark, d'elle et de Jessica.

— Nous recherchons cette femme. Jessica Castaldo. Elle est serveuse au bar à cocktails du casino et elle sortait avec mon frère. Il est très important que nous lui parlions.

Antonio regarda la photo.

— Je suis désolé, je ne la connais pas. Beaucoup de gens travaillent pour l'hôtel et le casino. Si elle sort avec ton frère, il ne saurait pas comment la contacter ?

Les yeux d'Alexis s'assombrirent.

— Mark est mort il y a deux mois, dit TJ.

— Oh ! *muñeca* ! s'exclama Antonio en joignant les mains, comme pour une prière. Je suis vraiment désolé de l'apprendre.

— Nous avons des questions, reprit TJ quand il parut clair qu'Alexis n'avait pas l'intention de prendre la parole. Nous aimerions vraiment parler à Jessica, mais nous n'avons pas son numéro de téléphone et elle a déménagé de son appartement. Nous espérions la trouver au travail.

Antonio grimaça.

— Cela risque d'être délicat, mais laissez-moi voir ce que je peux faire.

Antonio s'éloigna à grands pas vers une zone située derrière le bar du salon, où leur serveuse semblait avoir également disparu.

TJ et Alexis regagnèrent leurs sièges. La curiosité et la jalousie prenant le dessus, TJ demanda :

— *Muñeca* ?

Alexis arqua un sourcil.

— Antonio appelle toutes ses amies ainsi. Ça veut dire poupée en espagnol.

— Ses amies ?

Les lèvres d'Alexis s'étirèrent, et il sut qu'elle savait qu'il était jaloux.

— Oui, ses amies. Antonio est un peu dragueur, mais il est marié depuis je ne sais combien de temps. Avant même que je ne le rencontre. Lui et sa femme sont fous l'un de l'autre.

— Oh ! eh bien, c'est cool.

Le sourire d'Alexis s'agrandit.

— En effet.

Elle souriait encore lorsque son regard se porta à nouveau derrière lui. Il se retourna pour voir Antonio revenir vers eux, cette fois-ci accompagné d'une femme. Elle portait le même uniforme que leur serveuse, une courte jupe noire, un haut blanc et des talons.

— Je vous présente Stacey. Stacey, voici Alexis et son ami TJ. Stacey connaît Jessica.

— Oui, dit Stacey, en regardant Antonio puis TJ avant de s'attarder sur Alexis. Elle travaillait ici, mais elle a démissionné il y a environ trois semaines. Peut-être un mois. Je n'en suis pas sûre. Nous ne travaillons pas toujours dans les mêmes équipes.

TJ échangea un regard avec Alexis.

— Elle a démissionné, insista-t-il. Vous êtes sûre ?

— Absolument. Notre directeur était très contrarié. Elle n'a pas donné de préavis. Elle a juste appelé et dit qu'elle ne reviendrait pas. Les autres ont dû la remplacer pour le reste de la semaine. On gagnait un peu plus, mais c'était quand même contraignant de couvrir ses heures.

— Avez-vous un numéro de téléphone ou une adresse pour Jessica ? demanda Alexis.

Les yeux de Stacey s'assombrirent.

— Je ne sais pas si je dois donner ce genre d'informations.

Alexis sortit à nouveau son téléphone de sa poche et le tourna vers Stacey.

— Ce type, Mark, c'est mon frère. Il sortait avec Jessica. Il est décédé récemment, et il a laissé quelque chose pour elle. Je veux m'assurer qu'elle le reçoive.

TJ réussit à étouffer sa surprise devant le mensonge sorti si facilement de la bouche d'Alexis, mais Antonio fronça les sourcils. Heureusement, il se tut.

La suspicion dans les yeux de Stacey s'évanouit.

— Oh ! je le reconnais. Un bon gars. Toutes mes condoléances.

— Vous connaissiez mon frère ?

— Connaître est un peu exagéré. Il jouait souvent ici, alors je l'ai servi plusieurs fois. Il donnait de bons pourboires. Très mauvais parieur.

— Pourquoi dites-vous cela ? voulut savoir TJ.

Stacey jeta un coup d'œil par-dessus son épaule. Mais ils étaient seuls dans le salon. Même leur serveuse de tout à l'heure avait disparu.

— Eh bien, je veux dire, on ne remporte jamais le gros lot, n'est-ce pas ? La banque gagne toujours, comme on dit. Mais certaines personnes ne le comprennent jamais vraiment. Gagner devient un défi qu'ils ne peuvent pas lâcher. C'est ainsi que l'on devient dépendant.

— Vous dites que mon frère était accro aux jeux d'argent ?

Stacey, manifestement nerveuse, hésita un instant avant de répondre.

— Vous êtes sa sœur, vous méritez de savoir. Certains joueurs qui ont de sérieux problèmes vont voir ce type, Chamberly, quand le casino ne leur fait plus crédit.

— Un usurier ? demanda TJ pour clarifier la situation.

Alexis siffla de surprise.

— J'ai vu votre frère lui parler une fois dans un bar en bas de la rue, acquiesça Stacey. Chamberly est persona non grata ici, alors il mène ses affaires au Blue Bull Bar. Je crois qu'il possède une partie du bar… ou du propriétaire. C'est tout ce que je sais.

Stacey n'avait pas le numéro de téléphone ou l'adresse de Jessica, ni le nom complet de Chamberly. Elle leur souhaita bonne chance avant de s'éloigner en trottinant.

Antonio réitéra son offre de déjeuner, mais ils décidèrent de remettre ça à plus tard. Il leur restait une demi-heure avant leur rendez-vous avec Noel.

TJ paya la note et Alexis et lui reprirent la voiture en direction d'Alexandria.

Il utilisa le haut-parleur pour appeler Shawn pendant le trajet et l'informer brièvement de ce qu'ils venaient d'apprendre au casino.

— Tansy ou toi pouvez-vous trouver une adresse et un numéro de téléphone pour Jessica Castaldo ? Et tout ce que vous pourrez sur ce Chamberly ? Un nom complet serait bien, pour commencer.

— Chamberly. J'ai entendu parler de lui, mais je pensais qu'il opérait à Atlantic City. Je suppose que le nouveau casino à National Harbor était une trop belle occasion pour qu'il la laisse passer. C'est un prédateur, dit Shawn avec un dégoût évident.

— Est-il dangereux ?

— Pas plus que n'importe quel usurier. En général, ces types peuvent s'en prendre à un gars qui ne paie pas ses dettes, mais le meurtre est mauvais pour les affaires. La police se retrouve impliquée et les morts ne paient pas.

Alexis respira profondément.

— Donc tu ne penses pas qu'il ait pu tuer Mark ?

— Je n'ai pas dit cela, mais c'est peu probable.

— Peux-tu nous obtenir un rendez-vous avec lui ? demanda TJ.

Le silence de l'autre côté de la ligne sembla durer une éternité.

— Shawn, tu es toujours là ?

— Je suis là. Je peux contacter quelques personnes, mais es-tu sûr de ton coup ?

— Je pense qu'on doit lui parler.

Il regarda Alexis, hésitant à dire exactement ce qu'il pensait alors qu'elle était à portée de voix.

Shawn n'avait pas de telles craintes.

— Nous devons envisager que Mark ait pu voler Nimbus pour rembourser une dette à Chamberly.

— Non ! s'exclama Alexis.

— C'est une possibilité que nous devons explorer, déclara TJ en même temps.

Alexis lui jeta un regard noir.

— Mark n'aurait jamais fait une chose pareille.

— Il n'y a qu'une chose que nous avons apprise jusqu'à présent, c'est que Mark avait beaucoup de secrets. Si tu veux vraiment aller jusqu'au bout, nous devons tout examiner à la lumière de sa mort.

Le silence régna à l'intérieur de la voiture pendant une bonne minute. Même Shawn ne pipa mot.

— Très bien, cracha finalement Alexis. Nous parlerons à cette personne, ce Chamberly. Nous retournerons chaque pierre et une fois que ce sera fait, je sais que nous prouverons l'innocence de Mark.

TJ pria pour qu'elle ait raison.

15

Shawn raccrocha en promettant de les rappeler dès qu'il aurait organisé une entrevue avec Chamberly. Alexis et TJ effectuèrent en silence le reste du trajet pour rejoindre Noel Muscarelli. Le fait d'être la seule à croire – non, à savoir – que Mark était innocent pesait lourdement sur l'âme d'Alexis.

TJ trouva une place dans un petit parking pavé et ils pénétrèrent dans le café où Noel Muscarelli avait accepté de les rencontrer. Il était à peine plus de midi et seule une poignée de clients occupaient quelques tables. L'endroit était petit, mais Alexis comprit tout de suite que les produits étaient faits maison. L'air sentait le sucre et la cannelle. Les haut-parleurs diffusaient une chanson pop instrumentale qu'elle reconnut vaguement.

Noel Muscarelli n'était pas difficile à repérer : assis seul, une tasse fumante devant lui, les yeux rivés sur la porte d'entrée.

Alexis se dirigea vers lui, suivie de près par TJ.

— Noel ?

L'homme acquiesça.

— Bonjour, je suis Alexis Douglas. La sœur de Mark. Merci d'avoir accepté de nous parler.

— Pas de problème, dit Noel en lui serrant la main, avant de se tourner vers TJ. Vous devez être M. Roman.

— Appelez-moi TJ.

— Je peux vous offrir quelque chose à boire ? demanda Noel une fois Alexis et TJ assis en face de lui.

— Cela devrait être à nous de vous payer un café, mais non, rien pour moi, merci, répondit Alexis.

— Pareil, ajouta TJ.

— Oh ! d'accord, dit Noel en tapotant ses ongles contre le bord de sa tasse. Désolé si je suis un peu nerveux. Quand vous avez appelé pour me dire que vous vouliez me parler de TalCon... Eh bien, je n'ai pas de bons souvenirs de cet endroit.

— Vous avez dû entendre parler de Mark. Il a été accusé d'avoir volé la société et...

Elle laissa le reste de la phrase en suspens, toujours incapable de dire que Mark s'était suicidé.

— Oui, ce fut un choc. Je vous présente mes sincères condoléances, répondit Noel en la regardant avec tristesse.

— Merci. TJ était également proche de Mark, et nous avons du mal à croire aux allégations de TalCon. Nous espérons que vous pourrez nous aider.

Noel s'agita sur sa chaise.

— Je ne sais pas trop comment. Je ne travaille plus là-bas depuis plus de six mois.

— Si vous n'êtes pas trop pressé, vous pourriez commencer par nous dire pourquoi vous avez quitté l'entreprise. J'ai cru comprendre que vous travailliez dans la même division que Mark, dit TJ.

Noel s'adossa à sa chaise, semblant réfléchir à sa réponse. Ou peut-être souhaitait-il ne pas répondre du tout. Il resta silencieux si longtemps qu'Alexis commença à penser qu'il ne leur dirait rien.

— Si je peux aider à prouver que Mark n'est pas un voleur, ce que, par ailleurs, je n'ai jamais cru, alors nous pouvons discuter.

Alexis sentit la tension se relâcher dans ses épaules et réalisa à quel point elle avait redouté cet entretien avec Noel. Jusqu'à présent, tous ceux qui connaissaient Mark semblaient croire à la version de TalCon. Elle n'avait pas imaginé à quel point le fait de voir le nom de son frère traîné dans la boue pouvait être stressant pour elle.

— Merci, dit-elle avec un sourire soulagé.

— J'ai travaillé dans la division cybersécurité et ingénierie, avec Mark. Nous étions tous les deux ingénieurs séniors, et nous mettions au point un programme spécial dans lequel l'entreprise investissait des tonnes d'argent.

— Nimbus, dit Alexis.

Noel sursauta de surprise.

— Oui. J'ignore comment vous savez cela...

— Nous avons parlé avec Nelson Bacon et Arnold Forrick hier, mais ils sont restés assez vagues en ce qui concerne Nimbus, déclara TJ. Pouvez-vous nous donner un peu plus de détails sur ce logiciel ?

— Je ne sais pas, dit Noel nerveusement. TalCon m'a laissé partir, mais ma clause de confidentialité est toujours en vigueur. Ils ont été très clairs sur ce sujet lorsqu'ils m'ont escorté manu militari hors du bâtiment.

— Noel, dit Alexis en se penchant en avant. Je vous promets que nous ne révélerons à personne où nous avons obtenu ces informations. Nous avons déjà une petite idée de la nature du programme grâce à l'avocat de Mark.

Noel hésita encore un instant avant de parler.

— C'est un logiciel qui permet à l'utilisateur de prendre le contrôle d'un autre système informatique. L'issue des guerres ne dépend plus de la qualité des fusils de tel ou tel pays ou de la taille de ses bombes. Aujourd'hui, tout est géré par des ordinateurs. Réfléchissez. Votre réseau électrique. L'approvisionnement en eau. Toutes les institutions financières. Toutes les entités gouvernementales. Tout est en ligne. Tout est fondé sur des systèmes informatiques.

— Donc, vous dites que ce programme donnerait à son propriétaire le contrôle sur le réseau électrique ?

La voix de TJ trahissait son scepticisme. Tout cela ressemblait plus à un mauvais film de série B qu'à une réalité tangible.

Noel poussa un soupir de frustration.

— C'est exactement ce que je dis. Le programme permet de prendre le contrôle d'un réseau électrique, ou de n'importe quel système géré par un ordinateur, ce qui, de nos jours, représente quasiment l'intégralité de nos infrastructures. Je sais que cela peut sembler ridicule, mais c'est mon métier. Croyez-moi, les États-Unis investissent des milliards de dollars dans le développement de programmes de ce type, et nos ennemis aussi. Celui qui parviendra à créer un tel logiciel en premier aura un très net avantage.

— Alors, comment ça marche ? insista Alexis. Je sais qu'on nous dit toujours de ne pas cliquer sur des liens dans des mails provenant d'inconnus. Je suppose que le gouvernement américain et les responsables de notre approvisionnement en eau et en électricité ont accès à une meilleure protection pour leurs ordinateurs que l'antivirus de mon portable.

— Oui et non, répondit Noel. La plus grande faiblesse de tout système, c'est et cela restera toujours l'être humain. Peu importe combien de fois on répète de ne pas faire quelque chose, il y aura quelqu'un pour ne pas écouter. Mais la beauté de ce programme-là, c'est que cela n'a pas d'importance.

Alexis fronça les sourcils, ayant du mal à le suivre. Noel le remarqua.

— Je vous donne un exemple. Vous vous souvenez de la façon dont le gouvernement fédéral est passé en état d'alerte il y a quelque temps et a commencé à interdire l'accès à certains réseaux sociaux appartenant à des entreprises étrangères depuis les ordinateurs du gouvernement ? Ils craignaient que d'autres gouvernements ne les utilisent pour espionner les Américains.

Elle n'était pas une utilisatrice régulière des réseaux sociaux, mais elle se souvenait vaguement d'avoir lu un article sur le sujet.

— Oui, cela me dit quelque chose.

Elle jeta un coup d'œil à TJ, qui acquiesça. Il semblait avoir beaucoup plus de facilité à suivre Noel.

— Les plate-formes de ces réseaux sociaux ont été téléchargées sur des millions de machines dans le monde entier. Imaginez maintenant que le simple téléchargement d'une de ces applications ou de n'importe quel logiciel suffise pour corrompre votre ordinateur et donner à un autre État la possibilité de le contrôler totalement. Il n'est pas nécessaire d'attendre qu'un imbécile clique sur un lien. Nimbus s'attache au code d'autres logiciels utiles à la vie de tous les jours, qu'une entreprise diffuse sur tous ses ordinateurs en réseau, et *bam !*

Noel frappa une fois dans ses mains, faisant sursauter Alexis.

— Il se met au travail, poursuivit Noel avec enthousiasme. Les propriétaires de ces logiciels ont maintenant accès à vos informations bancaires, vos mails, les programmes que vous avez ouverts récemment et tous vos mots de passe, sans que vous vous en rendiez compte. Avec suffisamment d'ordinateurs sous leur contrôle, ils pourraient exploiter ces informations et accéder à des serveurs restreints.

— Comme les serveurs du Conseil de la sécurité nationale, ceux qui font fonctionner le réseau électrique..., déclara TJ.

Noel le pointa triomphalement du doigt.

— Exactement. Il est évident que le gouvernement américain serait très intéressé par un tel programme, comme beaucoup d'autres pays.

Alexis comprenait enfin ce que Noel lui expliquait.

— Et TalCon gagnerait des milliards.

Noel hocha la tête.

— Cela explique l'intérêt d'un voleur, qui pouvait gagner beaucoup d'argent en le vendant sur le marché noir.

— Oui, mais il y a une chose que je ne vous ai pas dite, ajouta Noel en se mordillant la lèvre inférieure. Nimbus ne fonctionne pas.

— Ça ne..., bégaya Alexis.

— Ça ne marche pas. C'est pourquoi j'ai été licencié. J'ai dit à Bacon que nous avions besoin de plus de temps. Je n'étais même pas sûr à 100 % que ça puisse fonctionner un jour.

TJ, à côté d'elle, semblait tout aussi stupéfait.

— Qu'a fait Bacon ? demanda-t-il.

Noel soupira.

— Il a déraillé. Forrick et lui avaient parlé du programme au conseil d'administration. Et j'ai entendu dire qu'ils en avaient parlé aussi aux grands pontes du Pentagone et à certains des sénateurs et représentants des différentes commissions du Congrès qui auraient dû approuver l'achat. Bacon voulait que le programme soit opérationnel tout de suite, mais Mark et moi n'avons pas réussi à le faire fonctionner.

— Mark savait donc que le programme était défectueux ? insista TJ.

— Tout à fait, acquiesça Noel. Il était plus optimiste que moi sur le fait qu'il serait un jour opérationnel.

TJ fronça les sourcils.

— Alors pourquoi avez-vous été viré et pas Mark ?

— J'ai reproché à Bacon d'avoir présenté Nimbus au conseil d'administration alors qu'il savait qu'il ne serait pas prêt dans les délais prévus. Je lui ai dit qu'il avait l'obligation de rendre des comptes précis au conseil, tout comme moi. En enjolivant la réalité, nous courrions le risque d'avoir des ennuis non seulement avec nos administrateurs, mais aussi avec la SEC, l'autorité de contrôle des marchés financier, et d'autres instances dirigeantes si elles pensaient que nous dissimulions les échecs du programme pour maintenir l'action de l'entreprise à flot.

— Et Bacon a réagi en vous licenciant, résuma TJ.

— C'est cela. Mon renvoi s'est accompagné de nombreuses menaces, sans compter qu'il m'a discrédité auprès de toutes les entreprises du secteur. Impossible pour moi de trouver du travail. Des gens que j'ai connus et avec qui j'ai collaboré au cours des dix dernières années refusent de me rappeler. Je commence à penser que j'aurais dû me taire comme Mar...

Noel rougit.

— Mark n'aurait pas laissé TalCon mentir au gouvernement

ou au public, affirma Alexis. Je suis sûre qu'il pensait avoir une chance de réparer le programme à temps.

Noel leva les mains en signe de reddition.

— Je ne le juge pas du tout. Nous faisons tous le nécessaire pour survivre. Mais il était impossible que ce programme soit prêt à la fin de l'année comme le souhaitait Bacon.

Elle voulait défendre Mark, mais TJ prit la parole avant qu'elle ouvre la bouche.

— Donc, TalCon sait que le programme ne fonctionne pas, mais ils ne peuvent pas le dire quand ils trouvent le post qui le met en vente sur le *dark web*, alors ils accusent Mark du vol, faisant de lui un bouc émissaire ?

Le ton de TJ indiquait qu'il n'était pas tout à fait convaincu.

— C'est une possibilité.

Noel posa un œil las sur Alexis.

— Qu'y a-t-il ? demanda TJ en prenant la main d'Alexis et en la serrant gentiment.

Elle comprit qu'il savait qu'elle n'allait pas aimer ce que Noel allait leur révéler.

— Écoutez, j'aimais bien Mark. Comme je l'ai dit, je ne le juge pas du tout. Mais pendant les deux derniers mois où nous avons travaillé ensemble, il a rencontré des difficultés.

— Quel genre de difficultés ? insista TJ.

— Il buvait beaucoup. Il ne venait jamais au travail complètement ivre, ajouta rapidement Noel. Mais j'ai quelquefois senti l'odeur de l'alcool de la nuit précédente dans son haleine, vous voyez ? Et il s'était mis aux jeux de hasard. Depuis que le MGM a ouvert au National Harbor, quelques-uns d'entre nous y allaient le week-end. Prendre quelques verres. Perdre un peu d'argent. Rien de bien grave. Mais je crois que Mark y a pris goût. Il s'y rendait beaucoup plus souvent que le reste d'entre nous.

Les mains d'Alexis commencèrent à trembler. TJ serra un peu plus fort la main qu'il tenait.

— Je suis désolé. Je dois partir, ajouta Noel. J'ai eu la chance de décrocher un peu de travail en indépendant et je ne peux pas me permettre de manquer mes échéances.

Il se leva.

— Merci de nous avoir parlé, lui dit TJ.

Noel s'éloigna de la table et, quelques secondes plus tard, Alexis entendit la cloche au-dessus de la porte sonner, signalant qu'il avait quitté le café.

— Tu vas bien ? demanda TJ.

Il passa un bras autour de son épaule. Elle secoua la tête, fixant les égratignures sur la table.

— Je ne sais pas. L'homme décrit par Noel n'était pas le Mark que je connaissais.

Elle déglutit péniblement et se força à croiser le regard de TJ.

— Je ne suis pas sûre de connaître mon frère du tout.

TJ tendit la main et essuya une larme qui menaçait de couler. Un mélange d'émotions envahit Alexis, mais le désir, le besoin de sentir ses bras autour d'elle passa au premier plan.

Elle pouvait voir dans ses yeux qu'il était en proie aux mêmes émotions et, plus que tout, elle voulait qu'il se laisse aller. Qu'il ressente ce qu'elle ressentait et qu'il agisse en conséquence.

TJ se pencha comme s'il voulait l'embrasser, et elle se déplaça pour le rejoindre.

Son téléphone sonna.

Il jura doucement et l'attrapa.

— Ici Roman.

Son expression se durcit quelques instants plus tard. Il se leva et lui fit signe de faire de même.

Ils se dépêchèrent de quitter le café pour retourner à la voiture. Une fois à l'intérieur, TJ mit le téléphone sur haut-parleur.

— Ce n'est pas l'idéal, déclara-t-il. Je préférerais le rencontrer en personne.

— Il n'acceptera pas, dit Shawn à l'autre bout du fil. Si vous voulez parler à Chamberly, il faut l'appeler maintenant ou jamais.

TJ la consulta d'un regard et elle acquiesça. Un coup de fil était mieux que rien. Et pour être honnête, elle se sentait un peu soulagée de ne pas avoir à affronter l'usurier en personne. Prouver l'innocence de Mark l'emmenait dans des zones sombres qu'elle n'avait jamais imaginées. Elle était prête à le faire pour son frère, mais cela ne rendait pas la chose moins effrayante.

— D'accord, dit TJ. Mais je ne veux pas qu'il sache qu'Alexis est en ligne.

Il la regarda.

— C'est pour ta protection.

— Cela ne me dérange pas tant que je peux entendre la conversation, déclara-t-elle.

Après un moment de silence, Shawn reprit la parole.

— Chamberly, j'ai TJ Roman en ligne.

— Bien. Bien. Que voulez-vous de moi ? demanda une voix avec un accent d'Europe de l'Est.

— En fait, j'aimerais vous rencontrer en personne. Je ne prendrais que quelques minutes de votre temps.

— Je suis un homme très occupé. Je ne rencontre pas les gens que je ne connais pas, dit Chamberly sans se laisser démonter. Je ne vous parle que pour rendre service à un ami.

Alexis se demanda un instant quel genre d'ami Shawn partageait avec l'usurier qui avait rendu cet appel possible, mais se dit qu'il valait mieux ignorer la réponse à cette question.

— Qu'est-ce que vous voulez ? s'enquit Chamberly une seconde fois.

Alexis avait le sentiment que ce serait la dernière.

TJ dut penser la même chose.

— J'ai été engagé pour enquêter sur la mort suspecte d'un de vos clients. Mark Douglas.

— Ah, oui, Mark. J'ai appris son décès prématuré. C'est triste. Mais il n'était pas mon client.

Alexis vit les sourcils de TJ se froncer.

— Il a été vu en train de vous parler au Blue Bull. C'est là que vous menez vos affaires, n'est-ce pas ?

Il y eut un long moment de silence de l'autre côté de la ligne avant que Chamberly reprenne la parole.

— Je suis copropriétaire de l'établissement.

— Écoutez, votre activité de prêteur ne m'intéresse pas, dit TJ. Je suis sûr que Shawn a déjà expliqué que nous ne cherchons pas à vous coincer, à moins que vous n'ayez quelque chose à voir avec la mort de Mark Douglas.

— Je ne suis pas un tueur. C'est mauvais pour les affaires. M. Douglas fréquentait mon entreprise, mais notre relation a pris fin il y a trois mois. À l'amiable.

Alexis n'avait aucune idée de ce que cela signifiait. Elle lança un regard interrogateur à TJ.

— Je suppose que cela veut dire que Mark n'a plus de dette en cours avec vous ?

— C'est ce que signifie « à l'amiable » dans mon métier. Il a payé sa facture avec les intérêts en mars. Je ne l'ai pas revu depuis.

C'est vrai ? mima Alexis. Il haussa les épaules.

— Combien vous devait-il ?

Chamberly ne répondit pas.

— Chamberly, si vous n'êtes pas impliqué dans la mort de Douglas, vous n'avez pas à vous inquiéter. Vous avez ma parole, dit Shawn.

— Trente-deux mille avec les intérêts, répondit finalement l'usurier.

Alexis se couvrit la bouche juste à temps pour étouffer un cri de surprise. Trente-deux mille dollars ? Où Mark avait-il trouvé une telle somme ?

— A-t-il dit d'où venait l'argent qu'il vous a versé ? demanda TJ, suivant la même logique qu'elle.

— Non, je ne pose pas ce genre de questions. Tant que le client a mon argent, je me fiche de savoir d'où il le tire, vous comprenez ?

— Je comprends. Et Nimbus ? Mark vous en a-t-il déjà parlé ?

— Nimbus ? Qu'est-ce que c'est ? Je n'en ai jamais entendu parler.

— C'est un logiciel potentiellement très lucratif. Mark ne

vous l'a jamais proposé en paiement de ses dettes ? Ou peut-être comme garantie ?

Chamberly s'esclaffa.

— Je ne suis pas prêteur sur gages. Je ne fonctionne qu'avec de l'argent sonnant et trébuchant. Douglas m'a payé en espèces.

— D'accord. Merci.

Chamberly coupa la communication sans un mot de plus.

— Tu le crois ? demanda Shawn.

TJ poussa un gros soupir.

— Oui, je le crois.

Même si Alexis voulait des réponses maintenant, elle devait admettre qu'elle croyait aussi aux propos de l'usurier. Il n'était pas logique que Chamberly ait tué Mark, et il avait semblé sincèrement déconcerté à la mention de Nimbus. Bien sûr, ce n'était peut-être qu'une comédie, mais son instinct lui soufflait que, quoi qu'il soit arrivé à Mark, Chamberly n'y était pour rien.

— Et maintenant ? demanda-t-elle. Qu'est-ce qu'on fait ?

D'après le silence de Shawn et le regard de TJ, ils n'avaient pas plus d'idée qu'elle.

16

Une fois qu'ils furent rentrés à la planque, Alexis s'enferma dans sa chambre, indiquant clairement son besoin de solitude.

TJ s'installa sur le canapé avec son ordinateur portable et l'intention d'approfondir ses recherches sur Noel, TalCon et les cyberarmes en général. Les commentaires de Noel sur la consommation d'alcool grandissante de Mark et les informations de Chamberly sur ses problèmes de jeu n'avaient fait que confirmer les dires de l'inspectrice Chellel. Mark semblait avoir dissimulé une partie de sa vie à sa sœur.

TJ compatissait. Il savait qu'il pouvait être difficile de découvrir qu'un membre de sa famille proche n'était pas celui qu'on croyait. Il en avait été témoin plus souvent qu'à son tour. Après tout, son travail consistait à dévoiler les secrets : du mari volage à l'épouse détournant les fonds du ménage. Il n'était pas rare d'apprendre qu'un membre de la communauté que l'on croyait tout à fait propre sur lui pariait en fait régulièrement la fortune de la famille. Les problèmes de boisson ou l'abus d'autres substances semblaient tout aussi courants. Les gens croulaient souvent sous le poids d'une pression insupportable, et de nombreuses personnes se tournaient vers différents vices pour y faire face.

Avait-ce été le cas de Mark ? Le stress de son travail, les pressions exercées pour que Nimbus fonctionne dans les délais imposés par TalCon, l'avaient-ils atteint ? Avait-il simplement craqué, se disant que s'il ne parvenait pas à faire fonctionner le programme, il pourrait quand même se faire un peu d'argent en le vendant ? Ensuite, lorsque le vol avait été découvert, il n'avait pas su gérer les conséquences.

Même avec tout ce qu'il venait d'apprendre sur son ami, TJ peinait à l'imaginer.

Il jeta un coup d'œil au plafond, se demandant comment Alexis se débrouillait avec toutes ces nouvelles informations sur son frère. Même s'il savait que cela serait difficile pour elle d'assimiler tout cela, cela le blessait de se sentir exclu.

Ça ne devrait pas m'atteindre. Elle n'est pas ma petite amie.

Certainement pas. De toute façon, il refusait les relations. Du moins, sur le long terme. Mais s'il changeait un jour, Alexis serait exactement le genre de femme qu'il voudrait à ses côtés.

Il chassa l'idée de sa tête. Il fallait qu'il arrête avec les fantasmes. Il avait fait une promesse à Mark et il tenait ses engagements.

Des bruits de pas au-dessus de sa tête puis dans l'escalier lui signalèrent l'arrivée imminente d'Alexis. Elle n'apparut pas tout de suite et il l'entendit s'affairer dans la cuisine avant qu'elle pénètre dans le salon, une tasse fumante à la main.

Elle s'assit sur le canapé à côté de lui et lui tendit la tasse.

Un arôme de thé vert lui parvint.

— Pour me faire pardonner d'avoir été si impolie tout à l'heure, dit Alexis. Et je veux t'emmener déjeuner. Ce que tu veux, tu choisis.

— Pas besoin de t'excuser, mais je ne dirai pas non à un déjeuner.

Sans réfléchir, TJ mit sa tasse de côté, lui tendit la main et entrelaça leurs doigts.

— Cela doit être une situation bouleversante pour toi. Je sais que tu la gères du mieux possible. Et tu t'en sors très bien.

— Ce n'est pas l'impression que j'ai. Je pense que j'avais besoin de temps pour digérer tout ce que nous venons d'apprendre sur Mark.

Alexis baissa la tête, son regard se posant sur leurs mains réunies.

— J'ai l'impression qu'il y avait deux Mark. Celui que j'ai connu, mon frère, et cette autre personne qui... Peut-être que ce Mark-là aurait pu faire ce que prétend l'inspectrice Chellel ?

L'angoisse que TJ lisait dans ses yeux lui donna soudain un désir fou de la protéger de tout cela.

De l'index, il lui fit relever la tête jusqu'à ce que leurs yeux se rencontrent.

— Hé, on va aller au fond des choses, et quoi qu'on trouve, tu t'en sortiras. Je te le promets. Et je serai là pour t'aider aussi longtemps que tu voudras bien de moi.

Il se rendit compte que ses dernières paroles pouvaient être interprétées de plusieurs façons. Alexis dut l'entendre aussi car il vit un désir indéniable s'allumer dans les yeux de la jeune femme.

Lentement, Alexis posa une main douce sur sa poitrine. Leurs regards toujours plongés l'un dans l'autre, elle glissa les mains jusqu'à ses épaules et se pencha vers lui.

Le regard brûlant de TJ trouva le sien avant que ses yeux descendent vers sa bouche. Elle passa la langue sur sa lèvre inférieure.

Un faible gémissement s'échappa de sa gorge et il pressa la bouche contre la sienne, réduisant à néant la distance entre eux, les doigts pétrissant son dos. Il pencha la tête, suça sa lèvre inférieure puis approfondit le baiser.

Elle lui répondit avec le même empressement, le besoin et le désir se mêlant au goût du thé vert sur ses lèvres.

Enhardi, TJ glissa ses mains jusqu'à ses fesses et, d'un seul geste, la souleva pour la mettre à califourchon sur lui.

Elle gémit tandis qu'il l'attirait fermement contre lui.

Il sentit ses seins contre son torse et imagina ce qu'il ressentirait s'il lui retirait son haut pour prendre chacun de ses mamelons ronds et durs dans sa bouche. Son érection gonfla en réponse.

Alexis rompit le baiser et croisa son regard, fiévreuse de désir.

— Emmène-moi au lit.

Ces paroles lui firent l'effet d'une douche froide.

Il lui saisit doucement les poignets et la força à reculer.

— Je suis désolé. Je ne peux pas.

Il vit la confusion se mêler au désir toujours présent dans ses yeux.

— Pourquoi ? dit-elle, encore essoufflée par leur baiser.

Pourquoi ? C'était une bonne question, et il doutait qu'elle apprécie sa réponse.

— Je suis censé te protéger. Pas profiter de toi.

— Tu ne profites pas de moi. J'en ai envie, et je pense que toi aussi.

Elle se pencha en avant, mais il la retint fermement. Il était presque sûr qu'il ne pourrait pas s'empêcher de lui faire l'amour s'il la laissait l'embrasser à nouveau.

— Alexis, je ne peux pas. Je ne peux pas faire ça à Mark.

Elle se détacha de lui.

— Qu'est-ce que Mark a à voir avec le fait que nous soyons ensemble ?

— Tu es sa sœur et, même si nous étions en froid quand il est mort, je le considérais toujours comme mon ami. Mon meilleur ami. Je ne peux pas lui faire ça. Et je ne suis pas le genre de gars avec qui tu devrais être de toute façon.

Alexis secoua la tête, un rire sans joie s'échappant de ses lèvres.

— Parce que tu sais avec quel genre d'homme je devrais être ?

— Oui, répondit-il, exaspéré. Quelqu'un qui peut te donner tout ce que tu mérites. Un foyer. Un mariage. Des enfants. Je ne peux rien faire de tout cela.

— Pourquoi pas ?

— Parce que je ne veux pas, s'exclama-t-il, les mots coulant de lui en torrent. Parce que je suis tombé amoureux dès ma première année dans l'armée. Elle s'appelait Lyssa et je pensais passer ma vie avec elle. Je voulais tout lui offrir, mais elle est morte et je ne peux pas prendre le risque de perdre à nouveau quelqu'un que j'aime.

Le souffle court, il attendit sa réaction.

— Je suis désolée que tu aies perdu quelqu'un que tu aimais, mais je suis sûre qu'elle n'aurait pas voulu que tu te coupes de la possibilité de retrouver quelqu'un avec qui passer ta vie. Pas si elle t'aimait autant que tu l'aimais.

D'une certaine manière, il savait qu'Alexis avait raison, mais la douleur et le chagrin étaient trop profonds.

— Je suis désolé, Alexis. Je ne peux pas.

La tristesse dans ses yeux se mêla à de la pitié.

— Je vais dans ma chambre, dit-elle en évitant de le regarder. Je ne pense pas que le déjeuner soit une bonne idée. Je n'ai plus d'appétit.

Même s'il voulait être avec Alexis, TJ savait qu'il avait pris la bonne décision. Elle méritait plus qu'une aventure d'un soir, et il n'était pas le genre d'homme à s'engager. La meilleure chose qu'il pouvait faire pour elle était de continuer à l'aider à découvrir ce qui était réellement arrivé à Mark. Ils avaient progressé, mais il restait encore beaucoup à faire. Aller chez Mark était leur prochaine étape.

Il ne fut pas surpris, lorsqu'il annonça à Alexis son projet de fouiller l'appartement de Mark, qu'elle veuille l'accompagner. Même en colère contre lui, elle restait déterminée à percer le mystère de la mort de son frère.

Cependant, elle ne lui adressa pas la parole de tout le trajet jusqu'à l'appartement. Elle refusa de seulement le regarder. Il avait l'impression qu'on lui arrachait les entrailles à la petite cuillère, mais il savait que c'était pour le mieux. Il devait étouffer dans l'œuf leurs sentiments naissants avant qu'ils deviennent incontrôlables. Même s'il avait envie de l'embrasser, il ne pouvait changer ce qu'il était.

Un homme qui craignait d'avoir à nouveau le cœur brisé.

Mark louait un duplex dans la banlieue d'Alexandria.

Le propriétaire était aussi son voisin. La petite cour devant la maison était bien entretenue, avec une pelouse soigneusement coupée et bordée d'un parterre de tulipes aux couleurs vives.

L'allée semblait avoir été récemment rénovée, comme la façade du garage séparé que TJ aperçut depuis l'avant de la maison.

Il n'y avait pas de voiture dans l'allée commune lorsque TJ se gara sur le trottoir et personne ne répondit quand ils sonnèrent chez le propriétaire pour l'informer qu'ils allaient débarrasser les affaires de Mark.

La main d'Alexis trembla lorsqu'elle enfonça la clé dans la serrure.

— Ça va aller ? demanda TJ en l'observant.

Il se sentait aussi émotif. Cela devait être pire pour Alexis. Mais elle acquiesça.

— Oui, il est temps. Le propriétaire a été suffisamment gentil de me contacter pour que je puisse récupérer ces affaires, étant donné que Mark était souvent en retard pour le loyer.

Ils s'étaient arrêtés en chemin pour récupérer plusieurs cartons et emballages. Alexis souhaitait se concentrer sur cette tâche plutôt que sur les informations que l'inspectrice Chellel et Noel Muscarelli leur avaient confiées, mais trier les effets de son frère décédé semblait la frapper de plein fouet.

Le petit T2 était propre et fonctionnel. Un long canapé en cuir noir avec des coussins colorés et une table basse en verre faisaient face à un écran plat. Deux tables d'appoint, chacune dotée d'une lampe en porcelaine, flanquaient le canapé. Une nappe à fleurs recouvrait la table à manger qui séparait le salon de la cuisine. Des rideaux à froufrous ornaient l'unique grande fenêtre du salon.

— Il fait un froid de canard, dit Alexis en augmentant le thermostat sur le mur.

Elle n'avait pas tort, sans compter qu'une odeur de renfermé flottait dans l'air. TJ la reconnut comme l'odeur d'un espace inhabité depuis trop longtemps.

— Nous nous réchaufferons en travaillant, déclara-t-il, bien qu'il ait choisi de garder son manteau pour le moment.

Alexis semblait avoir la même idée, remontant la fermeture Eclair de la veste matelassée qu'elle portait par-dessus son épais pull, tout en se promenant de l'autre côté du salon. Elle gardait ses distances. Il lutta contre le tiraillement interne qui le poussait à la vouloir près de lui, tout en sachant qu'il devait la tenir à distance.

— Tu préfères commencer par quoi ? demanda-t-il, se concentrant à nouveau sur la tâche à accomplir.

Ils n'étaient pas seulement là pour emballer les affaires de Mark. L'homme que lui et Alexis connaissaient et celui que l'inspectrice Chellel et Noel Muscarelli décrivaient étaient si différents que TJ espérait trouver quelque chose dans l'appartement de son vieil ami qui l'aiderait à réconcilier ces deux versions. Quelque chose qui pourrait endiguer son angoisse. Il ne voulait pas croire que Mark ait pu faire ce dont on l'accusait, mais l'inspectrice n'avait pas tort quand elle disait que le stress financier, ajouté à l'alcoolisme, poussait les gens dans leurs derniers retranchements. Si Mark avait vraiment autant de problèmes financiers, il avait peut-être considéré le vol de Nimbus comme son seul moyen de s'en sortir.

Il savait qu'Alexis n'y croirait jamais. Pas sans une preuve irréfutable.

— Tu peux commencer par emballer les vêtements de Mark. Il n'aimerait pas que sa sœur fouille dans son tiroir à sous-vêtements, dit Alexis sans le regarder. Je m'occupe de la cuisine.

— D'accord, répondit TJ, qui hésitait à la laisser seule dans la pièce, même s'il se dit que c'était justement pour cela qu'elle lui avait suggéré cette tâche. N'oublie pas d'être à l'affût de tout ce qui pourrait aider l'enquête. Papiers. Notes. Journaux. Une clé USB.

Alexis fronça les sourcils, mais acquiesça.

TJ se dirigea vers la chambre. Un matelas et un sommier reposaient sur un cadre métallique, sans tête de lit, avec une couette bleue et une foule de coussins. Les mêmes rideaux froufroutants que ceux du salon ornaient la fenêtre de la chambre.

La porte du placard bâillait, entrouverte. Bien que Mark ait vécu simplement dans la plupart des domaines, TJ ne fut pas surpris de voir le placard rempli de vêtements. Mark avait toujours aimé se faire plaisir quand il s'agissait de sa garde-robe. Son dicton favori était « les vêtements font l'homme ».

— Alexis, tu devrais voir ça, dit-il en se déplaçant vers la table de nuit à côté du lit.

Il attrapa une photo encadrée et se retourna lorsqu'Alexis entra dans la pièce.

— Qu'est-ce que c'est ?

TJ examina la photo.

— Tu n'as pas dit que Mark et Jessica avaient rompu ? Pourquoi garderait-il sa photo près du lit ?

Leurs mains se frôlèrent quand il lui tendit le cadre. Une décharge de désir le traversa. Il croisa son regard et découvrit une même flamme dans les yeux de la jeune femme. Malgré tout ce qu'il avait dit plus tôt, l'attirance entre eux restait indéniable. Si seulement elle n'était pas la sœur de Mark...

Alexis recula, emportant la photo, et l'examina un court instant. Lorsqu'elle le regarda à nouveau, le moment était passé.

— Je ne sais pas, dit-elle. Si elle et Mark étaient encore ensemble, où est-elle ? Elle n'était pas à son enterrement et je n'ai pas eu de nouvelles d'elle.

— C'est une bonne question et nous voudrons certainement...

TJ fut interrompu par un bruit de verre brisé dans le salon, suivi d'une déflagration tonitruante.

Il se précipita dans le hall.

Le feu grimpait déjà le long des rideaux et de la moquette bon marché recouvrant le sol. Un trou béant dans la fenêtre témoignait de l'origine de l'incendie. Quelqu'un avait jeté un cocktail Molotov par la fenêtre.

Un nouveau bruit de verre brisé l'incita à retourner dans la chambre de Mark.

Une deuxième bombe incendiaire venait de traverser la fenêtre de la chambre, atterrissant sur le lit et l'engloutissant dans les flammes.

Accroupie près de l'armoire, Alexis tentait de protéger sa tête de ses mains.

— Alexis ! Est-ce que ça va ?

Elle leva les yeux vers lui.

— J'ai esquivé, dit-elle d'une voix tremblante. Il... il m'a manquée de peu.

— Nous devons sortir d'ici.

Il l'aida à se lever.

Une épaisse fumée envahit l'appartement.

— Couvre ta bouche, ordonna TJ en protégeant ses propres voies respiratoires du mieux qu'il pouvait, à l'aide de la manche de sa chemise.

Alexis fit de même, et ensemble ils se dirigèrent vers le couloir.

Le salon était presque entièrement dévoré par les flammes. Il n'y avait aucun moyen d'atteindre la porte d'entrée sans traverser le feu.

— Peut-on sortir par-derrière ? demanda TJ, cherchant une autre sortie.

Alexis toussa.

— Non.

TJ inspecta rapidement la chambre. La fenêtre était assez grande pour qu'ils puissent passer, mais le feu avait totalement englouti le lit et les flammes léchaient déjà la fenêtre.

Il n'y avait qu'une seule autre possibilité.

— Par ici.

TJ entraîna Alexis dans la salle de bains et ferma la porte derrière eux.

Il prit l'une des deux serviettes sur le porte-serviettes au mur et la glissa sous la porte. Il mouilla la seconde et la tendit à Alexis.

— Utilise-la pour te couvrir le visage.

— Et toi ? demanda Alexis en obéissant.

TJ étudia la fenêtre au-dessus du lavabo.

— Je vais m'efforcer de nous sortir de là.

Il sauta sur le meuble et actionna le loquet. Celui-ci s'ouvrit, mais quand il essaya de tirer sur le battant, il ne bougea pas. Il avait été recouvert de peinture à un moment donné.

Il devait ouvrir cette fenêtre. Avec un peu de chance, un voisin ou un passant avait déjà vu la fumée et appelé les pompiers, mais il ne pouvait pas attendre. Le feu était en train de consumer le duplex, et lui et Alexis pourraient ne pas avoir beaucoup plus de temps avant que la fumée les étouffe. La fenêtre était leur seul moyen de se mettre à l'abri.

Il redescendit et balaya la salle de bains du regard. Il n'y avait pas grand-chose d'utile, mais peut-être pourrait-il arracher le porte-serviettes du mur.

Il le saisit et tira. Comprenant son plan, Alexis se joignit à lui et tira sur l'autre extrémité.

Cela prit plus de temps qu'il ne l'aurait souhaité dans ces circonstances, mais la tige de fer se détacha finalement du mur.

— Recule, ordonna-t-il à Alexis, en remontant sur le meuble, sa barre de fer à la main.

Il frappa la vitre, faisant éclater le verre.

Quelques coups supplémentaires et l'air frais pénétra dans la salle de bains.

— Vas-y, dit-il en reposant les pieds au sol.

Alexis examina la petite ouverture.

— Je ne suis pas sûre de passer.

TJ posa une main sur chacune de ses épaules et la regarda dans les yeux.

— C'est notre seul moyen de sortir, alors il va falloir.

Il la soutint pendant qu'elle grimpait sur le meuble. Elle passa la tête par l'ouverture et se tortilla jusqu'à ce que tout son torse soit dehors.

— Je ne pense pas que je vais y arriver.

TJ grimpa à nouveau et plaça les mains sur ses fesses.

— À trois, je vais pousser. Un. Deux. Trois.

Il la poussa et le reste du corps d'Alexis tomba de l'autre côté de la fenêtre. Il eut presque autant de mal à s'extirper, mais il réussit finalement.

TJ s'éloigna de la maison en rampant vers l'endroit où Alexis était allongée sur l'herbe du jardin.

— Tu vas bien ? demanda-t-il en scrutant son corps.

Ses mains présentaient des coupures et des ecchymoses visibles.

— Je crois que... mon bras...

Leurs vêtements à tous deux étaient couverts de suie, mais il finit par remarquer sur son avant-bras droit un endroit où la peau brune, habituellement lisse, était rouge et à vif.

Le deuxième cocktail Molotov ne l'avait finalement pas ratée. Il avait dû accrocher la manche de sa chemise. C'était un miracle qu'il n'ait pas fait plus de dégâts.

TJ jura, ce qui provoqua une quinte de toux. Il tapota sa poche arrière où devait se trouver son téléphone portable et constata qu'elle était vide. Il avait probablement perdu l'appareil dans le chaos de l'incendie.

Heureusement, il entendit des sirènes approcher. Alexis gémit à côté de lui.

Il la prit dans ses bras.

— Tout va bien, ma chérie. Tout va bien. Les secours vont arriver d'une seconde à l'autre.

Dès qu'il serait sûr qu'Alexis s'en sortirait, il trouverait le salaud qui venait d'essayer de les tuer et lui ferait payer.

17

Dans la salle d'attente de l'hôpital, TJ tournait comme un lion en cage. Les ambulanciers l'avaient autorisé à monter avec Alexis, mais il ne pouvait pas aller plus loin que la salle d'attente des urgences. Cela faisait plus d'une heure, et personne ne lui donnait d'informations sur l'état d'Alexis. Il commençait à désespérer.

Les brûlures de la jeune femme avaient l'air sérieuses.

Il aurait dû se montrer plus rapide. Vérifier à nouveau s'ils étaient suivis ou non. Toute la confiance en lui qu'il avait éprouvée les heures précédentes avait disparu, ne laissant que la culpabilité et le regret d'avoir pris en charge une affaire pour laquelle il n'était absolument pas qualifié.

Il avait passé la dernière heure à se reprocher de ne pas avoir anticipé la seconde bombe incendiaire. Il devait bien admettre, même si cela le rendait malade, qu'il était complètement dépassé par les événements. L'essentiel pour lui restait qu'Alexis soit en sécurité, et il savait maintenant qu'il ne possédait pas les qualifications requises. Dès qu'il serait rassuré sur son état, il confierait son dossier à Shawn ou à un autre agent plus expérimenté de West.

Les portes des urgences s'ouvrirent et l'inspectrice Chellel pénétra dans la salle d'attente.

— Roman ! Dans quel pétrin vous êtes-vous fourrés, Mme Douglas et vous ?

— Ce n'est pas notre faute si quelqu'un a essayé de nous tuer, répondit TJ en lui faisant face.

— Vous n'aviez rien à faire chez Mark Douglas. L'inspectrice chargée des incendies criminels m'a dit que tout l'appartement a été réduit en cendres.

— Alexis avait tout à fait le droit d'être là. C'est le logement de son frère, et nous y étions pour emballer ses affaires.

— Ben voyons, ironisa Chellel. Emballer ses affaires. Et fouiner, sans aucun doute. Vous ne croyez pas que nous avons déjà fouillé chaque centimètre carré de cet endroit ?

TJ mit les mains sur ses hanches.

— Eh bien, dans ce cas, vous n'aviez pas à vous inquiéter.

L'inspectrice Chellel respira lentement et longuement.

— Je ne suis pas là pour me battre avec vous. Comment va Mme Douglas ?

TJ passa une main tremblante sur son visage.

— Je ne sais pas. Personne ne m'a rien dit depuis qu'ils l'ont emmenée. Son bras a été gravement brûlé.

— Elle est coriace. Je le sais. Elle s'en sortira.

Alexis était certes une dure à cuire, mais cela n'empêchait pas TJ de s'inquiéter pour elle.

— L'officier qui a pris votre déposition sur les lieux m'a brièvement expliqué ce qui s'est passé, mais j'aimerais que vous me donniez des détails, si possible.

L'inspectrice le conduisit vers un banc et ils s'assirent.

— Nous sommes allés chez Mark pour emballer certaines de ses affaires, mais aussi pour voir si nous pouvions trouver des éléments indiquant que Mark n'avait pas volé TalCon.

— Et vous avez trouvé quelque chose ?

— Nous venions d'entrer quand la première bombe incendiaire est passée par la fenêtre.

L'inspectrice sortit un petit carnet de son sac à main.

— C'est celle qui a été jetée dans le salon, n'est-ce pas ?

— Oui, un cocktail Molotov a traversé la fenêtre du salon et, environ trente secondes plus tard, une autre bombe a été lancée par celle de la chambre.

— Et vous et Mme Douglas n'avez vu personne avant que l'incendie se déclare, ajouta Chellel en prenant des notes. Pas de mouvement à l'extérieur ? Des bruits de quelqu'un qui rôderait ?

— Non. Rien, mais j'étais… distrait, concéda-t-il.

— Distrait ? demanda Chellel avec un regard entendu.

Il n'était pas question pour lui de confirmer ce qu'elle semblait penser, alors il opta pour une demi-vérité.

— Je venais de trouver une photo de l'ex-petite amie de Mark à côté de son lit. Alexis pensait que Mark et Jessica avaient rompu, nous avons donc été surpris de voir cette photo.

L'inspectrice feuilleta plusieurs pages de son carnet.

— Jessica Castaldo. Je lui ai parlé. Elle m'a dit que Mark et elle entretenaient une relation intermittente. Ils étaient séparés au moment de sa mort.

TJ haussa un sourcil.

— Êtes-vous sûre que Mark le savait ? Ce serait étrange qu'il ait gardé à côté de son lit une photo d'une femme qui n'était pas sa petite amie.

Chellel prit un air pensif.

— J'aurai une autre discussion avec elle, mais je ne suis pas certaine que cela ait un rapport avec l'attaque dont vous avez été victimes aujourd'hui.

L'inspectrice Chellel était têtue. Mais lui aussi.

— Vous êtes également chargée de notre agression ?

— Quelqu'un brûle la maison de mon suspect dans un vol important. C'est mon affaire.

— Au moins, vous reconnaissez que c'est lié, marmonna TJ.

— Écoutez, monsieur Roman, je sais que vous et Mme Douglas ne pensez pas beaucoup de bien de mes compétences en matière d'enquête, mais je connais mon travail et je suis efficace. Je vous ai dit tout à l'heure que j'ai toujours soupçonné Mark Douglas d'avoir un complice. Cette attaque contre vous et Mme Douglas confirme cette théorie.

TJ secoua la tête.

— Mais vous pensez toujours que Mark est impliqué ?

— Les preuves sont les preuves.

Les portes de la salle d'attente s'ouvrirent à nouveau. Une femme en blouse bleue, un masque chirurgical pendant à son oreille, entra dans la pièce.

— Monsieur Roman ?

— C'est moi, dit TJ en levant la main comme s'il était à l'école, son rythme cardiaque s'accélérant.

— Mme Douglas vous réclame. Si vous voulez bien me suivre.

TJ regarda l'inspectrice.

— Allez-y, dit-elle. Je sais où vous trouver si j'ai d'autres questions.

Il suivit l'infirmière dans un long couloir lumineux jusqu'à ce qu'ils atteignent une section fermée par un rideau. L'infirmière tira le rideau et le cœur de TJ manqua un battement. Alexis était allongée sur le lit, les yeux fermés. Elle portait une blouse d'hôpital et son avant-bras droit disparaissait sous un énorme bandage.

Elle ouvrit les yeux quand il s'approcha.

— Salut.

— Salut, toi. Comment te sens-tu ?

— Un peu dans les vapes. Ils m'ont donné de bons petits cachets pour me soulager.

Il prit sa main valide et déposa un baiser sur ses doigts.

— Je suis vraiment désolé.

Elle se redressa et lui caressa la joue.

— Tu n'as aucune raison d'être désolé. Tu n'as pas mis le feu à l'appartement de Mark.

— J'aurais dû être plus attentif. J'aurais dû anticiper le second cocktail Molotov.

— Tu n'as rien à te reprocher.

Peut-être qu'elle ne lui en voulait pas, mais lui, si.

— Je vais confier l'affaire à Shawn. Je me sens dépassé et je ne me pardonnerais jamais s'il t'arrivait quelque chose à cause de ça. Mark ne me le pardonnerait jamais.

— Non !

Alexis s'efforça de se redresser complètement.

— Hé, hé, doucement, dit-il en l'aidant.

— Écoute-moi bien. J'ai besoin de toi. Pas de Shawn West ou de qui que ce soit d'autre. J'ai besoin que tu sois là. Tu as connu Mark et tu l'as aimé autant que moi, mais tu as aussi vu les défauts que je ne pouvais pas voir. Je te fais confiance pour me dire si mon amour pour lui nuit à mon objectivité. Personne d'autre n'en est capable.

L'infirmière qui l'avait conduit apparut derrière le rideau.

— Je suis désolée. Mme Douglas a besoin de se reposer. Le médecin va la garder pour la nuit. Vous pourrez revenir demain.

Alexis lui serra le bras.

— Je t'en prie, TJ. Pense à ce que j'ai dit. J'ai besoin de toi.

Il se pencha et déposa un baiser léger sur ses lèvres.

Il réfléchirait à ce qu'elle lui avait demandé. Mais il ferait ce qu'il pensait être le mieux.

TJ se sentait déchiré jusque dans son âme. Alexis était sortie de l'hôpital le lendemain de l'agression. Il l'avait installée à la maison, puis s'était occupé de quelques courses rapides à l'épicerie, avec l'intention de ne pas bouger pendant un jour ou deux afin qu'elle puisse guérir.

Il n'avait cessé de penser à ce qu'elle lui avait dit. Après de nombreux débats intérieurs, il avait décidé de tenir bon à condition qu'elle passe le reste de la matinée à se reposer, ce qu'elle avait fait. Mais dès le début d'après-midi, Alexis avait insisté pour qu'ils se remettent au travail.

Il aurait préféré qu'elle reste au lit pour se reposer. Mais il ne voulait pas perdre plus de temps avant de parler à Lenora Kenda. Il ne se sentait pas à l'aise à l'idée de laisser la jeune femme seule, mais cela ne semblait pas avoir d'importance. Alexis lui fit comprendre que ce n'était pas à lui de prendre cette décision. Elle insista sur le fait qu'elle allait bien et qu'elle se sentait incapable de se reposer plus longtemps. Ils rassemblèrent autant d'informations que possible sur Lenora Kenda avant de planifier la façon dont ils allaient s'y prendre pour l'interroger, puisqu'elle les évitait manifestement. Comme elle était mère de famille, ils optèrent pour une visite inopinée à son domicile à l'heure du dîner.

Lenora Kenda vivait dans une modeste maison de style Craftsman aux lignes épurées, dans un quartier de classe moyenne. D'après ses recherches, elle élevait seule ses deux enfants. Cela rendait les allégations de Nelson Bacon sur ses prétendues vacances prolongées de plus en plus suspectes selon TJ. Les mères célibataires ne s'absentaient généralement du travail que lorsque leurs enfants étaient malades, que l'école fermait pour cause de neige ou autre événement inattendu lié aux enfants. À en juger par les lumières allumées aux fenêtres de la maison, Lenora passait ses congés chez elle.

TJ sortit de la voiture et la contourna pour se poster du côté passager. Il balaya la rue du regard, à la recherche de toute personne suspecte. Il avait été tout aussi vigilant pendant le trajet, s'engageant dans des rues résidentielles moins fréquentées pour s'assurer qu'ils n'étaient pas suivis. Il n'avait vu personne, mais compte tenu de ce que les poursuivants d'Alexis semblaient prêts à commettre pour l'atteindre, il ne se faisait pas d'illusions. Ces hommes ne s'arrêteraient pas tant qu'ils enquêteraient sur Mark. Alexis ayant clairement fait savoir qu'elle n'avait pas l'intention de laisser tomber, il devait passer à la vitesse supérieure et faire tout ce qui était en son pouvoir pour la protéger.

Il aida Alexis à sortir de la voiture et ils montèrent l'escalier jusqu'au large porche filant de la maison. TJ sonna, et ils durent patienter plus d'une minute avant qu'une femme tire le rideau de la fenêtre latérale. Elle avait une coupe au carré et les mêmes yeux verts que TJ avait vus sur la photo qui figurait dans son rapport.

— Je peux vous aider ? demanda Lenora d'une voix méfiante en ouvrant la porte.

Elle portait un gilet bleu sur une chemise blanche, un pantalon noir et de vieilles pantoufles.

— Madame Kenda ? Je m'appelle Alexis Douglas. Mark était mon frère. J'espérais pouvoir vous poser quelques questions.

— Et lui, qui est-ce ? dit Lenora en jetant un coup d'œil inquiet à TJ.

— Voici TJ Roman, répondit Alexis. C'est un ami, et il connaissait aussi mon frère. Il m'aide à faire le point sur les événements qui ont conduit à la mort de Mark.

— J'ai déjà parlé à la police.

— Je sais, dit Alexis, mais je ne pense pas que la police soit sur la bonne voie.

Lenora, nerveuse, se retourna un bref instant vers l'intérieur de la maison.

— Il y a école demain et les enfants ont des devoirs à faire.

Elle s'apprêtait à prendre congé, mais Alexis tendit la main, empêchant la porte de se refermer.

— S'il vous plaît. Mark a toujours parlé de vous en termes élogieux. Cela ne prendra que quelques minutes.

Lenora hésita encore un instant.

— D'accord, mais faites vite.

Elle s'écarta pour les laisser entrer. La maison donnait une impression de chaleur, de confort et de vie. Des chaussures étaient alignées le long du mur près de la porte et il y avait une pile de courrier non ouvert, des clés et d'autres objets sur la table d'appoint à côté de l'escalier. La salle à manger se trouvait à droite de la porte d'entrée, et TJ aperçut la cuisine au bout du couloir. Un air de musique classique s'échappait de l'arrière de la maison.

Une préadolescente aux cheveux blonds de la même nuance que ceux de Lenora, mais qui lui tombaient sur les épaules, sortit de la cuisine.

— Maman ?

— Tout va bien, ma chérie. Ces gens veulent juste me poser des questions sur mon patron.

La jeune fille poussa un soupir de dépit.

— Encore la police ? C'était qui, ce type, une sorte de super criminel ?

— Annie, s'il te plaît. Va finir de dîner avec ta sœur et aide-la à faire ses devoirs.

Annie soupira à nouveau, mais retourna en trombe dans la cuisine.

— Désolée, s'excusa Lenora en les conduisant dans le salon. Ceux qui prétendent que la crise des deux ans est la pire devraient attendre que les gamins deviennent préadolescents.

Un grand canapé bleu dominait la pièce, face à la télé. Les murs étaient couverts de photos de famille encadrées, avec d'abord Lenora à côté d'un homme que TJ supposait être son ex-mari, avec un bébé qui devait être Annie. Les photos progressaient jusqu'à montrer une famille de quatre personnes. Le rapport sur les antécédents de Lenora indiquait qu'elle avait divorcé cinq ans plus tôt. Les photos les plus récentes montraient Lenora seule, flanquée de ses deux filles.

Lenora indiqua le confortable canapé d'un geste. TJ s'assit à côté d'Alexis à un bout et Lenora, à l'autre.

— Vous êtes une femme difficile à joindre, commença TJ.

Lenora se trémoussa nerveusement sur le canapé.

— Oui, je suis désolée de ne pas avoir répondu à vos appels. Entre le travail et les filles, je suis très occupée.

— Nous avons parlé avec Nelson Bacon et Arnold Forrick et ils ont dit que vous étiez en vacances.

— J'avais besoin de temps. La mort de Mark est très difficile à digérer. Je suis sûre que vous comprenez mieux que quiconque.

— Cela a été une période compliquée. C'est pourquoi je suis ici. J'essaie de donner un sens à tout cela. Madame Kenda…

— Je vous en prie, vous pouvez m'appeler Lenora.

— Lenora, reprit Alexis avec un sourire. Je ne pense pas que Mark ait volé quoi que ce soit et il est impossible qu'il se soit suicidé.

Lenora secoua la tête.

— Je ne sais que ce que la police m'a dit.

— Aviez-vous remarqué quelque chose d'étrange ou d'inhabituel dans les jours ou les semaines précédant le vol ? demanda TJ.

Ils avaient besoin de détails, de précisions qui pourraient les mener à la personne détenant Nimbus, celle qui les avait probablement attaqués.

— Non, rien.

Lenora détourna le regard vers ses photos de famille.

— Vous mentez ! s'exclama TJ, ce qui fit bondir Lenora.

Il se serait sans doute montré plus conciliant avec l'assistante de Mark si elle ne les avait pas évités pendant des jours. Il était évident que cette femme en savait plus que ce qu'elle disait, et il commençait à perdre patience.

— Non ! Je ne sais rien.

Alexis se pencha en avant.

— Vous avez travaillé avec mon frère tous les jours pendant plus de cinq ans. Vous avez passé plus de temps avec lui que moi. Pensez-vous qu'il ait volé le programme Nimbus à TalCon avec l'intention de le vendre au marché noir ?

Lenora serra ses mains l'une contre l'autre.

— La police dit que...

— Je sais ce que dit la police. Je veux savoir ce que vous en pensez.

— J'ai des enfants, répondit Lenora, l'air tourmenté.

— Quelqu'un vous menace ? demanda TJ.

Lenora acquiesça. TJ adoucit son ton.

— Lenora, nous veillerons à votre sécurité. Je vous le promets, mais nous avons besoin de savoir.

Une larme roula sur la joue de Lenora et ses mains tremblèrent.

— Je n'ai pas compris ce que je voyais.

Alexis couvrit les mains de la femme avec les siennes.

— Qu'avez-vous vu ?

— Un soir, il y a plusieurs mois, j'ai laissé mon téléphone portable au bureau. C'était un vendredi soir et les filles allaient dormir chez des amis. Après les avoir déposées, je suis repassée au bureau pour récupérer mon téléphone.

TJ voulait la presser, mais il savait que ce serait contre-productif, alors il puisa dans sa réserve de patience.

— J'ai vu un homme devant l'ordinateur de Mark, poursuivit-elle doucement.

— L'avez-vous reconnu ?

— Je ne le connaissais pas, mais quand je lui ai demandé ce qu'il faisait, il m'a répondu qu'il était du service informatique et qu'il installait des mises à jour sur l'ordinateur, dit-elle, ses yeux parcourant la pièce d'un air perdu.

— Mais vous aviez des soupçons, dit Alexis.

— Il avait la tête de l'emploi : chemise repassée, pantalon kaki, des lunettes. Mais j'avais l'impression que quelque chose clochait, vous voyez ? Je ne suis pas très douée en informatique, mais j'ai eu l'occasion de côtoyer la plupart des informaticiens de la société à un moment ou à un autre. Je n'avais donc aucune raison de m'inquiéter...

— Jusqu'à..., insista TJ.

Le langage corporel de Lenora indiquait qu'elle retenait quelque chose.

— Le lendemain, j'ai pris un brunch avant d'aller chercher les filles. L'homme que j'avais vu au bureau de Mark s'est assis à ma table. Ce n'était clairement plus un informaticien. Il était tout de noir vêtu et avait l'air... terrifiant. Il m'a demandé si j'avais dit à quelqu'un que je l'avais vu cette nuit-là, et quand j'ai répondu que non, il a dit que si j'en parlais à qui que ce soit, mes filles auraient un grave accident. Il les a menacées. Et après que Mark a été accusé d'avoir volé le programme, l'homme est revenu.

— Vous l'avez vu une troisième fois ?

— Il est venu chez moi. Avec Annie, dit Lenora en tremblant. Elle s'était rendue à vélo chez son amie et sa chaîne s'était brisée sur le chemin du retour. Il lui a proposé de l'emmener. Dieu merci, elle savait qu'il ne fallait pas monter dans une voiture avec un inconnu, mais elle n'a pas vu de mal à ce qu'il la raccompagne à pied pour s'assurer qu'elle rentre en toute sécurité. Ce n'était qu'à quelques pâtés de maisons, mais...

TJ savait que la distance n'était pas la question. Les enfants représentaient toujours le point faible d'une mère et cet homme ne le savait que trop bien.

— Il voulait que vous sachiez qu'il pouvait vous atteindre, vous et les filles.

Lenora jeta un coup d'œil par-dessus son épaule, vers l'arrière de la maison. Ils pouvaient entendre les filles papoter dans la cuisine.

— Il m'a rappelé de ne pas faire de bêtises. Que j'avais intérêt à me taire.

— Et vous avez obéi, dit Alexis. Vous n'avez rien dit de tout ça à l'inspectrice Chellel ?

— Non. Je... Je ne pouvais pas prendre ce risque.

Lenora serra les mains si fort que ses jointures blanchirent.

— Pas même quand Mark a été soupçonné ? Quand il est mort et que la police a parlé de suicide ?

Lenora croisa le regard furieux d'Alexis.

— Vous n'avez pas d'enfants, n'est-ce pas ? Je suis désolée pour Mark, mais je ne sais pas si les accusations portées contre lui sont vraies ou non. Et même si c'était le cas, vous ne pouvez pas vous attendre à ce que je risque la vie de mes enfants.

Alexis se renfrogna.

— C'est pour ça que vous avez pris des vacances prolongées ?

— Oui. Je ne sais pas qui est cet homme ni comment il est entré à TalCon, mais je ne m'y sens plus en sécurité. Je vais sans doute chercher un nouvel emploi, mais, en attendant, l'entreprise est très généreuse et m'autorise à prendre autant de congés que nécessaire en raison de la mort de Mark.

— Maman ?

Annie passa la tête à l'angle du mur.

— Tu vas bien ?

Lenora s'essuya les yeux.

— Je vais bien, chérie. Je suis juste un peu triste pour mon patron. Tu te souviens, je vous ai expliqué qu'il était décédé. Voici sa sœur.

— Je suis désolée pour votre frère, dit Annie en se dandinant d'un pied sur l'autre.

— J'arrive dans une minute. Si tu as fini tes devoirs, tu pourras passer un peu de temps devant la télé.

Annie hésita un long moment, ne sachant pas si elle devait quitter sa mère, puis elle disparut à nouveau dans la cuisine.

— Nous ne vous prendrons pas beaucoup plus de temps. Pouvez-vous décrire l'homme qui vous a menacée ? demanda TJ.

— Hum... il était grand, plus d'un mètre quatre-vingts. Un homme blanc avec des cheveux noirs.

— Des signes distinctifs ? Peut-être un tatouage ?

— Il avait un tatouage sur le cou. Un serpent à sonnette avec la tête dressée.

Un petit frisson lui parcourut le corps.

— Lenora, c'est très important. J'ai besoin que vous réfléchissiez. Quel jour exactement avez-vous vu cet homme dans le bureau de Mark ?

Lenora serra encore plus fort les mains et les regarda tristement. TJ sut ce qu'elle allait dire avant même qu'elle ouvre la bouche.

— C'était exactement une semaine avant que Mark soit accusé d'avoir volé le programme.

18

Alexis insista pour se rendre au poste de police afin de partager les informations données par Lenora Kenda avec l'inspectrice Chellel. Ils détenaient un élément qui pourrait les aider à prouver l'innocence de Mark, mais TJ semblait réticent face à la tournure que prenait leur enquête.

— C'est une bonne nouvelle. Pourquoi n'es-tu pas plus heureux ?

— Je suis heureux. La déclaration de Lenora permettra à Chellel d'enquêter sur quelqu'un d'autre que Mark, c'est très bien.

— Pourquoi ce froncement de sourcils ? À quoi penses-tu ?

— Je pense qu'elle ne nous a pas tout dit. Son langage corporel m'a paru étrange. Elle ne nous regardait pas dans les yeux lorsqu'elle répondait à certaines questions, et elle était très nerveuse.

— Peut-être, dit Alexis, se rappelant les actions de Lenora pendant qu'elle répondait à leurs questions. Mais avec les menaces que ce type a proférées contre elle et ses enfants, elle avait des raisons d'avoir peur. C'est peut-être ce que tu as ressenti.

— C'est possible.

Mais Alexis pouvait voir que TJ pensait qu'il y avait anguille sous roche. Si Lenora en savait plus, ils pourraient l'interroger plus tard. Pour l'instant, les informations qu'elle leur avait données constituaient une nouvelle piste.

L'inspectrice avait déjà rejeté les affirmations d'Alexis selon lesquelles Mark ne pouvait pas être le voleur, mais elle n'aurait d'autre choix que de la prendre enfin au sérieux. La déclaration de Lenora prouvait que quelqu'un d'autre que Mark avait utilisé cet ordinateur au moment où le programme Nimbus avait été téléchargé.

Une fois de plus, ils donnèrent leur nom à l'employé de la réception. TJ reçut un message pendant qu'ils attendaient qu'une escorte les conduise à Chellel.

— Qu'est-ce qu'il y a ? demanda Alexis.

— C'est Shawn, répondit-il, les yeux rivés sur son téléphone. Il a obtenu une adresse pour Jessica.

Les lourdes portes qui menaient au-delà de la zone d'accueil du commissariat s'ouvrirent et un policier en uniforme leur ordonna de le suivre jusqu'à la salle de conférences. L'inspectrice les y attendait.

— Madame Douglas, dit Chellel en se levant de son siège lorsqu'ils entrèrent. J'étais sur le point de vous contacter.

— Inspectrice, nous avons de nouvelles informations pour vous. TJ et moi venons de parler à Lenora Kenda.

Chellel eut l'air surpris.

— L'assistante de Mark Douglas ?

— Elle-même, dit TJ.

L'inspectrice leur fit signe de s'asseoir, mais Alexis l'ignora, trop excitée à l'idée de partager ses informations.

— Lenora Kenda a vu quelqu'un d'autre que mon frère utiliser son ordinateur la nuit où le programme Nimbus a été téléchargé illégalement. Elle nous a décrit cet homme.

TJ intervint alors, transmettant à Chellel la description concise qu'ils avaient obtenue de Lenora.

L'inspectrice fronça les sourcils.

— Attendez une minute. Pourquoi êtes-vous allés parler à Lenora Kenda ?

Alexis posa les mains sur ses hanches.

— Nous faisions ce que vous ne pouviez ou ne vouliez pas faire. Enquêter sur ce qui est réellement arrivé à mon frère.

Chellel laissa échapper un souffle à mi-chemin entre le soupir et le grognement.

— Madame Douglas...

— Permettez-moi de vous suggérer, dit TJ, d'écouter ce que nous avons à dire. Ensuite, vous pourrez nous rabrouer comme bon vous semble.

L'inspectrice le foudroya du regard, son froncement de sourcils se transformant en une grimace.

— Bon. Dites-moi ce que vous savez, capitula-t-elle enfin.

— La nuit où Mark a prétendument volé Nimbus, Lenora Kenda a vu un homme qu'elle n'a pas reconnu travailler sur son ordinateur. Elle était retournée au bureau parce qu'elle avait oublié son téléphone portable. L'homme a prétendu qu'il mettait à jour le système informatique, mais elle a trouvé la situation suspecte.

— Si elle jugeait cet homme suspect, pourquoi ne l'a-t-elle pas mentionné quand je l'ai interrogée après le vol ou après la mort de votre frère ?

— Elle est terrifiée, expliqua TJ. Le lendemain du jour où elle a vu l'homme, il s'est présenté au restaurant où elle prenait un brunch et a menacé de faire du mal à ses enfants si elle révélait ce qu'elle avait vu.

L'inspectrice Chellel jura.

— Je dois lui parler à nouveau.

— Vous devez trouver cet homme. C'est lui qui a volé Nimbus, et il a probablement tué mon frère.

— Je me charge du suivi avec Mme Kenda, soupira Chellel avant de faire un nouveau geste en direction d'une chaise. Madame Douglas, veuillez vous asseoir. Il y a quelque chose dont je dois vous parler.

Alexis s'attendait à devoir lutter bien plus pour amener l'inspectrice à écouter. Le fait qu'elle ait cédé si facilement l'inquiétait. Elle croisa le regard de TJ. Il semblait lui aussi sentir qu'il se passait quelque chose d'étrange.

Elle oscilla sur ses pieds. Le bras de TJ entoura sa taille et il la guida vers un siège avant de s'asseoir sur la chaise à côté d'elle.

L'inspectrice ouvrit un dossier qu'Alexis n'avait pas remarqué sur la table. Chellel parcourut la première page avant de lever les yeux vers eux.

— Nous avons reçu le rapport toxicologique complet. Il y avait du diazépam dans l'organisme de votre frère, mais pas assez pour le tuer. Il semble que les pilules non digérées qu'il a prises soient les seules à avoir été ingérées.

— Qu'est-ce que ça veut dire ? demanda Alexis, l'air confus.

— Cela signifie que quelqu'un a voulu nous faire croire que Mark avait fait une overdose de Valium. Ils l'ont peut-être forcé à avalé quelques pilules, ou peut-être simplement attendu qu'il le fasse lui-même. Mais ce n'est pas ce qui l'a tué. Le rapport toxicologique a montré que Mark avait plus de mille cinq cents microgrammes de fentanyl dans son organisme.

Alexis sentit son cœur lui remonter dans la gorge. TJ lui saisit la main et elle s'y accrocha fermement.

— Non ! Mark était un buveur, parfois excessif, mais il ne s'est jamais drogué.

— Nous le savons, tempéra Chellel. Nous ne pensons pas que votre frère ait consommé ce fentanyl volontairement. Comme la médecin légiste est sûre qu'il n'y avait pas de marques d'injection sur le corps de Mark, nous pensons que la drogue a été introduite dans son organisme par voie orale ou nasale, lorsque votre frère était inconscient.

Chellel referma son dossier.

— Je suis vraiment désolée.

Des larmes chaudes roulèrent sur les joues d'Alexis. Elle foudroya Chellel du regard.

— Je vous avais dit que Mark ne se serait pas suicidé.

— Je devais me fier aux preuves, répondit Chellel en ayant cependant l'élégance de détourner le regard d'Alexis pendant qu'elle parlait. Tout comme je vais le faire maintenant. Je vais interroger de nouveau Mme Kenda et, sur la base des informations figurant dans ce rapport, je vais tenter de retracer l'origine de ces médicaments. Nous savons que le diazépam a été prescrit par le médecin traitant de Mark. Avez-vous une idée de qui aurait pu être informé qu'il prenait ce médicament ?

— Non, dit Alexis en séchant ses larmes. Il ne m'en a jamais parlé. Peut-être sa petite amie, ou ex, Jessica ?

— Elle a dit qu'elle ne savait pas pour le diazépam, répondit Chellel en secouant la tête. Bien entendu, je lui reparlerai.

— Peut-être Lenora Kenda, proposa TJ. D'après mon expérience, les secrétaires et les assistants en connaissent généralement plus sur les personnes pour lesquelles ils travaillent que ces dernières ne le pensent.

Chellel sembla prise au dépourvu par cette idée, mais acquiesça.

— Vous avez raison. Je lui poserai la question.

— Qu'est-ce qu'on fait maintenant ? demanda Alexis.

— Je vais continuer mon travail et enquêter sur cette affaire. Vous et M. Roman avez été d'une grande aide. Mais comme vous le savez, cette affaire s'avère dangereuse. Nous avons quelqu'un qui n'hésitera pas à tuer pour vendre le programme Nimbus. Vous devriez vous retirer. Laissez les forces de l'ordre s'en occuper.

Alexis faillit rétorquer que si elle et TJ n'avaient pas commencé à investiguer de leur côté, l'inspectrice et son service seraient encore plus en retard qu'ils ne l'étaient déjà. L'inspectrice avait perdu des semaines à enquêter sur l'affaire en la considérant comme un suicide plutôt que comme un meurtre. Qui savait quelles preuves avaient été perdues au cours de ces semaines ?

TJ lui serra la main et Alexis comprit qu'il serait plus sage de se taire.

— Merci de nous avoir tenus au courant de l'évolution de l'enquête, dit TJ en se levant. J'espère que nous pouvons compter sur vous pour continuer dans ce sens.

Alexis se leva en même temps que l'inspectrice.

— Je ferai de mon mieux, répondit Chellel sans s'engager.

Alexis et TJ la saluèrent avant de retourner au parking.

Une fois dans la voiture, Alexis s'autorisa enfin à pleurer.

TJ la serra contre lui, lui murmurant à l'oreille que tout irait bien jusqu'à ce que la tempête d'émotions soit passée.

Après plusieurs minutes, elle se dégagea de ses bras.

— Je suis désolée. C'est juste que je savais que mon frère ne s'était pas suicidé et quand Chellel a finalement confirmé qu'elle y croyait aussi…

— Tu n'as pas à t'excuser. Avec tout ce que tu as traversé ces dernières semaines… je suis stupéfait par ta force.

TJ démarra et s'engagea sur le chemin de la planque.

— As-tu l'intention d'obéir à l'inspectrice et laisser la police faire son travail maintenant ? demanda-t-il après plusieurs minutes de silence.

— Certainement pas, affirma Alexis. J'espère que Chellel se montrera plus ouverte d'esprit maintenant qu'elle sait avec certitude que Mark a été assassiné, mais elle a bâclé cette enquête depuis le début. Je ne suis pas prête à lui faire confiance maintenant.

— Moi non plus. Tu penses donc la même chose que moi. Nous continuons à avancer dans notre propre enquête.

Alexis regarda le meilleur ami de son frère et l'homme dont elle tombait clairement amoureuse.

— Je ne m'arrêterai pas tant que le nom de Mark n'aura pas été complètement blanchi et que nous n'aurons pas trouvé le coupable.

— Alors, quelle est notre prochaine étape ? demanda Alexis.

— Notre conversation avec Chellel m'a rappelé que nous devons encore interroger Jessica Castaldo. Je propose qu'on passe la voir.

— Ça me paraît bien.

— L'adresse dégotée par Tansy est sur mon téléphone, dit TJ en lui désignant l'appareil qui reposait dans le porte-gobelet de la console centrale. Tu peux la trouver pour moi ?

Il donna son mot de passe à Alexis. Quelques instants plus tard, l'adresse était enregistrée dans le système GPS du téléphone.

— Il semble que nous fassions enfin quelques progrès, dit Alexis sobrement. Je sais que l'inspectrice Chellel ne croit pas encore que Mark soit innocent pour le vol, mais maintenant que nous savons qu'il ne s'est pas suicidé...

Le reste de ses paroles fut englouti par un sanglot.

TJ lui prit la main.

— Hé, reprends ton souffle. Tu as dû faire face à beaucoup de choses. Tu veux que je m'arrête ?

De sa main libre, elle essuya ses larmes.

— Non, non. Nous devons parler à Jessica et je ne veux pas perdre plus de temps. Je viens de me rendre compte que si Mark ne s'est pas suicidé, cela signifie qu'il a été assassiné.

TJ s'était demandé quand cette révélation finirait par s'imposer, et maintenant que c'était le cas, il pensait qu'elle était assez forte pour l'affronter. Il l'aiderait de toutes les manières possibles.

Il jeta un coup d'œil dans le rétroviseur et aperçut un gros SUV noir qui s'approchait à vive allure derrière eux. Il changea de voie, mais le SUV le suivit.

TJ appuya sur l'accélérateur.

— Qu'est-ce qui ne va pas ? demanda Alexis, la peur se mêlant à ses paroles.

— Nous sommes suivis. Ce SUV noir est derrière nous depuis plusieurs kilomètres.

Alexis se tortilla sur son siège pour pouvoir regarder la voiture à travers la vitre arrière. Elle déclara que le conducteur était un homme aux cheveux foncés, mais les reflets du soleil l'empêchèrent de discerner plus de détails.

Le 4-4 accéléra soudain et les emboutit violemment. TJ s'efforça de ne pas quitter la route et de ne pas percuter la voiture roulant sur la voie d'à côté. Il enfonça l'accélérateur, tentant d'échapper à leur poursuivant.

— Il est fou. Il va nous tuer.

— Je pense que c'est son plan, dit TJ sans quitter des yeux la route devant lui.

Le SUV les heurta à nouveau, les faisant déraper. Heureusement, il n'y avait plus personne à côté, mais un concert de klaxons retentit alentour.

Avec un peu de chance, l'un des autres conducteurs appellerait la police et demanderait de l'aide. Mais jusqu'à ce que les secours arrivent, ils allaient devoir essayer de semer le SUV.

Leur poursuivant les emboutit une troisième fois. Cette fois-ci, la voiture de location partit en tête-à-queue et heurta le pare-chocs arrière d'une camionnette avant que TJ reprenne le contrôle. Malheureusement, ils se trouvaient à présent à contresens sur l'autoroute.

Les klaxons retentirent tandis que les autres conducteurs s'écartaient pour éviter d'être percutés.

TJ donna un brusque coup de volant pour redresser la voiture et se retrouver de nouveau dans le bon sens. Le moteur rugit tandis qu'il tentait de s'éloigner du SUV.

— Tu peux atteindre ton téléphone ? demanda-t-il. Appelle à l'aide.

Alexis tendit la main vers le plancher côté passager pour attraper son sac à main entre ses pieds, mais avant qu'elle puisse le toucher, le SUV les percuta à nouveau et elle se retrouva projetée en avant, se rattrapant de justesse avant de heurter le tableau de bord.

Un bruit sec retentit à l'intérieur de la voiture.

— Qu'est-ce que c'est que ça ? s'exclama Alexis d'une voix paniquée.

Le regard de TJ se porta sur le rétroviseur et il jura.

— Il nous tire dessus.

Une nouvelle salve de coups de feu retentit, rejoignant la cacophonie des klaxons.

Un nouveau bruit sourd éclata et leur véhicule dérapa.

— Il a tiré sur le pneu arrière, cria TJ, se démenant pour reprendre le contrôle de la voiture, en vain.

Ils heurtèrent le côté d'une BMW, avant de partir en tonneaux.

Encore et encore, jusqu'à ce que la voiture s'arrête sur le toit, la portière du côté passager s'écrasant contre le flanc d'un vieux chêne.

TJ gémit et tourna lentement la tête pour la regarder.

— Alexis, tu vas bien ? Bébé, tu es blessée ?

Elle vérifia son corps et répondit :

— Je vais bien. Et toi ?

Il avait une égratignure rouge juste au-dessus du sourcil.

— Moi aussi. Mais ma ceinture de sécurité est coincée.

Alexis appuya sur le bouton de déverrouillage de sa ceinture, mais celle-ci ne céda pas.

— La mienne aussi.

Elle leva les yeux et sursauta.

— TJ, il arrive.

Elle pointa du doigt la fenêtre du côté de TJ.

Le conducteur du SUV, tout de noir vêtu, se dirigeait vers eux, un pistolet argenté dans la main droite.

— Nous devons sortir d'ici !

Elle appuya frénétiquement sur le déverrouillage de la ceinture de sécurité, mais la boucle ne bougea pas.

TJ essaya d'atteindre sa cheville.

— Je ne peux pas attraper mon arme.

Soudain, l'homme s'arrêta et se retourna brièvement. Il fallut un moment avant que TJ comprenne pourquoi, mais un bruit de sirènes lui parvint enfin aux oreilles. Le conducteur du SUV les foudroya du regard avant de faire demi-tour et de repartir en courant vers l'autoroute.

Alexis souffla enfin.

— Il est parti, dit TJ.

Le son des sirènes se rapprocha jusqu'à devenir presque

assourdissant. Ils pouvaient voir des gyrophares rouge et bleu en haut de la pente qui ramenait à l’autoroute.

— Je l’ai reconnu, TJ.

— Quoi ?

— Oui. C’est l’homme qui a tué mon frère.

19

Deux voitures de police et une ambulance encombraient la bande d'arrêt d'urgence. Le soleil descendait déjà sous l'horizon, laissant le ciel d'un bleu sombre. Une dépanneuse était arrivée quelques instants plus tôt pour sortir leur voiture du fossé. Le trafic, limité à une seule voie, s'écoulait lentement, les conducteurs jetant des coups d'œil curieux à toute cette agitation sur le bord de la route.

TJ et Alexis attendaient, assis entre les portes arrière ouvertes de l'ambulance. TJ avait une entaille le long de l'épaule droite, là où sa ceinture de sécurité s'était enfoncée dans sa peau. Les secouristes voulaient qu'il se rende à l'hôpital pour se faire recoudre, mais il avait refusé. Il avait eu des blessures bien plus graves et, pour le moment, il avait d'autres chats à fouetter.

Il ne fut pas surpris lorsqu'une voiture de police banalisée noire s'arrêta derrière l'ambulance et que l'inspectrice Chellel en sortit.

— Dans quel pétrin vous êtes-vous fourrés, tous les deux ? demanda-t-elle.

Alexis fronça les sourcils.

— Nous allons bien, inspectrice. Merci de vous en préoccuper.

— Pourquoi devrais-je m'inquiéter de votre sécurité alors qu'il est clair que ni l'un ni l'autre ne vous en souciez ? grogna Chellel. Maintenant, dites-moi, que se passe-t-il ici ?

— Nous avons été poussés hors de la route, dit TJ.

— Et on nous a tiré dessus, ajouta Alexis.

— Avez-vous vu votre agresseur ?

— Je peux vous dire qu'il conduisait un 4-4 noir sans plaque d'immatriculation, répondit TJ tout en congédiant l'ambulancier qui s'occupait de sa blessure.

Il enfila son manteau tandis qu'Alexis se levait aussi.

— C'est le même homme que Lenora Kenda a vu dans le bureau de Mark. Le même qui l'a menacée.

— Comment pouvez-vous en être sûre ? demanda Chellel d'un air sceptique. Je croyais que vous ne le connaissiez pas.

— Non, mais l'homme qui nous a poursuivis et qui nous a tiré dessus avait un tatouage représentant un serpent sur le côté droit du cou. Je l'ai vu lorsqu'il s'est précipité vers son 4-4 en entendant les sirènes de police.

L'inspectrice ne semblait pas convaincue.

— Vous pensez donc que c'est le même homme ?

Alexis leva les mains.

— Combien de types avec des tatouages de serpents dans le cou veulent nous éliminer, d'après vous ?

— Je m'efforce de ne pas vous sous-estimer, déclara l'inspectrice avec une pointe de dérision.

— Ça suffit, mesdames, nous sommes dans le même bateau, intervint TJ avant de s'adresser à l'inspectrice. J'ai vérifié si la voiture avait des traceurs. Je n'en ai trouvé aucun. Je pense que l'homme au serpent nous a suivis depuis la maison de Lenora Kenda. Il a dû être effrayé quand il nous a vus entrer au commissariat. Il devient désespéré. Nous faire sortir de la route et nous tirer dessus en plein jour devant de nombreux témoins était imprudent.

L'inspectrice Chellel fit signe à l'un des officiers en uniforme. Celui-ci se dirigea vers eux.

— Je vais envoyer une voiture chez Mme Kenda pour m'assurer que tout va bien.

Elle donna ses ordres à l'agent avant de se tourner vers Alexis et TJ.

— Vous devriez aller à l'hôpital pour vous faire examiner.

TJ jeta un regard à Alexis, qui secoua la tête.

— Ça va aller.

— Et vous, inspectrice Chellel, vous devriez trouver l'homme qui nous a attaqués et qui a tué mon frère. Vous devriez...

Alexis pressa les mains sur sa poitrine et lança un regard furieux à l'inspectrice avant de conclure :

— Faire votre travail.

Chellel soupira.

— Je sais que vous venez de vivre un événement traumatique, que vous êtes bouleversée et frustrée, mais sachez que je fais tout mon possible pour découvrir qui a tué votre frère et qui en a après vous maintenant.

— Qu'est-ce que vous fabriquez ici, alors ? rétorqua Alexis avec un geste en direction de l'autoroute et de la circulation qui défilait. Nous vous avons donné une description du type et de sa voiture. Pourquoi n'êtes-vous pas à sa recherche avant qu'il tente à nouveau quelque chose comme ça ? Ou pire.

L'expression de l'inspectrice s'assombrit.

— Madame Douglas, rentrez chez vous. Reposez-vous. Restez en dehors de mon chemin.

Elle tourna les talons et s'éloigna.

Alexis pivota vers TJ, les yeux encore brûlants de colère et de frustration.

— Elle serait au point mort sans les informations que nous avons obtenues pour elle, s'exclama-t-elle, la voix tremblant d'indignation. Maintenant, elle veut qu'on rentre chez nous et qu'on se repose ? Vu comment elle a bâclé l'enquête, nous n'obtiendrons jamais de réponses si nous nous en remettons à la police.

TJ passa un bras autour de l'épaule d'Alexis. Il n'était pas en désaccord avec cette évaluation de la situation, mais l'inspectrice n'avait pas tort non plus. Du moins, pas sur le fait qu'ils avaient tous les deux besoin de se reposer. Certes, un accident de la route comme celui-là ne laisserait pas de séquelles permanentes, mais ils auraient bientôt de nouveaux bleus à ajouter à leur collection croissante de blessures, et il était sûr qu'ils seraient tous les deux endoloris au matin. Il souhaitait aussi échanger avec Shawn sur les derniers événements et établir un plan pour les prochaines étapes. Sur l'échelle du risque, ils venaient clairement de grimper de plusieurs crans, et TJ n'était plus certain qu'Alexis puisse continuer à l'aider dans cette enquête en toute sécurité. Mais c'était une discussion qu'il voulait avoir avec elle une fois qu'ils seraient calmés.

— L'inspectrice a raison de dire que nous avons besoin de repos. Il se fait tard, et nous devons élaborer un plan pour la suite.

L'espace d'un instant, Alexis sembla vouloir le contredire, mais ses épaules s'affaissèrent en signe de résignation. Lorsqu'elle leva à nouveau les yeux vers lui, il y lut une grande lassitude.

— Tu ne m'abandonnes pas, n'est-ce pas ?

Il croisa son regard, espérant qu'elle verrait la détermination dans ses yeux.

— Jamais. Allons parler à Jessica Castaldo.

20

L'inspectrice Chellel chargea un policier de les ramener à la maison. Alexis savait qu'il était hors de question que TJ permette à qui que ce soit, pas même à un policier, de connaître l'emplacement de leur planque, aussi ne fut-elle pas surprise lorsqu'il demanda à cet agent de les déposer à l'agence de location de voitures la plus proche. C'était une franchise différente de celle qu'ils avaient utilisée à l'aéroport, ce qui les arrangeait bien puisque leur précédent véhicule avait fini dans un fossé.

Une fois en route, TJ appela Shawn pour lui faire l'état des lieux de la situation. Shawn accepta de s'occuper des formalités administratives consécutives à l'accident et répéta à TJ qu'il pouvait le joindre s'il avait besoin de renfort.

L'adresse qu'ils avaient pour Jessica les conduisit à un immeuble d'habitation récent, non loin du front de mer de la rivière Potomac.

TJ trouva un parking à moins d'un kilomètre de là, et ils décidèrent de poursuivre à pied. Ils s'arrêtèrent un instant à l'entrée du bâtiment pour l'étudier.

— Rien à voir avec le duplex de Mark ou l'ancien appartement de Jessica. Comment une serveuse peut-elle s'offrir un endroit comme celui-ci ? demanda Alexis.

— N'a-t-elle pas emménagé avec Mark quelques semaines seulement après le début de leur relation ?

Alexis acquiesça.

— Eh bien, ce n'est peut-être pas son appartement non plus, mais nous pourrons lui demander.

TJ tendit la main vers la porte et laissa Alexis le précéder.

Il y avait bien une réception, mais le portier devait être occupé ailleurs. Ils profitèrent de l'occasion et passèrent rapidement devant la guérite. La chance était toujours avec eux lorsque les portes de l'ascenseur s'ouvrirent immédiatement.

Ils sortirent au dixième étage et se dirigèrent vers l'appartement de Jessica.

Quelques instants plus tard, l'ancienne flamme de Mark se tint enfin devant eux, vêtue d'un legging coloré et d'un T-shirt trop grand dont le col avait été découpé. Le haut pendait sur une épaule, révélant la peau lisse et bronzée de Jessica. L'étonnement assombrit ses yeux verts lorsqu'elle les reconnut.

— Alexis, quelle belle surprise !

Le ton de la voix de Jessica ne correspondait pas à ses mots. Elle n'était pas du tout contente de les voir sur le pas de sa porte.

Alexis adressa un sourire crispé à l'ancienne petite amie de son frère.

— Bonjour, Jessica. Désolée de te déranger comme ça, mais je me demandais si tu avais un moment pour parler.

Jessica pencha la tête sur le côté, l'air curieux.

— Oui, je suppose.

Elle posa sur TJ un regard évaluateur, allumant une étincelle de jalousie chez Alexis.

— Je suis sûre que tu te souviens de TJ, dit celle-ci. Il m'aide à régler quelques détails.

Jessica afficha un sourire sulfureux.

— Pas de problème. Je me souviens bien de TJ.

Le sourire de Jessica était ouvertement séducteur et ne fit qu'inciter Alexis à la détester davantage.

Jessica les laissa entrer.

L'appartement était ouvert, spacieux et lumineux, presque comme un loft. Alexis n'avait aucune idée de sa valeur locative, mais il était clair, vu l'état de l'immeuble et les finitions de l'appartement, qu'il ne s'agissait pas d'un endroit qu'une serveuse pouvait s'offrir seule.

Jessica leur fit signe de se diriger vers un grand canapé en cuir noir, s'installant elle-même à l'une des extrémités, tandis que TJ et Alexis s'asseyaient de l'autre côté.

— Tu as dit que tu étais en train de régler certains détails ? demanda Jessica. Je suppose que c'est à propos de Mark.

— Oui, répondit Alexis. Je sais que l'inspectrice Chellel t'a déjà contactée. La police pense qu'il a volé son employeur.

Jessica acquiesça, mais ses yeux se détachèrent de ceux d'Alexis.

— J'ai parlé à l'inspectrice, mais je veux que tu saches que je lui ai dit qu'il était impossible que Mark ait dérobé quoi que ce soit.

Elle n'aimait peut-être pas Jessica, mais au moins elles semblaient sur la même longueur d'onde à ce sujet.

— J'ai dit la même chose à l'inspectrice Chellel, mais, du moins jusqu'à récemment, elle semblait convaincue que Mark avait volé le programme Nimbus et s'était ensuite suicidé pour échapper à une arrestation.

Jessica détourna le regard.

— Je ne sais rien de tout cela.

Alexis se rapprocha un peu plus de Jessica.

— Je pense que la police fait fausse route, alors j'ai engagé TJ. Ce n'est pas seulement un ami de Mark, c'est aussi un détective privé. Nous travaillons à blanchir le nom de mon frère et...

Alexis jeta un coup d'œil à TJ.

— Il y a peu de temps, l'inspectrice chargée de l'affaire nous a informés que la mort de Mark allait être considérée comme un homicide, dit TJ.

Alexis ne pouvait toujours pas se résoudre à prononcer ces mots à voix haute. Jessica laissa échapper un sifflement avant de porter une main à sa poitrine.

Alexis trouva la réaction exagérée, comme si Jessica faisait ce qu'on attendait d'elle, sans être réellement choquée.

— Jessica, j'ai besoin que tu me dises la vérité. Sais-tu quoi que ce soit sur le vol ou ce qui est arrivé à Mark ? Quelque chose que tu n'aurais pas raconté aux flics quand ils t'ont interrogée ?

— Quoi ? Non, bien sûr que non. Pourquoi aurais-je menti ? Mark et moi avions déjà rompu.

Jessica redressa les épaules, mais Alexis lut la peur dans ses yeux avant qu'elle évite son regard une nouvelle fois.

— Tu mens, grogna-t-elle, perdant patience.

Jessica se déplaça nerveusement sur le canapé.

— Tu ne peux pas venir dans mon appartement et me traiter de menteuse.

— Je viens de le faire. Et en parlant de ton appartement, comment paies-tu cet endroit ? C'est loin d'être dans le budget d'une serveuse.

Jessica lui lança un regard noir.

— C'est une sous-location. Je suis désolée pour Mark, mais...

— Tu seras encore plus désolée si tu ne dis pas la vérité, cracha Alexis.

TJ l'interrompit.

— Jessica, maintenant que la police a conclu à un homicide, tu peux t'attendre à revoir l'inspectrice Chellel, qui te posera les mêmes questions d'une manière beaucoup moins polie. Il serait préférable pour toi de finir du bon côté de cette affaire. Alexis et moi ferons ce que nous pourrons pour t'aider.

Si Jessica avait joué un rôle dans la mort de Mark, la seule aide qu'Alexis lui apporterait serait de l'envoyer en prison, mais il valait mieux ne pas le dire alors qu'ils avaient besoin que Jessica leur avoue tout ce qu'elle savait.

— Tu prétends que Mark et toi aviez rompu, mais il avait toujours ta photo à côté de son lit.

Jessica haussa les épaules avec humeur.

— D'accord, nous couchions ensemble de temps en temps. Cela ne voulait pas dire qu'il allait me passer la bague au doigt.

— Est-ce que tu sortais avec Mark à l'époque où il a été tué ? demanda Alexis.

Jessica croisa les bras sur sa poitrine et acquiesça.

— Oui, je pense que oui.

Elle refusait toujours d'affronter le regard d'Alexis. Il était clair qu'il y avait quelque chose qu'elle ne leur disait pas. Avant qu'Alexis puisse insister, TJ prit la parole.

— Jessica, dit-il en posant une main légère sur la jambe de la jeune femme, quoi que tu nous caches, il vaut mieux que tu le dises maintenant plutôt que de laisser la police te le faire cracher.

— Je ne savais pas !

Les mots jaillirent d'elle, ouvrant un puits de larmes.

TJ passa un bras autour de ses épaules pendant qu'elle pleurait.

Il fallut quelques minutes pour qu'elle se ressaisisse et reprenne la parole.

— Je vous jure que je ne savais pas à propos du vol, ni qu'ils allaient faire du mal à Mark.

— Allons, je comprends, dit TJ d'un ton apaisant.

Tout ce qu'Alexis pouvait penser, c'était qu'elle était heureuse qu'il soit là, et qu'il soit assis entre elle et Jessica. Elle était prête à arracher la vérité à cette femme, peu importait les moyens, mais elle s'arma de patience et laissa TJ se charger de cette partie de l'interrogatoire, puisqu'il semblait arriver à quelque chose.

— Dis-nous ce qui s'est passé pour que nous puissions t'aider, expliqua TJ.

— Un homme est venu au restaurant et m'a demandé si je pouvais obtenir la pièce d'identité et la clé électronique de Mark pour lui. Je... Je savais que je ne devais pas. Mais il m'a offert dix mille dollars. Mark m'a promis qu'il m'aiderait à payer le loyer de mon nouvel appartement quand il a rompu avec moi et que j'ai déménagé, mais il ne m'a jamais donné un centime. Je n'y arrivais pas et j'étais tellement en colère contre lui...

Alexis ouvrit la bouche avec l'intention de souligner que les actes de Jessica avaient probablement été à l'origine du meurtre de Mark.

Mais TJ prit la parole avant elle.

— Cet homme a-t-il précisé pourquoi il voulait la carte d'identité et la clé électronique ?

Jessica secoua la tête.

— Il a juste dit qu'il était un ami de Mark et que c'était pour un canular au boulot.

Alexis ne pouvait pas rester silencieuse plus longtemps.

— Tu n'as pas pu croire à cela !

Jessica lui jeta un regard plein de larmes.

— J'ai commis une erreur. J'avais besoin d'argent.

Elle désigna l'appartement d'un geste de la main. Avec dix mille dollars, elle ne pouvait pas louer un endroit comme celui-ci à long terme, mais quelques mois de luxe semblaient apparemment lui suffire.

— J'ai convaincu Mark que nous devions envisager de nous remettre ensemble. Il m'a invitée chez lui pour en discuter. Nous avons bu quelques verres et puis...

Jessica rougit avant de reprendre.

— Après qu'il s'est endormi, j'ai pris la carte d'identité et la clé et j'ai envoyé un message au type pour qu'il vienne les chercher. Je ne sais pas ce qu'il en a fait, mais il ne les a eus qu'une heure. Deux heures tout au plus. Ensuite il les a rapportées et je les ai remises en place avant que Mark s'aperçoive de leur disparition. Je suis désolée, mais je n'avais pas le choix.

Elle renifla.

— On a toujours le choix, cracha Alexis.

TJ lui pressa la cuisse.

— Peux-tu nous décrire l'homme qui t'a demandé d'aller chercher la carte d'identité de Mark pour lui ?

Jessica essuya à nouveau ses larmes.

— Hum... un homme blanc. Taille moyenne, je suppose. Des cheveux et des yeux foncés. Il n'y avait rien de vraiment spécial chez lui. Je veux dire, il n'était pas spécialement beau ou charmant, tu vois. Le seul truc particulier chez lui, c'était son tatouage dans le cou.

Elle grimaça comme si elle venait de mordre dans quelque chose d'amer.

— D'habitude, j'aime les gars qui ont des tatouages, mais celui-là était flippant.

— Laisse-moi deviner, dit Alexis, son regard allant de Jessica à TJ. Un serpent à sonnette, prêt à frapper.

— Oui, dit Jessica, l'air surpris. Comment le sais-tu ?

21

Une fois qu'ils furent rentrés, Alexis se réfugia directement dans sa chambre pour se doucher et se changer avant de faire une petite sieste. Malgré le regain d'espoir qu'elle ressentait à l'idée d'innocenter Mark, elle se sentait émotionnellement et physiquement épuisée. Elle n'avait prévu de s'allonger que quelques minutes, mais lorsqu'elle se réveilla, la nuit tombait.

Son sommeil n'avait pourtant rien eu de réparateur. Elle s'était retrouvée embarquée dans un rêve érotique, avec TJ en vedette, qu'elle aurait bien aimé prolonger. Un rêve qui avait réveillé sa libido en même temps que le reste de son corps.

TJ n'était pas du genre à s'engager sur le long terme, elle le savait. Cela ne signifiait pas qu'ils ne pouvaient pas profiter d'un peu de compagnie tant qu'ils travailleraient ensemble. Elle avait lu le désir dans ses yeux plus d'une fois. Et d'après la façon dont son corps frémissait rien qu'à l'idée de le retrouver dans son lit, elle ne pouvait pas nier qu'elle le désirait aussi. Elle n'avait jamais pensé avoir une aventure, mais dans la vie, il fallait savoir essayer de nouvelles choses. Et elle faisait confiance à TJ. Plus important encore, elle avait envie de lui. Elle était prête à s'inquiéter plus tard des conséquences.

Elle allait donc essayer, une fois de plus, de lui faire oublier sa loyauté mal placée envers Mark. Et s'il la rejetait une seconde fois ? Elle ne pouvait pas y penser maintenant. Pas avant d'avoir tenté de séduire TJ Roman.

Elle traversa la pièce jusqu'à la salle de bains attenante et se brossa les cheveux. Elle avait dormi dans un grand T-shirt lui arrivant à mi-cuisse et qu'elle portait normalement comme un haut de pyjama. Ce n'était pas la tenue la plus sexy, mais cela ferait l'affaire.

Elle descendit l'escalier sur la pointe des pieds. Le silence ambiant l'inquiéta jusqu'à ce qu'un grognement familier retentisse de l'autre côté de la cuisine. Elle trouva la porte du garage ouverte et les lumières allumées. Les pieds de TJ dépassaient de sous leur voiture. Il était allongé sur une sorte de chariot et, d'après les jurons provenant de sous le châssis, rien ne fonctionnait comme il le voulait.

— Tout va bien ? demanda Alexis en s'arrêtant près de la portière.

TJ s'extirpa de sous la voiture. Son regard remonta de ses jambes à sa poitrine, puis se posa sur son visage.

Le désir impérieux qu'elle lut dans ses yeux la fit soudain se sentir puissamment féminine.

TJ se releva et se racla la gorge.

— Tout va bien. Je vérifie juste qu'il n'y a pas de mouchard.

Alexis fit un pas en avant, ne laissant qu'un petit espace entre eux.

— Au cas où je ne l'aurais pas encore dit, merci de m'aider dans cette enquête.

Elle se hissa sur la pointe des pieds et déposa un baiser sur sa joue. Elle s'écarta pour observer TJ qui déglutit difficilement, le souffle court.

— Alexis, qu'est-ce que tu fais ?

Elle passa les bras autour de son cou.

— Je crois que tu le sais, lui murmura-t-elle à l'oreille, pressant les seins contre son torse.

Un faible gémissement s'échappa de la gorge de TJ et ses bras vinrent entourer la taille d'Alexis.

— On ne devrait pas.

Elle s'écarta à nouveau, le regardant dans les yeux.

— Pourquoi pas ? Et ne me parle pas de Mark. Si tu ne veux pas de moi, c'est une chose…

TJ la pressa contre lui. Elle sentit l'arête dure de son érection contre sa cuisse.

— Tu sais que ça n'a rien à voir, grogna-t-il.

— Alors viens chercher ce que tu désires, dit-elle en déposant des baisers le long de son cou. Ce que nous désirons tous les deux.

TJ ne bougea pas. Pendant une milliseconde, elle crut qu'il allait la rejeter.

Mais il pencha la tête, approchant les lèvres des siennes avant de lui donner un baiser passionné. Le contact de sa bouche, chaude et affamée, dépassait tout ce qu'elle avait rêvé et imaginé.

Elle s'ouvrit à lui et il approfondit le baiser, lui arrachant un gémissement. Elle se pressa en avant et sentit l'érection de TJ palpiter entre ses jambes. Son cœur tonnait dans sa poitrine, son rythme devenant de plus en plus effréné à mesure qu'il la dévorait.

Bien trop tôt, TJ s'éloigna, le souffle court.

— Tu es sûre ? Vraiment sûre ?

Elle passa son pied nu le long de son mollet.

— Certaine.

TJ l'embrassa à nouveau, tout en la soulevant. Elle enroula les jambes autour de sa taille tout en remuant ses hanches contre lui. Il laissa échapper un faible grognement.

— Si tu continues à faire ça, je ne pourrai pas aller doucement.

Elle se frotta à nouveau à lui.

— Qui a dit que je voulais que tu ailles doucement ?

TJ les mena dans la maison et la déposa sur le canapé.

Il la débarrassa rapidement de son T-shirt et de sa culotte avant de lui offrir le plaisir de le regarder se déshabiller lui-même.

Il la rejoignit sur le canapé, sa bouche aspirant à nouveau la sienne. Il parcourut son corps de ses mains puis de sa langue.

Alexis ferma les yeux et le laissa la découvrir, satisfaite, extatique même, s'abandonnant simplement aux sensations qu'il lui procurait. Elle frissonna en sentant la bouche de TJ sur son sein gauche, puis sur le droit. Il descendit le long de sa poitrine jusqu'à son bas-ventre et avec sa langue, l'amena jusqu'au sommet du plaisir.

Ne lui laissant pas le temps de reprendre son souffle, il s'installa entre ses jambes et la pénétra d'un coup.

Elle cria et TJ ne bougea plus

— Est-ce que je te fais mal ?

— Non. Ne t'arrête pas, haleta-t-elle en soulevant les hanches pour l'attirer encore plus profondément en elle.

Il frémit et recommença à bouger avec une urgence qui la fit crier une seconde fois alors qu'il la conduisait à nouveau au bord de l'orgasme.

Elle ouvrit les yeux et regarda sa mâchoire se contracter tandis qu'il s'enfonçait en elle. C'était le spectacle le plus érotique qu'elle ait jamais vu, et elle répondit à chaque poussée, chacun d'eux amenant l'autre plus haut et plus loin, jusqu'à ce qu'elle n'en puisse plus. Son dos se cambra et elle jouit plus fort qu'elle ne l'avait jamais fait auparavant.

Il la pénétra une dernière fois avec un frisson et gémit son nom.

TJ s'effondra sur elle, son poids l'enfonçant dans les coussins du canapé.

Elle passa la main le long de sa colonne vertébrale.

— Comment te sens-tu ? demanda TJ, la tête enfouie dans le creux de son cou.

— Très bien, merci, répondit-elle en gloussant.

TJ releva la tête et la regarda dans les yeux, un sourire en coin sur les lèvres.

— Heureux d'avoir pu rendre service.

22

TJ se réveilla avec Alexis blottie contre lui, là où ils s'étaient endormis après avoir fait l'amour une seconde fois pendant la nuit. Ses sentiments en ébullition, il sortit du lit, se doucha et s'habilla pour la journée. Alexis dormait encore lorsqu'il traversa la chambre sur la pointe des pieds et se rendit à la cuisine pour préparer le café et se concentrer à nouveau sur leur enquête. Il essaya d'empêcher les souvenirs de leur nuit passionnée d'envahir son esprit.

— TJ ?

Il sursauta au son de la voix d'Alexis.

Elle l'entoura de ses bras et déposa sur sa nuque un baiser qui le fit frissonner.

— Je t'ai appelé deux fois. Qu'est-ce que tu lis si attentivement ?

— Je réfléchis aux étapes suivantes.

Il leva la tête et tourna le fauteuil pour l'attirer sur ses genoux. Il captura ses lèvres dans un baiser de bonjour brûlant qui les laissa tous deux haletants. Ils restèrent ainsi blottis l'un contre l'autre pendant quelques instants.

— Bonjour, dit-il enfin.

— Bonjour, répondit Alexis avec un sourire rayonnant.

La cafetière émit un bip. Alexis déposa un rapide baiser sur ses lèvres avant de se lever.

— J'ai besoin d'une tasse. En veux-tu une aussi ?

— Oui, merci.

— Je vais préparer des omelettes pour le petit déjeuner, si cela te va.

Elle apporta deux tasses de café à table et s'assit en face de lui.

— Euh... devrions-nous parler de ce qui s'est passé la nuit dernière ?

— La nuit dernière était géniale, dit-il en la regardant droit dans les yeux. Mais je ne veux pas te donner de fausses idées. Je suis toujours l'homme qui ne peut pas t'offrir ce que tu veux.

— Je ne crois pas que ce soit vrai et, à mon avis, tu n'y crois pas non plus.

Il détacha son regard d'elle et fixa son café.

— Concentrons-nous sur notre enquête pour le moment, d'accord ?

Son téléphone sonna, empêchant Alexis de répondre.

— Roman à l'appareil.

— Monsieur Roman, c'est l'inspectrice Chellel. Je dois vous demander, à vous et à Mme Douglas de venir au poste immédiatement pour un interrogatoire.

Le ton n'était pas ouvertement hostile, mais il n'avait rien de poli non plus.

— À quel propos ? s'enquit TJ.

— Il vaudrait mieux que je vous explique au poste.

TJ jeta un coup d'œil à Alexis, qui l'observait attentivement.

— Alors nous sommes dans une impasse. Je suppose que puisque vous passez cet appel, c'est que vous ne pouvez pas nous obliger à nous présenter. Or ni Alexis ni moi ne sommes prêts à nous soumettre à un interrogatoire sans savoir de quoi il s'agit ou si nous devons être assistés de nos avocats.

Il pouvait presque sentir la frustration et l'agacement de l'inspectrice à l'autre bout du fil.

— Jessica Castaldo a été retrouvée morte dans son appartement tôt ce matin. Je crois que vous et Mme Douglas êtes les deux dernières personnes à l'avoir vue vivante. Maintenant, allez-vous venir de votre plein gré, ou dois-je envoyer une voiture de patrouille ?

Dès leur arrivée au poste de police, on les conduisit dans des salles d'interrogatoire séparées. TJ fut installé dans une pièce insipide qui sentait vaguement la bière éventée et le vomi. L'agent en uniforme lui proposa un café, qu'il refusa.

Il avait également refusé d'être accompagné d'un avocat. Shawn, qu'il avait appelé sur le chemin du commissariat, leur avait recommandé à tous les deux de ne pas parler à la police sans la présence d'un défenseur et proposé d'en faire venir un au commissariat, mais Alexis avait rétorqué qu'ils n'avaient rien à cacher. TJ était d'accord sur ce point, puisque Jessica était bien vivante lorsqu'ils avaient quitté son appartement, mais il savait aussi que les innocents ne gagnaient pas toujours. Pourtant, parler à l'inspectrice et avoir une idée de ce qui s'était passé après leur départ de chez Jessica la nuit précédente ne semblait pas une si mauvaise idée.

Mais la tactique de l'inspectrice commençait à l'agacer. Cela faisait plus de quarante minutes qu'il attendait dans la salle d'interrogatoire.

Enfin, la porte s'ouvrit et Chellel entra. Elle posa un dossier sur la table entre eux et s'assit, jetant un long regard à TJ.

— Que faisiez-vous à l'appartement de Jessica Castaldo hier ?

— Alexis et moi voulions lui demander ce qu'elle savait sur la mort de Mark.

Chellel se renfrogna.

— Je vous ai dit que je m'occuperais de tout cela. Je vous ai demandé de ne pas vous mêler de mon enquête.

TJ s'adossa à sa chaise et croisa les mains sur ses genoux.

— Vous avez votre travail, inspectrice, et j'ai le mien.

— Cela inclut-il le meurtre ?

Il ne voyait pas l'intérêt de la contrarier. Du moins, pas pour le moment.

— Ce n'est pas le cas et quoi qu'il soit arrivé à Jessica, ni Alexis ni moi n'y sommes pour rien.

— Vous vous êtes immiscés dans son immeuble.

— Nous n'avons rien fait de tel.

Chellel prit une feuille de papier dans le dossier et la posa sur la table devant lui.

— La feuille de présence du bâtiment ne contient pas votre signature ou celle de Mme Douglas, mais les vidéos de sécurité vous montrent en train de vous précipiter vers les ascenseurs alors que le portier n'était pas à son poste.

— Je n'appellerais pas ça une intrusion. Vous l'avez dit vous-même : le portier n'était pas à son poste.

Chellel le regarda d'un air moqueur.

— Pourquoi ne pas commencer par le début ? À quelle heure êtes-vous arrivé à l'appartement de Mme Castaldo ?

Il lui raconta les détails de leur conversation avec Jessica. L'inspectrice le laissa parler sans l'interrompre avant de lui demander de tout répéter depuis le début. La deuxième fois, il eut l'impression qu'elle l'arrêtait toutes les dix secondes environ pour lui poser une question ou approfondir un détail. Mais cela n'avait pas d'importance. L'histoire n'allait pas changer, quel que soit le nombre d'interruptions.

— Vous dites donc que Jessica a admis avoir dérobé la carte d'employé de Mark Douglas et l'avoir transmise à quelqu'un qui, d'après vous, l'a utilisé pour télécharger le programme Nimbus ?

— Tout à fait.

Chellel secoua la tête.

— Et je n'ai que votre parole pour attester cette confession.

— Vous avez aussi celle d'Alexis. Je suis certain qu'elle vous a dit, ou qu'elle vous dira, les mêmes choses que moi. Nous avons confronté Jessica, et elle nous a parlé de son rôle dans le vol. C'est la raison qui explique que quelqu'un pouvait vouloir sa mort.

— Quelqu'un comme Alexis Douglas, par exemple, argua Chellel en arquant les sourcils.

— Non, répondit TJ en secouant la tête. Alexis n'a pas de mobile. Elle avait besoin de Jessica vivante et prête à témoigner.

— Ou alors… elle considérait que les actions de Jessica avaient contribué à la mort de son frère et elle a cherché à obtenir vengeance.

— Ou, puisque nous en sommes aux théories, l'homme à qui Jessica a donné la carte d'identité de Mark a pris peur et a décidé d'éliminer un témoin potentiel.

— Je me demande ce qui a pu effrayer ce tueur hypothétique. Peut-être vous et Mme Douglas vous mêlant de mon affaire ?

C'était une possibilité. Une possibilité pour laquelle il ne pouvait s'empêcher de ressentir un peu de culpabilité. Leur visite chez Jessica avait pu conduire à sa mort, mais la seule chose qu'ils pouvaient faire à présent était d'aider à trouver son assassin.

Chellel passa en revue son dossier.

— Vous avez un permis de port d'arme, n'est-ce pas ?

— C'est exact.

— Nous aimerions faire une analyse balistique de votre arme.

— Jessica est donc morte par balle ?

Chellel ne répondit pas.

— Vous pouvez faire tous les tests que vous voulez. De toute évidence, je n'ai pas apporté d'arme au poste de police.

— Je peux demander à un officier de vous suivre jusqu'à l'endroit où vous séjournez. Où logez-vous ?

TJ sourit. Il n'allait pas révéler l'emplacement de la planque.

— Ce n'est pas nécessaire. Mon arme de poing est rangée dans la boîte à gants de la voiture.

Chellel fronça les sourcils.

— Alors je vais demander à un officier de la récupérer.

TJ n'aimait pas non plus cette idée. Il ne faisait aucun doute que l'agent désigné devrait également fouiller le véhicule, mais il ne voyait aucun moyen de l'éviter. Il remit les clés de la voiture de location à l'inspectrice.

Elle se leva et quitta la pièce pour revenir après plusieurs minutes.

— Merci d'avoir été si coopératif. Il faudra quelques jours à la balistique pour terminer son travail. Je vous rendrai votre arme dès que possible.

Cela l'ennuyait d'être privé de son arme préférée, mais il en avait d'autres dans son sac de voyage.

— Pas de problème. Puis-je poser une question ?

— Vous pouvez demander ce que vous voulez. Je ne promets pas de répondre.

— Je comprends. À quelle heure Jessica a-t-elle été tuée ?

Chellel secoua la tête.

— Je ne peux pas partager cette information avec vous.

— Très bien, dit TJ en levant les mains. Mais si les enregistrements de la sécurité du hall nous montrent, Alexis et moi, montant à l'appartement de Jessica, ils doivent également montrer notre heure de départ. Vous savez que nous n'avons rien à voir avec sa mort.

— Je n'en sais rien, répondit l'inspectrice. Il y a des caméras de sécurité dans le hall, mais pas à la porte arrière ou dans les cages d'escalier. Vous ou Mme Douglas auriez pu surveiller le bâtiment et revenir plus tard dans la soirée.

— Allons, inspectrice, dit TJ avec incrédulité. Nous aurions été assez malins pour surveiller le bâtiment mais assez stupides pour nous laisser filmer le jour où Jessica a été tuée ? Cela n'a aucun sens.

Chellel plissa des yeux.

— Le meurtre n'a jamais de sens, monsieur Roman. Je vous recontacterai.

23

Un officier en uniforme l'escorta jusqu'à l'accueil du commissariat. Alexis se leva de son siège et se précipita vers lui dès qu'elle l'aperçut.

— Tu vas bien ? demanda-t-elle en l'enlaçant.

Une vague de soulagement mêlée d'autre chose, comme si son monde prenait enfin tout son sens maintenant qu'elle se trouvait contre lui, le submergea.

Il referma les bras sur elle.

— Je vais bien. Et toi ?

Alexis se recula suffisamment pour regarder son visage.

— Ça va. L'inspectrice Chellel m'a cuisinée, mais je lui ai dit la vérité. Nous avons parlé à Jessica. Elle nous a dit qu'elle avait volé la carte d'identité et la clé électronique de Mark. Nous sommes partis.

— Pareil. Allez, sortons d'ici.

Ils se dirigèrent vers la voiture, toujours serrés l'un contre l'autre.

— Où allons-nous ? demanda Alexis une fois à l'intérieur de l'habitacle.

— D'abord, retour à la planque. J'ai besoin d'une autre arme. Ou deux. L'inspectrice Chellel a réquisitionné celle que j'avais dans la voiture pour la faire tester.

Alexis secoua la tête avec dégoût.

— Elle n'imagine quand même pas que nous avons tué Jessica ? C'est insensé.

— Je ne pense pas qu'elle y croie, dit TJ. Mais elle doit faire son travail.

Alexis fronça les sourcils, mais n'en dit pas plus.

— Tu as dit d'abord à la planque. Et ensuite ?

— Nous devrions reparler à Lenora Kenda. Je suis convaincu qu'elle nous cache quelque chose. Si j'ai raison, elle et ses filles pourraient être en danger.

— Tu penses que le type au tatouage de serpent a tué Jessica et que maintenant il pourrait s'en prendre à Lenora ? demanda Alexis, l'air soudain inquiet.

— C'est possible. Tuer Jessica me semble être une façon de faire le ménage. Si Lenora est impliquée d'une manière ou d'une autre, elle pourrait être la prochaine victime.

Après un arrêt rapide à la planque pour récupérer son arme de secours, ils se dirigèrent vers le domicile de Lenora Kenda.

En arrivant au coin de la rue, TJ l'aperçut qui se hâtait vers son monospace, accompagnée d'une petite fille qui ressemblait à l'adolescente qu'ils avaient rencontrée, en plus jeune.

TJ arrêta la voiture à bonne distance, mais suffisamment près pour que lui et Alexis aient une vue d'ensemble de la maison de Lenora.

— Qu'est-ce qu'elle fait ? demanda Alexis.

— Elle prend la fuite, répondit TJ.

La fillette portait un sac à dos rose en bandoulière et traînait derrière elle une valise à roulettes violette.

— Que fuit-elle ?

— C'est une très bonne question. Et c'est exactement ce que nous devons découvrir.

L'attitude de Lenora effaça ses derniers doutes. Elle dissimulait quelque chose, et TJ sentait que le temps était compté pour la convaincre de leur révéler ce qu'elle savait.

Alexis et lui la virent jeter la valise violette de sa fille dans le coffre et le refermer. Elle installa la petite sur la banquette arrière et claqua la portière avant de se diriger vers le côté conducteur.

Lenora s'arrêta, la main agrippée à la poignée de la porte, et balaya la rue du regard. Pendant un bref instant, TJ pensa qu'elle allait les repérer. Alexis dut penser la même chose. Elle s'enfonça un peu dans son siège et lui jeta un coup d'œil.

— Elle nous a vus ?

— Je ne crois pas.

Ils se trouvaient trop loin pour que Lenora les voie. Du moins, pour qu'elle reconnaisse les personnes dans la voiture. Il n'avait peut-être pas une grande expérience des affaires complexes dont West Investigations s'occupait habituellement, mais il savait pister quelqu'un sans se faire repérer. Lenora s'interrogerait sur cette voiture inhabituelle garée dans la rue, mais elle ne pouvait pas savoir qu'ils se trouvaient à l'intérieur.

Au bout d'un moment, elle monta et démarra. Elle sortit de l'allée et descendit la rue dans la direction opposée.

TJ remit la voiture en marche et la suivit.

Alexis le regarda avec un mélange d'excitation et de curiosité sur le visage.

— On la suit ?

— À moins que tu n'aies une meilleure idée. Nous pourrions obtenir plus d'informations en voyant où elle se va qu'en essayant de la forcer à répondre à nos questions.

Alexis sourit.

— C'est toi l'expert.

Il avait enfin l'impression de savoir ce qu'il faisait, du moins pour l'instant. Il savait exactement à quelle distance se tenir pour que Lenora ne les remarque pas, mais aussi pour ne pas la perdre. Il pouvait enfin utiliser toutes ces heures passées à traquer des maris volages pour aider Alexis.

Lenora s'engagea dans une série de virages, essayant probablement de repérer si quelqu'un la suivait. Il resta loin derrière, lui laissant suffisamment d'espace pour qu'elle ne se rende compte de rien.

Le téléphone portable de TJ sonna.

Alexis regarda l'écran.

— C'est Shawn, dit-elle avant de décrocher. Shawn, je t'ai mis sur haut-parleur.

— Alexis et moi sommes en voiture, en train de suivre Lenora Kenda, déclara TJ.

— La suivre ? Pourquoi ?

— Nous voulions juste lui parler, mais quand nous sommes arrivés dans sa rue, nous l'avons vue se précipiter hors de sa maison avec sa plus jeune fille.

— D'accord, quel est votre plan ?

TJ se tourna vers Alexis. Elle haussa les épaules.

— Nous n'en avons pas vraiment. Cela semblait un peu suspect, alors nous avons décidé de voir où elle se rendait. Il y a une chance sur deux pour que nous perdions notre temps. Mais Lenora est notre meilleure piste jusqu'à présent.

— Tu as un bon instinct, déclara Shawn. Je te fais confiance. Tu penses avoir besoin de renforts ?

— Tu fais confiance à mon instinct ? demanda TJ en fronçant les sourcils.

— Bien sûr, dit Shawn rapidement. Mais je t'ai dit que j'assurais tes arrières, et j'étais sérieux. Je peux sauter dans un avion et être là dans quelques heures. Tu n'as qu'à demander.

TJ n'était pas sûr de ce qu'il pensait de cette offre. Il se sentait un peu agacé et en même temps soulagé à l'idée d'avoir des renforts en cas de besoin. Cela ne faisait que quelques heures qu'il avait constaté que le facteur de danger dans cette enquête avait considérablement augmenté. Et maintenant, le voilà qui partait Dieu savait où, en emmenant Alexis. Des renforts ne semblaient pas être une mauvaise idée. Mais il était certain qu'Alexis ne voudrait pas attendre. Et lui non plus.

— Merci, mais nous ignorons où va Lenora et si nous voulons avoir une chance de la faire parler, il vaudrait mieux qu'Alexis et moi nous en chargions. Elle nous connaît déjà.

— Comme tu veux, dit Shawn. Sache que je suis là si tu as besoin de moi. Et assure-toi que le GPS de ton téléphone est activé.

— Bien reçu, répondit TJ en mettant fin à l'appel.

Lenora tourna à gauche et TJ la suivit quelques secondes plus tard. Elle gara le monospace dans l'allée d'une grande maison de style colonial en briques rouges, avec des volets noirs et des haies mal taillées à l'avant. La porte arrière du monospace s'ouvrit et la fille de Lenora en sauta tandis qu'un homme apparaissait sous le porche.

L'homme prit la petite fille dans ses bras et la fit tournoyer pendant que Lenora emportait la valise violette et le sac à dos rose.

— On dirait qu'elle vient juste de déposer sa fille cadette chez son père, constata Alexis d'une voix dépitée.

— Peut-être.

TJ n'en était pas si sûr. Lenora paraissait terrifiée. Et s'il s'agissait d'une simple visite, où était sa fille aînée Annie ? Quelque chose clochait.

Lenora remonta l'allée pavée et s'arrêta devant l'homme qui avait déposé la fillette pour prendre la valise et le sac à dos.

Ils discutèrent brièvement avant que Lenora se dépêche de retourner à sa voiture. L'homme la regarda partir, une étrange expression déformant ses traits.

— Où va-t-elle maintenant ? demanda Alexis.

— Continuons à la suivre et nous verrons bien.

TJ démarra le moteur et se rangea à nouveau derrière Lenora.

24

TJ poursuivit sa filature alors que Lenora Kenda s'éloignait des zones les plus peuplées de la ville pour s'enfoncer dans un paysage résolument plus rural. Alexis s'étonna qu'il parvienne à la suivre d'aussi loin.

— Où peut-elle bien aller ? demanda Alexis.

— Je n'en ai aucune idée, répondit TJ. Mais où que ce soit, on peut dire que c'est hors des sentiers battus.

TJ semblait de plus en plus inquiet de cette filature au milieu de nulle part. La nervosité la gagnait aussi. Mais elle croyait fermement qu'ils étaient sur la bonne voie. Quelque chose ne tournait pas rond chez cette femme, et ils devaient découvrir quoi.

Les panneaux de signalisation le long de la route annonçaient qu'ils allaient vers le sud-ouest, en direction de l'aéroport. Lenora s'enfuyait-elle hors de l'État ? L'inspectrice Chellel leur avait dit qu'elle préviendrait Lenora que l'homme au tatouage les avait attaqués en voiture. Était-ce pour cela que Lenora se sauvait ?

Alexis ne le pensait pas. Elle ne croyait pas possible qu'elle parte sans ses filles.

Cela signifiait que ce voyage avait un autre but. S'étaient-ils trompés en pensant que Lenora n'était pas impliquée dans le vol du programme Nimbus et dans la mort de Mark ? Lenora semblait vraiment désolée de la mort de Mark, mais qu'est-ce que cela signifiait vraiment ? Elle ne serait pas la première meurtrière à éprouver des remords.

Lenora quitta l'autoroute principale pour s'engager sur une route asphaltée mal entretenue et cahoteuse.

TJ ralentit, laissant plus de distance entre leur voiture de location et le monospace de Lenora avant de bifurquer à son tour.

Il dut faire une embardée pour éviter un gigantesque nids-de-poule au milieu de la route déserte.

— Ça va devenir difficile de la filer sans qu'elle nous repère.

Alexis l'observa un instant.

— On ne peut pas la perdre. Pas après avoir fait tout ce chemin. Pas sans savoir pourquoi elle est venue ici.

TJ grimaça, mais ne répondit pas.

La route sur laquelle ils se trouvaient serpentait vers une forêt dense. Alexis sentit la pression dans ses oreilles et se rendit compte qu'ils prenaient de l'altitude. Ils roulèrent, apparemment sans se faire repérer, pendant encore vingt minutes avant qu'elle bifurque à nouveau.

Quelques instants plus tard, ils atteignirent l'allée dans laquelle Lenora avait tourné, mais il n'y avait aucun moyen de s'y engager sans se faire remarquer.

TJ dépassa l'entrée de l'allée et arrêta la voiture cinq cents mètres plus loin.

Alexis se retourna sur son siège pour lui faire face.

— Et maintenant ?

TJ ouvrit la boîte à gants et en sortit un pistolet argenté qu'elle ne l'avait pas vu mettre à l'intérieur.

— Maintenant, tu restes dans la voiture et je vais voir ce que Lenora fait ici.

Alexis lui saisit le bras avant qu'il sorte.

— Il n'en est pas question. Je t'ai dit que je voulais être impliquée, et cela n'a pas changé. Là où tu vas, je vais.

TJ grogna d'exaspération.

— Les choses ont changé. L'enquête est devenue trop dangereuse. Je ne veux pas que tu sois blessée plus gravement que tu ne l'as déjà été, et nous ne savons pas ce qui nous attend.

— Je suis consciente du danger, mais j'irai jusqu'au bout, dit Alexis en lui serrant le bras d'une manière rassurante. Allons parler à Lenora.

Ensemble, ils se frayèrent un chemin à travers les broussailles qui bordaient la route, en direction de l'allée dans laquelle Lenora s'était engagée.

— Essaie d'éviter de marcher sur les branches, chuchota TJ. Ou de faire trop de bruit.

Elle s'exécuta de son mieux, mais il lui semblait que chacun de ses pas résonnait dans les bois.

Tous les deux mètres, TJ s'arrêtait, à l'affût, mais seuls le gazouillis des oiseaux dans les arbres et les bruits des autres petites créatures, auxquelles Alexis ne voulait pas trop penser, leur parvenaient. À travers les arbres, elle parvint enfin à distinguer un lac.

Enfin, ils atteignirent l'orée du bois entourant ce qui semblait être une maison au milieu d'une clairière. La bâtisse avait connu de meilleurs jours, mais devait sans doute encore valoir assez cher, vu son emplacement si proche du lac. Non pas que celui-ci semblât se porter mieux que la maison. L'eau était brune et boueuse, et l'idée de s'y baigner suscita des frissons chez Alexis. Juste au-delà de la ligne de flottaison se trouvait un hangar à bateaux, à peine plus grand qu'une cabane, et un ponton à moitié détruit. Il n'y avait aucun bateau en vue.

— Et maintenant ? répéta Alexis.

Elle se retourna vers TJ, mais il se figea en entendant un bruit venir dans leur direction. Une peur palpable l'étreignit soudain.

TJ se retourna, une fraction de seconde trop tard.

Alexis vit la batte de base-ball, entendit le craquement terrifiant lorsqu'elle heurta le côté de la tête de TJ, et regarda, impuissante, l'homme auquel elle tenait plus que tout s'effondrer dans l'herbe.

Elle comprit tout cela en un éclair avant que l'homme se tourne vers elle, brandissant à nouveau sa batte.

Le regard sinistre de l'homme et le serpent sur son cou furent tout ce qu'elle aperçut avant que le bâton s'abatte sur son crâne avec un bruit sourd et que tout devienne noir.

25

Une douleur atroce lui vrillait l'âme. Alors qu'il reprenait à peine conscience, la souffrance sembla engloutir son monde. Son crâne s'était-il brisé en une dizaine de pointes acérées s'enfonçant à présent dans son cerveau ? Au moins, la douleur signifiait qu'il était encore en vie ; une mince consolation.

— TJ ? TJ, tu m'entends ? TJ, réveille-toi.

La voix douce d'Alexis se fraya un chemin entre les élancements.

— TJ, nous allons avoir besoin de ton aide si nous voulons sortir d'ici. Allez, réveille-toi, je t'en prie.

Il lutta quelques minutes, mais parvint finalement à ouvrir les yeux.

Heureusement, l'endroit où ils se trouvaient paraissait plongé dans une obscurité quasi totale. La seule lumière émanait d'une ampoule suspendue à une chaîne au plafond. Il se trouvait allongé sur le côté, sur des planches de bois dures, les mains liées dans le dos.

Il prit soudain conscience de l'horreur de la situation et une sensation de terreur telle qu'il n'en avait pas ressenti depuis son déploiement dans l'armée le prit aux tripes.

— Alexis ? croassa-t-il.

— Je vais bien, répondit-elle, sa voix provenant de quelque part derrière lui. Lenora Kenda est ici avec nous. Et sa fille Annie aussi.

TJ s'efforça de se redresser. Une vague de douleur déferla dans son cerveau, le forçant à retenir un cri. Il s'assit avec difficulté. Le dos appuyé contre ce qui semblait être un poteau de bois, il fit le point sur la situation.

Il se souvenait d'avoir entendu un bruit derrière eux alors qu'ils s'approchaient de la maison dans laquelle ils avaient vu Lenora Kenda entrer. Il se souvenait d'une douleur fulgurante et puis plus rien. Quelqu'un les avait clairement devancés. Il tourna lentement la tête dans la direction d'où provenait la voix d'Alexis.

Elle était assise, les jambes étendues devant elle, contre le mur parallèle au poteau sur lequel il s'appuyait. Lenora Kenda et sa fille Annie se tenaient à côté d'Alexis. Toutes trois avaient les mains attachées devant elles et non derrière, comme les siennes. Une entaille rouge vif barrait la tempe d'Alexis.

Un sentiment de rage pure l'envahit. Oubliant un instant qu'il avait les mains attachées dans le dos, il tenta de se rapprocher. Un nouvel élancement l'obligea à reculer.

— Reste tranquille, ordonna Alexis. Il t'a frappé assez fort, et tu es resté inconscient pendant un moment.

La tête de TJ palpitait encore, mais Alexis avait raison. Ils devaient sortir d'ici, et ce serait plus facile avec les mains libres. Il scruta la pièce à la recherche d'une arme ou de quelque chose d'utile. En vain. Ils se trouvaient visiblement dans le hangar à bateaux délabré qu'il avait aperçu alors qu'Alexis et lui traversaient les bois en direction de la maison. L'endroit paraissait encore plus fragile vu de l'intérieur, et il était clair qu'il n'avait pas été utilisé depuis un certain nombre d'années. Une couverture usée et trouée, comme si un animal l'avait grignotée, gisait dans un coin. Une simple rame était suspendue au mur, lugubre. Rien de tout cela ne lui serait d'un grand secours.

Il testa les cordes qui lui liaient les mains. Elles étaient serrées, mais pas trop. Il commença à travailler pour se libérer, fléchissant les poignets tout en frottant la corde contre le poteau de bois. Avec un peu de chance, la tension combinée casserait la corde, ou au moins la relâcherait suffisamment pour qu'il puisse libérer ses mains.

— Qui… qui m'a frappé ? grogna TJ.

— Brock Chavez, dit Lenora.

TJ déplaça son regard vers elle.

— Pendant tout ce temps, vous saviez qui était derrière tout ça, n'est-ce pas ?

Annie s'appuya contre sa mère. Lenora saisit les mains liées de sa fille et baissa les yeux, mais pas avant que TJ lise la culpabilité dans son regard.

— L'homme qui m'a menacée… Je l'ai reconnu. Je l'avais déjà vu au bureau. Pas souvent, mais toujours du côté de la direction.

— Il travaille donc pour TalCon, dit Alexis d'un air dégoûté.

Lenora secoua la tête.

— Non. Pas pour TalCon. Pour Nelson Bacon.

— Et vous n'avez rien dit, cracha Alexis, son dégoût se teintant de rage.

— Je devais protéger mes filles, rétorqua Lenora. Les menaces dont je vous ai parlé étaient réelles. J'avais peur. Et à juste titre. Il a kidnappé mon Annie.

Les pensées de TJ s'éclaircissaient rapidement, et quelque chose clochait dans les propos de Lenora.

— Vous n'avez rien révélé sur Chavez ou Bacon, alors pourquoi kidnapper votre fille ?

— Ils savaient que je vous avais parlé, répliqua Lenora en leur jetant un regard furieux. J'ai reçu un coup de fil après votre départ hier.

Brock Chavez devait être l'homme qui les avait suivis, Alexis et lui, depuis la maison de Lenora jusqu'au poste de police, avant de les forcer à quitter la route.

— J'avais prévu de prendre les filles et de les emmener chez ma sœur en Floride après leur retour de l'école aujourd'hui. Mais j'ai reçu un autre appel.

Lenora hoqueta, ne retenant plus ses pleurs. Elle se blottit contre sa fille.

— Il avait Annie.

— Pourquoi n'avez-vous pas appelé la police ? demanda Alexis, le ton légèrement plus doux.

— Il me l'a interdit. Il a dit qu'il tuerait Annie s'il me soupçonnait d'avoir appelé la police. Je ne pouvais pas prendre ce risque. Il m'a dit de me rendre à cette adresse.

Lenora semblait désespérée.

— Je savais que c'était un piège, mais je n'avais pas le choix. J'ai déposé ma fille cadette chez son père et j'ai obéi. Comment m'avez-vous trouvée ?

— Nous étions venus vous parler. Nous vous avons vue partir à toute vitesse de chez vous.

TJ continua de travailler la corde qui lui liait les mains. Elle se desserrait, mais pas assez vite.

— Ça avait l'air suspect, alors on a décidé de vous suivre.

— Votre curiosité va nous faire tuer, cracha Lenora.

— Vous n'êtes pas sérieuse ? s'esclaffa Alexis. Chavez et Bacon allaient vous tuer quoi qu'il arrive.

Des bruits de pas à l'extérieur empêchèrent Lenora de répondre. TJ regarda Alexis.

— L'arme ?

Alexis secoua la tête.

— Disparue, tout comme mon téléphone portable.

TJ sentit l'absence du poids familier qu'il portait habituellement autour de sa cheville.

Il s'acharna à frotter ses liens contre les bords déchiquetés du poteau et pria silencieusement. La corde céda au moment où la porte du hangar à bateaux s'ouvrait sur l'homme qui les avait attaqués sur la route, un pistolet à la main.

— Je vois que vous êtes enfin tous réveillés. Très bien. Il sera plus facile de se débarrasser de vous.

26

Alexis haïssait l'homme qui venait d'entrer, arme au poing, comme elle n'avait jamais haï auparavant. Elle eut à peine le temps d'y réfléchir avant que Nelson Bacon pénètre dans le hangar à bateaux et se place à côté de Chavez.

— Vous avez tué Mark, cracha Alexis.

C'était tout ce qu'elle pouvait faire pour repousser l'envie de se jeter sur Nelson pour l'étrangler.

Une expression triste se dessina sur le visage de Bacon.

— Pas exactement. Mon associé s'en est chargé.

Bacon posa une main sur l'épaule de Chavez, mais la retira rapidement lorsque ce dernier lui lança un regard noir.

— Je suis vraiment désolé pour Mark, mais je n'avais pas le choix.

— Et qu'est-ce que vous préparez exactement ? demanda TJ.

— J'ai l'intention de vendre Nimbus au plus offrant, bien sûr, répondit Bacon, comme si ses plans étaient évidents pour tout le monde.

— Mais le programme ne fonctionne même pas ! s'exclama Alexis.

Bacon fit un signe de la main, indifférent.

— Mes acheteurs ne le savent pas et le temps qu'ils s'en rendent compte, je serai parti depuis longtemps avec l'argent.

— Mark l'a découvert et il allait vous en empêcher, n'est-ce pas ? dit Alexis.

— Il a surpris une conversation qu'il n'aurait pas dû entendre, soupira Bacon. J'ai essayé de le raisonner. Je lui ai même proposé une part du gâteau, mais il s'en fichait.

— Vous voulez dire que vous avez essayé de le faire chanter et qu'il ne s'est pas laissé faire, dit TJ, ressentant un élan de fierté pour son défunt ami.

— Pourquoi faites-vous cela ? demanda Alexis. Vous êtes le PDG d'une grande entreprise. Vous gagnez des millions de dollars par an. Que voulez-vous de plus ?

— Il y a toujours plus à désirer, grogna Bacon. Surtout quand l'entreprise à laquelle vous avez consacré votre vie est sur le point de vous virer comme un malpropre.

Alexis sentit une vague de colère et de dégoût monter en elle.

— Alors, c'est tout ? Tout ça… Les meurtres de Mark et Jessica, les tentatives sur TJ et moi, l'enlèvement, et maintenant quoi, quatre meurtres de plus ? Tout ça parce que vous êtes fâchée de devoir prendre votre retraite avec un parachute doré ?

— Ça a l'air terrible quand vous le présentez comme ça, s'insurgea faussement Bacon avec un petit haussement d'épaules. Mais c'est une question de loyauté. J'ai été fidèle à TalCon pendant plus de vingt ans, et maintenant, juste au moment où l'entreprise est sur le point de se lancer dans une nouvelle phase de conception d'armes qui fera grimper ses profits à un niveau stratosphérique, ils veulent m'exclure ! Je ne me laisserai pas faire !

— Assez de bavardages, coupa Chavez.

Il tendit l'arme qu'il tenait à Bacon et s'approcha de TJ.

— Garde-les en joue.

Alors que Chavez se penchait pour relever TJ, ce dernier lui balança un coup de poing dans le nez, faisant gicler le sang. Avant qu'il puisse réagir, TJ enchaîna avec un nouveau coup.

Bacon se figea, indécis face à la tournure des événements.

Alexis ne perdit pas un instant. Elle se leva d'un bond et se rua sur Bacon, le cueillant au niveau du ventre. Elle entendit l'air s'échapper de ses poumons.

Ses mains étaient toujours liées, mais elle parvint à les utiliser pour prendre appui sur les épaules de Bacon avant d'enfoncer le genou dans son torse.

L'arme tomba de la main de Bacon et s'écrasa au sol.

Alexis se précipita vers l'endroit où elle venait d'atterrir, mais Bacon fut trop rapide pour elle. Il l'attrapa par la cheville et elle chuta. Elle se retourna vers lui et, de sa jambe libre, lui asséna un coup de pied qui l'atteignit à la mâchoire.

Bacon jura bruyamment.

— Je vais te faire payer pour ça.

Bacon s'élança vers elle au moment où un cri primitif retentissait dans le petit hangar à bateaux.

— Que personne ne bouge !

Lenora se tenait debout, les jambes écartées, ses mains tremblantes encore attachées tenant l'arme tendue devant elle.

Tout le monde obéit et se figea.

— Annie, dit Lenora, sa voix tremblant presque autant que ses mains. Sauve-toi. Cours, va chercher de l'aide.

Les larmes coulèrent sur le visage de l'adolescente. Elle s'était recroquevillée dans un coin du hangar à bateaux. Elle leva les yeux vers sa mère.

— Je ne veux pas te quitter, maman.

Lenora adressa un doux sourire à sa fille.

— Tout ira bien. Je vais m'en sortir. Mais j'ai besoin de savoir que tu es en sécurité. Pars, maintenant.

Annie hésita encore un instant avant de se redresser et de se diriger vers la porte du hangar à bateaux. Là, elle s'arrêta à nouveau, jetant encore un regard à sa mère.

Lenora l'encouragea d'un signe de tête.

— Dépêche-toi.

Annie détala et Lenora se retourna.

Bacon se leva lentement, les mains en l'air.

— Ce n'est pas la peine d'envenimer les choses, madame Kenda. Je peux faire en sorte que vous soyez récompensée si vous me laissez partir d'ici.

Lenora lança à Bacon un regard venimeux.

— Vous m'avez terrorisée. Vous avez kidnappé ma fille. Vous avez fait appel à ce voyou...

Elle pointa son pistolet en direction de Chavez.

Ce dernier leva les mains en l'air, les premiers signes de peur apparaissant sur son visage.

TJ recula d'un pas, s'éloignant de lui.

— Lenora, vous ne voulez pas faire ça. Bacon et Chavez vont payer. Donnez-moi juste l'arme.

Le hurlement des sirènes perça soudain l'air. Lenora se tourna instinctivement vers le bruit.

Saisissant sa chance, Bacon se précipita vers la porte du hangar à bateaux.

Chavez ne fut pas en reste et s'élança vers Lenora, mais TJ l'intercepta d'un coup de poing à la mâchoire. Chavez s'écroula sur le sol du hangar, inconscient.

Alexis se glissa aux côtés de Lenora.

— Allons, donnez-moi ça, lui dit-elle.

Elle attrapa le pistolet d'un mouvement lent et calculé. Lenora, en état de choc, n'opposa aucune résistance lorsqu'Alexis lui retira l'arme des mains.

Les sirènes semblaient maintenant presque à leur niveau.

TJ boitilla jusqu'au côté d'Alexis et saisit l'arme. Il la jeta par la porte du hangar à bateaux en direction des arbres environnants.

— Nous devrions sortir les mains en l'air pour qu'ils sachent que nous ne sommes pas une menace.

Lenora se dirigea vers la porte, les mains levées au-dessus de la tête.

— Et Bacon ? s'enquit Alexis.

TJ l'attira à lui et déposa un baiser à la racine de ses cheveux.

— Il n'a pas pu aller bien loin. Nous ferons savoir aux autorités qu'elles doivent le rechercher.

Alexis croisa son regard.

— Enfin. Les hommes qui ont tué mon frère vont devoir en répondre.

TJ lui sourit.

— Tu as réussi, bébé. Tu as réussi.

27

TJ s'assit à côté du lit d'hôpital d'Alexis et la regarda dormir, tentant de graver chaque détail de son visage dans sa mémoire. Les médecins leur avaient fait subir un examen approfondi et, malgré quelques vilaines bosses sur la tête, ils n'avaient pas de commotion cérébrale. Les câbles en plastique attachant les mains d'Alexis lui avaient en revanche profondément entaillé la peau. Elle avait eu de la chance et n'avait aggravé aucune de ses blessures antérieures. L'infirmière chargée de rassembler ses papiers de sortie avait dû s'absenter pour une urgence et Alexis s'était endormie en attendant son retour.

TJ redoutait ce moment. Il n'avait plus d'excuses pour ne pas faire ce qu'il avait décidé. Partir pour de bon.

L'affaire était close. Annie et Lenora Kenda avaient été examinées à l'hôpital. L'adolescente était secouée, mais indemne. Alexis et lui avaient donné leur déposition à l'inspectrice Chellel sur place avant d'être transportés à l'hôpital. Ce ne serait certainement pas la dernière fois qu'ils auraient affaire aux flics, mais ce n'était plus qu'une formalité. Nelson Bacon avait été pris en flagrant délit d'excès de vitesse sur l'autoroute en tentant de s'enfuir. Il refusait de parler, mais Chavez avait déjà tout déballé.

Criminel expérimenté avec un casier judiciaire aussi long que le bras, Chavez connaissait le système. Le premier qui avouait obtenait le meilleur accord. Chavez n'avait ni l'intelligence ni le savoir-faire nécessaires pour dérober le programme Nimbus de son propre chef. Selon lui, Bacon était le maître d'œuvre du plan, qui devait initialement consister à voler le programme, le vendre au plus offrant et faire porter le chapeau à Mark. Bacon rechignait à se montrer violent, mais Brock Chavez avait déjà purgé une peine pour homicide involontaire et cela ne lui posait aucun problème. Étonnamment, il semblait qu'Arnold Forrick n'ait rien su de ce que Bacon et Chavez préparaient.

Chavez reconnut avoir enlevé Annie Kenda, tué Jessica, incendié l'appartement de Mark et s'être introduit dans la maison d'Alexis pour l'empêcher d'enquêter sur la mort de son frère. Il avait également admis avoir provoqué l'accident de TJ et Alexis et demandé à deux de ses amis de les attaquer à l'hôtel d'Alexandria. C'était également lui qui avait administré le fentanyl à Mark. L'inspectrice Chellel les avertit qu'il lui restait encore beaucoup de travail, mais il semblait clair que Mark n'était rien d'autre qu'une innocente victime.

Alexis ouvrit les yeux. Elle sourit en voyant TJ assis à côté de son lit.

— Salut, toi.

— Salut. Comment te sens-tu ?

— Mieux maintenant que j'ai dormi un peu, dit-elle en se glissant en position assise sur le lit.

Elle lui tendit la main, mais il ne la prit pas. Alexis fronça les sourcils.

— Qu'est-ce qui ne va pas ?

TJ sentit une douleur aiguë lui transpercer la poitrine à l'idée de ce qu'il était sur le point de le faire. Il se leva d'un bond.

— Je devrais aller voir ce qui retient l'infirmière avec les papiers de sortie.

Alexis se redressa.

— Non, tu devrais me dire ce qui ne va pas. TJ ?

— Bacon et son laquais sont en prison. Nous avons prouvé que Mark ne s'est pas suicidé et qu'il n'était pas un voleur. Tu es en sécurité maintenant. L'affaire est close. Et je pense qu'il est préférable que nous retournions tous les deux à nos vraies vies.

— Tu penses que c'est préférable, hein ?

Alexis pressa le dos de sa main sur son front et le cœur de TJ tressaillit à la vue des bandages blancs enroulés autour de ses poignets.

— Je ne suis pas le genre d'homme qui peut tenir la distance, murmura-t-il.

La culpabilité et la honte l'envahirent, mais il savait qu'il disait la vérité. Il n'était pas l'homme dont Alexis avait besoin. Le genre d'homme qu'elle méritait.

Alexis le regarda avec un mélange de douleur, de colère et de déception.

— Alors, c'est tout ? Je n'ai même pas mon mot à dire ?

— Je ne pense pas qu'il y ait quoi que ce soit à dire. Nous savons tous les deux que cela ne mènerait à rien.

— Non, nous n'en savons rien, répondit-elle avec vigueur. Je suis désolée que tu aies perdu Lyssa, mais tu as juste peur. Je te demande de prendre un risque. Avec moi. Ensemble.

TJ eut l'impression qu'on lui arrachait le cœur.

— Je ne peux pas. Je suis désolé. Je ne suis pas l'homme qu'il te faut.

Alexis le dévisagea encore avant de se détourner.

— Si c'est ce que tu crois, alors va-t'en.

TJ hésita un instant, incapable de bouger. Il savait qu'il s'agissait d'un moment décisif. Un moment qui pouvait changer la trajectoire de sa vie.

La porte de la chambre s'ouvrit soudain et l'infirmière d'Alexis entra précipitamment dans la pièce.

— Navrée pour le retard, dit-elle, à bout de souffle.

Elle tendit une tablette à Alexis puis se lança dans de longues explications sur les conseils du médecin pour prendre soin de ses blessures. Enfin, elle désigna la ligne où Alexis devait signer pour pouvoir sortir.

TJ se détourna et se dirigea vers la porte.

Le son de la voix d'Alexis qui l'appelait l'arrêta avant qu'il franchisse le seuil. Il se retourna pour lui faire face.

Alexis se redressa, les yeux fixés sur un point vague derrière lui.

— Merci pour tout.

Quelques larmes piquèrent au coin de ses yeux, mais il les retint.

— Si tu as besoin de quoi que ce soit, n'hésite pas à m'appeler. Je serai là.

Leurs regards se rencontrèrent enfin.

— Au revoir, TJ.

— Au revoir, Alexis.

28

Alexis ouvrit la lourde porte d'entrée du restaurant de soul food haut de gamme qui deviendrait bientôt le sien si l'offre de Kitty tenait toujours. Elle avait décidé de franchir le pas et d'investir avec son amie pour proposer des plats d'inspiration afro-américaine. L'espace commençait à prendre forme. Les tables et les chaises étaient disposées dans la salle principale. Les murs couleur crème s'ornaient de riches boiseries vernies. Le bar en acajou foncé trônait au fond de la salle de restaurant, tandis que deux ouvriers installaient les étagères à liqueurs.

Son rêve et celui de Kitty devenaient enfin une réalité.

Si elle avait appris quelque chose au cours des deux dernières semaines, c'était de ne rien tenir pour acquis dans la vie. Certains risques valaient la peine d'être courus, même si cela ne débouchait sur rien.

Ses pensées se tournèrent vers TJ. Tomber amoureuse de lui avait été un risque, et elle l'avait su dès le début. Cela faisait plus d'un mois qu'il était sorti de sa chambre d'hôpital et elle n'avait pas eu de nouvelles de lui depuis.

Elle s'y s'attendait. Mais elle ne regrettait pas d'être tombée amoureuse de lui. Elle ne le pouvait pas. Il avait représenté un risque qui valait la peine d'être pris, même si son cœur semblait maintenant brisé en un million de petits morceaux.

Kitty sortit de la cuisine en portant un plateau de verres. Un sourire s'épanouit sur son visage lorsqu'elle aperçut Alexis au milieu de l'espace.

— Youpi ! Tu es enfin là ! s'exclama-t-elle en posant les verres sur une table voisine avant de serrer Alexis dans ses bras. Je mourais d'envie que tu voies l'intérieur. Il a beaucoup évolué et nous sommes presque prêts à planifier l'ouverture.

— C'est magnifique, dit Alexis en se dégageant de l'étreinte de Kitty et en tournant lentement sur elle-même pour admirer l'espace.

Kitty avait fait du bon travail. Le restaurant ressemblait à s'y méprendre à celui qu'elles s'étaient imaginé lors de leurs innombrables discussions. Elle se retourna vers sa meilleure amie.

— Tu as accompli un travail formidable, Kitty. Je suis désolée de ne pas avoir été plus utile.

Kitty passa son bras autour de l'épaule d'Alexis et la serra contre elle.

— Qu'est-ce que tu racontes ? Tu m'as soutenue. Tu m'as prodigué des conseils. Tu m'as écoutée me plaindre et gémir. Une parfaite meilleure amie.

Alexis se racla la gorge, le cœur battant.

— Je suis heureuse de te l'entendre dire. Et j'espère que ton offre de partenariat est toujours valable.

Kitty poussa un cri.

— Valable ? Bien sûr que c'est toujours valable ! Le rêve ne serait pas complet sans toi, et je n'ai jamais douté que tu reviendrais à la raison.

Kitty la serra à nouveau dans ses bras. Alexis rit.

— Eh bien, je suis contente que l'une d'entre nous n'en ait jamais douté.

Kitty poussa Alexis vers une table et toutes deux s'assirent. Elles passèrent l'heure suivante à peaufiner les termes de leur accord. Alexis prendrait les fonctions de cheffe du nouveau restaurant tandis que Kitty continuerait à gérer les opérations dans l'ancien local. Cette dernière avait prévu d'hypothéquer sa maison afin de couvrir les dépenses restantes du nouveau restaurant. Mais grâce à l'investissement d'Alexis, elle n'aurait plus besoin de s'endetter.

— Je vais demander à mon avocat de rédiger un document reprenant tout ce que nous venons de dire le plus rapidement possible, déclara Kitty.

— Parfait.

— Maintenant, parlons de TJ.

Alexis sentit le sourire s'effacer de son visage.

— Il n'y a rien à dire.

Kitty pencha la tête sur le côté.

— Tu ne lui as donc pas parlé depuis l'hôpital ?

— Non. Et je n'en ai pas l'intention. Il a été très clair sur le fait qu'il ne voulait pas être avec moi. Je ne vais pas le supplier.

Kitty prit les mains d'Alexis dans les siennes.

— Je ne suggère pas que tu le supplies, mais je ne peux pas m'empêcher de remarquer que tu te morfonds depuis un mois. S'il est à moitié aussi malheureux que toi, il y a peut-être une chance pour vous deux.

— Il n'a pas appelé, rétorqua Alexis en sentant quelques larmes perler au coin de ses yeux. S'il ressentait la même chose que moi, il l'aurait fait, n'est-ce pas ?

Kitty lui serra les mains et la regarda avec sympathie.

— Oh chérie, les hommes ne sont pas si intelligents.

Alexis gloussa, sachant que son amie essayait de détendre l'atmosphère, même elle avait toujours le cœur lourd.

— Je n'aime pas te voir si malheureuse, dit Kitty.

L'un des ouvriers l'appela Kitty et elle serra encore une fois les mains d'Alexis avant de se lever et de se diriger vers l'équipe technique.

Son amie avait raison. Alexis se morfondait depuis un mois. Espérant que TJ appellerait, s'excuserait, et qu'ils trouveraient un moyen de revenir l'un vers l'autre. Mais il était temps que cela s'arrête. Elle se lançait dans une nouvelle aventure, et TJ Roman n'en faisait pas partie.

TJ regarda l'horloge de son tableau de bord passer de 8 h 59 à 9 heures. Il filait un mari infidèle sur lequel West Investigations avait été chargé d'enquêter. Dans cette affaire de divorce entre le PDG d'un des plus grands conglomérats du pays et sa femme, plusieurs millions de dollars étaient en jeu. Il avait obtenu une douzaine de photos du PDG entrant dans le motel en face duquel il se trouvait, avec une jeune et plantureuse blonde. Cela faisait plus d'une heure et aucun d'entre eux n'était encore sorti de la chambre.

Il avait pris quelques semaines de congé après avoir bouclé l'affaire d'Alexis. À son retour, Shawn lui avait proposé des dossiers plus complexes. Shawn n'avait pas mâché ses mots, déclarant carrément que TJ gaspillait ses compétences, son talent et son expérience en photographiant des maris volages. TJ savait que Shawn avait raison, mais depuis qu'il était sorti de la chambre d'hôpital d'Alexis, il avait du mal à trouver la volonté de s'intéresser à quoi que ce soit.

Il avait failli l'appeler plus d'une douzaine de fois, mais n'avait pu aller au bout de sa démarche. Il voulait être avec Alexis plus que tout, mais il avait fait une promesse.

Quelqu'un frappa à la vitre du côté passager, le sortant de ses pensées.

— Ouvre, dit Shawn.

TJ déverrouilla les portières et Shawn se glissa dans la voiture.

— Tu m'as fait une peur bleue, grogna TJ.

— Parce que tu rêvassais. Ou devrais-je dire que tu ruminais ? demanda Shawn en lui lançant un regard complice.

— Je ne rumine pas.

— Tu rumines depuis un mois et demi. Et honnêtement, ça devient fatigant. Pourquoi ne pas appeler Alexis, lui dire à quel point tu as été idiot, et la supplier de te donner une seconde chance ?

TJ jeta un coup d'œil à son ami.

— Il n'y a pas de seconde chance qui tienne. Nous n'avons jamais été ensemble.

Shawn s'esclaffa.

— Tu es vraiment un imbécile si tu crois ça. Tu es amoureux d'elle. Et elle est amoureuse de toi. Je ne comprends pas où est le problème.

— Le problème, c'est que je ne peux pas être dans une relation stable, et elle, si. Le problème, c'est qu'elle mérite mieux que moi. Le problème, c'est que j'ai fait une promesse à un ami et que je n'ai pas l'intention de la rompre.

— Écoute, mec, je comprends. En général, c'est un bon principe de ne pas toucher à la sœur de son meilleur ami. Mais Mark est parti et je doute qu'il voudrait te voir dans cet état à cause d'Alexis. Je parie que s'il savait à quel point tu tiens à sa sœur, il serait aux anges, parce que je suis sûr que ce qu'il aurait voulu avant tout, c'est que sa sœur et son meilleur ami soient heureux.

Le cœur de TJ se serra. Shawn et lui restèrent assis en silence pendant un long moment avant qu'il reprenne la parole.

— Ce n'est pas seulement la promesse. Je ne sais pas si je peux revivre tout ça. Quand Lyssa est morte, j'ai eu l'impression qu'on m'arrachait le cœur.

Shawn soupira.

— Perdre quelqu'un qu'on aime est toujours une épreuve. Je ne peux pas imaginer ce que tu as ressenti en perdant Lyssa. Mais je pense que tu devrais te demander si vivre sans Alexis, la femme dont tu es amoureux aujourd'hui, est une meilleure situation.

La question resta en suspens, mais TJ connaissait la réponse. C'était pire.

Certes, il avait fait une promesse à Mark. Mais lorsque son ami la lui avait arrachée, il avait à cœur de protéger sa sœur. Mark ne pouvait plus la protéger, mais TJ le pouvait, et bon sang, il le voulait. Quand Lyssa lui avait été enlevée, il n'avait rien pu y faire. C'était le destin. Mais il était responsable de la perte d'Alexis.

TJ gémit.

Shawn sourit.

— Heureux de voir que tu es sur la bonne voie. Maintenant, que comptes-tu faire pour réparer ce gâchis ?

— Je n'en ai aucune idée. Je ne peux pas appeler Alexis maintenant. Je ne sais même pas si elle répondrait. Et je ne pourrais pas lui en vouloir.

— J'ai une idée, mais il n'y a aucune garantie qu'elle fonctionne, et j'aurai besoin d'aide.

L'étincelle dans les yeux de Shawn fit jaillir une bouffée d'espoir chez TJ.

— Je suis prêt à faire tout ce qu'il faut pour reconquérir Alexis.

Alexis respira profondément et s'émerveilla de la foule qui remplissait le restaurant. C'était leur « avant-première », où elles avaient invité leurs investisseurs, leurs amis proches et des personnalités influentes du secteur afin de les inciter à faire parler de ce nouveau lieu. Jusqu'à présent, la soirée se déroulait bien. Tout le monde semblait s'amuser, appréciait l'alcool et, surtout, la nourriture. Elle avait reçu des dizaines de compliments sur le menu, lui conférant un regain de confiance bien nécessaire, car elle n'était pas habituée à ce que tant de gens dégustent ses plats. Kitty avait même insisté pour qu'elle lâche son armure habituelle, autrement dit son tablier de cheffe, et qu'elle revête une robe de cocktail pour l'événement. Alexis devait admettre que celle-ci, sans manches, en dentelle noire et au décolleté plongeant, mettait son corps en valeur. Complété par une paire de talons argentés, l'ensemble lui donnait des allures de top-modèle. Et il était clair que les hommes présents l'avaient remarqué. Elle avait reçu plus d'un regard appréciateur et plus d'hommes avaient flirté avec elle au cours des deux dernières heures qu'au cours de l'année écoulée. Pourtant, pour une raison qu'elle ne comprenait pas tout à fait, toute cette attention masculine la rendait mélancolique.

Il n'y avait qu'un seul homme dont elle voulait les attentions, et il n'était pas là. Son souffle se bloqua dans sa poitrine et elle repoussa un sanglot imminent.

Presque comme si elle avait été convoquée, Kitty apparut à côté d'Alexis.

— Souris, siffla-t-elle. C'est une fête. De la joie, de la joie !

— Je suis joyeuse, répondit Alexis en s'efforçant de sourire et de se mettre dans l'esprit festif. Tu vois ?

— Tu ressembles à l'une de ces effrayantes poupées que ma grand-mère collectionnait, dit Kitty en grimaçant. Pourquoi ne pas prendre un moment ? Ressaisis-toi et rappelle-toi que c'est ton rêve qui devient réalité. Nous avons besoin de bouteilles supplémentaires de champagne. Tu peux aller en chercher quelques-unes ? Il y a une caisse ouverte dans la salle des fêtes.

Alexis accepta ce répit de bon cœur et se dirigea vers le petit couloir qui menait à la pièce qu'elle et Kitty avaient surnommée « la salle des fêtes ». Elles prévoyaient d'utiliser cette pièce pour organiser des événements privés plus importants une fois que le restaurant aurait vraiment ouvert, mais pour l'instant, elle servait de débarras.

C'était du moins ce à quoi elle servait la dernière fois qu'Alexis était venue. Cette fois-ci, lorsqu'elle pénétra dans la pièce, elle constata que quelqu'un avait tout débarrassé, à l'exception d'une petite table dressée avec une nappe blanche, des couverts, des roses et des bougies. Les lumières tamisées se reflétaient sur des guirlandes scintillantes pendues du plafond.

Confuse mais curieuse, Alexis fit un pas en avant.

— Kitty a dit que cela ne te dérangerait pas de manquer un peu de la soirée.

Elle se tourna vers la porte qui menait de la cuisine à la salle privée.

TJ se tenait là, vêtu d'un costume noir sur mesure et d'une cravate bleu électrique, une rose rouge à la main.

Alexis resta un moment à le regarder fixement. Elle aurait pu croire à une apparition. Cela n'avait aucun sens, et pourtant... Il était là, bien plus beau que dans ses souvenirs.

Son cœur battait furieusement dans sa poitrine.

— Qu'est-ce que tu fais ici ?

— Je...

Le mot sortit comme un croassement, et TJ se racla la gorge avant de reprendre.

— Je voulais te voir.

Son cœur s'emballa.

— Pourquoi ?

— Pour m'excuser. J'ai été idiot.

Alexis sentit poindre un petit sourire.

— Bon début pour l'instant.

TJ s'avança d'un pas vers elle, réduisant l'espace qui les séparait.

— Je suis tellement désolé de t'avoir abandonnée ce jour-là à l'hôpital... J'ai laissé ma peur de te perdre, comme j'ai perdu Lyssa, éclipser le fait que je t'aime plus que tout au monde.

Alexis crut que son cœur allait s'échapper de sa poitrine.

— Vraiment ?

TJ se rapprocha encore. Il n'y avait plus que quelques centimètres entre eux.

— Oui. Si tu m'en donnes l'occasion, je m'assurerai que tu le saches chaque jour du reste de ta vie.

Alexis sentit des larmes lui piquer les yeux.

— Tu es sûr ? Je veux dire, tu as fait une promesse à Mark et tes sentiments sur les relations...

TJ lui prit les mains.

— Il m'a fallu du temps, mais j'ai finalement réalisé que ce n'étaient que des excuses. J'avais peur. De te perdre. Tellement peur que je t'ai repoussée et que j'ai risqué de te perdre de toute façon.

Alexis s'esclaffa.

— Oui, ça n'avait pas beaucoup de sens, n'est-ce pas ?

— Non, en effet, dit TJ avec un sourire. J'ai eu besoin d'un peu d'aide pour le voir, mais je m'en rends compte maintenant. J'espère seulement qu'il n'est pas trop tard.

Il la regarda, une question dans les yeux.

Alexis se mordit la lèvre inférieure, mais cela n'empêcha pas les larmes de rouler sur ses joues.

— Il n'est pas trop tard.

Elle se jeta dans les bras de TJ, qui posa les mains sur sa taille.

— Il n'aurait jamais été trop tard. Mon cœur t'appartient et t'appartiendra toujours.

TJ laissa échapper un souffle qui les secoua tous les deux.

— Je t'aime, Alexis, et je te promets que je ne te quitterai plus jamais.

Lorsqu'il l'embrassa une seconde plus tard, elle sut qu'elle pouvait compter sur cette promesse pour toujours.

Vous avez aimé ce roman ?
Retrouvez en numérique les intrigues passionnantes
de K.D. Richards :

1. La fascination du risque
2. Troublante rencontre
3. Retrouvailles en eaux troubles
4. Pour protéger son fils
5. Menaces sur le lac
6. Le retour du Joueur
7. Son partenaire secret
8. Une star en danger
9. La vérité à tout prix

B.J. DANIELS

Au mépris des mena

Traduction française de
FABRICE CANEPA

BLACK ROSE

HARLEQUIN

itre original :
OUBLE ACTION DEPUTY

e roman a déjà été publié en 2021.

1

La jeune femme avait surgi telle une apparition dans la lueur de ses phares. Le drap qui l'enveloppait et les morceaux de ruban adhésif qui étaient enroulés autour de ses poignets et de ses chevilles flottaient dans la brise nocturne. Elle faisait voler ses longs cheveux noirs, révélant un visage d'une pâleur de craie et des yeux écarquillés par la stupeur et l'angoisse.

Brick pila net. Ses pneus firent entendre un puissant crissement de protestation tandis que le pick-up s'immobilisait au bout de quelques mètres. Brick fut propulsé vers l'avant et sa ceinture de sécurité lui comprima violemment le torse. Le souffle coupé, il demeura quelques instants immobile, les mains crispées sur le volant.

Il n'avait pas entendu de choc, ce qui semblait indiquer qu'il avait réussi à éviter la femme. Mais lorsqu'il la chercha des yeux, il ne l'aperçut nulle part – ni sur la chaussée devant lui ni sur le trottoir. Inquiet, Brick ouvrit sa portière et sauta au bas de son pick-up.

Il était terrifié à l'idée de découvrir le corps ensanglanté de la femme étendu en travers de la route. Mais lorsqu'il contourna le véhicule, il s'aperçut avec soulagement que le capot ne présentait aucune trace d'impact. Se pouvait-il qu'il ait été victime d'une hallucination ?

Un frisson glacé le parcourut. Le souvenir du visage de la

femme était gravé dans son esprit avec une précision presque photographique. Était-ce le fruit de son imagination ?

Quelques mois auparavant, Brick n'aurait sans doute pas été si prompt à douter de ce qu'il pensait avoir vu. Mais ce qui s'était passé dans les montagnes du Wyoming avait tout changé.

Depuis qu'il s'était fait tirer dessus et avait frôlé la mort, il était en proie à de violents cauchemars. Le souvenir de ces événements le hantait et, plusieurs fois par nuit, il se réveillait en sursaut, le corps couvert d'une sueur glacée.

Pourtant, jusqu'à présent, il n'avait encore jamais été victime de telles hallucinations éveillé…

Se pouvait-il qu'il ait imaginé cette femme ? Et dans ce cas, pourquoi son subconscient avait-il évoqué une telle apparition ? Elle n'avait strictement aucun rapport avec ce qui s'était produit dans le Wyoming.

Brick frissonna, se demandant s'il n'était pas en train de perdre la raison. Il chercha des yeux quelqu'un qui aurait pu corroborer ou démentir ce qu'il croyait avoir vu.

Mais ce quartier de Big Sky venait à peine de sortir de terre. Et à cette heure tardive, les commerces étaient fermés et les passants rares. C'était d'ailleurs ce calme qui l'avait poussé à louer un appartement dans cette partie de la ville.

Ses parents l'avaient encouragé à demeurer au ranch Cardwell plus longtemps mais il leur avait expliqué qu'il avait besoin d'un endroit à lui, plus central. En réalité, il ne tenait pas à ce qu'ils s'aperçoivent de la gravité des troubles psychiques dont il souffrait.

Un gémissement se fit entendre, le ramenant à la réalité de l'instant. Il tendit l'oreille et scruta les environs. Cette partie du quartier n'avait pas encore été équipée de réverbères et se trouvait plongée dans une obscurité presque totale.

Il alla chercher la lampe torche qui se trouvait dans la boîte à gants de son pick-up. Un nouveau son lui parvint alors, un bruit de chute assourdi qui semblait parvenir d'une ruelle située sur sa droite, entre deux immeubles en construction. Cette fois, il était certain qu'il ne s'agissait pas d'un simple tour que lui jouait son imagination.

Allumant sa lampe, il s'avança à grands pas en direction de la ruelle. Le puissant faisceau lumineux révéla alors une traînée de sang qui maculait le trottoir. Brick n'eut qu'à la suivre pour retrouver la jeune femme.

Elle était étendue au milieu de la chaussée, recroquevillée sur elle-même. En dehors du drap maculé de sang qui dissimulait sa nudité, elle ne portait aucun vêtement.

Brick se précipita vers elle et constata avec soulagement qu'elle n'était pas morte mais seulement inconsciente. Après s'être assuré qu'elle ne présentait aucun signe de blessure grave, il la fit précautionneusement basculer sur le dos.

Il avisa aussitôt les contusions au visage et les coupures aux bras. Ces multiples ecchymoses étaient récentes et semblaient indiquer que la jeune femme avait été torturée. Les morceaux d'épais ruban adhésif qui étaient toujours accrochés à ses poignets confirmaient cette hypothèse.

Brick activa son téléphone portable et appela les urgences.

— Ici le marshal Brick Savage, dit-il lorsque l'opératrice lui répondit. J'ai besoin que vous m'envoyiez au plus vite une ambulance pour une jeune femme entre vingt-cinq et trente ans qui semble avoir été agressée. Il peut s'agir de violences domestiques ou d'un viol avec violence. Elle est inconsciente et souffre peut-être d'un traumatisme crânien.

— Je transmets immédiatement, marshal, répondit l'opératrice. Pouvez-vous me donner l'adresse précise ?

Brick s'exécuta puis raccrocha.

Il faisait froid, ce soir-là, et, craignant que la victime ne soit victime d'hypothermie, Brick ôta son blouson pour lui faire une couverture.

— Tout va bien se passer, lui assura-t-il. Vous serez bientôt à l'hôpital, en sécurité.

2

Après une nouvelle nuit peuplée de cauchemars entrecoupés de périodes d'insomnie, Brick revêtit son uniforme et se rendit au bureau du marshal de Big Sky. Il espérait que son père, Hud Savage, qui dirigeait le service, l'affecterait enfin au service actif au lieu de le confiner à des tâches administratives comme il l'avait fait jusqu'alors.

Ce n'était certainement pas pour classer des dossiers et remplir des formulaires qu'il avait décidé de devenir marshal. Il brûlait de se voir confier de véritables missions et de pouvoir se rendre utile. La découverte de cette jeune femme maltraitée, la veille au soir, n'avait fait que renforcer sa détermination.

Lorsque le planton lui fit savoir que son père souhaitait le voir au plus vite, Brick se prit à espérer qu'il s'était enfin décidé à lui faire confiance.

— Brick ! s'exclama Hud Savage lorsqu'il pénétra dans son bureau. J'ai cru comprendre que tu avais eu une soirée agitée.

— En effet, acquiesça Brick en prenant place sur le siège que lui indiquait son père.

Il posa son stetson sur la chaise voisine.

— J'ai trouvé cette fille non loin de chez moi, reprit-il. Elle avait visiblement été passée à tabac. Je l'ai accompagnée jusqu'à l'hôpital en espérant qu'elle reprendrait connaissance mais malheureusement, cela n'a pas été le cas. J'ai appelé le service dans lequel ils l'ont transférée après avoir traité ses blessures et ils m'ont dit qu'elle était dans un état catatonique, probablement à la suite du choc…

Son père hocha la tête.

— Nous avons au moins réussi à établir son identité, déclara-t-il.

Brick le considéra avec étonnement.

— Elle n'avait pourtant aucun papier sur elle, remarqua-t-il. Est-ce que le relevé d'empreintes a donné quelque chose ?

— Oui, et pour cause, répondit son père en faisant glisser vers lui un exemplaire de la *Gazette de Billings*.

Brick lut le titre qui barrait la première page :

> *Natalie Berkshire, l'infirmière soupçonnée d'infanticide est relâchée faute de preuves.*

Brick se rappela vaguement avoir vu à la télévision un reportage qui traitait de cette affaire. Il observa attentivement la photographie qui illustrait la une du journal. La jeune femme que l'on y voyait accompagnée de son avocat présentait effectivement une certaine ressemblance avec celle qu'il avait failli renverser la veille.

— Vous êtes sûrs que c'est bien elle ? s'enquit-il.

— Certains.

Brick se mordilla la lèvre. Il lui fallait un peu de temps pour réconcilier l'image de la victime sans défense et terrifiée qu'il avait trouvée la veille avec celle d'une tueuse d'enfant.

— L'affaire de Billings semblerait ne pas être un cas isolé, ajouta son père. Depuis qu'elle a été relâchée, plusieurs morts suspectes lui sont imputées, et pas uniquement dans le Montana. Le fait qu'elle ait quitté Billings sans prévenir et sans laisser d'adresse ne plaide guère en faveur de son innocence…

— Quand est-elle partie de chez elle ?

— Cela fait deux semaines.

— Est-ce qu'on sait ce qu'elle a fait, entre le moment où elle a quitté Billings et hier soir ?

— Non. Mais on a retrouvé son véhicule sur l'autoroute 191, aux environs de Four Corners. Elle s'est arrêtée à une station-service pour faire le plein. La caissière l'a reconnue quand nos collègues de Billings lui ont montré une photo. Elle ignore ce qu'elle a pu devenir après être ressortie de la boutique, en revanche. Tout ce dont elle se souvient, c'est de l'avoir vue discuter avec le conducteur d'un camping-car.

— Quand est-ce arrivé ?

— Il y a une semaine.

Brick se tapota pensivement la lèvre.

— Elle se serait donc enfuie de chez elle avant de se faire enlever, peut-être par l'homme au camping-car, suggéra-t-il. J'ai demandé aux médecins de vérifier si elle présentait des signes de viol. Et ils n'en ont pas trouvé.

— Il pourrait donc s'agir de quelqu'un qui voulait faire justice par lui-même.

— Possible. Le jury a estimé que les preuves qui pesaient contre Natalie Berkshire n'étaient pas suffisantes pour l'inculper. Mais la presse et l'opinion publique l'ont condamnée sans appel.

— Toi qui as eu le temps d'étudier un peu le dossier, penses-tu qu'elle soit coupable ?

Son père haussa les épaules.

— C'est difficile à dire. Je n'ai pas eu les preuves entre les mains mais j'ai cru comprendre qu'elles étaient toutes circonstancielles. En revanche, le fait que d'autres morts lui soient attribuées tendrait à l'incriminer un peu plus.

— Sauf que, si je comprends bien, aucune de ces morts n'était apparue comme suspecte avant ce procès.

— En effet. Natalie Berkshire était spécialisée dans les pathologies lourdes et la plupart des patients dont elle a eu la charge étaient condamnés d'avance. Reste à savoir si elle n'a pas accéléré les choses.

— Tu penses qu'elle pourrait euthanasier ses patients ?

— L'idée m'a traversé l'esprit, reconnut Hud. À ce stade, il ne s'agit que de pures spéculations. Mais nos homologues de Billings comptent bien interroger Mlle Berkshire dès qu'elle sera en état de répondre à leurs questions.

— Crois-tu qu'ils comptent l'inculper de nouveau ?

— Je n'en ai aucune idée. J'ignore quels éléments à charge ils ont pu réunir à ce stade.

Brick avait toujours du mal à imaginer que la jeune femme terrifiée qu'il avait découverte la veille puisse être une tueuse d'enfants.

— Qu'elle soit coupable ou non, Natalie Berkshire a été victime d'un enlèvement, déclara-t-il enfin. Elle a été retenue en otage pendant près d'une semaine et torturée. Nous devons arrêter le responsable.

Hud hocha la tête.

— Nous sommes d'accord sur ce point, approuva-t-il. Mais dès que la presse apprendra que Mlle Berkshire se trouve à Big Sky, cette affaire risque de devenir un véritable cirque médiatique. Et je préférerais que tu restes en dehors de cela.

— C'est moi qui l'ai trouvée, lui rappela Brick.

— Je sais, acquiesça son père. Mais il s'agit d'un dossier très délicat qui demandera pas mal de doigté.

— Et tu penses que j'en manque ? s'enquit Brick, légèrement vexé.

Son père lui décocha un sourire malicieux.

— Je suis convaincu que tu feras un excellent marshal, le moment venu. Tu as toutes les qualifications requises pour cela. Et tu es un garçon brillant. Mais tu viens de traverser une terrible épreuve et tu as besoin d'encore un peu de temps pour retrouver ton équilibre.

Brick fut tenté de protester mais y renonça aussitôt. Son père le connaissait beaucoup trop bien pour se laisser abuser. De plus, en tant que marshal, il recevait des rapports du psychologue que Brick était tenu de consulter.

Ce dernier devait s'assurer qu'il était bien apte au service actif et qu'en cas de confrontation armée, il ne risquait pas de succomber à une crise de panique ou, au contraire, de perdre son sang-froid et d'ouvrir le feu sans justification.

En attendant, Brick ne pouvait espérer se voir attribuer la moindre mission sensible. Évidemment, cela ne l'empêchait pas de retourner voir Natalie Berkshire à titre personnel pour s'enquérir de sa santé et, éventuellement, lui poser quelques questions...

— Je vais y aller, déclara-t-il en se redressant.

Il ramassa son stetson qu'il remit sur sa tête.

— Brick, lui dit alors son père, au cas où tu compterais te rendre à l'hôpital, sache que Mlle Berkshire est toujours dans un état catatonique.

Une fois de plus, son père avait percé à jour ses intentions. Cela n'avait rien de très surprenant : Hud Savage était doté d'un instinct redoutable – et il connaissait ses enfants par cœur.

— Je sais, répondit Brick. J'ai appelé l'hôpital avant de venir. Mais il faut tout de même que je la voie.

— Pourquoi ? lui demanda son père en le regardant droit dans les yeux.

Brick hésita. Même si Natalie Berkshire ne pouvait lui répondre, il tenait à s'assurer qu'elle allait bien – physiquement tout au moins. Il était hanté par le souvenir de la terreur qui se lisait dans son regard lorsqu'elle s'était trouvée prise dans la lumière de ses phares.

— Je me sens lié à elle, répondit-il enfin. Tu sais ce que disent les Indiens. Lorsqu'un homme sauve une vie, il en devient responsable à jamais.

— C'est un sentiment dangereux, le mit en garde son père.

Brick hocha la tête. Il était effectivement convaincu que sa rencontre avec cette femme avait une signification profonde, un sens qui lui échappait encore mais qui allait probablement transformer son existence.

Hud Savage suivit son fils des yeux tandis qu'il gagnait la porte de son bureau. Il ne cessait de s'étonner du changement qui s'était opéré en lui depuis qu'il était revenu du Wyoming. Avant cela, il avait toujours fait preuve d'un mélange d'humour et de légèreté, d'une insouciance qui tranchait avec le sérieux d'Angus, son frère jumeau. Il prenait toujours la vie du bon côté et ne se préoccupait pas vraiment de l'avenir, préférant vivre dans le présent.

Mais lorsqu'il était revenu vivre au ranch, le temps de sa convalescence, Hud avait rapidement compris que son fils avait perdu sa joyeuse insouciance dans les montagnes du Wyoming.

Il avait été surpris d'apprendre que Brick s'était décidé à suivre son exemple et à rejoindre le bureau des marshals. Dès que les médecins l'avaient déclaré physiquement apte, il avait rejoint le programme de formation. Ses instructeurs avaient été unanimes, louant ses aptitudes naturelles mais aussi l'application dont il faisait preuve.

Hud se demandait parfois si son fils ne cherchait pas à conjurer le souvenir de Royce Richards, l'homme qui avait failli le tuer et que Brick avait abattu. En devenant marshal, il espérait peut-être débarrasser le monde des brutes dans son genre.

Mais Hud savait combien ce genre d'ambition pouvait s'avérer dangereuse. Il avait déjà vu beaucoup de jeunes policiers se laisser consumer par cette soif de justice. Et l'idée que Brick puisse suivre cette pente dangereuse le terrifiait.

Avant de partir pour l'hôpital, Brick avait pris le temps de lire l'article de journal que son père lui avait montré et qui détaillait les soupçons pesant sur Natalie Berkshire.

À Billings, celle-ci travaillait comme infirmière à domicile pour le compte d'un jeune couple dont le bébé souffrait de multiples pathologies lourdes. Un soir, l'enfant avait été retrouvé mort dans son berceau.

Natalie affirmait que lorsqu'elle était entrée dans sa chambre, elle avait immédiatement remarqué qu'il ne respirait plus et que son teint était cyanosé. Aussitôt, elle avait demandé à la mère d'appeler les urgences tandis qu'elle-même s'efforçait de réanimer le bébé.

Ses efforts avaient été vains, de même que ceux des ambulanciers qui étaient arrivés quelques minutes plus tard. L'autopsie avait permis de déterminer que la mort avait été provoquée par asphyxie. Elle avait aussi révélé la présence dans les poumons du nourrisson de fibres textiles. Le médecin légiste en avait logiquement conclu que quelqu'un avait volontairement étouffé le bébé.

Natalie avait été arrêtée et mise en examen pour meurtre. Mais, à rebours de l'opinion médiatique et populaire, le tribunal avait prononcé un non-lieu, du fait de l'absence de preuves matérielles.

La lecture approfondie de l'article n'avait pas permis à Brick de se forger une conviction concernant l'éventuelle culpabilité de la jeune femme. Elle avait en revanche attisé sa curiosité et il était plus décidé que jamais à obtenir des réponses aux multiples questions qu'il se posait à son sujet.

Il comptait également prouver à son père qu'il était capable de faire son travail en dépit de ce qui s'était passé au Wyoming.

Fort de cette décision, il ignora délibérément les ascenseurs et gravit d'un bon pas l'escalier. En arrivant à l'étage où se trouvait la chambre de Natalie, il se sentait un peu essoufflé mais nettement moins qu'il ne l'aurait été, quelques semaines auparavant.

Les médecins et les kinésithérapeutes qui l'avaient suivi s'accordaient pour dire que, sur le plan physique, il avait récupéré à une vitesse étonnante. Il ne lui restait plus qu'à espérer que les séquelles sur le plan psychique finiraient à leur tour par s'estomper et disparaître.

Parvenu dans le couloir conduisant à la chambre, il aperçut le marshal qui se trouvait en faction devant la porte. C'était Hud qui avait ordonné cette protection permanente, craignant sans doute que celui qui avait enlevé la jeune femme ne tente de récidiver.

Brick ne pouvait qu'approuver cette idée. Que Natalie fût

innocente ou coupable des crimes qu'on lui reprochait, elle avait droit à un procès juste et équitable. Malheureusement, l'emballement médiatique qui accompagnait cette affaire ne serait guère propice à un débat serein.

Mais en attendant qu'elle puisse comparaître, Brick était bien décidé à ce qu'elle soit protégée de tous ceux qui prétendaient se faire justice eux-mêmes.

— Salut, Jason, fit-il en approchant du marshal de garde.

Big Sky était une toute petite ville et tous les représentants des forces de l'ordre se connaissaient personnellement, ce qui pouvait être aussi bien un avantage qu'un inconvénient. Son père avait parfaitement pu demander à Jason de lui interdire l'accès à la chambre de Natalie.

— Salut, Brick. Il paraît que c'est toi qui as découvert cette fille ?

Brick hocha la tête.

— Est-ce qu'il y a du nouveau ?

— Non. Elle n'a toujours pas prononcé un mot, apparemment.

— Et personne n'a demandé à la voir ?

Brick était prêt à parier que toute la ville était désormais au courant de ce qui s'était passé la veille au soir. Cela signifiait que celui qui avait enlevé Natalie devait savoir qu'elle se trouvait à l'hôpital. Et s'il craignait qu'elle ne révèle son identité, il chercherait peut-être à se débarrasser d'elle avant qu'elle puisse parler.

— Personne, lui assura Jason.

Un bruit métallique se fit entendre dans la chambre et Brick jeta un regard interrogateur à Jason.

— Une infirmière est avec elle, précisa ce dernier. Un joli petit lot, d'ailleurs... Je la laisserais bien m'ausculter.

Brick se fendit d'un sourire et pénétra dans la chambre de Natalie. Lorsqu'il franchit le seuil, l'infirmière qui était penchée sur le lit de la jeune femme se redressa vivement et lui lança un regard alarmé. Brick referma la porte derrière lui et s'avança dans la pièce.

Jason n'avait pas exagéré : l'infirmière était réellement très séduisante. Grande, élancée, elle avait de longs cheveux blonds, d'immenses yeux bleus et des traits d'une finesse exquise.

— Je ne voulais pas vous faire peur, s'excusa Brick avec un sourire qui se voulait rassurant.

Mais alors même qu'il prononçait ces mots, son instinct lui souffla que quelque chose n'allait pas. Il aurait juré avoir entendu Natalie murmurer quelque chose à l'oreille de l'infirmière qui l'écoutait attentivement, quelques instants auparavant. Or n'était-elle pas censée être catatonique ?

— Est-ce que Mlle Berkshire a repris connaissance ? demanda-t-il.

— Toujours pas, j'en ai peur, répondit l'infirmière un peu précipitamment.

Elle fit mine de se diriger vers la porte.

— Je ne voulais pas vous interrompre, remarqua Brick, de plus en plus suspicieux.

Quelque chose clochait, il en aurait mis sa main à couper.

— J'avais terminé, lui assura-t-elle.

Brick aperçut alors l'oreiller qui gisait par terre, à côté du lit de Natalie. S'il était tombé, n'était-il pas étrange que l'infirmière ne l'ait pas ramassé ? Et pourquoi semblait-elle brusquement si pressée ?

Il chercha des yeux le badge que portaient tous les membres du personnel de l'hôpital et s'aperçut sans surprise que la jeune femme n'en portait pas.

— Attendez une minute, s'exclama-t-il en faisant mine de s'interposer entre elle et la porte.

Au lieu de ralentir, elle accéléra brusquement et envoya un violent coup de genou dans la partie la plus sensible de son anatomie. En dépit de la stupeur et de la douleur presque insoutenable, il parvint à lui attraper le bras mais elle se dégagea et lui assena un coup de coude en plein visage. Il tomba à genoux.

Lorsqu'elle ouvrit la porte, il voulut appeler Jason mais l'air lui manquait et il dut attendre plusieurs dizaines de secondes que la douleur finisse par refluer.

Il se redressa alors péniblement et boitilla jusqu'à la porte. Dans le couloir, Jason était en train de discuter avec un médecin mais il n'y avait évidemment plus la moindre trace de la fausse infirmière.

— Par où est-elle partie ? parvint-il à articuler.

Jason et le médecin le considérèrent avec une pointe d'inquiétude.

— Ça ne va pas ? lui demanda son collègue.

— Pas vraiment, souffla-t-il. Cette fille vient de nous rouler dans la farine en beauté...

3

Hud Savage ne savait que penser du rapport que son fils venait de lui faire. Brick se disait convaincu d'avoir entendu Natalie parler à la femme qui l'avait agressé. Or, d'après le médecin, l'état de la patiente n'avait pas évolué : elle était toujours plongée dans le même état catatonique.

Le praticien avait cependant confirmé que le signalement de l'infirmière que Jason et Brick avaient vue ne correspondait à aucune de celles qui travaillaient pour le service. Se pouvait-il que cette femme soit la personne qui avait enlevé et torturé Natalie Berkshire ?

— Tu penses vraiment qu'elle s'apprêtait à l'étouffer ? demanda-t-il à Brick.

— Je n'en suis pas certain, tempéra ce dernier. Mais il y avait ce coussin par terre. Et puis, j'ai eu distinctement l'impression que j'interrompais quelque chose. Peut-être s'agissait-il seulement de leur discussion…

— Mais tu n'as pas entendu ce que disait Mlle Berkshire.

Brick secoua la tête.

— Elle murmurait à l'oreille de l'infirmière, répondit-il. Lorsque celle-ci s'est redressée, j'ai vu de la haine dans ses yeux. Mais il y avait quelque chose d'autre aussi… De la surprise… Comme si ce que Natalie venait de lui dire l'avait prise de court.

— Tu as vraiment perçu tout cela en l'espace de quelques

instants, juste en entrant dans cette pièce ? demanda Hud sans chercher à dissimuler son scepticisme.

Il savait combien les témoignages pouvaient être fragiles – tout particulièrement lorsque leurs auteurs se trouvaient émotionnellement perturbés.

— Disons qu'il s'agissait d'une impression, répondit Brick d'une voix calme et posée. Mais je suis quasiment certain de ne pas me tromper. Je mettrais ma main à couper que cette soi-disant infirmière déteste Natalie. Dieu sait ce qu'elle aurait fait si je n'étais pas entré à cet instant précis.

— Malheureusement, nous ne pouvons pas nous contenter de ton intime conviction pour lancer un avis de recherche.

— Elle s'en est prise à un agent en uniforme, fit remarquer Brick.

Hud ne put réprimer un demi-sourire.

— Je ne suis pas sûr que tu aies intérêt à ce que cela s'ébruite. Sinon, tu risques d'en entendre parler pendant des mois, voire des années…

— Tout ce qui m'importe, c'est que la sécurité de Natalie Berkshire soit assurée, répondit Brick en fronçant les sourcils.

Hud le considéra longuement. Il était évident que ce qui s'était passé à l'hôpital avait secoué son fils. Il n'avait pas exagéré en expliquant qu'il se sentait responsable de la jeune femme dont il avait probablement sauvé la vie, la veille au soir. Or Hud ne pouvait s'empêcher de trouver cette réaction préoccupante.

Si Brick devait travailler dans la police, il ne pouvait se permettre de prendre autant à cœur toutes les affaires sur lesquelles il serait amené à travailler, toutes les victimes dont il croiserait la route. Il devait apprendre à prendre du recul. Malheureusement, c'était quelque chose que l'on n'enseignait pas dans les instituts de formation…

— J'ai épluché le dossier pendant que tu étais chez le psy, déclara enfin Hud. Et j'ai trouvé quelqu'un qui pourrait éventuellement correspondre à la description que Jason et toi avez faite de cette fameuse infirmière.

— Qui ça ? s'enquit Brick.

— Maureen Mortensen, répondit-il. Il s'agit de la tante maternelle de l'enfant qui aurait été tué par Natalie Berkshire.

— Cela expliquerait qu'elle la déteste, remarqua Brick. Peut-être même assez pour vouloir la tuer.

— D'autant plus que Tricia Colton, sa sœur, s'est suicidée quelques jours seulement après la remise en liberté de Natalie Berkshire, renchérit Hud.

Brick hocha la tête.

— Voilà qui renforce encore ma conviction. D'autant que cette Maureen est une véritable furie. Elle n'a pas hésité à se jeter sur moi alors que j'étais en uniforme et armé. Et j'ai eu la très nette impression que ce n'était pas la première fois qu'elle se battait.

— Probablement pas, reconnut Hud. Elle est de la maison.

Brick lui lança un regard interdit.

— Elle appartenait la police criminelle de Billings, précisa Hud.

— Appartenait ?

— Elle a été suspendue de façon temporaire.

— Pour quelle raison ?

— Apparemment, elle avait décidé de mener son enquête personnelle avant même que Mlle Berkshire soit relâchée. Ses supérieurs lui ont demandé d'arrêter mais elle a refusé d'obtempérer. Peut-être a-t-elle décidé de passer à la vitesse supérieure en enlevant la suspecte...

Brick secoua la tête.

— Je ne crois pas.

— Qu'est-ce qui te fait penser qu'elle n'est pas la ravisseuse ?

— La façon dont elle écoutait ce que Natalie avait à lui dire. Si elle avait eu une semaine pour l'interroger, je ne pense pas qu'elle se serait conduite de cette façon.

— Le médecin m'a affirmé que Mlle Berkshire était toujours catatonique, objecta Hud.

— Peut-être n'a-t-elle repris conscience que de façon temporaire, suggéra Brick. À moins bien sûr qu'elle ne fasse semblant...

Hud tapota pensivement son bureau.

— Tu es vraiment convaincu que Mortensen s'apprêtait à tuer Berkshire ? demanda-t-il enfin.

— Quasiment.

— Très bien. Je vais me fier à ton instinct et demander au juge un mandat d'amener. Je suis sûr que ses collègues de Billings demanderont à lui parler lorsqu'ils seront là. J'aimerais bien savoir notamment comment elle a retrouvé la trace de Berkshire si ce n'est pas elle qui l'a enlevée.

— Bonne question, acquiesça Brick. Quoi qu'il en soit, maintenant qu'elle l'a retrouvée, elle risque de passer de nouveau à l'action. Et pour cela, elle va avoir besoin d'un endroit où loger à proximité de l'hôpital. Sans doute un motel pas trop cher en ville...

— Brick, je te connais et je sais que tu dois te sentir coupable de l'avoir laissée filer. Mais je ne veux pas que tu te lances à sa poursuite. Reste en dehors de tout ça tant que ton médecin ne t'aura pas donné sa bénédiction. Prends quelques jours de vacances. Tu les as bien méritées.

— Je n'ai pas besoin de vacances, protesta Brick d'un ton agacé.

Hud fronça les sourcils.

— Ce n'était pas une suggestion, fiston, objecta-t-il d'une voix posée. Tant que cette histoire ne se sera pas tassée, je préfère que tu ne sois pas tenté de contrevenir à mes ordres comme tu l'as fait ce matin en allant rendre visite à Mlle Berkshire.

— Je lui ai peut-être sauvé la vie, remarqua Brick.

— C'est possible, concéda Hud. Mais cela n'excuse pas ton insubordination.

— Est-ce que tu comptes me suspendre ? s'enquit Brick, vexé.

— Ne sois pas si mélodramatique. Tu es juste en congé. Profites-en pour te promener, pour pêcher ou pour aller voir des amis. Et viens dîner au ranch, un de ces soirs. Ça fera plaisir à ta mère.

Brick ne répondit pas. Sans dire un mot, il se leva et quitta le bureau en claquant la porte derrière lui. Hud se demanda alors s'il ne venait pas de commettre une erreur.

Brick avait peut-être beaucoup changé depuis son retour du Wyoming mais il était toujours aussi fier. Et par le passé, cet orgueil l'avait souvent poussé à agir de façon impulsive et irréfléchie...

Du revers de la main, Maureen essuya la vapeur d'eau qui recouvrait le miroir craquelé de la salle de bains et considéra son reflet avec attention. Elle n'aimait pas beaucoup l'expression qui se lisait dans son regard, en cet instant. À vrai dire, elle n'était même pas certaine de reconnaître la femme qui lui faisait face.

Maureen prit une profonde inspiration. Se penchant vers le lavabo, elle se passa de l'eau glacée sur le visage pour tenter de chasser le malaise qui s'insinuait en elle au souvenir de ce qui s'était passé à l'hôpital. Elle avait bien failli se laisser surprendre. Mais ce n'était pas le plus grave. Car elle n'aurait su dire ce qui se serait passé si ce marshal n'était pas entré dans la chambre de Natalie à cet instant précis.

Elle ne s'était pas attendue à la trouver dans un tel état. De toute évidence, elle s'était fait enlever et torturer – probablement par un membre de l'une des nombreuses familles qu'elle semblait avoir détruites au fil des années.

Le fait de la voir ainsi affaiblie avait momentanément ébranlé la résolution de Maureen. Personne ne méritait de subir un tel traitement – pas même une meurtrière comme Natalie. Pendant plusieurs minutes, elle était demeurée immobile, s'interrogeant sur la conduite à tenir.

Puis Natalie avait ouvert les yeux. Et lorsqu'elle l'avait aperçue, Maureen avait vu se succéder en elle de la surprise, de la peur puis une forme de résignation. Natalie devait pertinemment savoir pourquoi elle se trouvait dans cette chambre, déguisée en infirmière, un coussin à la main.

Mais avant que Maureen ait pu faire quoi que ce fût, Natalie lui avait parlé. Et les quelques mots qu'elle avait prononcés avaient encore ajouté à son désarroi.

C'est à ce moment précis que le marshal était entré. Sur le moment, elle s'était sentie furieuse contre lui, parce que son intrusion l'avait empêchée de poser les questions qui lui brûlaient les lèvres. Elle avait été surprise de découvrir qu'elle avait soif de réponses bien plus encore que de vengeance.

Et malheureusement, il allait désormais lui être bien plus difficile encore d'en obtenir. Car la police serait sur le qui-vive, désormais, et elle ne pourrait espérer tromper le prochain policier en faction avec un simple sourire aguicheur.

Maureen se mordilla nerveusement la lèvre. Cela faisait deux semaines qu'elle s'était lancée à la poursuite de Natalie, lorsque celle-ci avait quitté son domicile à Billings.

Elle avait parcouru la région en tous sens à la recherche d'un témoin qui puisse lui indiquer où Natalie était passée et ce qu'elle avait fait. Elle avait bien fini par retrouver sa voiture mais avait estimé que la fugitive avait dû l'abandonner pour se faire plus discrète.

Comment aurait-elle pu deviner que quelqu'un l'avait enlevée avant même qu'elle puisse retrouver sa trace ? Le ravisseur de Natalie avait dû la suivre depuis chez elle jusqu'à cette station-service où il l'avait kidnappée.

Combien de temps encore l'aurait-il gardée prisonnière pour la torturer, si elle ne s'était pas enfuie ? De toute évidence, il n'avait pas l'intention de la tuer mais juste de la faire souffrir, de la punir pour le mal qu'elle avait commis.

Encore aujourd'hui, Maureen ne parvenait pas vraiment à s'expliquer comment Natalie avait pu tous les tromper de cette façon. Elle-même avait passé beaucoup de temps chez sa sœur et Thomas, son beau-frère. Elle avait eu tout le loisir d'observer de ses propres yeux l'attitude de Natalie vis-à-vis de Joey et de ses employeurs.

Pas une seule fois, elle n'avait éprouvé le moindre doute. Natalie avait su gagner la confiance de tout le monde et devenir quasiment un membre de la famille. Maureen voulait comprendre les raisons de cette duplicité.

Elle voulait savoir si Natalie était une manipulatrice impitoyable, une psychopathe incapable de réprimer ses propres pulsions ou bien encore une militante extrémiste en faveur de l'euthanasie.

Que ferait-elle lorsqu'elle aurait obtenu la réponse à cette question ? Jusqu'à présent, elle avait toujours été convaincue de le savoir. C'était quelque chose qu'elle devait à sa sœur, à Joey et à Thomas.

Elle s'était cependant bien gardée de faire part de ses intentions à son beau-frère. La dernière fois qu'ils en avaient discuté, juste après l'enterrement de sa sœur, Thomas avait semblé résigné.

— Je n'en peux plus, lui avait-il avoué, les larmes aux yeux. Cela faisait des mois que Tricia et moi nous battions de toutes nos forces pour obtenir justice. Et elle a été libérée. Et maintenant, à cause d'elle, j'ai perdu et mon fils, et ma femme...

— Justement, avait répondu Maureen, la voix vibrant d'une rage difficilement contenue, si la justice n'est pas capable d'assumer ses responsabilités, c'est à nous de prendre les choses en main.

Thomas lui avait lancé un regard incrédule.

— Tu ne comptes tout de même pas la tuer ? s'était-il exclamé.

— Elle a assassiné mon neveu. Et par sa faute, ma sœur s'est suicidée. Et d'après ce que j'ai entendu, ce n'est pas la première fois que ce genre de chose se produit. Combien de familles allons-nous encore la laisser détruire sans rien faire ?

Thomas avait secoué la tête d'un air horrifié.

— Ce n'est pas ce qu'aurait voulu Tricia, avait-il déclaré. Il ne s'agit plus de justice mais de vengeance ! Cela t'enverra directement derrière les barreaux et ta vie sera ruinée, tout comme la mienne. Ne fais pas ça, Mo. Essaie de tourner la page...

En entendant son beau-frère prononcer ces mots, elle avait compris qu'elle ne trouverait jamais la paix tant que Natalie ne serait pas morte ou derrière les barreaux. Elle s'était alors promis de faire tout ce qui serait en son pouvoir pour parvenir à ce résultat.

Mais il avait suffi à Natalie de quelques mots pour faire vaciller sa résolution.

Se détournant du miroir embué, Maureen enfila des vêtements propres et fourra ses habits sales dans son sac à dos. Elle fit alors lentement le tour de sa chambre d'hôtel pour s'assurer qu'elle n'avait rien oublié.

Elle n'avait probablement que peu de temps pour quitter les lieux avant que la police débarque. Malgré les précautions qu'elle avait prises, elle n'avait pu échapper entièrement aux caméras de l'hôpital. À partir de ces images, il n'avait pas dû être bien difficile de l'identifier. Or elle avait donné sa véritable identité au gérant du motel où elle était descendue.

C'était le genre d'erreur qu'elle ne pourrait se permettre de commettre. Désormais, elle paierait par avance en liquide et éviterait de rester plus d'une ou deux nuits de suite au même endroit.

Le plus simple aurait sans doute été d'attendre que la police locale finisse par relâcher Natalie. Malheureusement, elle n'avait aucune idée du temps que cela prendrait. Et plus longtemps elle séjournerait dans cette ville minuscule, plus grandes seraient ses chances de se faire repérer.

Réprimant un soupir, Maureen enfila l'une des bretelles de son sac à dos et s'empara de son sac à main avant de quitter la chambre.

Un début de plan émergea dans son esprit. Elle commencerait par se rendre au supermarché où elle achèterait de quoi modifier son apparence. Cette fois-ci, en retournant à l'hôpital, elle ne se ferait pas passer pour une infirmière mais pour un membre de l'équipe de nettoyage.

D'une façon ou d'une autre, elle parviendrait à atteindre la chambre de Natalie et elles pourraient reprendre leur discussion là où elle s'était interrompue. Elle n'avait toujours aucune idée de ce qu'elle ferait après cela. Cela dépendrait probablement du degré de culpabilité que la jeune femme confesserait.

Il ne lui resterait plus ensuite qu'à espérer qu'elle parviendrait à se frayer un chemin jusqu'à la sortie sans se faire remarquer.

Elle avait bien conscience du fait que ce plan était loin d'être parfait – il y avait encore beaucoup trop d'inconnues, à ce stade.

Mais elle avait encore la possibilité de le peaufiner un peu avant de passer à l'action. Et si les choses ne se déroulaient pas comme elle l'avait imaginé, il serait toujours temps pour elle d'improviser.

Forte de cette conviction, elle se dirigea à grands pas vers la réception du motel pour aller y rendre sa clé. Mais lorsqu'elle pénétra dans le petit bâtiment, elle se retrouva nez à nez avec deux policiers qui étaient en train d'interroger le gérant.

Ce dernier la désigna aux deux hommes et, avant même qu'elle ait eu le temps de tourner les talons, ils dégainèrent leurs armes et les braquèrent dans sa direction.

4

En quittant le bureau du marshal après s'être vu imposer des vacances forcées, Brick était plus décidé que jamais à faire toute la lumière sur cette affaire.

Depuis que Natalie Berkshire avait surgi dans la lueur de ses phares, il avait l'impression de s'être aventuré sur un territoire inconnu où tout semblait n'être qu'illusions et faux-semblants.

Celle qu'il avait prise pour une malheureuse victime était en réalité une fugitive accusée de multiples meurtres. Quant à la femme qu'il avait initialement soupçonnée d'être une tueuse, elle s'était révélée être une policière qui avait renoncé à son serment de protéger et servir pour dispenser une justice expéditive.

Et il ignorait toujours qui avait bien pu enlever et torturer Natalie...

Brick se refusait à croiser les bras en attendant qu'une nouvelle tragédie se produise. C'était précisément pour surmonter ce sentiment d'impuissance qu'il avait décidé de rejoindre les forces de l'ordre. Et s'il voulait trouver les réponses qu'il cherchait, il allait devoir désobéir aux ordres de son père et mener l'enquête de son côté.

Ses collègues étaient actuellement à la recherche de Maureen Mortensen et il décida donc de se concentrer sur l'enlèvement dont Natalie Berkshire avait été victime. Il se rendit où tout avait commencé : sur l'aire d'autoroute de Four Corners où l'on avait retrouvé la voiture de la jeune femme.

Là, il acheta une glace dans la boutique et s'entretint avec l'employée qui était de service. Elle n'avait pas assisté à la scène mais sa collègue lui avait tout raconté et elle se fit un plaisir de lui relater dans les moindres détails ce qui s'était passé ce jour-là.

Malheureusement, rien dans ce témoignage ne lui en apprit beaucoup plus que ce qu'il savait déjà. Le seul renseignement intéressant qu'il dénicha était le fait que le conducteur du camping-car était un homme assez âgé.

De retour dans son pick-up, Brick entreprit de faire le point sur le peu d'informations dont il disposait. Un homme âgé avait abordé Natalie sur ce parking avant de l'emmener à bord de son camping-car. Il l'avait ensuite gardée prisonnière pendant près d'une semaine pour la torturer.

Elle avait fini par trouver le moyen de s'enfuir, la veille au soir. Elle était alors pieds nus et vêtue uniquement d'un drap, ce qui indiquait qu'elle n'avait pas dû parcourir une distance très importante depuis l'endroit où elle était détenue.

Brick alluma son téléphone portable et utilisa un logiciel de navigation pour étudier la carte de la ville, cherchant où l'homme avait bien pu garer un camping-car dans le quartier. Le maire avait interdit à ces véhicules de stationner en ville et la police municipale veillait scrupuleusement au respect de cet arrêté.

La plupart des immeubles des environs étaient dépourvus de parkings souterrains et ceux qui existaient n'étaient pas prévus pour accueillir des véhicules d'un tel gabarit. Quant au camping le plus proche, il était situé à plus de quinze kilomètres à vol d'oiseau.

Brick se mordilla pensivement la lèvre inférieure. Il ne voyait rien sur le plan qui puisse abriter discrètement un camping-car pendant près d'une semaine.

La seule façon de résoudre ce mystère était sans doute de repartir de là où tout avait commencé. Il prit donc la direction de son quartier et se gara à proximité de la ruelle où il avait retrouvé Natalie inconsciente.

Descendant de voiture, il entreprit de parcourir systématiquement les rues avoisinantes en s'éloignant progressivement. Il scrutait chaque bâtiment, cherchant un garage qui aurait pu dissimuler un camping-car.

Il était si concentré sur cette tâche qu'il faillit manquer la solution la plus évidente. Mais son regard finit par accrocher la haute palissade qui se dressait au beau milieu du quartier. Cette vue lui était si familière qu'il n'y prêtait plus la moindre attention depuis bien longtemps.

Cela faisait des années que le site était censé accueillir un hôtel de luxe. Mais une dispute avait opposé les investisseurs du projet après le décès de l'un d'eux. Depuis lors, le chantier était à l'arrêt.

Contournant la palissade, il gagna le grand portail métallique qui interdisait l'accès au site. Un coup d'œil à la lourde chaîne qui le maintenait en place lui confirma qu'il ne s'était pas trompé : si la chaîne était rouillée, le cadenas qui la fermait était flambant neuf. Quelqu'un avait très bien pu scier celui d'origine et le remplacer par celui-ci.

Il s'aperçut également avec étonnement que le cadenas en question était ouvert. Brick hésita durant quelques instants. Il n'était pas en service et pénétrer sur le chantier constituait donc une infraction. En cas de problème, il ne disposait même pas d'une radio pour appeler du renfort.

Mais la curiosité finit par l'emporter sur la prudence et il poussa doucement le battant pour jeter un coup d'œil à l'intérieur. De là où il se trouvait, il pouvait apercevoir l'endroit où l'on avait commencé à couler les fondations de l'hôtel. Il n'y avait aucun camping-car en vue, en revanche.

Rassuré sur ce point, il franchit le portail et s'avança dans l'enceinte de la palissade.

— Brick ? Mais qu'est-ce que tu fais là ?

Sidéré, Brick considéra son père qui se tenait à quelques mètres de lui, pistolet en main. Hud abaissa son arme et la rengaina.

— Je croyais t'avoir demandé de laisser tomber cette enquête, lui rappela-t-il d'un ton réprobateur.

Brick estima qu'il était inutile de feindre l'innocence. Son père le connaissait trop bien pour se laisser abuser.

— Est-ce que tu as trouvé quelque chose ? s'enquit-il.

— Je viens tout juste d'arriver. Mais je serais prêt à parier que le camping-car se trouvait ici. C'est le seul endroit discret qui se trouve suffisamment proche de la ruelle où tu as retrouvé Mlle Berkshire.

— Je suis parvenu à la même conclusion, acquiesça Brick.

— Dans ce cas, tu aurais dû m'appeler au lieu de venir ici en personne. Je te rappelle que tu es en vacances.

— Bien malgré moi, rétorqua Brick.

— La question n'est pas là. Si tu comptes faire carrière dans la police, il va te falloir apprendre à obéir. Tu ne peux pas sans cesse jouer les rebelles !

— Cela n'a pas si mal réussi à mon père et à mon grand-père, si je ne m'abuse, ironisa Brick.

Hud leva les yeux au ciel.

— Qu'est-ce que j'ai fait au ciel pour avoir des enfants si têtus ? Bon, j'imagine que puisque tu es là, autant que tu te rendes utile : explore la partie droite et je prendrai sur la gauche. Le premier qui découvrira quelque chose n'aura qu'à appeler l'autre.

Il ne fallut pas longtemps à Brick pour trouver ce qu'ils cherchaient. Sur la droite du futur hôtel, à un endroit où la terre n'avait pas été tassée par les engins de chantier, il repéra des traces de pneus assez récentes. Il y avait aussi un baril qui avait servi de poubelle et contenait des emballages alimentaires et des bouteilles en plastique vides.

Brick appela son père qui le rejoignit et entreprit de prendre des photos des marques laissées dans le sol.

— Cela pourrait nous aider à identifier le modèle, expliqua-t-il. Je vais charger l'un de mes hommes d'appeler les différentes agences des environs, au cas où le camping-car aurait été loué dans le coin.

— Tu devrais peut-être avertir les agents qui sont en faction devant l'hôpital, suggéra Brick. Rien ne dit que le ravisseur ne cherchera pas lui aussi à s'introduire dans la chambre de Natalie.

— Excellente idée, approuva Hud. En attendant...

Il fut interrompu par un bip émanant du talkie-walkie accroché à sa ceinture.

— Hud Savage, j'écoute, répondit-il.

Il écouta attentivement ce que lui disait son interlocuteur.

— Excellente nouvelle ! s'exclama-t-il. Dites-leur de la laisser mariner en cellule. Je l'interrogerai personnellement...

Il jeta un coup d'œil à sa montre et se rembrunit.

— En revanche, ce ne sera pas avant la fin de l'après-midi. J'ai rendez-vous avec le maire et ça risque de prendre un certain temps... Si jamais la police de Billings cherche à me contacter, dites-leur que je les rappellerai dès que possible.

Il raccrocha et se tourna vers son fils.

— On a retrouvé Maureen Mortensen, lui annonça-t-il. Je vais devoir y aller. Quant à toi, si tu veux vraiment garder ce poste de marshal, tu ferais mieux de te mettre dans la tête que lorsque je donne un ordre, il n'est pas facultatif. Je ne veux plus te voir au bureau avant une semaine. Et reste à l'écart de cette affaire. C'est à la police de Billings qu'il revient de s'en charger. C'est bien compris ?

Brick s'abstint prudemment de faire remarquer à son père que sa présence en ces lieux contredisait cette assertion. Le moment était mal choisi pour faire de l'esprit. Il ne tenait pas à se retrouver mis à pied jusqu'à nouvel ordre.

— Compris, se contenta-t-il de répondre.

— Profite de tes congés pour aller camper dans les montagnes, lui suggéra son père.

Brick savait qu'il avait raison : une semaine de repos lui aurait fait le plus grand bien. C'était d'ailleurs ce que lui avait suggéré le psychologue qui le suivait. Retourner en montagne l'aiderait peut-être aussi à affronter le souvenir de ce qui s'était passé au Wyoming.

Mais il avait entendu ce que son père venait de dire : Hud

Savage devait s'entretenir longuement avec le maire, ce qui lui laissait quelques heures pour tenter de satisfaire sa curiosité et découvrir qui étaient réellement Natalie Berkshire et la mystérieuse Maureen Mortensen...

5

Maureen n'avait d'autre choix que de prendre son mal en patience. Elle savait pertinemment que les policiers locaux n'avaient strictement aucun élément leur permettant de la mettre en examen. Au pire, elle serait accusée de s'être fait passer pour une infirmière. Elle en serait quitte pour payer une amende et présenter ses plus plates excuses.

Évidemment, cela risquait d'envenimer encore un peu plus ses relations avec sa hiérarchie. Ses supérieurs verraient d'un très mauvais œil le fait qu'elle ait contrevenu à leurs ordres directs et poursuivi son enquête en dépit du fait qu'elle avait été mise à pied.

Mais c'était bien le cadet de ses soucis. Tout ce qui lui importait, à présent, c'était que le temps lui était compté. Dès que Natalie serait rétablie, elle quitterait l'hôpital. Et cette fois, elle redoublerait de prudence et risquait de disparaître dans la nature.

Il s'écoulerait peut-être des mois, voire des années, avant que Maureen parvienne à retrouver sa trace. Et entre-temps, combien aurait-elle fait de victimes supplémentaires ? Combien d'innocents seraient-ils morts par sa faute ?

C'était un risque qu'elle ne pouvait courir. D'une façon ou d'une autre, elle allait devoir convaincre ses homologues de Big Sky de la libérer rapidement.

Malheureusement, cela faisait plus de deux heures qu'elle était enfermée dans cette cellule. La seule personne qu'elle avait vue lui avait offert une tasse de café insipide et l'assurance que quelqu'un viendrait très bientôt s'entretenir avec elle.

Comme elle s'apprêtait à aller frapper à la porte pour demander combien de temps encore elle devrait ainsi patienter, le battant s'ouvrit, révélant la silhouette du marshal qui l'avait surprise dans la chambre de Natalie.

En écoutant discuter les deux policiers qui l'avaient interpellée, elle avait appris que l'homme se nommait Brick Savage et qu'il était le fils du marshal de Big Sky.

Le sourire narquois qu'il arborait en cet instant indiquait clairement qu'il se réjouissait de la voir en si mauvaise posture. La culpabilité qu'elle avait éprouvée au souvenir de ce qui s'était passé à l'hôpital s'évapora aussitôt.

Elle ravala pourtant la colère qui montait en elle. Le plus important était de ne pas perdre de vue son principal objectif : sortir d'ici au plus vite.

— J'espère que votre séjour parmi nous n'est pas trop désagréable, lui dit-il.

Elle haussa les épaules et lui décocha un sourire dénué de toute chaleur.

— Le café laisse un peu à désirer, répondit-elle. Mais en dehors de cela, je n'ai pas à me plaindre.

Elle étudia attentivement son interlocuteur. C'était incontestablement l'un des hommes les plus séduisants qu'elle ait jamais rencontrés. Grand et athlétique, il arborait un visage aux traits bien dessinés encadré d'épais cheveux noirs et des yeux d'un bleu intense qui trahissaient un mélange d'intelligence et de volonté.

Une lueur de défi se reflétait en cet instant dans son regard et elle comprit qu'il comptait bien se venger de l'humiliation qu'elle lui avait fait subir à l'hôpital.

— Vous vous appelez Maureen, c'est bien cela ?

Elle haussa les épaules : si elle était ici, c'est que la police de Big Sky connaissait déjà son identité.

— Écoutez, reprit Brick, visiblement agacé par sa désinvolture, je sais que vous vous êtes rendue auprès de Natalie Berkshire dans l'intention de la tuer. Je sais aussi que vous ne l'avez pas fait parce qu'elle vous a dit quelque chose.

Elle aurait pu le mettre au défi de prouver ces assertions mais elle jugea préférable de n'en rien faire. S'aliéner un marshal – a fortiori le propre fils du chef du bureau des marshals – serait aussi vain que contre-productif.

— J'ai bien peur que vous ne vous soyez mépris sur mes intentions, répondit-elle d'une voix plus conciliante.

— Il ne s'agissait pas d'une méprise, objecta Brick. J'ai bien vu la façon dont vous regardiez Mlle Berkshire.

— J'ai de bonnes raisons de la détester, reconnut Maureen. Mais ce n'est pas illégal, que je sache.

— S'en prendre à un policier l'est, en revanche, répliqua-t-il du tac au tac.

— Je ne savais pas que vous étiez de la police.

— C'est sans doute mon uniforme qui vous a induite en erreur, ironisa-t-il.

— À vrai dire, je pensais que vous étiez un agent de la sécurité un peu trop zélé, répondit-elle sans se démonter.

— Et c'est toujours de cette façon que vous traitez les agents de sécurité ?

— J'avoue que j'ai réagi de façon un peu brutale et inconsidérée, répondit-elle, feignant la contrition. Je suis vraiment désolée.

— Je doute que vous le soyez réellement.

Il la considéra avec une attention accrue.

— Vous n'êtes vraiment pas une femme comme les autres, remarqua-t-il enfin.

— Seriez-vous en train de me draguer, monsieur Savage ?

— Pas du tout ! s'empressa-t-il de protester.

Elle éclata de rire.

— Je vous fais marcher, lui dit-elle. Tout ceci est vraiment nouveau pour vous, n'est-ce pas ? Depuis combien de temps travaillez-vous pour le bureau du marshal ?

— Pas très longtemps, reconnut-il. Mais, expérimenté ou non, je suis un marshal.

— Je vous promets que je m'en souviendrai, désormais, lui assura-t-elle. Mais si vous avez une si piètre opinion de moi, comment se fait-il que vous ne m'ayez pas encore accusée d'avoir enlevé Natalie ?

Il secoua doucement la tête.

— Je ne crois pas que vous l'ayez fait, répondit-il. Ce n'est pas votre style.

Elle le considéra avec une pointe d'amusement.

— Nous ne nous connaissons que depuis quelques minutes et vous pensez déjà m'avoir cernée ?

— Vous oubliez que j'ai eu l'occasion d'étudier votre dossier, répondit-il. Vous êtes peut-être animée par un désir de vengeance mais vous demeurez un flic – un bon flic, même, d'après ce que j'ai pu lire. Je ne pense pas que vous soyez capable de torturer quelqu'un pendant une semaine. Celui qui a fait ça est un déséquilibré.

Maureen prit mentalement note du fait qu'elle devait se méfier de Brick Savage. L'homme était bien plus perspicace que ne le laissait supposer son manque d'expérience. Ne l'avait-il pas instantanément démasquée, lorsqu'il était entré dans cette chambre d'hôpital ?

Elle était prête à parier qu'il n'était pas venu la voir seulement pour se moquer d'elle. Il attendait d'elle quelque chose et elle devait découvrir ce dont il s'agissait.

— Natalie vous a parlé, reprit-il alors. Je voudrais savoir ce qu'elle vous a dit.

— Je ne sais pas ce que vous croyez avoir entendu mais, d'après les médecins, Natalie Berkshire est plongée dans un état catatonique. Elle est incapable de parler.

Il secoua la tête, refusant de céder aussi facilement.

— Non seulement elle vous a parlé mais, de plus, ce qu'elle vous a dit vous a dissuadée de la tuer.

Maureen ne put réprimer un léger frisson. Elle savait qu'il avait probablement raison. Si Natalie ne lui avait pas parlé, elle serait peut-être morte, à l'heure actuelle. En allant la trouver, Maureen avait bel et bien eu l'intention de la mettre définitivement hors d'état de nuire, même si cela devait causer sa propre perte.

— Lorsque je suis entré, reprit Brick, vous étiez penchée sur Natalie et j'ai vu ses lèvres bouger. Je l'ai entendue chuchoter quelque chose. Et je veux savoir ce que c'était.

Maureen ouvrit la bouche pour lui répondre qu'il se trompait et que, même dans le cas contraire, il ne pourrait jamais rien prouver.

— Si vous voulez que je vous sorte d'ici, vous feriez mieux de me parler, l'encouragea-t-il alors.

— N'est-il pas ironique que ce soit moi qui sois enfermée ici alors que Natalie est libre ? murmura-t-elle d'un ton amer.

— Aucune preuve n'a été retenue contre elle, lui rappela Brick. Aux yeux de la justice, elle est innocente. Pouvez-vous prouver le contraire ?

— Malheureusement, non. Mais lorsqu'on finira par trouver ces preuves, il sera trop tard et d'autres familles auront perdu des proches à cause d'elle.

— Pourquoi l'avoir épargnée, si vous en êtes si convaincue ? lui demanda Brick en croisant les bras sur sa poitrine. Que vous a-t-elle donc dit ?

Maureen serra les dents. Il n'était pas question qu'elle se confie à cet homme dont elle ignorait tout et qui se trouvait être le fils du marshal local.

— J'imagine que cela devait avoir un rapport avec votre sœur, insista-t-il. Elle s'appelait Tricia, n'est-ce pas ?

En l'entendant prononcer ce nom, Maureen sentit son cœur se serrer. Elle se demanda brusquement si ce n'était pas justement ce que Natalie avait espéré. Avait-elle cherché à la manipuler en semant le doute en elle ? Après tout, Natalie Berkshire était une sociopathe, habituée à ce genre de procédé. Elle était passée maîtresse dans l'art de gagner la confiance des gens.

N'avait-elle pas dupé Tricia, Thomas et Maureen elle-même ?

Or Maureen n'était pas quelqu'un de particulièrement naïf ou crédule : son métier lui avait appris que rares étaient les gens à qui l'on pouvait se fier. Pourtant elle avait cru Natalie et l'avait très vite considérée comme une amie.

Lorsqu'elle avait appris que la police la soupçonnait d'avoir délibérément assassiné Joey, elle n'avait pas voulu le croire. Natalie s'était toujours montrée très douce et très tendre avec son neveu, faisant preuve à son égard d'une inépuisable patience.

Malheureusement, les circonstances ne laissaient guère de place au doute : Natalie et Tricia étaient seules à la maison, ce jour-là. Sa sœur était montée se reposer dans sa chambre et avait été réveillée par un cri de Natalie. Lorsqu'elle était arrivée dans la nursery, il était déjà trop tard et son fils était mort.

Cela aurait très bien pu passer pour un accident sans le zèle dont avait fait preuve le médecin légiste de Billings. Les fibres qu'il avait retrouvées dans les poumons du bébé prouvaient que quelqu'un l'avait bel et bien délibérément étouffé. Et il ne pouvait s'agir que de Natalie.

— Natalie Berkshire a tué, probablement à plusieurs reprises, et si on la laisse quitter tranquillement cet hôpital, elle tuera de nouveau.

— Admettons que ce soit vrai, répondit Brick. Que préconisez-vous ?

Elle ne répondit pas. Elle n'avait aucunement l'intention de confesser le crime qu'elle s'apprêtait à commettre.

— Vous ne pouvez pas faire une chose pareille, s'exclama Brick avec une pointe de colère dans la voix. Vous êtes un flic !

— J'ai été suspendue, lui rappela-t-elle.

— La question n'est pas là. Vous savez que la seule façon sensée de mettre Natalie hors d'état de nuire, c'est de démontrer qu'elle est coupable – si tant est qu'elle le soit vraiment.

— C'est ce que j'ai tenté de faire, répondit-elle. Par tous les moyens. Et au lieu de me soutenir, ma hiérarchie m'a lâchée.

— Ce n'est pas une raison pour devenir un assassin à votre

tour, objecta Brick. Vous avez travaillé suffisamment longtemps pour la police criminelle pour savoir ce qui vous arrivera ensuite.

— Si sacrifier mon existence me permet d'en sauver de nombreuses autres, je n'hésiterai pas un seul instant. N'est-ce pas précisément ce que nous sommes censés faire, en tant que policiers ? Protéger et servir, fût-ce au péril de nos vies ?

Brick la considéra avec un mélange d'étonnement et d'agacement. Mais elle crut aussi déceler dans son regard bleu une pointe d'admiration.

— Écoutez, reprit-il d'une voix plus conciliante, vous êtes jeune. Il ne sert à rien de gâcher votre vie. Elle est précieuse, vous savez...

La gravité avec laquelle il prononça ces mots intrigua Maureen. Brick n'était peut-être pas le cow-boy superficiel qu'elle avait voulu voir en lui.

— La police de Billings dispose apparemment d'éléments concernant des incidents plus anciens, poursuivit-il. Et cette fois, vos collègues trouveront peut-être des preuves. Ou, au contraire, ils démontreront l'innocence de Natalie. Laissez-leur la possibilité de faire leur travail. Il sera toujours temps de vous sacrifier par la suite, si c'est vraiment ce que vous voulez.

— Pourquoi perdre du temps au risque de voir d'autres gens mourir ? s'entêta Maureen.

Même à ses propres oreilles, sa voix trahissait déjà moins de conviction qu'auparavant.

— Vous n'êtes plus aussi sûre qu'elle soit coupable, n'est-ce pas ? Ce qu'elle vous a dit a fait vaciller vos certitudes.

Maureen secoua la tête, presque rageusement.

— Vous vous trompez ! s'exclama-t-elle. Natalie est coupable. Et rien de ce que vous pourrez dire ne me convaincra du contraire.

Brick ne se démonta pas, se contentant de la considérer avec attention, comme s'il cherchait à lire en elle. Elle se força à soutenir son regard, luttant contre le trouble qui l'envahissait. Cet homme n'était pas du tout aussi superficiel et transparent qu'elle se l'était imaginée en le voyant.

— Si vous changez d'avis et que vous voulez me parler, vous n'aurez qu'à faire signe à l'un de mes collègues. Ils savent où me joindre...

Brick ne cessait de repenser à la discussion qu'il venait d'avoir avec Maureen. Il avait du mal à réconcilier l'apparence presque angélique de la jeune femme avec la volonté farouche qui se lisait dans son regard et le jusqu'au-boutisme de ses positions.

Il ne savait pas non plus si l'idéalisme qu'elle professait était authentique, si elle était vraiment prête à se sacrifier pour le bien commun ou si elle cherchait juste à venger sa sœur et son neveu.

Ce dont il était convaincu, en revanche, c'était que ce que lui avait dit Natalie à l'hôpital avait provoqué chez elle un brusque revirement d'attitude. Il était également persuadé que, contrairement à ce qu'elle prétendait, sa résolution s'en était trouvée ébranlée.

Mais elle avait visiblement renoncé momentanément à se faire justice toute seule et paraissait tout aussi décidée que lui à mener l'enquête. Or tout comme Natalie, Maureen serait bientôt libre de reprendre ses investigations.

Il fallait également compter avec le troisième protagoniste de cette histoire : le vieil homme au camping-car qui ne se résignerait probablement pas à voir sa proie lui échapper. La confrontation entre ces trois individus risquait fort de s'avérer explosive.

Quoi que puisse en penser son père, Brick ne pouvait laisser la police de Billings se charger de cette affaire : il était évident qu'elle était déjà dépassée. N'avait-elle pas déjà laissé Natalie s'enfuir puis se faire capturer ? Maureen paraissait d'ailleurs partager ses doutes concernant l'enquête qu'avaient menée ses collègues.

Après réflexion, Brick décida d'aller discuter de tout cela avec la première intéressée. Il était désormais convaincu que le médecin s'était trompé au sujet de Natalie et que la catatonie de cette dernière était feinte. Et si elle avait parlé à Maureen, il saurait bien la pousser à en faire autant avec lui.

Après tout, il lui avait plus ou moins sauvé la vie. Et il avait les moyens de la protéger, que ce fût de Maureen ou de son ravisseur. Qu'elle soit coupable ou non, elle devait bien savoir que ceux-ci ne la laisseraient probablement pas en paix.

Au lieu de rentrer chez lui comme il en avait initialement eu l'intention, Brick obliqua pour prendre la direction de l'hôpital. Là, il gagna directement la chambre de Natalie. Mais comme il remontait le couloir qui la desservait, il s'aperçut que le policier qui se trouvait en faction devant la porte était avachi sur sa chaise, son chapeau rabattu sur les yeux.

Inquiet, il pressa le pas : les marshals n'avaient pas pour habitude de s'endormir à leur poste – particulièrement en plein jour. Parvenu auprès du policier, il le secoua doucement sans parvenir à le réveiller. Écartant le chapeau, il constata que l'homme avait été violemment frappé au crâne et arborait un impressionnant hématome.

Après s'être assuré qu'il était toujours vivant et que son pouls était régulier, Brick pénétra dans la chambre de Natalie Berkshire. Sans surprise, il découvrit que son lit était vide. Un juron bien senti lui échappa. Par acquit de conscience, il alla frapper à la porte de la salle de bains.

— Natalie ? appela-t-il. Je suis de la police. Je vais ouvrir.

Il s'exécuta et constata rapidement que la pièce était déserte. Natalie s'était bel et bien envolée.

Comme il s'apprêtait à appeler le central pour faire part de sa découverte, il entendit un gémissement sourd qui provenait de l'intérieur de la chambre. Surpris, il s'approcha du lit et s'agenouilla pour jeter un coup d'œil en dessous.

Là, il aperçut une femme en sous-vêtements qui était bâillonnée et dont les chevilles et les poignets étaient liés par des tubes de perfusion. Brick la débarrassa de ses entraves et l'aida à s'extraire de sous le lit.

— Que s'est-il passé ? lui demanda-t-il.

— Lorsque je me suis penchée sur elle pour prendre sa

température, elle m'a attaquée avec un scalpel. Elle a menacé de m'égorger si je faisais le moindre bruit.

La voix de l'infirmière se brisa et elle réprima difficilement un sanglot.

— Elle a pris mes vêtements et m'a attachée, ajouta-t-elle. Et puis, elle a emporté l'extincteur de la chambre en sortant.

— Quand est-ce arrivé ? s'enquit Brick.

— Il y a cinq à dix minutes, répondit l'infirmière.

Brick vit alors apparaître le policier de garde sur le seuil de la chambre. Il se massait la tête en grimaçant.

— Natalie s'est enfuie, lui indiqua Brick. Je vais essayer de la rattraper. Appelez le central et occupez-vous de l'infirmière !

Sans attendre la réponse de l'homme qui paraissait encore un peu groggy, Brick s'élança dans le couloir. Il dévala l'escalier quatre à quatre et traversa le hall en courant pour déboucher par la porte principale. Parcourant des yeux le parking de l'hôpital, il ne vit aucun signe de la fugitive.

Puis, soudain, une moto déboucha en trombe sur sa droite, fonçant à toute allure en direction de la sortie. Brick eut tout juste le temps de remarquer la blouse blanche et les longs cheveux noirs de la femme qui la pilotait avant qu'elle quitte le parking.

Sans attendre, il s'élança vers son pick-up. Quelques instants plus tard, il s'engageait à son tour dans la rue qui passait devant l'hôpital. Il suivit la moto sur quelques centaines de mètres mais ne tarda pas à se rendre à l'évidence. Natalie était hors de vue et elle avait pu emprunter n'importe laquelle des rues menant à l'hôpital.

Brick décrocha aussitôt la radio qui se trouvait dans son véhicule et contacta le central pour signaler l'évasion de Natalie et le vol de la moto. L'opératrice lui assura qu'elle transmettrait le signalement de Natalie à toutes les voitures de patrouille.

Brick ne se faisait cependant aucune illusion : à moto, la jeune femme n'aurait aucune difficulté à s'évaporer dans la nature. Mais sans argent, elle ne pourrait aller plus loin que son réservoir le lui permettrait.

Elle se savait menacée – c'était même probablement la raison pour laquelle elle avait feint la catatonie. Elle chercherait donc très certainement à atteindre un endroit où elle se sentirait en lieu sûr, fût-ce momentanément. Le choix le plus probable était un parent ou un ami qui vivait dans la région et en qui elle avait confiance.

Malheureusement, Brick ne connaissait pas suffisamment le dossier de la jeune femme pour savoir qui pourrait lui donner asile en de telles circonstances. Comme il se faisait cette réflexion, la sonnerie de son téléphone retentit.

— Brick Savage, j'écoute, fit-il.

— Un de vos hommes vient de me dire que Natalie s'était enfuie...

Il lui fallut quelques instants pour reconnaître la voix de Maureen Mortensen.

— Je me doutais qu'elle tenterait quelque chose dans ce goût-là. Mais je peux vous aider à la retrouver, si nous ne perdons pas de temps.

— Il me semblait que vous étiez en garde à vue, remarqua Brick.

— Oui, et j'utilise le seul coup de téléphone auquel j'ai droit pour vous contacter. J'espère que vous ne me le ferez pas regretter !

— Que suggérez-vous ?

— Laissez-moi vous aider à localiser Natalie. Je connais son dossier par cœur et je sais presque tout ce qu'il y a à savoir à son sujet. Vous parviendrez peut-être à la trouver sans mon aide mais cela vous ferait perdre un temps précieux. Et d'ici là, qui sait combien d'autres victimes elle pourra bien faire ? Alors réfléchissez-y bien et venez me chercher.

Sur ce, Maureen raccrocha sans lui laisser le temps de répondre. Malgré lui, il ne put réprimer un sourire. Cette fille ne manquait décidément pas d'audace. Et elle n'avait pas complètement tort : de tous les policiers qui se trouvaient actuellement à Big Sky, elle était incontestablement celle qui connaissait le mieux le dossier. Mais elle était aussi beaucoup trop impliquée personnellement.

Alors même qu'il se faisait cette réflexion, un doute s'insinua en lui. N'était-ce pas précisément ce que son père lui avait reproché ? Il avait été mis en vacances forcées, tout comme Maureen avait été mise à pied. Et pourtant, pour des raisons différentes, tous deux avaient à cœur de retrouver Natalie et de découvrir si elle était réellement coupable des crimes dont on l'accusait.

Le fait même que leurs points de vue sur cette question soient si divergents – presque opposés, en fait – constituait peut-être un avantage. Maureen chercherait à prouver la culpabilité de Natalie tandis qu'il s'efforcerait d'établir son innocence. Et peut-être trouveraient-ils en s'associant l'objectivité qui faisait défaut à chacun.

Brick savait parfaitement ce que son père penserait d'un tel raisonnement. Lui-même devait bien reconnaître qu'il était un peu tiré par les cheveux. Mais quelles autres options avait-il ? S'il ne faisait pas équipe avec Maureen, il n'avait strictement aucune chance de retrouver Natalie et de résoudre cette affaire.

Maureen, quant à elle, finirait par être libérée et se mettrait alors à la recherche de la jeune femme. Mais elle se passerait alors de ses services et risquait fort d'en revenir à son plan initial : tuer Natalie dès qu'elle l'aurait retrouvée...

Après réflexion, Brick comprit qu'il avait déjà pris sa décision avant même que Maureen ait raccroché. Et il était prêt à parier qu'elle le savait.

Il prit le temps de repasser par son appartement pour rassembler quelques vêtements, sa trousse de toilette et ce dont il pourrait avoir besoin au cours des jours à venir. Puis il reprit la direction du bureau du marshal en espérant ne pas y croiser son père.

6

— Vous en avez mis, du temps, commenta Maureen d'un ton presque goguenard en voyant Brick approcher de la cellule dans laquelle elle avait été placée après son interrogatoire.

Brick secoua la tête d'un air incrédule : l'assurance de Maureen semblait n'avoir aucune limite.

— Vous étiez donc si convaincue que je viendrais vous chercher ? lui demanda-t-il.

Elle se contenta de hausser les épaules comme si la question ne méritait pas même une réponse.

— Si vous voulez que nous retrouvions Natalie avant qu'elle disparaisse de nouveau dans la nature, vous feriez mieux d'ouvrir cette cage.

— Je ne le ferai que lorsque vous m'aurez répété ce que Natalie vous a dit, à l'hôpital. J'aimerais être sûr de disposer de tous les éléments avant de me lancer dans une chasse à l'homme.

Maureen se rembrunit et, l'espace de quelques instants, il se demanda si elle n'allait pas lui opposer un refus pur et simple. Que ferait-il alors ? La laisserait-il tout de même sortir au risque de perdre la face ? Ou bien devait-il se montrer ferme en espérant qu'elle était tout aussi impatiente que lui de se mettre à la recherche de Natalie ?

— Très bien, déclara-t-il enfin, si vous préférez rester ici, je me débrouillerai tout seul.

Il fit mine de se détourner.

— Vous commettriez une erreur, objecta vivement Maureen. Je connais son dossier par cœur, je l'ai fréquentée lorsqu'elle travaillait pour ma sœur et je sais comment elle fonctionne. Vous vous êtes déjà laissé berner une fois – même le médecin de l'hôpital s'est fait avoir. Et elle n'a pas hésité à attaquer une infirmière et un policier, d'après ce que j'ai cru comprendre...

— Certains de mes collègues semblent avoir du mal à tenir leur langue, remarqua Brick d'un ton réprobateur. Ce n'est plus une prison, c'est un centre d'information...

— Que voulez-vous ? répondit-elle d'un ton moqueur. La plupart des hommes aiment se faire mousser en racontant tout ce qu'ils savent. Il faut bien que le fait d'être une femme présente un avantage, de temps à autre... Mais pour en revenir à Natalie, il ne s'agit pas seulement de la retrouver : il faut la retrouver avant son ravisseur. Et pour cela, vous ne pouvez vous permettre de négliger le moindre avantage.

— Je ne peux pas non plus courir le risque de collaborer avec quelqu'un en qui je ne peux pas avoir confiance, répondit Brick en la regardant droit dans les yeux.

Maureen soutint son regard durant plusieurs secondes.

— Natalie m'a dit que ma sœur ne s'était pas suicidée, déclara-t-elle enfin.

Brick la considéra avec stupeur.

— Je comprends pourquoi vous aviez l'air sous le choc, déclara-t-il enfin. Mais si elle a dit la vérité...

— Alors quelqu'un a assassiné ma sœur, acquiesça Maureen.

— Mais pourquoi aurait-on fait une chose pareille ?

— C'est bien ce que j'ai l'intention de découvrir. Et pour cela, le moyen le plus rapide est de retrouver Natalie. Alors laissez-moi vous aider. Je vous promets de vous dire tout ce que je sais à son sujet et de ne rien tenter contre elle. Mais nous devons la localiser le plus rapidement possible.

— D'accord. Je vais payer votre caution mais je préfère vous prévenir : je compte bien rentabiliser cet investissement et, tant que nous n'aurons pas retrouvé Natalie, je ne vous lâcherai pas d'une semelle.

— Comme vous voudrez, répondit Maureen.

Brick déverrouilla la cellule de la jeune femme. Lorsqu'elle sortit, il lui tendit un sac en papier.

— J'ai récupéré vos effets personnels et votre sac de voyage, lui indiqua-t-il.

— Et ma voiture ?

— Pour le moment, elle est à la fourrière. Mais la mienne est garée dehors.

— Je préférerais que nous prenions la mienne, protesta-t-elle. Je suis une conductrice hors pair.

— Je n'en doute pas, répondit Brick. Et c'est une raison de plus pour prendre ma voiture : je ne tiens pas à ce que vous preniez la poudre d'escampette.

— Est-ce que vous êtes toujours aussi suspicieux ?

— Dois-je vous rappeler ce qui s'est passé lors de notre première rencontre ?

— Je vois... On dirait que j'ai froissé votre sacro-sainte fierté masculine, remarqua-t-elle, moqueuse.

— J'ai surtout compris qu'avec vous, je ne pouvais me permettre de baisser la garde un seul instant, répondit-il.

Le sourire enjôleur qu'elle lui décocha alors lui fit prendre conscience que ce qu'il venait de lui dire était vrai à plus d'un titre. Maureen était une femme aussi séduisante que dangereuse et, s'il voulait garder le contrôle de la situation, il ne pourrait se permettre de l'oublier.

Maureen et Brick venaient tout juste de sortir du bureau du marshal lorsqu'elle entendit quelqu'un l'interpeller. Surprise, elle se retourna et découvrit Thomas, son beau-frère, qui la considérait d'un air stupéfait.

— Il me semblait bien que c'était toi, s'exclama-t-il. Qu'est-ce que tu fais à Big Sky ?

— Je pourrais te retourner la question, répondit-elle, à la fois surprise et embarrassée.

Depuis l'enterrement de sa sœur, Thomas avait essayé de la contacter à plusieurs reprises et elle avait ignoré ses appels et omis de le rappeler. Le revoir ne ferait que raviver la douleur qu'elle s'efforçait sans grand succès de réprimer depuis que son neveu et sa sœur étaient morts.

— Je suis venu pour affaires, lui répondit Thomas. Mais je vois que toi aussi, tu as repris le travail.

Il désigna le poste de police dont Brick et elle venaient de sortir et elle se demanda ce qu'il penserait en apprenant qu'en réalité, elle s'était trouvée en cellule, quelques minutes auparavant.

Peut-être n'en aurait-il pas été si surpris que cela. Après tout, la dernière fois qu'ils s'étaient vus, elle avait clairement laissé entendre qu'elle ne parvenait pas à tourner la page et qu'elle avait l'intention de venger Tricia.

Thomas, au contraire, essayait d'aller de l'avant. Il avait très vite repris le travail et s'était efforcé de surmonter le double deuil qui l'avait frappé. Y était-il parvenu ? Était-il prêt aujourd'hui à reconstruire sa vie et à prendre un nouveau départ ?

Maureen, elle, en était incapable. Tant que Natalie serait en liberté, elle ne pourrait trouver la paix. C'était peut-être la raison pour laquelle elle éprouvait une pointe de rancœur à l'égard de son beau-frère : elle avait du mal à comprendre qu'il puisse vouloir tourner la page aussi rapidement et ne pouvait s'empêcher de considérer cela comme une trahison.

— Thomas, je te présente le marshal Brick Savage, dit-elle pour meubler le silence qui s'était installé. Brick, voici Thomas Coton, mon beau-frère.

Les deux hommes se serrèrent la main.

— Et je vous présente ma collègue, Quinn Pierson, ajouta

Thomas en désignant une jeune femme qui se trouvait légèrement en retrait.

Jusqu'alors, Maureen n'avait pas prêté attention à elle. C'était une très jolie brunette qui portait un élégant tailleur et tenait un porte-documents.

— Enchantée de faire votre connaissance, leur dit-elle avec un charmant sourire. J'ai bien peur que nous ne puissions rester discuter beaucoup plus longtemps. Le séminaire auquel nous devons assister ne va pas tarder à commencer.

— Vous êtes venus à Big Sky pour assister à un séminaire ? s'étonna Brick.

— À vrai dire, je fais partie de ceux qui l'ont organisé, précisa Thomas en leur tendant un flyer. J'ai déjà dû te parler de Jeffrey Palmer, ajouta-t-il à l'intention de Maureen.

— Bien sûr, répondit-elle en prenant le papier. En tout cas, ne vous en faites pas, nous aussi, nous sommes pressés. J'ai été heureuse de te revoir, Thomas.

— Moi aussi. N'hésite pas à me faire signe, lorsque tu seras de retour à Billings.

— C'est promis, lui assura-t-elle.

Ils se remirent en marche vers la voiture de Brick tandis que Thomas et Quinn se dirigeaient vers l'hôtel qui se trouvait de l'autre côté de la rue.

— Qui est ce Jeffrey Palmer ? s'enquit Brick.

— Un millionnaire qui dispense des cours de développement personnel, répondit-elle. Thomas est l'un de ses plus grands fans. Il dévore tous ses livres et ne rate pas un seul de ses séminaires.

— Vous ne paraissez pas convaincue, en revanche.

Elle haussa les épaules.

— Je n'ai jamais eu l'ambition de devenir millionnaire. Et même si tel était le cas, je ne suis pas convaincue que Jeffrey Palmer m'y aiderait beaucoup. Tout ce qu'a pu m'en dire Thomas m'a paru d'une platitude absolue...

— Vous ne pensez pas que nous devrions interroger votre

beau-frère au sujet de Natalie ? lui demanda alors Brick. Il a peut-être une idée de l'endroit où elle pourrait se trouver.

— Thomas ne veut plus entendre parler d'elle, répondit Maureen. Mais ne vous en faites pas : j'en sais bien plus que lui à son sujet.

Ils étaient parvenus devant un imposant pick-up bleu nuit que Brick déverrouilla.

— Avant que nous nous mettions en route, dit-il à Maureen, je tiens à ce que nous établissions quelques règles élémentaires. Nous travaillerons ensemble. Si vous vous avisez de me fausser compagnie, je ferai en sorte que vous soyez renvoyée en prison. Et lorsque nous aurons retrouvé Natalie, nous la ramènerons ici pour l'interroger en toute légalité et faire toute la lumière sur cette affaire. C'est bien compris ?

— Parfaitement.

— J'espère que vous avez conscience du risque que je cours en vous libérant, renchérit Brick. Si vous essayez de me doubler, je serai sans pitié.

— J'ai compris, soupira-t-elle. Maintenant, nous devrions vraiment nous mettre en route avant de perdre complètement la trace de Natalie.

Il la considéra longuement avant de hocher la tête. Tous deux prirent place à bord du pick-up et Brick démarra.

— Commencez par me raconter comment elle a réussi à s'enfuir de l'hôpital alors qu'elle était sous surveillance.

Brick lui raconta ce qui s'était passé.

— Je me permets de souligner que c'est probablement votre intrusion qui lui a inspiré cette méthode d'évasion, conclut-il.

Maureen s'abstint de relever.

— Nous devrions retourner à l'hôpital, déclara-t-elle.

— À cette heure, Natalie est sans doute déjà loin, objecta Brick.

— Probablement, concéda-t-elle. Mais elle a peut-être laissé des traces de son passage.

Brick n'était pas du tout convaincu qu'ils parviendraient à suivre Natalie à la trace. Il avait vaguement espéré que Maureen lui suggérerait quelques destinations possibles et qu'ils pourraient ainsi tenter de surprendre la jeune femme.

Tandis qu'ils quadrillaient le quartier de l'hôpital, Brick l'interrogea au sujet de ce qui était arrivé à son neveu.

— Je suis passée voir Tricia, ce jour-là, répondit-elle après un long silence. Elle dormait et je n'ai pas voulu la déranger. Elle avait vraiment besoin de repos après tout ce qui s'était passé…

— Que voulez-vous dire ?

— Thomas et Tricia voulaient un enfant depuis longtemps mais pendant des années, leurs efforts sont restés vains. Cela commençait même à miner leur relation de couple. Lorsque, finalement, Tricia est tombée enceinte, je pensais qu'elle serait folle de joie. Mais en fait, elle paraissait surtout très angoissée – comme si elle pressentait déjà ce qui allait se passer. Sa grossesse a été très difficile et l'accouchement aussi. À la naissance, Tricia et Thomas ont appris que leur enfant était lourdement handicapé et qu'il avait peu de chances de survivre plus d'un an…

— Je suis désolé, murmura Brick, touché par la détresse qui transparaissait dans sa voix.

Elle lui jeta un regard étonné, comme si elle ne s'était pas attendue à ce qu'il puisse faire preuve de compassion à son égard.

— Tout cela paraît si lointain, maintenant que Joey et Tricia sont morts, murmura-t-elle tristement. Mais pour en revenir à cette journée fatidique, je suis allée embrasser Joey. Il allait parfaitement bien, à ce moment-là. Comme je m'apprêtais à repartir, Natalie m'a abordée. Elle avait visiblement quelque chose à me dire mais, à ce moment-là, Tricia s'est réveillée. Nous avons discuté pendant quelques minutes puis je suis partie. Un peu plus tard, ce jour-là, Joey est mort. Puis Natalie s'est fait arrêter et je n'ai jamais eu l'occasion de reparler avec elle… jusqu'à ce que vous me surpreniez à l'hôpital de Big Sky.

— Avez-vous la moindre idée de ce qu'elle voulait vous dire, à ce moment-là ?

Maureen secoua la tête.

— Je l'ignore, avoua-t-elle. Et c'est l'une des raisons pour lesquelles je tenais à m'entretenir avec elle...

Maureen s'interrompit brusquement.

— Arrêtez-vous ! s'exclama-t-elle.

Brick s'exécuta.

— Reculez un peu.

Il fit ce qu'elle lui demandait. Maureen lui désigna une maison.

— Là ! lui dit-elle. Vous ne remarquez rien ?

Brick observa le jardin qu'elle lui désignait et remarqua que du linge séchait sur un fil.

— Il en manque, nota-t-il. Vous croyez que c'est Natalie qui les a pris ?

— Il s'agit de vêtements féminins et, si j'en juge par ceux qui se trouvent toujours là, ils doivent correspondre à sa taille.

— Allons jeter un coup d'œil, suggéra Brick en ouvrant sa portière.

Ils descendirent de voiture et s'approchèrent du jardin. À cet instant, la porte de la maison s'ouvrit. Une femme sortit et les considéra d'un air suspicieux.

— Excusez-moi, l'interpella Brick. Nous cherchons une femme habillée en infirmière. Il se peut qu'elle vous ait volé votre linge.

— C'est le cas, confirma la femme.

— Pouvez-vous nous décrire les habits en question ?

La femme hocha la tête.

— Il y avait un jean noir, un chemisier rouge à fleurs et un sweat-shirt à capuche bleu marine.

— Merci, fit Brick. Est-ce que par hasard vous auriez vu de quel côté elle est partie ?

— Je l'ai aperçue par la fenêtre alors qu'elle était en train de prendre les vêtements. Le temps que je sorte, elle avait déjà disparu. Mais j'ai entendu une moto démarrer quelques instants plus tard. Je ne sais pas vers où elle est partie, malheureusement.

— C'était il y a combien de temps ?

— Il y a une demi-heure, environ. Est-ce que vous pensez que vous retrouverez mes vêtements ?

— Nous allons tout faire pour, lui assura Brick.

— J'espère qu'elle ne se fait pas trop d'illusions, murmura Maureen tandis qu'ils regagnaient le pick-up. Natalie se débarrassera de ces habits dès qu'elle aura trouvé de quoi s'en racheter des neufs. Il lui faudra aussi rapidement un nouveau véhicule. Quelque chose de plus discret que cette moto.

Brick considéra Maureen d'un air légèrement dubitatif.

— À vous entendre, on pourrait croire que Natalie est une criminelle professionnelle, remarqua-t-il. Dois-je vous rappeler que nous avons affaire à une infirmière ?

— Mais c'est une femme très intelligente. Et elle doit savoir qu'elle est poursuivie par la police, par moi et par l'homme qui l'a déjà enlevée. Elle fera tout ce qui est en son pouvoir pour nous échapper...

Maureen fut interrompue par la sonnerie du téléphone portable de Brick. C'était le policier qui était en faction à l'hôpital et s'était fait attaquer par Natalie.

— J'ai cru comprendre que vous vous étiez lancé à la poursuite de Natalie Berkshire, lui dit-il.

— C'est exact.

— Je voulais vous transmettre une information qui vient de me parvenir : l'une des infirmières qui étaient de service ce matin s'est rendu compte qu'on lui avait volé son sac à main. C'est probablement Natalie qui l'a pris.

— Est-ce qu'il y avait beaucoup d'argent dans le sac ?

— Un peu plus de cent cinquante dollars.

Brick ne put réprimer un juron. Cette somme conférait un avantage supplémentaire à Natalie. Elle aurait notamment les moyens de refaire le plein.

— Merci pour le tuyau, dit-il au policier.

— Il n'y a pas de quoi. J'espère que vous la retrouverez rapidement.

— Moi aussi, répondit Brick.

Il raccrocha et informa Maureen de la situation.

— Je pense qu'elle essaiera d'abord de trouver une voiture, opina-t-elle. À sa place, je tenterais ma chance dans un bar.

Brick lui jeta un regard interrogateur.

— C'est l'endroit où il est le plus facile de voler un sac à main, expliqua-t-elle en haussant les épaules.

— On vous a déjà dit que vous pensiez comme un criminel ?

— C'est ce qui fait de moi un bon flic, répondit Maureen. Quand mes supérieurs ne me mettent pas des bâtons dans les roues, en tout cas...

Le téléphone se remit à sonner.

— À propos de supérieurs, murmura Brick en avisant le numéro de son père qui s'affichait à l'écran.

C'était la troisième fois que Hud cherchait à joindre son fils en moins d'une heure. Il s'attendait à tomber de nouveau sur sa messagerie mais, à son grand étonnement, Brick prit cette fois la peine de décrocher.

— Je peux savoir ce que tu fabriques ? s'exclama Hud sans autre forme de procès. Pourquoi as-tu payé la caution de cette fille ? Aurais-tu déjà oublié que si elle était en cellule, c'était parce qu'elle t'a attaqué ? Essaierais-tu de torpiller ta carrière avant même d'être entré en fonction ?

— Je te rappelle que je ne suis pas de service. Tu m'as mis en congés forcés.

— Puis-je savoir pourquoi tu l'as libérée, alors ?

— Parce qu'elle est notre meilleure chance de retrouver rapidement Natalie.

— Dois-je te rappeler que tu la soupçonnais de vouloir assassiner Natalie Berkshire ?

— Justement, je préfère la surveiller de près plutôt que de la laisser mettre la main sur Natalie avant nous.

— Mais pour le moment, Natalie ne fait pas l'objet d'un mandat d'arrêt, objecta Hud.

— Elle a agressé un policier, volé une moto, un sac à main et des vêtements. Je pense que nous n'aurons aucun mal à obtenir un mandat en cas de besoin.

— Mais en attendant, tu n'es pas habilité à l'arrêter.

— Pour le moment, tout ce qui m'importe, c'est de la retrouver avant l'homme au camping-car. Je voudrais aussi avoir quelques éclaircissements au sujet de ce qu'elle a dit à Maureen, à l'hôpital.

— Maureen t'a confirmé qu'elle lui avait parlé ?

— Oui. Et Natalie lui a assuré que sa sœur ne s'était pas suicidée.

— Pardon ? s'exclama Hud, sidéré.

— Si c'est le cas, cela signifie que Tricia a été assassinée. Et si Natalie n'est pas coupable, alors nous devons retrouver le meurtrier.

— Natalie a très bien pu mentir, objecta Hud. Inventer n'importe quoi pour dissuader Maureen de la tuer.

— C'est une éventualité, concéda Brick. Mais je préférerais m'en assurer.

— Tu penses que le meurtrier en question pourrait être l'homme au camping-car ?

— Je ne l'avais pas envisagé, reconnut Brick. Mais à ce stade, je n'écarterais aucune éventualité... À ce propos, est-ce que tu as pu obtenir des informations au sujet de ce camping-car ?

— Pas encore, répondit Hud. J'ai chargé deux de mes hommes de se renseigner auprès de tous les loueurs de la région mais cela peut prendre un certain temps. Mais n'essaie pas de détourner la conversation, Brick ! Je veux que Maureen et toi reveniez ici le plus vite possible !

— Je vais devoir te laisser, papa, je crois que je viens de repérer la moto qu'a volée Natalie, garée devant un bar. Je te rappelle dès que possible.

Sur ce, Brick raccrocha sans lui laisser le temps de protester. Hud considéra son téléphone portable d'un air sombre, en se demandant s'il ne ferait pas mieux de demander un mandat d'amener pour son propre fils.

Herbert Lee Reiner sentait une sueur glacée dégouliner le long de son dos. Son cœur battait à tout rompre et il était tenté de quitter l'agence de location sans attendre. Mais il perdrait alors la caution plus qu'importante dont il avait dû s'acquitter pour pouvoir louer le camping-car.

Il jeta un coup d'œil nerveux en direction de la vitre qui le séparait du bureau dans lequel Gil, l'employé de l'agence qui s'était occupé de lui, discutait avec son patron. Sans doute débattaient-ils de la somme qu'il convenait de retenir pour compenser les dégâts que Natalie avait causés et enfonçant la porte.

Herbert finit par se lever pour aller se servir un verre à la fontaine à eau. Le liquide était si froid que ses dents lui firent mal. Le goût lui parut étrangement désagréable, presque métallique.

Réprimant un soupir, il jeta un nouveau coup d'œil à sa montre. Il avait parfaitement conscience du fait que le temps pressait : chaque minute qui s'écoulait ajoutait à la difficulté qu'il aurait à retrouver Natalie. D'autant qu'il ne pourrait plus compter sur l'effet de surprise, cette fois-ci...

La porte du bureau s'ouvrit et Gil sortit enfin, son dossier à la main.

— Est-ce qu'il y a un problème ? s'enquit Herbert en s'efforçant d'adopter un ton nonchalant.

— Non, lui assura l'employé avec un sourire qui lui parut un peu contraint. C'est juste que je suis nouveau et je ne tiens pas à commettre d'erreur...

Herbert jeta un nouveau coup d'œil en direction du bureau

et s'aperçut que le supérieur de Gil était à présent au téléphone. Était-il en train de contacter les autorités ? Avait-il chargé le jeune homme de gagner du temps ?

— Je suis assez pressé, déclara-t-il, de plus en plus nerveux.

Il avisa alors une tache de sang qui maculait sa chaussure gauche et sentit les battements de son cœur s'accélérer encore un peu plus dans sa poitrine. Il fut de nouveau tenté de s'enfuir sans demander son reste. Mais vu son état physique, il n'était pas sûr d'aller bien loin.

— Nous y voilà ! s'exclama alors l'employé tandis que l'imprimante se mettait à crépiter derrière lui.

Gil récupéra les papiers qui sortaient et entreprit de les reclasser. De plus en plus nerveux, Herbert jeta un coup d'œil en direction du bureau. Il croisa le regard du responsable de l'agence qui détourna presque aussitôt les yeux. Était-ce de la timidité ? De la nervosité ? Ou bien de la duplicité ?

Herbert comprit qu'il ne pouvait courir le risque de s'attarder plus longtemps. Il était sur le point de prendre congé de Gil lorsque ce dernier lui tendit la liasse de documents qu'il venait d'agrafer.

— Il faut que vous signiez ici, lui indiqua-t-il en lui tendant un stylo.

Réprimant son angoisse, Herbert s'exécuta.

— Et ici…

Il signa de nouveau.

— Et enfin, ici.

Il gribouilla un semblant de signature.

— Parfait, déclara Gil en lui tendant une partie des documents.

Il sortit un chéquier et rédigea un chèque qu'il lui tendit.

— Cela couvre votre caution amputée de la franchise pour les réparations, lui indiqua-t-il.

— Merci beaucoup, répondit précipitamment Herbert.

Il se dirigea à grands pas vers la porte de l'agence.

— Au revoir, monsieur Reiner.

— Au revoir, répondit-il en se forçant à sourire.

Une fois à l'extérieur, Herbert prit une profonde inspiration, s'efforçant de se convaincre qu'il s'était laissé emporter par son imagination, que Gil et son patron n'y avaient vu que du feu.

Il ne parvint pourtant pas complètement à s'en persuader et, tandis qu'il se remettait en marche d'un pas légèrement claudiquant en direction d'une autre agence de location, il ne pouvait s'empêcher de penser qu'à tout instant, une voiture de police allait déboucher derrière lui, sirène hurlante.

Il se rappelait en effet l'expression stupéfaite de Gil, lorsqu'il avait découvert la porte arrière du camping-car que Natalie avait enfoncée à coups de pied. Fort heureusement pour Herbert, l'employé n'avait pas remarqué les traces qu'avait laissées le ruban adhésif sur les montants du lit.

Une fois de plus, Herbert se demanda s'il n'aurait pas mieux fait de tuer Natalie au moment où il l'avait capturée. Mais il avait estimé alors que ce serait un châtiment bien trop indulgent pour cette femme qui avait assassiné son épouse.

Comme chaque fois qu'il pensait à Dorie, Herbert sentit ses yeux s'embuer de larmes. Durant près de cinquante-deux ans, elle avait été son point d'ancrage, sa boussole, son alpha et son oméga. Ils avaient tout partagé : les joies et les peines, les enthousiasmes et les déceptions et puis cette terrible maladie qui avait lentement érodé les forces et l'esprit de Dorie.

Herbert écarta ces souvenirs. Il ne pouvait se permettre de s'appesantir sur le passé alors que chaque instant qui s'écoulait offrait à Natalie une chance supplémentaire de lui échapper.

Il était plus décidé que jamais à la rattraper. Et cette fois-ci, il ne se contenterait pas de la torturer en l'accablant de reproches. Il débarrasserait le monde une bonne fois pour toutes de cette engeance. Il lui ferait payer tous ses crimes, à commencer par le meurtre de sa femme.

Encouragé par cette perspective, Herbert pressa encore le pas et ne tarda pas à atteindre l'agence de location. Là, il réserva une camionnette blanche à l'arrière de laquelle il pourrait enfermer Natalie sans crainte qu'elle ne s'échappe, cette fois.

S'efforçant de ravaler son impatience, Herbert signa une nouvelle liasse de documents et rédigea un chèque de caution.

— Est-ce que vous comptez déménager ? lui demanda l'employé en le conduisant jusqu'à la camionnette.

— Il y a juste certaines choses dont j'aimerais me débarrasser, répondit Herbert.

7

Le bar dans lequel ils venaient de pénétrer était assez mal éclairé et il fallut quelques instants à Maureen pour s'accoutumer à la pénombre. La salle principale était bondée mais elle ne vit aucune trace de Natalie.

— Elle est forcément venue ici, murmura-t-elle. Sa moto est toujours garée devant.

— Mais si vous ne vous êtes pas trompée, elle a peut-être déjà trouvé ce qu'elle était venue chercher, remarqua Brick.

— Je vais aller jeter un coup d'œil dans les toilettes. Vous devriez interroger le barman, au cas où.

— Je m'en occupe.

Brick se fraya un chemin en direction du comptoir tandis que Maureen se dirigeait vers la porte située au fond du bar. La délicieuse odeur qui flottait dans l'air éveilla un grondement au creux de son estomac et elle s'aperçut qu'elle n'avait rien avalé depuis la veille au soir.

Poussant la porte des toilettes, elle avisa les deux femmes qui se trouvaient là : l'une d'elles était en train de se remaquiller tandis que l'autre se séchait les mains en parlant d'un homme qu'elle venait apparemment tout juste de rencontrer.

Trois des cabines étaient ouvertes et vides, deux étaient fermées. Comme Maureen s'en approchait, l'une d'elles s'ouvrit, laissant apparaître une femme aux longs cheveux gris vêtue d'un T-shirt fatigué à l'effigie d'un groupe de rock des années 1970.

Maureen pénétra dans la cabine voisine de celle qui était toujours occupée. S'accroupissant, elle jeta un coup d'œil sous la cloison de séparation et aperçut une paire de baskets neuves. D'après Brick, l'infirmière à qui Natalie avait volé sa tenue portait des sabots, mais cette dernière avait eu tout le temps d'acheter ou de voler d'autres chaussures.

Maureen s'assit sur l'abattant des toilettes et attendit que les trois femmes aient fini de se laver les mains et qu'elles aient quitté la pièce.

— Excusez-moi, dit-elle alors à sa voisine, je n'ai plus de papier, ici. Est-ce que vous pourriez m'en donner un peu ?

Sans un mot, la femme déroula une longueur de papier qu'elle lui tendit par-dessous la cloison.

— Merci beaucoup, lui dit Maureen en observant attentivement la main de la jeune femme.

Ses ongles étaient manucurés et vernis, très différents de ceux que Natalie qui étaient toujours coupés très court. Convaincue qu'elle perdait son temps, Maureen actionna la chasse d'eau et fit mine de se laver les mains. La dernière cabine s'ouvrit enfin, laissant apparaître une élégante jeune femme aux cheveux roux coupés au carré.

Elle parcourut la pièce des yeux et fronça les sourcils.

— Vous n'auriez pas vu mon sac ? demanda-t-elle à Maureen.

— Non, désolée.

La jolie rousse poussa un juron bien senti.

— Je n'aurais pas dû le laisser là.

— Est-ce qu'il y avait vos clés de voiture, à l'intérieur ?

Les yeux de la jeune femme s'agrandirent sous l'effet de l'inquiétude.

— Vous croyez qu'on a pu me voler ma voiture ? s'enquit-elle.

— Nous ferions mieux d'aller vérifier.

Elles sortirent des toilettes et se dirigèrent vers la porte du bar. Au passage, Maureen fit signe à Brick de les rejoindre.

— Ce n'est pas vrai, gémit la rousse lorsqu'ils débouchèrent sur le parking. Mon mari va me tuer...

Brick interrogea Maureen du regard.

— Quelqu'un lui a volé son sac et ses clés de voiture, précisa-t-elle. Où étiez-vous garée ?

La rousse désigna une place vacante.

— C'est une Ford Mustang bleue, leur dit-elle. Mon mari me l'a offerte il y a trois mois !

— Vous feriez mieux d'appeler la police, lui suggéra Maureen. Brick, est-ce que vous pouvez l'aider à faire sa déclaration de vol ?

— Que comptez-vous faire, pendant ce temps ? s'enquit-il d'un ton légèrement suspicieux.

— Acheter à manger, répondit-elle. Je meurs de faim. Est-ce que vous voulez que je vous prenne quelque chose ?

Brick secoua la tête. Comme il commençait à interroger la jeune femme au sujet de sa voiture, Maureen réintégra le bar et alla commander au comptoir un menu à emporter. Tandis qu'elle patientait, une voix désagréablement familière retentit derrière elle.

— Ça alors ! Si ce n'est pas l'inspectrice Mortensen...

Elle se retourna pour faire face à Shane Danby, l'un de ses collègues de la police de Billings.

— Qu'est-ce que tu fais ici ? lui demanda-t-elle en fronçant les sourcils.

— On m'a chargé d'interroger Natalie Berkshire dès qu'elle serait en état de parler, expliqua-t-il. Malheureusement, elle a filé avant que je puisse lui poser la moindre question. Mais tu as peut-être eu plus de chance que moi. J'ai cru comprendre que tu t'étais introduite illégalement dans sa chambre...

— Il faut croire que je suis plus rapide que vous, répondit-elle.

— Je me suis aussi laissé dire que cette petite visite t'avait valu de te faire arrêter, répliqua Shane d'un ton moqueur.

— Comme tu le vois, ils ne m'ont pas gardée très longtemps.

— Et j'imagine que tu t'es remise à sa recherche ? Tu comptes probablement toucher la prime !

— Quelle prime ? s'enquit Maureen.

— Tu n'as pas entendu ? Le père d'un gamin qui est mort à cause de Berkshire a mis sa tête à prix. Il offre une généreuse récompense à quiconque la lui ramènera, morte ou vive. Tous les chasseurs de prime de la région se sont mis à sa recherche.

— Morte ou vive ? s'exclama Maureen. Et si jamais elle est innocente ?

Alors même qu'elle prononçait ces mots, elle se demanda si la fréquentation de Brick n'était pas en train de déteindre sur elle.

— Tu es mieux placée que quiconque pour savoir qu'elle est coupable, répondit Shane en haussant les épaules. Tous ces gens ne sont pas morts par hasard.

— La plupart étaient des malades au stade terminal, objecta-t-elle.

Shane éclata d'un rire moqueur.

— Venant de quelqu'un qui était prêt à abattre Natalie Berkshire de sang-froid, ce plaidoyer ne manque pas de sel, ironisa-t-il.

Visiblement, Shane était très bien renseigné sur son compte. Sans doute s'était-il entretenu avec l'un des employés du bureau du marshal.

— Cette garce mérite de subir le même sort que tous les patients qu'elle a assassinés. Si je la retrouve, je te garantis que je tirerai sans hésiter.

— Je comprends mieux pourquoi tu n'as toujours pas décroché un poste à la criminelle, s'exclama Maureen.

Elle savait que c'était un sujet sensible pour lui mais elle ne s'attendait pas à ce qu'il réagisse aussi violemment. Furieux, Shane l'agrippa par la gorge et la plaqua violemment contre le mur le plus proche.

— Tu fais moins la maligne, maintenant, cracha-t-il. Tu sais très bien que la seule raison pour laquelle tu as été acceptée à la Crim, c'est qu'ils avaient besoin de remplir leur quota de femmes. C'est juste de la politique...

Maureen se débattit pour tenter d'échapper à Shane mais ce

dernier resserra son étreinte, manquant l'étrangler. Elle vit danser la salle autour d'eux. Puis, brusquement, Shane fut projeté en arrière, la libérant malgré lui.

Haletante, elle s'aperçut que Brick venait de pénétrer dans le bar. Il paraissait furieux et agrippa Shane par les pans de sa veste avant de le plaquer à son tour contre le mur.

— Lâche-moi, pauvre type ! Je suis flic !

— Tu n'es pas le seul. Je suis le marshal Brick Savage. Et je n'aime pas les brutes qui s'en prennent aux femmes.

Maureen aurait adoré voir Brick infliger une correction à Shane mais cela risquait de leur faire perdre un temps précieux. Et si le père de Brick apprenait la chose, ce dernier risquait d'être mis à pied, tout comme elle.

— Lâchez-le, lui conseilla-t-elle donc. Il n'en vaut pas la peine.

Brick s'exécuta et Shane vacilla légèrement sur ses jambes. Mais comme son adversaire faisait mine de se détourner, il s'empara d'une bouteille de bière vide qui était posée sur le bar et s'avança vers Brick. Maureen, qui le connaissait bien, s'était attendue à une manœuvre de ce genre et elle passa immédiatement à l'action.

D'un coup de pied en pleine poitrine, elle le projeta à terre. La bouteille de bière lui échappa et se brisa sur le sol. Comme Shane faisait mine de se relever, Brick lui écrasa la main sur les débris de verre, lui arrachant un cri de souffrance.

— Shane, tu devrais apprendre à te contrôler, lui conseilla-t-elle. Ce serait beaucoup moins douloureux pour toi...

Il lui décocha un coup de pied au tibia mais elle contre-attaqua aussitôt d'un coup à l'aine qui fit se tordre son adversaire de douleur.

— Ne t'avise plus jamais de lever la main sur moi, lui conseilla-t-elle. La prochaine fois, je ne me contenterai peut-être pas de simples coups de pied.

Sur ce, elle alla récupérer le sac en papier qui contenait son déjeuner et que le barman venait de poser sur le comptoir.

— On dirait que ce type a une dent contre vous, remarqua Brick.

— Shane a une dent contre le monde entier, répondit-elle en souriant. Merci pour le coup de main.

— Quelque chose me dit que vous n'auriez eu aucun mal à vous débarrasser de lui sans mon aide.

— Probablement, concéda-t-elle. Mais je vous suis tout de même reconnaissante d'être intervenu. C'était très chevaleresque de votre part.

Il haussa modestement les épaules et tous deux se dirigèrent vers la porte du bar.

— Cette rencontre a eu au moins un mérite, remarqua Maureen. S'il faut en croire Shane, quelqu'un a décidé de financer une chasse à l'homme. Des tas de gens doivent être à la recherche de Natalie, à l'heure qu'il est, ce qui signifie que nous allons devoir nous montrer encore plus rapides...

— Au moins, nous savons quel véhicule conduit Natalie, remarqua Brick tandis qu'ils s'éloignaient du bar en voiture. Et ce vol a permis à mon père de lancer un avis de recherche. Avec un peu de chance, on la retrouvera d'ici une heure ou deux...

Maureen avala la dernière bouchée de la tortilla qu'elle avait commandée et s'essuya la bouche à l'aide d'une serviette en papier.

— Très franchement, j'en doute, déclara-t-elle enfin. Nous sommes au Montana. L'État est immense et il y a des tas de routes secondaires. La police n'aura pas les moyens de toutes les quadriller – surtout pour ce qui n'est officiellement qu'un vol de voiture. De plus, Natalie a grandi dans la région et elle la connaît comme sa poche.

— Pour un flic, vous n'avez pas l'air de vouer une grande confiance aux autorités, remarqua Brick avec une pointe d'amusement.

— C'est parce que je suis flic, justement, que je sais à quoi m'attendre.

Tout en discutant, Maureen avait rallumé son téléphone portable pour consulter une carte des environs.

— Quelle petite ville du coin choisiriez-vous pour vous cacher pendant quelque temps ? s'enquit-elle.

— West Yellowstone, répondit Brick après quelques instants de réflexion. Ou bien Ennis. Mais si je voulais vraiment faire profil bas, je crois que j'opterais pour une ville plus importante. Bozeman, par exemple...

— Ennis..., murmura Maureen. C'est là qu'elle comptait se rendre, en quittant Billings.

— Comment le savez-vous ?

— Elle l'a dit à l'une de ses amies que j'ai interrogées. Apparemment, Natalie a déjà vécu là-bas, il y a quelques années de cela. Il se peut qu'elle ait gardé des contacts sur place.

Brick hocha la tête et prit la direction de l'est pour rejoindre l'autoroute 191. Il obliqua alors vers le nord, en direction de Four Corners. D'après son GPS, il leur faudrait un peu moins d'une heure et demie pour contourner les montagnes et rallier Ennis.

— Il y a une question que je me pose, dit-il alors à Maureen. Comment votre sœur a-t-elle fait la connaissance de Natalie Berkshire ?

— Par l'intermédiaire de l'hôpital de Billings. Une infirmière qui travaillait là-bas la connaissait et lorsque Joey est né, elle a recommandé à Tricia de prendre contact avec elle. Quand Tricia a rencontré Natalie, elle a tout de suite accroché. Quelques jours plus tard, elle l'engageait pour s'occuper du bébé en s'installant chez eux.

— Elles s'entendaient bien ?

— Très bien. Tricia était heureuse d'avoir trouvé quelqu'un de si expérimenté, bien sûr, mais il y avait plus que cela... Natalie avait le don de mettre à l'aise tous les gens qu'elle rencontrait. Elle vous donnait immédiatement l'impression que vous pouviez lui faire confiance, que vous pouviez tout lui dire. J'imagine que c'est la raison pour laquelle tant de gens se sont fait duper durant si longtemps...

— Si elle est coupable, remarqua Brick.

Maureen haussa les épaules.

Ils dépassèrent alors la route de Gallantin Canyon qui menait au ranch des Cardwell et Brick fut traversé par une funeste prémonition. Sans pouvoir s'expliquer pourquoi, il eut brusquement l'impression qu'il ne reverrait jamais la maison familiale.

Il écarta cette idée absurde. Il ne croyait pas aux prémonitions et était convaincu que ce genre d'hallucinations ferait la joie de son psychologue. Pourtant, il ne parvenait pas à se défaire de l'angoisse sourde qui s'était insinuée en lui.

— Que savez-vous du passé de Natalie ? demanda-t-il à Maureen histoire de se changer les idées.

— Pas grand-chose d'intéressant, avoua-t-elle. Elle est fille unique de deux éleveurs de l'est du Montana. Elle a grandi dans un ranch. Elle était très bonne en classe et a même fini major de sa promotion au lycée. Après avoir brillamment réussi ses examens, elle a opté pour une école d'infirmière où elle a eu d'excellentes notes. Elle a travaillé pour deux hôpitaux avant de s'installer à son compte comme infirmière libérale.

— Et elle n'a jamais eu de démêlés avec la justice ? s'enquit Brick.

— Jamais. Je n'ai pas même trouvé une infraction routière ou une contravention... En revanche, un nombre important de ses patients sont morts.

— Mais la plupart étaient en fin de vie, n'est-ce pas ? Et elle n'avait encore jamais été suspectée d'avoir tué qui que ce soit ?

— C'est exact. Mais cela ne signifie pas qu'elle ne l'ait pas fait. Peut-être s'est-elle juste montrée plus prudente ou a-t-elle eu la chance de tomber sur des médecins légistes moins pointilleux...

Brick trouvait toujours aussi déconcertante la facilité avec laquelle une personne pouvait se transformer en bouc émissaire. Que Natalie soit coupable ou pas, elle était désormais accusée de tous les maux.

— À quoi est-ce que vous pensez ? lui demanda Maureen au bout de quelques instants.

— Au fait qu'à ce stade, nous n'avons toujours pas de preuve qu'elle ait commis le moindre crime, répondit-il. Et en tant que policier, nous nous devons de respecter la présomption d'innocence. Dans le cas contraire, nous ne vaudrions guère mieux que votre ami Shane Danby.

Maureen détourna les yeux.

— Vous avez peut-être raison, concéda-t-elle à regret.

Elle appuya la tête contre la vitre de la voiture et demeura silencieuse, plongée dans ses pensées. Quelques minutes plus tard, elle sombrait dans le sommeil.

Maureen se réveilla en hurlant et en se débattant.

— Tout va bien, tenta de la rassurer Brick. Vous avez fait un cauchemar...

— Je suis désolée, s'excusa-t-elle en s'efforçant de maîtriser l'angoisse qui l'étreignait.

Mais l'image de sa sœur pendue restait gravée dans son esprit. Dans le regard de Brick, elle lut une évidente curiosité qu'elle se garda de satisfaire. Fort heureusement, il était bien trop poli pour la presser de questions. Passant machinalement les mains dans ses cheveux, elle observa la petite ville dans laquelle ils venaient de pénétrer.

— Est-ce que nous sommes arrivés à Ennis ? s'enquit-elle.

— Oui, répondit Brick.

C'était une charmante bourgade qui devait tirer l'essentiel de ses revenus du tourisme, s'il fallait en croire le nombre de motels, de restaurants, de boutiques de souvenirs et de magasins d'articles de sport et de randonnée.

— Pas étonnant que Natalie ait choisi de s'installer dans cette ville, remarqua Maureen. On dirait qu'il y a plus de visiteurs que de locaux, par ici. Elle ne devrait pas avoir de mal à passer inaperçue.

— Une ville touristique est aussi l'endroit idéal pour trouver rapidement du travail, d'autant que la saison vient à peine de commencer, renchérit Brick. Natalie pourra facilement se faire engager comme serveuse, comme femme de chambre ou comme nounou...

— Nous devrions commencer par faire le tour des motels pour voir si elle a pris une chambre quelque part, suggéra Maureen.

Brick secoua la tête.

— Tous les hôtels demandent à leurs clients un passeport ou une carte d'identité. Or Natalie n'avait pas de papiers sur elle, la nuit où je l'ai trouvée.

— Exact, concéda Maureen. Et sans papiers d'identité, elle ne pourra pas non plus louer un appartement...

— À moins qu'elle n'en ait déjà un, remarqua Brick. Après tout, si elle comptait vraiment venir s'installer à Ennis en quittant Billings, elle avait peut-être déjà réservé un logement...

— Bien vu, acquiesça Maureen. Dans ce cas, nous devrions passer dans les agences immobilières.

Ils se garèrent en centre-ville et, après avoir récupéré la liste des agences sur Internet, ils entreprirent de les visiter les unes après les autres. La troisième fut la bonne. Après s'être assuré que Brick était bien de la police, le gérant leur confirma qu'il avait effectivement loué un appartement meublé à Natalie Berkshire, quelques semaines auparavant.

Il s'agissait d'un petit deux-pièces situé en centre-ville et qui disposait d'un garage. Natalie s'était fait envoyer les clés à Billings mais le gérant ignorait si elle avait pris possession des lieux depuis.

En quittant l'agence, ils reprirent le pick-up pour se rendre directement à l'adresse que l'homme leur avait indiquée. Si Maureen avait vu juste, ils avaient une chance d'arrêter Natalie et d'obtenir des réponses aux questions qu'ils se posaient.

— Maureen, je vous rappelle que nous sommes là pour arrêter Natalie et la ramener à Big Sky, déclara Brick. Vous devez me promettre que vous ne chercherez pas à vous venger comme vous avez tenté de le faire à l'hôpital.

— Ne vous en faites pas pour ça, lui dit-elle. Je ne tiens pas à ce que vous m'arrêtiez, moi aussi. Et puis, j'aimerais que Natalie m'explique ce qui est arrivé à ma sœur, si elle ne s'est pas suicidée.

Maureen paraissait sincère et Brick se détendit légèrement.

— Quant à vous, reprit-elle, tâchez de ne pas vous laisser aveugler par vos propres a priori : si c'est moi qui ai raison et qu'elle est vraiment coupable, elle n'hésitera pas à se défendre. Ne baissez surtout pas la garde.

— Je ne compte prendre aucun risque inutile, acquiesça Brick.

Il leur fallut moins de dix minutes pour traverser la ville et parvenir à destination. L'adresse qu'on leur avait indiquée était celle d'une maison particulière qui avait été scindée en trois appartements indépendants. Deux bicyclettes étaient accrochées dans le petit jardin. Le garage pouvait accueillir deux voitures. L'une des portes était ouverte, laissant voir un pick-up assez compact. L'autre était fermée.

— Vous croyez qu'elle a caché la Mustang volée à l'intérieur ? demanda-t-il à Maureen.

— Possible, répondit-elle. À moins qu'elle n'ait déjà changé de véhicule.

Ils descendirent de voiture et s'avancèrent vers la maison.

— L'appartement qu'a loué Natalie est situé à l'étage, indiqua Brick.

Ils traversèrent le petit jardin et poussèrent la porte d'entrée qui n'était pas verrouillée. Le petit hall dans lequel ils pénétrèrent comportait une porte permettant d'accéder à l'appartement occupant le rez-de-chaussée. Ils empruntèrent l'escalier qui menait à l'étage supérieur, lui-même séparé en deux appartements.

— Droite ou gauche ? s'enquit Maureen.

— C'est celui de droite, répondit Brick en s'approchant de la porte.

Il frappa et attendit quelques instants. Aucun bruit ne leur parvint de l'intérieur de l'appartement. Brick essaya la poignée et, à sa grande surprise, il s'aperçut que la porte n'était pas verrouillée. Il sortit alors son arme de son holster.

— Restez derrière moi, souffla-t-il à Maureen.

Elle hocha la tête et ils entrèrent. La pièce principale était meublée de façon simple mais confortable. Sur la droite, il y avait un coin salon avec un canapé, une table basse et une télévision. Sur la gauche s'ouvrait une cuisine américaine petite mais bien équipée. Entre les deux, au milieu de la pièce, se trouvait une table entourée de quatre chaises.

Brick alla ouvrir la porte qui donnait sur la chambre à coucher qui était tout aussi déserte. Il vérifia enfin la petite salle de bains attenante.

— Elle est bien venue ici et elle en a profité pour changer d'apparence, remarqua Maureen en désignant la corbeille qui contenait des cheveux et une bouteille de teinture rousse.

De retour dans la pièce principale, Brick ramassa le journal qui était posé sur la table basse.

— Il est daté d'aujourd'hui, confirma-t-il avant de le feuilleter rapidement. Vous aviez raison, ajouta-t-il en tendant le journal à Maureen. Elle cherche bien du travail.

Maureen jeta un coup d'œil aux petites annonces que Natalie avait entourées. Il s'agissait d'offres d'emploi - deux postes de serveuse et un de nourrice chez une famille de la ville.

— Avec un peu de chance, elle est en train de passer des entretiens, remarqua Brick. Si c'est le cas, nous n'aurons qu'à l'attendre tranquillement ici.

Maureen secoua la tête.

— Je ne pense pas qu'elle revienne, déclara-t-elle. Elle a emporté toutes ses affaires. Le fait qu'elle n'ait même pas pris la peine de fermer la porte à clé semble indiquer qu'elle s'est enfuie de façon assez précipitée. Espérons qu'elle ne s'est pas de nouveau fait enlever...

— Si tel était le cas, il y aurait probablement des traces de lutte, déclara Brick.

Ils entreprirent de fouiller l'appartement de façon méthodique, au cas où Natalie aurait laissé un quelconque indice. Mais ils ne trouvèrent rien de plus. Ils allèrent ensuite frapper à la porte de l'appartement d'en face. Un homme d'une vingtaine d'années leur ouvrit.

— Désolé de vous déranger, lui dit Brick en présentant son badge de marshal. Nous aurions quelques questions à vous poser au sujet de votre voisine.

— La jolie rousse ? Je ne peux pas vous dire grand-chose à son sujet. Elle n'est arrivée qu'aujourd'hui. Je ne sais même pas comment elle s'appelle.

— Natalie, répondit Brick. Elle est accusée de vol de moto, de voiture et de sac à main, et soupçonnée de meurtre.

Le jeune homme ouvrit de grands yeux.

— Incroyable ! s'exclama-t-il. Elle ne ressemble pas du tout à une criminelle...

— Comme quoi, il ne faut pas se fier aux apparences, murmura Maureen en jetant un regard appuyé en direction de Brick.

— Est-ce que par hasard vous sauriez quelle voiture elle conduisait ? s'enquit ce dernier.

— Une Ford Mustang bleue, répondit le jeune homme.

— C'est bien la voiture de la fille du bar, acquiesça Maureen.

Ils posèrent encore quelques questions au voisin de Natalie mais ce dernier ne put rien leur apprendre de plus. Ils allèrent ensuite interroger le couple qui habitait au rez-de-chaussée. Eux n'avaient même pas remarqué l'arrivée de la jeune femme.

Passablement dépités, ils regagnèrent leur pick-up. Mais comme ils s'apprêtaient à monter à bord, Brick avisa un morceau de papier qui était glissé sous l'un des essuie-glaces avant. Il le prit et le déplia pour lire les quelques lignes manuscrites qui y figuraient.

— Qu'est-ce que c'est ? lui demanda Maureen, curieuse.

Il lui tendit le papier et elle reconnut aussitôt l'écriture de Natalie.

Vous perdez votre temps en me poursuivant de cette façon. Si vous voulez vraiment découvrir ce qui est arrivé à Tricia, vous devriez rechercher l'homme qu'elle fréquentait. Je ne l'ai vu qu'une seule fois et je ne connais pas son nom. Mais je sais que Tricia et lui étaient amants. Il mesure environ un mètre quatre-vingt-dix, a les yeux bleus et les cheveux blonds. Si ce n'est pas lui qui a tué Joey et Tricia, il sait peut-être qui est responsable.

— Vous étiez au courant ? demanda Brick à Maureen.

Elle secoua la tête.

— Ma sœur ne m'a jamais parlé de cet homme. Mais Natalie l'a peut-être inventé.

— Pourquoi ferait-elle une chose pareille ? objecta Brick.

Maureen haussa les épaules.

— Pour nous lancer sur une fausse piste et gagner du temps ? suggéra-t-elle d'une voix qui manquait de conviction.

Elle se demanda si c'était de cela que Natalie avait voulu lui parler, le jour où Joey était mort.

— Je vais appeler mon père pour lui transmettre son nouveau signalement. Avec un peu de chance, quelqu'un finira par la repérer…

Joignant le geste à la parole, il décrocha son téléphone et appela le bureau du marshal.

— Brick ? s'exclama Hud en décrochant. Est-ce que tu es toujours avec Maureen ?

— Toujours, confirma-t-il. Et nous avons retrouvé la trace de Natalie.

— Où ça ?

— À Ennis. Apparemment, c'est là qu'elle avait l'intention de venir s'installer en quittant Billings. Nous avons trouvé l'appartement qu'elle avait loué. Malheureusement, l'oiseau avait déjà quitté le nid.

Son père grommela quelque chose qui ressemblait beaucoup à un juron.

— Je ne te le fais pas dire, reprit Brick. Quoi qu'il en soit, je te confirme qu'elle est toujours au volant de la Mustang bleue. En revanche, elle s'est coupé les cheveux et les a teints en roux.

— Je vais mettre à jour l'avis de recherche, déclara Hud. En dépit de mes réticences initiales, je dois reconnaître que vous avez fait du bon boulot.

Après leurs derniers entretiens, Brick ne s'était pas attendu à recevoir de telles félicitations. Cela atténua un peu le sentiment de frustration qu'il éprouvait depuis qu'ils avaient trouvé l'appartement vide.

— Avez-vous la moindre idée d'où elle pourrait se rendre, à présent ?

— Si quelqu'un a une chance de le découvrir, c'est Maureen. Elle connaît parfaitement son dossier.

— Est-ce que tu es sûr de pouvoir lui faire confiance ?

Brick jeta un coup d'œil en direction de la jeune femme qui étudiait attentivement le mot que leur avait laissé Natalie.

— Je pense qu'elle a renoncé à se venger – au moins momentanément. Elle veut surtout savoir ce qui est vraiment arrivé à son neveu et à sa sœur.

Hud demeura quelques instants silencieux.

— D'accord, soupira-t-il enfin. Je te laisse carte blanche. Tâche de localiser Natalie avant que quelqu'un d'autre lui mette la main dessus.

— À ce propos, est-ce que tu as réussi à obtenir des informations au sujet du camping-car ?

— À l'instant. Un véhicule endommagé a été récemment restitué par un certain Herbert Lee Reiner dont je vais t'envoyer le dossier par mail. Or Natalie s'est occupée de la femme de cet homme, qui souffrait d'une sclérose en plaques. Elle est morte il y a deux ans de cela. Sur le moment, les médecins ont estimé qu'il s'agissait d'une mort naturelle mais le dossier a été rouvert par la justice depuis l'affaire de Billings.

— Apparemment, Maureen n'était pas la seule à vouloir se venger.

— Tu ne crois pas si bien dire, soupira Hud. Il semblerait que le père de l'une des victimes ait promis une prime à qui la retrouverait en premier.

— Nous avons entendu dire la même chose, confirma Brick. Est-ce qu'on sait dans quel véhicule se déplace Reiner, à présent ?

— Oui. Il a loué une petite fourgonnette blanche dont je vais t'envoyer l'immatriculation.

— Parfait. Je t'enverrai un message dès que Maureen et moi aurons arrêté une stratégie pour la suite.

— Fais attention à toi, fiston.

— C'est promis. Embrasse maman de ma part.

— Ce sera fait.

Brick raccrocha et se tourna vers Maureen qui avait écouté la fin de leur conversation.

— Il vous a donné sa bénédiction pour continuer ? lui demanda-t-elle.

— En quelque sorte.

— Bien. Que suggérez-vous, maintenant ?

— La nuit ne va pas tarder à tomber, répondit-il. Nous ferions sans doute mieux d'aller manger un morceau. Puis nous chercherons un motel où passer la nuit.

— Vous ne préférez pas rentrer à Big Sky ?

— Pour le moment, nous n'avons aucun moyen de savoir dans quelle direction est partie Natalie, déclara-t-il enfin. Si cela se trouve, elle est toujours en ville...

8

Herbert était en train de terminer son dîner lorsqu'il les vit entrer dans le restaurant.

Il reconnut aussitôt la sœur de Tricia dont il avait vu la photo à plusieurs reprises dans les journaux. Elle avait assisté au procès de Natalie et avait même témoigné. Puis, lorsque Natalie avait été relâchée, elle avait été mise à pied par ses supérieurs.

Elle était accompagnée de Brick Savage, le marshal de Big Sky qui avait retrouvé Natalie, le soir où elle s'était enfuie du camping-car.

Tout comme lui, ils devaient savoir qu'Ennis était la ville où Natalie avait prévu de venir se réfugier lorsqu'elle avait quitté Billings.

Après avoir restitué le camping-car, Herbert était venu directement ici. Il avait passé la majeure partie de la journée à écumer les hôtels de la ville et à interroger les employés en leur montrant la photo de Natalie. Mais personne ne semblait l'avoir aperçue.

Visiblement, Maureen Mortensen et Brick Savage n'avaient pas eu beaucoup plus de chance que lui. Mais peut-être leur restait-il encore quelques pistes à explorer. Et dans ce cas, il ferait sans doute mieux de les suivre en espérant qu'ils le conduiraient jusqu'à Natalie.

Mais en attendant, il allait devoir se montrer très discret.

Brick et Maureen traversèrent la salle du restaurant pour aller s'installer à la table que leur avait désignée la serveuse. Elle leur laissa le temps d'étudier le menu avant de venir prendre leur commande.

— Est-ce que vous voulez boire quelque chose en attendant ? leur demanda-t-elle.

Brick interrogea du regard Maureen qui répondit par un petit haussement d'épaules.

— Nous ne sommes pas de service, lui dit-elle. Et j'ai bien besoin d'un remontant. Je vais vous prendre un verre de vin blanc sec.

— Et moi, un bourbon, s'il vous plaît.

— Je vous apporte ça tout de suite.

Quelques instants plus tard, elle revint avec leurs boissons et un petit bol de guacamole accompagné de nachos.

— À notre collaboration, fit Brick en levant son verre.

— Pas très fructueuse, j'en ai peur, soupira Maureen en trinquant avec lui.

— Ne soyez pas défaitiste : nous avons réussi à localiser Natalie et nous l'avons forcée à fuir. Sans papiers d'identité et sans argent, elle risque d'avoir beaucoup de mal à retrouver un logement…

— C'est vrai, concéda Maureen avec un pâle sourire. J'imagine que sa seule option, désormais, c'est de se tourner vers ses proches.

— Savez-vous si elle a de la famille ? Ou un petit ami ?

— Elle a été mariée à un médecin qui travaille à l'hôpital central d'Helena, mais elle est divorcée. Sa mère est morte, il y a quelques années de cela. Son père est toujours vivant, lui, mais j'ai cru comprendre qu'ils ne s'entendaient pas très bien.

— Elle a peut-être des amis dans la région ?

— Certainement, acquiesça Maureen. Elle a fait ses études à l'université de l'État du Montana, à Bozeman. Nous y étions à la même époque.

— Et vous ne vous êtes pas croisées ?

— Non. Mais le campus est immense et nous suivions des cursus différents.

— Qu'avez-vous étudié, là-bas ?

— Le droit. Initialement, je voulais devenir procureure. Mais en cours de route, je me suis réorientée vers la police. J'avais envie de travailler directement sur le terrain. J'imagine que vous, vous saviez dès le départ ce que vous vouliez faire...

— Pourquoi dites-vous cela ?

— Parce que votre père est marshal, bien sûr.

— C'est vrai, concéda Brick. Mais curieusement, l'idée de suivre ses traces ne m'avait pas effleuré, jusque très récemment.

Elle l'observa avec curiosité.

— Ma mère est issue d'une longue lignée de ranchers, expliqua-t-il. Elle nous a toujours poussés dans cette voie. Et en sortant de l'université, mon frère, ma cousine et moi avons loué nos services aux éleveurs de la région.

— Alors, vous êtes un véritable cow-boy ? lui demanda-t-elle avec une pointe d'ironie.

— On peut dire ça, en effet, acquiesça-t-il.

Ils furent interrompus par la serveuse qui leur apportait les plats qu'ils avaient commandés.

— Alors, pourquoi ce brusque changement de vocation ?

Brick hésita quelques instants avant de lui répondre. Il n'aimait pas parler de ce qui lui était arrivé au Wyoming. Et il n'était toujours pas tout à fait sûr de pouvoir faire confiance à Maureen. Mais l'intérêt qui se lisait en cet instant dans ses beaux yeux bleus paraissait sincère.

— La dernière transhumance à laquelle j'ai participé a tourné au cauchemar. L'ex-mari de la femme pour laquelle nous travaillions nous a attaqués. L'un de ses hommes m'a tiré dessus et je l'ai tué. Ensuite, j'ai passé plusieurs semaines à l'hôpital et des mois en rééducation.

— Je suis désolée, murmura Maureen.

— Lorsque je suis sorti de l'hôpital, j'ai eu une sorte de révélation, poursuivit Brick. Je me suis dit que je venais de me voir accorder une seconde chance et que je devais faire quelque chose de ma vie – quelque chose de plus important que de convoyer des vaches… Quand j'ai appris qu'un poste supplémentaire devait être ouvert au bureau du marshal, j'ai pensé que c'était peut-être un signe. Dès que j'ai été en état de le faire, je me suis inscrit au centre de formation des marshals, à Bozeman.

— Qu'en a pensé votre père ?

— Je crois que, secrètement, il est heureux que l'un de ses fils ait décidé de suivre ses pas. Mais ma mère est loin d'être ravie.

— Je peux la comprendre, concéda Maureen. Il ne doit pas être facile de voir son fils courir de tels risques…

— Qu'est-ce que vos parents vous ont dit lorsque vous leur avez annoncé que vous vouliez entrer dans la police ?

— Mes parents sont morts lorsque j'étais encore enfant, répondit-elle.

— Je suis désolé.

— C'est du passé, répondit Maureen en haussant les épaules.

Brick ne fut pas dupe de cette fausse désinvolture. Dans ses yeux, il lisait un mélange de souffrance et de tristesse qui lui étreignit le cœur.

— Est-ce que le métier de marshal est à la hauteur de vos attentes ? lui demanda-t-elle alors.

— Pour être tout à fait honnête, c'est la première fois que je suis sur le terrain.

Maureen le considéra avec étonnement.

— Mon père tient à s'assurer que je ne souffre pas d'un syndrome post-traumatique après ce qui s'est passé au Wyoming.

— Est-ce le cas ? s'enquit Maureen, curieuse.

— Très franchement, je n'en sais rien, avoua Brick. Durant la journée, je n'ai pas l'impression que ce souvenir m'affecte outre mesure. Mais je fais des cauchemars presque chaque nuit.

— Je connais ça, acquiesça Maureen d'un air sombre. Depuis la mort de ma sœur, je n'arrête pas de rêver de ce qui s'est passé…

— C'est ce qui vous est arrivé tout à l'heure dans la voiture ?

Maureen hocha la tête. Brick se prit alors à songer qu'en dépit des apparences, tous deux avaient beaucoup de choses en commun.

Comme il s'apprêtait à reprendre la parole, son téléphone portable fit entendre un léger tintement lui annonçant qu'il venait de recevoir un e-mail. Il sortit l'appareil de sa poche et jeta un coup d'œil à sa messagerie.

— Ce sont les informations que mon père devait m'envoyer, dit-il à Maureen. Ils ont réussi à identifier l'homme qui a enlevé Natalie.

Il ouvrit le dossier de Reiner et le parcourut avant de tendre le téléphone à la jeune femme.

— Ça vous dit quelque chose ?

Les yeux de Maureen s'agrandirent sous l'effet de la surprise.

— Il était là ! s'exclama-t-elle en relevant les yeux pour scruter la salle. Lorsque nous sommes entrés dans le restaurant, il était assis là-bas, au fond.

— Vous en êtes sûre ?

— Certaine. Je me suis même dit qu'il nous observait bizarrement…

Brick laissa échapper un juron et fit signe à la serveuse.

— Excusez-moi, lui dit-il en lui montrant la photo de Reiner. Cet homme a-t-il mangé ici, ce soir ?

— Oui, répondit-elle, étonnée.

— Je suis marshal, lui indiqua Brick en sortant son badge. Que pouvez-vous me dire à son sujet ?

— Pas grand-chose. Il était très gentil et poli.

— Est-ce qu'il a payé par carte ?

— Non, en liquide. Il m'a même laissé un généreux pourboire.

— Quand est-il parti ?

— Juste après que vous êtes arrivés.

— Et vous ne l'aviez jamais vu auparavant ?

— Jamais.

— S'il revient manger ici, je veux que vous m'appeliez immédiatement. C'est d'accord ?

La jeune femme acquiesça et prit la carte de visite qu'il sortit de son portefeuille.

— Est-ce qu'il est dangereux ? s'enquit-elle, un peu inquiète.

— Vous n'avez strictement rien à craindre, lui assura Brick.

Tandis qu'elle s'éloignait, il se tourna de nouveau vers Maureen.

— Tout cela ne me dit vraiment rien de bon, déclara-t-elle. Nous ne pouvons courir le risque que cet homme retrouve Natalie avant nous.

— Je suis d'accord, acquiesça Brick. Dès demain, nous rendrons visite à toutes les personnes auxquelles Natalie aurait pu demander de l'aide. Avec un peu de chance, nous finirons par trouver quelqu'un qui pourra nous mettre sur la bonne voie.

Ils finirent leur dîner puis se rendirent à leur motel.

— Vous avez peur que je m'enfuie pendant la nuit ? lui demanda Maureen en découvrant la chambre équipée de lits jumeaux que Brick avait réservée.

— On ne peut rien vous cacher, répondit-il.

— Vous savez que si j'avais vraiment voulu vous fausser compagnie, j'aurais eu maintes fois l'occasion de le faire au cours de la journée.

— Qu'est-ce qui vous en a empêchée ?

— Je pense que j'ai plus de chances de retrouver Natalie avec vous que sans vous. Contrairement à moi, vous avez toujours votre insigne.

— Et moi qui commençais à croire que vous m'appréciiez vraiment…, ironisa Brick.

Elle le regarda droit dans les yeux.

— C'est le cas, lui dit-elle gravement. Vous êtes quelqu'un de bien, Brick Savage. Et je regrette que nous ne soyons pas rencontrés en d'autres circonstances.

C'était une réflexion que Brick s'était faite à plusieurs reprises au cours du dîner. Maureen Mortensen était incontestablement l'une des femmes les plus séduisantes qu'il lui ait jamais été donné de rencontrer et il aurait été très facile de s'abandonner à l'attirance qu'elle exerçait sur lui.

Mais en dépit de ce qu'il avait assuré à son père, il n'était toujours pas complètement sûr de pouvoir lui faire confiance. Le désir de vengeance qui l'animait était toujours vivace et il ne pouvait le lui reprocher. Lui-même ne réagirait-il pas de la même façon s'il avait perdu deux membres de sa famille ?

— Malheureusement, nous ne pouvons faire abstraction de ces circonstances, répondit-il à regret.

— Je sais, acquiesça-t-elle.

La pointe de déception qu'il crut déceler dans son regard reflétait parfaitement son propre état d'esprit.

Ce matin-là, Brick fut réveillé par le bruit de la douche qui coulait dans la salle d'eau attenante. Il lui fallut quelques instants pour se rappeler où il se trouvait et il prit alors conscience du fait que, pour la première fois depuis plusieurs semaines, son sommeil n'avait pas été peuplé de cauchemars.

Il se sentait nettement plus frais et reposé. Était-ce parce qu'après des mois d'inactivité frustrante, l'occasion lui était enfin donnée d'agir ? À moins que la compagnie de Maureen n'exerce sur lui un effet salutaire. Il lui semblait en effet avoir rêvé d'elle, cette nuit-là.

Alors même que le souvenir de ce rêve remontait à la surface de sa mémoire, la porte de la salle de bains s'ouvrit et elle en sortit, uniquement vêtue d'une serviette. Brick détourna pudiquement les yeux non sans avoir remarqué ses longues jambes au galbe parfait.

— Oh ! vous êtes réveillé, constata-t-elle en se dirigeant vers son sac pour y chercher des vêtements propres. La salle de bains est à vous.

Brick hésita un instant, conscient du fait que son caleçon ne dissimulerait pas la réaction que lui inspirait la vue de la jeune femme.

— J'ai déjà vu des hommes moins habillés, vous savez, lui dit-elle d'un ton moqueur.

Il se redressa et prit une tenue de rechange ainsi que les clés du pick-up qui étaient posées sur sa table de nuit. Il ne tenait pas à ce que Maureen profite de sa douche pour s'éclipser.

Contrairement à lui, elle ne se gêna pas pour le suivre des yeux tandis qu'il se dirigeait vers la salle de bains. Autrefois, Brick aurait probablement considéré cette marque d'intérêt comme un encouragement et n'aurait pas manqué d'y répondre.

Mais comme il l'avait expliqué à Maureen, la veille au soir, son expérience au Wyoming l'avait profondément transformé. Rétrospectivement, la succession de liaisons sans lendemain qu'il avait accumulées au fil des années lui paraissait vaine. Ce qu'il espérait trouver, aujourd'hui, c'était une relation profonde et enrichissante comme celle qui unissait Angus, son frère jumeau, et Jinx, la fiancée de ce dernier.

Évidemment, cela ne l'empêchait pas d'être réceptif à l'indéniable pouvoir de séduction que Maureen exerçait sur lui. Aussi opta-t-il pour une douche froide qui l'aiderait peut-être à se remettre les idées en place.

Une fois lavé et rasé de frais, il s'habilla et quitta la salle de bains. Presque sans surprise, il constata que Maureen avait disparu…

9

Lorsque Maureen revint de la boulangerie, Brick la considéra avec un mélange d'étonnement et de réprobation.

— Vous avez cru que je m'étais enfuie ? lui demanda-t-elle en souriant malicieusement.

— Vous auriez quand même pu me laisser un mot ! s'exclama-t-il.

Elle se sentit un peu coupable de ne pas y avoir pensé mais ne put s'empêcher de rire.

— Je ne vois pas ce que ça a de drôle, protesta-t-il.

— Nous nous connaissons à peine mais, à vous entendre, on pourrait nous prendre pour un vieux couple, répondit-elle.

Malgré lui, Brick ne put s'empêcher de sourire.

— C'est vrai, reconnut-il. Je suis désolé. Après tout, vous ne m'avez donné aucune raison de me méfier de vous depuis que nous avons quitté Big Sky.

Le fait que Brick fasse ainsi amende honorable ne surprit pas Maureen outre mesure. En voyageant avec lui, elle avait rapidement découvert que dans son cas, les apparences pouvaient être trompeuses. Il n'avait rien du cow-boy arrogant et séducteur qu'elle avait cru voir en lui initialement.

Au contraire, même, il s'était révélé être un homme sensible, prévenant et respectueux. Elle était convaincue que l'expérience qu'il avait vécue dans le Wyoming l'avait profondément transformé. Et elle ne pouvait nier la fascination qu'elle éprouvait envers quelqu'un qui était assez fort psychologiquement pour ne pas avoir peur d'avouer ses faiblesses.

— Je nous ai rapporté des donuts, déclara-t-elle en posant le sac en papier kraft sur la table basse. Je vous ai aussi pris un café. Je crois que vous l'aimez avec de la crème mais sans sucre…

Il la considéra avec étonnement.

— Comment le savez-vous ?

— Je n'ai pas beaucoup de mérite. Il y avait une tasse en carton dans votre voiture, avec votre prénom et les options que vous aviez choisies inscrits dessus.

— Vous êtes très observatrice, remarqua-t-il.

Elle haussa modestement les épaules.

— C'est une déformation professionnelle.

— Que diriez-vous d'aller prendre le petit déjeuner dehors ? J'ai vu qu'il y avait une table dans le jardin du motel.

— Excellente idée, acquiesça-t-elle.

Ils allèrent s'installer à l'extérieur et, tout en sirotant son café, Maureen admira la silhouette majestueuse des montagnes qui se dressaient à l'est de la ville. Elle fut tirée brusquement de cette contemplation par la sonnerie de son téléphone.

— C'est mon beau-frère, indiqua-t-elle à Brick.

Il hocha la tête et elle décrocha.

— Maureen ? C'est Thomas.

— Comment vas-tu ? Est-ce que ton séminaire s'est bien passé ?

— Très bien, merci. Et je me disais qu'on pourrait aller manger un morceau, si tu es toujours à Big Sky.

— Ce n'est pas le cas, hélas.

— Tu es rentrée à Billings.

— Non. Je suis à Ennis.

— Tu as décidé de prendre des vacances ? s'enquit Thomas, surpris.

Elle hésita quelques instants avant de lui répondre, convaincue qu'il désapprouverait ce qu'elle était en train de faire. Mais elle ne pouvait le lui cacher : après tout, il était la personne la plus directement concernée par l'enquête que Brick et elle étaient en train de mener.

— C'est ici que Natalie avait l'intention de venir s'installer en quittant Billings, répondit-elle.

Un silence interminable s'ensuivit et elle crut un moment qu'il allait lui raccrocher au nez.

— Tu m'avais promis de renoncer à cette enquête, lui dit-il enfin.

— Non, répondit-elle. J'ai promis de ne plus t'y mêler puisque tu ne voulais plus entendre parler de Natalie. Mais moi, je n'ai jamais renoncé.

— C'est de la folie, Maureen ! Joey et Tricia sont morts. Tu ne vas pas gâcher ta vie, toi aussi ! Tu as déjà été suspendue à cause de ton obsession malsaine pour cette histoire.

— Ce n'est pas une question d'obsession mais de justice ! protesta vivement Maureen. Tricia était ma sœur.

— Et elle était la femme que j'aimais, lui rappela Thomas. Je l'ai perdue et j'ai perdu mon fils.

— Justement, je ne laisserai pas Natalie s'en tirer à si bon compte, déclara-t-elle. Elle doit payer pour ce qu'elle a fait.

— Je te rappelle qu'elle a été innocentée.

— Faute de preuves, acquiesça Maureen. Et je compte justement en apporter.

— Et comment espères-tu y parvenir alors que ni le procureur ni tes collègues de Billings n'ont rien trouvé ?

— En l'espace de deux jours, j'en ai déjà appris beaucoup plus qu'eux, lui dit-elle.

Elle s'abstint cependant d'entrer dans les détails. Thomas avait déjà suffisamment souffert et elle ne comptait pas ajouter à sa détresse en lui parlant de l'amant dont Natalie avait évoqué l'existence. Elle se garda aussi d'évoquer l'hypothèse que Tricia ait pu être assassinée tant qu'elle n'aurait pas une preuve indiscutable.

— Le plus atroce, dans cette histoire, c'est que Joey serait mort avec ou sans l'intervention de Natalie. Les médecins ne nous l'ont jamais caché : ils étaient convaincus que, au mieux, il ne survivrait que quelques années. Mais Tricia ne voulait pas l'entendre. C'est pour cela qu'elle s'est suicidée...

Sa voix se brisa et elle l'entendit sangloter doucement. Son cœur se serra dans sa poitrine. Depuis qu'ils s'étaient rencontrés à l'université, elle avait toujours considéré Thomas comme une sorte de grand frère. C'était elle qui l'avait présenté à Tricia. Elle avait aussi été témoin à leur mariage.

Comment les choses avaient-elles bien pu en arriver là, en l'espace de quelques années ? Maureen aurait voulu se convaincre que c'était uniquement la faute de Natalie mais, en son for intérieur, elle sentait confusément que les choses étaient plus compliquées.

Les difficultés que Tricia et Thomas avaient rencontrées lorsqu'ils avaient décidé de faire un enfant, puis la découverte des handicaps graves de Joey avaient incontestablement miné leur couple. Se pouvait-il que sa sœur ait cherché à se consoler dans les bras d'un autre homme ? Et si tel était le cas, s'agissait-il du véritable père de Joey ? Natalie l'avait-elle découvert ?

— Je suis vraiment désolée, soupira-t-elle. Je ne voulais pas te parler de tout cela.

— Ce n'est pas pour moi que je m'inquiète, répondit-il. Tu ne peux pas continuer à poursuivre Natalie à travers tout le pays. D'ailleurs, que feras-tu lorsque tu l'auras retrouvée ? Est-ce que tu te sens réellement capable de la tuer de tes propres mains ? Si c'est le cas, plus personne ne peut rien pour toi. Mais sinon, il est encore temps de te ressaisir. Rentre à Billings. Reprends ton travail. C'est la seule chose qui m'aide à aller de l'avant. Tu sais que Tricia ne voudrait pas que tu gâches ta vie de cette façon... surtout pas en son nom !

Maureen savait qu'il avait raison. Sa sœur aurait certainement désapprouvé ce que Thomas qualifiait d'obsession malsaine.

Mais s'il existait réellement une chance pour que Tricia ne se soit pas suicidée, si elle avait effectivement été assassinée comme l'affirmait Natalie, Maureen se devait d'identifier le véritable coupable.

— Je suis vraiment désolée, Thomas, soupira-t-elle. Mais je n'ai vraiment pas le choix. Il faut que j'aille jusqu'au bout de cette affaire.

— Je ne veux pas te perdre, toi aussi. Tu es la seule famille qu'il me reste.

— Ne t'en fais pas pour moi, répondit-elle d'une voix nettement plus assurée qu'elle ne l'était réellement. Tout se passera bien.

— Promets-moi au moins que tu me contacteras régulièrement pour me donner des nouvelles. Je veux être certain qu'il ne t'arrivera rien.

— C'est promis, lui dit-elle. Je t'appellerai.

Sur ce, elle raccrocha et essuya les larmes qui lui embuaient les yeux.

— Est-ce que ça va ? lui demanda Brick d'une voix pleine de sollicitude.

Elle détourna le regard pour tenter de lui cacher son désarroi.

— Tout va bien, répondit-elle d'une voix bien trop tremblante pour être crédible.

Brick s'approcha d'elle et la prit doucement par les épaules, la forçant à le regarder en face. La douceur qui se lisait dans ses yeux lui transperça le cœur de part en part.

— Je suis désolé, lui dit-il. Tout ceci doit être terriblement éprouvant pour vous. Si vous voulez laisser tomber et rentrer à Billings, je le comprendrai parfaitement.

— Je croyais que vous comptiez rentabiliser la caution que vous avez dû débourser pour me sortir de prison, objecta-t-elle avec un pâle sourire.

— Je ne suis pas un monstre ! protesta Brick.

— Je sais, murmura-t-elle.

Pendant quelques instants, ils demeurèrent immobiles, se dévorant l'un l'autre du regard. Elle se prit soudain à espérer qu'il allait l'embrasser. Mais il se contenta de hocher la tête et de reculer d'un pas, libérant ses épaules.

— Quoi que puisse en penser Thomas, je dois continuer,

déclara-t-elle. Je veux savoir ce qui est véritablement arrivé à ma sœur. Et puis, vous aurez besoin de moi lorsque vous retrouverez enfin Natalie.

— Pourquoi donc ?

— Parce que vous lui avez sauvé la vie et que vous la croyez innocente, répondit-elle gravement. Si vous vous trompez à son sujet, elle n'aura aucun mal à vous manipuler. Moi, au contraire, je ne la laisserai pas faire.

— Et si c'est moi qui ai raison ?

— Alors nous apprendrons peut-être qui a assassiné Tricia et pourquoi. Dans un cas comme dans l'autre, je tiens à être présente.

— D'accord, acquiesça-t-il. Nous continuerons donc à faire équipe. Toute la question est de savoir où nous allons, à présent.

— J'ai commencé à faire une liste des personnes qui seraient susceptibles de donner un coup de main à Natalie, déclara-t-elle en pianotant sur son téléphone pour afficher le tableau qu'elle avait réalisé le matin même, alors que Brick dormait encore. Je les ai classées en fonction du lieu où elles habitent, du plus proche au plus lointain. Je propose que nous allions leur rendre visite les uns après les autres.

— Ça me convient parfaitement, acquiesça Brick. Beau boulot, Maureen...

Il fut interrompu par la sonnerie de son téléphone portable.

— C'est mon père, lui indiqua-t-il avant d'activer le haut-parleur pour que Maureen puisse suivre la conversation.

— Brick ? fit Hud d'une voix qui cachait mal son excitation. J'ai du nouveau !

— Je t'écoute.

— On vient de signaler un accident dans le centre d'Ennis. D'après les collègues qui sont déjà sur place, les deux véhicules impliqués correspondent à ceux que nous recherchons : la Mustang bleue de Natalie et la camionnette de Reiner !

— Où cela s'est-il passé ?

— Au croisement de Ballard Lane et de Charles Avenue.

— C'est à deux pas d'ici ! s'exclama Maureen. Juste à côté de la boulangerie où j'ai acheté le petit déjeuner.

— Nous y allons tout de suite, déclara Brick. Je te rappelle dès que nous avons des informations plus précises.

Il raccrocha et tous deux coururent jusqu'au pick-up dans lequel ils prirent place. Quelques instants plus tard, ils remontaient la rue principale à vive allure.

Jim Cameron était au téléphone avec son commanditaire lorsqu'il vit la voiture de Brick Savage déboucher à toute vitesse du parking de l'hôtel. Sans hésiter, il démarra pour les prendre en filature.

— Est-ce qu'ils ont retrouvé Natalie ? lui demanda son client.

— Pas encore, répondit-il. Ils ont réussi à localiser un appartement qu'elle avait loué en ville mais elle avait déjà filé.

— Tant mieux. Assurez-vous de mettre la main sur elle avant eux. Je ne veux pas qu'ils aient le temps de lui poser des questions.

— Je ferai tout mon possible, acquiesça Jim. En espérant que Natalie ne se fasse pas de nouveau enlever...

— Je compte sur vous pour être plus rapide que son ravisseur. On m'a dit que vous étiez le détective privé le plus efficace de la région.

— Et on ne vous a pas menti, acquiesça Jim. Je finirai par la retrouver.

— Je l'espère, répondit son commanditaire avant de raccrocher.

Jim accéléra légèrement pour ne pas se laisser distancer par le pick-up. De toute évidence, Brick Savage était très pressé. Cela signifiait-il qu'il était de nouveau sur la piste de Natalie ? Si tel était le cas, Jim allait devoir se montrer suffisamment réactif pour le prendre de vitesse et décrocher la récompense plus que généreuse qui lui avait été promise.

Alors même qu'ils s'engageaient sur Ballard Lane, Maureen aperçut les véhicules de police et de secours qui étaient regroupés au niveau du croisement suivant.

Comme ils se rapprochaient, elle distingua la Mustang bleue que Natalie avait volée. Elle avait été percutée de plein fouet par une camionnette blanche, au niveau de la portière du conducteur. L'aile profondément enfoncée ne laissait aucun doute sur la violence du choc.

Brick ralentit et se gara sur le bas-côté et tous deux descendirent du pick-up pour s'approcher de la scène.

— C'est bien Reiner ! s'exclama Maureen en désignant l'homme qui était assis près de l'ambulance, entouré par deux urgentistes.

Son visage arborait un bleu impressionnant mais il ne paraissait pas gravement blessé.

— N'avancez pas ! leur intima alors le policier qui était chargé de sécuriser la scène.

Brick sortit son badge de marshal et le lui tendit.

— Nous sommes à la recherche de la femme qui se trouvait dans la voiture bleue, indiqua-t-il. Est-ce qu'elle est blessée ?

— D'après plusieurs témoins, elle s'est enfuie juste après avoir été percutée, répondit le policier. Elle saignait abondamment. Pour le moment, nous n'avons pas réussi à la retrouver.

— L'homme qui l'a percutée l'a déjà enlevée une fois, expliqua Brick. Elle a réussi à lui échapper mais il est possible qu'il ait voulu recommencer… Contactez le bureau du marshal de Big Sky, il vous expliquera tout ça. Et surtout, ne laissez pas Reiner s'enfuir !

— Que comptez-vous faire ? s'enquit le policier.

— Essayer de rattraper la conductrice de la Mustang, répondit-il.

— La portière du côté passager est ouverte, remarqua Maureen. C'est sûrement par là qu'elle est sortie. Et dans ce cas, elle a dû prendre par Charles Avenue.

Ils s'élancèrent dans cette direction. Au bout de quelques mètres, Brick désigna une tache brune sur le trottoir.

— Elle doit perdre beaucoup de sang.

Maureen hocha la tête et lui montra la trace de main ensanglantée qu'elle venait d'apercevoir sur une porte.

— Elle a dû entrer dans ce bâtiment.

— C'est un lycée.

Ils gravirent les marches jusqu'à la porte maculée de sang et pénétrèrent dans le bâtiment. Les cours avaient dû commencer car les couloirs étaient déserts.

— Nous ne pouvons pas fouiller le bâtiment à deux, déclara Brick. Nous allons avoir besoin d'aide.

Ils revinrent au croisement et informèrent les policiers de ce qu'ils avaient découvert. Ceux-ci ne perdirent pas une minute et organisèrent une fouille méthodique du lycée et de l'école mitoyenne, ainsi que des bâtiments sportifs qui se trouvaient juste derrière.

Brick et Maureen prirent part aux recherches mais, au bout de deux bonnes heures, ils durent bien se rendre à l'évidence : Natalie Berkshire avait de nouveau disparu.

— Une fois de plus, elle nous a filé entre les doigts, conclut Brick, défait.

— Peut-être, concéda Maureen. Mais cette fois, je crois savoir où nous pouvons la trouver.

Il lui jeta un regard interloqué.

— Que feriez-vous si vous étiez gravement blessé ?

— J'irais à l'hôpital, bien sûr. Mais Natalie sait que si elle se rend aux urgences, elle se fera arrêter.

— Sauf si elle fait appel à un médecin qu'elle connaît.

— Son ex-mari ?

— Bingo. Je suis prête à parier qu'en ce moment même, elle cherche par tous les moyens à rallier l'hôpital central d'Helena. Et je suggère que nous allions l'attendre là-bas.

10

Tout en suivant l'autoroute qui conduisait à Helena, Brick ne cessait de se demander comment il aurait bien pu éviter ce qui lui faisait l'effet d'une nouvelle déroute. Mais il avait beau retourner dans sa tête tout ce qui s'était passé depuis qu'ils étaient arrivés à Ennis, il ne voyait pas ce qu'ils auraient pu faire de plus.

En ce moment même, la police continuait à quadriller les rues pour tenter d'intercepter la fugitive. Il existait toujours une possibilité qu'elle se rende à la clinique d'Ennis et les soignants avaient été dûment chapitrés à son sujet. Mais si elle parvenait à quitter la ville, Philip Berkshire constituait effectivement son meilleur espoir de se sortir de ce très mauvais pas.

— Nous la rattraperons, déclara soudain Maureen.

Il lui lança un regard étonné.

— Je vous trouve bien optimiste, tout à coup.

— Vous l'avez dit vous-même : nous talonnons Natalie de près. Elle est blessée, n'a plus de voiture et probablement plus beaucoup d'argent. Ses options sont très limitées, désormais. Et nous n'avons plus à craindre que son ravisseur la retrouve avant nous. Je pense que ce n'est plus qu'une question de temps avant qu'elle se rende ou que nous la retrouvions.

— À moins qu'elle ne se vide de son sang d'ici là, soupira Brick.

— Elle est infirmière, objecta Maureen. Et elle a volé des bandages, des antiseptiques et des analgésiques à l'infirmerie du lycée. Je pense qu'elle devrait tenir le coup jusqu'à Helena. C'est à moins de deux heures de route.

— Si elle trouve une voiture.

— Je suis sûre qu'elle y parviendra. Elle nous a déjà prouvé à maintes reprises qu'elle avait de la ressource.

— C'est vrai, concéda Brick en espérant qu'elle ne se trompait pas.

Durant les mois où elles s'étaient fréquentées, Natalie n'avait quasiment jamais parlé à Maureen de son ex-mari. Celle-ci n'aurait su dire quel genre d'homme elle s'attendait à rencontrer. Probablement pas quelqu'un d'aussi séduisant, cependant...

Philip Berkshire était grand, athlétique avec une mâchoire volontaire, des cheveux d'un noir de jais et des yeux couleur noisette. Il émanait de lui une impression de compétence et de self-control qui devait beaucoup rassurer ses patients.

Lorsque Brick et Maureen se furent identifiés, il les invita à prendre place dans son bureau.

— Je n'ai malheureusement pas beaucoup de temps à vous accorder, leur dit-il en jetant un coup d'œil à sa montre. J'ai une intervention chirurgicale programmée dans un peu plus d'une demi-heure.

— S'agit-il de votre épouse ? lui demanda Brick de but en blanc.

Berkshire le considéra avec une pointe d'incompréhension.

— Je ne suis pas marié, objecta-t-il.

— Vous ne l'êtes plus, acquiesça Brick. Mais vous l'avez été, n'est-ce pas ?

— Qu'est-ce qui vous fait penser que Natalie pourrait avoir besoin d'une intervention chirurgicale ? s'enquit Berkshire en fronçant légèrement les sourcils.

— Elle n'a pas cherché à vous contacter, aujourd'hui ?

— Non. La dernière fois que je l'ai eue au téléphone, c'était lorsqu'elle s'est fait arrêter à Billings. Elle m'a demandé de lui avancer le montant de sa caution.

— Et qu'avez-vous répondu ?

— J'ai refusé, répondit Berkshire en haussant les épaules. J'estime ne plus rien lui devoir.

— Est-ce parce que vous la croyez coupable ? s'enquit Maureen.

— Je n'ai aucun avis sur la question.

— Pourtant, vous avez été proches, tous les deux. Vous avez même travaillé ensemble.

— C'était il y a longtemps. Je pourrais vous dire quel genre de femme elle était mais pas ce qu'elle a pu devenir depuis.

— Quel genre d'infirmière était-elle ? demanda Brick.

Berkshire hésita un instant avant de répondre.

— Elle était dévouée envers ses patients et pleine de compassion.

— Pourquoi a-t-elle décidé de quitter le milieu hospitalier pour devenir infirmière libérale ?

— Vous devriez lui poser la question.

— J'aimerais pouvoir le faire mais malheureusement, votre femme a disparu.

— *Ex*-femme, le reprit Berkshire.

— Pourquoi avez-vous divorcé ?

Le médecin les considéra d'un air réprobateur.

— C'est une question très personnelle, objecta-t-il.

— Natalie est en danger, déclara Brick. Quelqu'un a déjà essayé de la tuer et d'autres personnes la recherchent, en ce moment même. De plus, il se peut qu'elle soit un témoin capital dans une double affaire de meurtre. Nous ne pouvons nous permettre de négliger aucune piste pour la retrouver.

De toute évidence, Berkshire ne s'était pas attendu à un tel réquisitoire.

— D'accord, soupira-t-il enfin. Écoutez... Je n'ai pas été particulièrement surpris d'apprendre ce qui s'était passé à Billings. Lorsqu'elle était encore enfant, ses parents ont eu une petite fille qui est née avec un lourd handicap. Elle a énormément souffert avant de mourir au bout de plusieurs mois. Natalie m'a avoué un jour qu'elle s'était sentie soulagée lorsque sa sœur était morte.

— Vous pensez qu'elle a pu l'euthanasier ? demanda Maureen, le ventre noué par l'émotion.

Jamais Natalie ne lui avait parlé de cette histoire. Mais elle jetait un éclairage inquiétant sur ce qui était arrivé à Joey.

— Je crois qu'elle y a pensé et probablement qu'elle a voulu le faire. J'ignore en revanche si elle est passée à l'acte. Toujours est-il que c'est la raison pour laquelle elle a voulu devenir infirmière. Elle était fascinée par la fin de vie et a travaillé avec de nombreux patients en soins palliatifs. Je crois qu'elle a décidé de devenir infirmière libérale pour vivre au plus près de ces patients en phase terminale.

— N'est-ce pas un peu malsain ? demanda Brick.

— Pourquoi croyez-vous que nous avons divorcé ? Je ne supportais plus cette véritable obsession pour la mort. Je suis devenu médecin pour tenter de soigner les gens, pas pour les regarder mourir.

— Vous croyez qu'elle y prend plaisir ? s'enquit Maureen.

Berkshire hésita quelques instants avant de lui répondre.

— Je dirais plutôt que la mort la fascine. Et en même temps, elle éprouve une réelle empathie envers ses patients. Une empathie bien trop profonde, si vous voulez mon avis. Cela compromet l'objectivité dont tout personnel soignant se doit de faire preuve.

— Vous voulez dire que si elle euthanasie effectivement ses patients, ce peut être par excès de compassion envers eux ? suggéra Brick.

Berkshire haussa les épaules.

— Très franchement, répondre à cette question serait pure spéculation de ma part. Je vous l'ai dit : cela fait longtemps que nous n'avons plus le moindre contact. Je suis d'ailleurs étonné que vous ayez pensé à moi.

— Ce n'est pas uniquement parce que vous êtes son ex-époux, expliqua Brick. Natalie a été grièvement blessée dans un accident, ce matin.

— Je suis désolé de l'apprendre, soupira Berkshire. Mais je vous assure que je suis probablement l'une des dernières personnes qu'elle viendrait trouver pour demander de l'aide. Elle a très mal pris le refus que je lui ai opposé lorsqu'elle m'a demandé l'argent de sa caution.

— Vers qui se tournera-t-elle, d'après vous ? l'interrogea Maureen. Ses parents ?

— En de telles circonstances, peut-être, concéda Berkshire. Sa mère est morte, il y a des années. Mais son père est toujours vivant. Ils ne se parlaient plus, lorsque nous étions ensemble.

— Savez-vous pourquoi ?

Berkshire hocha la tête.

— Sa mère est morte des suites d'une longue et douloureuse maladie. Et après des années de souffrance, elle a demandé à sa fille de l'aider à mourir.

— Est-ce qu'elle l'a fait ?

— Natalie ne me l'a jamais dit mais quelle qu'ait pu être sa décision, son père ne la lui a jamais pardonnée...

Le trajet en voiture jusqu'à la petite ville de Forsyth, dans l'est de l'État du Montana, avait duré près de cinq heures. Mais Brick et Maureen n'avaient pas hésité à l'entreprendre. C'était moins parce qu'ils espéraient trouver Natalie au ranch de ses parents que parce qu'ils étaient tous deux intimement convaincus que l'histoire que leur avait racontée Berkshire constituait un élément clé de la psychologie de la jeune femme.

Suivant les indications que leur fournissait leur GPS, ils empruntèrent successivement une petite route qui serpentait vers le sud au milieu des prairies puis un sentier de terre battue qui semblait ne jamais vouloir se terminer.

Brick commençait à penser qu'ils avaient fait fausse route lorsqu'ils arrivèrent enfin en vue d'une poignée de bâtiments décrépits. Il y avait une grande maison en bois dont la peinture blanche avait viré au gris probablement plusieurs dizaines d'années auparavant. L'une des deux étables s'était en partie affaissée.

Deux vieux pick-up et un tracteur mangés de rouille se décomposaient dans un coin. Dans l'un des rares enclos encore en état paissaient une petite dizaine de vaches qui levèrent la tête pour les regarder approcher d'un œil indifférent.

C'était un ranch comme il en existait peut-être des centaines au Montana, qui témoignait d'une époque prospère depuis longtemps révolue. Le propriétaire des lieux qui était sorti de la maison pour les observer paraissait tout aussi vieux et usé que les bâtiments qui l'entouraient.

Brick se gara à proximité. Maureen et lui descendirent pour se porter à la rencontre du père de Natalie.

— Vous vous êtes perdus ? leur demanda ce dernier d'une voix rugueuse.

Brick observa le visage buriné de son interlocuteur et crut discerner une légère ressemblance avec la femme qu'ils avaient vainement poursuivie à travers tout l'État.

— Nous cherchons Natalie Berkshire, déclara Maureen.

— Jamais entendu parler d'elle, répondit l'homme d'une voix dure.

Sur ce, il se détourna et fit mine de rentrer dans la maison.

— Nous savons qu'elle est votre fille, déclara Maureen sans se démonter.

L'homme s'arrêta net et se retourna vers eux.

— Plus aujourd'hui, déclara-t-il.

— Elle est en fuite, poursuivie par des gens qui lui veulent du mal, intervint Brick. Elle est blessée, effrayée et n'a probablement plus aucun autre endroit où aller.

— Elle ne serait pas plus la bienvenue ici.

Le père de Natalie s'était exprimé d'une voix sèche et amère. La rancœur qu'il semblait éprouver envers sa fille était bien plus profonde et plus corrosive que celle de Berkshire. Et Brick se prit à se demander s'il restait en ce monde quelqu'un qui aimait encore la jeune femme.

— Vous ne l'aideriez pas ? insista-t-il pourtant, ne pouvant croire qu'un père puisse haïr à ce point l'un de ses enfants.

— Je préférerais crever.

— Je ne vous crois pas.

— Vous ignorez tout de moi, répliqua l'homme d'un ton méprisant. Vous ne savez rien de ma famille.

— Je sais que Natalie est votre fille unique.

— Cette fille a toujours été de la mauvaise graine. Sa mère a essayé de la sauver et regardez où ça l'a menée : à cause de Natalie, elle est morte et enterrée. Alors ne venez pas me parler de cette garce. Si vous ne fichez pas le camp, je vais chercher mon fusil et redécorer votre beau pick-up !

Les larmes aux yeux, l'homme leur tourna le dos et rentra dans sa maison en claquant violemment la porte derrière lui.

Maureen regardait défiler en silence le paysage aride que traversait l'autoroute. Cela faisait une bonne dizaine de minutes qu'ils avaient quitté le ranch et ni Brick ni elle n'avaient encore prononcé le moindre mot. Même pour elle qui avait toujours cru Natalie coupable, cette rencontre avec le père de la jeune femme avait eu quelque chose de profondément déprimant.

Elle avait du mal à imaginer ce qu'avait pu être l'existence de la jeune femme dans ce ranch perdu au milieu de nulle part. Elle avait du mal à croire qu'une famille puisse se déchirer à ce point, qu'un père puisse en venir à refuser l'hospitalité à sa propre fille blessée et acculée.

Ses propos confirmaient ce que leur avait laissé entendre le Dr Berkshire. Mais loin de se sentir rassurée par ces témoignages accablants à l'encontre de Natalie, Maureen avait un goût amer dans la bouche. Jusqu'à présent, elle s'était concentrée uniquement sur les crimes dont Natalie était accusée. Mais ces rencontres lui avaient permis de comprendre ce qui avait pu pousser cette femme à les commettre.

Elle se rappela brusquement ce que Berkshire leur avait dit au sujet de la compassion, qui érodait l'objectivité. N'était-ce pas précisément ce qu'elle était en train de vivre ?

— Alors ? s'enquit enfin Brick. Que faisons-nous, à présent ?

— Je ne sais pas, soupira-t-elle. Nous pourrions nous arrêter à Forsyth pour interroger les gens qui ont connu Natalie lorsqu'elle était jeune. Mais j'ai le sentiment que cela ne servirait pas à grand-chose.

— C'est aussi mon avis, acquiesça-t-il d'un air sombre. Je crois que nous savons tout ce qu'il y a à savoir sur ses motivations profondes.

— Ce que nous ignorons, par contre, c'est si elle nous a dit la vérité au sujet de ma sœur. Après tout ce que nous avons entendu à propos de Natalie, je ne l'imagine vraiment pas mentir au sujet de la mort de quelqu'un. C'est un sujet bien trop sacré pour elle.

— Je suis d'accord. La question est donc de savoir quelle doit être notre priorité : poursuivre la femme qui a très probablement euthanasié votre neveu ou la personne qui a assassiné votre sœur.

Maureen n'aurait pu mieux résumer leur dilemme.

— Nous ne savons pas si Natalie a survécu à ses blessures, déclara-t-elle enfin. Et même si tel est le cas, elle est recherchée par la moitié des policiers de l'État. En revanche, nous sommes les seuls à avoir des raisons de penser que ma sœur a pu être assassinée, les seuls à pouvoir le prouver. Si vous êtes d'accord, je suggère que nous retournions à Billings pour tenter d'en avoir le cœur net.

— Très bien, acquiesça sobrement Brick. En route pour Billings, donc...

11

Tandis qu'il roulait en direction de Billings, Brick se demanda jusqu'où le conduirait la folle expédition qu'il avait entreprise en compagnie de Maureen. Lorsqu'elle avait débuté, il espérait retrouver Natalie pour la protéger et démontrer son innocence.

Mais leurs rencontres avec l'ex-mari et le père de la jeune femme avaient quelque peu douché ses ardeurs de chevalier blanc. Il paraissait de plus en plus évident que Natalie n'était pas la victime sans défense qu'il avait voulu voir en elle, depuis le soir où il l'avait retrouvée fuyant dans les rues de Big Sky.

Il persistait pourtant à croire que, quels qu'aient pu être ses crimes et ses erreurs passés, elle méritait d'être jugée par un tribunal et non torturée par Reiner ou abattue par Shane Danby ou l'un de ses semblables.

Malheureusement, ils n'avaient aucune piste concernant l'endroit où elle pouvait bien se cacher à l'heure actuelle. Ils devraient donc s'en remettre à leurs collègues d'Ennis, de Big Sky et de Billings qui s'étaient lancés à sa recherche.

En attendant, il était bien décidé à aider Maureen à découvrir ce qui était arrivé à sa sœur. Il sentait confusément que cet étrange voyage à travers le Montana avait forgé entre eux un lien qui ne tenait pas uniquement à leur attirance réciproque.

Il avait de plus en plus l'impression que cette enquête constituait pour eux une sorte de chemin initiatique, une occasion de se confronter à leurs propres démons intérieurs.

— Parlez-moi un peu de vous, demanda-t-il soudain à Maureen.

Elle le considéra avec étonnement.

— Que voulez-vous savoir ?

— Je vous ai raconté ma vie, dans les grandes lignes, mais je ne sais quasiment rien de vous. À part que vos parents sont morts lorsque vous étiez jeune... Où avez-vous grandi ?

— Au sud de la Californie.

— J'aurais dû m'en douter, déclara-t-il en souriant. Vous avez le physique d'une surfeuse !

— Je suppose que c'est un compliment, répondit-elle en souriant. Mais au risque de vous décevoir, je ne suis jamais montée sur une planche.

— Qui vous a recueillie après la mort de vos parents ?

Elle hésita quelques instants avant de lui répondre. Et lorsqu'elle le fit enfin, il comprit qu'elle n'avait pas l'habitude de ce genre de confidences. Il ne s'en sentit que plus privilégié.

— Je suis allée vivre chez mon oncle et ma tante.

— Avec Tricia ?

Maureen secoua la tête.

— Tricia est partie chez ma grand-mère. Pendant des années, nous ne nous sommes vues que pendant les vacances.

— Ça n'a pas dû être facile pour vous.

— Je ne suis pas à plaindre, lui assura-t-elle. Mon oncle et ma tante sont des gens extraordinaires. Lui est mexicain et il tient un restaurant dans lequel j'ai travaillé dès que j'ai eu le droit de le faire. Je crois que c'est l'endroit au monde que je préfère. Je pouvais rester des heures dans la cuisine à discuter avec mon oncle...

— Est-ce qu'il vous a appris la cuisine mexicaine ?

— Je me débrouille, confirma-t-elle. Si vous voulez, je vous ferai goûter un jour à mon poulet mole poblano. Vous m'en direz des nouvelles !

— Je compte bien vous prendre au mot lorsque toute cette affaire sera terminée, déclara Brick en lui décochant un sourire.

— Mon oncle aurait voulu que je reprenne le restaurant,

poursuivit-elle. Mais après la mort de mes parents, j'étais bien décidée à combattre le crime.

Brick lui lança un regard étonné.

— Ils sont morts dans une fusillade, expliqua-t-elle. Ils se trouvaient juste au mauvais endroit, au mauvais moment, lorsque deux gangs rivaux ont décidé de régler leurs comptes.

— C'est horrible.

— Oui. Et c'est ce qui m'a poussée à vouloir devenir procureure puis flic.

— Mais comment vous êtes-vous retrouvée au Montana ?

— Ma grand-mère habitait Bozeman, répondit-elle. C'est pourquoi ma sœur a intégré l'université de l'État du Montana. Lorsque j'ai terminé le lycée, j'ai décidé d'aller étudier dans la même fac qu'elle.

Maureen le considéra avec une pointe d'amusement.

— Est-ce que j'ai satisfait votre curiosité ? lui demanda-t-elle, un brin moqueuse.

— À vrai dire, il y a une autre question que je me pose.

— Laquelle ?

— Est-ce que vous avez un petit ami ?

Avant qu'elle ait eu le temps de lui répondre, le téléphone portable de Brick se mit à sonner.

— Sauvée par le gong ! s'exclama-t-il en riant.

Il enclencha le haut-parleur.

— Brick ? fit son père. Où es-tu, en ce moment ?

— Nous sommes allés voir l'ex-mari de Natalie et son père, au cas où elle se serait réfugiée chez l'un d'eux.

— Il n'y a malheureusement aucune chance pour que cela arrive.

— Qu'est-ce que tu veux dire ?

— Que nous venons de retrouver Natalie, répondit-il. Elle s'était cachée dans le local technique du lycée. Malheureusement, elle est morte des suites de ses blessures.

Brick sentit un mélange de tristesse, de déception et de colère l'envahir. Se pouvait-il qu'ils aient fait tout cela pour rien ?

— Je suis vraiment désolé, ajouta son père.

— Moi aussi, articula Brick d'une voix rendue rauque par l'émotion qui l'assaillait.

— Herbert Lee Reiner a été arrêté pour enlèvement, séquestration, coups et blessures et meurtre.

— J'espère qu'il croupira en prison jusqu'à la fin de ses jours.

— Il prétend que Natalie a tué son épouse. Et il n'est pas le seul. Les accusations continuent de s'accumuler contre elle et il devient difficile de croire que toutes ces morts ne sont que des accidents.

— Je vois, murmura Brick, défait. Tu penses vraiment qu'elle est responsable ?

— À ses yeux, il ne s'agissait peut-être que d'atténuer les souffrances de ces gens, répondit son père d'une voix très douce.

Brick ne répondit pas. Jusqu'à cet instant, il avait voulu croire que Natalie n'était qu'une victime. Il avait voulu croire qu'il pourrait la sauver comme il l'avait fait, le soir où leurs chemins s'étaient croisés pour la première fois. Il se rappela alors le proverbe qu'il avait cité à son père : lorsqu'un homme sauve une vie, il en devient responsable.

Il se souvint de ce que leur avait dit le Dr Berkshire et se demanda s'il n'avait pas commis la même erreur que Natalie. En s'impliquant personnellement dans cette histoire, il avait perdu le recul que tout policier était censé conserver. Il avait perdu son objectivité.

— Il est temps pour toi de rentrer à Big Sky, déclara son père.

Brick hésita quelques instants.

— Pas encore, répondit-il enfin. Natalie a peut-être tué ces gens. Elle a peut-être tué Joey, le neveu de Maureen. Mais je ne pense pas que ce soit elle qui ait assassiné Tricia.

— La sœur de ton amie s'est suicidée.

— Ce n'est pas ce que pensait Natalie. Et elle n'avait aucune raison de nous mentir à ce sujet.

— Elle cherchait peut-être juste à détourner votre attention, suggéra son père.

— Je ne crois pas. Tout ce que nous avons découvert à propos de Natalie indique qu'elle entretenait un rapport très particulier avec la mort. Je ne pense pas qu'elle aurait menti à ce sujet...

— Je suis d'accord avec Brick, intervint Maureen.

Brick s'aperçut alors que ses yeux étaient emplis de larmes. Et cette vision ne fit qu'ajouter à son propre désarroi.

— Maureen ? fit Hud. Je crois qu'il est temps de mettre un terme à cette histoire. Vous avez obtenu la vengeance que vous espériez. Et vous avez la chance que ce soit quelqu'un d'autre qui porte le chapeau pour un meurtre que vous étiez prête à commettre.

— Mais je ne l'ai pas commis, protesta-t-elle. Et je crois que j'en aurais été incapable... surtout maintenant que j'ai rencontré votre fils.

Les larmes de Maureen coulaient à présent le long de ses joues et sa voix tremblait sous le coup de l'émotion.

— Tout ce que je veux, reprit-elle, c'est savoir ce qui s'est vraiment passé. Natalie a essayé de me parler, le jour où Joey est mort. Elle l'a fait lorsque je suis venue la trouver à l'hôpital. Et lorsque nous nous sommes rendus à son appartement, à Ennis. Je suis convaincue qu'elle a vu ou compris quelque chose au sujet de ma sœur...

Hud ne put réprimer un soupir.

— D'accord, s'inclina-t-il. Si vous pensez vraiment qu'il y a un fond de vérité dans ce qu'elle vous a dit, allez-y. Tâchez de faire la lumière sur cette affaire. Mais soyez très prudents. Parce que tant que vous n'aurez pas d'autre preuve que la parole d'une meurtrière, vous risquez de vous retrouver seuls contre tous – y compris les policiers de Billings qui ne semblent pas porter Maureen dans leur cœur, si j'en juge par l'homme qu'ils nous ont envoyé...

— Fort heureusement, Shane Danby n'est pas complètement représentatif de mes collègues, répondit-elle avec un pâle sourire. Mais je reconnais que je ne suis pas forcément en odeur de sainteté, en ce moment.

— Bonne chance, leur souhaita Hud avant de raccrocher.

Brick prit la main de la jeune femme et la serra doucement dans la sienne.

— Est-ce que ça va ? lui demanda-t-il.

Elle hocha la tête.

— Oui. Mais je ne m'attendais pas du tout à cela… J'ai longtemps cru que la mort de Natalie m'aiderait à tourner la page. Mais c'est tout le contraire. À présent, nous ne saurons jamais vraiment ce qu'elle a fait et quelles étaient ses motivations profondes.

— Je sais, soupira Brick. Mais nous avons peut-être encore une chance d'élucider ce qui s'est passé dans votre famille. Par où voulez-vous que nous commencions ?

Maureen essuya les larmes qui lui embuaient les yeux et réfléchit à la question.

— Je crois que nous devrions aller voir Hope, déclara-t-elle enfin avec un manque d'enthousiasme évident.

— Qui est-ce ?

— La meilleure amie de Tricia. Elles se connaissaient depuis le lycée. Si elle s'est confiée à quelqu'un, au sujet de cette aventure amoureuse, c'est à Hope.

— Vous ne semblez pas la porter dans votre cœur, remarqua Brick.

— Pas vraiment, reconnut Maureen en fronçant les sourcils. J'ai toujours pensé que Tricia la fréquentait plus par pitié que par réelle amitié. Elle fait partie de ces gens qui sont toujours en demande, qui ne cessent de se désoler sur leur propre sort. Il m'arrive de penser qu'elle se crée exprès des problèmes dans l'espoir de se faire consoler ensuite…

— C'est un jugement assez dur, remarqua Brick.

— Et peut-être pas complètement honnête, reconnut Maureen avec un pâle sourire. J'ai toujours été un peu jalouse de la relation qu'entretenaient Tricia et Hope. Elles étaient beaucoup plus proches que je ne l'étais de ma sœur. Mais c'est précisément pour cela qu'elle aurait pu se confier à elle plutôt qu'à moi.

— Peut-être craignait-elle aussi que vous ne la désapprouviez, suggéra Brick. Le jugement d'un frère ou d'une sœur est souvent plus dur à encaisser que celui d'un ami…

— Vous savez que vous avez un don étonnant pour trouver les mots justes, Brick Savage ?

Il ne put s'empêcher de rire.

— Je crois que c'est bien la première fois que quelqu'un me fait ce genre de compliment, lui avoua-t-il. Je ne pense pas que ce soit vrai. C'est juste...

Il s'interrompit au beau milieu de sa phrase, se contentant pour la conclure d'un geste vague.

— Juste que quoi ? lui demanda Maureen, curieuse.

Il hésita un instant avant de lui dire ce qu'il avait vraiment sur le cœur.

— C'est juste que je n'aime pas vous savoir triste.

Le sourire qui se dessina sur les lèvres de la jeune femme valait toutes les récompenses du monde.

Quelques heures plus tard, ils arrivèrent en vue de Billings. Chaque fois que Brick y était passé, il était arrivé par l'ouest et il fut surpris par le panorama qu'offrait la partie orientale de la ville. Nichée contre le lit du fleuve Yellowstone, elle paraissait étonnamment verdoyante, contrastant avec les paysages plus arides qu'ils venaient de traverser.

Il suivit les instructions que lui donna Maureen et traversa Billings Heights avant de s'engager dans la circulation nettement plus dense du centre-ville.

Hope Purdwell vivait dans un quartier assez chic et la maison qu'elle habitait, quoique petite, était d'apparence coquette. Ils se garèrent à proximité et descendirent de voiture, soulagés de pouvoir se détendre les jambes après ces longues heures de route.

— Je crois que vous devriez beaucoup plaire à Hope, déclara Maureen. Vous êtes tout à fait son type.

— Mais pas le vôtre ? ne put-il s'empêcher de lui demander.

Il eut la satisfaction de voir ses joues s'empourprer légèrement.

— J'ai connu pire, répondit-elle en haussant les épaules.

Il rit et la suivit jusqu'au perron de la maison. Maureen sonna et, quelques instants plus tard, une jeune femme aux longs cheveux bruns vint leur ouvrir. Elle portait un short et un débardeur noirs qui mettaient en valeur sa silhouette élancée.

En avisant Maureen, elle se rembrunit légèrement. Elle paraissait également surprise de la trouver sur le pas de sa porte. Puis elle aperçut Brick et son expression se métamorphosa brusquement, laissant apparaître un charmant sourire.

— Je ne m'attendais pas à te revoir, dit-elle à Maureen. On ne peut pas dire que tu te sois montrée très chaleureuse, lors des funérailles de Tricia.

— Peut-être parce qu'il s'agissait de funérailles, justement, et pas d'une soirée mondaine, répliqua sèchement Maureen.

L'inimitié qui existait entre les deux femmes était presque palpable et Brick se demanda s'ils parviendraient réellement à convaincre Hope de se confier à eux. Il se garda pourtant d'intervenir dans la conversation.

— Écoute, Hope, je ne suis pas venue ici pour discuter de nos malentendus passés...

— Tu veux dire que tu ne comptes même pas t'excuser ?

Maureen parut comprendre qu'elle n'avait pas abordé la discussion sous le bon angle et décida de changer de tactique.

— Est-ce que tu peux nous laisser entrer, s'il te plaît ? demanda-t-elle d'une voix nettement radoucie. Nous avons des questions à te poser au sujet de Tricia.

Hope parut hésiter, les observant tour à tour comme si elle essayait de deviner ce dont ils étaient venus lui parler. La curiosité dut l'emporter car elle finit par s'écarter pour les laisser passer. Lorsqu'ils furent dans le hall d'entrée, elle ne les invita pas à s'asseoir mais se contenta de les considérer d'un œil méfiant, les bras croisés sur sa poitrine.

Maureen prit donc l'initiative et pénétra dans le salon attenant. Là, elle prit place sur le canapé et attendit que Hope daigne la rejoindre. Celle-ci finit par le faire, la mâchoire serrée. Brick lui emboîta le pas et resta debout, un peu en retrait, près de la cheminée.

— Hope, je te présente le marshal Brick Savage, lui dit Maureen. Il m'aide dans mon enquête sur la mort de Joey.

— Je croyais que tu avais été renvoyée de la police, remarqua Hope.

— J'ai juste été suspendue, pas renvoyée. Et c'est la raison pour laquelle Brick a accepté de me donner un coup de main.

— Vous ne savez pas où vous mettez les pieds, déclara Hope à l'intention de Brick.

Il se força à lui décocher un sourire complice et elle parut se détendre légèrement.

— Qu'est-ce que tu veux savoir, exactement ? demanda-t-elle à Maureen.

— J'aimerais que tu me dises si Tricia avait bien un amant, répondit celle-ci d'une voix égale.

Hope ne put s'empêcher de tressaillir.

— Si Tricia avait voulu te le dire, elle l'aurait probablement fait de son vivant, remarqua-t-elle enfin.

— Mais elle n'est plus là. Et tu es probablement la seule personne qui puisse répondre à cette question.

— La seule en dehors de cet homme lui-même...

Ce fut au tour de Maureen de tiquer. Avisant son expression, Brick comprit que jusqu'à cet instant, elle avait espéré que Natalie lui avait menti, que sa sœur avait été fidèle à son mari.

— Dis-moi qui c'est, demanda-t-elle à Hope.

— Pourquoi le ferais-je ? Tricia m'avait fait promettre de n'en parler à personne – tout particulièrement pas à toi.

— Depuis combien de temps le fréquentait-elle ?

— Un peu plus d'un an.

Maureen se mordit la lèvre et il vit un doute passer dans son regard. Ce que Hope venait de leur révéler signifiait que Joey pouvait très bien être l'enfant de l'amant en question.

— Est-ce qu'elle était amoureuse de lui ?

Hope parut réfléchir à la question.

— Au début, ce n'était qu'une simple aventure, répondit-elle. Tricia ne pensait vraiment pas que cela durerait. Je pense qu'elle cherchait juste à pimenter son quotidien. Elle s'était mariée très jeune et n'avait jamais connu d'autre homme que Thomas. Elle voulait savoir si elle n'avait pas raté quelque chose. Apparemment, c'était le cas car leur liaison a rapidement pris un tour plus passionné...

— Pourquoi ne m'en a-t-elle jamais parlé, à ton avis ?

Hope laissa échapper un petit ricanement ironique.

— Parce qu'elle savait que tu la jugerais.

Maureen fit mine de protester.

— N'est-ce pas ce que tu fais, en cet instant même ? l'interrompit Hope.

Maureen détourna les yeux, ce qui fit sourire son interlocutrice.

— Est-ce que tu as rencontré cet homme ? demanda Maureen au bout de quelques instants.

— Non. Tricia voulait que cette liaison reste un secret. Je crois que cela rendait la chose encore un peu plus excitante pour elle.

— Elle ne t'a même pas dit son nom ?

— Qu'est-ce que cela peut bien faire, aujourd'hui ? Tricia est morte...

— Justement, acquiesça Maureen. Nous avons des raisons de penser qu'elle ne s'est peut-être pas suicidée.

Hope la considéra avec stupeur.

— Tu penses que quelqu'un l'a tuée ? articula-t-elle.

— J'en suis de plus en plus convaincue.

— Mais Andy n'aurait jamais fait une chose pareille ! protesta Hope.

— Andy ? s'exclama Maureen, visiblement sidérée.

De toute évidence, le prénom lui disait quelque chose.

— Qui est Andy ? s'enquit Brick.

— Un ami de Thomas.

Maureen n'en revenait pas. Elle avait beaucoup de mal à croire que sa sœur ait pu avoir une aventure avec Andy Carmichael. De plus, celui-ci ne cadrait pas du tout avec la description que Natalie leur avait faite de l'amant de Tricia : il était plutôt petit et avait les cheveux d'un noir de jais.

— Tu es certaine que c'était Andy ? demanda-t-elle.

— Elle ne me l'a jamais dit explicitement, reconnut Hope. Mais c'était quelqu'un qu'elle avait rencontré du temps où nous étions à l'université, quelqu'un pour qui elle avait eu le béguin mais avec qui il ne s'était rien passé à l'époque...

— Tu es vraiment certaine que Tricia n'a pas inventé cette histoire juste pour se rendre intéressante ?

— Oh ! je t'assure que non. Je peux te dire qu'elle était vraiment très amoureuse.

— Amoureuse ? répéta Maureen. Mais je croyais que c'était juste une aventure !

— Au début, oui. Mais au fil du temps, elle s'est rendu compte qu'elle l'aimait vraiment. Et ça la rendait malade parce qu'elle ne voulait pas faire de mal à Thomas. Et puis...

Hope s'interrompit et détourna les yeux.

— Et puis, elle est tombée enceinte, devina Maureen. Savait-elle de qui était le bébé ?

— Non, répondit Hope. Je lui ai bien conseillé de demander un test génétique avant la naissance mais elle a catégoriquement refusé.

— Pourquoi ?

— Parce qu'elle avait décidé que, quel que soit son père génétique, cet enfant serait celui de Thomas. Cela faisait si longtemps qu'ils essayaient d'en avoir un qu'elle ne s'est pas senti le courage de le lui refuser. Alors, elle a rompu avec son amant. Et apparemment, celui-ci l'a très mal pris.

Maureen commençait à mieux comprendre pourquoi la grossesse de sa sœur avait été si difficile, sur le plan psychologique. Non seulement elle avait dû faire face à tous ces sentiments contradictoires mais, surtout, elle avait dû les affronter seule et en secret.

— Qu'a dit son amant lorsqu'il a appris qu'elle était enceinte ?

— C'est tout le problème. Lui aussi était prêt à avoir cet enfant avec elle. Il voulait qu'elle quitte Thomas et qu'elle vienne vivre avec lui. Alors, elle a décidé de lui mentir : elle lui a dit qu'elle avait procédé au test génétique et que le bébé était de Thomas.

Hope poussa un profond soupir.

— Ça a été une période très dure pour elle, comme tu peux t'en douter. Et puis, Joey est né et elle a dû faire face à toutes ces complications médicales. Elle était complètement perdue et elle s'accablait de reproches.

— Je sais, murmura Maureen, les larmes aux yeux. J'ai bien essayé de lui faire comprendre qu'elle n'y était pour rien mais ça n'a rien changé.

— Parce que tu ne savais pas que ce qu'elle se reprochait le plus, c'était la liaison qu'elle avait eue. Elle s'est convaincue que la maladie de Joey était une sorte de malédiction qui résultait directement de cette infidélité.

Maureen prit une profonde inspiration, refusant de s'abandonner aux émotions qui l'assaillaient en cet instant.

— Est-ce que tu sais comment nous pourrions identifier l'amant de Tricia ? demanda-t-elle enfin.

Hope haussa les épaules.

— Comme je te l'ai dit, je ne sais pas grand-chose de lui. Elle parlait surtout de ce qu'elle ressentait à son égard. Elle disait souvent qu'il lui ressemblait. Par exemple, lui aussi adorait les animaux.

Maureen savait que Tricia avait toujours regretté de ne pas pouvoir adopter un chien à cause des allergies dont souffrait Thomas.

— C'était quelqu'un de très romantique. Une fois, par exemple, ils étaient partis camper ensemble et il avait gravé leurs initiales sur un arbre.

— Quand cela s'est-il passé ?

— Un week-end où Thomas assistait à l'un de ces stupides séminaires organisés par Jeffrey Palmer.

— Et où se trouve cet arbre ?

— Du côté de Red Lodge, près d'un ruisseau. Je ne peux pas être beaucoup plus précise que ça… Tout ce que je peux te dire, c'est que Tricia n'a probablement jamais été aussi heureuse que ce week-end-là.

— Malheureusement, ça n'a pas duré.

— Non. Lorsqu'elle a rompu avec lui, il s'est mis dans une colère noire. Elle m'a dit qu'elle ne l'avait jamais vu comme ça auparavant, qu'il lui avait fait peur. Sur le moment, ça l'avait un peu aidée à se dire qu'elle avait pris la bonne décision. Mais un jour, il l'a appelée alors qu'elle était chez moi. Je ne sais pas ce qu'ils se sont dit mais ils ont longuement parlé. Après avoir raccroché, elle a fondu en sanglots et a pleuré pendant plus d'une heure. Je crois vraiment qu'elle l'aimait profondément…

— Est-ce qu'ils ont continué à se voir, après avoir rompu ?

— Tricia ne m'en parlait plus du tout, reconnut Hope. Mais je crois que c'est justement parce qu'elle le fréquentait toujours. J'ignore si leur liaison était devenue platonique, en revanche.

— Excusez-moi, intervint Brick qui était resté silencieux jusque-là. Savez-vous où cette photo a été prise ?

Il désignait un cliché représentant Tricia en pleine nature. Elle arborait un sourire rayonnant et, derrière elle, on pouvait apercevoir un magnifique paysage de montagne.

— C'est son amant qui l'a prise durant ce fameux week-end en amoureux, répondit Hope. Elle l'a laissée ici parce qu'elle ne voulait pas courir le risque que Thomas tombe dessus. Son amant lui a dit que c'était la photo d'elle qu'il préférait. J'imagine qu'ils en avaient pris d'autres tous les deux mais je ne les ai jamais vues. C'est sûrement lui qui les a conservées…

Hope se leva alors pour se diriger vers l'un des placards de la pièce.

— À ce propos, poursuivit-elle, Tricia avait laissé quelque chose pour toi.

Elle sortit du placard une grande enveloppe en papier kraft.

— Elle m'avait demandé de te la remettre s'il lui arrivait quelque chose.

Maureen lui prit l'enveloppe des mains.

— Pourquoi ne me l'as-tu pas donnée avant ? balbutia-t-elle, partagée entre stupeur et colère.

— Parce que tu t'es montrée atroce envers moi, lors des funérailles, répondit Hope.

— Vous ne trouvez pas tout ça un peu curieux ? intervint précipitamment Brick qui cherchait visiblement à étouffer dans l'œuf une nouvelle querelle.

Elles se tournèrent vers lui d'un air interrogatif.

— Je ne comprends pas, par exemple, pourquoi Tricia refusait de vous livrer le nom de son amant. Après tout, elle vous a dit quasiment tout le reste. Pourquoi garder le mystère sur ce détail précis ?

— Je me suis posé la question, avoua Hope. Il y a deux possibilités : soit il s'agissait de quelqu'un que je connaissais – c'est la raison pour laquelle j'ai pensé à Andy. Soit c'était quelqu'un de célèbre.

— Peut-être avait-elle juste peur que tu ne sois incapable de garder le secret, suggéra Maureen.

Hope la fusilla du regard.

— Au moins, elle me faisait assez confiance pour me parler des choses importantes qui se passaient dans sa vie, répliqua-t-elle. Tout le monde ne peut pas en dire autant.

Maureen tressaillit malgré elle. C'était un coup bas mais elle ne pouvait nier la véracité de ces paroles, si cruelles soient-elles.

— Je crois que vous feriez mieux de partir, à présent, déclara Hope.

Maureen interrogea Brick du regard pour s'assurer qu'il n'avait plus de questions et elle le vit glisser subrepticement la photo de Tricia dans sa poche.

— N'hésite pas à nous appeler si quoi que ce soit te revient, dit-elle à Hope.

Celle-ci les raccompagna jusqu'à la porte d'entrée. Ils retraversèrent le jardin et regagnèrent le pick-up. Brick démarra et prit la direction du centre-ville.

— Alors ? lui demanda-t-elle au bout d'un moment. Qu'en pensez-vous ?

— Que Natalie nous a dit la vérité au sujet de l'amant de votre sœur, répondit-il gravement. Je me demande par conséquent si elle ne disait pas vrai aussi au sujet de Tricia et de Joey. Il se peut qu'elle ne les ait tués ni l'un ni l'autre. Vous avez entendu ce que Hope a dit au sujet de l'amant de Tricia : il était furieux, lorsqu'elle a rompu. Comment aurait-il réagi s'il avait appris qu'en plus, elle lui avait menti au sujet du bébé ?

Maureen demeura longuement silencieuse.

— À ce stade, nous ne pouvons que spéculer, déclara-t-elle enfin. Mais rappelez-vous ce qu'a dit votre père : il nous faut des preuves.

— Peut-être en trouverons-nous dans cette enveloppe.

— Peut-être, soupira Maureen. Mais ne vous faites pas trop d'illusions : si Tricia m'a tenue à l'écart de toute cette histoire lorsqu'elle était encore vivante, il n'y a pas de raison qu'elle ait décidé de se confier à moi après sa mort.

— Le seul moyen de le savoir, c'est de l'ouvrir…

Brick s'interrompit et jeta un coup d'œil suspicieux dans le rétroviseur. Sans raison, il obliqua alors dans une rue latérale et ralentit brusquement.

— Que se passe-t-il ? lui demanda-t-elle, inquiète.

— Il y a une berline grise qui nous suit depuis que nous sommes partis de chez Hope.

12

— Vous aviez raison, déclara Jim Cameron en tournant à droite pour suivre le pick-up de Brick. Ils sont bien passés chez elle. Et ils y sont restés pendant plus d'une demi-heure.

Jim s'aperçut que Brick avait brusquement ralenti et comprit qu'il s'était fait repérer. Étouffant un juron, il s'engagea dans la première rue latérale qui se présenta. Avec un peu de chance, il pourrait les rattraper un peu plus loin.

— Quelle tête faisaient-ils en sortant de chez Hope ? lui demanda son client.

— C'est difficile à dire, soupira Jim.

Il était payé pour suivre les gens et pour les prendre en photo, pas pour spéculer sur leurs états d'âme. Mais il ne pouvait pas vraiment répondre cela à quelqu'un qui le payait rubis sur l'ongle.

— Je dirais qu'ils avaient l'air abasourdis, déclara-t-il enfin. Comme s'ils avaient appris une mauvaise nouvelle.

Le grommellement qu'émit alors son client indiquait clairement qu'il ne s'agissait pas de la réponse qu'il aurait aimé entendre. Jim accéléra de façon à déboucher dans l'avenue principale plus tôt que Brick Savage.

Cette fois, il prit soin de ménager un large espace entre leurs deux véhicules. Quelques minutes plus tard, il vit le pick-up s'arrêter devant un hôtel. Brick et la fille descendirent, sortirent leurs sacs du coffre et confièrent les clés au voiturier avant de disparaître à l'intérieur du bâtiment.

— Ils sont entrés dans un hôtel, indiqua-t-il à son commanditaire.

Il déclina le nom et l'adresse de l'établissement et se gara à prudente distance de l'entrée.

— Que voulez-vous que je fasse ?

— Est-ce que vous pouvez placer un mouchard sur leur voiture ? s'enquit son client.

— Cela ne devrait pas poser de problème, répondit Jim.

— Vous n'aurez qu'à me donner le récepteur et je me chargerai de la suite de la filature. Je crois que ce sera préférable.

— C'est vous qui décidez, répondit Jim.

L'idée que son client reprenne l'affaire ne lui souriait guère mais il n'avait pas vraiment le choix.

— Je vous dédommagerai en conséquence, lui assura son interlocuteur comme s'il avait perçu sa réticence. Je passerai à votre bureau pour vous payer en liquide et récupérer les notes que vous avez prises.

— Pas de problème, lui assura Jim qui, au fond, se sentait passablement soulagé d'en avoir fini avec cette histoire.

Suivre une inspectrice de la police criminelle et un marshal le rendait plutôt nerveux. Et le fait que les cadavres commencent à se multiplier dans cette affaire n'arrangeait rien à la chose.

Évidemment, il conservait toujours une copie numérique de tous les dossiers sur lesquels il travaillait, ainsi que des enregistrements de ses conversations avec ses employeurs. Mais c'était un détail qu'il entendait bien garder pour lui. Dans le métier qu'il exerçait, on n'était jamais trop prudent.

— Je ne suis pas sûre de comprendre ce que tout cela veut dire, déclara Maureen en reposant sur la table basse les documents contenus dans l'enveloppe que Hope lui avait remise.

Elle se sentait épuisée et passablement dépassée par la situation. Si Tricia avait remis ces papiers à sa meilleure amie, c'était parce qu'elle envisageait que quelque chose puisse lui arriver. Et cela jetait une lueur entièrement nouvelle sur cette affaire.

Non seulement elle avait appris que sa sœur ne s'était peut-être pas suicidée, mais voilà que ce meurtre pouvait avoir été prémédité.

— De quoi s'agit-il, exactement ?

— De photocopies de comptes rendus financiers, répondit-elle. Mais je suis trop fatiguée pour comprendre ce qu'ils peuvent bien concerner.

— Je ne suis pas beaucoup plus en forme, avoua Brick en étouffant un bâillement.

Une fois de plus, il écarta les rideaux de la fenêtre de leur chambre d'hôtel auprès de laquelle il était assis pour jeter un coup d'œil à l'extérieur.

— Est-ce que vous avez repéré la voiture qui nous suivait ? lui demanda Maureen.

— Non. Je commence à me demander si je ne me suis pas montré un peu trop parano.

— Espérons-le, soupira-t-elle. Je crois que je vais aller prendre une douche et me coucher.

— Vous ne voulez pas que je nous commande quelque chose à manger ?

— Je n'ai vraiment pas faim, avoua-t-elle. Mais n'hésitez surtout pas à prendre quelque chose.

Maureen récupéra sa trousse de toilette et une chemise de nuit, puis gagna la salle de bains. Après s'être douchée, changée et lavé les dents, elle regagna la chambre et s'aperçut que Brick s'était endormi tout habillé sur son lit.

Réprimant un sourire, elle alla s'allonger sur le sien et ferma les yeux. Mais en dépit de sa fatigue, elle ne parvint pas immédiatement à trouver le sommeil. Elle ne cessait de repenser à ce que leur avait dit Hope. Jamais elle n'aurait imaginé que sa sœur puisse tromper Thomas – surtout de façon aussi régulière et délibérée.

Maureen en venait presque à regretter d'être retournée à

Billings. N'aurait-elle pas préféré ignorer la double vie que Tricia avait menée ?

D'un autre côté, si elle refusait de se confronter à ce qu'avait été la vie de sa sœur, elle n'aurait strictement aucune chance de découvrir qui l'avait tuée et pourquoi.

Elle n'aurait su dire combien de temps elle continua à retourner ces questions dans sa tête. Mais elle dut finir par s'endormir car elle ne tarda pas à sombrer dans un cauchemar terriblement familier.

Lorsqu'elle s'éveilla en hurlant, elle sentit des mains se saisir de ses poignets et se débattit avec acharnement sans parvenir à discerner le rêve qu'elle venait de faire de la réalité.

— Maureen, c'est moi, fit une voix familière. Tout va bien...

Elle ouvrit enfin les yeux et se retrouva nez à nez avec Brick qui la tenait toujours par les poignets.

— Tout va bien, répéta-t-il d'une voix très douce. Vous avez juste fait un cauchemar.

Elle reprit progressivement conscience de son environnement et se laissa retomber sur son oreiller. Sa chemise de nuit était trempée d'une sueur glacée et elle ne pouvait réprimer les violents frissons qui la parcouraient de la tête aux pieds.

Elle se força à respirer profondément et à chasser les images qui s'attardaient dans son esprit.

— Est-ce que ça va mieux ? lui demanda Brick en la libérant.

Il se redressa et la considéra d'un air inquiet.

Elle hocha la tête, se sentant un peu honteuse d'avoir été surprise dans un tel moment de faiblesse.

— On dirait que ce cauchemar était particulièrement violent, lui dit-il en souriant gentiment. J'en ai fait pas mal de ce genre-là et je sais qu'il faut un certain temps pour s'en remettre.

Tout en parlant, il fixait le tableau qui était accroché dans la chambre. Il représentait un paysage de montagne et elle se rappela alors ce qu'il lui était arrivé au Wyoming. Lui aussi était régulièrement en proie à ce genre de cauchemars. Et elle se sentit un peu rassérénée de savoir qu'il comprenait parfaitement ce qu'elle pouvait éprouver.

— Vous voulez que je laisse la lumière ? lui demanda-t-il.

Elle secoua la tête. Comme il s'apprêtait à s'écarter d'elle pour retourner vers son propre lit, elle céda à une brusque impulsion et lui prit la main.

— Est-ce que vous voulez que je reste un peu à vos côtés ?

Elle acquiesça et s'écarta légèrement pour lui laisser la place de s'allonger auprès d'elle. Il lui reprit doucement la main et la serra entre les siennes. Elle s'aperçut alors qu'elle tremblait toujours et que ses yeux étaient brouillés de larmes.

Elle se força à maîtriser sa respiration et le rythme effréné de ses battements de cœur commença à ralentir. La douce chaleur qui émanait des paumes de Brick lui semblait se répandre en elle, apaisant la tension qui l'habitait. Progressivement, elle se détendit et se laissa regagner par la fatigue.

Puis ses yeux se fermèrent et elle plongea dans un sommeil sans rêves.

Lorsque Brick se réveilla, il constata avec étonnement qu'il était toujours allongé sur le lit de Maureen. Il avait eu l'intention de retourner dans le sien, au cours de la nuit, mais il avait dormi profondément jusqu'au matin.

À présent, elle était nichée tout contre lui et ses longs cheveux blonds étaient répandus sur son torse. Le contact de son corps contre le sien éveilla en lui un brusque accès de désir qu'il aurait été bien en peine de réprimer. Elle était l'une des femmes les plus belles et les plus séduisantes qu'il ait jamais rencontrées.

Comme il se faisait cette réflexion, il la sentit bouger légèrement et retint sa respiration.

— Je sais que tu es réveillé, lui dit-elle d'une voix encore enrouée de sommeil.

— Comment ?

— Parce que ta main n'est plus posée sur mon sein...

Il se redressa sur un coude et ôta son bras qui était posé en travers du corps de la jeune femme.

— Je suis désolé, lui dit-il. Je ne voulais pas...

— Je plaisantais, répondit-elle en souriant.

Ses yeux brillaient d'un éclat malicieux et Brick se prit à songer qu'il aurait pu se perdre dans leurs profondeurs bleutées. Cela faisait très longtemps qu'il ne s'était pas senti aussi attiré par quelqu'un – fasciné, même.

— Tu t'es conduit en parfait gentleman, lui dit-elle. J'en viens presque à me demander si je ne devrais pas me sentir un peu vexée...

Brick tendit la main vers sa joue qu'il effleura doucement, lui arrachant un léger frisson.

— Ne prends surtout pas ma galanterie pour un manque d'intérêt, lui dit-il d'une voix que son désir rendait légèrement rauque. Ce serait une grave erreur d'appréciation.

Le sourire de Maureen s'élargit encore un peu plus.

— Je ne l'oublierai pas, déclara-t-elle avec un brin d'effronterie.

Elle se redressa et récupéra son sac avant de se diriger vers la salle de bains.

— Malheureusement, nous avons du pain sur la planche, aujourd'hui, lui dit-elle avant de disparaître à l'intérieur.

Brick laissa échapper un grognement de frustration mais se laissa retomber sur l'oreiller en souriant. Cette fille était décidément totalement imprévisible...

Ils avaient passé la matinée à interroger les voisins de Tricia et Thomas pour savoir si l'un d'eux avait aperçu un homme pouvant correspondre à la description que Natalie leur avait faite du mystérieux amant.

Une habitante de la rue leur confirma qu'elle avait bien vu un homme répondant à ce signalement entrer chez les Colton mais elle fut incapable de leur en dire plus.

Dans un petit café situé à proximité, ils reçurent le témoignage concordant d'une serveuse qui leur indiqua que Tricia était venue déjeuner avec un homme grand, blond et très séduisant, quelques jours avant sa mort.

Elle se rappelait ce détail parce que Tricia avait beaucoup pleuré et qu'elle lui avait apporté des mouchoirs. Malheureusement, elle ne se rappelait pas précisément le visage de l'homme et se sentait incapable d'établir un portrait-robot.

Frustrés, Maureen et Brick décidèrent de déjeuner sur place avant de partir pour Red Lodge dans l'espoir de trouver le camping où avaient séjourné Tricia et son amant. Avec un peu de chance, ils parviendraient à localiser l'arbre où ils avaient gravé leurs initiales.

En étudiant attentivement la configuration des lieux au moyen de leurs téléphones portables et en la comparant avec le décor de la photo de Tricia, ils parvinrent à identifier l'endroit où elle avait dû être prise. Il s'agissait d'un site de camping aménagé situé dans les montagnes, près de Grizzly Peak.

Maureen profita du trajet pour éplucher les documents que lui avait laissés sa sœur. Mais elle ne parvenait toujours pas à comprendre l'intérêt que ces comptes pouvaient bien présenter – ni même à quoi ils faisaient référence. Finalement, elle renonça et rangea la liasse de documents dans son sac.

— Je n'arrive toujours pas à croire que Tricia ait pu avoir une aventure, dit-elle à Brick. Elle était la plus sage et la plus raisonnable de nous deux…

— Les gens amoureux n'agissent pas tout le temps de façon rationnelle, répondit-il. Du moins, c'est ce que j'ai entendu dire…

Tricia lui lança un coup d'œil étonné.

— Tu n'as jamais été amoureux ?

— Non, répondit-il. Et toi ?

— Des tas de fois, s'exclama-t-elle, visiblement sidérée. De mon prof de maths, au collège… D'un garçon qui m'écrivait des poèmes un peu ridicules au lycée… De mon petit ami à l'université et encore deux ou trois fois après ça…

Brick ne répondit pas.

— Tu as forcément été amoureux, insista Maureen qui semblait bien décidée à approfondir ce sujet.

— Je ne crois pas ; soupira-t-il. Je suis sorti avec un certain nombre de filles, bien sûr, et j'avais de l'affection pour elles. Mais je ne peux pas dire que j'étais amoureux. Cela dit, nous n'avons peut-être pas la même définition de l'amour. Pour moi, ce n'est pas une simple attirance, un engouement du moment. C'est un sentiment profond, inaltérable, permanent. Quelque chose qui te dépasse complètement...

— Je ne sais pas si ce genre de sentiments existe réellement, objecta-t-elle. Ce genre d'amour ne se trouve que dans les romans et dans les films.

— Je ne suis pas d'accord. Je peux te dire que c'est ce que mon frère ressent pour Jinx, sa fiancée. Et s'il faut en croire ce que nous a dit Hope, c'était ce que ta sœur Tricia éprouvait envers son amant...

— Au fond, tu es un romantique, s'exclama Maureen en secouant la tête d'un air légèrement incrédule.

Il se fendit d'un sourire empli d'autodérision.

— Disons que je suis un romantique croyant mais non pratiquant, pour le moment, répondit-il en ralentissant légèrement.

Maureen s'aperçut alors qu'ils étaient parvenus au bout de la route goudronnée, sur un parking où stationnaient déjà quelques voitures. Brick se gara et tous deux descendirent du pick-up.

— Nous allons devoir continuer à pied, déclara-t-il. Si nous ne nous sommes pas trompés, la photo a dû être prise dans le camping qui se trouve au bout de ce sentier.

Maureen sortit la photo de sa sœur et observa attentivement le paysage autour d'eux.

— Ça semble correspondre, acquiesça-t-elle. Je reconnais cette montagne, au loin. Et la forêt en contrebas est probablement celle dans laquelle nous nous trouvons actuellement.

— Alors, allons-y ! s'exclama Brick qui se mit en route d'un bon pas.

Il leur fallut un peu plus d'une demi-heure de marche à un rythme soutenu pour atteindre le camping. La forêt qu'ils avaient traversée était magnifique mais la vue qui s'offrit à eux lorsqu'ils débouchèrent sur les hauteurs était plus spectaculaire encore.

— C'est bien l'endroit que nous cherchons, constata Maureen en admirant le panorama.

Ils commencèrent à explorer le site. Maureen avait du mal à croire que Tricia, qui détestait le camping, ait pu accepter de venir ici. Mais le bonheur qui se lisait sur son visage était indéniable et Maureen sentit une étrange émotion l'envahir, mélange de tristesse, de tendresse et peut-être aussi d'une légère pointe de jalousie.

Une fois de plus, elle essaya d'imaginer quel genre d'homme avait bien pu transformer sa sœur à ce point. Mais curieusement, le seul visage qui lui vint à l'esprit fut celui de Brick.

— Par ici ! l'interpella alors ce dernier.

Arrachée à sa rêverie éveillée, elle pressa le pas pour le rejoindre et s'aperçut qu'il avait trouvé l'endroit exact où la photo avait été prise.

— Ta sœur se trouvait devant cet arbre, lui indiqua-t-il. Et le photographe était probablement là où je me tiens en cet instant.

Maureen s'approcha de l'arbre en question et le contourna.

— J'ai trouvé, murmura-t-elle, le cœur battant à tout rompre.

Elle avait du mal à détacher son regard du cœur qui était gravé dans le bois. En son centre figuraient deux paires d'initiales.

— TM et JP, lut Brick qui l'avait rejointe. Elle a utilisé son nom de jeune fille, Mortensen.

— Peut-être ne voulait-elle pas penser à Thomas lorsqu'elle était avec son amant. Ou peut-être ne lui avait-elle pas dit qu'elle était mariée… Et JP, est-ce que cela te dit quelque chose ?

— Rien du tout, soupira-t-elle.

— Vois les choses du bon côté : nous sommes désormais certains que Hope ne nous a pas menti et que ta sœur avait bien un amant.

— Nous savons aussi que ce n'est pas Andy Carmichael comme elle avait pu le penser.

— Peut-être pourrions-nous nous procurer l'album de promotion de l'université qu'a fréquentée ta sœur ? suggéra Brick. Hope nous a dit que c'était là qu'elle l'avait connu en premier...

Il fut interrompu par un coup de feu qui fit voler un morceau d'écorce de l'arbre et effaroucha tous les oiseaux du voisinage. Sans hésiter, Brick se jeta sur Maureen et la plaqua au sol au moment où un second coup de feu claquait, qui atteignit de nouveau le tronc.

Puis un profond silence retomba soudain, plus oppressant encore que les détonations qui venaient de retentir. À tout moment, ils s'attendaient à ce qu'une balle vienne les faucher.

13

Brick n'aurait su dire combien de temps ils restèrent allongés côte à côte. Ils avaient rampé précipitamment de façon à contourner l'arbre qui leur offrait un semblant de couverture. Brick avait dégainé son arme et il guettait le moindre mouvement suspect dans les bois qui aurait pu le renseigner sur la position du tireur.

Mais plus rien ne venait déranger le calme de la forêt et même les oiseaux s'étaient remis à pépier joyeusement.

— Je pense qu'il est parti, souffla-t-il à Maureen. Ne bouge pas.

Avant qu'elle ait eu le temps de protester, il se redressa et courut en direction du bois. À son grand soulagement, personne n'essaya de lui tirer dessus.

— La voie est libre, cria-t-il à Maureen.

Elle se redressa à son tour et alla le rejoindre.

— Tu crois que c'était le tueur ? lui demanda-t-elle.

— Probablement, acquiesça-t-il. Et je suis de plus en plus convaincu que Natalie nous disait la vérité. Quelqu'un a probablement tué ta sœur et il ne tient pas à ce que nous remontions jusqu'à lui.

— Mais comment a-t-il su que nous viendrions ici ? Tu crois que c'est Hope qui le lui a dit ? Elle nous a peut-être menti en prétendant ne pas le connaître. Elle l'a peut-être appelé juste après notre départ...

— C'est possible, bien sûr, concéda Brick. Mais très franchement, j'en doute. Je sais bien que tu ne l'aimes pas beaucoup mais elle m'a fait l'effet d'être sincère.

— Alors comment le tireur a-t-il fait pour nous retrouver ?

— Tu te souviens qu'en sortant de chez elle, j'ai eu l'impression que quelqu'un nous suivait.

— Oui. Mais nous nous sommes rendu compte que ce n'était pas le cas.

— Celui qui me suivait s'est peut-être aperçu que je l'avais remarqué.

— Mais la route que nous avons empruntée pour venir à Red Lodge était quasiment déserte, objecta Maureen. Tu l'aurais repéré à des kilomètres.

— Sauf s'il a placé un mouchard sur ma voiture...

Maureen fronça les sourcils.

— Si c'est le cas, cela prouve que la mort de ma sœur n'était pas un simple crime passionnel, remarqua-t-elle.

— Avant d'aller nous en assurer, je vais récupérer les balles qui se sont logées dans le tronc d'arbre. Je doute que cela nous permette d'identifier l'arme du tireur mais cela ne coûte rien d'essayer.

Ils retournèrent auprès de l'arbre et Brick utilisa son couteau de poche pour déloger les deux projectiles.

— Est-ce que tu penses que l'on essayait vraiment de nous tuer ou juste de nous faire peur ?

Brick observa attentivement les environs.

— Deux coups manqués alors que le tireur avait tout le temps de viser et que nous étions immobiles ? Honnêtement, je pense qu'on cherchait plutôt à nous faire passer un message.

— Si c'est le cas, cette personne me connaît mal, déclara Maureen en croisant les bras sur sa poitrine d'un air résolu. Cette attaque a eu l'effet inverse à celui escompté. Je suis plus décidée que jamais à découvrir qui est responsable de la mort de ma sœur !

— Et peut-être de ton neveu, remarqua Brick.

Elle hocha la tête et tous deux redescendirent le long du sentier qui menait au parking. Une fois de retour auprès du pick-up, ils entreprirent d'inspecter ce dernier sous toutes ses coutures à la recherche d'un éventuel mouchard. Ils ne tardèrent pas à en trouver un, accroché sous le pare-chocs arrière.

Comme Brick s'apprêtait à l'écraser, Maureen le lui prit des mains.

— Autant compliquer la vie de notre adversaire, déclara-t-elle.

Elle alla fixer le mouchard sous le pare-chocs de l'une des autres voitures qui stationnaient sur le parking.

— Cela nous fera gagner un peu de temps avant qu'il s'en aperçoive.

— Bien vu, commenta Brick en souriant. Et maintenant ? Que suggères-tu ? Un passage par l'université ?

— Je préférerais d'abord aller parler à mon partenaire, déclara-t-elle.

— Ton *partenaire* ? lui demanda Brick, surpris.

Elle rit.

— Pas dans le sens que tu crois, lui assura-t-elle. Lou Landry était mon partenaire au sein de la police criminelle avant que je sois suspendue.

— Cela me fait penser que tu ne m'as jamais dit si tu avais un petit ami.

— Pas en ce moment, répondit-elle.

Brick eut la présence d'esprit de retenir le soupir de soulagement qui lui venait aux lèvres.

— Nous laisserons les balles à Lou pour qu'il fasse procéder à une étude balistique rapide, reprit-elle. Comme toi, je doute que cela nous mène bien loin mais à ce stade, nous ne pouvons négliger aucune piste. J'aimerais aussi qu'il nous donne une copie du dossier concernant la mort de Tricia.

Tandis qu'ils reprenaient la route de Billings, Maureen appela Hope pour lui faire part de leur récente découverte.

— Nous avons trouvé le camping où ont séjourné Tricia et son amant, lui dit-elle. Et il y avait bien un cœur avec leurs initiales. Celles de l'homme sont JP. Est-ce que cela te dit quelque chose ?

— JP ? répéta Hope. Non, je ne vois pas. En tout cas, je suis certaine que Tricia n'est sortie avec aucun garçon dont les initiales étaient JP lorsque nous étions à l'université.

— Est-ce que tu as toujours ton album de promotion ?

— Bien sûr.

— Est-ce que tu pourrais jeter un coup d'œil ? A priori, nous cherchons un grand blond avec ces initiales.

— Comment savez-vous à quoi il ressemblait ?

— C'est Natalie qui me l'a dit, répondit Maureen. Apparemment, elle l'a aperçu du temps où elle travaillait pour Tricia et Thomas. Et nous avons recueilli plusieurs témoignages concordants aux abords de leur appartement.

— D'accord, acquiesça Hope. Je regarde ça dès que je serai de retour chez moi et je t'appelle si je trouve quoi que ce soit.

Maureen s'éclaircit la gorge.

— Hope... Je voulais te dire merci. Et je suis désolée si j'ai pu te paraître désagréable au moment de l'enterrement de Tricia. J'étais vraiment sur les nerfs.

Un long silence salua ce mea-culpa inattendu.

— Je comprends, répondit enfin Hope. Et j'espère vraiment qu'avec le temps, nous pourrons surmonter nos différends et devenir amies, Maureen. Nous le devons à Tricia.

— Je l'espère aussi, soupira Maureen.

— Quoi qu'il en soit, moi aussi, je te dois des excuses, ajouta Hope. J'aurais dû te donner cette enveloppe plus tôt et je suis désolée de ne pas l'avoir fait. Est-ce que tu y as trouvé quelque chose d'intéressant ?

— Juste des copies de comptes bancaires. Mais je ne sais pas encore à quoi ils correspondent.

— J'espère que tu trouveras. Si Tricia te les a laissées, ce devait être important.

Maureen prit congé de Hope puis appela son partenaire

pour lui donner rendez-vous. Moins d'une heure plus tard, ils le retrouvèrent dans un café situé à proximité du commissariat principal de Billings.

Maureen présenta Lou à Brick. C'était un inspecteur chevronné qui travaillait depuis plus de trente-cinq ans au sein de la police criminelle de Billings. Maureen l'avait toujours considéré comme un mentor et une figure paternelle bien plus que comme un simple partenaire.

Il écouta très attentivement Maureen tandis qu'elle lui racontait tout ce qu'ils avaient découvert depuis qu'elle avait retrouvé Natalie à l'hôpital de Big Sky.

— Incroyable, conclut-il en observant tour à tour Brick et Maureen. Si vous dites vrai, nous allons devoir rouvrir le dossier concernant la mort de ta sœur.

— Justement, est-ce que tu pourrais m'en donner une copie ? Je sais que je suis suspendue et que, théoriquement, tu n'as pas le droit de le faire. Mais il faut que je jette un coup d'œil au rapport d'autopsie pour voir si le médecin légiste aurait pu négliger un détail.

— C'est peu probable, remarqua Lou. Il ne faisait absolument aucun doute à ses yeux qu'il s'agissait d'un suicide.

— Il me faudrait aussi des copies des photos de la scène.

— Tu es sûre de vouloir t'infliger ça ? s'enquit Lou en fronçant les sourcils.

— Je n'ai pas le choix, répondit-elle. Il faut que je sache.

Son partenaire ne put réprimer un soupir.

— D'accord, lui dit-il. Je vais aller te chercher ce que tu me demandes.

— Merci, Lou. Je te revaudrai ça.

— Eh, c'est à ça que sert un équipier, non ? Je reviens d'ici une demi-heure.

Sur ce, il se leva et quitta le café, les laissant seuls.

— Ça a vraiment l'air d'être un type bien, remarqua Brick qui était demeuré silencieux pendant l'entrevue.

— C'est le meilleur, acquiesça-t-elle en souriant.

Tandis qu'ils buvaient leur café en attendant le retour de Lou, Maureen parla à Brick de son travail au sein de la police locale. Il se montra très intéressé par le sujet et lui posa de nombreuses questions.

Au bout d'une vingtaine de minutes, Lou les rejoignit et déposa devant Maureen une épaisse enveloppe en papier kraft.

— Il y a tout ce que tu m'as demandé, lui indiqua-t-il.

Il paraissait préoccupé, se demandant probablement si la lecture de ce dossier ne se révélerait pas trop douloureuse pour elle. Elle-même ne se faisait pas d'illusions : ce serait certainement une épreuve difficile. Mais comme elle l'avait dit à Lou, elle n'avait plus le choix. Il lui fallait aller jusqu'au bout de cette affaire, quel que puisse être le prix à payer.

— Est-ce que tu comptes lire ça tout de suite ? s'enquit Brick lorsque Lou eut pris congé d'eux pour retourner travailler.

Il semblait tout aussi inquiet que le partenaire de Maureen.

— Pas ici, répondit-elle. Il y a beaucoup trop de policiers qui fréquentent ce café. Il vaudrait mieux que nous retournions à l'hôtel. Mais avant cela, il faut que je fasse un tour aux toilettes.

— Je vais chercher la voiture, lui dit Brick. Je t'attendrai devant la porte.

Brick quitta le café et se dirigea vers le parking où ils s'étaient garés. Mais alors qu'il passait devant une ruelle, il entendit quelqu'un l'interpeller.

— Ça alors ! Si ce n'est pas le nouveau petit ami de Maureen...

Surpris, il se retourna et avisa Shane Danby, le policier que Maureen et lui avaient sévèrement corrigé dans le bar tex-mex de Big Sky. Il était appuyé contre le capot d'une voiture de patrouille et deux autres policiers se trouvaient à ses côtés. Brick comprit aussitôt qu'il avait dû les voir arriver et qu'il avait décidé de les attendre. Fort heureusement, Maureen était en sécurité à l'intérieur.

— Comme on se retrouve..., ajouta Shane en s'avançant vers lui.

— On dirait que, cette fois, vous avez amené des amis, rétorqua Brick d'un ton moqueur. Vous aviez peur de vous faire humilier une fois de plus ?

— Vous n'auriez pas dû me provoquer, lui dit Shane. Vous allez le regretter amèrement.

Sur ce, il se précipita vers Brick. Mais ce dernier s'était préparé à une telle éventualité. Il esquiva son adversaire avec facilité puis le cueillit d'un crochet du droit en pleine mâchoire. Shane tomba à genoux, légèrement sonné, mais ses deux camarades se jetèrent sur Brick.

L'un d'eux le frappa au plexus tandis que l'autre l'agrippait par-derrière, écrasant sa trachée pour lui couper la respiration. Il tenta de se débattre et parvint à faire reculer l'homme qui se trouvait devant lui. Mais l'autre le fit tomber à terre.

Shane qui s'était relevé lui décocha un violent coup de pied dans les côtes. Ses acolytes l'imitèrent et Brick se recroquevilla sur lui-même pour protéger son visage des coups qui pleuvaient sur lui de toutes parts. Au bout d'un moment, il entendit retentir une voix familière.

— Qu'est-ce qui se passe, ici ?

— Ce type s'est jeté sur moi et m'a frappé, affirma Shane. Je ne sais pas ce qui lui a pris...

— Cet homme est policier ! s'exclama-t-elle, furieuse. C'est un marshal !

— Je n'en savais rien, lui assura Shane d'une voix faussement innocente.

— Je sais que c'est faux ! Il te l'a dit lorsque nous étions à Big Sky.

— Mais j'ai des témoins, répliqua Shane. Flic ou pas, ce type m'a agressé et je vais le conduire directement en cellule.

Brick s'efforça désespérément de se redresser mais il se sentait inexorablement glisser dans les ténèbres.

— Ne t'en fais pas ! lui cria Maureen. Je vais te sortir de là...

Puis il perdit connaissance.

Maureen était tellement folle de rage qu'elle faillit s'en prendre physiquement à Shane. Mais elle savait que cela n'aurait fait que compliquer les choses. Aussi se força-t-elle à ravaler momentanément sa colère.

— Tu ne perds rien pour attendre, lui dit-elle d'une voix sourde tandis que les deux policiers qui étaient avec lui faisaient monter Brick à l'arrière de la voiture de patrouille.

— Est-ce que par hasard tu serais en train de me menacer ? répliqua Shane d'un ton faussement mielleux. Je te rappelle que je suis un policier dans l'exercice de ses fonctions. Fais attention, je ne voudrais pas que tu finisses en prison, toi aussi…

Maureen serra les dents, douloureusement consciente que tout ceci s'était produit par sa faute. Si elle n'avait pas provoqué Shane, à Big Sky, Brick n'aurait pas volé à son secours et il ne se serait pas retrouvé dans cette situation.

Mais il était trop tard pour faire marche arrière. Et Shane avait pris soin de s'entourer de collègues qui témoigneraient en sa faveur. La seule chose qu'elle pouvait faire, pour le moment, c'était attendre que la caution de Brick soit fixée. Puis elle lui retournerait le service qu'il lui avait rendu à Big Sky et le ferait sortir.

D'ici là, elle aurait tout le temps d'étudier le rapport d'autopsie et les photos de la scène de crime. Avec un peu de chance, elle parviendrait à prouver que sa sœur avait réellement été assassinée. Et dans ce cas, comme l'avait dit Lou, le procureur n'aurait d'autre choix que de rouvrir le dossier.

Elle retourna donc à pied à leur hôtel et, après s'être préparé une tasse de thé, elle ouvrit l'enveloppe que lui avait remise Lou.

Elle s'était attendue à ce que la vision de ces photos constitue pour elle un choc mais elle avait grandement sous-estimé leur impact. Lorsqu'elle vit le visage cyanosé de sa sœur, le nœud coulant qui enserrait son cou et ce regard vide qui semblait la fixer par-delà la mort, elle fondit en larmes, incapable de réprimer le flot d'émotion qui se déversait brusquement en elle, la submergeant totalement.

Durant de longues minutes, elle demeura prostrée, sanglotant convulsivement et tremblant de tout son corps. Pendant toutes ces semaines, elle s'était efforcée de tenir à l'écart la réalité de cette mort, se concentrant sur sa propre colère, sur son désir de vengeance. Mais elle prenait soudain pleinement conscience de l'horreur de ce qui s'était passé.

Il lui fallut très longtemps pour s'arracher à ce sentiment d'effroi. D'un pas mal assuré, elle se dirigea vers la salle de bains pour se passer de l'eau sur le visage. Prenant appui sur le lavabo, elle se força alors à respirer profondément.

Lorsqu'elle eut retrouvé un semblant de calme et de self-control, elle retourna s'asseoir devant la table basse et se prépara à se replonger dans le dossier de sa sœur. Mais son téléphone portable se mit à sonner. Constatant qu'il s'agissait de Hope, elle décrocha.

— Tu ne vas pas le croire, lui dit la jeune femme en guise d'entrée en matière.

— Tu as trouvé le fameux JP ? demanda-t-elle, le cœur battant à tout rompre.

— Je crois, répondit Hope. Est-ce que tu te souviens de Paul Palmer ?

Maureen fronça les sourcils. Le nom lui paraissait vaguement familier.

— Vaguement, répondit-elle. Je l'ai vu une fois ou deux aux soirées que vous organisiez, Tricia et toi. Je me souviens d'un garçon assez grand, châtain... Je crois qu'il portait des lunettes à monture d'écaille.

— C'est bien lui, confirma Hope.

— Mais quel rapport avec l'amant de Tricia ? Paul n'est pas blond et son prénom ne commence pas par un J...

— Détrompe-toi. Paul Palmer s'appelle en réalité Jeffrey Paul Palmer. Il utilise son deuxième prénom pour se démarquer de son père, Jeffrey Palmer.

— Jeffrey Palmer ? s'exclama Maureen. Le Jeffrey Palmer dont Thomas est tellement fan ?

— Lui-même.

— C'est dingue !

— Je ne te le fais pas dire. Si tu vas sur le site de Jeffrey Palmer, tu verras une photo de lui avec son fils.

— Attends une minute, lui demanda Maureen en activant l'amplificateur de son téléphone.

Elle bascula vers le navigateur Internet et tapa le nom de Jeffrey Palmer dans le moteur de recherche.

— Je suis sur son site, indiqua-t-elle à Hope.

— Il y a un onglet avec des photos.

Maureen appuya dessus puis fit défiler les images.

— Je l'ai ! s'exclama-t-elle.

Paul Palmer avait beaucoup changé depuis l'époque où Maureen l'avait connu. Les dernières traces d'acné avaient disparu de son visage, il avait troqué ses lunettes contre des lentilles et ses cheveux étaient teints en blond. Le jeune homme timide et mal dégourdi qu'il était autrefois s'était changé en un homme très séduisant.

Maureen jeta un coup d'œil à la légende de la photo. Elle avait été prise lors d'un cocktail organisé par le gouverneur du Montana en l'honneur de Jeffrey Palmer et de son fils, à l'occasion de la création d'une fondation pour le bien-être animal.

— Ça alors ! s'exclama-t-elle. Paul Palmer est le directeur de MSD !

— MSD ? Qu'est-ce que c'est ?

— L'association de défense des animaux pour laquelle Tricia travaillait occasionnellement comme bénévole, répondit Maureen.

— Ah oui, elle m'avait parlé du chenil où elle faisait parfois des permanences. C'est un endroit où Thomas ne mettait jamais les pieds à cause de ses allergies. Elle était même obligée de se doucher et de se changer chaque fois qu'elle revenait de là-bas.

— Et tu nous as dit hier soir que l'amant de Tricia aimait les animaux, comme elle...

— Ils auraient très bien pu se rencontrer lors de l'un des

séminaires de Jeffrey Palmer où Thomas traînait parfois Tricia. Il lui a sans doute parlé de son association à cette occasion...

— Tout concorde, murmura Maureen. Je crois bien que tu as réussi à identifier l'amant de ma sœur.

— Cela ne signifie pas forcément que c'est lui qui a tué Tricia, remarqua Hope.

— Effectivement. Mais il aura peut-être une idée de qui pourrait l'avoir fait et pourquoi.

— Tu ne comptes pas aller le trouver toute seule, quand même ? s'exclama Hope.

— Je n'ai pas le choix. Pour le moment, tout ce que nous avons, ce sont des spéculations. Il nous faut des preuves.

— Sois prudente, Maureen. Si c'est bien Paul qui a tué ta sœur, il n'hésitera peut-être pas à recommencer...

14

Brick était allongé sur le lit de sa cellule, les bras croisés derrière la nuque. Il ne pouvait s'empêcher de s'inquiéter au sujet de Maureen qui avait dû compulser le dossier de l'enquête. Réussirait-elle à faire face à la violence des images et du rapport d'autopsie ?

Il craignait surtout que la personne qui leur avait tiré dessus ce jour-là ne renouvelle ce genre de tentative d'intimidation – voire qu'il se décide à passer à la vitesse supérieure.

— Savage ? Un appel pour toi.

Brick jeta un coup d'œil à l'agent qui était en train de déverrouiller sa cellule.

— Amène-toi, lui ordonna son geôlier.

Il se leva et suivit ce dernier jusqu'à un petit bureau où on lui tendit le combiné d'un téléphone. Il espérait entendre la voix de Maureen et fut un peu surpris lorsque ce fut celle de son père qui retentit à son oreille.

— Brick ? Mais qu'est-ce que tu fabriques ? J'ai appris que tu avais agressé des policiers de Billings ?

— C'est le contraire qui s'est passé. Trois policiers m'ont attaqué sans la moindre provocation. Crois-moi, je n'y suis vraiment pour rien.

— Qu'est devenue Maureen Mortensen ?

— Elle continue à rechercher l'homme qui a tué sa sœur. Il y a des chances pour qu'il s'agisse de l'amant de Tricia. Je t'avoue que je m'inquiète pour elle.

— Et moi, je m'inquiète pour toi !

— Il n'y a pas de quoi. Maureen me sortira de là dès que le juge aura fixé ma caution.

— Tu te rends compte que cela risque de compromettre ta carrière dans la police ?

— Pas si nous parvenons à démontrer que nous avons raison et que Tricia ne s'est pas suicidée.

— En attendant, tu es accusé d'avoir agressé un policier, lui rappela son père.

— Des tas de gens à Big Sky pourront témoigner du fait que Shane Danby a agressé Maureen et que je l'ai défendue. Et je ne suis pas sûr que les deux autres flics maintiendront leur témoignage face à un juge. Ils doivent savoir quel risque ils courent si on démontre par la suite qu'ils se sont parjurés.

Brick était loin d'en être aussi convaincu qu'il voulait bien le laisser paraître. Mais il ne tenait pas à ce que ses parents s'inquiètent à son sujet tant qu'il n'y avait pas de raisons objectives de le faire...

Lorsqu'elle se retrouva face à Paul Palmer, Maureen comprit comment Tricia avait pu se laisser séduire. Non seulement il s'était métamorphosé physiquement depuis qu'il avait quitté l'université mais il émanait de lui un charme indéniable.

Maureen l'observa tandis qu'il évoluait au milieu de ses nombreux invités, échangeant quelques paroles avec les uns et les autres. En arrivant au siège de l'association, elle avait découvert qu'une réception était organisée ce soir-là pour rendre hommage aux généreux donateurs qui avaient permis à la fondation de prospérer au fil du temps.

Elle finit par se frayer un chemin jusqu'à lui. Lorsqu'il l'aperçut, elle décela de l'étonnement dans ses yeux. Il était évident qu'il l'avait reconnue d'entrée de jeu, ce à quoi elle ne s'était pas attendue. Mais elle prit alors conscience du fait que sa sœur avait probablement dû lui parler d'elle, de temps à autre, et peut-être même lui montrer des photos.

— Maureen, s'exclama-t-il en prenant l'une de ses mains entre les siennes. Quelle surprise de te voir ici ! Je ne savais pas que tu étais une amoureuse des animaux !

— Pas autant que ma sœur, je le reconnais, répondit-elle.

Il ne se départit pas de son sourire mais elle vit ses sourcils se froncer légèrement.

— Viens dans mon bureau, lui proposa-t-il. Nous y serons plus à l'aise pour discuter.

Elle le suivit dans un couloir couvert d'une épaisse moquette et dont les murs étaient décorés de clichés encadrés représentant toutes sortes d'animaux sauvages ou domestiques. Paul la conduisit jusqu'à un bureau meublé de façon très élégante.

Tricia avait dû se sentir impressionnée par cette fondation dont la cause lui tenait à cœur mais qui savait conserver un certain sens du décorum.

— Je n'ai malheureusement pas autant de temps à t'accorder que je le voudrais, dit-il en lui désignant une chaise. Cette soirée est un moment important pour notre association. Elle nous permet d'informer nos donateurs de toutes les activités que nous avons entreprises durant l'année en cours. Mais est-ce que je peux t'offrir quelque chose à boire ? Un café ? Un verre d'eau ? Une flûte de champagne ?

— Merci, mais ce n'est pas la peine, lui assura-t-elle. Cela fait longtemps que je ne t'avais pas vu. Tu as changé.

— Physiquement, peut-être, concéda-t-il. Mais au fond, je suis toujours le garçon timide et maladroit que j'étais à l'université.

— J'en doute, répondit Maureen en lui souriant.

Paul se renversa dans son siège et la considéra avec attention.

— Que puis-je faire pour toi, Maureen ? lui demanda-t-il enfin.

— Me confirmer que tu étais bien l'amant de ma sœur, tout d'abord.

S'il fut surpris par cette demande, il se garda bien de le lui montrer.

— Est-ce que c'est Tricia qui t'en a parlé ?

— Non, avoua Maureen. Je ne l'ai découvert qu'après sa mort. Mais j'ai retrouvé le cœur que vous avez gravé à Red Lodge. Tricia a utilisé son nom de jeune fille. Pourtant, tu savais qu'elle était mariée, n'est-ce pas ?

Le sourire de Paul disparut brusquement.

— J'étais au courant, en effet, acquiesça-t-il.

Un lourd silence s'ensuivit.

— J'imagine que tu désapprouves cette liaison, reprit-il. Mais ni Tricia ni moi ne l'avons préméditée, tu sais. Nous travaillions ensemble et nous sommes tombés amoureux l'un de l'autre.

— Est-ce que ton père était au courant ?

— Pourquoi cette question ?

Maureen haussa les épaules.

— Eh bien, Thomas est l'un de ses plus fervents admirateurs...

Paul se rembrunit encore un peu plus.

— Tu as raison, reconnut-il à contrecœur. Mon père désapprouvait cette liaison. Mais je considérais que cela ne le regardait pas et je le lui ai dit. J'étais bien décidé à tout faire pour pouvoir épouser Tricia et élever Joey à ses côtés.

— Est-ce que Joey était ton fils ? s'enquit Maureen.

— Biologiquement, je l'ignore. Mais cela n'avait pas d'importance.

— C'est une attitude très noble de ta part, remarqua Maureen. D'autant que Joey n'était pas un enfant comme les autres...

— Je te l'ai dit : j'aimais ta sœur et j'aurais fait n'importe quoi pour la rendre heureuse.

— Où est-ce que vous vous retrouviez, tous les deux ? La fondation n'est pas forcément l'endroit idéal pour entretenir une relation amoureuse.

— Mon père possède une maison près de Red Lodge, répondit-il. Mais pourquoi toutes ces questions ? Qu'est-ce que cela change, maintenant que Tricia...

Il laissa sa phrase en suspens comme s'il n'avait pas la force de l'achever.

— Si tu l'aimais à ce point, tu as dû être déçu lorsqu'elle a décidé de rompre, remarqua Maureen.

Paul laissa échapper un rire sans joie.

— Déçu ? répéta-t-il d'un ton ironique. Ce n'est pas le terme que je choisirais. Désespéré. Anéanti. Effondré. Elle m'a dit que l'enfant était de Thomas, même si je ne suis pas sûr qu'elle l'ait vraiment su. Elle m'a dit qu'elle voulait redonner une chance à son mariage. Je crois qu'elle essayait de se punir parce qu'elle était tombée amoureuse de moi.

— Que s'est-il passé, ensuite ?

— Malgré toutes ses bonnes résolutions, Tricia n'a pas pu rester très longtemps loin de moi. Quant à moi, je ne supportais plus d'être perpétuellement le numéro deux, celui qu'on cache et dont on ne parle pas. Je voulais que tout le monde sache ce que je ressentais pour elle.

— Ça devait te mettre en colère qu'elle s'y refuse.

Une fois de plus, Paul la considéra d'un air méfiant.

— Où veux-tu en venir, exactement ? M'accuserais-tu d'avoir délibérément acculé ta sœur au suicide ?

— Tu penses donc qu'elle s'est suicidée...

La surprise qui se lut alors dans les yeux de Paul paraissait sincère.

— C'est ce qu'ont dit les journaux. Es-tu en train de me dire qu'elle a été tuée ?

— Je pense que c'est très probable, répondit-elle en le regardant droit dans les yeux.

Il paraissait être sous le choc de cette révélation. Il fit mine de se lever mais se laissa aussitôt retomber sur son siège.

— Est-ce que tu as des preuves de ce que tu avances ? lui demanda-t-il enfin.

— Pas encore.

— Alors pourquoi crois-tu que ce soit le cas ?

— C'est Natalie Berkshire qui me l'a dit.

— Et comment l'aurait-elle su ? protesta-t-il.

— Je l'ignore.

— Je te rappelle que ce n'est pas précisément quelqu'un de confiance...

Il s'interrompit, paraissant réfléchir intensément à la question.

— D'un autre côté, reprit-il pensivement, si jamais elle dit vrai, cela pourrait expliquer certaines choses... Est-ce que tu crois que Thomas pourrait être le coupable ? S'il a découvert notre aventure...

— Comment l'aurait-il apprise ? objecta Maureen. Tricia n'avait parlé de votre histoire à personne – pas même à moi.

— Peut-être a-t-elle décidé de tout lui raconter, suggéra Paul. Après la naissance de Joey, Tricia n'était plus elle-même. Elle a basculé dans une sorte de dépression, une véritable spirale autodestructrice. C'est d'ailleurs la raison pour laquelle je n'ai jamais mis en doute les conclusions du médecin légiste. Elle s'était mis en tête qu'elle était responsable de la maladie de Joey, que c'était une sorte de vengeance divine ou de dette karmique à payer... J'ai essayé de la raisonner. Je savais que si nous étions ensemble, tout finirait par s'arranger. Nous étions faits l'un pour l'autre...

— Mais elle a refusé, n'est-ce pas ? demanda Maureen.

Il serra les dents et une lueur de colère passa dans son regard bleu acier. C'était la première fois qu'elle voyait se fissurer le vernis de civilité et de bienveillance qu'arborait Paul et elle se demanda si l'homme passionné qu'elle croyait discerner sous ce masque n'était pas capable du pire.

— Elle ne voulait pas briser le cœur de Thomas, répondit-il d'une voix amère. J'imagine que, au fond, le mien avait moins d'importance à ses yeux...

15

Dès le lendemain matin, Maureen se mit en quête d'éléments susceptibles d'innocenter Brick. Elle ne voulait pas uniquement le tirer de prison, mais aussi et surtout faire en sorte que sa réputation ne soit pas ternie par cette histoire ridicule.

Il ne lui fallut pas longtemps pour trouver ce qu'elle cherchait : un magasin possédant une caméra de surveillance braquée sur l'allée où Shane et ses camarades avaient agressé Brick.

Elle usa de son charme pour convaincre le propriétaire de la boutique de lui confier une copie de l'enregistrement de la veille puis alla directement trouver son supérieur, le chef de la police criminelle de Billings.

Ce dernier regarda attentivement la scène que Maureen avait copiée sur son téléphone portable et conclut ce visionnage par une bordée de jurons qui n'augurait rien de bon. Elle savait que ce n'était pas la première fois que Shane était mis en cause pour ce genre de pratiques.

— Je préférerais régler ça moi-même, si ça ne t'ennuie pas, gronda-t-il. Envoie-moi la vidéo et je vais apprendre à cet abruti ce qu'il en coûte de déshonorer l'insigne que nous portons. Et à ce propos, Maureen, j'aimerais savoir si tu te sens prête à réintégrer le service.

Surprise par cette proposition inattendue, elle hésita quelques instants. Récupérer son badge faciliterait probablement ses investigations. Mais cela signifiait aussi qu'elle devrait se plier aux ordres de son supérieur et remplir les missions qu'il entendait lui confier.

— Je crois que j'ai besoin d'encore un peu de temps, répondit-elle enfin. J'ai quelques affaires personnelles à régler. Mais si tout se passe comme je l'espère, cela ne devrait pas prendre plus de quelques jours...

— Parfait, approuva le commissaire. Je serai vraiment ravi de te voir revenir maintenant que tout le dossier Berkshire est clos. D'autant que nous n'allons pas tarder à perdre l'un de nos éléments.

Il secoua la tête d'un air incrédule.

— Mais qu'est-ce qui lui a pris de tabasser un autre flic ? Le fils du chef du bureau des marshals de Big Sky, en plus...

— Shane m'a agressée lorsque nous étions à Big Sky et Brick m'a défendue. J'imagine que ça n'a pas plu à Shane. Mais dites-moi, quand Brick pourra-t-il sortir de cellule ?

— Dès que j'en aurai donné l'ordre, répondit son supérieur en décrochant son téléphone.

Il appela l'agent qui supervisait la surveillance des cellules et ordonna qu'on relâche immédiatement Brick Savage.

— Il est à toi, conclut-il à l'intention de Maureen.

— Merci, lui dit-elle. À bientôt, chef.

Il hocha la tête et la suivit des yeux tandis qu'elle quittait son bureau. Maureen se rendit immédiatement au bloc de détention. Elle trouva Brick qui l'attendait dans le couloir et ne put s'empêcher de tressaillir en voyant les dégâts qu'avaient causés Shane et ses acolytes.

Il avait un œil au beurre noir, un bleu violacé sur la joue, plusieurs coupures dont une à la lèvre qui devait être très douloureuse. En percevant le léger sifflement de sa respiration, elle comprit qu'il devait avoir plusieurs côtes fêlées.

Refusant de lui montrer à quel point elle était choquée et peinée de le voir dans cet état, elle opta pour une plaisanterie.

— Nous ne pouvons vraiment pas continuer à nous rencontrer de cette façon, lui dit-elle.

Il lui décocha un sourire complice.

— Nous voilà à égalité, lui dit-il. Une incarcération partout. Qui sait ? La prochaine fois, ils nous mettront peut-être dans la même cellule.

— Je suis désolée, lui dit-elle d'un ton plus grave. Tout ceci est arrivé par ma faute. Si je ne m'étais pas disputée avec Shane, à Big Sky...

— Eh ! l'interrompit-il. Tu n'es absolument pas responsable. Shane est un sale type et un mauvais flic. Nous savions qu'il était vicieux et cette fois, il avait deux de ses amis avec lui...

— En tout cas, tu seras heureux d'apprendre que plus aucune charge ne pèse contre toi. J'ai trouvé une caméra de surveillance qui a filmé toute la scène. Shane est sur un siège éjectable. Quant aux deux autres, ils auront de la chance s'ils s'en sortent avec une mise à pied de quelques mois.

— Espérons que cela leur donnera le temps de réfléchir.

— J'ai aussi une bonne nouvelle.

— Une autre bonne nouvelle, tu veux dire ?

Elle hocha la tête.

— J'ai retrouvé le mystérieux JP.

Tandis qu'ils quittaient le commissariat et regagnaient le parking où leur pick-up était resté garé depuis la veille, Maureen entreprit de lui raconter tout ce qui s'était passé pendant qu'il était en cellule. Lorsqu'elle conclut le récit de sa visite au siège de la fondation MSD, il ne put réprimer un frisson d'angoisse rétrospective.

— Tu n'aurais pas dû aller là-bas toute seule, protesta-t-il. Si ce type est responsable de la mort de ta sœur, crois-tu qu'il hésiterait à se débarrasser de toi ?

— C'est exactement ce que m'a dit Hope, répondit-elle en souriant. Mais vous oubliez tous deux que je suis un flic. Je suis tout à fait capable de me défendre.

— Même les flics travaillent toujours par deux, lui rappela-t-il. Lorsque tu décides de courir un tel risque, tu as besoin de quelqu'un pour te couvrir.

— Pourquoi crois-tu que je t'aie tiré de prison ? répliqua-t-elle d'un ton narquois.

Brick ne put réprimer un soupir. Maureen était tout bonnement impossible. Il en venait même à se demander comment quelqu'un d'aussi rétif à toute forme d'autorité avait bien pu trouver sa place au sein des forces de police. D'un autre côté, cela expliquait peut-être pourquoi elle avait été mise à pied...

— Je suis sérieux, lui dit-il. Je n'ai pas du tout envie de te perdre, tu sais.

La tranquille assurance qui se lisait dans les yeux de la jeune femme vacilla, remplacée par un mélange d'étonnement et de vulnérabilité.

— Moi non plus, je ne veux pas te perdre, lui dit-elle d'une voix légèrement enrouée par l'émotion.

Cédant à l'envie qui l'habitait depuis qu'il l'avait rencontrée, Brick posa la main sur sa joue et s'avança vers elle, couvrant la distance qui les séparait. Il lui laissa le temps de s'écarter mais elle n'en fit rien. Il se pencha donc vers elle et posa les lèvres sur les siennes.

Ce simple contact l'électrisa. Son corps tout entier réagit sous l'effet du désir qui déferlait en lui. Il n'avait pas eu l'intention d'approfondir ce baiser mais lorsque Maureen le lui rendit, il ne put s'empêcher de lui donner un tour plus passionné.

Leur étreinte se prolongea tandis qu'ils se perdaient dans ce moment magique. Jamais Brick n'avait réagi de cette façon à un simple baiser, mais c'était peut-être parce qu'il révélait des sentiments qu'il s'était obstinément efforcé d'ignorer au cours de ces derniers jours.

Lorsqu'ils s'écartèrent enfin, ils demeurèrent enlacés, se contemplant l'un l'autre avec un mélange de surprise et d'émerveillement.

— Je suis désolé, lui dit-il.

Maureen le foudroya du regard.

— Tu n'as pas intérêt ! s'exclama-t-elle. C'était un baiser phénoménal.

Il ne put s'empêcher de rire.

— Maureen...

Elle secoua la tête et recula d'un pas, s'arrachant à lui.

— Inutile d'épiloguer, lui dit-elle. Nous nous sommes embrassés parce que nous en avions envie. Mais maintenant, nous avons des choses plus urgentes à faire, d'accord ?

Il n'était pas certain qu'elle fût parfaitement honnête en balayant de cette façon ce qui venait de se passer. Mais il ne pouvait nier le fait que le moment était très mal choisi.

— D'accord, répondit-il.

Il passa une main dans ses cheveux et s'éclaircit la gorge.

— Pour en revenir à JP, est-ce que tu crois que c'est lui qui a tué ta sœur comme semblait le penser Natalie ?

— Je ne sais pas, avoua-t-elle en fronçant les sourcils. Je crois qu'il l'aimait assez pour l'avoir assassinée par passion. Mais il n'est pas notre seul suspect. Son père, Jeffrey Palmer, était fermement opposé à cette liaison. Et si nous devons demeurer parfaitement impartiaux, nous devons ajouter Thomas à la liste. S'il a appris l'infidélité de Tricia, il peut l'avoir étranglée sous l'effet de la colère avant de maquiller son crime...

Le téléphone de Maureen se mit à sonner.

— C'est Elroy, lui dit-elle. Un ami qui travaille dans la finance. Je lui ai confié les documents qui se trouvaient dans l'enveloppe de Tricia pour voir s'il parviendrait à en tirer quelque chose.

Elle décrocha et porta l'appareil à son oreille.

— Salut, Elroy ! Dis-moi que tu as réussi à comprendre ce dont il s'agissait, exactement...

Elle écouta attentivement la réponse de son interlocuteur.

— D'accord, lui dit-elle. Si tu penses que c'est la meilleure façon de procéder. Mais je te conseille quand même de garder une copie en guise d'assurance...

Elle éclata de rire en entendant la réponse d'Elroy.

— Tu me connais. Je suis une véritable paranoïaque. En tout cas, merci mille fois, Elroy ! Je te revaudrai ça !

Après avoir pris congé, Maureen se tourna vers Brick.

— Je crois que nous allons avoir une intéressante conversation avec Jeffrey Palmer père, déclara-t-elle. Nous sommes samedi, ce qui signifie qu'il doit être dans sa maison de campagne. Et devine où elle se trouve ? À Big Sky.

— Retour au point de départ, donc. Au moins, je ne devrais pas avoir de mal à trouver, répondit Brick. Mais est-ce que tu comptes me dire ce que t'a raconté ton ami Elroy ?

Elle lui décocha un sourire malicieux.

— C'est une surprise, lui dit-elle. Mais je suis sûre que ce nouveau rebondissement va beaucoup te plaire...

— Ils ont trouvé le mouchard.

Jim se redressa sur son lit, un peu désorienté. Il avait passé la quasi-totalité de la nuit à surveiller un entrepôt de contrebande et venait tout juste de s'endormir quand son téléphone portable s'était mis à sonner.

— Vous en êtes sûr ? demanda-t-il en se frottant les yeux.

— Certain. Ils l'ont même collé sur une autre voiture, histoire de me faire perdre mon temps.

— Bien vu, commenta Jim d'un ton appréciatif.

Il se réjouit secrètement que son client se soit fait doubler. Cela lui apprendrait à jouer les détectives amateurs au lieu de faire appel à un véritable professionnel. Malheureusement, cette bourde signifiait que Savage et Mortensen seraient sur leurs gardes, à présent, ce qui lui compliquerait encore un peu plus la tâche.

— Vous voulez que je les retrouve ? demanda-t-il.

— Oui.

— Vous connaissez mes tarifs.

— Trouvez-les. L'argent n'est pas un problème.

Jim se fendit d'un sourire ironique : c'était toujours ce que disaient les gens qui en avaient trop. Mais il ne comptait pas jouer les fines bouches. Puisque son client était prêt à payer, il reprendrait l'affaire sans hésiter.

Ce ne serait probablement pas très difficile. Car comme chaque fois qu'il installait un mouchard, Jim avait pris la précaution d'un poser un second, plus discret encore. Rares étaient les gens qui continuaient à chercher après s'être débarrassés du premier.

— Je m'y mets tout de suite, déclara-t-il. Je vous tiens au courant dès que j'aurai du nouveau.

Il raccrocha et activa l'application qui lui permettait de suivre les mouchards. Le premier se trouvait actuellement en route vers la Californie. Le second, en revanche, se dirigeait vers Big Sky, la ville où Natalie Berkshire avait refait surface après avoir été enlevée.

Jim préférait ne pas trop penser au fait que son client semblait s'être intéressé à elle de très près et qu'elle était morte, à présent. Il ne voulait pas non plus savoir ce qu'il voulait faire de Savage et Mortensen, une fois qu'il les aurait retrouvés.

Aux yeux de Jim, un détective privé était payé en grande partie pour ne pas se poser ce genre de questions...

Alors qu'ils venaient de dépasser Four Corners et qu'ils approchaient de la vallée au fond de laquelle se nichait Big Sky, de lourds nuages sombres se massaient sur les hauteurs, annonciateurs d'un orage qui ne tarderait probablement pas à éclater.

— Je ne sais pas pour toi mais je suis affamé, déclara Brick. Je n'ai rien avalé depuis le petit déjeuner qu'ils m'ont servi en prison, hier soir, et ça n'avait vraiment rien d'un festin.

— J'ai très faim, moi aussi, répondit-elle en se redressant.

La question de Brick l'avait tirée du demi-sommeil dans lequel elle avait basculé peu de temps après qu'ils avaient quitté Billings. Elle s'étonna de ne pas avoir fait de cauchemars, cette fois-ci.

Elle en venait presque à se demander si ce n'était pas la présence de Brick à ses côtés qui avait un effet salutaire sur sa vie onirique. Et cette possibilité l'inquiétait un peu.

Lorsqu'elle était avec lui, elle se sentait protégée et en sécurité. Malgré les piques qu'ils se renvoyaient très régulièrement à ce sujet, elle était intimement convaincue qu'elle pouvait lui faire confiance.

Le baiser passionné qu'ils avaient échangé sur le parking avait conféré une nouvelle dimension à la connivence qui s'était installée entre eux au fil de ces derniers jours. Et Maureen commençait à se demander avec une pointe d'angoisse si elle n'était pas en train de tomber amoureuse de Brick...

— Je connais l'endroit idéal pour aller manger un morceau, déclara ce dernier.

— Tu ne crois pas qu'il vaudrait mieux appeler pour réserver ?

— Tu as raison, répondit-il en tirant son téléphone de sa poche.

Le numéro était enregistré dans son répertoire, ce qui signifiait qu'il s'agissait d'un établissement qu'il devait fréquenter régulièrement. Elle se demanda avec une pointe de curiosité si c'était là qu'il emmenait les femmes avec lesquelles il sortait.

— C'est Brick, dit-il sans autre forme de procès. Je passe pour dîner et j'amène une amie... Parfait ! Nous devrions être là d'ici vingt minutes. À tout à l'heure !

Il raccrocha et décocha à Maureen l'un de ses sourires irrésistibles dont il avait le secret.

— Ils nous attendent, confirma-t-il. Le menu de ce soir est un rôti de bœuf accompagné d'un écrasé de pommes de terre et de carottes du jardin. Pour le dessert, il y a un fondant au chocolat.

— J'en ai déjà l'eau à la bouche, répondit-elle.

— Et quelle bouche, murmura-t-il d'un ton suggestif.

Elle ne put s'empêcher de rougir et détourna les yeux, ce qui le fit beaucoup rire, apparemment. Mais elle ne lui en voulut pas. Au contraire, flirter lui donnait un peu l'impression de renaître après des semaines de cauchemar.

Elle se réjouissait d'aller dîner en sa compagnie. Elle ne

comprenait pas bien comment elle avait pu s'habituer si vite à sa présence mais elle devait bien admettre qu'elle s'était sentie un peu déprimée, la veille au soir, lorsqu'elle avait dû manger sans lui au restaurant de l'hôtel.

À mi-chemin entre Four Corners et Big Sky, Brick quitta l'autoroute 191 pour s'engager sur une route secondaire qui longeait la rivière Gallatin. L'endroit était bucolique et charmant. Ils franchirent un petit pont de bois puis obliquèrent sur une route de terre qu'ils suivirent jusqu'à une grande maison de bois.

Autour, on pouvait voir plusieurs écuries ainsi que des corrals dans lesquels paissaient des chevaux. À flanc de colline, on distinguait plusieurs maisons traditionnelles. L'endroit ne ressemblait pas du tout à un restaurant et elle sentit une pointe d'inquiétude l'envahir.

La porte de la maison s'ouvrit alors, laissant apparaître une femme qui devait avoir entre cinquante et soixante ans. Comme elle s'avançait vers eux, Maureen crut déceler une étrange ressemblance entre Brick et elle.

— Où sommes-nous, exactement ? lui demanda-t-elle d'une voix un peu étranglée.

— Chez mes parents. Ma mère est la meilleure cuisinière que je connaisse à des lieues à la ronde.

Il descendit de voiture et la contourna pour galamment ouvrir sa portière. Maureen aperçut alors la voiture de patrouille frappée du symbole du bureau du marshal. Se rappelant tous les griefs que le père de Brick avait contre elle, elle fut brièvement tentée de prendre ses jambes à son cou.

16

— Mais qu'est-ce qui t'est arrivé ? s'exclama Dana en considérant avec effroi les blessures et les contusions que Brick arborait.

— C'est moins méchant que ça n'en a l'air, lui assura-t-il. Laisse-moi plutôt te présenter Maureen Mortensen.

Dana sourit et lui tendit la main. Maureen, qui paraissait toujours au bord de l'apoplexie, la serra dans la sienne.

— Je suis ravie que vous soyez là, tous les deux, déclara Dana. Brick ne vient pas souvent dîner, ces temps-ci, et il est encore plus rare qu'il ramène une amie...

— J'étais justement en train de dire à Maureen que tu étais la meilleure cuisinière de la région.

— Tu vas me faire rougir, lui dit-elle. Au cas où vous ne vous en seriez pas déjà aperçue, ajouta-t-elle à l'intention de Maureen, mon fils a tendance à exagérer.

— Oh ! je dois dire qu'il est plein de surprises, concéda la jeune femme en décochant à Brick un regard assassin.

Sa mère les observa avec attention, se demandant visiblement quelle était la nature exacte de leurs relations. Mais elle était bien trop polie pour poser la question. Elle leur fit donc signe de la suivre et les fit entrer dans la maison.

Ils gagnèrent le grand salon dont le sol était recouvert de tapis indiens et les murs de trophées de chasse rapportés par ses ancêtres. Les fauteuils et le canapé en cuir avaient cet aspect confortable et légèrement patiné des meubles anciens soigneusement entretenus.

Une alléchante odeur de viande rôtie et de petits légumes flottait dans l'air.

Comme chaque fois qu'il se retrouvait en ces lieux, Brick sentit instantanément refluer tous ses soucis.

— Ton père ne devrait pas tarder à arriver. Il est allé jeter un coup d'œil au poulain qui est né cette nuit. Je suis sûr qu'il sera ravi de te voir, lui aussi.

— Est-ce que Jinx et Angus sont là ?

— Non, ils sont en train d'aménager leur nouvelle maison sur la colline, répondit-elle. Est-ce que vous les avez déjà rencontrés ? demanda-t-elle à Maureen.

— Je n'ai pas eu cette chance, répondit-elle très diplomatiquement.

— Nous avons été très occupés, précisa Brick.

— C'est ce que je me suis laissé dire, acquiesça Dana, que son époux avait probablement mise au courant de tous leurs déboires.

Ils entendirent alors la porte d'entrée s'ouvrir.

— Emmène ton amie à la salle à manger et installez-vous. Il faut que je dise deux mots à Hud.

Brick comprit que son père n'avait probablement pas encore été informé de leur présence.

— C'était une très mauvaise idée, lui souffla Maureen tandis qu'il l'entraînait jusqu'à la grande salle à manger au centre de laquelle trônait une table immense autour de laquelle pouvait se réunir toute la famille.

— Tout va bien, fais-moi confiance.

— Et moi qui commençais à le faire, justement... Comment as-tu pu me faire une chose pareille ? Ta mère est déjà convaincue que nous sommes en couple !

— Ce n'est pas très grave, répondit-il. À moins que tu n'aies honte de moi...

— La question n'est pas là ! protesta-t-elle, furieuse. C'est malhonnête. Et je n'ai aucune envie de lui mentir.

— Si tu y tiens, je veux bien faire l'amour avec toi, rétorqua

Brick en riant. De cette façon, tu n'auras plus à t'inquiéter de lui mentir...

Elle lui décocha un coup de poing dans le bras au moment précis où ses parents les rejoignaient dans la salle à manger. Le visage de Maureen vira à l'écarlate.

— Marshal..., balbutia-t-elle, terriblement embarrassée.

— Papa, le salua Brick avec un sourire malicieux.

— Asseyez-vous, les encouragea Dana. Brick a vanté mes talents de cuisinière et je ferais mieux de sortir le rôti du four avant qu'il soit trop cuit.

— Laissez-moi vous aider, proposa Maureen.

Sa mère hocha la tête et toutes deux quittèrent la pièce, laissant Brick seul avec son père.

— Je n'ose te demander quelle est la nature de vos relations, déclara ce dernier.

— Eh bien, ne le fais pas, répondit Brick. Je ne suis pas sûr de pouvoir répondre à cette question, de toute façon.

Hud ne put réprimer un soupir résigné. Il s'approcha pourtant de son fils et posa une main sur son épaule.

— Je suis content que vous ne soyez plus en prison, l'un et l'autre, et que vous ayez réussi à vous en sortir, lui dit-il.

— Moi aussi, avoua Brick.

Voyant sa mère revenir avec le rôti, il alla lui prendre le plat pour le porter sur la table. Maureen arriva à son tour, chargée d'un immense plateau sur lequel étaient posés la purée de pommes de terre et le plat de petits légumes.

Sa mère cuisinait toujours comme si elle devait nourrir une armée en campagne et c'était la raison pour laquelle les membres de la famille, à commencer par Brick lui-même, n'hésitaient jamais à s'inviter à l'improviste.

Tandis que son père ouvrait une bouteille de vin et que Dana servait les assiettes, Brick et Maureen prirent place à table. La discussion s'engagea, de façon un peu artificielle au début puis de plus en plus naturelle à mesure que les convives commençaient à se détendre.

Le repas et le vin délicieux contribuaient à décontracter l'atmosphère. Ils parlèrent du ranch, de la naissance du poulain, de la maison de Jinx et Angus ainsi que de l'étrange disparition de Stacy, la sœur de Dana.

Jusqu'alors, la conversation avait roulé sur toutes sortes de sujets qui avaient permis à Maureen de découvrir à quoi ressemblait la vie au ranch Cardwell. Les parents de Brick s'étaient en revanche bien gardés de parler de l'enquête que leur fils et elle s'étaient mis en tête de mener envers et contre tout.

Mais lorsqu'ils passèrent au salon pour prendre le café accompagné du succulent gâteau au chocolat de Dana, le marshal Savage aborda enfin le sujet qui devait lui brûler les lèvres depuis qu'ils étaient arrivés.

— Est-ce que vous avez découvert des éléments nouveaux, depuis que nous nous sommes parlé pour la dernière fois ?

Brick, qui était jusque-là très détendu, se redressa dans son fauteuil, recouvrant brusquement son sérieux.

— Nous progressons, déclara-t-il. Ce soir, nous comptons assister à une réception organisée par Jeffrey Palmer. Est-ce que tu as entendu parler de lui ?

— C'est le millionnaire qui écrit des livres sur le développement personnel, n'est-ce pas ? Il possède une magnifique propriété à Big Sky. Et j'ai cru comprendre qu'il avait récemment donné une série de conférences dans l'un des hôtels de la ville. C'est un homme très puissant, Brick. J'espère que tu n'as pas l'intention de lui voler dans les plumes…

— Tu me connais, répliqua Brick en souriant. Je suis un modèle de diplomatie. Je n'en dirais pas autant de tout le monde, ajouta-t-il en décochant un regard malicieux à Maureen.

Elle lui décocha un coup de pied dans le tibia.

— Espérons que vous ne vous retrouverez pas en prison, une fois de plus, commenta Hud. À ce propos, je me suis débrouillé pour que les charges qui pesaient contre Maureen soient abandonnées.

— Merci, monsieur Savage, lui dit-elle.

— Vous pouvez m'appeler Hud, répondit-il d'une voix bourrue. Mais dites-moi, Maureen, est-ce que vous pensez toujours que votre sœur a été assassinée ?

— Plus que jamais, répondit-elle.

— Et Jeffrey Palmer serait mêlé à cette histoire ?

— Nous avons découvert que son fils, Jeffrey Paul Palmer, avait été l'amant de ma sœur, répondit-elle. Il est donc notre principal suspect, à ce stade. Mais Jeffrey Palmer désapprouvait fortement cette liaison – peut-être suffisamment pour vouloir se débarrasser de ma sœur…

— Et j'imagine qu'en allant à cette soirée, vous avez l'intention de donner un coup de pied dans la fourmilière pour voir ce qu'il en sort ?

— Exact, confirma-t-elle.

— Cela ne me dit rien de bon, opina Hud en fronçant les sourcils. J'espère vraiment que vous serez très prudents, tous les deux.

— Ne t'en fais pas, répondit Brick en jetant un coup d'œil rassurant en direction de sa mère, il s'agit d'un cocktail auquel assisteront des tas de gens. Même si Jeffrey ou son fils sont coupables, ils ne courront pas le risque de s'en prendre à nous en présence de tous ces témoins.

— Je l'espère, soupira Dana avant de se tourner vers Maureen. Est-ce que cela vous ennuie de m'aider à rapporter les tasses ?

— Bien sûr, répondit-elle.

Elles débarrassèrent et regagnèrent la cuisine.

— Je sais que vous devez vous inquiéter pour votre fils, déclara alors Maureen. Mais je vous promets que nous ne courrons aucun risque inutile.

Dana secoua doucement la tête.

— Ce n'est pas uniquement cette soirée qui m'inquiète,

soupira-t-elle. Très honnêtement, j'espérais qu'aucun de mes garçons ne déciderait de suivre les traces de leur père.

— C'est ce que m'a dit Brick, acquiesça Maureen.

Dana lui décocha un sourire un peu triste.

— Quoi qu'il en soit, reprit-elle, je tenais à vous dire que je suis très heureuse de vous avoir rencontrée. Cela faisait longtemps que je n'avais pas vu Brick aussi épanoui. Merci.

Sidérée par cette déclaration, Maureen chercha comment expliquer à Dana que son fils et elle ne sortaient pas ensemble et qu'elle n'était en rien responsable de ce bonheur. Mais avant qu'elle ait pu trouver les mots justes, la mère de Brick la prit affectueusement par le bras et l'entraîna en direction du salon.

Dans le couloir, ils croisèrent Brick.

— Maman, est-ce que tu as toujours le chargeur de portable que j'ai laissé ici, la dernière fois ?

— Je crois qu'il est dans mon bureau.

— Je reviens tout de suite, indiqua Brick à Maureen.

Elle suivit des yeux la mère et le fils qui s'éloignaient et finit par rejoindre Hud Savage au salon.

— J'imagine que vous m'en voulez d'avoir entraîné votre fils dans cette histoire, lui dit-elle après quelques secondes de silence un peu inconfortable.

Hud la considéra pensivement avant de secouer la tête.

— Brick est assez grand pour choisir ses combats, déclara-t-il. Ce qui m'inquiète plus, à vrai dire, c'est le fait que vous êtes la première petite amie qu'il ramène à la maison et qu'il nous présente. Je pense que c'est la première fois qu'il tombe véritablement amoureux. Et j'espère que vous ne lui briserez pas le cœur...

Il s'interrompit en voyant Brick revenir avec son chargeur. La conversation reprit comme si de rien n'était mais Maureen eut un peu de mal à la suivre. Elle ne cessait de repenser à ce que lui avaient dit les parents de Brick.

Il aurait été facile de se convaincre que tous deux se trompaient, mais ils ne s'étaient manifestement pas concertés et il était évident que tous deux connaissaient bien leur fils. Se pouvait-il que les sentiments de Brick à son égard soient plus profonds qu'elle ne l'avait imaginé ?

Et si tel était le cas, comment était-elle censée réagir à cela ?

— Ils sont retournés à Big Sky, déclara Jim Cameron.

— Pourquoi Maureen ferait-elle une chose pareille ?

Jim supposa qu'il s'agissait d'une question purement rhétorique. Après tout, lui-même ne savait pas grand-chose au sujet de Maureen Mortensen.

— Est-ce qu'ils sont toujours ensemble ?

— Je suppose, répondit prudemment Jim. Mais je ne peux vous l'assurer. Pour cela, il faudrait que je me rende personnellement à Big Sky pour mener une filature.

— Ce n'est pas la peine, répondit son client avec humeur. S'ils sont là-bas, je m'en chargerai moi-même.

Jim faillit lui rappeler qu'il s'était déjà fait repérer une fois mais y renonça. Il ne servait à rien de s'aliéner un client.

— Comme vous voulez, dit-il. Si vous avez besoin de quoi que ce soit, n'hésitez pas à me recontacter.

Il raccrocha et jeta un coup d'œil à son application. Le pick-up de Brick Savage se trouvait bien aux abords de Big Sky, sur une propriété qui devait être un ranch. À la réflexion, il se dit qu'il ne pouvait être certain que Maureen se trouvait bel et bien avec lui.

Mais ce n'était plus son problème, à présent. Il avait rempli sa part du contrat et son client était libre d'agir comme il l'entendait. Et quelque chose lui disait que se tenir à l'écart de cette affaire lui épargnerait bien des problèmes.

Or Jim Cameron avait toujours eu un instinct très sûr…

17

Jeffrey Palmer fit entrer Maureen et Brick dans une pièce richement décorée qui rappela à la jeune femme celle du bureau de Paul, à la fondation MSD.

— J'ai été très surpris d'apprendre que deux policiers s'étaient subrepticement introduits chez moi à la faveur de cette soirée, leur dit-il avec un sourire faussement badin. Je suis ravi de faire votre connaissance, inspectrice Mortensen, marshal Savage. Puis-je savoir ce qui me vaut l'honneur de votre visite ? Êtes-vous ici à titre officiel ?

— Pas encore, répondit Maureen en prenant place sur l'un des sièges qui faisaient face au bureau.

Brick ne s'assit pas, préférant rester debout derrière elle. Jeffrey prit le temps d'aller s'installer dans son propre fauteuil. Il ouvrit la boîte à cigares qui se trouvait devant lui.

— Est-ce que vous en voulez un ? proposa-t-il à ses hôtes.

Tous deux déclinèrent d'un signe de la tête. Il prit un cigare et le huma avant de l'allumer.

— Votre fils avait une liaison avec ma sœur, lui dit alors Maureen.

Il ne trahit aucune réaction et elle ne put s'empêcher d'admirer le self-control dont il faisait preuve. Qui sait ? Ces séminaires que Thomas appréciait tant n'étaient peut-être pas si inutiles que cela…

Jeffrey fit chauffer son cigare et l'alluma avant d'expulser une bouffée de fumée vers le plafond.

— Savez-vous qu'ils se retrouvaient dans votre résidence de Red Lodge ? ajouta-t-elle.

Dans ses yeux, elle vit se succéder surprise et agacement.

— J'espère que vous ne pensez pas que j'approuvais cette relation, répondit-il.

— Je me suis laissé dire que non, répondit Maureen. En revanche, je me suis demandé si ce n'était pas dans cette même résidence que Tricia avait découvert certains documents compromettants...

Une fois de plus, elle fut impressionnée par la maîtrise de Jeffrey qui ne trahit aucune culpabilité.

— J'ai bien peur de ne pas vous suivre, déclara-t-il enfin.

— Voilà ma théorie, lui dit-elle. Connaissant Tricia, elle a dû venir vous trouver pour vous faire part de ses doutes. J'imagine que, sur le moment, vous l'avez rassurée. Mais vous saviez que vos belles paroles ne résisteraient pas à un sérieux examen critique. Alors, vous avez décidé de régler définitivement le problème. Vous êtes allé chez elle, ce jour-là, et vous l'avez tuée. Évidemment, comme vous ne pouviez pas courir le risque qu'elle se défende, vous avez probablement dû commencer par la droguer. C'est ce que révéleront les tests toxicologiques...

— Je croyais que le corps de votre sœur avait été incinéré, objecta posément Jeffrey.

Maureen ne put s'empêcher de frissonner. Le simple fait qu'il soit au courant ne prouvait-il pas qu'elle avait vu juste ?

— Je vous rassure, mentit-elle avec aplomb. Il est aujourd'hui tout à fait possible d'identifier les traces des principales toxines, même sur des cendres.

Il lui sembla que Jeffrey pâlissait légèrement. Puis il porta son cigare à sa bouche, peut-être pour dissimuler son trouble.

— Ce test n'a pas encore été effectué parce que la police n'avait aucune raison de soupçonner le fait que ce suicide n'était qu'une mise en scène, reprit-elle. Après tout, Tricia venait de perdre son enfant et son mariage battait de l'aile. N'étaient-ce pas des raisons suffisantes pour classer directement l'affaire ?

— Intéressante théorie, répondit Jeffrey d'un ton indifférent.

— Vous avez fait d'une pierre deux coups, poursuivit Maureen sans se démonter. Vous mettiez un terme à la liaison de Tricia avec votre fils, que vous désapprouviez, et vous évitiez que l'on découvre vos malversations...

Jeffrey secoua la tête d'un air faussement peiné.

— Et apparemment, j'ai réussi à faire tout cela sans laisser la moindre preuve, ironisa-t-il. J'imagine que dans le cas contraire, vous seriez venus avec un mandat et une troupe de vos collègues...

Il souffla un rond de fumée en direction du plafond.

— Je suis un homme occupé, ajouta-t-il. Et j'ai des dizaines d'invités à rejoindre. Alors, pourriez-vous me dire ce que vous attendez de moi, exactement ?

Maureen se leva de son siège.

— Rien du tout, répondit-elle. Je pense que j'aurai très bientôt ce que je recherche – la justice pour ma sœur.

Elle se détourna et se dirigea vers la porte. Mais avant de l'atteindre, elle se retourna vers Jeffrey qui n'avait pas bougé de son bureau.

— À ce propos, lui dit-elle, Tricia avait fait des copies des documents compromettants dont je vous ai parlé. Lorsqu'elle a compris à quelle fin vous comptiez utiliser l'argent de la fondation, elle a décidé de vous arrêter. Figurez-vous que ces documents sont à présent entre mes mains.

Sur ce, elle sortit à grands pas, suivie de près par Brick. Lorsque la porte se referma derrière eux, elle eut la satisfaction d'entendre Jeffrey pousser un juron bien senti.

Lorsqu'ils émergèrent du bureau de Jeffrey et regagnèrent le grand salon où ses invités étaient rassemblés autour de buffets gargantuesques, Brick eut la surprise d'apercevoir son père au milieu des convives.

— Regarde, dit-il en le désignant à Maureen. Je me demande ce qu'il fait là.

— Du baby-sitting ? suggéra-t-elle en souriant.

— Peut-être, acquiesça Brick. Je vais quand même aller lui poser la question.

— Je t'attends sur la terrasse, lui dit-elle. J'ai besoin d'un peu d'air frais. N'hésite pas à m'appeler si tu as besoin d'un coup de main.

Il ne put s'empêcher de rire.

— Je pense que je devrais pouvoir m'en sortir tout seul, répondit-il. À tout de suite.

Il se fraya un chemin jusqu'à Hud et se planta devant lui.

— Ne me dis pas que tu nous as suivis jusqu'ici, lui dit-il.

— Mais pas du tout, répondit son père avec un sourire faussement innocent. Je suis juste venu pour le champagne.

— Ben voyons...

Son père recouvra son sérieux.

— Je suis venu vous prévenir, Maureen et toi. Apparemment, quelqu'un a envoyé au FBI des documents compromettants concernant les activités de Jeffrey Palmer et de son fils. Ils risquent de débarquer d'un instant à l'autre.

— Est-ce qu'ils vont les arrêter ?

— Probablement.

— Je vais aller chercher Maureen et nous filerons d'ici.

Son père hocha la tête d'un air approbateur.

Maureen venait de franchir les portes menant à la terrasse lorsqu'elle entendit retentir derrière elle une voix familière.

— Décidément, nous nous croisons beaucoup, ces temps-ci, lui dit Paul en posant la main sur sa taille pour la guider vers la terrasse.

Maureen estima qu'il ne servirait à rien de se débattre et de faire un scandale et se laissa donc entraîner à l'extérieur.

Le vaste balcon sur lequel ils s'avancèrent offrait un point de vue exceptionnel sur les montagnes avoisinantes. Maureen ne put s'empêcher de frissonner en prenant conscience que c'était aussi l'endroit idéal pour mettre en scène un malencontreux accident. Si elle passait par-dessus la balustrade, elle n'aurait quasiment aucune chance de s'en sortir vivante.

Jeffrey la conduisit jusqu'à l'autre bout de la terrasse, le plus loin possible de la réception qui continuait de battre son plein.

— Qu'est-ce que tu es venue faire ici ? lui demanda-t-il d'un ton nettement moins cordial.

Se tournant vers lui, Maureen vit qu'il portait un smoking qui soulignait sa minceur et sa large carrure. Il émanait de lui un mélange d'élégance et de distinction et, une fois de plus, elle eut l'impression de comprendre ce que sa sœur avait pu ressentir pour lui. D'une certaine façon, Jeffrey incarnait à merveille la note de glamour et de séduction qui devait lui manquer dans sa relation avec Thomas.

— Je voulais m'entretenir avec ton père, lui dit-elle.

Il haussa un sourcil surpris.

— Pourquoi ?

— Pour lui dire que je sais ce que cachaient les comptes de la fondation MSD. Tricia était au courant, elle aussi.

— Mais de quoi est-ce que tu parles ?

Son étonnement paraissait sincère. Se pouvait-il qu'il ne soit pas au courant ? Ou bien était-il juste aussi bon comédien que son père ?

— De la raison pour laquelle la femme que tu aimais s'est fait tuer.

Il fronça les sourcils.

— Je ne comprends pas, lui dit-il. Tu penses que la mort de Tricia a quelque chose à voir avec la fondation ?

Il fronça brusquement les sourcils, comprenant ce qu'elle insinuait.

— J'espère que tu ne penses pas que c'est moi qui l'ai tuée, lui dit-il. Je l'aimais et j'aurais fait n'importe quoi pour elle.

L'emphase avec laquelle il avait prononcé ces mots éveilla la méfiance de Maureen.

— Qu'as-tu fait pour elle, Paul ?

— De quoi essaies-tu encore de m'accuser ? s'exclama-t-il avec humeur.

Maureen tressaillit, surprise une fois encore par la rapidité avec laquelle il était capable de passer de l'affabilité à la colère.

— Que s'est-il vraiment passé entre Tricia et toi, à la fin ? lui demanda-t-elle.

— Je te l'ai dit : après la naissance de Joey, elle a totalement coupé les ponts.

— Et tu ne l'as jamais revue ? Tu n'as jamais essayé de lui faire changer d'avis ? Tu n'es jamais allé la voir chez elle ?

Paul fit mine de lui répondre mais se ravisa.

— C'est elle, n'est-ce pas ? dit-il. L'infirmière... Elle nous a vus.

Sa bouche se tordit en un rictus amer.

— Elle t'a dit qu'elle nous avait vus. Mais t'a-t-elle rapporté ce qu'elle avait entendu ? Sans doute pas, si j'en crois tes accusations...

— Est-ce que tu étais aussi en colère que tu l'es à présent ?

Il prit une profonde inspiration, s'efforçant de surmonter sa rage et de recouvrer le contrôle de lui-même.

— Tricia avait changé d'avis, lui expliqua-t-il. Elle m'a dit qu'elle en avait assez de passer son temps à se mentir. Elle voulait partir avec moi, en fin de compte. Nous aurions élevé Joey ensemble. Elle s'était décidée à tout dire à Thomas. Mais c'est à ce moment que Joey est mort et que Natalie s'est fait arrêter...

Maureen avait beaucoup de mal à savoir que penser de ce nouveau témoignage. Comment faire la part entre la sincérité apparente de Paul et la colère qu'elle sentait sourdre en lui ?

— Elle n'en a jamais parlé à Thomas, remarqua-t-elle.

— Comment aurait-elle pu le faire, après ce qui s'est passé ? Tricia était très affectée par la mort de son bébé. Mais Thomas, lui, était tout aussi inconsolable. Elle n'a pas eu le courage de lui annoncer que tout était fini entre eux. Elle m'a dit qu'elle avait besoin de temps.

— Et comment as-tu réagi ?

Il haussa les épaules.

— Je lui ai dit de prendre tout le temps qu'il lui fallait. Je crois... Je crois que moi aussi, j'avais besoin de temps. Je m'étais imaginé vivre avec elle, fonder une famille avec elle... Mais Joey n'était plus là.

Il poussa un profond soupir et passa une main dans ses cheveux.

— Tricia m'a avoué qu'elle n'était pas sûre de vouloir courir le risque d'avoir un autre enfant. Je lui ai dit que nous en adopterions un. Peu à peu, nous avons commencé à imaginer un nouvel avenir ensemble. Je t'assure que je n'avais aucune raison de la tuer...

Maureen le considéra avec attention et se forgea la conviction que Paul était sincère. Il croyait vraiment à ce qu'il lui disait et son amour pour Tricia était bien réel. En cet instant même, ses yeux étaient embués de larmes.

— Jeffrey Paul !

Reconnaissant la voix de son père, il prit une profonde inspiration et s'essuya les yeux du revers de la main.

— Il faut que j'y aille, lui dit-il d'une voix enrouée par l'émotion. Mais tu dois me croire, Maureen : j'aimais ta sœur plus que tout. Et elle me manque terriblement.

Sur ce, il se détourna et rejoignit son père qui l'attendait près de la porte-fenêtre. Maureen demeura sur la terrasse, les yeux fixés sur la silhouette imposante des montagnes dont les sommets s'ourlaient toujours de neige. Perdue dans ses pensées, elle n'entendit pas Brick approcher et sursauta lorsqu'il posa la main sur son épaule.

— Il est temps que nous partions d'ici, lui dit-il.

Durant le trajet qui les conduisit de la propriété de Jeffrey Palmer jusqu'au centre-ville, Maureen répéta à Brick la conversation qu'elle venait d'avoir avec Paul Palmer. Puis elle lui expliqua ce qu'Elroy avait découvert ce matin-là en épluchant les comptes de la fondation.

— Du blanchiment d'argent ? s'exclama-t-il. Et ta sœur était au courant ?

— Apparemment. Sinon, pourquoi aurait-elle photocopié tous ces documents ? Tricia a toujours eu un don pour les chiffres. Elle a probablement compris qu'il y avait quelque chose de bizarre dans les comptes.

— Et tu penses qu'elle l'a dit à Paul ?

Il vit Maureen hésiter.

— Je ne crois pas, lui dit-elle. Elle aimait Paul et je ne pense pas qu'elle aurait pu le croire complice d'un tel délit. À mon avis, elle est allée en parler directement à son père.

— Et tu crois que c'est Jeffrey Palmer qui l'a tuée ?

— Il avait de nombreuses raisons de le faire, expliqua-t-elle. D'une part, il mettait fin à une relation qu'il désapprouvait, d'autre part, il protégeait son entreprise et sa réputation. Et enfin, il évitait de salir le nom d'une fondation qu'il avait créée pour faire plaisir à son fils qui adorait les animaux.

— Je ne suis pas convaincu, déclara Brick au bout d'un moment. Ton histoire se tient parfaitement mais les motifs que tu évoques sont tous parfaitement rationnels. Et cela ne correspond pas au mode opératoire du tueur. Si Jeffrey avait vraiment décidé par avance d'assassiner Tricia, il se serait probablement muni d'une arme. La pendaison ressemble plus à un moyen de camoufler un meurtre par étranglement. Je pense donc qu'il s'agissait d'un crime passionnel.

— Tu crois que c'est Paul ? Mais pourquoi aurait-il tué la femme qu'il aimait ?

— Parce qu'il était en colère contre Tricia. Parce qu'elle lui avait promis de partir avec lui mais que, une fois de plus, elle avait privilégié Thomas... Il s'est emporté et l'a étranglée. Puis il a cherché à maquiller son crime.

— Jeffrey aussi aurait pu se servir de la pendaison pour dissimuler son meurtre, objecta-t-elle.

— C'est vrai, reconnut Brick. Pour le moment, rien ne nous permet vraiment de savoir qui est responsable.

Ils approchaient à présent du centre de Big Sky.

— Où allons-nous ? lui demanda alors Maureen.

— Chez moi, lui dit-il. En tout bien tout honneur, s'empressa-t-il d'ajouter. Tu pourras prendre mon lit et je dormirai sur le canapé.

Maureen lui lança un regard amusé.

— Il n'est pas question que je te laisse dormir sur le canapé.

— Ça ne me dérange pas du tout, lui assura-t-il.

Elle rit doucement.

— Non, lui dit-elle d'une voix qui le fit frissonner malgré lui. Tu n'as pas compris ce que je voulais dire : il n'est *pas question* que je te laisse dormir sur le canapé.

Il lui jeta un coup d'œil incertain, se demandant s'il l'avait bien comprise. Mais l'expression de Maureen ne lui laissa strictement aucun doute.

— Tu es sûre ? lui demanda-t-il.

— Certaine, répondit-elle sans la moindre hésitation.

Il ne put s'empêcher de sourire, fasciné et séduit par le mélange d'audace et de volonté qui caractérisait Maureen.

— Est-ce que tu es toujours aussi sûre de toi ? lui demanda-t-il.

Elle lui prit la main et la serra doucement dans la sienne.

— Ce n'est pas de moi que je suis sûre, en l'occurrence, mais de toi, déclara-t-elle.

Brick fut pris d'une sorte de vertige. Maureen ne se trompait pas : jamais il n'avait désiré quelqu'un à ce point. Le simple contact de la paume de cette femme contre la sienne faisait remonter le long de son bras une douce chaleur qui se répandait en lui, envahissant tout son être.

Mais il s'agissait de bien plus que d'une simple réaction physique. L'attirance qu'il éprouvait envers Maureen se doublait d'un mélange d'admiration, de tendresse et d'affection dont l'intensité le stupéfiait. Pour la première fois de sa vie, il se sentait totalement dépassé par la puissance de ses propres sentiments. C'était à la fois grisant et passablement terrifiant.

Lorsqu'ils arrivèrent enfin devant chez lui, ils descendirent du pick-up et, main dans la main, ils pénétrèrent dans son immeuble. Le cœur de Brick battait à tout rompre et il se sentait aussi nerveux que s'il s'agissait de son tout premier rendez-vous amoureux.

— Est-ce que tu veux boire quelque chose ? proposa-t-il à Maureen quand ils arrivèrent à l'appartement.

— Tout ce que je veux, c'est toi, lui répondit-elle d'une voix que son désir rendait étrangement rauque.

Brick ne put réprimer un frisson tandis que tous deux se dévoraient du regard. Il se perdit totalement dans ses grands yeux bleus qui trahissaient une fièvre comparable à celle qui l'habitait en cet instant. Puis elle fit un pas vers lui et se retrouva dans ses bras.

Le baiser que Brick et Maureen échangèrent disait mieux que des mots l'envie dévorante qu'ils avaient l'un de l'autre. Elle s'y abandonna corps et âme, succombant avec délices à l'envie irrésistible qu'elle avait sentie monter en elle au cours de ces derniers jours.

Les mains de Brick coururent sur son corps, éveillant d'irrépressibles frissons qui se propageaient en elle, alimentant le besoin impérieux qu'elle avait de lui. Fiévreusement, ils commencèrent à se déshabiller mutuellement.

Leurs gestes trahissaient l'impatience qui les habitait tous deux. Et lorsqu'il posa les mains sur sa poitrine dénudée, elle ne put réprimer un gémissement inarticulé. Encouragé par sa réaction, Brick captura l'un de ses seins entre ses lèvres et l'agaça du bout de la langue.

Elle frémit de part en part. Son désir décupla tandis qu'elle s'offrait à ses caresses. Brick fit alors glisser sa jupe et délaissa sa poitrine pour semer des baisers le long de son ventre. Sa culotte alla rejoindre la jupe à ses pieds et elle se retrouva entièrement nue devant lui.

Lorsqu'elle croisa le regard de Brick qui la contemplait, l'adoration qu'elle lut dans ses yeux eut raison de sa pudeur. Les lèvres de Brick se posèrent alors entre ses cuisses et le corps de Maureen se tendit sous l'effet du plaisir presque insoutenable qu'il faisait naître en elle. Plongeant les mains dans ses cheveux, elle se cambra pour mieux s'offrir à son exploration.

Il ne fallut que quelques instants pour qu'une extase irrépressible déferle en elle. Ses jambes se dérobèrent sous elle et elle tomba à genoux face à Brick. Sans lui laisser le temps de se remettre de ses émotions, il la reprit dans ses bras et l'embrassa.

Tous deux basculèrent sur le sol et elle acheva de lui ôter sa chemise, révélant son ventre plat et son torse athlétique sur lequel elle laissa courir ses doigts, prenant plaisir à le faire frissonner à son tour. Elle lui ôta son pantalon et son caleçon, révélant le désir manifeste qu'il avait d'elle.

Lorsqu'elle referma la main sur lui, il laissa échapper un gémissement inarticulé. Elle le sentait pulser entre ses doigts tandis que, précautionneusement, elle commençait à le caresser. Brick tâtonna à la recherche de sa veste d'où il sortit son portefeuille. Il en tira un préservatif qu'il lui tendit.

— Je te veux, articula-t-il d'une voix très rauque.

Maureen ne se fit pas prier et, après lui avoir enfilé le préservatif, elle vint se jucher au-dessus de lui, puis le fit entrer très lentement en elle. Cette sensation faillit lui faire perdre de nouveau le contrôle d'elle-même mais, au prix d'un effort de volonté surhumain, elle parvint à se dominer.

Elle commença à bouger, ondulant lentement pour mieux le sentir au plus profond d'elle. Brick se redressa alors pour reprendre son sein entre ses lèvres. Tous deux ne tardèrent pas à trouver leur rythme, s'accordant à la perfection, comme s'ils étaient amants depuis toujours.

Maureen s'abandonna au plaisir qu'il lui donnait et qui ne cessait d'enfler en elle, l'emportant toujours plus loin. Jamais encore elle n'avait imaginé pouvoir éprouver quelque chose de si intense.

Il lui semblait soudain accéder à une partie d'elle-même qu'elle n'avait jamais fait qu'entrevoir. Et lorsque les lèvres de Brick quittèrent sa poitrine pour se poser sur les siennes, elle lui rendit son baiser avec fougue.

Il la fit alors basculer doucement en arrière, prenant le contrôle de leur étreinte. Maureen noua les jambes autour de sa taille et il s'enfouit encore plus loin en elle. Le mouvement de leurs hanches s'accéléra tandis que tous deux sentaient approcher le point d'orgue de leur étreinte.

Le plaisir qu'elle lisait à présent sur le visage et dans les yeux de Brick ajoutait encore à sa propre exaltation. Ensemble, ils s'élevèrent vers une ultime extase qui les balaya au même instant, ne leur laissant aucune chance de résister à cet incroyable déferlement de sensations.

Emportés par cette lame de fond, ils se raccrochèrent l'un à l'autre, ne faisant plus qu'un.

Maureen était allongée tout contre Brick, la tête posée au creux de son épaule, le corps délicieusement engourdi par leur étreinte. La journée avait été longue et elle aurait sans doute mieux fait de dormir mais elle était tout bonnement incapable de trouver le sommeil.

Elle avait très vite perçu le désir que Brick et elle éprouvaient l'un pour l'autre. Il existait entre eux une connivence physique et intellectuelle aussi rare que précieuse et ce qui s'était passé ce soir entre eux en était l'inévitable conclusion.

Ce qui l'étonnait, en revanche, c'était l'intensité de la passion qui s'était déchaînée en eux. Jamais elle n'avait éprouvé une telle fièvre, un besoin aussi irrépressible et un plaisir aussi intense.

Après avoir fait l'amour une première fois dans le salon, ils avaient partagé une bière bien fraîche. Ils n'avaient quasiment rien dit, sachant sans doute qu'aucune parole n'aurait pu rendre compte de ce qui venait de se passer. Puis Brick l'avait prise par la main pour la conduire jusqu'à sa chambre.

Là, ils avaient de nouveau fait l'amour, prenant tout leur temps, cette fois-ci, pour profiter de chaque instant et se découvrir mutuellement. Ça avait été un moment magique, presque plus intense que la première fois parce que la sensation d'intimité et de complicité qu'elle avait éprouvée alors transcendait le simple plaisir physique.

Elle fut brusquement tirée de ses réflexions par des coups tambourinés à la porte de l'appartement. Réveillé en sursaut, Brick se redressa aussitôt.

— Tu crois que c'est ton père ? lui demanda-t-elle, le cœur battant à tout rompre.

— Aucune idée, répondit-il d'une voix enrouée de sommeil.

Il alla récupérer leurs vêtements éparpillés dans le salon et lança les siens à Maureen avant de se rhabiller à la hâte. Il sortit alors son arme de service et referma doucement la porte de la chambre.

Maureen enfila à son tour ses habits, se demandant qui pouvait faire irruption chez lui à une heure pareille. Quelques instants plus tard, Brick rouvrit la porte et passa la tête par l'embrasure.

— C'est Thomas, lui dit-il. Il veut te voir.

Elle le considéra d'un air sidéré, se demandant ce que son beau-frère pouvait bien lui vouloir et comment il avait pu savoir qu'elle se trouvait chez Brick.

Quittant la chambre à coucher, elle s'avança dans le salon où Thomas l'attendait.

— Thomas ? Qu'est-ce que tu fais là ?

— Il fallait que je te parle, répondit-il.

Il jeta un coup d'œil en direction de Brick et haussa les épaules.

— Je me doutais que tu serais ici, ajouta-t-il.

Une pointe de réprobation transparaissait dans sa voix, ce qui ne manqua pas d'agacer Maureen. De quel droit se permettait-il de juger ce qu'elle faisait ?

— Est-ce que nous pourrions discuter en privé ? lui demanda-t-il alors.

Elle fut tentée de lui faire remarquer qu'ils étaient au beau milieu de la nuit.

— Ça ne prendra pas longtemps, lui assura-t-il.

— Sur le balcon, lui proposa-t-elle.

Il hocha la tête et la suivit à l'extérieur.

— Qu'est-ce que tu veux, Thomas ? lui demanda-t-elle un peu sèchement.

— Je suis désolé de débarquer comme ça à l'improviste, s'excusa-t-il, percevant probablement la colère qui l'habitait. Mais il fallait absolument que je te parle. Jeffrey m'a appelé parce qu'il avait quelque chose d'important à me dire, mais il ne pouvait le faire par téléphone. Mais lorsque je suis arrivé chez lui, le FBI était là. Ils les ont arrêtés, son fils et lui. Est-ce que tu as la moindre idée de ce qui se passe ? Est-ce que cela a un rapport avec la mort de Tricia ?

La question interpella Maureen. Elle n'avait jamais parlé à Thomas des accusations formulées par Natalie. Et, à sa connaissance, Thomas ignorait la liaison de Tricia avec Jeffrey Paul Palmer.

— Qu'est-ce qui te fait dire cela ?

— Jeffrey Paul et elle travaillaient pour cette association de défense des animaux. Et il y a autre chose. En rangeant les affaires de Tricia, hier, j'ai trouvé une boîte sur laquelle était scotché un mot me demandant de te la remettre.

— Est-ce que tu as regardé ce qu'il y avait dedans ?

— Bien sûr, répondit-il. Je sais que je n'aurais pas dû mais étant donné les circonstances, n'importe qui aurait fait la même chose, à ma place.

— Et que contenait cette boîte ?

— Des documents financiers en rapport avec la fondation de Jeffrey, répondit-il. Je ne sais pas pourquoi elle les avait gardés ni pourquoi elle voulait que je te les remette.

— Elle m'a fait parvenir une copie par un autre biais, l'informa Maureen. Ces documents prouvent que Jeffrey Palmer se sert de sa fondation pour détourner de l'argent. C'est la raison pour laquelle le FBI l'a arrêté, ce soir.

— Il y avait aussi une clé dans l'enveloppe, ajouta Thomas. Je pense qu'elle permet d'ouvrir un coffre à la banque. Mais je ne peux pas y accéder. Je me suis dit que comme tu étais de la police, tu pourrais obtenir un mandat pour le faire...

Maureen sentit les battements de son cœur s'accélérer dans sa poitrine à l'idée que sa sœur ait pu lui laisser quelque chose – quelque chose de plus personnel que les comptes de MSD, une lettre, peut-être, ou n'importe quoi qui aurait pu l'aider à donner un sens à sa mort...

Elle prit une profonde inspiration, s'efforçant de recouvrer un semblant de calme.

— Est-ce que tu as cette clé ?

Il secoua la tête.

— Elle est à mon bureau. Je ne pensais pas te voir ce soir, initialement...

— À ce propos, comment as-tu su que j'étais ici ?

— Jeffrey m'a dit que Brick Savage et toi étiez passés à sa soirée, un peu plus tôt, et que vous étiez repartis ensemble. J'ai pensé que, même si tu n'étais pas avec lui, il saurait peut-être où te trouver.

— Je vois, acquiesça-t-elle.

— Bon... Je vais retourner chez Jeffrey. Il m'a demandé de fermer la maison.

— Je ne savais pas que vous étiez si proches, tous les deux.

Thomas haussa les épaules.

— Depuis le temps que je suis ses séminaires et ses conférences, nous avons fini par bien nous connaître. Il m'a même proposé un poste au sein de sa société.

Maureen le considéra avec étonnement.

— Est-ce que tu comptes accepter ?

Son beau-frère lui décocha un pâle sourire.

— J'en avais l'intention, répondit-il. Mais je vais peut-être attendre de savoir de quoi il est accusé, précisément. J'imagine qu'il devrait être libéré sous caution d'ici quelques heures...

— Probablement.

— Passe à mon bureau demain, si tu es à Billings. Je te donnerai les papiers et la clé.

— C'est dimanche, demain, lui rappela-t-elle.

— Je sais, répondit-il. Mais je travaille souvent le week-end. Ça m'empêche de repenser à ce qui s'est passé...

Maureen eut un pincement au cœur. Elle n'avait apparemment pas été la seule à fuir la réalité de ce qui était arrivé à Tricia.

— Si tu préfères passer lundi ou n'importe quel autre jour de la semaine, ce n'est pas un problème, ajouta Thomas. La clé est à ta disposition.

— Je passerai demain, lui dit-elle. Je t'appellerai dès que j'arriverai en ville.

Pour la deuxième fois de la nuit, Brick fut réveillé en sursaut. Cette fois, il ne s'agissait pas de la porte d'entrée mais de son téléphone qui sonnait avec insistance. Luttant pour s'arracher aux brumes du sommeil, il tâtonna à la recherche de l'appareil et constata que c'était sa mère qui cherchait à le joindre.

L'inquiétude acheva de le réveiller complètement. Dana n'avait pas pour habitude de lui téléphoner au beau milieu de la nuit.

— Maman ? s'exclama-t-il en décrochant. Que se passe-t-il ?

À ses côtés, Maureen s'était redressée, elle aussi, et elle le considérait avec une pointe d'appréhension.

— C'est ton père, articula sa mère d'une voix tremblante. Il a eu une attaque. Je suis à l'hôpital avec lui, en ce moment. Ton oncle Jordan est là aussi et le reste de la famille est en route. Nous devrions avoir des nouvelles des médecins d'un instant à l'autre...

Il entendit alors des voix en arrière-plan.

— Maman, qu'est-ce qu'il y a ?

— Ils vont le transférer par hélicoptère aux soins intensifs de l'hôpital de Bozeman, répondit-elle, terrifiée. Je dois y aller, Brick. Rejoins-nous là-bas dès que tu pourras.

Sur ce, elle raccrocha et, d'une voix légèrement tremblante, il informa Maureen de ce qui venait de se passer.

Maureen sentit son cœur se serrer en avisant la détresse qui se lisait dans le regard de Brick.

— Vas-y, lui dit-elle. Ta famille a besoin de toi.

— Est-ce que tu m'accompagnes ? lui demanda-t-il.

— Je ne suis pas sûre que ton père ait particulièrement envie de me voir – surtout après avoir eu une crise cardiaque.

— Tu sais bien que c'est faux, protesta-t-il en commençant à se rhabiller.

— Je te rejoindrai dès que j'aurai récupéré la clé dont Thomas m'a parlé.

Brick fronça les sourcils.

— Nous devions y aller ensemble, lui rappela-t-il. Je pense que nous devrions éviter de nous séparer.

— Jeffrey et son fils sont en prison, pour le moment.

— Ils ont des gens qui travaillent pour eux.

— C'est bien ce qui me fait peur, répondit-elle. Je ne voudrais pas qu'ils s'emparent de la clé avant nous. Et très franchement, je ne pense pas que Thomas soit de taille à leur tenir tête très longtemps.

— Ce n'est pas faux, concéda Brick à regret.

— Je ferai juste l'aller-retour, lui assura-t-elle. Dès que j'aurai récupéré les papiers et la clé, je viendrai te rejoindre à Bozeman.

— D'accord, acquiesça Brick. Mais fais bien attention à toi et appelle-moi dès que tu auras vu Thomas, d'accord ?

— C'est promis, lui dit-elle, touchée par la façon dont il s'inquiétait pour elle. De ton côté, appelle-moi quand tu auras des nouvelles concernant l'état de santé de ton père.

Il hocha la tête et se pencha vers elle pour déposer un baiser sur ses lèvres.

— Je vais appeler la fourrière pour demander qu'un agent conduise ta voiture jusqu'ici.

— Tu n'es pas obligé, protesta-t-elle.

— Non, mais j'en ai envie, répondit-il en lui décochant un sourire qui la fit fondre intérieurement.

Il passa le coup de téléphone et demanda aux agents de laisser la clé sous son paillasson.

— Ça t'épargnera de te faire réveiller une troisième fois dans la nuit, lui dit-il après avoir raccroché.

— Tu es un ange, Brick. Maintenant, file.

Il enfila son holster et passa un blouson par-dessus. Maureen s'enveloppa du drap et le rejoignit pour l'embrasser une dernière fois. Elle s'aperçut alors qu'au fond d'elle, elle n'avait pas envie qu'il parte. Et lui-même semblait y répugner tout autant.

Elle ne parvenait pas réellement à comprendre comment tous deux avaient pu devenir si proches l'un de l'autre en l'espace de quelques jours. Mais loin d'être effrayante, c'était une sensation grisante. Ils échangèrent un baiser qui disait mieux que des mots les sentiments qu'ils avaient l'un pour l'autre.

— Reviens-moi vite, murmura Brick en posant doucement son front contre le sien.

— Tu peux compter là-dessus, lui dit-elle. Tu n'es pas près de te débarrasser de moi.

— Dieu m'en préserve, s'exclama-t-il.

Sur ce, il se détourna et quitta l'appartement, la laissant seule. Elle contempla longuement la porte qui s'était refermée derrière lui. Puis elle retourna se coucher dans le lit de Brick et ne tarda pas à se rendormir, drapée dans son odeur.

18

Assis près du lit d'hôpital sur lequel Hud Savage était étendu, Brick tenait l'une de ses mains entre les siennes. Cela faisait plusieurs minutes qu'il la regardait comme s'il était capable d'y lire l'avenir de son père.

Les médecins leur avaient assuré qu'il était sorti d'affaire et que l'attaque qu'il avait subie était moins grave qu'ils l'avaient pensé initialement. Ils avaient en revanche insisté sur le fait que Hud devrait apprendre à se ménager un peu plus, désormais.

— Il est temps qu'il prenne sa retraite, déclara Dana qui venait de le rejoindre dans la chambre. Mais je sais déjà que ce ne sera pas facile pour lui.

— Papa est un battant, répondit Brick. Je suis sûr qu'il relèvera ce défi comme tous ceux qu'il a déjà surmontés par le passé. Et puis, qui sait ? Il aura peut-être bientôt des petits-enfants dont il devra s'occuper...

— Ça lui ferait très plaisir, répondit sa mère en souriant. Et à moi aussi, d'ailleurs.

— Je suis sûr que Jinx et Angus se sont déjà attelés à la tâche.

— Et toi ?

— Pourquoi pas ? Si je trouve une femme qui veut bien me supporter...

— Quelque chose me dit que c'est déjà fait, rétorqua sa mère.

— Ne nous emballons pas, répondit-il en riant. Je ne connais Maureen que depuis quelques jours.

— Il n'en faut parfois pas beaucoup plus. J'ai bien vu la façon dont tu la regardais. Jamais je ne t'ai connu aussi amoureux.

— Je ne prétendrai pas le contraire, avoua Brick. Mais cela ne veut pas dire que Maureen partage mes sentiments.

Sa mère secoua la tête.

— Ne t'en fais pas trop pour cela. Cette fille est folle de toi. Je n'ai absolument aucun doute là-dessus.

— Qu'est-ce que tu penses d'elle ?

— Elle me plaît beaucoup. C'est quelqu'un de franc et de direct…

— Tu n'as pas idée…

— Quelqu'un qui n'a pas la langue dans sa poche…

— C'est le moins qu'on puisse dire.

— Quelqu'un de volontaire et de courageux, aussi.

— Un peu trop, parfois, répondit-il en pensant aux risques qu'elle s'apprêtait à courir une fois de plus. Je suis content qu'elle te plaise, en tout cas.

— Je suis sûre que nous aurons bientôt l'occasion de mieux faire connaissance, toutes les deux. En attendant, j'étais venu te demander si tu voulais du café.

— Volontiers.

Sa mère hocha la tête et quitta la chambre. Brick se tourna de nouveau vers son père et eut la surprise de voir que les paupières de ce dernier bougeaient légèrement. Il était sur le point d'appeler l'infirmière lorsque Hud ouvrit les yeux.

— Brick…, murmura-t-il.

— Papa, tu es réveillé ! Je vais aller chercher maman.

— Attends, lui dit son père d'une voix encore faible. Il y a quelque chose que je dois te dire.

Brick le considéra avec étonnement.

— Je suis fier de toi. Je sais que je ne te l'ai pas toujours montré. De tous mes enfants, c'est avec toi que j'ai été le plus sévère, peut-être parce que tu es celui qui me ressemble le plus. Mais je veux que tu saches…

Hud fut interrompu par une quinte de toux.

— Papa, ça peut attendre, objecta Brick, à la fois touché et inquiet.

— Non. Lorsque j'ai senti cette douleur dans ma poitrine, j'ai pensé que je n'aurais peut-être plus l'occasion de te le dire. Je t'aime, Brick, et je suis fier de toi.

— Je sais, répondit Brick, les larmes aux yeux.

— Et j'aime aussi ta nouvelle amie, ajouta son père en souriant. Vous êtes vraiment faits pour vous entendre, tous les deux. Ne la laisse pas s'échapper, surtout.

— Je n'en ai pas l'intention, lui assura Brick en riant. Mais si je ne vais pas prévenir très rapidement maman que tu es réveillé, elle ne me le pardonnera jamais.

Il se leva et hésita un instant.

— Merci, papa, lui dit-il. Merci pour tout.

Hud sourit et ses yeux se refermèrent. Brick sortit dans le couloir et aperçut sa mère qui revenait vers la chambre en portant deux tasses de café. L'inquiétude qu'elle avait éprouvée en le voyant apparaître fut remplacée par de la joie lorsqu'elle avisa l'expression qu'il arborait en cet instant.

Sans un mot, elle lui tendit les deux tasses de café et s'engouffra dans la chambre pour aller retrouver son père. Brick jugea préférable de leur accorder un peu d'intimité. Il s'éloigna en sirotant son premier café, bien décidé à boire aussi le second. Après la nuit qu'il avait passée, il avait beaucoup de mal à garder les yeux ouverts.

Alors qu'il venait de terminer la première tasse, son téléphone portable se mit à vibrer. Espérant qu'il s'agissait de Maureen, il gagna la cage d'escalier et décrocha.

— Marshal Savage ? fit une voix qu'il ne reconnut pas. Ici Ruth Anne Hager.

Le nom ne lui disait strictement rien.

— Je suis l'une des voisines de la femme qui s'est pendue, précisa son interlocutrice. Vous êtes passé l'autre jour avec votre collègue pour poser des questions à son sujet et vous m'avez donné votre carte, au cas où un détail me reviendrait…

— C'est vrai ! s'exclama Brick qui se souvenait à présent de la vieille dame que Maureen et lui avaient interrogée. Désolé, madame Hager. Est-ce que vous avez découvert quelque chose ?

— Oui. Vous m'avez demandé si j'avais vu quelqu'un entrer chez eux, le jour où Mme Colton est morte. Sur le moment, je n'ai pas pensé à vous le dire parce que ça ne me paraissait pas vraiment pertinent. Mais après réflexion, je me suis dit que ça pourrait vous intéresser.

— Je vois, acquiesça patiemment Brick. Alors ? Est-ce que vous avez vu quelqu'un ?

— Eh bien, j'étais en train de sortir ma poubelle, voyez-vous. Et j'ai aperçu M. Colton qui entrait par la porte de service. Vous me direz que ça n'a rien d'anormal que quelqu'un rentre chez lui. Seulement, je n'avais encore jamais vu M. Colton rentrer au beau milieu de la journée. Et puis, rétrospectivement, je ne comprends pas pourquoi il aurait fait le tour de la maison au lieu d'entrer par-devant comme il le faisait toujours...

Brick sentit un frisson glacé parcourir son échine. D'après le rapport de police, Thomas Colton n'avait jamais indiqué être repassé chez lui, ce jour-là.

— Vous êtes sûre que c'était bien le jour où Mme Colton est morte ? demanda-t-il.

— Forcément, répondit-elle. C'est toujours le vendredi que je sors ma poubelle.

— Et vous êtes certaine qu'il s'agissait bien de M. Colton ?

— Je n'entends peut-être pas très bien mais j'ai une excellente vue, lui assura Mme Hager, un peu vexée. Dix sur dix à l'œil droit et neuf sur dix à l'œil gauche.

— Est-ce que vous l'avez vu ressortir, ensuite ?

— Figurez-vous que oui. Et ça aussi, ça m'a mis la puce à l'oreille, après votre passage. Parce que je me rappelle parfaitement qu'après avoir sorti les poubelles, je suis allée faire une course. J'avais besoin de racheter du savon liquide. Il y a une marque que j'aime beaucoup et qui fait du savon parfumé à la verveine...

Quoique bouillant intérieurement, Brick se força à l'écouter patiemment.

— Quoi qu'il en soit, on n'en trouve que dans une boutique située sur Jackson Street. Le temps que j'y aille et que je revienne, il a dû s'écouler vingt ou trente minutes. Et comme je revenais chez moi, j'ai de nouveau aperçu M. Colton qui sortait de chez lui, cette fois.

— Avez-vous vu son expression, à ce moment-là ? Comment était-il ?

— Préoccupé, je dirais.

— Je vous remercie beaucoup pour votre témoignage, madame Hager. Je vous rappellerai très bientôt pour que vous puissiez passer au commissariat et officialiser tout ça.

— Avec plaisir, marshal, répondit la vieille dame.

Il prit congé et appela aussitôt Maureen. Malheureusement, il tomba sur sa messagerie.

— Maureen ? C'est Brick. Il faut que je te parle de toute urgence. C'est au sujet de Thomas.

Il raccrocha et décida de lui envoyer aussi un SMS.

Thomas est rentré chez lui le jour où Tricia a été tuée.

Il repartit ensuite à grands pas vers la chambre de son père. Là, il rapporta à ses parents la conversation qu'il venait d'avoir et les soupçons qu'elle lui inspirait.

— J'ai laissé des messages à Maureen mais j'ai peur qu'elle ne les ait pas avant d'aller voir Thomas, conclut-il. Il faut que j'y aille.

— En voiture, tu en auras pour plus de deux heures, objecta son père. Est-ce que l'hélico qui nous a amenés est toujours là ? demanda-t-il à Dana.

— Oui, je crois. Philip, le pilote, a dit qu'il avait l'intention d'attendre un peu pour voir si tu reprenais connaissance.

— Parfait, déclara Hud. Va le voir, Brick, et dis-lui que tu viens de ma part. Demande-lui de t'emmener jusqu'à Billings.

Dans l'ascenseur qui la conduisait aux bureaux de la firme pharmaceutique pour laquelle Thomas travaillait, Maureen ne put s'empêcher de penser à sa sœur, avec laquelle elle était venue ici, la dernière fois. Elle se demanda si, avec le temps, la sensation de perte et de manque finirait par s'atténuer.

Lorsque les portes métalliques s'ouvrirent, elle essuya ses larmes. S'avançant dans les bureaux, elle découvrit l'immense baie vitrée qui offrait une vue plongeante sur la ville de Billings.

Elle chercha des yeux son beau-frère, surprise qu'il ne soit pas venu l'attendre devant l'ascenseur. S'avançant dans la salle qui était séparée en une multitude de boxes, elle l'appela à voix haute.

— Par ici ! lui cria-t-il.

Elle traversa la pièce. Lorsque Tricia avait commencé à sortir avec Thomas, il était encore étudiant en médecine mais le monde semblait s'offrir à lui. Pourtant, il avait arrêté ses études et, au lieu de travailler pour un hôpital ou de monter son propre cabinet, il avait rejoint un laboratoire pharmaceutique où il était surtout chargé de vendre un maximum de médicaments à ses anciens camarades de promotion.

Ce n'était pas un métier très valorisant mais Thomas paraissait s'en satisfaire. Était-ce pour cela que Tricia avait commencé à s'intéresser à Jeffrey Paul Palmer ? Il était indubitablement plus ambitieux, plus séduisant et il avait réalisé son rêve en fondant une association de défense des animaux.

Maureen rejoignit le box de Thomas. Il était équipé du même bureau et du même ordinateur que les autres. La seule note d'originalité provenait de la photo encadrée qui était posée là. Elle représentait Tricia.

Maureen se rappelait parfaitement où avait été pris ce cliché. Ils se trouvaient tous à un pique-nique qui avait été organisé peu de temps avant le mariage de Tricia et Thomas. Sur la photo, la sœur de Maureen souriait et son expression trahissait une indéniable allégresse.

— Est-ce que vous étiez heureux, ensemble ? s'enquit alors Maureen.

Thomas suivit son regard et avisa la photo qu'il contempla un peu comme s'il la voyait pour la première fois.

— Oui, bien sûr, répondit-il sans hésiter.

— À l'époque, je me souviens que tu rêvais de devenir médecin.

Il détourna les yeux mais elle crut déceler sur son visage une certaine amertume.

— Les gens changent, lui dit-il. Et les rêves aussi. Tricia et moi voulions nous marier et fonder une famille, et si j'avais été jusqu'au bout de mes études de médecine, il nous aurait fallu attendre plusieurs années...

Il haussa les épaules et se tourna de nouveau vers Maureen.

— Pourquoi cette question ?

— Je ne sais pas. C'est la photo qui m'a rappelé cette époque, je suppose... Alors ? Est-ce que tu as les documents et la clé dont tu m'as parlé ?

Il hocha la tête et se pencha pour ouvrir le tiroir de son bureau et récupérer un paquet de cigarettes et un briquet.

— Je ne savais pas que tu fumais, remarqua-t-elle.

— Cela faisait des années que j'avais arrêté mais j'ai repris après la mort de Tricia. Ça ne t'ennuie pas si je m'en grille une ?

Maureen aurait préféré en finir rapidement. Elle avait eu une nuit agitée et avait fait plus de trois heures de voiture pour rallier Billings. À présent, elle aspirait juste à récupérer ce que Tricia lui avait légué pour pouvoir repartir au plus vite pour Bozeman et rejoindre Brick.

Mais ses relations avec Thomas étaient déjà suffisamment tendues comme cela. Et elle ne tenait pas à se fâcher définitivement avec l'homme dont sa sœur avait partagé la vie. Elle pouvait bien patienter un peu, le temps qu'il fume sa cigarette.

— Pas de problème, lui dit-elle. Mais après ça, il faut vraiment que je rentre.

— Je suis content que tu sois venue, lui dit son beau-frère en se dirigeant vers l'ascenseur.

Réprimant un soupir, Maureen lui emboîta le pas.

— J'espère que nous aurons l'occasion de nous revoir plus souvent, à présent, ajouta Thomas. Est-ce que tu sais quand tu pourras reprendre ton travail ?

— Mon supérieur m'a dit qu'il était prêt à me reprendre dès que je le voudrai, répondit-elle.

— C'est une excellente nouvelle.

— Oui, reconnut-elle. Mais j'ai besoin d'un peu plus de temps pour réfléchir… Je ne sais même pas encore si je vais retourner travailler.

— Pourquoi ? Je croyais que tu adorais être flic !

Au lieu de prendre l'ascenseur, Thomas emprunta l'escalier de secours.

— Par là, on peut accéder au toit, expliqua-t-il en avisant le regard étonné de Maureen. Cela épargne aux fumeurs d'avoir à descendre et à remonter chaque fois.

Il commença à gravir les marches et, après un instant d'hésitation, elle le suivit. Ils ne tardèrent pas à parvenir face à une petite porte métallique que Thomas repoussa. L'éclat du soleil les aveugla un instant tandis qu'ils s'avançaient sur le toit de l'immeuble.

D'ici, le panorama qui s'offrait à eux était plus spectaculaire encore. Thomas la guida jusqu'à l'un des angles où étaient disposés deux bancs et deux grands pots de fleurs où poussaient des sortes de petits palmiers. Un cendrier rempli de mégots était posé là.

Thomas alluma sa cigarette et s'approcha de la balustrade qui délimitait l'extrémité du toit.

— La vue est impressionnante, n'est-ce pas ?

Maureen remarqua que sa main tremblait légèrement quand il écartait sa cigarette de ses lèvres. Avait-il du mal à dormir, lui aussi ? Était-il sujet aux mêmes cauchemars qu'elle ?

Elle s'avança pour s'accouder à la rambarde, ménageant une certaine distance entre eux pour éviter l'odeur âcre de la fumée.

— Il y a quelque chose que je voulais te demander, lui dit alors Thomas. Depuis combien de temps sais-tu que Tricia me trompait ?

Maureen sentit les battements de son cœur s'emballer brusquement tandis qu'un frisson glacé courait le long de sa colonne vertébrale. Ainsi, Thomas était au courant. Et alors même qu'elle se faisait cette réflexion, elle comprit que, de ce fait, il redevenait l'un des principaux suspects du meurtre de sa sœur.

— Je ne l'ai appris qu'il y a quelques jours, articula-t-elle, la gorge sèche. Tricia ne m'en avait rien dit. Et quand on me l'a raconté, je n'ai d'abord pas voulu y croire...

— Je connais cette sensation, acquiesça Thomas d'un air sombre. Et tu ne t'es pas sentie trahie ? Je veux dire... Tricia et toi étiez très proches. J'aurais imaginé que si elle avait parlé de cela avec quelqu'un, ç'aurait été toi...

Maureen ne put s'empêcher de tiquer. Thomas avait raison : elle s'était bel et bien sentie trahie. Elle ne comprenait pas pourquoi Tricia ne s'était pas confiée à elle avant qu'il soit trop tard.

— Et toi ? demanda-t-elle à Thomas. Comment as-tu découvert qu'elle avait une liaison ?

Il avala une bouffée de cigarette avant de lui répondre.

— Jeffrey m'a appelé pour m'en avertir.

Maureen le contempla d'un air incrédule. Elle n'osait imaginer ce qu'il avait pu ressentir lorsque l'homme qu'il admirait le plus au monde lui avait annoncé que Tricia avait une liaison avec son fils.

— Je suis désolée, murmura-t-elle.

Il secoua doucement la tête, les yeux rivés sur la ville à leurs pieds.

— Tricia et Thomas, le couple parfait, dit-il d'une voix vibrante d'ironie amère. C'est comme cela que nos amis nous appelaient. Quand je pense que j'étais si heureux à l'idée que nous ayons enfin un enfant... Après cet appel, je ne pouvais même plus être sûr qu'il s'agissait du mien... Tu parles d'un couple parfait...

Elle percevait toute la souffrance et la colère qui l'habitaient en cet instant. Il laissa échapper un dernier panache de fumée bleutée et écrasa rageusement son mégot du bout du pied.

— Imagine ce que j'ai pu ressentir lorsque le médecin de Joey m'a avoué sous le sceau du secret que mon groupe sanguin n'était pas compatible avec celui de mon fils. Je savais déjà que Tricia m'avait trompé mais ce jour-là, j'ai compris qu'il n'y avait plus de retour en arrière possible...

— Est-ce que Tricia savait que Joey était l'enfant de Paul ?

— Je l'ignore, répondit Thomas. Je ne lui en ai pas parlé, en tout cas. J'espérais que lorsque l'enfant serait là, il nous rapprocherait. Tu ne peux pas imaginer à quel point ce secret était lourd à porter. Mais lorsque Joey est venu au monde, il était... différent... Au lieu de nous rapprocher, la naissance de cet enfant n'a fait que compliquer encore un peu les choses.

Thomas passa nerveusement la main dans ses cheveux.

— J'ai fait tout ce que j'ai pu, soupira-t-il. J'ai essayé de nous laisser une chance. Mais j'aurais dû savoir que cela ne servirait à rien. Tricia avait fait son choix depuis le début. Lorsqu'elle m'a annoncé qu'elle avait l'intention de me quitter et de partir le rejoindre, je ne l'ai pas supporté...

À ces mots, Maureen sentit un froid glacial l'envahir. Thomas venait tout juste de lui avouer qu'il avait tué sa sœur.

19

L'hélicoptère avait déposé Brick sur le toit de l'hôpital de Billings. Il ne se trouvait qu'à quelques rues de l'immeuble qui abritait la compagnie pharmaceutique pour laquelle travaillait Thomas. Une fois de plus, il tenta de joindre Maureen et tomba sur sa messagerie. Soit elle avait coupé son téléphone, soit sa batterie était vide.

Estimant qu'il n'avait pas de temps à perdre à attendre un taxi, Brick sortit de l'hôpital et se mit à courir. Plus il approchait du but et plus il était convaincu que Thomas était bel et bien le tueur. Car s'il fallait en croire le rapport du médecin légiste et le témoignage de Mme Hager, à l'heure où il était ressorti de son domicile, Tricia était déjà morte.

Quelle chance y avait-il pour qu'il ait décidé de rentrer chez lui cet après-midi-là ? Pour qu'il ait emprunté la porte de service au lieu de l'entrée principale ? Pour qu'il n'ait pas remarqué sa femme pendue dans leur chambre à coucher ?

Lorsqu'il arriva devant l'immeuble, il repéra instantanément la voiture de Maureen qui était garée de l'autre côté de la rue. Sans attendre, il courut vers l'entrée et poussa la porte vitrée. Derrière le comptoir de l'accueil, le vigile jouait à un jeu sur son téléphone portable. En le voyant débouler dans le hall, il se redressa brusquement sur sa chaise.

— Police ! lui cria Brick en brandissant son badge. Est-ce que vous avez vu un homme et une femme entrer ici depuis ce matin ?

— Thomas Colton, un employé de Delta Pharma, est venu travailler en début d'après-midi, lui confirma le vigile. Et une femme a demandé à le voir, il y a moins d'une demi-heure.

— Ils sont toujours là-haut ?

— Oui.

— Dans ce cas, je dois impérativement accéder aux bureaux de Delta Pharma !

Le vigile se leva précipitamment et l'accompagna jusqu'à l'ascenseur.

— Utilisez cette clé, dit-il à Brick en la lui tendant. Elle vous donnera accès à n'importe quel étage. Est-ce que vous avez besoin d'aide ?

— Non, répondit Brick. Appelez la police et demandez à parler à Lou Landry. Dites-lui que Maureen Mortensen est ici et qu'elle est en danger.

— Lou Landry, répéta le vigile. Maureen Mortensen. Je m'en occupe tout de suite.

Le cœur battant à tout rompre, Brick utilisa la clé pour activer l'ascenseur. Les bureaux de Delta Pharma se trouvaient au dernier étage et tandis que la cabine s'élevait, il sortit son arme de son holster et fit sauter le cran de sûreté.

Il essaya de se convaincre que Maureen était une inspectrice expérimentée, qu'elle était capable de se défendre et qu'elle le lui avait déjà prouvé face à Shane Danby. Mais il savait aussi que Thomas était son beau-frère, le mari de sa sœur Tricia et un ami de longue date. Et même si elle l'avait inclus par principe sur la liste des suspects, elle n'avait jamais considéré sérieusement qu'il puisse être le coupable.

Lorsque les portes s'ouvrirent enfin, Brick pénétra dans les locaux de l'entreprise.

— Maureen ! appela-t-il. Est-ce que tu es là ?

Aucune réponse ne lui parvint et il se mit à arpenter la pièce en inspectant chacun des boxes qui la constituaient. Lorsqu'il eut fait le tour complet, il dut bien se rendre à l'évidence : il n'y avait pas trace de Thomas et Maureen.

Il avisa alors la porte qui donnait sur l'escalier de secours. Elle était entrebâillée et quelqu'un avait placé un extincteur pour la maintenir ouverte.

Sans attendre, il s'engouffra dans l'escalier et gravit au pas de course la volée de marches qui menaient au toit. Parvenu face à une porte métallique, il se força à s'arrêter et la repoussa doucement pour jeter un coup d'œil à l'extérieur.

Il ne vit personne mais entendit distinctement des voix qui venaient de la gauche. Reconnaissant celle de Maureen, il franchit la porte.

En dépit des aveux qu'il venait de lui faire, Maureen avait encore du mal à croire que Thomas puisse être un tueur. Cela faisait des années qu'elle le connaissait et il lui avait toujours fait l'effet de quelqu'un de doux, de patient et d'effacé. Jamais elle n'aurait imaginé qu'il pût un jour en venir à de telles extrémités.

— Je savais que tu finirais par deviner la vérité, lui dit-il. Tricia disait souvent que lorsque tu étais sur une affaire, rien ni personne ne pouvait t'arrêter. Tu as toujours été un flic dans l'âme, Maureen, même lorsque nous étions jeunes. Ce que je ne comprends pas, en revanche, c'est pourquoi tu as pris le risque de venir toute seule ici aujourd'hui...

Il s'interrompit et ses yeux s'agrandirent sous l'effet de la stupeur.

— Tu ne savais pas, murmura-t-il.

— Non, répondit-elle gravement.

Il éclata d'un rire sans joie.

— On dirait qu'en fin de compte, c'est moi qui me suis jeté dans la gueule du loup...

— Thomas, tu n'es pas un tueur.

— C'est ce dont j'étais convaincu, il y a encore quelques

semaines. Mais entre-temps, j'ai découvert quel genre d'homme j'étais vraiment. Je sais de quoi je suis capable, Maureen...

— Tu as tué Tricia sous le coup de la colère, lui dit-elle d'une voix qui se voulait conciliante.

L'idée que Thomas ait pu assassiner sa sœur la rendait malade mais elle espérait encore pouvoir le convaincre de se livrer à la police. Elle plongea néanmoins la main dans la poche de son blouson qui contenait le couteau dont elle ne se séparait jamais. Si Thomas s'en prenait à elle, elle était bien décidée à se défendre.

— Je ne veux pas aller en prison, lui dit Thomas. J'ai encore la vie devant moi. Et j'ai rencontré quelqu'un qui est prêt à me donner tout ce que Tricia me refusait...

— Quinn Pierson, devina Maureen. La femme avec laquelle tu as assisté au séminaire de Jeffrey Palmer.

— Exact.

— Depuis combien de temps êtes-vous ensemble ?

Il lui jeta un regard presque peiné.

— Ne va surtout pas croire que j'ai trompé Tricia, lui dit-il. Je n'ai commencé à sortir avec Quinn qu'après sa mort. Elle m'a aidé à surmonter cette épreuve...

— Cette épreuve ? articula Maureen d'une voix blanche. Je te rappelle que c'est toi qui l'as tuée !

— Et tu crois peut-être que c'est facile ? s'emporta-t-il. Tu crois que je me suis réveillé un matin en me disant : « Tiens, pourquoi est-ce que je ne tuerais pas la femme que j'aime ? » Ne sois pas ridicule, Maureen. Sa mort m'a affecté tout autant que toi. Plus, peut-être, parce que j'ai dû aussi faire face à la culpabilité...

Elle se mordit les lèvres de peur de trahir la colère grandissante qui l'habitait. De quel droit se présentait-il en victime alors qu'il avait assassiné sa sœur ?

— Pour en revenir à ce que je disais, reprit-il, Quinn a été là pour moi. Elle m'a même aidé à organiser la crémation.

— Je comprends mieux pourquoi tu tenais absolument à ce

que Tricia soit incinérée. Tu ne voulais pas courir le risque qu'une seconde autopsie puisse avoir lieu.

— Tu n'y es pas du tout, répondit Thomas d'une voix vibrante de haine et de rage difficilement contenue. Tricia ne méritait pas d'être enterrée. Non seulement elle me trompait mais elle voulait faire passer son bâtard pour mon enfant. Elle a essayé de me manipuler sans le moindre état d'âme.

Le débit de Thomas se faisait de plus en plus précipité, ses mots de plus en plus hachés. Elle percevait distinctement la colère qui montait en lui et sentait confusément que d'ici peu, il serait probablement incapable de la contrôler.

Toute la question était de savoir s'il valait mieux essayer de lui échapper en misant sur sa rapidité ou le combattre en tablant sur sa pratique assidue des arts martiaux. Elle décida de temporiser en espérant qu'elle parviendrait à le calmer.

— Écoute, lui dit-elle, je t'assure que si tu te rends, tu as encore une chance de retrouver une vie normale. Tu plaideras le crime passionnel. Tu n'as pas d'antécédents judiciaires et cela te vaudra quinze ans, dix peut-être si tu as un bon avocat. Si tu ne fais pas de vagues, tu pourras solliciter une libération anticipée d'ici sept ans...

— Je n'ai pas l'intention de passer sept ans derrière les barreaux, répliqua-t-il. Je suis désolé de te le dire de façon aussi brutale, Maureen, mais ta sœur méritait ce qui lui est arrivé.

Il soupira d'un air presque désolé.

— On ne peut pas en dire autant pour toi, reconnut-il. Mais je ne peux pas courir le risque de te laisser vivre maintenant que tu sais tout. Je ne veux pas passer le reste de ma vie à regarder par-dessus mon épaule.

— Alors, tu comptes me tuer, moi aussi ? lui demanda-t-elle.

Il secoua la tête.

— Tu vas sauter du haut du toit, lui dit-il. J'expliquerai à tes collègues que tu es venue me voir, désespérée par la mort de ta sœur, et que tu t'es jetée du haut de l'immeuble.

— Tu es complètement fou, s'exclama-t-elle.

Il pencha légèrement la tête de côté.

— Tu ne t'es jamais dit que dans un monde en proie à la folie, les fous étaient peut-être les seules personnes véritablement saines d'esprit ?

Avisant la résolution implacable qui se lisait dans ses yeux, elle comprit qu'elle n'avait aucune chance de lui faire entendre raison. Mais alors qu'elle s'apprêtait à se précipiter en direction de la porte donnant sur l'escalier, Thomas sortit un pistolet de la poche intérieure de sa veste et le braqua sur elle.

Brick s'était rapproché sur la pointe des pieds, progressant d'une cachette à l'autre en profitant de la discussion qui monopolisait l'attention de Maureen et de Thomas.

Lorsqu'il vit ce dernier sortir une arme à feu, il sentit les battements de son cœur s'accélérer et se reprocha amèrement de ne pas être intervenu plus tôt. Peut-être aurait-il eu une chance de le mettre hors de combat avant même qu'il ait le temps de dégainer.

Ravalant ces regrets inutiles, il poursuivit sa progression en redoublant de précautions. Il ne se trouvait plus qu'à cinq mètres, à présent, embusqué derrière la petite construction métallique qui abritait le moteur de l'ascenseur.

Malheureusement, de cet endroit, il ne pouvait ouvrir le feu sans risquer de blesser Maureen. Il devait se rapprocher encore un peu – suffisamment vite pour devancer Thomas.

Du coin de l'œil, Maureen aperçut Brick qui se tenait à quelques pas de là, arme au poing. Instantanément, elle reprit espoir. Mais si elle voulait lui permettre d'intervenir, elle allait devoir gagner encore un peu de temps et se déplacer de façon à ce qu'il puisse tirer sans courir le risque de l'atteindre.

— Thomas, je suis certaine que ce n'est pas ce que tu veux.

— Bien sûr que non, répondit-il avec une pointe d'agacement

dans la voix. Malheureusement, tu ne me laisses pas le choix. J'ai pourtant tout fait pour te dissuader de continuer tes investigations. Je t'ai suppliée à plusieurs reprises de laisser tomber. Mais tu t'es acharnée…

La main de Maureen se serra convulsivement sur le manche de son couteau. Elle savait que, si elle devait s'en servir, elle n'aurait qu'une seule chance de le faire. Passé le premier effet de surprise, il ne lui servirait plus à grand-chose face à une arme à feu.

— Et si je ne te dénonçais pas ? lui proposa-t-elle.

Il laissa échapper un ricanement sardonique.

— Même si tu n'étais pas la sœur de Tricia, tu es un flic, Maureen. Tôt ou tard, ta conscience finirait par te rattraper. N'est-ce pas ironique, d'ailleurs ? J'ai tué ta sœur parce qu'elle était dénuée de conscience et me voilà forcé de te tuer parce que tu en as une…

Brick continuait à progresser pas à pas, se rapprochant toujours un peu plus de Thomas. Elle devait absolument continuer à l'occuper.

— Tu te trompes au sujet de Tricia, déclara-t-elle. Elle avait une conscience et sa propre infidélité la rendait malade.

— Comment le sais-tu ? Je croyais qu'elle ne t'en avait pas parlé !

Il fronça les sourcils.

— Oh ! je vois, murmura-t-il. Elle ne t'en avait pas parlé à toi, mais elle avait tout raconté à Hope…

Maureen s'en voulut de l'avoir laissé deviner que quelqu'un d'autre était au courant. Mais si tout se passait comme elle l'espérait, Thomas n'aurait pas l'occasion de s'en prendre à la jeune femme.

— Tricia t'aimait, reprit-elle. Elle t'aimait tellement que lorsque Joey est né, elle a rompu avec Paul. Elle lui a dit qu'elle voulait élever Joey avec toi et qu'elle espérait ainsi vous laisser une seconde chance.

— Croyait-elle vraiment que j'accepterais après m'être fait humilier ? Croyait-elle que j'élèverais le bébé d'un autre homme ?

Un atroce soupçon s'insinua alors en elle.

— Ne me dis pas que c'est toi qui as étouffé Joey, articula-t-elle d'une voix blanche.

Thomas haussa les épaules d'un air indifférent.

— Il serait mort, de toute façon...

— Comment as-tu pu faire ça ? murmura-t-elle, horrifiée. Ce bébé n'était pour rien dans cette histoire. Et comment as-tu pu laisser Natalie être accusée à ta place ?

— Ne me dis pas que tu la plains ! s'exclama Thomas d'un ton méprisant. Cette fille n'a peut-être pas tué Joey, mais elle a écourté la vie de tas de gens sans leur demander leur avis.

— Même si c'est vrai, tu ne pouvais pas le savoir, à l'époque, objecta-t-elle.

— Cette conversation ne nous mène nulle part, s'exclama Thomas. Nous savons tous les deux que tu ne garderas jamais le silence. Quant à moi, je ne veux pas croupir dix ou quinze ans en prison à cause d'une garce qui a fait de ma vie un enfer. J'ai une nouvelle chance d'être heureux et je compte bien la saisir.

Il avança d'un pas vers elle, la faisant reculer contre la balustrade.

— Enjambe la rambarde, lui ordonna-t-il en pointant son arme sur sa tête. Ne m'oblige pas à te frapper.

— Tu crois peut-être que je vais te faciliter la tâche ? répliqua-t-elle en sortant de sa poche sa main crispée sur le manche de son couteau.

Brick comprit qu'il n'avait plus que quelques secondes pour passer à l'action. Thomas avait bloqué Maureen contre la balustrade et, d'un instant à l'autre, il tenterait de la faire basculer par-dessus.

— Thomas ! lui cria-t-il en s'élançant vers lui.

Ce dernier sursauta et se retourna. Brick vit alors que l'objet que Maureen tenait à la main était un couteau dont la lame jaillit soudain. Thomas dut percevoir l'éclat métallique, lui aussi, car il se retourna vers elle et tenta de la frapper avec la crosse de son pistolet.

Elle esquiva le coup qui manqua sa tête mais l'atteignit violemment à l'épaule, lui arrachant un cri de douleur. Thomas en profita pour la pousser contre la balustrade. Il agrippa ses jambes pour la faire passer par-dessus.

Mais Brick était sur lui, à présent, et il se servit de sa propre arme pour lui assener un coup sur la nuque. Maureen, qui tenait toujours son couteau, le frappa au côté. Il hurla de douleur et de rage.

Brick s'aperçut alors avec horreur que Thomas n'avait toujours pas lâché son arme et qu'il agrippait Maureen par le cou pour la plaquer contre lui en braquant le pistolet sur sa tempe.

— Reculez ou je la tue ! ordonna-t-il à Brick.

Ce dernier abaissa son arme et recula d'un pas. Mais à cet instant, Maureen passa à l'action. D'un violent coup de talon, elle écrasa le pied de Thomas, lui faisant relâcher légèrement la pression qu'il exerçait sur son cou. Elle se laissa alors tomber, échappant à son étreinte.

Horrifié, Brick entendit retentir un coup de feu. Cette fois, il n'hésita pas et, relevant son arme, il tira à son tour, atteignant Thomas en pleine tête. Sans attendre, Brick se précipita vers Maureen et tomba à genoux à ses côtés.

Éperdu de soulagement, il la vit se redresser en grimaçant et comprit que la balle l'avait manquée.

— Que les choses soient claires, lui dit-elle. Je ne ferais pas ça tous les jours...

Tous deux se dévisagèrent en silence durant quelques instants puis, brusquement, ils succombèrent de concert à un fou rire nerveux.

20

En ce 4 juillet, fidèles à la tradition, presque tous les membres de la famille Cardwell s'étaient réunis au ranch de Gallatin Canyon pour célébrer la fête de l'Indépendance et assister au tirage d'un grand feu d'artifice.

Traversant la vaste pelouse qui s'étendait devant la maison, Brick alla rejoindre Maureen qui se tenait près de la rivière. Elle avait passé la plus grande partie de la matinée à s'activer en cuisine aux côtés de sa mère et de ses tantes pour préparer le véritable festin qui les attendait.

Il s'émerveillait de la facilité avec laquelle elle avait su trouver ses marques au sein de la tribu Cardwell. Mais peut-être aurait-il dû se douter qu'elle n'aurait aucun mal à s'adapter à un nouvel environnement, quel qu'il soit.

Car Maureen était incontestablement la personne la plus forte, la plus volontaire et la plus résiliente qu'il ait jamais rencontrée. Et cela ne faisait qu'ajouter à l'admiration sans bornes qu'il lui vouait.

Les semaines qui avaient suivi leur confrontation avec Thomas avaient été très mouvementées. Jeffrey Palmer et son fils n'avaient pas réussi à obtenir une libération sous caution, le juge estimant que les risques de fuite étaient bien trop élevés.

Jeffrey Paul affirmait qu'il n'avait pas eu connaissance des détournements de fonds opérés par son père. Maureen avait tendance à accorder du crédit à ses dénégations. Brick, quant à lui, était nettement plus sceptique. Mais la justice aurait tout le loisir d'établir les responsabilités de chacun.

Le corps de Thomas avait été incinéré et ses cendres répandues dans la rivière Yellowstone. Maureen avait insisté pour assister à la courte cérémonie, expliquant que cela l'aiderait à mettre un point final à cette histoire. Brick l'avait accompagnée et l'avait serrée dans ses bras, après coup, lorsqu'elle avait brusquement fondu en sanglots. Elle lui avait dit alors qu'elle avait eu l'impression de perdre sa sœur une seconde fois.

L'expertise des balles qu'ils avaient retrouvées dans le tronc d'arbre où étaient gravées les initiales de Jeffrey Paul et Tricia avait démontré qu'elles avaient été tirées par le pistolet dont Thomas s'était servi sur le toit.

La police de Billings avait également découvert que Thomas avait engagé un certain Jim Cameron, détective privé à la moralité douteuse. C'était lui qui les avait suivis à plusieurs reprises et qui avait placé un mouchard sur leur pick-up.

De retour à Big Sky, Brick avait obtenu un certificat de son psychologue qui le déclarait apte au service actif. Il avait donc commencé officiellement à travailler mais ses missions faisaient presque figure de vacances, comparées à ce que l'on appelait désormais l'affaire Colton.

Au grand soulagement de Dana, Hud avait annoncé qu'il comptait prendre sa retraite. Une place de marshal en chef se libérerait donc bientôt et il avait suggéré à Maureen de poser sa candidature.

— Tu es sûr que ça ne t'ennuierait pas de travailler sous mes ordres ? avait-elle demandé à Brick.

— Pas si cela nous permet d'habiter dans la même ville, avait-il répondu sans hésiter. Tu mérites ce poste, Maureen. Tu es l'un des meilleurs policiers que j'aie jamais connus. Tu as de l'expérience, un instinct très sûr et du courage à revendre. Je serais honoré de travailler pour quelqu'un comme toi. De toute façon, avait-il ajouté avec une pointe de malice, j'ai déjà l'habitude que tu me mènes par le bout du nez…

Brick espérait que Maureen décrocherait rapidement le poste, ce qui lui permettrait de venir s'installer définitivement à Big Sky au lieu de n'y passer que trois jours par semaine, comme c'était le cas actuellement. De son côté, il s'arrangeait pour la rejoindre à Billings dès qu'il en avait l'occasion.

Mais ce qu'il avait l'intention de lui proposer ce soir-là changerait peut-être la donne. Et il avait hâte d'entendre sa réponse.

L'entendant approcher, Maureen se tourna vers lui et lui sourit. Cette simple vue suffisait à faire son bonheur et il ne se lassait pas de la contempler.

— Tu as remarqué cette étoile très brillante, juste au-dessus de Lone Peak ? lui demanda-t-elle.

— Oui. Lorsque nous étions petits, nous avions l'habitude de faire des vœux en la regardant.

Maureen se tourna vers la montagne et ferma les yeux pendant quelques instants.

— Qu'est-ce que tu as souhaité ? lui demanda-t-il, curieux.

— Je ne peux pas te le dire, sinon ça ne se réalisera pas.

Brick se tourna vers l'étoile pour faire un vœu à son tour. Après tout, il n'avait pas grand-chose à perdre et énormément à gagner.

— Il y a une chose que je voulais te dire, Maureen.

Elle hocha la tête, attendant qu'il poursuive.

— Je t'aime, lui dit-il.

Elle laissa échapper un charmant éclat de rire.

— Ça, je l'avais un peu deviné, lui dit-elle.

— Tu te rappelles la discussion que nous avons eue à ce sujet, lorsque nous étions à Red Lodge ? Je ne veux pas juste te dire que je suis amoureux de toi. Je t'aime. Et c'est quelque chose que je ne comptais dire qu'à la personne que je demanderais en mariage.

Maureen pâlit brusquement et il comprit que le moment de vérité était venu. Sa vie future dépendrait de ce qui se produirait dans les minutes suivantes.

Il posa donc un genou à terre et sortit de sa poche l'anneau de fiançailles qu'il avait mis des heures à choisir, au grand désespoir de Mo Langden, le bijoutier de Big Sky.

— Maureen, lui dit-il d'une voix nettement moins assurée que lorsqu'il avait répété la scène la veille au soir, depuis que je t'ai rencontrée, ma vie a changé. J'ai toujours cru qu'être libre, c'était ne pas avoir d'attaches, ne dépendre de personne. Mais à tes côtés, j'ai découvert que la véritable liberté, c'était de choisir ceux avec qui on souhaitait bâtir sa vie. Et j'aimerais bâtir la mienne à tes côtés, Maureen. J'aimerais fonder une famille et vieillir avec toi. Alors je te le demande à genoux : veux-tu devenir ma femme ?

Maureen voyait bien que Brick attendait une réponse mais elle était bien trop émue pour pouvoir articuler le moindre son. Lorsque Tricia était encore vivante, elle lui disait souvent qu'en matière de relations amoureuses, elle se montrait bien trop difficile et que c'était pour cette raison qu'elle était toujours célibataire.

Tricia avait sans doute raison mais cela n'avait jamais dérangé Maureen. Au fond, elle ne s'imaginait pas vraiment trouver un jour quelqu'un avec qui elle pourrait avoir envie de partager l'ensemble de sa vie. Mais elle ne s'était pas non plus imaginé rencontrer un jour quelqu'un comme Brick Savage…

— Maureen, loin de moi l'idée de vouloir te mettre le couteau sous la gorge, mais ton silence me rend un peu nerveux…, lui dit-il alors.

— Oui, répondit-elle, riant et pleurant à la fois. Oui, Brick, je serais honorée de devenir ta femme.

Rayonnant de bonheur, il passa l'anneau à son doigt et se redressa pour pouvoir l'embrasser. Elle lui rendit son baiser avec passion tandis que les premiers feux d'artifice fusaient dans le ciel, illuminant les ténèbres d'une véritable fantasmagorie de lumières.

Tandis que les cris et les applaudissements de la famille Cardwell venaient ponctuer ce moment féerique, Maureen se prit à songer qu'au milieu de la tourmente, elle avait trouvé un havre de paix, un endroit où elle pourrait s'épanouir en toute confiance.

Et lorsque Brick la prit par la taille pour l'entraîner vers la pelouse où s'étaient rassemblés les membres de sa famille, elle sut que, désormais, elle ne serait plus jamais seule.